劉大杰 著

中國文學發展史

下冊

臺灣學生書局印行

中國文學發展史下冊目錄

第三十二章　清代的詞曲

第二十二章　元代的散曲與詩詞

一　元代社會與文學

蒙古貴族統一中國以後，給漢族人民以殘酷的剝削和非常不平等的待遇，形成長期劇烈的民族矛盾和鬪爭。漢族受到壓迫，在歷史上是常有的事，如兩晉，如南北朝，如兩宋，算是最嚴重的了。但在當代的不利形勢之下，漢族還能在南方保存一部分實力，獨成一個對峙的政治局面，到了元朝吞金滅宋以後，這種情形就完全變了。中國的全部土地與人民，都歸之於蒙古貴族統治者的手下了。他們破壞了中國古代傳統的文化制度，破壞了唐、宋以來發展的農業經濟，把漢人降低到社會階層中最低的一等。從前看作是上品的讀書儒生，這時卻下降到「七匠、八娼、九儒、十丐」的地步了。殘酷的剝削和壓迫，造成了當代極其尖銳的階級矛盾和民族矛盾。這樣的情況，在中國歷史上繼續了九十年，一直到朱元璋起來，領導和匯合農民起義的強大力量，才推翻了元朝統治者，建立了明帝國。

蒙古族散居塞外沙漠之地，精騎善射，強悍勇武，習慣於遊牧生活。宋時由於各部落的聯合，形成一個強大的部落聯盟。十三世紀初，成吉思汗併吞大漠南北各部族，舉兵南下，奪了金的黃河以北的地方，再乘勝轉兵西征，由中亞細亞各國而入歐洲，勢如破竹，後來凱旋東歸時，把西夏也滅了。由成吉思汗幾次強大武力的拓展，替元帝國打好了基礎，同時也增加了他們進攻南方肥沃土地的野心。這種南進政策，到了成吉思汗的兒子窩闊台（太宗），實現了第一步。他在公元一二三四年（宋端平元年），成就了滅金的大業。從此以後，衰弱的南宋，就面對着這強大的力量。當時宋朝君臣，雖盡力輸誠納幣，妥協求和，然這只能苟延殘喘於一時，終非救國圖存的善策。結果，到了元世祖忽必烈時，舉兵南下，公元一二七六年攻陷了臨安，宋朝的殘兵敗將，節節南退，退到了今廣東崖山，元兵仍是進逼不已，最後由陸秀夫負着帝昺投海殉國，結束了宋帝國的命運，那時正是公元一二七九年（宋祥興二年）。

元帝國的基礎完全建立在強大的武力上。那些統治者的貴族們，用強大的武力來摧毀人民的生命，掠奪財貨與土地。宋子貞中書令耶律公神道碑云：「自太祖西征之後，倉廩府庫，無斗粟尺帛，而中使別迭等僉言，雖得漢人，亦無所用，不若盡去之，使草木暢茂，以為牧地。公（耶律楚材）即前曰：夫以天下之廣，四海之富，何求而不得，但不為耳，何名無用哉？」（元文類卷五七）雖因耶律楚材之言，而未使中國化為牧場，人民變為枯骨，但在這幾句話裏，可以看出蒙古貴族的遊牧政策。因此，他們的子孫，後來一統治中國，便實行高壓的奴化政策。把統治的人民分為蒙古人、色目人、漢人、南人四等。蒙古人最高，政治軍事上的高官大吏，都是他們，色目人（西域、歐洲各藩屬人）次之，漢人（遼、金舊人及遼、金統治下的北方漢人）又次之，南人最下（南宋統治下的南方漢人）。地方官吏雖也有漢人擔任的，但必須有一個蒙古人或色目人總管一切，漢人不能私藏兵器。元史百官志序說：「世祖卽位。……酌古今之宜，定內外之官。……官有常職，位有常員。其長則蒙古人爲之，而漢人南人貳焉。」可見在當日，被征服的諸民族裏，最受壓迫的要算是漢人了。在這樣的統治下，那些君主王公只知掠奪土地與金錢。除了儘量享受漢人的物質生活，和施行便於統治與組織的制度以外，對於文化的建設與發揚，自然是很少顧問的。從前讀書人看作是進身之階的科擧考試，自元滅金以後，僅於太宗九年，擧行過一次。從此廢而不行，至七十餘年之久。謝枋得送方伯載歸三山序云：「滑稽之雄，以儒爲戲者曰：我大元制典，人有十等，一官二吏，先之者貴之也，貴之者謂有益於國也。七匠八娼九儒十丐，後之者賤之也。賤之者謂無益於國也。嗟乎卑哉，介乎娼之下、丐之上者，今之儒也。」又鄭思肖大義略序云：「韃法：一官、二吏、三僧、四道、五醫、六工、七獵、八民、九儒、十丐，各有所統轄。」他們所說的雖微有不同，但當日蒙古統治者壓迫儒生以及他們在當日地位的低微，是可想而知的。這使中國的學術思想，淪入了黑暗時期。但從文學史的觀點上來看，元代却是一個重要的時期。因爲在這個新的政治局面下，由於城市經濟的高度發達，加上外來的文化生活的影響，不能不促使社會環境發生激烈的變化，從而使舊有的精神意識、習慣信仰也都不能不動搖或解體，於是文學得到了新的發展的機運，而可以從舊的思想和舊的束縛中解放出來，前人所視爲卑不足道的市民文學，大大地發展起來，代替了正統文學的地位，而放出了異樣的光彩。這一種新興的文學，正是羣眾所欣賞的曲子與歌劇。當代的古文詩詞，雖也有些好作品，但是大都承襲前代，跳不出唐、宋諸大家的圈子。唯有這些新起的曲子與歌劇，無論形式與精神，都具有新的生命、面貌和創造精神，在當代的詩壇與劇壇，表現了新興的藝術力量。因此，我們可以說元曲是元代文學的主流。至於元代的白話小說，多爲宋代話本的繼承，在清平山堂話本和三言中，毫無疑問，是保存着一些元人話本的，但很難確定是哪幾篇。至如三國演義、水滸傳等巨著，都產生在元末明初，因此，關於元代的小說史料，將放在明代一道去敘述了。

所謂元曲，實包含兩個部分：一是散曲，一是雜劇。散曲可以說是元代的新體詩，雜劇是元代的歌劇；散曲可以獨立，同時又是構成元代歌劇的主要部分。它們在語言的性質上雖是同源，但在文學的作用上，卻是異體。雙方的關係固然非常密切，但它們卻各有詩的與戲劇的獨立生命。前人研究元雜劇時，只注意其中的曲辭，用這種曲辭去代表元雜劇的全部生命，因此許多選本如詞林摘豔、雍熙樂府一類的書，只選錄其曲辭，而把那些劇本的內容不加重視，於是劇本中的曲辭與散曲混雜起來，在這一種情狀下，元曲便成了散曲與雜劇的總稱。現在爲得要分明雙方的界限，因此我在下面分作兩部分來敘述，而主要是雜劇。

二　散曲的產生與形體

曲的產生　曲是詞的替身，無論從音樂的基礎或是形式的構造上，都是從詞演化出來的、解放出來的。廣義的說，它是元代的新體詩。曲的產生與興盛，曲能繼承五代、兩宋的詞運，在元代韻文中佔着重要的地位，是有其原因的。

一、詞的衰頹　詞本起於民間，流傳於歌女伶工之口，既便於書寫情懷，又宜於歌唱，原是一種通俗文學。五代、兩宋，文人學士作者日多，體裁日益嚴格，對於音律修辭，亦日益講求；這樣一來，原起於民間、流傳於歌人口中的詞，變爲文人的專業，通俗的歌詞，變爲雅正典麗的美文，不僅民眾看不懂，唱不來，連那些非精於詞學的作者，也很難染指了。這種情形到了南宋姜夔、吳文英、王沂孫、張炎諸人的作品，算是達到了頂點。我們只要讀一讀沈義父的樂府指迷和張炎的詞源，便知道塡詞已成了一種專門學問，和民間完全絕緣，於是詞的生命也由此而衰落了。汪森在詞綜序中說：「鄱陽姜夔出，句琢字鍊，歸於醇雅。於是史達祖、高觀國羽翼之，張輯、吳文英師之於前，趙以夫、蔣捷、周密、陳允衡、王沂孫、張炎、張翥效之於後。譬之於樂，舞箾至於九變，而詞之能事畢矣。」這樣看來，宋末的詞，無論字面如何雅正，音律如何協調，運用典故如何巧妙，刻畫事物如何細微，但詞的原來的生命喪失了，同民眾隔離了，活潑的生機是愈來愈少了。處在這個詞的僵化與形式化的局面下，都市中的歌女伶工，並不因此就閉住了口。他們仍舊要賣唱謀生，要歌唱以寄抒情意，於是他們在舊的歌曲中求變化，在新起於民間的小調中求資料，在這種去舊翻新的工作中，曲子便慢慢地產生。接着有樂師來正譜，文人來修辭。後來作者漸多，曲調日富，漸漸地形成一種與詞不同的體裁，而成爲一種繼詞而起的便於歌唱的新興文學了。

二、外樂的影響　上面所說的，是文學上新陳代謝的內在的原因，這裏所說的，是外在的環境的刺激與適應。詞曲的產生，與音樂發生密切的關係。當音樂界發生大變動的時候，那些播於管絃出於歌喉的歌詞，必然要使它適應外來的環境而發生重大的變化。北宋末年，金人進入中原，接着又是蒙古民族的南下。在這一過程中，外族的音樂得到大量輸入的機會。所謂「胡樂番曲」，腔調歌辭，固然不同，所用的樂器也是兩樣。曾敏行獨醒雜志卷五云：「先君嘗言：宣和間，客京師時，街巷鄙人，多歌蕃曲，名曰異國朝、四國朝、六國朝、蠻牌序、蓬蓬花等，其言至俚，一時士大夫亦皆歌之。」這裏說的是北宋末年的事，我們也由此可以看出外樂在中原流行的狀態了。因爲「其言至俚」，所以開始是流行於街巷市井，後來是入於士大夫之口了。這種地方，正可看出因了外樂的影響，歌詞漸漸地趨於轉變的傾向。到了元代，大批的新樂器與新歌曲的輸入，在當日的音樂界，自然會發生更大的變動。王驥德曲律卷四云：「元時北虜達達所用樂器，如箏、纂、琵琶、胡琴、渾不似之類，其所彈之曲，亦與漢人不同。」據輟耕錄卷二十八所載，他們的曲有：

大曲：哈八兒圖、口溫、起土苦里、蒙古搖落四、阿耶兒虎……

小曲：哈兒火失哈赤（黑雀兒叫）、曲律買、洞洞伯、牝疇兀兒、把擔葛失……

回回曲：伉里、馬黑某當當、清泉當當。

由上面這些名字看來，知道都是純粹的外曲，舊詞是不能合奏的，再以樂器不同，音調節拍各異，歌詞的舊調又是不能合演的了，因而自然有製作新聲新詞的必要。於是一面接受外族音樂的影響，一面從舊有詞裏變化翻造，而形成一種適應環境的新文學，這種新文學便是曲子。王世貞曲藻序中云：「曲者詞之變。自金、元入主中國，所用胡樂，嘈雜淒緊，緩急之間，詞不能按，乃更為新聲以媚之。而諸君如貫酸齋、馬東籬、王實甫、關漢卿、張可久、喬夢符、鄭德輝、宮大用、白仁甫輩，咸富有才情，兼喜聲律，以故遂擅一代之長，所謂宋詞元曲，殆不虛也。」又徐渭南詞敍錄云：「今之北曲，蓋遼、金北鄙殺伐之音，壯偉狠戾，武夫馬上之歌，流入中原，遂為民間之日用。宋詞既不可被絃管，南人亦遂尙此，上下風靡。」他們在這裏用外樂的影響來說明曲的興起的原因，大體上是正確的。

散曲的體裁　大凡一種新文學體裁的發展，都是由簡而繁，由不規則而趨於規則。散曲中最先產生的是小令，由小令而變爲合調，再變而爲套曲。小令就是民間流行的小調，經過文學的陶冶，便成爲曲中的小令。元燕南芝菴唱論說：「街市小令，唱尖歌倩意。」又明王驥德曲律說：「渠（指周德清）所謂小令，蓋市井所唱小曲也。」他們這種解釋，一面說明小令的來源，同時又說明了小令的通俗性。這種短短的小曲，正如唐代的絕句，五代、北宋的小詞，形式短小，語言精鍊。寫景言情，自由活潑，故當時名爲「葉兒」。在元人小令中，有很多尖新活潑的作品。

前村梅花開盡，看東風桃李爭春。寶馬香車陌上塵，兩兩三三見遊人，清明近。（馬致遠青哥兒）

雲冉冉，草纖纖，誰家隱居山半崦。水烟寒，溪路險，半幅青帘，五里桃花店。（張可久迎仙客：括山道中）

有幾句知心話，本待要訴與他。對神前剪下青絲髮，背爺娘暗約在湖山下。冷清清濕透淩波襪。恰相逢和我意兒差，不剌你不來時還我香羅帕。（無名氏寄生草）

青銅鏡，不敢磨，磨著後，照人多。一尺水，一丈波，信人唆。那一個心腸似我？（無名氏梧葉兒）

前兩曲爲文人所作，文字比較典雅，後兩曲爲無名氏作，語言俚俗，較具本色，就比較接近民間面目了。這些小曲的形式，描寫的方法，以及文辭上的通俗與逼真，比起唐、宋的詩詞來，確有獨自的風格與精神。這正是從民間新興歌辭中提煉出來的一種新詩，是適合於新內容的一種新形式。從這種簡短的小曲，漸漸的變爲連用兩個調子，名爲帶過曲。卽作者塡一調畢，意有未盡，再另塡一調以續成之。有時兩調不足，也有連用三調者，但最多只能以三調爲限，而以二調相合爲最通行。

畫梁間乳燕飛，綠窗外曉鶯啼，紅杏枝頭春色稀，芳樹外子規啼，聲聲叫道不如歸。雨過處殘紅滿地，風來時落絮沾泥。醞釀出困人天氣，積攢下傷心情意。怕的是日遲，柳絲影裏，沙暖處鴛鴦春睡。（無名氏沽美酒帶太平令）

無情杜宇閒淘氣，頭直上，耳根底，聲聲聒得人心碎。你怎知，我就裏，愁無際。簾幕低垂，重門深閉。曲闌邊，雕簷外，畫樓西。把春醒喚起，將曉夢驚回。無明夜，閒聒噪，廝禁持。我幾曾離這綉羅幃，沒來由勸我道不如歸。狂客江南正着迷，這聲兒好去對俺那人啼。（曾瑞罵玉郎帶感皇恩、採茶歌：閨中聞杜鵑）

前一首是由沽美酒和太平令二調合成，後一首是由罵玉郎、感皇恩、採茶歌三調合成，而前後各調的音節都能調和銜接，渾然一體，極爲自然。由小令合調再進一步，將曲的形式再擴大其組織的，是謂套曲，通稱爲套數，亦名散套，也有稱爲大令的。其組成形式，主要的有三點。

一、至少由二支同宮調的曲牌聯合，而成爲一整體。

二、全套各調，必須同韻。

三、每套須有尾聲（也有例外，如北曲以帶過曲作結等），以表示一套首尾的完整，同時又表示全套音樂，已告完結。

由此看來，套曲是爲了便於敘述繁複內容的要求，由小令合調的形式，擴展而形成的曲子的集體。它可以因情節的繁簡，伸縮其長短。短者只有三四調，長者如劉致的上高監司北正宮端正好一套，有三十四調之多。

正宮月照庭　老足秋容，落日殘蟬暮霞，歸來雁落平沙。水迢迢，烟淡淡，露濕蒹葭。飄紅葉，噪晚鴉。

么　古岸蒼蒼，寂寞漁村數家。茶船上那個嬌娃。擁鴛衾，倚珊枕，情緒如麻。愁難盡，悶轉加。

六么序　記當時，枕前話，各指望永同歡洽。事到如今兩離別，褪羅裳憔悴因他。休休自家緣分淺，上心來淚搵濕羅帕。想薄情鎭日迷歌酒，近新來頓阻鱗鴻，京師裏，戀煙花。

么　哭啼啼自咒罵，知他是憶念人麼？驀聞船上撫琴聲，遣蘇卿無語嗟呀。分明認得雙解元，出蘭舟綉鞋忙靸，乍相逢欲訴別離話。恶恨酒醒馮魁，驚夢杳天涯。

鴛鴦兒煞　覺來時痛恨半霎，夢魂兒依舊在蓬窗下。故人不見，滿江明月浸蘆花。（無名氏正宮月照庭套）

上面五個曲調，都屬於正宮，連合起來，成爲一套，並且各調的用韻是相同的，後面有尾聲作結。因爲有長短伸縮的自由，就很便於敘述繁複的內容。

下面則說一說詞與曲的異點。

三　詞與散曲

詞曲同爲合樂的歌辭，形式同爲長短句，故在稱呼上時相混合。如元周德清中原音韻論作詞十法及定格四十首的舉例，如趙子昂所謂「院本中有倡夫之詞，名曰綠巾詞」的詞，都是指的曲。詞曲的稱呼，雖是相混，然按其實際，詞曲無論在形式、音韻以及精神方面，都有不同的地方。

一、詞曲在形式上雖同爲長短句，同爲在不整齊中形成整齊與規律；但比較言之，在長短句化的形式中，曲是極盡其長短變化之能事的。換言之，在韻文中，曲是最長短句化的。如一字二字之句，三百篇以後，詩中絕無，詞中除最冷僻之調，與長調換頭處所用者外，亦不多見。但在曲中，則與五字七字參互合用，最爲普遍。曲中最長之句，有至二三十字者。如關漢卿黃鍾煞調云：「我卻是蒸不爛煮不熟搥不匾炒不爆響璫璫一粒銅豌豆，恁子弟誰教鑽入他鋤不斷砍不下解不開頓不脫慢騰騰千層錦套頭。」長至數十字，這是詞中所沒有的。因爲曲中常用襯字，於是能在規則的曲譜範圍以內，給作者一種自由，因此這種有規律的長短句，變爲活潑自由的形式了。這一點，在中國最講格律最受限制的詩詞裏，都是未曾有過的解放的現象。這給予創作者以很大的便利，使他不至於因形式的限制，而損害文學的生命。

體態是二十年挑剔就的溫柔，姻緣是五百載該撥下的配偶，臉兒有一千般說不盡的風流。（馬致遠漢宮秋第二折梁州第七）

上三句中大形的是正字，爲曲譜所有，塡詞時不可少者，小形的是襯字，爲作家所加者（上舉關漢卿的黃鍾煞也是同一例子）。上面幾句，是漢宮秋劇中描寫王昭君的美貌，如果取去那些襯字，則都變爲死句，變爲文言；一有襯字，則活潑生動，曲盡其妙，而音調意致，都有變化。最要緊的，使這幾句呆板的文字，成爲通俗性的口語文學。在這種地方，可知襯字既於音樂無損，對於創作者的自由發揮有很大作用。這一點是詞中所無，也可以說是長短句詩體中的一大進步。但曲中增加襯字，在自由中又並非漫無規律。大致北曲可多，南曲宜少，劇曲可多，散曲宜少，套曲可多，小令很少。其次，襯字只加在句首或句中，不能加在句末，這樣就不致破壞原來的句法。

二、其次，在音韻上，詞曲也有相異之點。曲調中之用韻，較他種長短句爲嚴密。除平仄以外，還有陰陽清濁之說。這些嚴密的格律，未必起於曲子的初期。但曲中通首同韻，絕無換韻之例，並且通體句句押韻者，亦時有所見。沈德符顧曲雜言云：「元人周德清評西廂，云六字中三用韻，如『玉宇無塵』內『忽聽一聲猛驚』。……然此類凡元人皆能之，不獨西廂爲然。如春景時曲云：『柳綿滿天舞旋』，冬景云：『臂中緊封守宮』，又云：『醉烘玉容微紅』，重會時曲云：『女郎兩相對當』，私情時曲云：『玉娘粉妝生香』，……俱六字三韻，穩貼圓美。他尚未易枚舉。」在這些地方，我們可以看出曲韻的精密。但在這精密中，卻又開放一條自由之路，那便是平上去三聲互叶。詞中如用平韻則全調皆平，仄韻則全調皆仄，若用平仄二韻，則必換韻。這一點是曲與詩詞大不同的地方，與上面所說的襯字，同爲中國韻文在形式上的解放。

翩翩野舟，汎汎沙鷗，登臨不盡古今愁。白雲去留。鳳凰臺上青山舊，秋千牆裏垂楊瘦，琵琶亭畔野花秋，長江空自流。（張可久醉太平：懷古）

釣錦鱗，棹紅雲，西湖畫船三月春。正思家，還送人，綠滿前村，煙雨江南恨。（張可久迎仙客：湖上送別）

讀了上面的兩首曲，便可知道曲中的平上去三聲互叶，一面可以使作者得着抒情敘事的自由，不至於因韻脚的限制而損傷創作的自由，同時又可使音調發生高低抑揚的變化，增加音節美，更適宜於自然音韻的旋律，歌唱時更可悅耳動聽。這種長短變化的自由與押韻的解放，是散曲在形式上的兩大特色。關於這一點，任訥曾說：

顧句法極盡長短變化之能一事，與韻腳平上去三聲互叶一事，二者之於曲，果有何種利益與成效可言乎？曰：有之，則如此方得以接近語調而便用語料也。孔穎達詩正義謂風雅頌有一二字為句，及至八九字為句者，所以和以人聲而無不協也。足見人聲實為長長短短之句，文章句法能極盡長短變化之能，自於人聲無不協矣。人但知元曲之高，在不尚文言之藻彩，而重用白話，於方言俗語之中，多鑄繪聲繪影之新詞，以形成其文章之妙；而不知果欲如此，必先有接近語調之曲調發生，然後調中方便於盡量採用語料。倘金、元樂府仍舊承用南宋慢詞之長短句法，整而不化，凝而不疎，靜而不動者，則雖鑄就甚多語料之新詞在，亦格格不得入也。……凡百韻語，一經平上去互叶，讀之便覺低昂婉轉，十分曲合語吻，亦即十分曲達語情，此亦為他種長短句所不可及，而獨讓之與金、元之曲者。而且曲中亦非如此不足以逼眞口氣，成所謂代言之制，更非如此不能於一切語料作活潑之運用也。此實吾國韻文方法上之一大進展。（散曲概論作法）

人人都知道元曲是通俗文學，卻很少有人知道元曲成爲通俗文學的原因。口語方言用在詩詞中，便覺得不自然，而用在曲中便覺得生動活潑，情趣橫生。這原因是由於曲體的形式與音節，得以接近語調而又宜於採用口語。曲子中的敘事言情，能曲盡其妙，其音調能婉轉低昂，適合自然音律的和美，我們是必須在這種地方來求解答的。

楊恩壽詞餘叢話云：「或問曲本中多用哎喲、哎也、咳呀、咳也、咳咽諸字，同乎異乎？曰：字異而義略同。字同而呼之有輕重疾徐，則義各異。凡重呼之爲厭辭，爲惡辭，爲不然之辭；輕呼之爲幸辭，爲嬌羞之辭；疾呼之爲惜辭，爲驚訝之辭；徐呼之爲怯辭，爲悲痛辭，爲不能自支之辭。以此類推，神理畢見。」由此可知曲在語言上的變化，曲在語言上和詩詞的區別。這種新形式正宜於表演新內容，也正由新內容，促進了新形式的發展。由敘事體的歌劇變爲代言體的歌劇，宋詞自難勝任，必須待之於散曲，這原因也就可以明白了。

散曲產生的時代　曲同詞一樣，也是起源於民間的。至於它的產生時代，因爲古代書籍的散佚以及古人對於此種文體的不加重視，很難得到確定的答案。據王灼碧雞漫志所載，北宋熙寧、元豐、元祐年間，諸宮調已經產生。那種諸宮調的本子現在我們不能見了，無法知其內容，詞調想必是主要的，可能已經有新起的曲調，我們可以說，這是曲的萌芽時代。此後外樂進入中原，深入民間，所謂「胡樂番曲」，與詞譜混合融化而形成一種新形體，這便是曲的成長發育之期。到了金代董解元的西廂，曲在格律上日趨嚴整，小令套數，俱已相當成熟。元好問也作過喜春來、驟雨打新荷的小令，可知曲在那時已進展到了學士文人的筆下，開始進入正式的詩壇了。元初，關漢卿、王實甫、白樸和馬致遠諸大曲家相繼出現，於是散曲步入全盛之境。

四　元代前期的散曲作家

曲初起於民間，傳唱於歌女、伶工之口，比起正統派的詩文來，曲多被視爲外道。加以作者多爲潦倒文人和無名之士，因此作品旣易散佚，卽成名的作家，其生卒年代及其生平事蹟，亦多不可考。這在元曲的研究上，造成很大的損失。現在治曲者日多，往日難見之曲本，如陽春白雪、樂府羣玉、詞林摘豔、雍熙樂府諸書，亦先後印行，於是研究曲之資料，日益豐富。任訥所編的散曲叢刊，成爲研究散曲者的重要資料。據散曲概論第六章所計，元人散曲作家可考者，共二百二十七人，另外還有許多無名氏的作品。可知曲子在元代的流行，已成爲一種新詩體了。

關於元代散曲的研究，由其作品精神的發展看來，大略可以分爲前後兩期。這兩期的界限，約在公元一三〇〇年左右，正當元人統一中國不久的時代。前期的作品，比較鮮明地表現着曲中特有的民間文學的通俗性、口語化，以及北方民歌中所表現的直率爽朗的精神和質樸自然的情致。宋亡以後，由於南北文學的合流，在後期的作品裏，漸漸離開了民間文學的精神，在修辭和表現方面，注重含蓄琢鍊的手法，而步入於雅正典麗的階段。因此，前期作品中高遠的意境，清新的語言，潑剌的精神，到了後期是漸漸地減少了。我們讀了關漢卿、馬致遠諸家之作，再讀張可久、喬吉之作，這一種演變的狀態，是非常明顯的。

關漢卿 關漢卿的生平，將在元雜劇部分去敘述。他的散曲雖不很多，但大都能表現曲的本色。故在前期曲史上，頗有地位。因為他深入下層社會，長期出入歌場舞榭，對於那一階層中男男女女的精神面貌，性格特徵，體會得非常深切，因而在這方面的表現，很有特色。

碧紗窗外靜無人，跪在床前忙要親。罵了個負心回轉身。雖是我話兒嗔，一半兒推辭一半兒肯。（一半兒：題情）

俏冤家，在天涯，偏那裏綠楊堪繫馬。困坐南窗下，教對清風想念他。蛾眉淡了教誰畫？瘦巖巖羞戴石榴花。（大德歌：夏）

自送別，心難捨，一點相思幾時絕。凭欄袖拂楊花雪。溪又斜，山又遮，人去也。（四塊玉：別情）

這些小令，與詞不同。言語尖新，音調和美，用通俗的語言，寫活潑的情意，顯露出本色的特點。

春閨院宇，柳絮飄香雪。簾幙輕寒雨乍歇，東風落花迷粉蝶。芍藥初開，海棠才謝。

幺 柔腸脈脈，新愁千萬疊。偶記年前人乍別，秦臺玉簫聲斷絕。雁底關河，馬頭明月。

降黃龍衮　鱗鴻無個，錦箋慵寫。腕鬆金，肌削玉，羅衣寬徹。淚痕淹破，胭脂雙頰。寶鑑愁臨，翠鈿羞貼。

幺　等閑辜負，好天良夜。玉爐中，銀臺上，香消燭滅。……

出隊子　聽子規啼血，又西樓角韻咽。半簾花影自橫斜，畫簷間丁當風弄鐵。紗窗外琅玕敲瘦節。

幺　銅壺玉漏催凄切，正更闌人靜也。金閨瀟灑轉傷嗟，蓮步輕移呼侍妾。把香桌兒安排打快些。

神仗兒煞　深沉院舍，蟾光皎潔。整頓了霓裳，把名香謹爇。伽伽拜罷，頻頻禱祝，不求富貴豪奢，只願得夫妻每早早圓備者。（黃鐘：侍香金童）

在這一套曲裏，細緻曲折地描寫出閨中少婦的念遠之情，從各種各樣的自然環境，襯托出她懷想遠別的愛人的淒涼心境。最後是焚香禱祝，表現了不求富貴、只求團圓的願望。較之前面那些小令來，套曲的語言，略爲工雅，而風格不同。但如「雁底關河，馬頭明月」之句，豪放之氣，卒不能掩。其次如贈珠帘秀的南呂一枝花，穠麗精緻，又具一格。但在他的散曲中，也有一些庸俗浮薄的作品。

白樸　白樸是由金入元的雜劇家。因爲他受着元好問的薰陶，得有古典文學深厚的根柢，在他的天籟集裏，表現他在詞上有良好的成績。他的生活嚴正，品格很高。在他的詞裏，透露出故國禾黍之悲；如石州慢中云：「少陵野老，杖藜潛步江頭，幾回飲恨吞聲哭。歲暮意何如？怯秋風茅屋。」在這些句子裏，可以看出他的思想感情。他的散曲，沒有關漢卿那種明淺和清新活潑的生氣，而表現出恬退自適的情緒。

知榮知辱牢緘口，誰是誰非暗點頭。詩書叢裏且淹留。閒袖手，貧煞也風流。（喜春來：知幾）

黃蘆岸白蘋渡口，綠楊隄紅蓼灘頭。雖無刎頸交，卻有忘機友，點秋江白鷺沙鷗。傲殺人間萬户侯，不識字煙波釣叟。（沉醉東風：漁父詞）

春山暖日和風，闌干樓閣簾櫳，楊柳秋千院中。啼鶯舞燕，小橋流水飛紅。（天淨沙：春）

孤村落日殘霞，輕煙老樹寒鴉，一點飛鴻影下。青山綠水，白草紅葉黃花。（天淨沙：秋）

前兩首雖有消極情緒，但也反映出他那種不滿現實、不肯同流合污的生活與性格。後兩首寫景細密，文字工麗，獨具風致。他在情愛的描寫上，卻是採取白描的手法的。

獨自走，踏成道，空走了千遭萬遭。肯不肯急些兒通報，休直到教擔擱得天明了！（得勝樂）

紅日晚，殘霞在，秋水共長天一色。寒雁兒呀呀的天外，怎生不捎帶個字兒來？（同上）

這些曲子，抒情言愛，意義淺顯，但卻寫得不庸俗，不卑弱，同時用紅日、殘霞、秋水、寒雁作陪襯，更使整個的氣氛強化了，而富於民歌特色。

王實甫　關漢卿、白樸以外，雜劇家王實甫也是作過散曲的。不過他在這方面的作品流傳下來的絕少，在明陳所聞的北宮詞紀裏，保留一套完整的商調集賢賓的套曲，描寫退隱的生活，是他的晚期作品。此外還有小令堯民歌（別情）兩首和山坡羊（春睡）一首。

商調集賢賓　撚蒼髯笑擎冬夜酒，人事遠老懷幽。志難酬知機的王粲，夢無憑見景的莊周。免飢寒桑麻願足，畢婚嫁兒女心休。百年期六分甘到手，數千支週遍又從頭。笑頻因酒醉，燭換為詩留。

金菊香　想着那紅塵黃閣昔年羞，到如今白髮青衫此地遊。樂桑榆酧詩共酒，酒侶詩儔，詩潦倒酒風流。

梧葉兒　退一步乾坤大，饒一着萬慮休，怕狼虎惡圖謀。遇事休開口，逢人只點頭，見香餌莫吞鈎，高抄起經綸大手。（退隱）

全套十一曲，上面選了三曲。在這些曲文裏，可以知道王實甫退隱時，已過了六十歲，兒婚女嫁，衣食充裕，晚年的生活是相當舒適的。他只做過小官，所以有壯志難酬之感。但在那個暴力統治的黑暗時代，到處有引人的香餌，心懷惡意的虎狼，一不小心，便會身入陷阱，要保全自己，只能「遇事休開口，逢人只點頭」，要不同流合污，只好退隱了。在那樣的歷史環境裏，漢人知識分子的這種意識形態，是具有社會意義的。白樸、馬致遠、張養浩、張可久諸家，都有這樣的共同點，他們歌頌田園的樂趣，把悲憤與牢騷寄寓在退隱生活之中，並不是完全消極的。因爲關於王實甫的史料很少，在這一套曲裏，顯示了他的生活思想的部分面貌，很值得我們重視。

盧摯　盧摯（？——約一三一五），字處道，號疏齋，涿郡（今河北涿縣）人。至元進士，大德初授集賢學士，持憲湖南，後爲翰林學士，遷承旨。仁宗延祐元年在世。他的詩文，與姚燧、劉因齊名，他在元代是一位官位顯達舊學深厚的文人。他的散曲，在內容上頗多懷古唱和之作，在形式上則偏向典雅。

沙三伴哥來嗏，兩腿青泥，只為撈蝦。太公莊上，楊柳陰中，磕破西瓜。小二哥昔涎剌塔，碌軸上渰着個琵琶。看蕎麥開花，綠豆生芽，無是無非，快活煞莊家。（折桂令）

江城歌吹風流，雨過平山，月滿西樓。幾許華年，三生醉夢，六月涼秋。按錦瑟佳人勸酒，掩珠簾齊按涼州。客去還留。雲樹蕭蕭，河漢悠悠。（折桂令：揚州汪右丞席上即事）

前一首描寫農村生活，生動本色，後一首卻偏重辭藻。在他現存的數十首小令中，十之八九是屬於後者。貫雲石評他的曲「媚嫵如仙女尋春」（陽春白雪序），正是指的這一類作品。

姚燧　姚燧（一二三八——一三一三），字端甫，號牧庵，洛陽（今河南）人。原籍柳城。

官至翰林學士承旨。他是元代的古文家，著有牧庵集。宋濂撰元史，稱其文「閎肆該洽，豪而不宕，剛而不厲，春容盛大，有西漢風。」黃宗羲明文案序上云：「若成就以名一家，則如韓、杜、歐、蘇，遺山、牧庵、道園之家，有明固未嘗有其一人也。」由此可知他在正統文壇的地位。可是這一位正統派的作者，他也愛寫散曲，可知散曲到了這時代，已爲高官學士、古文家所愛好，而正式成爲韻文中的一種新體裁了。

岸邊烟柳蒼蒼，江上寒波漾漾。陽關舊曲低低唱，只恐行人斷腸。（醉高歌）

欲寄君衣君不還，不寄君衣君又寒。寄與不寄間，妾身千萬難。（凭欄人：寄征衣）

兩處相思無計留，君上孤舟妾倚樓。這些蘭葉舟，怎裝如許愁？（凭欄人）

這些小曲，雖也有情致，卻像詩詞中語言，缺少曲的本色。這種新體裁一到文人學士手裏，語言色彩，就要慢慢地發生變化的。在盧摯、姚燧的作品中，很可以體會出來。

五　馬致遠的散曲

馬致遠，不僅在前期，就是在元代，也是一位領袖羣英的散曲作家。馬致遠號東籬，大都（今北京）人。生年不詳，死於至治年間。曾任江浙行省官吏。與藝人花李郎、紅字公合編過黃粱夢。其生平事蹟所知者甚少。但在他的曲裏，時時描寫他自己的身世。他青年時期，迷戀過功名，後來在黑暗中感到失望，因此隱居於山水之間，寄情詩酒，成爲一個嘯傲風月玩世不恭的名士。他自己說：

空巖外，老了棟梁材。（金字經）

夜來西風勁，九天雕鶚飛。困煞中原一布衣。悲。故人知未知？登樓意，恨無上天梯。（同上）

世事飽諳多，二十年漂泊生涯。天公放我平生假。剪裁冰雪，追陪風月，管領鶯花。當日事，到此豈堪誇。氣概自來詩酒客，風流平昔富豪家。兩鬢近生華。（青杏子：悟迷）

半世逢場作戲，險些兒誤了終焉計。白髮勸東籬，西村最好幽棲。老正宜。……旁觀世態，靜掩柴扉。雖無諸葛臥龍岡，原有嚴陵釣魚磯。成趣南園，對榻青山，遶門綠水。（哨遍）

在上面這些曲子裏，表現出了他的生活與性格。他有富豪公子的身世，棟梁才的抱負，懷才不遇的心情，中年過着「酒中仙」、「風月主」的狂放生活，晚年歸於「林間友」、「塵外客」的閒適心境。他這種生活思想，集中地表現在他的夜行船套曲裏。這一套曲，不僅可以看出馬致遠的生活面貌和思想感情，並且在散曲上很有成就，表現他的語言特色和藝術風格。周德清在定格中評此詞「不重韻，無襯字，韻險語俊。諺曰百中無一，余曰萬中無一。」這評價是極高的。不過他所講的只是形式，沒有接觸到作品的內容。

百歲光陰如夢蝶，重回首往事堪嗟。昨日春來，今朝花謝，急罰盞夜闌燈滅。喬木查　秦宮漢闕，做衰草牛羊野。不恁漁樵無話說。縱荒墳橫斷碑，不辨龍蛇。慶宣和　投至狐蹤與兔穴，多少豪傑。鼎足三分半腰折，魏耶晉耶？落梅風　天教富、不待奢。無多時好天良夜。看錢奴硬將心似鐵，空辜負錦堂風月。風入松　眼前紅日又西斜，疾似下坡車。曉來清鏡添白雪，上床與鞋履相別。莫笑鳩巢計拙，葫蘆提一就粧呆。撥不斷　利名竭，是非絕。紅塵不向門前惹，綠樹偏宜屋上遮，青山正補牆頭缺，竹籬茅舍。離亭宴歇指　蛩吟一覺纔寧貼，雞鳴萬事無休歇。爭名利何年是徹？密匝匝蟻排兵，亂紛紛蜂釀蜜，鬧穰穰蠅爭血。裴公綠野堂，陶令白蓮社。愛秋來那些：和露摘黃花，帶霜烹紫蟹，煮酒燒紅葉。人生有限杯，幾個登高節。囑咐俺頑童記者：便北海探吾來，道東籬醉了也！（秋思，此曲據中原音韻）

在這些曲子裏，他否定了封建歷史上的功名富貴，指出了王侯將相的虛幻無常，暴露了舊社會中爭名奪利的醜惡現實，把那些心硬如鐵的守財奴和那些醉心於名利的人，一天到晚忙碌奔走，比作「密匝匝蟻排兵，亂紛紛蜂釀蜜，鬧穰穰蠅爭血」，畫出了這些人的醜態百出的形象。同時又表現出自己熱愛竹籬茅舍的生活，景仰陶淵明、裴度的精神，通過這些描寫，反映出他對於醜惡現實的不滿，反映出處在當代極其黑暗的政治環境裏，知識分子不願同流合污的思想感情。語言本色，精煉有力。比起王實甫的退隱來，秋思更富於悲憤，但其中也雜有頹喪消極的情緒。

馬致遠的小令，也寫得極為出色。

枯藤老樹昏鴉。小橋流水人家。古道西風瘦馬。夕陽西下，斷腸人在天涯。（天淨沙：秋思）

花村外，草店西，晚霞明雨收天霽。四圍山一竿殘照裏，錦屏風又添鋪翠。（壽陽曲：山市晴嵐）

夕陽下，酒旆閑，兩三航未曾著岸。落花水香茅舍晚，斷橋頭賣魚人散。（壽陽曲：遠浦帆歸）

雲籠月，風弄鐵，兩股兒助人淒切。剔銀燈欲將心事寫，長吁氣一聲吹滅。（壽陽曲）

有的寫蒼涼的情景，有的寫江邊的風物，有的寫情愛，有的寫感慨，語言凝煉尖新，通俗生動，富於概括的藝術特色，而又具有音樂性的和美。尤其是天淨沙一曲，更爲傑出。在短短二十八個字裏，刻劃出一幅非常真實動人的秋郊夕照圖，由蒼涼的景色，反映出旅人飄泊的情懷。作者將許多自然的鮮明形象，精巧地湊合組織起來，灌輸着富於詩情的血液，使那些孤立的現象，形成一個有機的不能分離的整體美。用力寫景，每一景中有情；側面抒情，情中句句有景。它與王之渙的出塞（「黃河遠上白雲間」），可以並肩媲美。

據任訥所輯的東籬樂府，得小令百有四，套數十七。在前期作家裏，他的作品，算是留存得最多的了。馬致遠在散曲上的成就，是擴大了曲的內容，提高了曲的意境，以他特出的才情，豪邁的氣概，優美的語言，傾現於曲中。他的長處，是能適應各種題材的特性，表現各種不同的風格。他在元代散曲史上有重要的地位，對於散曲的提高與發展起了一定的作用。他的作品，雖多爲豪放之作，但也有清麗細密的，也有表現消極情緒的。

在下面，還要介紹一下張養浩和貫雲石。他們的散曲風格，比較接近馬致遠。

張養浩　張養浩（一二七〇——一三二九），字希孟，號雲莊，濟南（今屬山東）人。爲御史時，上疏論政，爲權貴所忌，遭陷罷官。後官至陝西行台中丞。他的散曲有雲莊休居自適小樂府一卷，是他歸田以後的心境的抒寫。紅繡鞋云：「纔上馬齊聲兒喝道，只這的便是送了人的根苗，直引到深坑裏恰心焦，禍來也何處躲，天怒也怎生饒，把舊來時威風不見了。」這是他在黑暗時代做官的苦痛的體驗，反映出在蒙古統治者的壓迫下，漢人官僚的哀傷感情。因此一旦擺脫官場，回到田園，心境就感到自由和舒適，在這方面所抒寫的也比較真實。

挂冠，棄官，偷走下連雲棧。湖山佳處屋兩間，掩映垂楊岸。滿地白雲，東風吹散，卻遮了一半山。嚴子陵釣灘，韓元帥將壇，那一個無憂患。（朝天子）

柳堤，竹溪，日影篩金翠。杖藜徐步近釣磯，看鷗鷺閒遊戲。農父漁翁，貪營活計，不知他在圖畫裏。對着這般景致，坐的，便無酒也令人醉。（朝天子）

一江烟水照晴嵐，兩岸人家接畫簷。芰荷叢一段秋光淡。看沙鷗舞再三，捲香風十里珠簾。畫船兒天邊至，酒旗兒風外颭，愛殺江南。（水仙子：詠江南）

可憐秋，一簾疏雨暗西樓。黃花零落重陽後，減盡風流。對黃花人自羞，花依舊，人比黃花瘦。問花不語，花替人愁。（殿前歡）

從元史的記載來看，張養浩在政治上很有抱負，但在作品中卻流露出強烈的隱逸情緒，這正反映了當時漢人士大夫的矛盾苦悶的心情。作品的風格，則飄逸婉麗兼而有之，而以後者在曲中佔着多數。他又能詩，有雲莊類稿。如哀流民操、上都道中，是反映現實的佳作。

貫雲石 貫雲石（一二八六——一三二四），畏吾兒（即維吾爾族）人。他是一個精通漢文的少數民族作家。蔣一葵堯山堂外紀云：「父名貫只哥，遂以貫爲氏，名小雲石海涯，自號酸齋，時有徐甜齋失其名，並以樂府擅稱，世稱酸甜樂府。」甜齋是徐再思，我們現在讀他的作品，覺得遠不如酸齋。貫雲石做過翰林學士，深受漢族的思想與文學的影響，愛慕江南風物，憧憬恬靜閑適的生活，後辭官不做，隱居江南，改名易服，在錢塘賣藥爲生，自號蘆花道人。他善作散曲。據說他所創的曲調，傳給浙江澉浦楊氏，后稱爲海鹽腔。流傳至明代，爲崑腔的先驅。

棄微名去來心快哉！一笑白雲外，知音三五人，痛飲何妨礙。醉袍袖舞嫌天地窄。（清江引）

挨著靠著雲窗同坐，偎著抱著月枕雙歌，聽著數著愁著怕著早四更過。四更過情未足，情未足夜如梭。天哪，更閏一更兒妨甚麼！（紅繡鞋）

紅繡鞋的俚俗生動，清江引的豪放飄逸，都很精采。如壽陽曲、殿前歡、塞鴻秋的十幾首，句子較爲華美。他如金字經、凭欄人、折桂令、小梁州諸曲，文字細密，音調和諧，呈現出柔美的色彩。

隔簾聽，幾番風送賣花聲。夜來微雨天階淨。小院閑庭，輕寒翠袖生。穿芳徑，十二闌干凭。杏花疏影，楊柳新情。（殿前歡）

蛾眉能自惜，別離淚似傾。休唱陽關第四聲。情，夜深愁寐醒。人孤零，蕭蕭月二更。（金字經）

太和正音譜說貫氏作品似「天馬脫羈」，其實他在豪放之外，也還有工麗清潤的一面。

六　睢景臣與劉致

在這裏，我要介紹兩位前人不大重視的作家，而他們在散曲上是很有成就的。一是睢景臣，一是劉致。他們的特色，是擴大了散曲原有的範圍，無論內容、形式和風格，都起了很大的轉變，把只局限於情愛、離別、風景、退隱一類的散曲文學，帶到了一條新的道路。他們流傳下來的作品雖不很多，但都是精采的。

睢景臣　睢景臣，字景賢，揚州（今屬江蘇）人。生卒不詳。鍾嗣成在錄鬼簿中，放在「方今才人」篇，並說：「大德七年，公自維揚來杭州，余與之識。」（見曹本錄鬼簿）約略可以推測他的年代。他的作品不多，錄鬼簿說他寫過雜劇，揚州府志著錄睢景臣詞一卷，但都不存。我們現在所能看到的，只是保留在古籍中的幾首散曲，漢高祖還鄉是他的代表作品。這一套散曲，選在朝野新聲太平樂府中。

般涉調哨遍　社長排門告示：但有的差使無推故，這差使不尋俗。一壁廂納草也根，一邊又要差夫，索應付。又言是車駕，都說是鑾輿，今日還鄉故。王鄉老執定瓦臺盤，趙忙郎抱着酒葫蘆。新刷來的頭巾，恰糨來的紬衫，暢好是粧幺大户。

耍孩兒　瞎王留引定夥喬男女，胡踢蹬吹笛擂鼓。見一彪人馬到莊門，匹頭裏幾面旗舒：一面旗，白胡闌套住個迎霜兔；一面旗，紅曲連打着個畢月烏；一面旗，雞學舞；一面旗，狗生雙翅；一面旗，蛇纏葫蘆。

五煞　紅漆了叉，銀錚了斧，甜瓜苦瓜黃金鍍；明晃晃馬蹬鎗尖上挑，白雪雪鵝毛扇上鋪。這幾個喬人物，拿着些不曾見的器仗，穿着些大作怪衣服！

四煞　轅條上都是馬，套頂上不見驢。黃羅傘柄天生曲。車前八個天曹判，車後若干遞送夫。更幾個多嬌女，一般穿着，一樣妝梳。

三煞　那大漢下的車，眾人施禮數。那大漢覷得人如無物。眾鄉老屈脚舒腰拜，那大漢挪身着手扶。猛可裏擡頭覷，覷多時認得，險氣破我胸脯！

二煞　你須身姓劉？您妻須姓呂？把你兩家兒根脚從頭數：你本身做亭長，躭幾盞酒；你丈人教村學，讀幾卷書。曾在俺莊東住，也曾與我餵牛切草，拽壩扶鋤。

一煞　春採了桑，冬借了俺粟，零支了米麥無重數。換田契，強秤了麻三秤；還酒債，偷量了豆幾斛。有甚胡突處？明標着冊曆，見放着文書！

尾　少我的錢，差發內旋撥還；欠我的粟，税糧中私准除。只道劉三，誰肯把你揪捽住

？白甚麼改了姓，更了名，喚做漢高祖！（漢高祖還鄉）

這是一幅生動的漫畫，一幅有深刻諷刺意義的漫畫。漢高祖的「威加海內，富貴還鄉」，在正統歷史上的記載，是煊赫一時的盛典。作者對於這一場面的描繪，一反傳統的歷史觀點，完全站在農村人民的立場，對於這一位奪取農民革命果實的皇帝的醜史和作威作福的形態，通過鄉民率直的口吻，給以辛辣的諷刺和冷峻的蔑視。這一套散曲，實際是一幕諷世的喜劇。有排場，有人物，有各種語言和動作，並且還有音樂。寫得那麼自然、生動，而又結構謹嚴。第一曲是社長傳布消息，說皇帝要來了，叫大家準備接駕，於是王鄉老、趙忙郎一類的出色人物，忙着穿剛漿熨好的紬衫，戴着新刷來的頭巾，忽忽忙忙地出場了。第二曲寫皇帝的先頭隊伍——樂隊和旗隊，第三曲寫皇帝的儀仗隊，第四曲寫皇帝車前的衞隊，車後的太監和宮女，第五曲寫鄉民向皇帝行禮，開始是誠惶誠恐，誰知一擡頭，便識破了這一位皇帝大人的真面目原來就是劉三。在後面三曲裏，對這位改了姓更了名的漢高祖，加以無情的嘲罵。通過這一套散曲，作者對於名不符實裝模作樣的帝王們，表示了輕視、醜化和強烈的諷刺。同時，也可以從側面體會出作者對元代統治者的反抗思想。在這裏，正顯示出這一套散曲歷史意義和現實內容的緊密結合。從藝術上看，它也具有鮮明的特色，敘事如此生動，形象如此真實，語言如此通俗，鄉民的口吻如此真切，這種境界，是過去詩詞中所難達到的。

劉致 劉致（？——一三二四以後），字時中，號逋齋，石州寧鄉（今山西離石）人。早年遊宦於湖南、江西、河南等地，曾任永新州判、河南行省掾等職，後官翰林待制、浙江行省都事。工詩文，得當代古文家姚燧的賞識。在張可久的小山樂府中，有與劉時中唱和之作。他的散曲，現存小令六十餘首，套曲三首。小令頗多清華之作。

春光荏苒如夢蝶，春去繁華歇。風雨兩無情，庭院三更夜。明日落紅多去也。（清江引）

和風鬧燕鶯，麗日明桃杏。長江一線平，暮雨千山靜。載酒送君行，折柳繫離情。夢裏思梁苑，花時別渭城。長亭，咫尺人孤另。愁聽，陽關第四聲。（雁兒落帶得勝令：送別）

這種作品，與張可久的情調相同。但是他有兩章上高監司北正宮端正好套曲，在元代散曲中，表現着異樣的精神，想必是他早年在江西作小官時所作。前一套描寫南昌的大旱災，長十五調；後一套描寫當時庫藏積弊，吏役弄奸的情狀，長至三十四調。他在這兩套中，一掃當代專以曲子來描寫風月、離情的舊習，而擴展到描寫政教治蹟以及勞動人民的生活，暴露着政治的黑暗，這種具有深刻的社會內容作品，真是散曲中少見之作。我們先看他描寫旱災時人民的慘狀：

滾繡球 去年時正插秧，天反常，那裏取及時雨降，旱魃生四野災傷。穀不登，麥不長，因此萬民失望。一日日物價高漲，十分料鈔加三倒，一斗粗糧折四量。煞是淒涼。

倘秀才 殷實户欺心不良，停塌户瞞天不當，呑象心腸歹伎倆。穀中添粃屑，米內插粗糠。怎指望他兒孫久長。

滾繡球　甑生塵，老弱飢，米如珠，少壯荒。有金銀那裏每典當，盡枵腹高臥斜陽。剝榆樹餐，挑野菜嘗。喫黃不老勝如熊掌，蕨根粉以代餱粱。鵝腸苦菜連根煮，荻筍蘆蒿帶葉咗，只留下杞柳株樟。

倘秀才　或是捶麻柘稠調豆漿，或是煮麥麩稀和細糠。他每早合掌擎拳謝上蒼。一個個黃如經紙，一個個瘦似豺狼，塡街臥巷！

滾繡球　偷宰了些闊角牛，盜斫了些大葉桑。遭時疫無棺活葬，賤賣了些家業田莊。嫡親兒共女，等閑參與商，痛分離是何情況，乳哺兒沒人要撇入長江。那裏取廚中剩飯杯中酒，看了些河裏孩兒岸上娘。不由我不哽咽悲傷！

叨叨令　有錢的販米穀，置田莊，添生放，無錢的少過活，分骨肉，無承望。有錢的納寵妾，買人口，偏興旺，無錢的受飢餒，塡溝壑，遭災障。小民好苦也麼哥，小民好苦也麼哥，便秋收鬻妻賣子家私喪。

曲中對於高監司雖作了一些頌揚，然其主要精神是揭露黑暗，批判現實。在上舉的這些曲文裏，表現出作者對人民的同情，真實而又具體地反映出災區人民的悲慘生活。窮人吃樹根泥土，賣兒鬻女，老的少的，倒臥在街頭巷口，或丟在水裏淹死，而那些從事囤積的富豪大賈，正在利用這機會，買田置產，販米娶妾，過着奢華淫侈的生活，這種不合理的社會制度，這種尖銳的階級矛盾，這種貧富不均的悲慘生活，曲中作了非常真實的暴露。劉致用當日新興的曲子，描寫這種社會事件，使散曲發揮了批判現實的作用。他在另一套裏，把當日庫藏的積弊和吏役狼狽爲奸的情形，也寫得非常詳細、真實。他痛恨當日那些胸無點墨的商人，仗着金錢，結交官吏，無惡不作，而更要附庸風雅，假裝文雅之士。「只這素無行止喬男女，都整扮衣冠學士夫，一個個膽大心粗。」（滾繡球）這些人都是米店肉店油店飯店的老闆，有了他們來狼狽爲奸，自然是「餓虎當途，法出姦生」了。此曲收於陽春白雪，書前有貫雲石序，貫卒於一三二四年。又曲中有「已自六十秋楮幣行」之句，元代的中統鈔，發行於一二六〇年。可知此曲作於一三二〇至一三二四年間。劉致這一種描寫現實的作品，雖是不多，然只要有這兩個長篇，已足確定他在元代曲壇的地位。套曲最長的形式，他運用自如，社會生活，他在散曲中作了深刻的反映。這樣看來，有人說他是曲中的白居易，是比較適宜的。

七　元代後期的散曲作家

散曲經過了上述的演進，終於走到了拘韻度、講格律的典雅階段。初期曲中的俚俗、生動、質樸、直率的種種特色，到了這時都漸漸地消失了。在這一時期中，曲學批評以及曲律研究的著作也出現了。周德清的中原音韻，就是這類著作的代表。書雖是以曲韻爲主，在作詞十法中，討論了知韻、造語、用事、用字、入聲作平聲、陰陽、務頭、對偶、末句和定格等項，可見他對於曲的批評與認識，是以對偶、修辭和聲韻爲標準，是以形式爲重的。賈仲明云：「周德清，江右人，號挺齋，宋周美成之後。工樂府，善音律。病世之作樂府，有逢雙不對，襯字尤多，失律俱謬者。有韻脚用平上去不一而唱者，有句中用入聲，拗而不能歌者，有歌其字音非其字者，令人無所守。乃自著中州韻一帙，以爲正語之本，變雅之端。……使用韻者隨字陰陽，各有所協，則清濁得宜，上下中律，而無凌犯逆物之患矣……。又自製爲樂府甚多。爲文集勻連環簡、梅花鵜，此作當世之人不能作者。有古樂府詠頭指甲云：『朱顏如退卻，白首恐成空』，有言外之意。切對有『殘梅千片雪，爆竹一聲雷』，雪非雪，雷非雷，皆佳作也。長篇短章，悉可爲人作詞之定格。故人皆謂：德清之韻，不但中原，乃天下之正音也。德清之詞，不惟江南，實天下之獨步也。」（錄鬼簿續編）在這一段話裏，恰好說明中原音韻的內容和當代曲壇的風氣。試看周德清評張可久的紅繡鞋與朝天子云：「二詞對偶、音律、語句、平仄，俱好。前詞務頭在人字，後詞妙在口字上聲，務頭在其上，知音傑作也。」又評醉太平感懷云：「窘字若平，屬第二着。平仄好，務頭在三對，末句收之。」又評山坡羊春睡云：「意度平仄俱好，止欠對耳。」在這些話裏，知道他品曲的標準，只以音律韻脚對偶爲第一義，只是注意形式技巧問題，對於曲的內容風格，完全忽略了。元曲到了後期，正如詞到了宋末一樣，顯得沒有生氣。這一期的作家如張可久、喬吉、徐再思、曹明善、趙善慶、吳西逸、王仲元、錢霖、任昱、周德清、鍾嗣成諸家，雖不能說他們沒有一兩首豪爽生動的作品，但典雅華美成爲他們的主要風格，確實走上格律派的道路了。

張可久　張可久字小山，慶元府（今浙江寧波）人。生卒不詳。在他的集中，有湖上和疏齋學士、紅梅和疏齋學士，以及酸齋學士席上諸作，俱在其早期作品今樂府中。疏齋於成宗朝授集賢學士，那已是疏齋近死之年。又酸齋於仁宗朝拜翰林學士。再鍾嗣成的錄鬼簿成於至順元年，小山列於極後。由此看來，張可久約生於十三世紀後期，在十四世紀初期的二、三十年代，是他在文學上的活躍時期。張小山是元代散曲的專家，他畢生的精力，全獻之於散曲，在元代曲壇享受着盛大的聲譽。他的作品，有今樂府、蘇隄漁唱、吳鹽、新樂府四集。

小山的生平不詳，錄鬼簿云：「可久以路吏轉首領官。」李開先云：「卽所謂民務官，如今之稅課局大使」，小山仕履可考者只此而已。他生性愛遊山水，故集中寫景之作特多。他一生足跡，就其作品看來，到過湖南、江西、安徽、福建、江、浙諸省，故江南一帶名山勝水，俱有題詠。杭州、吳門足跡尤繁，題詠更富，故有蘇隄漁唱、吳鹽的結集。他的生平雖是不詳，但在他的曲中，時時顯露出自己的身世。如：

十年落魄江濱客，幾度雷轟薦福碑。男兒未遇氣傷懷。（賣花聲）

天南地北，塵衣風帽，漫無成數年馳驟。（同上）

悶來長鋏為誰彈？當年射虎，將軍何在，冷淒淒霜凌古岸。（同上）

人生底事辛苦，枉被儒冠誤。讀書圖駟馬高車，但沾着者也之乎。區區牢落江湖……

。（齊天樂）

他是一個江湖落魄懷才不遇的江南曲家，在他的作品裏，充滿了鬱鬱不得志的困頓的感情。因爲他困於仕途，於是以山水之樂，聲色之歡來消磨他的一生。如「西風又吹湖上柳，畫舫攜紅袖。鷗眠野水閑，蝶舞秋花瘦。風流醉翁不在酒。」（清江引）再如「罷手，去休，已落在淵明後。百年心事付沙鷗，更誰是忘機友？洞口漁舟，橋邊村酒，這清閒何處有？樹頭，錦鳩，花外啼春晝。」（朝天子）張可久散曲的數量雖然很多，而內容一般貧乏，其中對現實固有所不滿，但却多是從個人的懷才不遇所引起的，又由于他長期流浪江湖，因此渴望能過一點閑居生活。同時，他自己雖只做過小官，想必以名士的資格，得以與當日的高官要人交遊，在他的集中，有崔元帥席上、梅元帥席間、甯元帥席上、胡使君席間、酸齋學士席上一類的作品。一面他又喜與禪師道人交往，集中這一類的訪贈的作品也不少。由此看來，張小山的生活與性格，我們也就得知大半了。

散曲到了後期，逐步向格律方面發展，追求辭藻的華美，張可久就是這方面的代表。由他的作品看來，有幾點可以注意。

一、在小山樂府中，常有分韻分題之作。如酒邊分得卿字韻、分得金字、席上分題、湖上分得詩字韻諸首都是。由這一點，可知曲到這時候，已失去了前期的直抒情意的精神，而成爲誇才耀藻的應酬品了。

二、在他七百多首作品中，大抵是寫景、言情、送別、談禪、詠物、贈答之作，缺少現實生活的反映。

三、他的表現方法，注重形式與格律，因此他的作品，極力運用詩詞中的句法，以雕琢字句爲能事，力求騷雅蘊藉，形成典麗的風格，失去了前期散曲中的本色美。

落紅小雨蒼苔徑，飛絮東風細柳營。可憐客裏過清明。不待聽，昨夜杜鵑聲。（喜春來）

鶯羽金衣舒晚風，燕嘴香泥沾亂紅。翠簾花影重，玉人春睡濃。（凭欄人）

前例的婉約，似秦觀的浣溪紗詞，後例的濃豔，似溫庭筠菩薩蠻中語。楊愼詞品云：「張小山小桃紅詞云：『……蔞蒿春色動，楊柳索春饒』，山谷詩也，此詞用之，今刻本不知，改饒爲愁，不惟無韻，且無味矣。」在這地方，正好看出張可久在曲的製作上，是把詩詞融和混合，藉以離開淺俗，而入於典雅。再如：

秋風馬耳寒，夜雪貂裘綻。萬里南歸孤飛雁，動離情故國鄉關。（普天樂：客懷）

荷盤敲雨珠千顆，山背披雲玉一蓑。（喜春來）

琢鍊之工，對仗之巧，作者費了不少心力。這類句子，俯拾卽是。因爲他過於注重詞的形式美，所以他從曲中排去俚言俳語，一味追求雅正，而得與正統派的詩詞並列。所以到了明初，他的作品，獨能得着宋濂、方孝孺這般士大夫的青眼，替他校正出版，而視爲樂府正音了。劉熙載評他「兩家（指小山、夢符）固同一騷雅，不落俳語。」（藝概）許光治說他「儷辭追樂府之工，散句擷宋唐之秀。惟套曲則似涪翁俳詞，不足鼓吹風雅也。」（江山風月譜序）俚俗與白描的喪失，本來是小山樂府的缺點，而前代的批評家，卻以藻麗爲他的特色，給以很高的讚譽，這是很不全面的。但張可久在元代的散曲史上，仍有其地位。

萋萋芳草春雲亂，愁在夕陽中。短亭別酒，平湖畫舫，垂柳驕驄。一聲啼鳥，一番夜雨，一陣東風。桃花吹盡，佳人何在？門掩殘紅。（人月圓：春晚次韻）

對青山強整烏紗，歸雁橫秋，倦客思家。翠袖殷勤，金杯錯落，玉手琵琶。人老去西風白髮，蝶愁來明日黃花。回首天涯，一抹斜陽，數點寒鴉。（折桂令：九日）

青苔古木蕭蕭，蒼雲秋水迢迢，紅葉山齋小小。有誰曾到，探梅人過溪橋。（天淨沙：

魯卿菴中）

翩翩野舟，汎汎沙鷗。登臨不盡古今愁。白雲去留。鳳凰臺上青山舊，秋千牆裏垂楊瘦，琵琶亭畔野花秋。長江自空流。（醉太平：懷古）

江村路，水墨圖，不知名野花無數。離愁滿懷難寄書，付殘潮落紅流去。（落梅風：江上寄越中諸友）

小山樂府描寫自然風景是比較成功的，尤其是寫江南風物，更爲細緻美麗。涵虛子評他爲「清而且麗，華而不豔」，確是小山樂府的特色。

喬吉　喬吉（？——一三四五），一作喬吉甫，字夢符，號笙鶴翁，原籍太原，流寓杭州。除散曲外，還作過兩世姻緣等雜劇。曹本錄鬼簿云：「美容儀，能詞章，以威嚴自飭，人敬畏之。居杭州太乙宮前，有題西湖梧葉兒百篇，名公爲之序。江湖間四十年，欲刊所作，竟無成事者。至正五年二月，病卒於家。」這是記載喬吉事蹟的重要文獻。在這一段短文裏，我們知道他也是一個作客異鄉終身落魄的文人。一生窮困，因此在江湖流浪了四十年，自己的作品，也無法刊行問世。在他的作品裏，也時時流露出這種窮愁潦倒的心情。

離家一月，閒居客舍，孟嘗君不費黃虀社。世情別，故交絕，牀頭金盡誰行借。今日又逢冬至節，酒、何處賒？梅、何處折？（山坡羊：冬日寫懷）

不占龍頭選，不入名賢傳。時時酒聖，處處詩禪。烟霞狀元，江湖醉仙。笑談便是編修院。留連，批風切月四十年。（綠幺遍：自述）

肝腸百鍊爐間鐵，富貴三更枕上蝶，功名兩字酒中蛇。尖風薄雪，殘杯冷炙，掩清燈竹籬茅舍。（昇平樂：悟世）

在這三首曲裏，可以想見他在窮愁潦倒之中強自解遣的心情，內容的基本傾向實與張可久相近。他的散曲，在元、明時有惺惺道人樂府、文湖州集詞及喬夢符小令三種。存小令近二百首，套曲十套。張可久外，在元人散曲中，他所存的作品要算是最富的了。

冬前冬後幾村莊，溪北溪南兩履霜。樹頭樹底孤山上。冷風來何處香？忽相逢縞袂綃裳。酒醒寒驚夢，笛淒春斷腸。淡月昏黃。（水仙子：尋梅）

垂楊翠絲千萬縷，惹住閑情緒。和淚送春歸，倩水將愁去，是溪邊落紅昨夜雨。（清江引：即景）

瘦馬馱詩天一涯，倦鳥呼愁村數家。撲頭飛柳花，與人添鬢華。（凭欄人：金陵道中）

上面這些例子，可看出喬吉曲中所表現的婉麗的風格。在他的曲裏，他也歡喜引用或融化前人詩詞的舊句。如沉醉東風題扇頭一首云：「萬樹枯林凍折，千山高鳥飛絕。兔徑迷，人蹤滅，載梨雲小舟一葉。蓑笠漁翁耐冷的，獨釣寒江暮雪。」這是把柳宗元的一首五絕，做成一首曲子，總不如原作的警鍊。再如他的天淨沙卽事云：「鶯鶯燕燕春春，花花柳柳真真。事事風風韻韻。嬌嬌嫩嫩，停停當當人人。」全曲用疊字組成，另成一格，由此可看出他在字句的琢鍊與音調的和美上所用的工夫。因此，前人論元散曲者，總是張、喬並稱，評爲雅正的典範。明李開先並以張、喬比之唐代詩壇的李、杜，其實這比喻是不正確的。因爲元代的散曲，由關、馬諸家以後，已趨於格律的嚴整與語言的雕琢，離開曲的本色，離開民眾，日益遙遠。這情形，已走到了晚唐詩與宋末詞的境界。王驥德曲律云：「李中麓序刻元喬夢符、張小山二家小令，以方唐之李、杜。夫李則實甫，杜則東籬，始當。喬、張蓋長吉、義山之流。然喬多凡語，似又不如小山更勝也。」他在這裏，以李賀、李商隱比喬、張，從文學精神和散曲的演變上來看，都是較爲合理的。

在這一時期，曲風不出張可久、喬吉範圍之外者，尚有王仲元（杭州）、徐再思（嘉興）曹明善（衢州）、趙善慶（饒州）、錢霖（松江）、任昱（四明）、周德清（江西）、吳西逸諸家，全都是南方人。他們的作品，傳世者雖不多，但就其存者觀之，大都以清麗見長。關、馬那種爽朗活潑的生機，在他們的作品裏已不多見了。其中徐再思的作品較富，造就亦較高，是這一羣人中的翹楚，曾與貫雲石並稱。茲各舉一例。

水深水淺東西澗，雲去雲來遠近山。秋風征棹釣魚灘。烟樹晚，茅舍兩三間。（徐再思喜春來：皋亭晚泊）

桃花月淡胭脂冷，楊柳風微翡翠輕。玉人欹枕倚雲屏。酒未醒，腸斷紫簫聲。（徐再思喜春來：春情）

樹杈枒，藤纏掛。衝煙塞雁，接翅昏鴉。展江鄉水墨圖，列湖口瀟湘畫。過浦穿溪沿江汊，問孤航夜泊誰家？無聊倦客，傷心逆旅，恨滿天涯。（王仲元普天樂）

低茅舍，賣酒家，客來旋把朱簾掛。長天落霞，方池睡鴨，老樹昏鴉。幾句杜陵詩，一幅王維畫。（曹明善慶東原：江頭卽事）

稻粱肥，蒹葭秀，黃添籬落，綠淡汀洲。木葉空，山容瘦，沙鳥翻風知潮候，望烟江萬頃沉秋。半竿落日，一聲過雁，幾處危樓。（趙善慶普天樂：江頭秋行）

夢回晝長簾半捲，門掩荼蘼院。蛛絲掛柳棉，燕嘴粘花片。啼鶯一聲春去遠。（錢霖清江引）

新亭館相迎相送，古雲山宜淡宜濃。畫船歸去有漁篷。隨人松嶺月，醒酒柳橋風。索新詩紅袖擁。（任昱紅繡鞋：湖上）

半池暖綠鴛鴦睡，滿徑殘紅燕子飛。一林老翠杜鵑啼。春事已，何日是歸期？（周德清喜春來：贈歌者韓壽春）

長江萬里歸帆，西風幾度陽關。依舊紅塵滿眼。夕陽新雁，此情時拍闌干。（吳西逸天

淨沙：閑題）

江亭遠樹殘霞，淡烟芳草平沙。綠柳陰中繫馬。夕陽西下，水村山郭人家。（同上）

上面這些曲子，由其字句的琢鍊，對仗的工整，抒情的深細，寫景的秀雅，表現了優秀的技巧，但內容貧乏，缺少現實生活的反映，這是元人散曲的一般缺點。因爲他們過於追求琢鍊工整，因此所表現出來的情韻，與宋詞的小令相近，曲的俚俗的本色與白描的語調，反而喪失了。在這種地方，正可看出元代散曲演變的趨勢。

元代散曲作家，可考者二百餘人，上面所論及者，不過十數人。還有些無名氏的作品，表現出較爲濃厚的民歌色彩。抒情寫景，時有佳作。有小令，也有套曲，研究元人散曲，也値得注意。

八　元代的詩詞

元代古文，世稱姚燧、虞集爲二大家。但現在讀牧庵文集和道園學古錄，覺得現實性的文章很少，多爲碑志和應制之作，文筆雖典雅謹嚴，然成就不高。柳貫作姚燧謚文，稱其文「典冊之雅奥，詔令之深醇，固已抉去浮靡，一返古轍，而銘誌箴頌之雄偉光潔，凡鏤金剡石昭德麗功者，又將等先秦兩漢而上之。」虞集的集子，分爲四編，一爲在朝稾，二爲應制稾，由此也可大略推想其文章的內容。但元代的詩詞，其成就卻在散文之上。新興的散曲，固然在元代詩壇佔了重要地位，然詩詞的成績，我們還是不能忽視的。

元代的詩詞，有不少少數民族作家，他們有深厚的漢族文化的修養，精通漢族語言，創作詩詞，工麗精深，其成就卓越，往往超過同代的漢族作家。如耶律楚材、馬祖常、薩都剌、迺賢諸人，頗爲著名。敘述元代詩詞時，必須重視這種歷史現象。其他如劉因、趙孟頫，延祐年間稱爲四家的虞集、楊載、范梈、揭傒斯，元代末年的張翥、楊維禎、王冕諸人，都有一些好作品。王冕的詩，在元代尤爲傑出。

耶律楚材　耶律楚材（一一九〇——一二四四），字晉卿，契丹族，遼皇族子孫。金尚書右丞履之子。少孤，及長，博極羣書，通天文、曆法及釋老之學，善文，工詩。成吉思汗取燕後，被召用。太宗（窩闊台）時，官中書令。仕元近三十年，建國規模，多出其手。扈從西征，達六萬餘里。塞外山川景物，異域風俗人情，所見甚廣，體會很深，發之於詩，富於雄奇蒼涼的情調。如過陰山和人韻、西域河中十詠、庚辰西域清明、己丑過鷄鳴山、過夏國新安縣諸詩，都是優秀之作。有湛然居士集。

寂寞河中府，生民屢有災。避兵開邃穴，防水築高臺。六月常無雨，三冬卻有雷。偶思

禪伯語，不覺笑顏開。（西域河中十詠之一）

寂寞河中府，遺民自足糧。黃橙調蜜煎，白餅糝糖霜。漱旱河為雨，無衣壠種羊。一從西到此，更不憶吾鄉。（西域河中十詠之一）

昔年今日渡松關，車馬崎嶇行路難。瀚海潮噴千浪白，天山風吼萬林丹。氣當霜降十分爽，月比中秋一倍寒。回首三秋如一夢，夢中不覺到新安。（過夏國新安縣）

三年四度過鷄鳴，我僕徘徊馬倦登。寂寞柴門空有舍，蕭條山寺靜無僧。殘花濺淚千程別，啼鳥傷心百感生。今古興亡無可問，穹廬高臥醉騰騰。（己丑過鷄鳴山）

他的律詩中，頗多佳作，氣宇軒昂，聲調雄放，關山跋涉，村舍蕭條，形成他的詩歌特色。西域河中十詠反映出當地的民情風俗、自然現象及經濟生活，頗爲可貴。

趙孟頫　趙孟頫（一二五四——一三二二），字子昂，號松雪道人，湖州（今浙江吳興）人。宋宗室。宋亡家居。至元中因程鉅夫訪遺逸於江南，被薦召用，授兵部郎中，官至翰林學士承旨。有松雪齋文集。他是元代著名的書畫家，又善於詩詞，也工篆刻。書法淵源晉、唐，圓轉流美，骨力秀勁，而又富於變化，後世稱爲「趙體」。繪畫兼通眾長，山水、人物、鞍馬，各盡其妙，獨具風格；篆刻以「圓朱文」著稱，對當時和後代都有很大影響。他富於才情，修養深厚，對於文學藝術取得多方面的成就。他爲宋宗室，而變節仕元，爲論者所不滿。他當日不能堅決抗拒徵薦，保全名節，表現了他的軟弱動搖的性格。仕元以後，在實際政治的教育中，又感到追悔和苦痛，時時懷念着南方的鄉土和流露出故國之思，在他許多詩中，表達了這種情感。

在山為遠志，出山為小草。古語云已然，見事苦不早。平生獨往願，丘壑寄懷抱。圖書時自娛，野性期自保。誰令墮塵網，宛轉受纏繞。昔為水上鷗，今如籠中鳥。哀鳴誰復顧，毛羽日摧槁。向非親友贈，蔬食常不飽。病妻抱弱子，遠去萬里道。骨肉生別離，丘壟誰為掃。愁深無一語，目斷南雲杳。慟哭悲風來，如何訴穹昊。（罪出）

這類的作品還有不少，罪出一篇寫得較爲沉痛，一面追悔，一面自責，由於自己成爲籠中之鳥，竟日斷南雲，向天慟哭。又述懷詩云：「安知承嘉惠，再踏京華塵。京華人所慕，宜富不宜貧。嚴鄭不可作，茲懷向誰陳？」這表現出失節者的窮途末路和沒落的感情。

趙孟頫的七言詩，技巧純熟，流轉自如。七古如題西谿圖贈送鮮于伯機、送高仁卿還湖州、題商德符學士桃源春曉圖諸篇，很有特色。但他的代表作品，在於七律。

鄂王墳上草離離，秋日荒涼石獸危。南渡君臣輕社稷，中原父老望旌旗。英雄已死嗟何及，天下中分遂不支。莫向西湖歌此曲，水光山色不勝悲。（岳鄂王墓）

東南都會帝王州，三月烟花非舊遊。故國金人泣辭漢，當年玉馬去朝周。湖山靡靡今猶在，江水悠悠只自流。千古興亡盡如此，春風麥秀使人愁。（錢唐懷古）

在這些詩句裏，抒寫了家國之思，表現了較高的技巧。再如和姚子敬秋懷五首、聞擣衣、登飛英塔、紀舊遊、次韻信中晚興、次韻王時觀諸律，都是較好的作品。他的七律，在情調和風格上，很有和元好問相近的地方。四庫提要云：「論其才藝，則風流文采，冠絕當時，不但翰墨爲元代第一，卽其文章，亦揖讓於虞、楊、范、揭之間，不甚出其後也。」專就才藝而論，這樣的批評，也還適當。

趙孟頫又工詞。其內容多寄寓失路的情感，音調低沈。有松雪詞一卷。邵復孺稱其「長短句深得騷人意度」。（詞綜卷二十七）茲舉二首爲例：

潮生潮落何時了，斷送行人老。消沉萬古意無窮，盡在長空澹澹鳥飛中。　海門幾點青山小，望極烟波渺。何當駕我以長風，便欲乘桴浮到日華東。（虞美人：浙江舟中作）

今古幾齊州，華屋山丘。杖藜徐步立芳洲。無主桃花開又落，空使人愁。沙上往來舟，萬事悠悠。春風曾見昔人遊。惟有石橋橋下水，依舊東流。（浪淘沙）

馬祖常　馬祖常（一二七九——一三三八），字伯庸。世爲雍古部，居靖州天山（今屬新疆）。高祖錫里濟蘇，金末爲鳳翔兵馬判官，其子孫以官爲氏之例，因姓馬。曾祖雅哈從元世祖南征，移家於汴，後徙光州（今河南潢川）。延祐中復科舉，馬祖常廷試第二，累官至御史中丞。有石田集。

馬祖常能文，無柔曼卑冗之習。其詩才力富健，頗多關懷民間疾苦、反映現實生活之作。如室婦歎、踏水車行、繅絲行、石田山居諸詩，都是佳篇。蘇天爵序其集，對於他的作品，予以很高的評價。

松槽長長櫟木軸，龍骨翻翻聲陸續。父老踏車足生繭，日中無飯倚車哭。乾田犖确稱禾槁，高天有雨不肯下。富家操金射民田，但喜市頭添米價。人生莫作耕田夫，好去公門為卜胥。日日得錢歌飲酒，朝朝買絹與豪奴。識字農夫年四十，脚欲踏車脚失力。宛轉長謠臥隴間，誰能聽此無悽惻。（踏水車行）

早子人愁雨，河田麥已丹。歲凶捐瘠眾，天遠禱祠難。賈客還沽酒，王孫自飽餐。更憐黧面黑，征戍出桑乾。（石田山居八首第一首）

踏水車行有白居易新樂府的精神，石田山居律詩辭意深厚，筆力遒俊，藝術性較高。在他不少作品裏，反映出元代人民的疾苦生活。

虞、楊、范、揭四家 延祐年間，元詩推虞、楊、范、揭爲四大家。虞集（一二七二——一三四八），字伯生，號道園，蜀郡人，僑居臨川崇仁（今屬江西）。曾任翰林直學士、侍書學士等職。諡文靖。有道園學古錄、道園遺稿。楊載（一二七一——一三二三），字仲弘，浦城（今屬福建）人，後徙杭州。延祐二年進士，官至寧國路總管府推官，有楊仲宏集。范梈（一二七二—

一一三三〇），字亨父，一字德機，清江（今湖北恩施）人。家貧早孤，刻苦自學，善爲詩文，工篆隸。年三十餘，辭家北遊，賣卜燕市，受知於董士選，由是名動京師，以薦任翰林院編修官，後出任閩海道知事等職。有范德機詩集。揭傒斯（一二七四——一三四四），字曼碩，龍興富州（今江西豐城）人。官至翰林侍講學士，總修遼、金、宋三史。有揭文安公全集。他們四人，齊名延祐間，然詩風亦不盡同。揭傒斯范先生詩序引虞集云：「楊仲弘詩如百戰健兒，范德機詩如唐臨晉帖，以余（指揭傒斯）爲三日新婦，而自比漢庭老吏也。」前人認爲不當。他們作詩大都講法度，求工煉，而無浮淺之病，但其作品多爲寄贈題詠之作，內容一般貧乏，在這一方面揭傒斯稍勝。他們喜作律詩，詩中常有警句，終少全篇，故前人所稱，實爲過譽。如楊仲宏留別京師中一聯云「風雨四更鷄亂叫，關河千里雁相呼」，確爲名句，但起結俱不佳。這種弊病，他們大都難免。茲各選一首：

徒把金戈挽落暉，南冠無奈北風吹。子房本為韓仇出，諸葛寧知漢祚移。雲暗鼎湖龍去遠，月明華表鶴歸遲。不須更上新亭望，大不如前灑淚時。（虞集輓文山丞相）

秋郊縱步却驂驒，勝事能多許客參。如雪萬家收早稻，未霜千樹着黃柑。鼉鳴海上潮先湧，猿叫山前霧欲含。放浪漁樵元有處，使人猶愛住江南。（楊載湖上）

契闊遽如許，淹留空復情。天遙一鶴上，山合百蟲鳴。異俗嗟何適，冥棲得此生。平居

二三子，今夜隔重城。（范梈盧師東谷懷城中諸友）

夫前撒網如飛輪，婦復搖櫓青衣裙。全家託命烟波裏，扁舟為屋鷗為鄰。生男已解安貧賤，生女已得供炊爨。天生網罟作田園，不教衣食看人面。男大還娶獻家女，女大還作獻家婦。朝朝骨肉在眼前，年年生計大江邊。更願官中減征賦，有錢沽酒供醉眠。雖無餘羨無不足，何用世上千鍾祿。（揭傒斯漁父）

揭傒斯另有楊柳青謠，反映民間疾苦，亦爲佳作。四庫提要謂其詩「寄託自深，非嫣紅姹紫、徒矜姿媚者所可比也」。不過這類作品也不很多。

薩都剌　元代的少數民族作家，特別值得我們重視的，是在詩詞創作上取得優秀成就的薩都剌。薩都剌（一二七二——？），字天錫，號直齋。本答失蠻氏，蒙古人。其祖薩拉布哈、父傲拉齊，以世勳鎭雲代，遂居雁門（今山西代縣）。一說本朱氏子，後阿魯赤養爲己子。溪行中秋玩月詩自序云：「余乃薩家子，家無田，囊無儲」，可知家很貧困。事母至孝，南北仕途，俱奉母而行。泰定四年進士，官至淮西江北道。晚年寓居武林。後入方國珍幕。有雁門集。他雖爲蒙古族，但精通漢語，具有非常深厚的漢族古典文化的修養，所作詩詞，其成就在當代諸家之上。仕宦江南一帶，爲風光所感，寫出許多優美的寫景小詩。而尤長於抒情，用字清圓，曲折婉轉，表達極爲深細。善作宮詞，頗多諷諭之意。因才情富健，各種形式，都能運用自如，古體、律、絕，俱有佳作。七絕如黃河夜月、過揚州、題界首驛、渡淮卽事、西宮卽事、上京卽事、閶城歲暮、入閩過平望驛和御史王伯循題壁、再過梁山泊有懷觀志能二絕；五律如寄舍弟天與、送南臺從事劉子謙之遼東、過釆石驛、過賈似道廢宅；七律如登金山雄跨亭、臺山懷古、層樓感舊、登北固城樓、登石頭；古詩如早發黃河卽事、過居庸關、過嘉興、登歌風臺、江南怨、征婦怨、相逢行贈別舊友治將軍、寒夜聞角諸詩，都是他集中的好作品。

晨發大河上，曙色滿船頭。依依樹木出，慘慘烟霧收。村墟雜雞犬，門巷出羊牛。炊烟動茆屋，秋稻上隴丘。嘗新未及試，官租急徵求。兩河水平堤，夜有盜賊憂。長安里中兒，生長不識愁。朝馳五花馬，暮脱千金裘。鬬雞五坊市，酣歌最高樓。繡被夜中酒，玉人坐更籌。豈知農家子，力穡望有秋。裋褐長不完，糲食長不周。醜婦有子女，鳴機事耕疇。上以充國賦，下以祀松楸。去年築河防，驅夫如驅囚。人家廢耕織，嗷嗷齊東州。飢餓半欲死，驅之長河流。河源天上來，趨下性所由。古人有善備，鄙夫無良謀。我歌兩岸曲，庶達公與侯。淒風振枯槁，短髮涼颼颼。（早發黃河卽事）

居庸關，山蒼蒼，關南暑多關北涼。天門曉開虎豹臥，石鼓晝擊雲雷張。關門鑄鐵半空倚，古來幾度壯士死。草根白骨棄不收，冷雨陰風哭山鬼。道傍老翁八十餘，短衣白髮扶犂鋤。路人立馬問前事，猶能歷歷言丘墟。夜來鋤豆得戈鐵，雨蝕風吹失顏折。鐵腥唯帶土花青，猶是將軍戰時血。前年人復鐵作門，貔貅萬竈如雲屯。生存有功掛玉印，死者誰復招孤魂。居庸關，何崢嶸！上天胡不呼六丁，驅之海外休甲兵。男耕女織天下平，千古萬古無戰爭。（過居庸關至順癸酉歲）

廣陵城裏別怱怱，一去三山隔萬重。日暮江東寄相憶，欲臨秋水剪芙蓉。（入閩過平望驛和御史王伯循題壁）

往復一萬里，嗟君已兩行。朔風吹野草，寒日下邊城。策馬犯霜雪，逢人問路程。歸期在何日？應是近新正。（送南臺從事劉子謙之遼東）

粵王故國四圍山，雲氣猶屯虎豹關。銅獸暗隨秋露泣，海鴉多背夕陽還。一時人物風塵外，千古英雄草莽間。日暮鷓鴣啼更急，荒苔野竹雨班班。（臺山懷古）

讀了上面這些詩，可見他的作品，具有題材多樣、風格多樣的特色。抒情寫景、弔古懷人以及反映民間疾苦，都很有成就。而其風格，大抵絕詩清新婉麗，古體俊健，律詩沉鬱。虞集稱其詩「最長於情，流麗清婉」，這是不夠全面的。趙蘭序其集云：「其詞雄渾清雅，興寄高遠」，這就較爲公允了。

薩都剌又工於詞。小令婉麗，長詞氣象雄渾，尤長於懷古之作。金陵懷古（滿江紅）、彭城懷古（木蘭花慢）、登石頭城（百字令），富有特色。

六代豪華，春去也、更無消息。空悵望山川形勢，已非疇昔。王謝堂前雙燕子，烏衣巷口曾相識。聽深夜寂寞打孤城，春潮急。　思往事，愁如織。懷故國，空陳迹。但荒烟衰草，亂鴉斜日。玉樹歌殘秋露冷，胭脂井冷寒螿泣。到如今只有蔣山青，秦淮碧。（滿江紅：金陵懷古）

造意遣辭，氣象高遠。具有王安石的桂枝香金陵懷古之作的精神。

薩都剌以外，還有兩位作家，我們應該注意，一是迺賢，一是辛文房。

迺賢與辛文房

迺賢（一三一〇—？），字易之。本葛邏祿氏，其義爲「馬」。世居金山西，元時移居內地，稱南陽（今屬河南）人。後隨其兄官江浙，遂家慶元。精通漢文，工詩。以薦授翰林編修官，有金臺集。他才情宏秀，氣格軒翥，一度參加戎幕，往來南北，故頗知民間疾苦。其詩雖多遊覽酬唱之作，但如新隄謠、賣鹽婦、新鄉媼諸篇，描寫民間生活，實爲白居易新樂府之遺音。五言律詩，清潤流麗，時有興寄之作。

蓬頭赤脚新鄉媼，青裙百結村中老。日間炊黍餉夫耕，夜紡棉花到天曉。棉花織布供軍錢，借人輾穀輸公田。縣裏公人要供給，布衫剝去遭笞鞭。兩兒不歸又三月，祇恐凍餓衣裳裂。大兒運木起官府，小兒擔土塡河決。茅欄雨雪燈半昏，豪家索債頻敲門。囊中無錢甕無粟，眼前只有扶床孫。明朝領孫入城賣，可憐索價傍人怪。骨肉分離豈足論，且圖償卻門前

債。數來三日當大年，阿婆墳上無紙錢。涼漿澆濕墳前草，低頭痛哭聲連天。……（新鄉媼）

落日燕城下，高臺草樹秋。千金何足惜，一士固難求。滄海誰青眼？空山盡白頭。還憐易河水，今古只東流。（南地詠古：黃金臺）

日落陵州路，沿流古岸傍。泊舟人自語，聽雨夜偏長。過客愁聞盜，荒村久絕糧。何人肯憂國，得似董賢良。（陵州）

通過這些詩，反映出當代民間生活的面貌，和作者懷古傷時的感情。筆力雄健，甚爲警策。

辛文房字良史，西域人。由於史傳不載，故其生卒、事蹟俱不詳。張雨有元日雪霽早朝大明宮和辛良史省郎二十二韻詩（句曲外史貞居先生詩集），知他做過省郎的官。陸友研北雜志稱其能詩，與王執謙、楊載齊名。有披沙詩集（見馬祖常石田集），已佚。馬祖常說他的詩，近於陰鏗、何遜，賞爲「秋塞鳴霜鎧，春房剪畫羅」。現存詩兩首，見蘇天爵的元文類。

東流水底西飛魚，銜得錢塘紋錦書。幾回錯認青驄馬，著處閑乘油壁車。鸚鵡盃殘春樹暗，葡萄衾冷夜窗虛。蓮子種成南北岸，苦心相望欲何如。（蘇小小歌）

隔水園林丞相宅，路人猶記種花時。可憐總被風吹盡，不許遊人折一枝。（清明日遊太傅林亭）

這兩首詩都寫得好。以美豔的辭句寫蘇小小的題材，格調相稱，確有「春房剪畫羅」之境。絕句清新俊逸，曲折宛轉，抒情細緻。可惜其集已佚，否則其中一定有不少佳作的。

我們今天重視辛文房，並不在於他的詩，而在於唐代詩人的研究。他雖是西域人，對於漢語文學有深厚的修養，對於唐詩尤爲熱愛。他以詩人的才能和豐富的材料，寫成了一部唐代詩人的傳記唐才子傳。全書十卷，正傳二百七十八人，附敍一百二十人，上自唐初，下及五代，共爲三百九十八人。這些詩人，見於新、舊唐書的僅有百人，這就顯出本書在研究唐詩的資料上的重要意義。特別是由於作者自己是詩人，對於詩歌藝術有深刻體會，因而對唐詩的流變，作家、作品的評價和詩歌風格的說明，頗多精闢之見。因爲取材過雜，其中也有一些錯誤的地方。

論岑參云：

參累佐戎幕，往來鞍馬烽塵間十餘載，極征行離別之情，城障塞堡，無不經行。博覽史籍，尤工綴文，屬詞清尚，用心良苦。詩調尤高，唐興罕見此作。（卷三）

論韋應物云：

詩律自沈、宋之下，日益靡嫚，鎪章刻句，揣合浮切，音韻婉諧，屬對藻密，而閑雅平淡之氣不存矣。獨應物馳驟建安以還，各有風韻，自成一家之體。（卷四）

論李白、杜甫云：

能言者未必能行，能行者未必能言。觀李、杜二公，崎嶇版蕩之際，語語王霸，褒貶得失，忠孝之心，驚動千古，騷雅之妙，雙振當時，兼眾善於無今，集大成於往作，歷世之下，想見風塵。……昔謂杜之典重，李之飄逸，神聖之際，二公造焉。觀於海者難為水，遊李、杜之門者難為詩，斯言信哉！（卷二）

論元稹云：

夫松柏飽風霜，而後勝梁棟之任，人必勞餓空乏，而後無充詘之態。譽早必氣銳，氣銳則志驕，志驕則斂怨。先達者未足喜，晚成者或可賀。況慶弔相望於門閭，不可測哉！人評元詩，如李龜年說天寶遺事，貌悴而神不傷。……不矜細行，終累大德。豈不聞言行君子之樞機，榮辱之主耶？古人不恥能治而無位，恥有位而不能治也。（卷六）

論于濆云：

觀唐詩至此間，弊亦極矣。獨奈何國運將弛，士氣日喪，文不能不如之。嘲雲戲月，刻翠粘紅，不見補於采風，無少裨於化育，徒務巧於一聯，或伐善於隻字，悅心快口，何異秋蟬亂鳴也。于濆、邵謁、劉駕、曹鄴等，能返棹下流，更唱瘖俗，置聲祿於度外，患大雅之凌遲，使耳厭鄭、衞，而忽洗雲和。……逃空虛者，聞人足音，不亦快哉。（卷八）

讀了上面各節，可見其論詩的眼光。關於作家的成就，重視社會生活的影響和道德的修養，評價作品則強調內容，反對「嘲雲戲月，刻翠粘紅」的淫靡與浮豔。言之有物，也很中肯。書中當然也有些錯誤，四庫提要曾經指出。一位西域作家，能夠寫成這樣一本著作，是值得我們充分尊重的。

王冕與楊維禎　元末詩人，楊維禎有盛名，但其成就，則不如王冕。

王冕（？——一三五九），字元章，號煮石山農。諸暨（今屬浙江）人。出身農家，牧牛。幼喜讀書，常依僧寺，坐佛膝下，映長明燈自學。後從安陽韓性學，遂成通儒。試進士不第，焚所爲文，研究古代兵法。戴高簷帽，穿綠蓑衣，躡長齒屐，繫木劍，騎牛行市中，人呼爲狂。生活貧困，不以爲意，尤刻苦自學。同鄉王艮很敬重他，王爲江浙檢校，示意他出來做官，他笑謝而去。後同老母妻子隱居會稽之九里山，名其居曰竹齋，題其舟曰浮萍軒，放浪於鑑湖之間。有竹齋集。朱彝尊王冕傳云：「冕善詩，通篆籀，始用花乳石刻私印，尤長畫梅，以臙脂作沒骨體。燕京貴人爭求畫，乃以一幅張壁間，題詩其上，語含諷刺，人欲執之，冕覺，乃亟歸。謂友曰：黃河北流，天下且大亂矣。……太祖（朱元璋）既取婺州，遣胡大海攻紹興，屯兵九里山，居人奔竄，冕不爲動，兵執之與俱見大海。大海延問策，冕曰：越人秉義，不可以犯。若爲義，誰敢不服；若爲非義，誰則非敵。太祖聞其名，授以諮議參軍，而冕死矣。」朱彝尊這篇傳記，是把王冕作爲元末的逸民來寫的，到了吳敬梓的儒林外史，他的形象更爲生動，而成爲富於典型意義的小說人物了。

王冕對元末的黑暗政治深感不滿，而又是一個刻苦自學、品格高超、熱愛勞動、熱愛藝術的詩人。他的詩富於反抗精神，揭露了當時的民族矛盾和階級矛盾，反映了人民的疾苦。又由於他的生活環境，也表現了隱逸閑適之情。但語言純樸，興寄深遠，排宕縱橫，不拘常格，爲其詩歌的特色。

清晨度東關，薄暮曹娥宿。草牀未成眠，忽起西鄰哭。敲門問野老，謂是鹽亭族。大兒去采薪，投身歸虎腹。小兒出起土，衝惡入鬼籙。課額日以增，官吏日以酷。不為公所幹，惟務私所欲。田關供給盡，鹺數屢不足。前夜總催罵，昨日場胥督。今朝分運來，鞭笞更殘毒。竈下無尺草，甕中無粒粟。旦夕不可度，久世亦何福。夜永聲語冷，幽咽向古木。天明風啓門，僵屍挂荒屋。（傷亭户）

對鏡添惆悵，憑誰論古今。山河頻入夢，風雨獨關心。每念蒼生苦，能憐蕩子吟。晚來愁更切，青草落花深。（有感）

日上高樓望大荒，西山東海氣茫茫。契丹踪跡埋荒草，女直烟花隔短牆。禮樂可知新制度，山河誰問舊封疆。書生慷慨何多恨，恨殺當年石敬瑭。（南城懷古）

三月燕山聽子規，追思令我淚垂垂。雖然事業能經世，可惜衣冠在此時。霜慘晴窗琴獨冷，月明秋水劍雙悲。山河萬里人情別，回首春風説向誰？（悼止齋先生）

三月東風吹雪消，湖南山色翠如澆。一聲羌管無人見，無數梅花落野橋。（梅花六首之三）

這都是很優秀的作品，傾向鮮明，風格多樣，表現了傷時感事的真實情感。「可憐新草木，不識舊山河」（有感），「憂國心如醉，還家夢似雲」（漫興）這是王冕詩歌精神中的一面。同時由于封建統治者是「課額日以增，官吏日以酷。不爲公所幹，惟務私所欲」；人民大眾被剝削得「竈下無尺草，甕中無粒粟」，結果是走投無路，惟有懸梁自縊了。在這裏正反映出元末極爲尖銳的階級矛盾。再如猛虎行、苦寒行、痛哭行、江南民、悲苦行、望雨、陌上桑、船上歌、冀州道中、齷齪、題金陵諸詩，都是優秀之作。他的題材廣闊，描繪了農民、漁民、蠶婦和鹽民各方面的慘痛生活。王冕不僅品格高超，而是元末有重要地位的詩人。張景星的元詩別裁只錄其絕句一首，那真是太沒有眼光了。

楊維禎（一二九六——一三七〇），字廉夫，號鐵崖、東維子。諸暨（今屬浙江）人，與王冕同鄉。泰定進士，署天台尹，後改鹽官，官至建德路總管府推官。關懷民生，很有政績。張士誠據浙西，聞其名招之，致書以謝。明太祖召其修書，留四月而還。宋濂爲他作過墓誌銘，很推崇他的詩文，朱彝尊爲他寫過傳，稱爲高士。有東維子集、鐵崖先生古樂府等作。他在當時文名很高，「吳越諸生多歸之」。稱譽者謂其詩橫絕一世，「震盪凌厲，駸駸將逼盛唐」（宋濂語，見所作楊君墓誌銘），毀者詆他爲「文妖」（王彝語，見朱國楨湧幢小品）。現在讀他的作品，散文比較通順，詩歌缺乏現實生活的內容，多以史事和神話爲題材，文字過於藻飾；尤其樂府諸作，故意在語言、格調中，出入盧仝、李賀之間，流爲奇詭怪僻，而實際徒以矯飾求奇而已。朱彝尊稱其詩「奡兀自喜，不蹈襲前人」，其實也不然。他學盧仝、李賀之處固然明顯，學李商隱的地方也很多。四庫提要評云：「其高者或突過古人，其下者亦多墮入魔趣。故文采照映一時，而彈射者亦復四起。」正因其高者少而下者多，易滋末流之弊，深爲明初詩人所不滿。但其小詩中，確有佳作。

買妾千萬金，許身不許心。使君聞有婦，夜夜白頭吟。（買妾言）

家住城西新婦磯，勸君休唱縷金衣。琵琶元是韓朋木，彈得鴛鴦一處飛。（西湖竹枝歌）

用字清新，託意深遠，表現了絕句的藝術特色。這類作品，在楊維禎集中也是很少見的。

元人詩詞，除上述諸家外，再如王惲（一二二七——一三〇四，衞州汲縣人，有秋澗集）、仇遠（一二四七——？，錢塘人，有金淵集、無弦琴譜）、劉因（一二四九——一二九三，雄州容城人，有靜修集）、張翥（一二八七——一三六八，晉寧人，有蛻庵集）諸人，或以詩名，或以詞著，在當日文壇，都有一定地位。各舉作品一首。

楊柳青青，玉門關外三千里。秦山渭水，未是消魂地。　坦臥東牀，恐減風雲氣。功名際，願君著意，莫搵春閨淚。（王惲點絳唇：送董秀才西上）

夕陽門巷荒城曲，清音早鳴秋樹。薄剪綃衣，涼生鬢影，獨飲天邊風露。朝朝暮暮，奈一度淒吟，一番淒楚。尚有殘聲，驀然飛過別枝去。　齊宮往事謾省，行人猶與說，當時齊女。雨歇空山，月籠古柳，彷彿舊曾聽處。離情正苦，甚懶拂冰箋，倦拈琴譜。滿地霜紅，淺莎尋蛻羽。（仇遠齊天樂：賦蟬）

薊門霜落水天愁，匹馬春寒渡白溝。燕趙山河分上鎮，遼金風物異中州。黃雲古戍孤城晚，落日西風一雁秋。四海知名半雕落，天涯孤劍獨誰投。（劉因渡白溝）

漲西湖半篙新雨，麴塵波外風軟。蘭舟同上鴛鴦浦，天氣嫩寒輕暖。簾半捲，度一縷歌雲，不礙桃花扇。鶯嬌燕婉，任狂客無腸，王孫有恨，莫放酒杯淺。　垂楊岸，何處紅亭翠館，如今遊與全懶。山容水態依然好，惟有綺羅雲散。君不見歌舞地，青蕪滿目成秋苑。斜陽又晚，正落絮飛花，將春欲去，目送水天遠。（張翥摸魚兒：春日西湖泛舟）

劉因字夢吉，號靜修，是一位學者。他的詩風格豪放，頗有傷時感事和關懷農民疾苦之作，如燕歌行、白雁行、憫旱、觀梅有感、晚上易臺諸篇，都是好詩。又能詞，有樵庵詞。王惲、仇遠、張翥工於詞，也能詩。仇、張二家，詞重格律，風格近姜夔、張炎，在元代很有名。而其內容較爲貧乏。四庫總目詞類，只列張翥一家，在朱彝尊編的詞綜裏，選入二十七首，可見其偏好之深。再如張埜、邵亨貞、張雨也都有詞名。收集元詞最多的，是朱祖謀刻的彊村叢書，收元詞別集五十家，是研究元詞的重要文獻。

第二十三章　關漢卿與元代雜劇

元代的戲曲，可分爲兩個部門。一類是起於北方的雜劇，一類是發展於南方的南戲。故前人有南曲、北曲之稱。在元代的劇壇，是以雜劇爲主體，因名家輩出，傑作甚多，足爲這一時代文學的代表。南戲在元代雖亦盛行，但作品大都散佚不全，卽偶有流存，其文字結構俱未臻完備之境，在戲曲的藝術上，未能與雜劇抗衡。至元末明初始有拜月、琵琶諸代表作出現，成爲明朝傳奇全盛時代的先聲。在這一章裏，只論雜劇，關於元代南戲的資料，在論明代的戲曲時再說。

一　雜劇的產生

中國真正的戲劇，始自元代的雜劇。雜劇的產生，在中國的戲曲史上，成爲一個新紀元。但這種雜劇，並不是偶然出現的，也不是一兩個天才作家所創造出來的。它是在前代各種講唱文學和舞曲歌詞的基礎上，在民間漸漸演化而成的。我在前面所敘述的那些宋、金時代的戲劇史料，雖都不能算是嚴格的戲劇，雖還都缺少戲劇中的重要要素，但在其發展上，卻都一步一步地與戲劇接近了。宋代歌舞戲中如大曲、曲破等項，所用曲詞，雖單純少變化，所述情節雖爲敘事體，但其中有歌有舞，有念白表演；到了諸宮調的出現，在戲曲史上，顯出了很大的進步。據董西廂看來，戲劇的形式，初步形成。而最重要的，在董西廂的散文中，已帶了代言體的傾向。由董西廂轉入元劇，實已相差不遠。吳梅說元劇的來歷，遠祖是宋時大曲，近祖是董西廂，這是不錯的。

戲劇爲表演於舞台上的綜合藝術，音樂歌舞，雖爲其中之要素，但動作與對話，卻是戲劇必備的條件。更爲重要者，因爲要把一件故事活躍地在舞台上表演出來，故戲劇的體裁必爲代言體。宋、金的雜劇院本，不能稱爲真正的戲劇，實際只是各種雜戲的綜稱，據東京夢華錄所記：「杖頭傀儡任小三，每日五更頭回小雜劇，差晚看不及矣。」可見還包括傀儡戲。因此，宋代的雜劇是缺少這些完整的條件的。到了元代的雜劇，發展成爲純粹的代言體。有做作，有賓白，有歌曲，再加以脚色化裝及佈景的進一步講求，於是由從前歌唱說話分工的大曲、曲破等舞曲，由講唱的諸宮調，而變爲真正登場扮演的舞台藝術了。

將前代未完成的戲曲加以改革，由敘事體而入於代言體，完成元劇的體裁者，前人多歸功於關漢卿，稱他爲雜劇的創始者。錄鬼簿列關於雜劇之首。朱權太和正音譜評關云：「觀其詞語，乃可上可下之才，蓋所以取者，初爲雜劇之始，故卓以前列。」對他的評價，我們暫且不談，把他作爲雜劇之祖，卻是一致。關漢卿在雜劇上的貢獻，有很大的成績，但也不能說雜劇是由他一人創造出來的。

我們由五言詩、宋詞、散曲起於民間的例證，雜劇也是起於民間的。戲曲是民眾文娛的藝術，與民眾發生更密切的關係，在文人創作以前，雜劇早就在民間發育成長，而得到市民的喜愛。據輟耕錄所載金院本七百二十餘種，可見當代戲曲的盛況。在這種情形下，爲供應這種需求，有所謂專編劇本的才人所組織的書會產生。錄鬼簿中李時中下云：「元貞書會李時中、馬致遠、花李郎、紅字公，四高賢合捻黃粱夢。」李時中、馬致遠都做過官，花李郎、紅字公皆是教坊伶人。據賈詞所說，則他們都是大都書會中人。又弔蕭德祥詞云：「武林書會展雄才。」蕭是杭州的醫生，據此他也是書會中人。這樣看來，當代的元劇作家，或許不少都是書會中人。這些人便是改良舊劇、創作新劇的中堅。他們所編的劇本的好壞，與劇場的營業及伶人的名譽衣食，都有關係。在這種環境下，各書會的編劇者，自然都是彼此競爭。並且他們都與舞台關係密切，自然都有豐富的舞台經驗，他們由這種實際的經驗，知道舊劇本有什麼缺點，有什麼好處，要怎樣才能迎合民眾，要用什麼題材才能吸引觀眾。在這種彼此競爭的狀態中，劇本爲適合於舞台表演而獲得較好的聲譽與報酬，自然是時時刻刻在改進之中。這一種改進的工作，也不是一時成功的，也不是一人成功的，是當代許多劇團人員，各種演員樂工，以及許多編劇家長期合作的成績。這種集體工作的成熟，便是雜劇的產生、提高與發展。關漢卿富於戲劇的天才，他有豐富的生活體驗，他在這方面的成就，最爲突出，加以他的年代比較早，從這方面來說，前人稱他爲雜劇的創始者，也是可以理解的。

在輟耕錄「院本名目」中，稱「教坊色長魏、武、劉三人鼎新編輯。魏長於念誦，武長於筋斗，劉長於科汎。」可知這些人，都是當時有名的演員。王國維疑心其中的劉，便是教坊劉耍和。據錄鬼簿所載花李郎、紅字公俱爲劉耍和的女婿，他們又同是藝人，並且都寫過劇本。這樣看來，王國維所推測的，雖無法證明其必然，但卻很合情理。我們不管魏、武、劉三人中的劉，是不是劉耍和，但由此使我們明瞭當代教坊中人，有如魏、武、劉者，正在那裏熱心從事改良戲曲的工作。劉耍和自然也是參加工作的一員，所以他選的女婿，也都是能執筆寫劇本的人物，決非那些普通的演員可比。在這戲曲改進的趨向下，別於金代院本、諸宮調的雜劇，便漸漸形成。同時有許多愛好戲曲的文人，也加入這種工作的集團，如日與伶人爲伍的關漢卿，同劉耍和的兩個女婿合作黃粱夢的馬致遠，都是最好的例證。這樣一來，於是雜劇在文學上的地位提高了。音樂的配置，結構的安排，也日益嚴密，從此雜劇便日趨於發達和成熟。這樣看來，元劇是起於教坊行院的伶人、樂師以及和他們合作的無名編劇者改革舊劇而成。最早的雜劇，都是些無名氏的作品，那些作品比較粗糙，可能是後來散佚的原因之一。等到文人出來與藝人合作、爲教坊行院編劇時，才促進劇本的提高與發展。

二　雜劇的組織

上面說明了雜劇的產生，現在要說的，是雜劇的組織。

一、歌曲　雜劇中的歌唱部分，以散曲中的套曲組成之。上章論散曲時，曾說明套曲是由一宮調中的多數曲調連合而成的。在雜劇中，每一個套曲，稱為一折，相當於現代劇中的一幕。每一個雜劇，以四折為通例。但趙氏孤兒、五侯宴等，則有五折，甚至有六折的，此為元劇中的變例。但四折外，多有用楔子的。楔子有在劇前，也有用在各折之間的。曲調大抵用仙呂賞花時或端正好或連幺篇，西廂記第二劇中之楔子，則用正宮端正好全套，與一折相等（見元人雜劇全集），因此有的本子，把它作為第二折。關於楔子的意義，近人解釋研究者甚多，結論也不一致。雜劇中的楔子，不一定是全劇的序幕，與南戲中的家門全為兩物。我想楔子的產生與應用，完全因為雜劇限於四折的格局，藉此得有一種伸縮補充的餘地，而使其餘的四折，在前後劇情上得到聯繫和平衡。它的作用有時是說明情節，有時是介紹人物，遇到有些內容不能在某折中包含時，也可以來一個楔子，補救這種困難，因此它的地位是極其自由的。在劇前也可以，在折間也無不可；劇中不用楔子固然可以，用也無不可，它有很大的伸縮性。這樣看來，雜劇中的楔子，在組織上並無嚴格的規定，它的應用是要解除四折規律的作劇的困難。如果元曲沒有四折的限制，楔子或許不會產生。

元劇中的歌曲，每折俱由一人獨唱。其他的演員，只有對白，但在楔子中，亦偶有其他演員歌唱的。並且還有許多劇本，全劇四折，由一人獨唱到底，如有名的梧桐雨和漢宮秋等作，都是一人獨唱。主唱的大都爲劇中的要角「末」或「旦」，故有「末本」、「旦本」之稱。但此亦有例外，如關漢卿之蝴蝶夢第三折，本爲正旦所唱，到了折末時，那副角王三忽然唱了一句「腹攬五車書」，於是另一副角張千便責問他說：「你怎麼唱起來？」王三說：「是曲尾。」張千聽了不再說話，王三便把端正好、滾繡球二調唱完了。這樣看來，元劇每折一人獨唱是通例，在曲尾也可有他伶歌唱的變例。不過在元劇中，這種變例也極少。至於西廂記中的歌唱方式，與此又大不同，留在後面再說。一人獨唱的方法，現在看來，實在是元劇的大缺點，這或是諸宮調的一種遺形。他的壞處是：一、因爲過於單調，易引起觀眾的厭倦；二、不能表演多數演員的情緒及其歌唱的藝術。如漢宮秋、梧桐雨中，昭君與楊貴妃都只有白，歌唱全由漢帝、明皇擔任，這是很不合理的。三、獨唱者過於勞苦。最奇怪的，是這種形式，這種於作者、演員以及觀眾三方面都不方便的形式，在元劇的長期演出中，一直採用，無人加以改良，這實在是一個令人感着奇怪的問題。

二、賓白　賓白就是台詞。明姜南抱璞簡記云：「兩人相說曰賓，一人自說曰白。」他說白是獨白，賓是對話。又徐渭說曲辭爲主，白爲賓，故稱賓白。清毛奇齡近於徐說，以爲「若雜色入場，第有白無唱，謂之賓白。賓與主對，以說白在賓，而唱者自有主也。」在這裏顯示出前人重曲輕白的觀念。元劇中的有台詞，是元劇進步的重要因素，是別於宋、金舊戲的最大特點。賓白是戲劇不可少的組成部分，對戲劇的表演效果，有重要作用。但前人只重視劇中的曲辭，而多忽略劇中的賓白，把戲劇當作詩詞一般的來研究，這是很大的缺點。臧懋循元曲選序云：「或謂元取士有塡詞科。……或又謂主司所定題目外，止曲名及韻耳，其賓白則演劇時伶人自爲之，故多鄙俚蹈襲之語。」賓白中常有鄙俚蹈襲之語，這是事實，若因此一概抹煞其價值，說全是演員臨時所爲，這是不確的。元代的雜劇，都是歌劇，用歌曲表現複雜的故事，曲辭當然是重要的部分，但其中情節的穿插，前後的照應，曲白是互相聯繫的。若曲白不是同時寫作，很難令人置信。元劇中的對話，雖多蹈襲之語，但佳者極多。如關漢卿的竇娥冤、救風塵，康進之的李逵負荊，楊顯之的臨江驛，張國賓的汗衫記，無名氏的老生兒諸作中，都有很長的賓白，並且在那些對話裏，把人物的個性和感情，都表現得非常活躍，使劇本在舞台上的表演，得到有力的效果。那些文字既簡潔，又通俗。在這些劇本裏，若去其白，則曲辭便成爲沒有連貫性的散體了。這樣看來，元劇作家只作曲而不作白的話，是不可信的。至於元刊本雜劇三十種中，科白多有省去，不重要演員的白，刪削殆盡，只「外末云了」、「外末問了」的記着，就是正末正旦的白，也只存其大意。這很可能是一種坊間所刊的元劇的簡本給演員或是觀客用的。因爲曲辭要合樂，字句不能增減，並且那些文字也比較深，不容易記，必得要有一種簡本，以供演員們熟讀之用。同時，台詞都是白話，人人能懂，曲辭配合音樂，聽者不解，正如我們今日聽崑曲京戲一樣。有了這種簡本，聽戲的人就便利多了。所以我們如以元刊本雜劇中存曲省白一事作爲元劇作家作曲不作白的證據，也是不可靠的。據王驥德說他所見的元人劇本，在卷首中，詳記全劇中所用的角色和衣裝用品（曲律卷三），又近年來所發現的脈望館校鈔本古今雜劇中，有數十種，都附有「穿關」，指明劇中人物的服裝和鬍鬚式樣等等。由此可見當時劇本是如何的完備，同時，我們也可以相信，在元劇的完本中，賓白是決不會省去的。

三、脚色及其他　元劇因扮演的故事複雜，故演員自必增加。宋、金舊戲中的脚色，已不夠用。現讀元劇，其中脚色名目很多。最重要的有末、旦二大類。末有正末、副末、冲末、外末、小末之分，旦有正旦、副旦、貼旦、外旦、小旦、大旦、老旦、花旦、色旦、搽旦之別。還有淨，一般扮演男角，有時也演女角。「丑」雖見元曲選，或係明人羼入。正末、正旦爲劇中的男女主角，其餘各角，俱爲副員，都是以年齡、性情、身分配合之。此外又有孤、卜兒、邦老、孛老、徠兒等稱，這些名詞，想必都是社會上的普通用語，正如我們現在所說的老太婆、小大姐、老頭之類，他們都是不重要的配角，也不是脚色的名稱，而是一種社會身分。由他們所代表的身分看來，孤是官員，孛老是老頭子，卜兒是老太婆或鴇兒，徠兒是小孩子，邦老是強盜或是流氓。這些稱呼，必爲當時社會中通用的語言，是人人所能懂的。這樣看來，元劇中的脚色，這樣細密地分類而增加，自然可以加強舞台表演的效果，而給觀眾以故事的真實性，比起宋、金舊戲來是進步得多了。

元劇中表演動作的叫做科。一個完整的劇本，要在舞台上表演，專靠唱白還不夠，還必須通過動作，才能把一件故事活靈活現地表現在觀眾之前。元劇在心理的表演和重要動作上，都有記載。如某某做見科，某某哭科，某某睡科，某某醉科。有了這些動作表演，於是唱白才能發生聯繫，才能產生真情實感。所謂「武長於筋斗，劉長於科汎」，這是說他們在舞台上特長於某種表演。又說：「魏長於念誦」，這必是說他特長於說白。當時表演戲劇，除唱曲成爲主要部門外，說白和動作，也很爲人所重視，在這兩方面，也有了專門的人才。

砌末一名，爲劇中所用的道具。焦循劇說云：「殺狗勸夫『祇從取砌末上』，謂所埋之死狗也。貨郎旦『外旦取砌末付淨科』，謂金銀財寶也。……」他這解釋是對的。其次，在劇本的末尾，照例寫着幾句對語，叫做題目正名。前人認爲這是白的一部分，屬於雜劇的本體的。據元刊雜劇三十種在其卷尾，多寫作這樣的形式：

……散場

題目　曹丞相發馬用兵　夏侯敦進退無門

正名　關雲長白河放水　諸葛亮博望燒屯

散場表示劇本及表演終結，就是閉幕的意思。題目正名都放在散場的後面，可知與白絕無關係。題目正名，是作者把劇本寫成以後，另把劇本的內容，再總結地說出來，以便於劇場招貼廣告。杜善夫有一首詠農夫聽戲的散曲，題爲莊家不識勾闌。中云：「見吊個花碌碌紙榜」，可知元代劇場，在門外是挂着紙榜的，紙榜卽紙招，在演出前一日挂了出去，上寫劇目與伶人姓名，以便向觀眾介紹，青樓集小春宴中所記「勾欄中作場，常寫其名目，貼於四周遭梁上，任看官選揀需索」，也是一個例證。

三　元雜劇的演出實況

元雜劇的演出實況，單靠前人書面的記載，有時就覺得不很明白，故還須通過一些文物來考察。因此，下面根據一幅元代彩色壁畫，再結合有關資料，作一簡要敘述。

這幅壁畫爲元泰定元年作品，至今還保存在山西洪洞縣明應王廟（俗稱龍王廟）內，它比書面的記載更直接，也更親切，對研究元劇的人，不但感到極大的興趣，而且耳目爲之一新。

畫的上端畫一橫幅，題著「大行散樂忠都秀在此作場」十一字，並有上下款。橫幅上面是回紋形圖案，下面綴綠色邊沿，這就是勾欄中用的「帳額」，也是砌末之一種。大行當指太行山，正是在山西境內，故其上款題有「堯都見愛」四字。元代這一帶屬於平陽路，著名劇作家如狄君厚、石君寶、鄭光祖等六人就都是平陽籍，可見這地方與元劇關係之密切了。散樂之名很古，原指散在民間的百戲，到了唐代更爲流行，已成爲當時戲劇的一種重要項目。到了宋元，則散樂已成爲樂工的代稱，趙彥衞雲麓漫鈔說：「今人呼路岐樂人爲散樂。按周禮：掌教散樂，釋云：散樂，野人爲樂之善者；以其不在官之員內，謂之散樂。」（卷十二）宋元戲文宦門子弟錯立身中「前日有東平散樂王金榜來這裏做場」，尤可相互印證。忠都秀是伶人的藝名，元代伶人藝名中有「秀」字的很多，青樓集所列女伶中，有「秀」字的就占不少，其中有一個叫大都秀的，因此忠都秀可能是中都秀的別寫。作場和做場、做排場都是同一意思，宋元戲劇中用得很多，陸游詩：「斜陽古道趙家莊，負鼓盲翁正作場」，可見這正是宋元間常用的詞語了。我們如果把上述壁畫上題字用現代話寫出來，那就是：「大行女演員忠都秀在此演出。」推想起來，這大概是一個流動於山西一帶的劇團了。

其次，當時的戲台，有臨時在草場上搭起來的，如水滸傳一百零四回寫「王慶闖到定山堡，那裏有五六百人家。那戲台却在堡東麥地上」。也有在固定的勾欄中演出的。但這種勾欄，實際就是棚屋。輟耕錄卷二十四記至元間松江府勾欄倒塌，壓死四十二人，想必也是臨時搭置的簡陋場所。書中又記「內有一僧人、二道士，獨歌兒天生秀全家不損一人」。從這裏可以使我們明瞭三點：一是當時的觀眾對象相當廣泛，連和尙、道士都有；二是劇團的組織，帶有家族性的，因而也容易使婦女得到演出與造就的機會；三是後台與場子必相距不遠。但這幅壁畫上所畫的戲台台基，却是方磚舖面，這與一九三二年在山西萬泉后土廟發現的元代舞台相參照，可見元代的舞台，除棚屋之類外，也有一些是建築得很牢固很工巧的，並可看到六百多年前中國劇場的面貌之一斑。

畫的背景部分是一幅下垂的台幔，左右各繪神話性的故事，卽是後來舞台上的「守舊」，而且似乎已有上下場門，卽是巡通後台的出入口。下場門口有一半身的女伶，揭開台幔一角向外窺視。這情形，在今天劇場中還可以看到，演員在空閒時，偶而也向前台揭帘張望，而畫工連這種細節都不放過，正見出他構思的細密，也加強了作品的真實感。畫的中央，一共有十個人，分成三排。正中一人，戴幞頭（卽今所謂相貂），穿紫袍，執朝笏，寬袍大袖，微露靴尖，扮成大官模樣，只是不挂「滿髯」而微綴以髭。我們從戴的耳環和面容清秀上看來，却還是一個女演員扮飾的，或者就是所謂忠都秀了。兩旁還有幾個脚色也是女角所扮。女角演生脚，這在宋元雜劇中是很普遍的，青樓集中就說朱錦綉、燕山秀都是「雜劇旦末雙全」。但我們再從另一張載在文物精華上的圖像看，則南宋雜劇中的女角演生脚，女性特徵還很顯明，一下子却不容易辨識是「末色」；這幅壁畫中的女角演生脚，女性特徵就比較不顯明了。

在這幅壁畫裏，雖然還看不到臉譜，但左面的第二人，濃眉，加大的白眼圈，却與今天舞台上丑角的豆腐塊式臉譜相似，或者就是元劇中說的「抹土擦灰」了。又如這些角色挂的髫鬚，也還可以從畫上清楚地看到，而今天舊劇中用鋼絲挂的「髯口」，其實就是從它演變發展而來，也表明中國戲劇面部化妝的技術，正有其自己深遠的傳統。

其餘還有一二打雜人，看他戴的韃靼帽，長的八字鬚，一望而知是當時蒙古裝束。但其中有一點很值得我們注意：這十個人中，並不全是演員，也有司樂的，也有打雜的（卽今之「檢場」），都站在角色的周圍，而樂工所用的樂器，則是鼓、板和笛子，這三種樂器，一直到現在還占着舞台上的重要地位，弦索是後來才加入的。爲了使歌唱和音樂緊密配合，在元劇演出時，樂工就一同上場，坐在台幔前面的地方；同時，也說明中國的戲劇藝術，始終是以演員爲中心，後代把場面安置在左側，也只是位置的變更而已。至於打雜人可以在舞台上自由活動，那種習慣，還保存到解放之前。

總之，這幅壁畫的性質，等於現在一個劇團的集體照片，演員、樂工、服務人員都聚集在一起了。從其中演員陣容和人員搭配之整齊（全是青年和中年人），服飾、道具、陳設、場址之講究，而且還被畫上壁畫看來，則這一劇團的規模與地位也不難想見了。

四　雜劇興盛的原因

雜劇是元代文學的代表，是當代最有羣眾基礎的新文學，英才輩出，盛極一時。文人固不必說，文官如吳仁卿，武將如楊梓，商人如施惠，醫生如蕭德祥，藝人如趙文殷、張國賓、紅字李二、花李郎，俱爲作者。在現存的元劇中，無名氏之作至數十本之多，這些必都是民間文人的作品。由此可知元劇在當代的流行，同時作曲這種相當艱難的工作，在當時的民間，擴展得非常普遍。戲曲本是一種扮演於舞台的羣眾藝術，各處表演，各處也都在寫作，在那一個時代中，究竟產生多少劇本，這是無從統計的。鍾嗣成在至順元年所編的錄鬼簿，是中國戲曲史上第一個重視戲曲而留下的重要文獻。在那目錄中，著錄元劇四百五十八本，明初朱權作太和正音譜，卷首錄元人雜劇五百三十五本。因爲他的年代稍後，在數目上是較爲增加了。不用說，元劇爲他們所遺漏的，自然還是有的，我想最重要的或是在社會上較爲流行的作品，十之八九，必爲他們所採入了。不過，這五百多本元劇，並沒有完全流傳下來。王國維在一九一二年前所作的統計，元劇存者，只有一百十六種（見宋元戲曲考）。但近年來，前人不見的祕籍，日有發現。現從元刊本古今雜劇，息機子編刊的元人雜劇選，臧懋循編刊的元曲選，陳與郊編刊的新續古名家雜劇，尊生館編刊的陽春奏，孟稱舜編刊的古今名劇合選柳枝集、酹江集，李開先編刊的改定元賢傳奇，脈望館鈔校本古今雜劇以及顧曲齋雜劇、孤本元明雜劇、古本戲曲叢刊諸書中所收的元劇，去其重複和錯置的，已大大超過王國維當年所統計的數目了。趙景深的元人雜劇鈎沉，也收集了一些元劇的資料。

關於元代雜劇興盛的原因，茲舉其要者於下。

一、利於戲劇發展的城市經濟繁榮的社會環境　元朝有一個適應於戲劇發達的物質環境。戲劇雖是文學中的一種，但它卻持有獨特的性質，它的生命是同廣大羣眾緊密結合在一起的。一個劇本，如果不在舞台上表演，沒有大量的觀眾來參加，它便失去了生命。所以除了寫在紙上的劇本以外，還需要演員、戲場、用具和觀眾。這一切都須賴於資本，都須賴於繁榮的社會經濟與富饒的大都市。若沒有這種經濟背景與都市環境來支持，戲劇運動便很難發達。元朝在蒙古王公的統治下，文化較低，農業生產，遭受到嚴重的破壞，但因其把歐、亞打成一片，國際交通四通八達，造成中國商業經濟高度的繁榮。當代商業工藝的發展，貴族官吏生活的奢侈，外商來往的頻繁，使當日歐洲國家的代表馬可波羅大爲驚訝。在他的遊記中說：「城市既大而富，商人眾多，商業工藝之民，大多數製造絲業武器與鞍韉以及各種商品。」在這種工商業高度的發展下，自然要造成很多繁榮的大都市。現在的北京當日稱為汗八里，便是大都市的代表。看他記當日的狀況說：

應知汗八里城內外人户繁多，有若干城門卽有若干附郭。此十二大郭之中，人户較之城內更眾。郭中所居者，有各地來往之外國人，或來入貢方物，或來售貨宮中。所以城內外皆有華屋巨室，而為數眾多之顯貴邸舍，尚未計焉。……尚應知者，凡賣笑婦女，不居城內，皆居附郭。因附郭之中，外國人甚眾，所以此輩娼妓為數亦夥，計有二萬有餘，皆能以纏頭自給，可以想見居民之眾。外國巨價異物及百物之輸入此城者，世界諸城無能與比。……百物輸入之眾，有如川流之不息。僅絲一項，每日入城者計有千車。……此汗八里大城之周圍，約有城市二百，位置遠近不等，每城皆有商人來自買賣貨物，蓋此城為商業繁盛之城也。

（馬可波羅行紀第九十四章）

這樣看來，當日的北京，是全世界特別富庶繁榮的國際都市，連妓女就有兩萬人，可想見全城市人口的眾多，如果工商業不發達，自然無法適應那麼多人的消費。在那樣一個人口眾多經濟繁榮的都市裏，妓館、劇場以及各種娛樂場所，必須得到商業經濟和廣大觀客的支持，才可興隆起來。外人雖多不通漢語，但如能出入遊樂場所，他們是肯花錢的。市民、外族、商賈、官吏、士兵等等，都是當日戲場的主要顧客。顧客多生意就好，經營戲場的人可以得利，對於演員與劇作者的報酬也可以增加，於是舞台設備的改進，劇本質量的提高，自是必然的事。在這種環境下，劇本必感着大量的需要，於是那些不滿於元代政治制度下的窮苦文人，或是那些出入於歌場舞榭的文人，都參加劇本編寫的工作。文人參加者日多，劇本的產量自然增多，在質量上也就大有進步。於是好的作家與作品就一天天的產生了。在這種環境下，從前作爲市民娛樂的戲劇，由普及而提高，成爲富有文學價値的戲劇，成爲替代唐、宋詩詞的一種新文學了。可知元代的國際都市與商業經濟的物質基礎，是造成元劇興盛的重要原因。說到這裏，雜劇發達於大都（北京），大作家十之八九都是大都人，這就很容易理解了。

二、戲劇文學的發展　在文學發展的規律上，文學的形式，是由內容和時代來決定的。某種文學形式，在內容和時代的影響下，具有成長發展的過程。由前面所述的辭賦、詩、詞看來，都是如此。宋、金的戲曲，形體粗備，其文學生命，正等待新人的創造與發揚，正等待社會條件的培養；接着來的，恰好是利於戲曲發展的經濟物質環境的元朝。同時，元代統治漢人雖極嚴厲，但在文學思想上，是一個較爲放任的時代。因爲儒家思想的衰微，在唐、宋時代樹立起來的載道的文學理論，在文學界完全失去了理論的指導作用。戲曲本是載道派認爲是卑不足道的東西，恰好在這個文學思想解放的時代出現，加以當代物質環境的優良，於是蓬勃地發展起來了。南宋孟珙的蒙韃備錄記金末的蒙古風俗說：「國王出師，亦以女樂隨行。率十七八美女，極慧點，多以十四絃等彈大官樂，四拍子爲節，甚低，其舞甚異。」國王如此，其臣僚貴族更是如此。他們南下以後，對四書、五經不重視，對文人不重視，而那些優伶歌妓，歌舞戲曲，是爲他們所歡迎的，並且加以提倡和鼓勵，有的成爲大眾的文娛品，有的作爲王侯貴族的御用品了。這些地方，也給與戲曲發展以一定的影響。

三、科舉廢行　沈德符野獲編及臧懋循元曲選序俱有元代曾以戲曲取士，故以此爲元劇興盛原因之說，實不可信。蓋元人滅金以後，只行科舉一次，此後廢去七十餘年，並無戲曲取士之事。而科舉之廢止，也是助長雜劇發展原因之一。科舉時代，士子日夜研究詩賦古文，以求干祿之道，或進而探討孔、孟之言，以作經世之用。元代輕儒生，鄙文士，廢考試，於是昔日的教育制度，大都破壞，往日作爲教科書的詩賦古文以及聖賢之書，都失去其重要性了。當日的知識分子都感到沒有出路，既不能從事生產，又很難得到富貴功名，適此時雜劇興起，既便於反映現實生活，描寫故事，又可作爲文娛的實用藝術，也可解決生活，於是以往日作詩賦古文之精力從事於此，這是有助於雜劇的發展和戲劇藝術的提高的。王國維說：「蓋自唐、宋以來，士之競於科目者，已非一朝一夕之事，一旦廢之，彼其才力無所用，而一於詞曲發之。且金時科目之學，最爲淺陋（觀劉祁歸潛志卷七、八、九數卷可知），此種人士，一旦失所業，固不能爲學術上之事，而高文典冊，又非其所素習也。適雜劇之新體出，遂多從事於此；而又有一二天才出於其間，充其才力，而元劇之作，遂爲千古獨絕之文字。」（宋元戲曲考）過於強調這種原因，固然不妥，但科舉之廢和元劇的興盛，是有某些關係的。

雜劇起於北方，而以大都爲中心。在現在有作品流傳的初期作家，三十一人中，全爲北籍，而大都獨佔十人，得總數三分之一。這樣看來，在元代統一前後，雜劇完全發展於北方，成爲北方獨有的一種新興文學。因爲它有這種地方性，所以在雜劇中所表現的北方文學的特質與精神，最爲濃厚與顯明。特別可注意的是：一、現實色彩的強烈與社會生活的豐富；二、文字的質樸與表情的直率；三、北方的口語方言以及外族語言的雜用。這樣的特色，可於北朝時代的北方民歌中見之。在全爲北方作家的初期元劇中，也最能發揚這一種精神與色彩。到了元代後期，雜劇南移以後，這種精神和色彩，就逐漸地衰淡了。

五　關漢卿的雜劇

關漢卿號已齋叟。大都（今北京市）人。前人都說他任金朝太醫院尹，金亡不仕。清乾隆二十年的祁州志，說他是祁州伍仁村人。但祁州在元代屬中書省，故仍可稱大都。他的生卒年，現在已無法確知。他曾作過大德歌十首，大德爲元成宗年號（一二九七——一三〇七），因而一般認爲他死於大德年間，卽南宋滅亡以後，而推定他生於金哀宗正大年間，年齡大約不超過八十。根據一些前人片段的記載和關氏作品中的敘述，只知道他晚年曾到過杭州，他有南呂一枝花，題爲杭州景的，三四兩句卽說：「大元朝新附國，亡宋家舊華夷。」這似非金遺民的口氣。其中還說：「一到處堪游戲，這答兒忒富貴。滿城中繡幕風簾，一鬨地人烟湊集。」「百十里街衢整齊，萬餘家樓閣參差，并無半答兒閑田地。」這也不是杭州新破的情景。

至於他任太醫院尹，最初見於錄鬼簿所載，但錄鬼簿爲元人所作，照例此太醫院尹當指元代。到明代蔣一葵著堯山堂外紀時，又說他「金末爲太醫院尹，金亡不仕」。而太醫院也確至金代才設立。因此，正像王國維說的，關漢卿之任此職，「未知其在金世歟，元世歟？」同時，據天一閣藏明抄本錄鬼簿和明孟稱舜刊酹江集附錄錄鬼簿殘本，「太醫院尹」都作「太醫院戶」，近人遂據此考出：元代所謂「醫戶」，例屬太醫院管領。其中也有人爲了逃避差役，冒入「醫戶」，或父兄行醫，子弟雖不操此業，但仍由太醫院管領，和一般民戶不同。再據永樂大典所引的析津志，却將關氏列入「名宦傳」中。析津爲遼、金舊名，卽今之北京。文中說：「關一齋字漢卿，燕人。生而倜儻，博學能文，滑稽多智，蘊藉風流，爲一時之冠。是時文翰晦盲，不能獨振，淹於辭章者久矣。」也只是記述關氏的才能與性格，未涉及官職。因此，關於這一問題，還很難得出結論。

在關漢卿的散曲與雜劇裏，看不到他具有金朝遺民的故國之思，和那些文人學士保性全真的退隱心情。他同白樸、馬致遠是另一種人。馬致遠雖也同伶人來往，合作編劇，然而在他的作品裏，時時流露出一種讀書人的失意的憤慨。關漢卿却沒有這種情緒，而是在戲院歌場的生活裏成長起來的作家。他的那首著名散曲不伏老，正是他的生活與性格的真實的寫照，也是了解他生平的一種重要資料：「我却是蒸不爛煮不熟搥不匾炒不爆響璫璫一粒銅豌豆。恁子弟誰教鑽入他鋤不斷斫不下解不開頓不脫慢騰騰千層錦套頭。我玩的是梁園月，飲的是東京酒，賞的是洛陽花，扳的是章臺柳。我也會吟詩，會篆籀。會彈絲，會品竹。我也會唱鷓鴣，舞垂手，會打圍，會蹴踘，會圍棋，會雙陸。你便是落了我牙，歪了我口，瘸了我腿，折了我手。天與我這幾般兒歹症候，尚兀自不肯休。除是閻王親令喚，神鬼自來勾。三魂歸地府，七魄喪冥幽。那其間才不向烟花路兒上走！」

真的，他就是這樣「蒸不爛煮不熟搥不匾炒不爆響璫璫一粒銅豌豆！」雖歲月如流，他却依然不甘伏老，「恰不道人到中年萬事休，我怎肯虛度了春秋！」在這裏，我們正可窺見他雖身經易代，人到晚年，而崛強粗豪的英銳之氣，仍逼現於眉宇之間。

明朱權太和正音譜推關漢卿爲雜劇之祖，但他並不是從關劇的內容上來評價，而是由於他是雜劇始創者的緣故，所以朱氏說：「觀其詞語，乃可上可下之才，蓋所以取者，初爲雜劇之始，故卓以前列。」關漢卿的始創雜劇之功（假定這樣說），固然不能抹煞，但我們今天來評價關漢卿的作品，却主要由於它的思想性與藝術性的高度結合，而關劇所以有這樣傑出的成就，則又得力於他豐富的生活經歷和藝術實踐。所謂「可上可下之才」，不外是貴族文人朱權的存心歧視。

關漢卿曾經長期的在歌場戲院中生活過，他和這一圈子裏的各種藝人，都有深切的交誼，他自己也以滿腔熱情來對待戲劇。元曲選序中說他「躬踐排場，面敷粉墨，以爲我家生活偶倡優而不辭者」，可知他不僅作劇，還參加過演劇。他在這一種環境中生活着，一面得到豐富的舞台經驗，一面廣泛地獲得了題材。同時在民間語言上，吸取生動的辭彙。這樣，他戲劇的思想內容更加充實，藝術技巧也更加提高了。因此他所寫的，不是給文人學士所欣賞的佳人才子的風流豔事，也不是神仙道化的虛幻思想，他取材於現實社會，或在傳說中，或在歷史中，找尋民眾熟知的故事，選取民眾喜愛的英雄人物和在舊社會中受迫害受虐待的各種婦女形象；因此，他所取的題材，非常廣泛，有黑暗政治的揭露和批判，有壯烈的英雄，有戀愛的故事，有家庭的問題，有官場的公案等等。他或是專靠編劇來生活的，作品多至六十多種，在產量上，元代作家沒有人比得上他。

我們說關漢卿是元雜劇的代表作家，並不是誇張。除了題材多樣之外，形式也善於變化，且並不全採用那種大團圓的俗套，有的是喜劇，有的是悲劇，喜劇中多充滿着幽默滑稽的諷刺，悲劇中則突出社會環境的黑暗與人民堅強的鬬爭力量。我們讀了救風塵與竇娥冤，便可體會出這種特色。他的語言風格與描寫技巧，都能適應於特定的題材，要雄壯的雄壯，要嫵媚的嫵媚，要俚俗的俚俗，要豔麗的豔麗。並且概括性與音樂性都很強。如：

雙調新水令　大江東去浪千疊，引着這數十人，駕着這小舟一葉。又不比九重龍鳳闕，可正是千丈虎狼穴。大丈夫心烈，我覷這單刀會似賽村社。

駐馬聽　水湧山疊，年少周郎何處也？不覺的灰飛烟滅！可憐黃蓋轉傷嗟，破曹的檣艣一時絕！鏖兵的江水猶然熱，好教我情慘切。（云：這也不是江水）二十年流不盡的英雄血。

（曲中文字，各本略有異同，今據孤本元明雜劇。）

上舉二曲，爲單刀會中關羽所唱。單刀會也是關劇中的傑作之一。它以單純的結構，精煉的手法，少數的角色，却寫出了雄奇縱橫的場面，塑造了一個傲睨一世、心潮與江潮同其壯闊的人物的形象。而在這個人物形象中，正傾瀉着作者自己的萬斛熱情，成爲元劇中一部很出色的英雄頌歌。在西蜀夢中，也有這種特色。再如：

么篇　不枉了開着金屋，空着畫堂，酒醒夢覺無情況。好天良夜成疎曠，臨風對月空惆悵。怎能彀可情人消受錦幄鳳凰衾，把愁懷都打撇在玉枕鴛鴦帳。

六么序　兀的不消人魂魄，綽人眼光，說神仙那的是天堂。則見脂粉馨香，環佩丁當，藕絲嫩新織仙裳。但風流都在他身上，添分毫便不停當。見他的不動情，你便都休強，則除是鐵石兒郎，也索惱斷柔腸。

賺煞尾　恰纔立一朵海棠嬌，捧一盞梨花釀，把我雙送入愁鄉醉鄉。我這裏下得階基無個頓放，畫堂中別是風光，恰纔則掛垂楊一抹斜陽，改變了黯黯陰雲蔽上蒼。眼見得人倚綠窗，又則怕燈昏羅帳。天那，休添上畫檐間疏雨滴愁腸。（玉鏡臺第一折）

這種嫵媚的文字，恰與那青年的身分和戀愛的題材相合，其華豔之處，寓有爽朗之氣，並不在西廂之下。在這本喜劇裏，表現了劉倩英的反愚弄、求自主的積極精神。再如：

賞花時　捲地狂風吹塞沙，映日疎林啼暮鴉，滿滿的捧流霞，相留得半霎，咫尺隔天涯。

么　行色一鞭催瘦馬。你直待白骨中原如臥麻。雖是這戰伐，負着個天摧地塌，是必想着俺子母每早來家。

油葫蘆　分明是風雨催人辭故國，行一步一歎息，兩行愁淚臉邊垂，一點雨間一行恓惶淚，一陣風對一聲長吁氣。嚥，百忙裏一步一撒；嗨，索與他一步一提。這一對繡鞋兒分不得幫和底，稠緊緊粘糉糉帶着淤泥。（拜月亭）

意境高遠，辭句奇俊。本劇通過優秀的語言藝術與緊湊的結構，反映出在離亂的社會裏，青年男女的追求幸福生活和強烈反抗封建禮教的思想內容。再看：

鬬蝦蟆　空悲戚，沒理會，人生死，是輪迴。感着這般病疾，值着這般時勢，可是風寒暑濕，或是飢飽勞役，各人證候自知。人命關天關地，別人怎生替得？壽數非干今世，相守三朝五夕，說甚一家一計。又無羊酒段匹，又無花紅財禮。把手為活過日，撒手如同休棄。不是竇娥忤逆，生怕傍人論議。不如聽咱勸你，認箇自家悔氣。割捨的一具棺材，停置幾件布帛，收拾出了咱家門裏，送入他家墳地。這不是你那從小兒年紀指脚的夫妻。我其實不關親，無半點恓惶淚。休得要心如醉，意似癡，便這等嗟嗟怨怨，哭哭啼啼。

這是竇娥冤中張老頭被毒死以後，竇娥對她的婆婆所唱，真是明白如話，非常生動而又自然。這種俚俗本色的語言，正好適合那戲中人物的身分；因戲中人物，全是幾個地痞光棍和舊時代的婦女，因此全劇的文字，都是用的極通俗的語言，也最適宜於演唱，然而它的好處，正在這種本色。王國維說：「元劇實於新文體中自由使用新言語，在我國文學中，於楚辭、內典外，得此而三。」（元劇之文章）於新文體中使用新語言，是元劇文學的一大特色，但這種新語言用得最廣泛最成熟最恰當的，無人比得上關漢卿。關漢卿的作品，無論內容和形式，確實兼有各家之長。

根據載籍所記，共得關氏所作雜劇六十餘種，今全存者，尙有趙盼兒風月救風塵、錢大尹智寵謝天香、杜蕊娘智賞金線池、包待制三勘蝴蝶夢、感天動地竇娥冤、望江亭中秋切鱠旦、溫太真玉鏡臺、閨怨佳人拜月亭、詐妮子調風月、關張雙赴西蜀夢、關大王單刀會、鄧夫人苦痛哭存孝、錢大尹智勘緋（緋一作非）衣夢十三種。另有包待制智斬魯齋郎，元曲選題爲關撰，但錄鬼簿及太和正音譜俱未著錄。狀元堂陳母教子，錄鬼簿刻本不著錄，抄本及正音譜則著錄。劉夫人慶賞五侯宴，明抄本題關漢卿作，但各本錄鬼簿及正音譜均未著錄，或係因正音譜關漢卿名下另有劉夫人一劇而附會，而此劇全名實爲曹太后死哭劉夫人。裴度還帶，據續錄鬼簿爲賈仲名作。尉遲恭單鞭奪槊，明抄本題關漢卿作，惟古名家雜劇與元曲選則題元尙仲賢作。故這幾種是否爲關作尙有可疑。另有春衫記、哭香囊二種，在北詞廣正譜中，存有曲文數支。他的作品散佚者雖說很多，但其流傳下來的數目，在元劇作家中，也要算是最豐富的了。現在且舉他的救風塵、竇娥冤兩個劇本作爲代表，其他如單刀會、望江亭、蝴蝶夢、拜月亭等作，也都是很優秀的。

救風塵是一本諷刺喜劇。妓女宋引章本與一位忠厚的秀才安秀實訂婚，但宋引章年紀輕，經驗淺，貪戀富貴，拋棄了安秀才，另外嫁給一個花花公子周舍。宋引章的結拜姊妹趙盼兒是一位年事稍長深於人情世故的妓女，極力勸她不要同周舍那樣的人結婚。無奈引章不聽，結果，他們結婚不久，周舍暴露本性，虐待引章，引章寫信給盼兒求救。盼兒得信後，自己假裝勾引周舍，周舍不知是計，迷戀盼兒，引章故作嫉妒，盼兒便教唆周舍休棄引章，周舍果然休掉引章，於是趙盼兒帶着宋引章逃走了。最後由官府判定，周舍杖六十，宋引章仍歸安秀實爲妻。這是一本充滿着辛辣的諷刺、同時又是結構非常巧妙的喜劇。但雖是喜劇，中間卻蘊藏着妓女們精神上深沉的悲苦，和被人踐踏的哀情。這一種悲哀，年輕的宋引章是體會不深的，只有趙盼兒才深深地理解。

油葫蘆　姻緣簿全憑我共你，誰不待揀個稱意的？他每都揀來揀去百千回，待嫁一個老實的，又怕盡世兒難成對；待嫁一個聰俊的，又怕半路裏輕拋棄。遮莫向狗溺處藏，遮莫向牛屎裏堆，忽地便喫了一箇合撲地，那時節睜着眼怨他誰？

寄生草　他每有人愛為娼妓，有人愛作次妻。幹家的乾落得淘閒氣，買虛的看取些羊羔利，嫁人的早中了拖刀計。他正是南頭做了北頭開，東行不見西行例。

元和令　做丈夫的便做不的子弟，那做子弟的他影兒裏會虛脾，那做丈夫的忒老實。那廝雖穿着幾件蛇蜋皮，人倫事曉得甚的？

勝葫蘆　你道這子弟情腸甜似蜜，但娶到他家裏，多無半載週年相棄擲。早努牙突嘴，拳椎脚踢，打的你哭啼啼。

幺篇　恁時節船到江心補漏遲，煩惱怨他誰。事要前思，免勞後悔。我也勸你不得，有朝一日，準備着搭救你塊望夫石。（第一折）

在這裏，一面表現出妓女們生活與心理的苦痛，一面反映出她們對美好生活的渴望，具有深刻的現實意義。在這一個現實性的題材裏，宋引章的幼稚，趙盼兒的練達，周舍那種玩弄婦女的性格，寫得真實而又分明。周舍是一個花花公子的典型。「酒肉場中三十載，花星整照二十年。

一生不識柴米價，只少花錢與酒錢。」這正是他的自畫像。他生得容顏漂亮，手中有錢，善於諂媚，會獻殷勤。要誘騙女人時，千依百順，等到女人受了迷惑，向他獻了身，卽遭受到拳打脚踢的種種虐待與迫害。周舍這種虛僞奸詐、貪愛聲色、不務正業的性格，寫得很真實。趙盼兒的形象，也很完整，她是老練果斷，具有樂於幫助別人而富於同情心的善良品質，和愛憎分明的熱烈情感。這劇表面雖是一個喜劇，而潛存着嚴肅苦痛的社會內容。其他如杜蕊娘、謝天香兩個妓女形象，也同樣成功地寫出了她們的苦痛和對黑暗勢力的反抗精神。

竇娥冤是一個社會性的悲劇。戲中敘述財主蔡婆婆與年輕寡媳竇娥相依爲生，某日蔡婆婆到盧醫生家去討債，盧付不出，引她到郊外，想用繩子勒死她。剛要動手時，恰好兩個惡漢張家父子走來，救了她的性命。但張家父子便因此威脅她，老張要娶蔡婆婆爲妻，小張要娶竇娥爲妻，同時佔住在蔡婆婆家裏，要等着成親。竇娥是一個貞潔自守的女子，無論如何不許她婆婆做這種沒廉恥的事。小張知道她從中作梗，在羊湯裏放下毒藥，想把蔡婆婆毒死，歸罪於竇娥，藉此吞沒她家的財產。不料這羊湯反毒死了張老頭，結果是竇娥送到官廳，判了毒害人命的死刑。她臨死時，一面哭着同婆婆告別，同時對天發下三個誓願。

鮑老兒　念竇娥服侍婆婆這幾年，遇時節將碗涼漿奠。你去那受刑法屍骸上烈些紙錢，只當把你亡化的孤兒薦。婆婆也，再不要啼啼哭哭，煩煩惱惱，怨氣衝天。這都是我做竇娥的沒時沒運，不明不闇，負屈銜冤。

耍孩兒　不是我竇娥罰下這等無頭願，委實的冤情不淺；若沒些兒靈聖與世人傳，也不見得湛湛青天。我不要半星熱血紅塵灑，都只在八尺旗鎗素練懸。等他四下裏皆瞧見，這就是咱萇弘化碧，望帝啼鵑。

二煞　你道是暑氣暄，不是那下雪天，豈不聞飛霜六月因鄒衍，若果有一腔怨氣噴如火，定要感的六出冰花滾似綿，免着我屍骸現。要什麼素車白馬，斷送出古陌荒阡。

一煞　你道是天公不可期，人心不可憐，不知皇天也肯從人願。做什麼三年不見甘霖降，也只為東海曾經孝婦冤。如今輪到你山陽縣，這都是官吏每無心正法，使百姓有口難言。

（第三折）

後來她這三願都靈驗了。最後一幕，由竇娥託夢給她多年不見現在做了大官的父親，替她昭雪。在這裏穿插了一點神鬼的情節，這種情節，在今天看來是全無現實意義的；但在當時那種善惡報應的觀念深入人心的舊社會裏，在那官吏專橫、百姓有苦難言的舊時代裏，通過這種手法，在戲劇效果上，可以間接加強含冤受屈人們的鬬爭意志和復仇精神，給那些昏暗的官吏以制裁，給孤力無援的老百姓以安慰。比起那些神仙道化的題材和宣傳迷信思想的作品來，精神是有所不同的。作者在這劇本裏，一面盡力描寫封建社會的黑暗，高利貸的剝削，和那些謀財害命、欺凌弱寡的惡漢的罪惡行爲，同時又攻擊司法制度的腐敗，不能給善良人民以絲毫的保障。於是善良人民，成了孤苦的無援者，永遠在惡霸與貪官的橫行之下，度着非人的生活，稍有違抗，便會含冤而死。就在這裏，顯示出竇娥冤深厚的思想內容，它對黑暗的封建社會制度，展開了批判和控訴。曲辭明白如話，而又鋒利蒼勁，沒有一點故作文雅雕琢的地方。對白大都是純粹的口語，對於每一個不同的人物能給以適合身分的語調。尤其是竇娥那種反抗罪惡勢力、渴望美滿生活、勇敢堅強、至死不屈、充滿着鬭爭意志的藝術形象，刻劃得非常動人，使這悲劇具有感人至深的藝術力量。竇娥臨死時說的「天地也，做得個怕硬欺軟，却元來也這般順水推船！」連天地神明都詛咒到了，試看這又是何等世界！

關漢卿在雜劇上的巨大成就，是通過現實主義的藝術手法，廣泛而又深入地反映出元人統治下的極端黑暗混亂的典型歷史環境和不合理的社會制度，塑造了許多有典型性格的人物形象，反映出人民的生活和思想感情。現實主義的創作方法，在他的雜劇裏，達到了很高的成就。關漢卿在中國戲曲史上的地位，有同於莎士比亞在英國戲曲史上的地位。他們的年代雖是不同，但有許多相像的地方。

一、莎士比亞以前，英國的戲曲俱不足觀，由於莎士比亞的優秀創作，提高了戲曲的地位，開展了戲曲發展的道路，關漢卿在中國戲曲史上，也有同樣的情形。

二、莎士比亞與關漢卿同樣沒有政治社會上的地位，都是以畢生精力，貢獻於戲曲事業，在戲曲上得到光輝的成就。

三、他們的戲曲創作，不僅數量多，而且質量高。莎士比亞一生作過三十多本戲劇，關漢卿作過六十多本戲劇。

四、他們的戲曲題材，非常廣泛，內容多樣化，種類和形式也多樣化；有悲劇，有喜劇，有歷史劇，有諷刺劇，並且都寫得很成功。

五、他們都是在城市人民生活中成長、發展起來的作家，都是具有戲場實際生活體驗的作家。他們一面創作，一面粉墨登場，參加過指導表演的實際工作。

六、莎士比亞的戲曲才能，是在英國資本主義初期的倫敦城市中成長起來的；關漢卿的戲曲才能，是在元朝封建的商業經濟繁榮下的北京城市中成長起來的。他們的文學成就，都受有不同的歷史條件和時代生活的明顯影響。

與關漢卿同時的，還有庾吉甫也很有名。他名天福，大都人。省部員外郎，除中山府判。作過十五本雜劇，大都取材於歷史故事。錄鬼簿中很推賞他的作品，將他名字列在關漢卿、白仁甫之下，即全書的第三名。賈仲明凌波仙詞云：「戰文場，一大儒。上紅筆，沒半點塵俗。尋章摘句，騰今換古，噀玉噴珠。」對其雜劇，評價很高，可惜他的作品，完全失傳了。

六　王實甫與白樸

王實甫　王實甫，大都（今北京市）人。通行本的錄鬼簿皆不著其名，惟天一閣本的錄鬼簿則書「名德信」。據賈仲明凌波仙的弔詞中說：「風月營密匝匝列旌旗。鶯花寨明颩颩排劍戟。翠紅鄉雄糾糾施謀智。作詞章風韻美，士林中等輩伏低。新雜劇、舊傳奇，西廂記天下奪魁。」可見他和關漢卿一樣，也經常出入於歌場戲院，爲伶人們編寫劇本，指導演出，並爲當時的文士所推崇稱服。他的主要活動時期大約在大德年間，比起關漢卿來時代要晚一些。我們從前面元代散曲中關於王實甫的記載看來（見第二十二章），他的晚年生活是相當舒適的。過去王國維、吳梅諸人，因四丞相高會麗春堂敘金章宗右丞相樂善的故事，收場云：「從今後四方八荒，萬邦齊仰，賀當今聖上」，推論作於金末，此說不甚可信。但他的詳細事蹟，現在已無法知道了。

王實甫所作雜劇，今所知者有十四種，但流傳於世的只有崔鶯鶯待月西廂記、四丞相高會麗春堂、呂蒙正風雪破窰記三種。存一套者有韓彩雲絲竹芙蓉亭、蘇小卿月夜販茶船二種。

使王實甫名垂不朽的，是他的西廂記。他是以董西廂爲底本，在體裁上由諸宮調改編爲雜劇。元劇以四折一本爲通例，王西廂寫成五本，可算是元劇中獨有的長篇了。前人多謂王實甫作西廂，作完第四本草橋驚夢而死，最後張君瑞慶團圓一本，爲關漢卿所續。這都是明、清人所說，作。

並無根據。錄鬼簿的時代最早，關的名下，並無西廂記的記載，明初的正音譜，也說西廂爲王實甫作，這都是很可信的。元劇是每折一人獨唱，只有西廂有好幾處是合唱的。這種地方是原來如此，還是爲明人所改，雖不得而知，但在組織上，這五本戲曲是有統一性的，應當是一人所作。

董西廂在文學上本有很高的成就，我在介紹諸宮調時已說過了。王實甫改作於後，在原有的基礎上更加提高了。他寫同一故事，寫同一場面，在文字上固有因襲之處，但這並不能減低王作的價値。他以過人的才華，以長於描寫人物性格和心理的藝術技巧，描繪出追求愛情困於封建禮教的青年男女的戀愛故事。變化曲折，極爲動人。情節雖很單純，但內容却具有強烈的現實意義。因了他這一部作品，董西廂幾乎被掩沒無聞。六百多年來，在中國舊社會的青年男女心中，張生、鶯鶯，成爲一對普遍的追求婚姻自由的形象。書中除了清婉美麗的曲辭以外，還有合於戲劇原理的完整的結構。在那五本中，一二三本敍述男女主角的結合與種種波折，一步緊一步地至第四本而達到高潮，造成感人的長亭送別與草橋驚夢的場面。最後一本，以鄭恆之死，與崔、張結婚的團圓作結。雖說把悲劇寫成了喜劇，但這種悲劇性的喜劇，在觀衆的心理上，較無缺陷，在舞台的表演上，極有效果，在戲劇的結構上，也是合情合理的。會眞記的故事，到了王實甫，寫得最戲劇化，組織得最完密，達到了高度的藝術成就。

西廂記是一部傑出的現實主義作品。它歌頌了青年男女爭取婚姻自由、追求幸福生活、反對封建禮教、反對虛僞的禁慾主義的叛逆精神。作者以熱烈的同情，將期望寄託在青年男女的身上，爲了他們的幸福不僅給以熱情的鼓舞，而且表達了「願天下有情人都成眷屬」的崇高願望；在揭露封建勢力冷酷頑固的同時，又顯示出青年一代巨大的反抗精神和勝利光輝，使批判現實與激發理想緊密結合，因而幾百年來，對於深受禮教壓迫、渴望婚姻自由的封建社會的青年男女，起了很大的精神影響。正因如此，封建社會的統治者和道學家，把西廂記看作是一部淫書，加以禁止和誹謗，甚至有人說王實甫作西廂，「口孽深重，罪干陰譴」，而加以中傷。這種誣衊，正說明西廂記給予封建禮教的破壞和打擊之嚴重，「西廂誨淫，水滸誨盜」，統治者在深惡痛絕之餘，就只好採用這種惡毒陰險的手段了。

西廂記的現實主義藝術力量，在善於分析矛盾發展矛盾的戲劇效果上，創造了典型的人物性格。人物形象在董西廂中已有了一定的成就，但到了王實甫的筆下，塑造得更突出、更鮮明、更飽滿結實、更豐富多采了。鶯鶯的性格發展，是跟着矛盾發展而成長起來的。她由嬌弱、隱蔽、游移於愛情與禮教之間的名門閨秀，發展成爲堅強、勇敢的性格，是要經過苦痛的鍛煉過程，是要經過長期的內心鬭爭的。由驚豔、酬簡、聽琴、幽會到草橋驚夢，我們體會到一個青春美麗的少女，從「花落水流紅，閒愁萬種，無語怨東風」的苦悶中，經過層層曲折，種種束縛，終於成爲幸福生活的勝利者，她的性格上和行動上的弱點，也在這種過程中而不斷克服，不斷突破。到了長亭送別，她一面殷勤地叮囑張生一路上要服水土，節飲食，「荒村雨露宜眠早，野店風霜要起遲」。一面又唯恐張生「停妻再娶妻」，「若見了那異鄉花草，再休似此處棲遲」。這些感情上的錯綜起伏，更加集中地體現了鶯鶯對於愛情的專一和嚴肅。正由於兩人結合之不易，因此她並不以一時的愛情的勝利爲滿足，還要求張生始終不渝地保持忠實與純潔，而在這一點上，劇作者也最能抓住當時青年女性內心的祕蘊。

紅娘這一位少女形象，也是王實甫的傑作。她的性格，刻劃得非常鮮明。她大膽機智，有觀察事物的敏銳眼力，有深厚的同情心和正直感，熱愛新的反對舊的，對生活具有正直與樂觀態度，從她的機智詼諧之中，顯示了她的聰明可愛。拷紅一節，她以銳利的詞鋒，嚴正的口吻，侃侃而談，使頑固的老夫人也不得不承認「這小賤人也道得是」，覺得自己有些理虧了。我們從西廂全文中，感到處處有紅娘的力量在活躍，鶯鶯從她身上得到勇氣，張生從她身上得到幫助，老夫人從她身上受到反擊，西廂則從紅娘身上而顯得生氣橫溢，光芒四射。

張生的性格，有他忠厚誠樸、單純熱情的一面，也有迂酸怯弱的一面，這些優點與缺點，統一在他對鶯鶯的深情之中，因而仍無損於他的性格之完整，也値得爲鶯鶯所傾心。由於他老實，所以時常受到調皮的紅娘的挖苦；也正由於他老實，所以尤爲熱心的紅娘所樂於幫助。他見了鶯鶯，就一往情深，後來兩人還私會於僧館，但他始終使人感到是一個感情高超、心地光明的青年，沒有輕薄惡俗之氣，這也正是王實甫在形象處理上的純正、健康的高明地方。鶯鶯的母親，雖說是反面人物，並不寫得醜惡可怕，而是寫得很真實自然，合乎既愛護女兒又要維護封建禮教的那種思想面貌，也合乎相國門第中老太太的身分。

西廂記的語言藝術，是前人一致讚歎的。文字工麗，無論敘事抒情，都富於概括性與形象性。在華美中有本色，在細膩中有粗豪，適合不同人物的身分和性格。劇中寫初見，寫相思，寫矛盾的心理，寫愛情的苦悶，寫反抗的鬬爭，寫別離的哀怨，無不精美絕倫，深入紙背。在用韻文寫成的中國的愛情文學中，西廂記的成就是非常突出的。明朱權太和正音譜說：「王實甫之詞如花間美人，鋪敍委婉，深得騷人之趣。」這話如果理解爲王詞的搖曳多姿，詩意如流，也還是有其恰當之處。試舉第四本中的長亭送別一段爲例：

正宮端正好　（旦唱）碧雲天，黃花地，西風緊，北雁南飛。曉來誰染霜林醉？總是離人淚。

滾繡球　恨相見得遲，怨歸去得疾。柳絲長玉驄難繫，恨不得倩疎林挂住斜暉。馬兒迍迍的行，車兒快快的隨，卻告了相思迴避，破題兒又早別離。聽得道一聲去也，鬆了金釧；遙望見十里長亭，減了玉肌。此恨誰知？

叨叨令　見安排着車兒馬兒，不由人熬熬煎煎的氣。有什麼心情將花兒靨兒，打扮的嬌嬌滴滴的媚。准備着被兒枕兒，則索昏昏沉沉的睡。從今後衫兒袖兒，都搵濕做重重疊疊的淚。兀的不悶殺人也麼歌！兀的不悶殺人也麼歌！久已後書兒信兒，索與我恓恓惶惶的寄。

……………

四邊靜　霎時間杯盤狼籍，車兒投東，馬兒向西。兩意徘徊，落日山橫翠。知他今宵宿在那裏？有夢也難尋覓。

耍孩兒　淋漓襟袖啼紅淚，比司馬青衫更濕。伯勞東去燕西飛，未登程先問歸期。雖然眼底人千里，且盡生前酒一杯。未飲心先醉，眼中流血，心裏成灰。……

三煞　笑吟吟一處來，哭啼啼獨自歸。歸家若到羅幃裏，昨日箇繡衾香暖留春住，今夜箇翠被生寒有夢知。留戀你別無意，見據鞍上馬，閣不住淚眼愁眉。……

一煞　青山隔送行，疏林不做美，淡烟暮靄相遮蔽。夕陽古道無人語，禾黍秋風聽馬嘶。我為甚麼嬾上車兒內，來時甚急，去後何遲？

收尾　四圍山色中，一鞭殘照裏。遍人間煩惱塡胸臆，量這些大小車兒，如何載得起？

王實甫確是一位抒情的能手。西廂記不必說，在他殘留下來的販茶船、芙蓉亭兩套裏，對於男女情愛的描寫，其深刻生動，與西廂誠有異曲同工之妙。更可注意的，是在這兩套中，語調較爲俚俗，文字更爲本色，充分顯露出元劇初期的精神。

附帶說一說，自王西廂盛行後，仿作及改編者很多，而以李日華（與紫桃軒雜綴作者另是一人）及陸采的南西廂最著名。兩劇在刻劃人物性格及辭藻上都不及王氏的原作，如李作的做作不自然處極爲顯明。陸氏因不滿於日華之作而作，自以爲不同於生吞活剝者，然終亦未見勝處。因此，清人如李漁、李調元等對日華的南西廂皆頗加譏評。不過日華之改作，原爲適應於南曲的演出，在舞台上也有它的長處，所以目前崑劇所演的西廂記，就是根據他的改編本的。

王實甫在西廂記之外，還有兩本雜劇，一是麗春堂，一是破窰記。前者的故事情節很簡單，但詞藻典雅豐美，三四兩折中寫綠樹青山、水國漁鄉的風物，拆開來就等於是一支支獨立的優美散曲。其中値得我們注意的，是正末唱的「我恰離了這雲水窟，早來到是非場。你與我棄了長竿，抛了短棹，我又怕惹起風波千丈。我這裏凝眸望，元來是文官武職，一剗地濟濟蹌蹌」那些曲詞。它雖與王實甫晚年的生活實際並不完全相同，但這種游離於仕隱之間的矛盾苦悶心情，多少是他晚年心情一種曲折的反映。劇中寫女真將領李圭馳騎爭先、逞強肆威的專橫行爲，正可以和王實甫想退隱的動機聯繫起來看，而與前面王實甫散曲部分的論述也可相互參證。

破窰記寫劉員外之女月娥，彩球擲中窮書生呂蒙正的故事。明無名氏的綵樓記當卽據此劇編寫。現在並已爲若干劇種改編演出，名爲萍雪辨踪。劉月娥的彩球擲中呂蒙正，本來是盲目的，也還含有一些「從一而終」的意味，所以在愛情基礎上，她不像鶯鶯之與張生那樣既曲折又深厚。但她憎恨父親的嫌貧愛富，言而無信，一心想「尋一個心慈善性溫良，有志氣好文章」的丈夫，並不惜與父親決裂，甘心和呂蒙正住在破窰。這種行動，在當時勢利醜惡的環境中，也還是爭取婚姻自主的一種表現形式；她的志氣和操守，也還體現了中國婦女堅貞忠實的傳統美德的一面。而劇作者反對以門第、財勢爲婚姻基礎的態度，在全劇中也是表現得很明顯的。

但無論麗春堂或破窰記，它的內容和詞藻，自然都不能和西廂記比擬（破窰記的詞藻尤差）。王驥德曲律雜論說：「人之賦才，各有所近。馬東籬、王實甫皆勝國名手……王于西廂、絲竹芙蓉亭之外，作他劇多草草不稱。尺有所短，信然。」若以之論此三劇的高下，這話也不爲無見。

白樸　白樸（一二二六——？），字仁甫，後改太素，號蘭谷先生。原籍隩州（今山西河曲），後居真定。他的卒年，約在元皇慶年間。少年時代，致力於律賦，原來是預備考試的，又從元好問學詩詞古文，他在這方面也有很好的成就。金亡時，他不到十歲，父親白華，是金代的樞密院判官。他自幼受了元好問思想情緒的薰陶，到了元朝，幾次有人薦他做官，都堅辭不就。於是放浪形骸，寄情山水，與友朋以詩酒相娛。兩湖、江西、安徽及江、浙，他都到過，金陵住得較久。到了暮年，北返故里，那時已是八十以上的老人了。他有瑞鶴仙詞云：「百年孤憤，日就衰殘；麋鹿難馴，金鑣縱好，志在長林豐草間。」在此數語中，略見白樸的性情志趣。

白樸除文集天籟集外，所作雜劇今所知有十六種，今全存者只有唐明皇秋夜梧桐雨、裴少俊牆頭馬上和董秀英花月東牆記。殘本有流紅葉、箭射雙雕二種，其餘只存目錄。梧桐雨寫唐明皇、楊貴妃故事。元劇中寫這個題材的，還有許多，流傳下來的只有他這一種了。他在劇中一面歌頌明皇、貴妃的愛情，同時也反映出統治者的昏庸無能、權貴的荒淫和朝政的腐敗。由於處理貴妃的材料不純，使她的性格，失去了藝術形象的完整，缺少構成愛情悲劇的堅實基礎。但劇中的語言是很優美的。因爲這是一個以宮廷爲題材的戲劇，作者要鋪張襯托，文字上比較典雅華麗。但表現明皇的心理活動，頗爲深刻。在最後一幕，把雨聲的淒涼，景物的蕭瑟，寫得極其有力，從外在的環境，滲透到內心世界，尤具映照之效。這些描寫雨聲的文句，專在曲辭的藝術上講，自然是很成功的。前人盛稱梧桐雨，大都是注意這些曲辭。如第三折云：

駐馬聽　隱隱天涯，剩水殘山五六搭；蕭蕭林下，壞垣破屋兩三家。秦川遠樹霧昏花，灞橋衰柳風瀟灑。煞不如碧窗紗，晨光閃爍鴛鴦瓦。

鴛鴦煞　黃埃散漫悲風颯，碧雲黯淡斜陽下，一程程水綠山青，一步步劍嶺巴峽。唱道感歎情多，悽惶淚灑，早得升遐，休休卻是今生罷。這箇不得已的官家，哭上逍遙玉驄馬。

又如第四折云：

叨叨令　一會價緊呵，似玉盤中萬顆珍珠落；一會價響呵，似玳筵前幾簇笙歌鬧；一會價清呵，似翠岩頭一派寒泉瀑；一會價猛呵，似繡旗下數面征鼙操。兀的不惱殺人也麼歌！兀的不惱殺人也麼歌！則被他諸般兒雨聲相聒噪。

倘秀才　這雨一陣陣打梧桐葉凋，一點點滴人心碎了。枉着金井銀床緊圍繞，只好把潑枝葉做柴燒，鋸倒。

這些曲辭，真是清俊而又真實，寫景抒情，精密細巧，確實表現出鑄鎔鍛煉的工力。可是此劇中的對白，大半用的是文言，並且還有些駢驪的句子，這是本劇的一個缺點。我覺得在白樸的雜劇中，從思想內容來說，是應當推他的牆頭馬上爲代表的。

牆頭馬上是一個富於社會性的婚姻問題的劇本。在這劇本裏，提出了一個婚姻自主戀愛自由的社會問題。內容敘述貴公子裴少俊在外面認識少女李千金，由熱愛而自由結婚，生了一對兒女。少俊怕他做尚書的父親知道，把兒女私藏在一所花園裏。七年之後，偶然被他父親發現了，大怒之下，痛罵這女人是娼妓，懦弱的少俊，便寫了休書，留下兒女，眼看着李千金一人走出家門。其間雖經少俊再三訴說他們的結合是正當的，終歸無用，於是這對自由結合的少年夫婦，就在冷酷的封建禮教之下拆散了。後來幸而少俊考試及第，任洛陽令，再去找李千金，李千金想到往日離開裴家的恥辱，不願回去。這時候裴尚書夫婦，帶着禮物和孫兒一齊到來，說了許多奉承話，叫她回去做媳婦，李千金仍是不去。因爲裴尚書曾自稱「我便似八烈周公，俺夫人似三移孟母，都因爲你個淫婦，枉壞了我少俊前程」，又故意以玉簪銀瓶刁難過她，所以李千金便當着裴家父子的面，反唇相譏地調排他們說：「一個是八烈周公，一個是三移孟母。我本是好人家孩兒，不是娼人家婦女，也是行下春風望夏雨，待要做眷屬，枉壞了少俊前程，辱沒了你裴家上祖。」當她想起玉簪銀瓶的舊事，她還是餘恨難平：「只怕簪折銀瓶墜寫休書，他那裏做小伏低勸芳醑，將一盃滿飲醉模糊。有甚心情笑歡娛，躊也波躕，賊兒膽底虛，又怕似趕我歸家去！」這樣一來，把那老尚書說得啞口無言，結果還是兩個孩子的哭聲，純真的母子的愛情，戰勝了李千金的意志，就在這緊張空氣之中，那一個家庭算是團圓了。

劇中對於李千金這個少女的性格描寫，用力最多，也是很成功的。她勇敢、明朗、倔強，熱愛生活，忠於愛情。在第一折裏，他一見裴少俊便愛上了，自動地去追求他，結果是拋棄自己的家庭，同少俊結合，爲了忠於愛情，反抗各種障礙。後來被逐時，她用激烈的言語，責備少俊的柔弱，和翁姑的無情。最後一折，她更以鋒利的口吻，責問裴尚書；並以卓文君的故事，說明她行爲的正當，責備公婆干涉的無理。結果她是勝利了。她這種堅強的個性、果斷的態度與反封建的鬬爭精神，在中國的古典作品裏表現了鮮明的形象，而這種勇敢高傲的女性形象，在元劇裏是很可貴的。前人談牆頭馬上，只把它看作一個不重要的喜劇，這是錯誤的。

牆頭馬上的結構很完整，對白也較梧桐雨暢達自然；就是各折中的曲辭，也是俊語如珠，並不在梧桐雨之下。如第二折寫他們的相會：

罵玉郎　相逢正是花溪側，也須穿短巷過長街。又不比秦樓夜宴金釵客，這的擔着利害，把你那小性格，且寧奈。

感皇恩　咯這大院深宅，幽砌閒堦，不比操琴堂，沽酒舍，看書齋。教你輕分翠竹，款步蒼苔，休驚起庭鴉喧，鄰犬吠，怕院公來。

再如第三折中寫她被逐離別兒女的情形：

甜水令　端端共重陽，他須是你裴家枝葉。孩兒也啼哭的似癡呆，這須是我子母情腸，廝牽廝惹，兀的不痛殺人也！

鴛鴦煞　休把似殘花敗柳冤仇結，我與你生男長女填還徹。指望生則同衾，死則同穴。唱道題柱胸襟，當罏的志節，也是前世前緣，今生今業。少俊呵，與你乾駕了會香車，把這個沒氣性的文君送了也！

這些曲辭，本色通俗，而又真實生動。就戲曲的價值說，就戲曲的現實意義說，牆頭馬上都在梧桐雨之上。

七　元雜劇前期其他作家

馬致遠　馬致遠的散曲，前人評價很高。他以爽朗的筆調，高亢的風格，形成他在散曲中獨創的意境。他所作雜劇今知有十五種，現存破幽夢孤雁漢宮秋、馬丹陽三度任風子、西華山陳摶高臥、江州司馬青衫淚、呂洞賓三醉岳陽樓、半夜雷轟薦福碑、開壇闡教黃粱夢（此劇與李時中、花李郎、紅字李二合作）七種。賈仲明讚歎他說：「萬花叢裏馬神仙，百世集中說致遠，四方海內皆談羨。戰文場，曲狀元，姓名香，貫滿梨園。」（淩波仙詞）又太和正音譜讚歎他說：「東籬之詞，如朝陽鳴鳳。其詞典雅清麗，可與靈光、景福而相頡頏；有振鬣長鳴、萬馬皆瘖之意，又若神鳳飛鳴於九霄，豈可與凡鳥共語哉？宜列羣英之上。」因此正音譜的作者，將他列爲第一。可知他們所論者，只就曲辭而言，並非就戲劇的價值而言。而前人不明此中底細，卽以馬致遠爲元代雜劇作家之冠，其實這是不正確的。

一、他作品的精神，脫離現實。在他現存的七本戲劇裏，有四本是屬於仙道的題材。這類作品，寫了一些奇幻的事物，指點神仙得道爲人生最後的歸宿，缺少現實生活的反映，同廣大人民不發生血肉的聯繫。正音譜中所舉雜劇有十二科，並以「神仙道化」爲首。馬致遠這類劇本，思想和藝術價值都不高，存在着濃厚的虛幻消極思想。

二、在他的作品裏，普遍地流露出一點讀書人的失意與憤慨，不用說，其間有作者自己的影子，並藉此以抒洩個人的情緒。這對於元朝統治下的知識分子來說，是有一定的現實意義的，但他指出來的道路，總是虛無消極的。如半夜雷轟薦福碑第一折云：「這壁攔住賢路，那壁又擋住仕途。如今這越聰明越受聰明苦，越癡呆越享了癡呆福，越糊突越有了糊突富。則這有銀的陶令不休官，無錢的子張學干祿。」（幺篇）「我想那今世裏真男子，更和那大丈夫。我戰欽欽撥盡寒罏，則這失志鴻鵠，久困鰲魚，倒不如那等落落之徒。枉短檠三尺挑寒雨，消磨盡這暮景桑榆。我少年已被儒冠誤，羞歸故里，懶覩鄉閭。」（六幺序）他借着張鎬的口，說出了自己的思想感情。他在劇中，一面表現着得道昇天的神仙思想，一面又寫出官場失意的哀愁，表面似乎矛盾，其實是調和的。有官做就走官路，無官做便走仙路。富貴是現實的快樂，神仙是幻想的安慰。他這一種消極精神與失望的憤慨，最能投合舊社會士大夫的心理。因此他的作品，反能避開關漢卿俚俗的惡評，而得到封建社會學士文人的讚美。同時他在取材上，除神仙道士以外，便歡喜寫文人的風流韻事；所以在戲曲的精神上說來，他的作品，不如關漢卿反映現實生活的廣闊和深刻，在密切聯繫民眾這一點上，也遠不如關氏。

三、他無論作曲作白，歡喜引書用典。這種方法出於詩詞，已不相宜，見於戲曲，尤爲不妥。如西華山陳摶高臥第三折云：「陛下道君子周而不比，貧道呵小人窮斯濫矣。俺須索志於道，依於仁，據於德；本待用賢退不肖，怎倒做舉枉錯諸直，更是不宜。」（㑳秀才）再如半夜雷轟薦福碑云：「則這斷簡殘編孔聖書，常則是養蠹魚。我去這六經中枉下了死工夫，凍殺我也論語篇、孟子解、毛詩註；餓殺我也尚書云、周易傳、春秋疏，比及道河出圖、洛出書，怎禁那水牛背上喬男女，端的可便定害殺這個漢相如。」（油葫蘆）像這種例，在他的作品裏，眞是俯拾卽是。他對於成語的驅使與融化的手段，雖很巧妙，不過，這究非戲曲的本色。不僅曲辭是如此，對白也多是如此。試舉陳摶高臥鄭恩所說一段爲例：「先生，聖人有云：食色性也，好色之心，人皆有之。又云：吾未見好德如好好色者。先生獨非人乎，獨無人情乎？」這類對白，如果合於劇中人物的身分，原無不可。但本劇中的鄭恩，原是一個粗野之人，他說出這種話來，既不合人物的身分，也不像對話的語氣，那就顯得很不眞實。

馬致遠的雜劇，也有好作品，如漢宮秋。

漢宮秋和梧桐雨一樣，是描寫宮廷史事的悲劇。但漢宮秋的藝術價值，則勝於梧桐雨。一、漢宮秋的題材雖是早已有的，但他運用文學的想像力，改動了一些歷史情節，更適合於戲劇的形式，表現了新的思想內容，增加了戲劇的因素和效果。如毛延壽逃往匈奴和獻策，王昭君的投江等等，都是重要的關節。馬致遠在這方面，表現了對歷史故事的再創造的才能。二、因了王昭君的投江，使王昭君的性格，增加了愛國思想的重要內容，並使這一藝術形象，更加有精神力量和高貴的品質，使這一悲劇的思想基礎，較爲堅實與完整。由於這些特色，劇中的矛盾發展得到了統一，愛國思想和愛情得到了結合，在這基礎上，反映出朝政腐敗、滿朝文武官員的昏庸無能和奸臣誤國的真實面貌。曲辭的表達能力，成就很高，尤其第三折、第四折，寫得深切真實，甚爲動人。

蔓青菜　白日裏無承應，教寡人不曾一覺到天明，做的個團圓夢境。卻原來雁叫長門兩三聲，怎知道更有箇人孤另！……

滿庭芳　又不是心中愛聽，大古似林鶯嚦嚦，山溜泠泠。我只見山長水遠天如鏡，又生怕誤了你途程。見被你冷落了瀟湘暮景，更打動我邊塞離情。還說甚過留聲，那堪更瑤階夜永，嫌煞月兒明。

十二月　休道是咱家動情，你宰相每也生憎。不比那雕梁燕語，不比那錦樹鶯鳴。漢昭君離鄉背井，知他在何處愁聽？

堯民歌　呀呀的飛過蓼花汀，孤雁兒不離了鳳凰城。畫簷間鐵馬響丁丁，寶殿中御榻冷清清。寒也波更，蕭蕭落葉聲，燭暗長門靜。

隨煞　一聲兒遶漢宮，一聲兒寄渭城。暗添人白髮成衰病，直恁的吾當可也勸不省。

這幾支曲辭，是昭君出塞後，漢元帝相思成夢，醒後聞天空雁叫聲所唱。表現的手法，可與梧桐雨中唐明皇聽雨所唱的一段媲美。兩劇的作者，都善於用抒情的細膩的筆鋒，借外在景色來刻劃內心活動，又從內心活動來開拓外在景色，因而使情景交融，虛實吻合，最後並同以悲劇的詩情作結，一反團圓的普遍形式，這一點也是值得重視的。

馬致遠的青衫淚，寫白居易與琵琶女的悲歡離合，作者借「同是天涯淪落人」的遭遇，來發洩自己失意的感情。前半寫得較好，後半就弱得多，尤其皇帝斷婚一事，更是蛇足。

叨叨令　我這兩日上西樓，盼望三十徧。空存得故人書，不見離人面。聽的行雁來也，我立盡吹簫院。聞得聲馬嘶也，目斷垂楊線。相公呵，你元來死了也麼哥，你元來死了也麼哥！從今後，越思量越想的冤魂兒現。

一煞　興奴也！你早則不滿梳紺髮挑燈剪，一炷心香對月燃。我心下情絕，上船恩斷，怎捨他臨去時，舌姦至死也心堅。到如今鶴歸華表，人老長沙，海變桑田，別無些掛戀，須索向紅蓼岸綠楊川。

二煞　少不的聽那驚回客夢黃昏犬，聒碎人心落日蟬。止不過臨萬頃蒼波，落幾雙白鷺，對千里青山，聞兩岸啼猿。愁的是三秋雁字，一夏蚊雷，二月蘆煙。不見他青燈黃卷，卻索共漁火對愁眠。

這是琵琶女興奴受了欺騙，聽說白居易死了，只好改嫁茶商劉一郎，剛要上船時所唱。在這些曲辭裏，沒有引書用典，純出白描，把女主人的苦痛心情、不幸境遇，寫得較爲真實。

楊顯之　楊顯之，大都（今北京市）人，與關漢卿爲莫逆交，凡有所作，必與關氏商討，世稱爲楊補丁。所作雜劇今所知有九種，今存者只有臨江驛瀟湘夜雨、鄭孔目風雪酷寒亭二劇而已。臨江驛寫崔通嫌貧愛富、停妻再娶的故事，他的前妻張翠鸞找着他時，他爲討好新妻，誣賴翠鸞是他家的婢女，從前偷了東西逃出去的；並且當面痛打她，還在她的背上刺着逃犯二字，發配到沙門島，預備在途中害死她。不料在瀟湘夜雨的臨江驛，無意中遇見她以爲早已死去的父親張天覺，替她復了仇，結果還是格於一女不嫁二夫的封建觀念，崔通、張翠鸞仍爲夫婦，崔通的新夫人，只好降爲妾婢的地位了。全劇結構緊湊綿密，曲辭賓白，俱爲佳作。加以劇情富於現實，尤覺動人。崔通那種陰險惡毒、嫌貧愛富的醜惡面貌，張翠鸞的苦痛和被迫害的哀傷，都寫得很真實。翠鸞帶枷走雨，和臨江驛夜哭等段文字，確是真情實境，非常有力。

> 刮地風　則見他努眼撐睛大，叫呼不鄧鄧氣夯胸脯，我濕淋淋只待要巴前路。哎！行不動我這打損的身軀。我捱一步又一步，何曾停住。這壁廂，那壁廂，有似江湖；則見那惡風波，他將我緊當處，問行人蹤跡消疎。似這等白茫茫野水連天暮，你着我女孩兒怎過去？
>
> 四門子　告哥哥，一一言分訴。那官人是我的丈夫，我可也說的是實，又不是虛，尋着他指望成眷屬。他別娶了妻，道我是奴，我委實的銜冤負屈。（上第三折）

正宮端正好　雨如傾，敢則是風如扇。半空裏風雨相纏，兩般兒不顧行人怨，偏打着我頭和面。

滾繡球　當日箇近水邊，到岸前，怎當那風高浪捲。則俺這兩般兒景物凄然。風刮的似箭穿，雨下的似甕瀽。看了這風雨呵，委實的不善，也是我命兒裏惹罪招愆。我只見雨淋淋，寫出瀟湘景，更和這雲淡淡，粧成水墨天，只落的兩淚漣漣。

笑和尚　我我我，捱一夜似一年。我我我，埋怨天。我我我，敢前生罰盡了凄涼願。我我，哭乾了淚眼。我我我，叫破了喉咽。來來來，哥哥，我怎把這燒餅來嚥？（上第四折）

瀟湘水色，風雨悽迷，棄婦哀愁，更像這白茫茫的水天沒有窮盡。由於劇作者藝術構思的工致，我們彷彿聽見了這個孤苦的被迫害者，在對黑暗勢力作了激烈的控訴。比起梧桐雨中的明皇聽雨，漢宮秋中漢帝聞雁的兩段來，是更富於現實意義的。

酷寒亭寫鄭嵩與妓女蕭娥同居，鄭妻氣死，蕭娥後又與人姦淫，鄭嵩殺之，因而得罪充軍，在途中遇舊友宋彬得救的故事。戲的結構雖比不上臨江驛，但寫妓女陰狠、淫亂的性格，與虐待前妻兒女的惡毒是很成功的。這個故事，在當日社會上非常流行，寫成劇本，得到廣大民眾的歡迎。在元人雜劇裏，時常把這故事，當作典故來使用。如石君寶的曲江池中，有「又不曾虧負了蕭娘的性命，雖同姓你又不同名。」（十二月）「你本是鄭元和也上酷寒亭。」（堯民歌）無名氏的貨郎旦中，有「那其間便是你鄭孔目風流結果，只落得酷寒亭，剛留下一個蕭娥。」（鵲踏枝）秦簡夫的東堂老中，有「匆匆匆，少不得風雪酷寒亭。」（三煞）由此可知酷寒亭這一公案，在民間是如何的普遍了。

武漢臣　武漢臣，濟南人，生平未詳。世人治元劇者，多不注意他。我現在提出他來，是因爲他的散家財天賜老生兒一劇，還有值得我們注意的地方。本劇的取材，是一件舊家庭常有的事件。敘述一個財主劉從善，到了六十歲還沒有兒子，他把家產分一半給他的女兒引張和女婿張郎。同時廣行慈善，救濟窮人。他還有一個侄兒引孫，本很受他愛憐，無奈劉夫人和張郎交相妒恨，逼得引孫只好離開劉家，到外面去流落受苦。不久，劉財主之妾小梅懷孕了，不料張郎心術惡毒，恐怕他生了男兒，不能獨得劉家的財產，因此想害死小梅，以絕其嗣。引張不以丈夫的陰謀爲然，又不敢公然反對他，於是設法把小梅藏在鄉下的親戚家裏，瞞着丈夫和父親，只說她私奔了。後來小梅果然生了一男，長到三歲，引張才把她們母子帶回劉家，劉財主非常感謝他的女兒，同時覺到他的晚年得子，是心地慈善的報應。這故事雖說很平凡，但作者不雜一點神怪仙道的穿插，把舊家庭重男輕女的觀念，爭財奪產的醜態，岳母偏袒女婿的心事，和鄉下土財主到了老年無子，用着虛僞的慈善手段去求子的心情，表現得相當深刻，反映出封建家庭的各種傾軋排擠的矛盾關係，劇中雖有封建道德、因果報應的腐朽思想，但也有揭露黑暗現實，諷刺世俗醜態的一面。我們從第四折借張郎之口說的「人生雖是命安排，也要機謀會使乖。假饒不做欺心事，誰把錢財送我來」的四句詩看來，劇作者的諷世意圖是很顯明的。同時在戲劇的結構上，也還緊湊。他以侄兒引孫的掃墓，及小梅的私奔爲波瀾，使這戲劇不成爲平鋪直敘的形式，在劇情的發展上增加着變化與曲折，表現出劇作者的技巧。

其次是當代雜劇的作者，大都傾全力於曲辭的製作，對於台詞，總不十分看重。武漢臣則反是，他的老生兒，很重視賓白。劇前的楔子中，只有一支短曲，對白有二千多字。其後四折，也只有三十五支小曲，對白則都是長篇大段。並且賓白所用的文字，沒有文言，全是用的純粹北方的口語。在那些對白裏，把劇中人物的性格，劇情的起伏，表現得活潑與真實。不用說，老生兒一劇，對白是主，曲辭是賓，這種形式，在元雜劇裏，是極少見的。

武漢臣所作雜劇今所知有十餘種，存者只有這一種了。另有李素蘭風月玉壺春、包待制智勘生金閣二種，元曲選俱歸武作，但錄鬼簿及正音譜俱未著錄。及錄鬼簿續編出，始知前劇爲賈仲明作，後劇爲無名氏撰。並且在文字與風格上看來，老生兒與此兩劇亦很不相類，這無疑是元曲選編者的錯誤了。

紀君祥、康進之與高文秀

紀君祥，大都（今北京市）人，所作雜劇今知有六種，現只存趙氏孤兒冤報冤一種。此劇所述，爲晉靈公時屠岸賈專權，殺害趙盾家三百口，只剩下趙朔的遺腹子一人，屠亦欲殺之，以絕其嗣，後爲程嬰、公孫杵臼設計救出，卒復大仇。此事最初見於史記趙世家，後來劉向新序的節士篇、說苑的復恩篇都有敍述，在漢武梁祠石刻中也有這一故事的造象，可見這一定是漢代盛行的故事了。由於情節本身本極有戲劇色彩，再經過紀君祥的藝術加工，遂成爲元雜劇中很有名的歷史劇的一種。作者借着韓厥、程嬰、杵臼之口，極力暴露奸臣權貴的禍國殃民及其兇殘橫暴的行爲，同時強調那兩位義士立孤、死難的犧牲精神與壯烈品質。全劇自始至終，保持着緊張驚險的氣氛。他在第一折中寫道：「忠孝的在市曹中斬首，奸佞的在帥府內安身。現如今全作威來全作福，還說甚半由君也半由臣。他他他，把爪和牙布滿在朝門，但違拗的早一個個誅夷盡。」（混江龍）他揭露的統治集團內部的尖銳矛盾和奸臣迫害正直者的罪惡行爲，正是中國舊時代政治歷史中，具有普遍性的黑暗現象，雖是寫的歷史，在元朝殘酷統治的時代，是更有現實意義的。在這劇中，開展了善與惡的鬭爭，開展了正直與奸邪的鬭爭，屠岸賈雖能逞兇於一時，但他却是孤立的，因而昭示着正直的力量，在赴湯蹈火的堅強意志驅使之下，必然能夠實現復仇的願望，戰勝反面的力量。不難想見，這故事在當日的民間，也必然富於鼓動性的了。

以趙氏孤兒故事寫成戲劇的，還有南戲的趙氏孤兒報冤記，後來明人徐元又改編爲傳奇八義記，近代許多劇種復加以改編演出。清雍正時，還被法國人介紹到西歐，大作家歌德、伏爾泰看了，也深受感動，可見趙氏孤兒在世界文壇上也是頗有地位的。

康進之，棣州（今山東惠民）人。一說姓陳。曾作水滸劇二種，黑旋風老收心已佚，現存李逵負荊。水滸故事，是元人雜劇重要題材之一。今所知寫作劇本的有康進之、李致遠、高文秀、楊顯之、李文蔚、紅字李二及無名氏諸家，水滸劇存目有二十多種，流傳到現在的還有六種：康進之的梁山泊李逵負荊，李致遠（一作無名氏）的都孔目風雨還牢末，高文秀的黑旋風雙獻功，李文蔚的同樂院燕青博魚和無名氏的爭報恩三虎下山、魯智深喜賞黃花峪。在這些水滸劇裏，藝術成就較高的是康進之的李逵負荊。

李逵負荊的內容情節，和百回本水滸傳第七十三回下半章的故事輪廓相同。敘述李逵下山喝酒，酒店主人王林告訴他，說女兒滿堂嬌被宋江、魯智深搶去了。李逵一聽，怒氣沖天，跑上山來，大鬧忠義堂，痛斥宋江、魯智深的強奪民女的罪惡。後來一同下山調查清楚，才知道滿堂嬌是被兩個冒名的歹徒搶去的，李逵自知錯誤，向宋江負荊請罪，把兩個歹徒也捉來殺了。

李逵負荊的文學成就，是作者以優秀的藝術手法和精巧語言，比小說更真實更形象地突出了李逵的典型性格。作者站在同情梁山英雄的立場，描寫了李逵忠於梁山、疾惡如仇的正直精神，和坦直粗豪的品質。正由於他熱愛梁山，又熱愛宋江，因此，當他一聽到宋江強搶民女，損害了梁山的威信時，他就毫不容情地面斥宋江，「他道俺梁山泊水不甜，人不義」，這在李逵是最最痛心的，因而不惜與宋江「賭頭」相爭了。在這一事件上，雖然顯出了李逵魯莽急躁的一面，但這種魯莽急躁，却又全然爲了維護梁山事業的純潔，因而愈加襯托了他的正直無私的品質，愈加使他的烈火似的性格，在面對愛憎時顯得極不含糊，格外分明。試看一到真相大白，知道自己錯了，即毫不躊躇地向宋江負荆請罪。這種態度，是何等磊落光明。宋江寫得寬厚從容，不急不迫，正因爲他深知李逵的公而無私，憎源於愛，所以最後便原諒他了，使宋江的領導者風度又得到了一次發揚。同時，在這劇中，反映出由於封建統治者的殘酷剝削，造成歹徒的橫行，社會的不安，真正愛護人民除暴安良的，只有梁山泊的英雄們。從這些地方，更顯出李逵負荆的思想內容和藝術力量。

本劇的曲詞，在第一折李逵下山，看到杏花莊的春景時，有優美細緻的描寫：「可正是清明時候，却言風雨替花愁。和風漸起，暮雨初收。俺則見楊柳半藏沽酒市，桃花深映釣魚舟。更和這碧粼粼春水波紋縐，有往來社燕，遠近沙鷗。」（混江龍）又如：「俺這裏霧鎖着青山秀，烟罩定綠楊洲。他道是輕薄桃花逐水流，恰便是粉襯的這胭脂透。」（醉中天）不過這些曲詞，和李逵那種性格，那種身分對照起來，却是顯得不很調和的。

高文秀，東平府（今山東須城一帶）人，或作都下人，早卒。據孫楷第元曲家考略續編所引，高氏曾官山陰縣尹。其所作雜劇，今所知有三十二種之多，時人稱爲小漢卿。現全存者有黑旋風雙獻功、好酒趙元遇上皇、須賈誶范睢、保存公徑赴澠池會、劉玄德獨赴襄陽會五種。高文秀喜歡用歷史中小說中的武俠英烈爲題材，而尤喜描寫黑旋風李逵的故事。寫李逵的劇本，除上舉雙獻功外，尙有黑旋風詩酒麗春園、黑旋風大鬧牡丹園、黑旋風敷衍劉耍和、黑旋風鬭雞會、黑旋風喬教學、黑旋風窮風月、黑旋風借屍還魂七種。幾乎成爲水滸劇的專家，可惜這些作品都不傳了。雙獻功據錄鬼簿及太和正音譜所載，都簡稱雙獻頭，唯脈望館趙氏抄本作雙獻功。劇中所寫李逵的性格與智謀，比起李逵負荊中那種粗豪單純來，却要豐富得多，他不僅能扮做莊家後生，還到監獄內用麻汗藥麻翻牢子，又在夜裏扮做祗候人，提酒混入衙內，殺死白衙內與郭念兒（此卽所謂「雙獻頭」），最後「去腔子裏蘸着熱血」，在白牆上題字而去，却真的是粗中有細了。其次，元劇中寫到「衙內」這一特權人物，總是作爲反面人物來處理，可見當時老百姓對他們痛恨之深，也說明劇中的題材是有其現實基礎的。還有，高文秀寫的那些黑旋風故事，具體內容雖已不得而知，但從存目看來，則黑旋風李逵其人，居然還能賦詩鬭雞，賞花教學，流連風月，甚至還能「借屍還魂」，與水滸傳中的「鐵牛」，竟然是判若兩人了。此外有寫項羽的，有寫班超的，有寫樊噲的，有寫伍子胥的，有寫廉頗的，有寫武松的，有寫劉備的。我們再由這些題材看來，知道作者是以歷史中的勇武的壯烈的故事爲主體。他的語言特色，都出之於雄渾爽朗，正適合於他的題材。當時人稱他爲小漢卿，必然是一個大衆歡迎的作家。還有李文蔚，眞定（今河北正定）人，曾官江州瑞昌縣尹。也寫過同樂院燕青博魚的水滸劇。劇中也寫衙內勾引婦女，後被燕青捉到，解送到梁山的故事。但枝葉稍繁，結構鬆懈，頗爲減色。此外，他還有張子房圯橋進履和破苻堅蔣神靈應等作。

石君寶、李好古及其他雜劇家 石君寶，平陽（今山西臨汾）人。一說姓石盞，名德玉，女真族人。所作雜劇今所知有十種，現存魯大夫秋胡戲妻、李亞仙花酒曲江池和風月紫雲庭三種。秋胡戲妻是他的代表作。秋胡戲妻的故事，是古代有名的傳說，在唐代的變文裏，已有描寫這題材的通俗作品。到了石君寶的劇本，加了秋胡從軍，梅英抗拒李大戶誘惑的情節，使內容更加豐富，人物的性格更爲突出而鮮明。秋胡的卑劣自私的行爲，同梅英的忠於愛情、熱愛生活、堅持操守的品質，成了一個鮮明的對照。梅英不僅不屈服於威逼利誘，卽使在「從早起到晚夕，上下唇並不曾粘着水米」那樣悲苦的環境中，對于任何侮辱，任何侵害，也都以嚴峻的態度來回擊。她對土財主的李大戶是這樣，對自己的丈夫也是這樣。當李大戶仗着財勢來調戲她時，她不但嚴詞斥責，還勇敢地「劈頭劈臉潑拳搥」來打他；當她知道桑園裏調戲的就是丈夫秋胡時，不但痛罵他輕薄荒唐，還要秋胡「與我休離紙半張」，準備和他斷絕夫妻關係。後來由於秋胡的認錯，尤其是婆婆以死來要挾，寫成了喜劇的形式，但這並沒有削弱梅英的性格。像梅英這樣堅強勇敢、富有人生理想、反抗惡勢力的勞動婦女形象，在作品中得到了充分的表現。劇中的語言，非常精練，結構也很謹嚴，藝術成就頗爲優秀。

李好古，保定人，一說西平或東平人，但東平或係西平之誤。曾官南台御史。作劇三種，現只存沙門島張生煮海。張生煮海是一個優美動人的神話劇。秀才張生，同龍王的女兒瓊蓮戀愛，受到阻礙，張生利用法術，把海水煮沸了，同兇惡的龍王鬬爭，結果龍王讓女兒成就了美滿的婚姻。這個神話劇，是一個積極浪漫主義的優秀作品。場面雄渾而又充滿着抒情的氣氛。在整個劇中，洋溢着反抗封建統治勢力、反抗傳統禮教的鬬爭意志，表露出追求純真的愛情，渴望自由幸福生活的樂觀精神，使這神話劇具有深刻的現實意義。劇中寫龍宮景色，時而瑰奇奧衍，時而精麗工致，尤能突出神話劇的特色。

張國賓，大都人，教坊勾管。現存雜劇相國寺公孫汗衫記、嚴子陵垂釣七里灘（一說宮天挺作）、薛仁貴衣錦還鄉三種，中以汗衫記爲佳。劇中反映出社會混亂，人民生命財產毫無保障的現實面貌。陳虎那種陰險惡毒、恩將仇報的惡霸形象，寫得很成功。故事複雜，通過生動的對話，加強戲曲的曲折變化。

孟漢卿或作益漢卿，亳州（今安徽亳縣）人，有雜劇張孔目智勘魔合羅一種。這是一本謀財害命的公案劇，因爲組織得巧妙，劇情的矛盾與發展，很合情理，具有汗衫記同樣的優點。李文道是市儈、流氓的典型，哥哥離家了，要佔有嫂嫂和財產，不惜以毒藥毒死哥哥。最後雖得到了水落石出，處以嚴刑，但那些官吏的貪污腐朽，在劇中作了真實的反映，李文道的惡毒，也作了真實的描寫。

鄭庭玉，彰德（今河南安陽）人。太和正音譜評其曲如「佩玉鳴鑾」，但我們細讀他的作品，並非專事典雅。取材多爲社會上窮苦人民的生活和姦殺謀財一類的公案，很少才子佳人的戀愛故事，也很少文人學士的風雅閒情。所作劇今知有二十餘種，今存宋上皇御斷金鳳釵、楚昭王疎者下船、布袋和尚忍字記、包龍圖智勘後庭花、看錢奴買冤家債主、崔府君斷冤家債主六種，最後一種，或作無名氏。這些雜劇，有四種是寫的公案。公案中都雜着神鬼報應與仙道點化的迷信意識，思想上並無可取。不過他在人物個性的描寫上，特別是描摹那些守財奴的慳吝性格，比較成功。如看錢奴買冤家債主和崔府君斷冤家債主二劇，用長篇的對話，純粹白話的文體，並以諷刺的筆調，揭露那些守財奴的可笑可恨的面目，極爲淋漓生動。看錢奴買冤家債主的主角賈仁病重時，對他兒子說：「我兒也，你不知我這病是一口氣上得的。我那一日想燒鴨兒吃，我走到街上，那一個店裏正燒鴨子，油渌渌的。我推買那鴨子，着實的撾了一把，恰好五個指頭撾的全全的。我來到家，我說盛飯來，我吃一碗飯我咂一個指頭，四碗飯咂了四個指頭。我一會瞌睡上來就躺在這板橙上，不想睡着了，被個狗餂了我這一個指頭，我着了一口氣，就成了這病。罷罷罷，我往常間一文不使半文不用，我今病重，左右是個死人了。……」這種誇張之中含有生氣的諷世文字，只有在儒林外史中才可以看得見。

李行道（一作李行甫），名潛夫，絳州（今山西侯馬）人。他留傳下來的雜劇，只有一部包待制智勘灰闌記，在彭伯成名下，亦有灰闌記一目。此劇早在清代，就已譯成法文。劇中寫妓女張海棠因渴望從良，嫁給財主馬均卿，但馬之大婦因與趙令史通奸，將馬害死後，又將罪名嫁給張海棠，致海棠身受嚴刑，陷於冤獄，最後幸遇包拯，才得昭雪。情節頗類京劇中的玉堂春。通過馬均卿一家醜惡的家庭內幕，揭露了當時官場的黑暗面目。張海棠好容易脫離風塵生活，結果仍是在財主家裏受盡了冤屈與苦楚，這是全劇的一條主綫，圍繞這條主綫，把女主角的性格刻劃得相當鮮明：「妾身自嫁馬員外，生下這孩兒。十月懷胎，三年乳哺，嚥苦吐甜，煨乾避濕，不知受了多少辛苦，方才擡舉的他五歲。不幸爲這孩兒，兩家硬奪，中間必有損傷。孩兒幼小，倘或扭折他肐膊，爺爺就打死婦人，也不敢用力拽我出這灰欄外來，只望爺爺可憐見咱。」從這些對白裏，不但表現了張海棠是一個善良的女性，而且還是一個慈祥的母親。其次，劇中也寫出了包拯的機智果斷的性格，但因到第四折才出場，兼之有白無唱，所以包拯的形象，在這一部戲劇中還不是很飽滿生動的。

在無名氏的包待制陳州糶米一劇中，包拯的形象，才顯得完整充實了，在完整充實之中，又有其波瀾起伏的藝術匠心。如他出場時唱的：「待不要錢呵，怕違了眾情，待要錢呵，又不是咱本謀。只這月俸錢做咱每人情不彀。（張千云：老相公平日是個不避權豪勢要之人也。）我和那權豪每結下些山海也似冤讎。……從今後，不干己事休開口，我則索會盡人間只點頭，倒大來優游。」在這種內心矛盾中，正體現了封建社會中一心想爲民除害的好官之深沉感慨。可是幾經鬭爭，並「聽的陳州一郡濫官污吏，甚是害民」之後，他的「恰便似火上澆油」的烈性，固然使他無法容忍；而他的「我一點心懷社稷愁」的崇高願望，更使他非到陳州去察訪民隱不可。察訪結果，壞人剷除了，民冤申訴了，但他仍不滿足：「受這般罪責，呀！才平定陳州一帶」，這兩句曲詞既含蓄又有力，皇權主義罪惡的嚴重，正可於其中着意體會。還有如寫陳州饑荒，官吏舞弊，打死老漢，激起民憤等，也都有其深刻的歷史內容。

包拯在正史上的地位並不重要，許多元人雜劇作者所以喜歡拿他的故事作題材，就因爲他代表了剛強正直的精神品質，表現了除暴安良的精神。在元朝的黑暗統治下，這樣的典型形象之出現，決不是偶然，而正是廣大人民愛憎向背的鮮明象徵。

元代前期的雜劇作家，除上述諸人外，還有很多，不能一一敘述，茲略舉如下。

吳昌齡，大同（今屬山西）人。作雜劇十餘種，今存花間四友東坡夢、張天師斷風花雪月二種。錄鬼簿曾著錄吳氏有唐三藏西天取經一劇。但現存明萬曆刻本之西遊記六卷，雖題名「吳昌齡撰」，據孫楷第考證，實爲明初楊景賢作。

李壽卿，太原人。曾官縣丞。今存月明三度臨岐柳、說鱄諸伍員吹簫二種。

石子章一作子璋，大都（今北京市）人，家於鄭州。金亡後，曾隨使至西域，與元好問友善。今存秦翛然竹塢聽琴一種。

張壽卿，東平人。任浙江省掾吏。今存謝金蓮詩酒紅梨花一種。

王伯成，涿州（今河北涿縣）人。與馬致遠爲忘年交。今存李太白貶夜郎一種。曾作天寶遺事諸宮調。

孫仲章，或云姓李，大都人。今存河南府張鼎勘頭巾一種。

狄君厚，平陽（今山西臨汾）人。今存晉文公火燒介子推一種。

費唐臣，大都人。費君祥之子。今存蘇子瞻風雪貶黃州一種。

王仲文，大都人。金末進士。今存救孝子賢母不認屍一種。

孔學詩（一二六〇——一三四一），字文卿，其先世曾自吳遷溧陽。今存地藏王證東窗事犯一種。

岳伯川，濟南人，一說鎭江人。今存岳孔目借鐵拐李還魂一種。

李直夫，女真族人。本姓蒲察，人稱蒲蔡李五，居德興府，官至湖南廉訪使。爲至元、延祐間人。今存便宜行事虎頭牌一種。

尙仲賢，眞定（今河北正定）人。曾官江浙省務提舉。今存尉遲恭三奪槊、洞庭湖柳毅傳書、漢高祖濯足氣英布三種。

戴善甫，一作善夫，眞定人。曾官江浙行省務官。今存陶學士醉寫風光好一種。

八　雜劇的南移

在宋亡前後，雜劇的發展，完全在北方，作家也全是北方人，關於那些情形，我在上面已經說過了。元朝統一中國以後，跟着元朝武力與政治的南侵，雜劇也由北而南。當日的戲文，雖說還在南方的民間流行，但雜劇是取得了絕對優勢的地位。由元夏庭芝青樓集所載一百十餘個歌妓看來，以雜劇名者有三十三人，以南戲名者只有三人，由此可推想雜劇獨盛的狀況。在這種環境下，於是南方人都從事雜劇的製作，一反前期元劇爲北方人獨佔的狀態。到了這時期，雜劇作者很多是南方人了。宮天挺、喬吉、鄭光祖、曾瑞諸人，雖是北籍，但也是南方的寓公。至於楊梓、金仁傑、范康、蕭德祥、王曄、沈和、鮑天佑、陸登善、周文質、王仲元、陳以仁等，都是浙江人。羅貫中原籍太原，秦簡夫原籍大都，但也都是寄寓江南的。這樣看來，元朝一統以後，雜劇的發展，主要移到南方，北方是衰落了。據我們推想起來，當日雜劇雖是南移，但北方不能從此就無人作劇。這大概是錄鬼簿的編者（他雖是河南人，但是僑寓杭州）編撰那個戲目時，除了普遍流傳在北方前期的作品以外，對於後期的作品，他主要是集中於耳聞目見的南方作家的作品。當日交通不便，新興作品流傳不廣，這種現象是免不了的。因爲他自己住在杭州，他所收的後期的作家，絕大部分是杭州人，或是寄寓南方的北方人。就元劇現存的作品看來，確是呈現着前北後南的狀態。在北方是以大都爲中心，在南方是以杭州爲中心，由此，也可看出戲劇這種藝術同城市的密切關係。

雜劇的南移，一面是靠着劇團。因爲政治統一，北方的貴族和官兵得以南下。爲了適應環境的需要，雜劇團體跟着南來，圖謀擴展地盤，發展業務，這是自然的趨勢。杭州是經濟繁榮之區，正是戲曲發展的理想的好地點。其次，是北方作家的南遊。如馬致遠、戴善甫、尙仲賢、張壽卿都在南方作官，再如關漢卿、白樸也都遊歷江南一帶。由於雙方的媒介與推動，於是後期雜劇的重心移於南方，造成了南盛北衰的局面。這一期的作家，雖大多數都是杭州人和江、浙人，但代表作家，如鄭光祖、宮天挺、秦簡夫之流，都是僑寓江南的北客。那一批江南作家的作品，成就並不很高。思想內容與藝術風格，大都缺少前期雜劇的特點。雜劇逐步衰頹的過程中，只好等待發展起來的南方傳奇，來在戲曲史上接替它的地位。

鄭光祖　鄭字德輝，平陽（今山西臨汾）人。錄鬼簿云：「以儒補杭州路吏，爲人方直，不妄與人交，故諸公多鄙之。久則見其情厚，而他人莫之及也。病卒，火葬於西湖之靈芝寺。」他的作品風格近王實甫。他歡喜描摹青年男女的戀愛故事，而出以豔麗的辭藻，使他的作品，顯得格外嫵媚。迷青瑣倩女離魂、㑳梅香騙翰林風月二劇，可算是西廂記的嫡派。倩女離魂據唐陳玄祐的離魂記而作，故事稍有改動，是他的代表作。作者集中全力，描寫倩女的形象與性格，在她的身上，顯示出追求婚姻自由的強烈意志和積極精神。對於倩女的心理活動和專一的感情，通過藝術的語言，作了深刻而細膩的描繪。這一個富有現實意義的積極浪漫主義的歌劇，在思想內容上，與李好古的張生煮海，有同樣的精神。全劇的曲辭，充滿着抒情的感染力量，但又時帶感傷。

元和令　盃中酒，和淚酌；心間事，對伊道，似長亭折柳贈柔條。哥哥，你休有上梢沒下梢。從今虛度可憐宵，奈離愁不了！

上馬嬌　竹窗外響翠梢，苔砌下深綠草。書舍頓蕭條，故園悄悄無人到。恨怎消？此際最難熬！

游四門　抵多少彩雲聲斷紫鸞簫，今夕何處繫蘭橈。片帆休遮，西風惡，雪捲浪淘淘。岸影高，千里水雲飄。

勝葫蘆　你是必休做了冥鴻惜羽毛。常言道：好事不堅牢。你身去休教心去了！對郎君低告，恰梅香報道，恐怕母親焦。

後庭花　我這裏翠簾車先控着，他那裏黃金鐙懶去挑。我淚濕香羅袖，他鞭垂碧玉梢。望迢迢恨堆滿西風古道，想急煎煎人多情人去了，和青湛湛天有情天亦老。俺氣氳氳喟然聲不定交，助疎刺刺動羈懷風亂掃，滴撲簌簌界殘妝粉淚拋，灑細濛濛浥香塵暮雨飄。

柳葉兒　見淅零零滿江干樓閣，我各刺刺坐車兒懶過溪橋，他矻蹬蹬馬蹄兒倦上皇州道。我一望望傷懷抱，他一步步待迴鑣，早一程水遠山遙。（第一折）

這是王文舉上京應試，倩女送行時所唱。戲劇的組織與西廂長亭一幕完全一樣。這幾支曲辭，確是寫得柔情婉轉，迴蕩多姿。全劇的情節安排，於離奇中尤見作者的匠心。㑳梅香騙翰林風月，更是西廂的縮影。戲中敘白敏中和裴小蠻已有婚約，不料小蠻之母，只令以兄妹之禮相見，婢女樊素設法使他倆相會，為裴母撞見，敏中被逐，乃赴京應試，得中狀元，後乃與小蠻結婚。敏中是張生，小蠻是鶯鶯，樊素是紅娘，裴母便是鶯鶯的母親。因為劇中關鍵全在樊素一人，樊素人又很伶俐乖覺，所以裴母叫作「㑳梅香」。清梁廷枏舉戲中之關目科白與西廂記符合者二十事，說他是有意的抄襲（曲話卷二）。王世貞也說他「㑳梅香雖有佳處，而中多陳腐措大語，且套數、出沒、賓白，全剽西廂」（藝苑卮言），這形迹是很明顯的。他還有醉思鄉王粲登樓，乃據王粲的登樓賦而作，中間夾雜着許多不合劇情的故事，結構也極散漫，但戲中曲辭，在描寫遊子飄零、壯懷不遇上，表現了較佳的技巧。如第三折云：

迎仙客　雕簷外紅日低，畫棟畔彩雲飛。十二欄干，欄干在天外倚。我這裏望中原思故里，不由我感歎酸嘶。越攪的我這一片鄉心碎。

紅繡鞋　淚眼盼秋水長天遠際，歸心似落霞孤鶩齊飛。則我這襄陽倦客苦思歸。我這裏凭欄望，母親那裏倚門悲。怎奈我身貧歸未得！

普天樂　楚天秋山疊翠，對無窮景色，總是傷悲。好教我動旅懷難成醉，枉了也壯志如虹英雄輩，都做助江天景物淒其。氣呵做了江風淅淅，愁呵做了江聲瀝瀝，淚呵彈做了江雨霏霏。

石榴花　現如今寒蛩唧唧向人啼。哎，知何日是歸期？想當初只守着舊柴扉，不圖甚的倒得便宜。則今山林鍾鼎俱無味。命矣時兮，哎，可知道枉了我頂天立地居人世。老兄也，恰便似睡夢裏過了三十。

這是王粲寄寓荆州，同友人許達登樓醉酒時所唱，表現出思鄉之情和懷才不遇的憤慨，情感的真摯，意象的高遠，語言的俊朗，能與人物當時的心境相映襯。周德清在中原音韻中也激賞其才。明何良俊更以鄭曲當在關、馬、白之上，他說：「王粲登樓第二折，摹寫羈懷壯志，語多慷慨，而氣亦爽烈，至後堯民歌、十二月，託物寓意，尤爲妙絕。豈作調脂弄粉語者，可得窺其堂廡哉。」（曲論）曹本錄鬼簿說：「公之所作，不待備述，名香天下，聲振閨閣。伶倫輩稱鄭老先生，皆知其爲德輝也。」可見他作品的聲譽之廣。但接着也指出鄭劇的缺點是「貪於俳諧，未免多於斧鑿」。我們從鄭德輝作品看來，精麗固是他的主要一面，但其雕飾之病，也很顯然。但他在後期雜劇作家中，地位是較爲重要的。他曾作劇十八種，今全存者，除上述三種外，尚有輔成王周公攝政、虎牢關三戰呂布（二本）三種。另有立成湯伊尹耕莘、鍾離春智勇定齊、程咬金斧劈老君堂三種，前人傳爲鄭作，實誤。

喬吉　喬吉是元代的散曲家，他與張可久稱爲元代後期散曲的代表。他的生平已詳第二十二章第七節。他雖是山西人，因僑住杭州，在作品上，無形中感染着南方文學的柔美色彩。他的散曲是如此，戲劇也是如此。他所作劇今所知有十一種，現存玉簫女兩世姻緣、杜牧之詩酒揚州夢、李太白匹配金錢記三種，由這些題材和存目的馬光祖勘風塵、香閨佳人認玉釵、荆公遺妾等看來，我們便知道他所寫的，都是一些文人的風流豔事，題材既不新穎，結構也無特色。但他善用華美的語言，描寫豔情，曲辭工麗，得到舊時士人的愛好。兩世姻緣寫韋皋與妓女韓玉簫的戀愛，揚州夢寫杜牧與歌女張好好的戀愛，金錢記寫韓翃與王柳眉的戀愛，這種才子佳人的戀愛劇翻來覆去，千篇一律。上者遠不如西廂，下者流於庸俗，在文學的價值上，喬吉的戲劇，是不如他的散曲的。

宮天挺　宮天挺，字大用，開州（今河北大名）人，歷學官，除釣台書院山長，爲權豪所陷，遂不見用，卒於常州。上述的鄭、喬二家，風格近王實甫，宮天挺則近馬致遠。他作品中所表現的失意文人的憤恨，韜光退隱的思想，以及引書用典的習氣，都與馬氏相近。他作雜劇六種，現只存死生交范張雞黍一種。再有嚴子陵垂釣七里灘一本，見古今雜劇，未著作者名氏，錄鬼簿宮天挺名下有嚴子陵釣魚臺一種，想卽是此劇，若此可信，則宮氏雜劇全存者有兩種。惟天一閣本錄鬼簿張國賓名下，則著錄嚴子陵垂釣七里灘一種，賈仲明補作張氏弔詞，亦有「七里灘頭辭主」語，故此劇究屬何人所作，似尚未能確定。范張雞黍的本事見於後漢書范式傳，後世所用「素車白馬」典故卽從此出。劇中寫范巨卿與張元伯爲生死交，同樣憤恨權奸當政，絕意仕進，而以隱逸爲高。後元伯病死，巨卿遠道至其家代爲料理喪事，太守重其義，薦他爲官。七里灘寫光武稱帝後，嚴子陵避讓名利，垂釣灘邊，閒淡過活。一面誇寫退隱之高，一面描寫朝市之鄙，文字都高爽清俊。宮天挺在政治上遭受着種種迫害，所以他借着歷史故事，來表示自己對政治的不滿，發洩憤世嫉俗的思想感情，而嚮往着退隱的生活。故王國維在元刊雜劇三十種序錄裏說：「大用曾爲釣台書院山長，故作是劇也。」請看范張雞黍中的一段。

天下樂　你道是文章好立身，我道今人都為名利引。怪不着赤緊的翰林院，那夥老子每錢上緊。他歪吟的幾句詩，胡謅下一道文，都是要人錢諂佞臣。

那吒令　國子監裏助教的尚書是他故人，祕書監裏著作的參政是他丈人，翰林院應舉的是左丞相的舍人。則春秋不知怎的發，周禮不知如何論，制詔誥是怎的行文。鵲踏枝　我堪恨那夥老喬民，用這等小猢猻。但學得些粧點皮膚子曰詩云。本待要借路兒苟圖一箇出身，他每現如今都齊了行不用別人。寄生草　將鳳凰池攔了前路，麒麟閣頂殺後門。便有那漢相如獻賦難求進，賈長沙痛哭誰偢問，董仲舒對策無公論。便有那公孫弘撞不開昭文館內虎牢關，司馬遷打不破編修院裏長蛇陣。

么篇　口邊廂嬭腥也猶未落，頂門上胎髮也尚自存。生下來便落在那爺羹娘飯長生運，正行着兄先弟後財帛運，又交着夫榮妻貴催官運。你大拚着十年家富小兒嬌，也少不得的一朝馬死黃金盡。

六么序　您子父每輪替着當朝貴，倒班兒居要津，則欺瞞着帝子王孫。猛力如輪，詭計如神。誰識您那一夥害軍民聚斂之臣！現如今那棟樑材平地上剛三寸，你說波，怎支撐那萬里乾坤？都是些裝肥羊法酒人皮囤。一個個智無四兩，肉重千斤。（范張雞黍第一折）

朝政的污濁黑暗，官僚的諂媚奉迎，爭奪名利的醜惡，讀書人士的憤慨，在這些文字裏，表現得痛快淋漓。這一種情形，在中國封建社會，本來是歷代如此，不過在元朝更為顯著而已。寄生草一段，於漢代典故下又雜以當時口語，在借古諷今中尤覺拙樸疏蕩。王國維評宮劇「雄勁遒麗，有健鶻摩空之致」，雖是說的七里灘，卽以此評宮氏作品的特色，也很恰當。錄鬼簿說宮天挺「爲權豪所中，事獲辨明，亦不見用」，可知他劇中所表現的牢騷憤恨以及韜光退隱的思想，是有其現實意義的。

秦簡夫　秦簡夫，大都（今北京市）人，曾爲杭州寓公。他的雜劇現全存者有東堂老勸破家子弟、孝義士趙禮讓肥、陶母剪髮待賓三種。秦的作品，描寫現實生活，文辭本色，結構亦頗緊湊。他是元劇後期關派的重要作家。東堂老是他的代表作品。本劇寫揚州富商趙國器，有一個敗家子叫做揚州奴，日與無賴子爲友，狎妓飲酒，屢戒不聽。其父死時，托之於密友李實，因李爲仁厚長者，人稱爲東堂老。揚州奴自其父死後，更加放縱，不聽東堂老之約束，以至家產蕩盡，流爲乞丐。而其往日之友朋，皆棄而不顧。他從此痛改前非，籌借少許資本，賣菜爲生。東堂老看見他真的改過自新，於是把他從前出賣的家產，一齊還了他，使他恢復正常的生活。本劇的重心，是描寫富商家庭生活和遺產制度的罪惡。花花公子，養尊處優慣了，倚靠遺產，過着寄生的腐朽生活，專與浪子惡人爲伍，狎妓飲酒，不到幾年，便把家產蕩盡，自己也陷於沒落。這種公子哥兒，這種結局，在舊社會中是觸目皆是。作者採取這種現實性的題材，雖無曲折驚奇的情節，然他以忠實深刻的筆，盡力描寫舊家庭舊社會的黑幕，使這戲劇成爲一個有力的現實劇。揚州奴的醉生夢死，他那兩個無賴朋友的奸詐陰惡，東堂老的忠厚信義，周圍人士的勢利無情，都寫得活躍紙上，情景逼真，是元劇後期一個寫得較好的作品。曲辭質樸自然，賓白很多，且出以圓熟的口語，描摹戲中各種人物的語氣與性情，時帶詼諧與諷刺。

趙禮讓肥的本事見於後漢書趙孝傳。寫趙孝、趙禮兄弟二人奉母山居避亂，某日，趙禮爲草寇所擄，將剖腹剜心，其母與兄跑去了，都爭着說他們的身體肥實，願代趙禮而死，羣盜大爲感動，謝罪釋之。劇本宣揚了封建道德的腐朽思想。

楊梓與蕭德祥 楊梓，海鹽（今浙江平湖）人，曾隨同元軍出征有功，官至嘉議大夫，杭州路總管。梓善音律，又廣蓄家僮，以善唱南北曲著名浙西，對海鹽腔的發展頗有影響。其雜劇有忠義士豫讓吞炭、承明殿霍光鬼諫、功臣宴敬德不伏老三種，今皆全存。豫讓吞炭，寫豫讓爲智伯報仇，暗殺襄子不遂而致自殺。此故事載於戰國策中，本極動人，再加上作者的誇張變化，更有壯烈之感。霍光鬼諫寫霍光愛國諫君的故事，人鬼交雜，宣傳迷信。不伏老寫尉遲恭的粗豪桀驁的性格頗爲出色，其「裝瘋」等情節，當是後來說部之所本。近代舞台上演出的金貂記、敬德裝瘋，亦取材於此。

蕭德祥名天瑞，號復齋，杭州人，以醫爲業。曾作南曲戲文，今未見。王翛斷殺狗勸夫（楊氏女殺狗勸夫）一劇，曹本錄鬼簿題爲蕭德祥作。惟錄鬼簿續編則將王翛然屏邪歸正、賢達婦殺狗勸夫列于「諸公傳奇失載名氏」下。劇中敘述孫榮兄弟不和，孫妻楊氏欲感悟其夫，用殺狗之計使兄弟得歸和好。於俚俗樸勁中又略具文采，此作在民間很流行，後來演成爲有名的南戲殺狗記。

元劇的後期，除上述諸人外，尙有作品傳世者，今略舉於下。

范康，字子安，或作子英，杭州人。通理學。今存陳季卿悟道竹葉舟一種。

金仁傑，字志甫，杭州人。授建康崇寧務官。今存蕭何月夜追韓信一種。

王曄，字日華，或作日新，其先睦（今浙江建德）人，後遷杭州。今存桃花女破法嫁周公一種。（曹本錄鬼簿王曄名下，有破陰陽八卦桃花女，王國維認爲卽此作。）

羅本，字貫中，太原人，號湖海散人。元明間人，卽三國演義編著者。今存宋太祖龍虎風雲會一種。

朱凱，字士凱。今存昊天塔孟良盜骨、劉玄德醉走黃鶴樓二種。

元人雜劇，除上文敍述介紹者外，尙有無名氏作品多種，在這類作品中，有許多優秀之作。除了上面已介紹的陳州糶米外，又如風雨像生貨郎旦的描寫舊家庭的黑暗，情緒至爲悽慘。妓女一入家庭，便弄得家敗人亡，李妻之氣死，李彥和被推落水而死，李兒春郎的被賣，房產的被燒，金銀的被盜，都是李彥和迷戀妓女張玉娥而娶入家中爲妾所引起。作者用着巧妙的組織法，把這一幕家庭悲劇，表現得極爲生動，曲辭也本色自然。其他如張千替殺妻、凍蘇秦衣錦還鄉、蘇子瞻醉寫赤壁賦、錦雲堂暗定連環計、魯智深喜賞黃花峪諸篇，或以結構巧妙稱，或以文辭工麗勝，都是值得我們注意的作品。

九　結語

元代雜劇，本爲歌劇，其舞台效果，必須注重歌唱，曲辭自爲主要部分。因此，前人評價元劇，多從曲辭上着眼，定其優劣，而漠視其戲劇的整體傾向，漠視其思想內容，輕視其社會價值，這是非常片面的。我們今天對於元雜劇，必須把思想內容和曲辭結合起來，才可理解元雜劇的整體精神。

元劇的文學價值，在於它以歌劇的形式，表現了豐富的社會生活，富有現實性的意義。對蒙古貴族統治下的黑暗社會，許多優秀的雜劇作者，都採取了鮮明的愛憎態度。貪官污吏的橫暴，司法制度的黑暗，惡霸流氓謀財害命的罪惡，婚姻自由的渴望與追求，高利貸的毒害，禮教的腐朽，英雄人物的優良品質，階級的矛盾，人民的苦痛生活和善良願望，在元人雜劇裏，通過各種典型人物的描寫，把這些思想內容，深刻而又真實地表現在舞台上；它們從各個角度裏，對不合理的封建制度，投以暴露、批判、反抗的尖銳筆鋒。在竇娥冤、救風塵、單刀會、西廂記、漢宮秋、臨江驛、趙氏孤兒、李逵負荊、張生煮海、倩女離魂、秋胡戲妻、陳州糶米等等劇本裏，體會出元劇的豐富的思想內容和高度的藝術價值，也體會出它們的現實主義、或是積極浪漫主義的創作方法的發展和提高。在語言藝術上，表現了質樸、通俗、口語化的特色，有高度的表達能力。散曲的形式，在用韻文來敘述故事描摹性格上，達到了比詩詞更大的解放和成就。王國維說：「……其文章之妙，亦一言以蔽之曰，有意境而已矣。何以謂之有意境？曰寫情則沁人心脾，寫景則在人耳目，述事則如其口出是也。古詩詞之佳者，無不如是。」（元劇之文章）講到元劇的語言藝術，確有此種境界。

不用說，在元代的雜劇中，還夾雜着一些落後的封建思想和迷信色彩，這是難免的。卽使在一本優秀的作品中，有時也存在着很多糟粕。在我們閱讀元劇的時候，必須具體分析。

第二十四章　明代的社會環境與文學思想

一　緒說

元朝統治中國九十年，由於統治者的荒淫腐朽和對於人民的殘酷剝削與奴役，以漢族爲主的廣大人民，一直向他們作頑強的反抗和不斷的鬭爭。在統治力量比較薄弱的江南，農民起義的次數更多，武裝的力量更爲強大，到了元至正十一年（一三五一），各地的起義軍，先後匯合起來，成爲以紅巾軍爲主導的元末農民大起義。元朝統治者腐朽無力，紅巾軍勢如破竹。當時松江有民謠云：

> 滿城都是火，官府四散躲。
> 城裏無一人，紅軍府上坐。（南村輟耕錄卷九）

人民用形象化的語言，描摹了紅巾軍的勝利。到了公元一三六八年，農民起義大軍在朱元璋的領導下，徹底擊敗了元朝統治政權，建立了強大的明帝國。朱元璋出身貧窮的佃農家庭，明瞭農民的窮苦生活。他做了皇帝，便採取一系列對農民讓步的措施，解放勞動力，扶植農業生產。如招撫流亡，獎勵開墾荒地，興修水利，免租減稅和嚴懲貪污等等，對社會經濟的迅速恢復和發展，起了很大的推進作用。元朝統治時期，農業遭到嚴重的破壞，尤其是北方一帶，造成土地荒蕪、人煙蕭條的荒涼景象。在明初的三十年中，全國的荒地大多變成了良田，人口也大量增加，社會經濟也很快地恢復發展起來了。這些成就，不僅改善了人民生活，安定了社會秩序，同時也鞏固了封建統治政權。在這樣的基礎上，朱元璋一面安內，一面攘外，採取各種措施，實行中央集權政策，在皇帝一人的手裏，掌握軍政大權。到了明成祖，更加鞏固和發展了中央集權的君主專政制度。

隨着農業的發展，手工業和城市經濟也迅速地發達起來。明代的手工業，由於工奴的解放和吸收元代由西域傳來的手工業技術，在宋、元的原有基礎上，得到了很大的進展。如煉鐵、造船、製瓷、絲織、印刷各方面，都有顯著的進步。明代後期某些手工業的特點，已具有工場手工業的規模。工場主可以利用資本僱用專門技術的工人從事生產，由剝削勞動者的剩餘價值，進行擴大再生產，按照生產方式來說，已有資本主義的萌芽。

手工業如此發達，城市經濟和海外貿易也同時繁榮起來。北京、南京是當時的政治、經濟和文化的中心，此外還有大商業都市三十餘處。鄭和七遊西洋，對中國海外貿易和中外文化交流，起了很大的促進作用。從十六世紀初期起，歐洲資本主義的商船接踵而來，葡萄牙、西班牙、荷蘭、英國的商人先後來到中國，跟着在他們後面的是天主教的傳教士，他們帶着侵略的野心，從經濟、文化方面，開始向這個封建古帝國探險。

由於農產物的商品化和商品經濟的發達，使官僚地主加緊對土地的掠奪和兼併，形成明代土地的高度集中。皇帝的莊園，大至三萬七千餘頃，再加以貴族、宦官各種官僚地主的大量佔奪土地，加緊殘酷的剝削，階級矛盾，日趨尖銳，農村破產，人民生活陷入極端的窮困，大批的流亡，大批的餓死。到了明末，社會危機更爲嚴重，終於在農民起義的狂濤中，明帝國覆滅了。

明代統治階級爲了鞏固封建政權，採取了以八股取士的科舉制度，這是限制思想的愚民政策。表面是選拔人才，實際是毒死人才。考試時專以四書、五經爲題，四書義一題，字在二百以上；五經義一道，字在三百以上；不僅字數有限制，內容形式都有限制，在這種嚴格規定的形式框子裏，塡進儒家的教條，塡進爲聖人立言的內容，作者不能有半點發揮思想的自由。明代的讀書人士，爲了功名利祿，無一不陷在八股文的泥坑裏。這種爲封建統治政權服務的腐朽落後的科舉制度，是爲許多進步的文學家所不滿的；因此，反科舉、反八股，在明代一些優秀的散曲、傳奇、小說裏，成爲反封建的進步內容。

爲封建政權服務、爲聖賢立言的八股考試制度，雖在當代起了凝固思想的重大作用，但到了明代的後期，在新興經濟和市民思想的影響下，在學術界產生了富有積極精神、反抗傳統、追求個性解放的哲學思想。王陽明的心學雖是唯心的，但確實動搖了長期以來朱熹學派的教條統治，在思想解放上起了很大的影響。到了泰州學派，思想更為激烈，態度更為大膽，對儒家舊說、專制政權、吃人的禮教、男女的不平等以及其他封建傳統，作了嚴厲的批判。這樣的思想反映到文學上去，形成晚明反擬古主義、反傳統觀點、重視小說、戲曲價值的具有進步意義的文學運動。

明代的印刷技術，在宋、元原有的基礎上，隨着手工業和社會經濟的發達，大大的進展了。當代的刻書，有官刻本、家刻本（私人所刻）和坊刻本（書坊所刻）。官刻、家刻，特別精美，坊刻本非常普遍。嘉靖、萬曆時期，是明代刻書的黃金時代。這時正當小說戲曲發達，遂促進書坊的繁榮。南京一地，就有唐氏富春堂、世德堂、廣慶堂、文林閣、陳氏繼志齋等著名書店。他們從福建建陽和安徽徽州等地招請有專門雕版技術的工人，雕刻圖版，在當時出版的許多小說、戲曲、通俗讀物中，有許多加有精美的插畫，表現出勞動人民的高度智慧和優秀技術，到今天還得到人民的讚歎和珍重。胡應麟說：「凡刻之地有三，吳也、越也、閩也。蜀本，宋最稱善，近世甚希。燕、粵、秦、楚，今皆有刻，類自可觀，而不若三方之盛。其精、吳為最，其多、閩為最，越皆次之。其直重，吳為最，其直輕，閩為最，越皆次之。」（少室山房筆叢卷四）可知當代的刻書重心，是在江蘇、浙江、福建，而同時遍及各大城市。印刷這樣普遍和繁榮，對於文化的普及和交流，特別是對小說、戲曲及通俗文學的推廣傳播，起了重要的作用。

明代如古文、詩、詞一類的舊體文學，在擬古主義的籠罩下，成就不如唐、宋，但在新的經濟和市民思想基礎上發展起來的小說、戲曲和通俗文學，產生了許多優秀的作品，而成爲明代文學的重要部分。再如擬古主義與反擬古主義的鬬爭，在文學思想史上，也有重要的意義。這些都是我們研究明代文學所必須注意的。

二 舊體文學的衰微

在元朝統治中國的九十年中，漢人受到了嚴重的迫害，經濟、文化都受到了嚴重的摧殘。廣大人民雖在千辛萬苦中，向元朝統治者展開長期的英勇鬬爭，但也有一些趨炎附勢的人，向統治者奴顏婢膝，諂媚逢迎，弄到一官半職，沾沾自喜的也還不少。朱元璋一做了皇帝，便下令恢復漢制。洪武元年的實錄說：「詔復衣冠如唐制。初元世祖起自沙漠，以有天下悉以胡俗變易中國之制，士庶咸辮髮椎髻，深襜胡帽，衣服則爲袴褶窄袖及辮線腰褶，婦女衣窄袖短衣，下服裙裳，無復中國衣冠之舊。甚者易其姓氏爲胡名，習胡語。俗化旣久，恬不知怪。上久厭之，至是悉命復衣冠如唐制，士民皆束髮于頂。……其辮髮椎髻，胡服胡語胡姓，一切禁止。……于是百有餘年胡俗，悉復中國之舊矣。」朱元璋一面剷除外來的風俗習慣，一面又積極獎勵舊文教事業。聘請前朝遺老，修明禮樂制度，設置收書監丞，搜集各方圖籍。立學校，行科舉，又命胡廣等撰修五經、四書、性理大全共二百餘卷，用程、朱的儒家理論，統治當日的思想。永樂年間，以兩千餘人的精力，編輯永樂大典二萬餘卷，爲歷代文獻的總匯。這樣一面固可籠絡鼓舞讀書人的心情，同時對於文化的恢復與建設，也起了很大的效果。並且明代的君主皇族，頗喜藝文，獎勵文學，優遇作者。在這種環境下，明代文人雖也作了一定的努力，但在古文、詩、詞一類的舊體文學方面，很少獨創的成績。前人評論詩文，多侈談唐、宋，對於明代頗多微詞。

有明之文，莫盛於國初，再盛於嘉靖，三盛於崇禎。……然較之唐之韓、杜，宋之歐、蘇，金之遺山，元之牧菴、道園，尚有所未逮。蓋以一章一體論之，則有明未嘗無韓、杜、歐、蘇、遺山、牧菴、道園之文；若成就以名一家，則如韓、杜、歐、蘇、遺山、牧菴、道園之家，有明固未嘗有其一人也。（黃宗羲明文案序上）

詩之變隨世遞遷，天地有劫，滄桑有改，而況詩乎。善論詩者，政不必區區以古繩今，各求其至可也。……如必相襲而後為佳，詩止三百篇，刪後果無詩矣。至我明之詩，則不患其不雅，而患其太襲；不患其無辭采，而患其鮮自得也。夫鮮自得，則不至也。（屠隆鴻苞論詩文）

論詞於明，並不逮金、元，遑言兩宋哉？蓋明詞無專門名家，一二才人如楊用修、王元美、湯義仍輩，皆以傳奇手為之，宜乎詞之不振也。其患在好盡，而字面往往混入曲子……

去兩宋蘊藉之旨遠矣。（吳衡照蓮子居詞話）

明代二百七十年，文人與作品實也不少，專看朱彝尊編的明詩綜，所收多至三千四百餘家，這數量並不弱於唐、宋。數量雖多，其精神，則實遜於前代。論其原委，前人多歸咎於八股文。

議者以震川為明文第一，似矣。試除去其敍事之合作，時文境界，間或闌入，求之韓、歐集中，無是也。此無他，三百年人士之精神，專注於場屋之業，割其餘以為古文，其不能盡如前代之盛者，無足怪也。（黃宗羲明文案序上）

事之關係功名富貴者，人肯用心。唐世功名富貴在詩，故唐世人用心而有變；一不自做，蹈襲前人，便為士林中滯貨也。明代功名富貴在時文，全段精神，俱在時文用盡，詩其暮氣為之耳。（吳喬答萬季埜詩問）

論詞至明代，可謂中衰之期。探其根源，有數端焉。開國作家，沿伯生、仲舉之舊，猶能不乖風雅。永樂以後，兩宋諸名家詞，皆不顯於世，惟花間、草堂諸集，獨盛一時。於是才士模情，輒寄言於閨闥；藝苑定論，亦揭櫫於香匳。託體不尊，難言大雅，其蔽一也。明人科第，視若登瀛。其有懷抱沖和，率不入鄉黨之月旦，聲律之學，大率扣槃。迨夫通籍以還，稍事研討，而藝非素習，等諸面牆。花鳥託其精神，贈答不出臺閣。庚寅攬揆，或獻以諛詞；俳優登場，亦寵以華藻。連章累篇，不外酬應，其蔽二也。（吳梅詞學通論）

古文、詩、詞之不振，他們一致歸咎於八股。明史選舉志中說：「科目者沿唐、宋之舊，而稍變其試士之法。專取四子書及易、書、詩、春秋、禮記五經命題試士，蓋太祖與劉基所定。其文略倣宋經義，然代古人語氣爲之，體用排偶，謂之八股，通謂之制義。」又說：「四書義一道，二百字以上。經義一道，三百字以上。取書旨明晳而已，不尙華采也。」像這種規定體制、限定字數、代古聖人立言的八股文，自然是人類思想感情的監牢，文學發展的陷阱。一代讀書人都在八股上死用功夫，以求升官發財。要自己稍有餘力，才從事文藝，在這種環境下，文學的發展，受到了限制，乃是必然的事。焦循說：「有明二百七十年，鏤心刻骨於八股。如胡思泉、歸熙父、金正希、章大力數十家，洵可繼楚騷、漢賦、唐詩、宋詞、元曲以立一門戶。」（易餘籥錄）他的觀點，固然有所不同，但也說明了明代文人鏤心刻骨於八股的事實。總的來說，我們也不能將明代古文詩詞不振的原因，完全歸咎於八股。中唐以降，由於商業經濟的發展，城市的繁榮、市民階層的繼續成長擴大，到了明代，這種情形更爲顯著，適應新生活內容的要求，各種新形式的戲曲、小說的市民文學，在這個時代裏發展前進，生氣勃勃地繁盛起來，幾乎代替了古文、詩、詞的地位，成爲中國近古文學史上的主要內容。同時古文、詩、詞這些舊體文學，在過去的長時期中，經過許多天才作家的努力創作，產生了不可數計的優秀作品，無論內容、風格、形式、技巧各方面，都達到了高度的成就。因此明代作者，大都存有一種尊古拜古的觀念，作詩學李杜，作文學秦漢，頭腦中先有一個偶像，把手脚束縛得很緊，思想不能解放，迷信不能破除，寫文作詩，多尚摹擬，缺少獨創精神。在當日的評論界也是如此。在這種創作思想的籠罩下，即使作者很有才華，也很難跳出前人的範圍。八股對於文學發展的毒害，固然是應該指出來的原因之一，但從歷史條件和文學發展的社會原因，以及當日作家的創作思想方面來看，是更爲重要的。正因如此，在古文、詩、詞一類的舊體文學領域裏，形成了明代盛極一時的擬古主義。

三　明初的詩文

明史文苑傳序說：「明初文學之士，承元季虞、柳、黃、吳之後，師友講貫，學有本原。宋濂、王禕、方孝孺以文雄，高、楊、張、徐、劉基、袁凱以詩著。其他勝代遺逸，風流標映，不可指數，蓋蔚然稱盛已。」在這些作家裏，宋濂、劉基、高啓較有成就，是明初作家的代表，他們都是由元入明，在政治上遭受着不同程度的迫害，所爲詩文，大都脫去元末纖穠浮豔之習，對當代文風頗有影響。黃宗羲說：「當大亂之後，士皆無意於功名，埋身讀書，而光芒卒不可掩。」（明文案序上）又陳田說：「且明初詩家，各抒心得，雋旨名篇，自在流出，無前後七子相矜相軋之習。」（明詩紀事甲籤序）這樣的批評還是比較真實的。

宋濂　宋濂（一三一〇——一三八一），字景濂，號潛溪，浙江浦江人。元末授翰林院編修，以親老辭。明初召修元史，累官至翰林學士承旨，知制誥。後因其孫坐胡惟庸黨，帝欲置濂死，因太子力救，徙茂州，卒於夔州。有宋學士全集。宋濂自幼英敏強記，刻苦自學。善古文，宗法唐、宋。有文原上下兩篇，推究文章的本源及其作用和利病，力主義理、事功、文辭三者的統一。集中有送東陽馬生序，敘述他在貧寒中求學之苦，真實生動。

余幼時卽嗜學，家貧無從致書以觀，每假借於藏書之家，手自筆錄，計日以還。天大寒，硯冰堅，手指不可屈伸，弗之怠，錄畢走送之，不敢稍逾約，以是人多以書假余。余因得徧觀羣書。……當余之從師也，負篋曳屣，行深山巨谷中，窮冬烈風，大雪深數尺，足膚皸裂而不知，至舍，四肢僵勁不能動，媵人持湯沃灌，以衾擁覆，久而乃和。寓逆旅，主人日再食，無鮮肥滋味之享。同舍生皆被綺繡，戴朱纓寶飾之帽，腰白玉之環，左佩刀，右佩容臭，燁然若神人，余則緼袍弊衣處其間，略無慕豔意，以中有足樂者，不知口體之奉不若人也，蓋余之勤且艱若此。……今諸生學於太學，縣官日有廩稍之供，父母歲有裘葛之遺，無凍餒之患矣；坐大廈之下而誦詩書，無奔走之勞矣。有司業博士為之師，未有問而不告，求而不得者也。凡所宜有之書，皆集于此，不必若余之手錄，假諸人而後見也。其業有不精、德有不成者，非天質之卑，則心不若余之專耳，豈他人之過哉！

文中描敘他的苦學生活，非常動人；指出學問之道，在於刻苦專心，尤爲正確。語言明曉流暢，不失爲散文中的佳作。宋濂的詩不如文，傳記用筆細緻而又簡煉，成就較高，如王冕傳、李疑傳、秦士錄諸文，都能突出人物的性格，頗有特色。

劉基　劉基（一三一一——一三七五），字伯溫，浙江青田人。元末進士，明初官至御史中丞。博通經史，學識淵博，並精象緯之學。其貌修偉虬髯，「慷慨有大節，論天下安危，義形於色。」（明史本傳）後爲胡惟庸所構，憂憤而卒，一說爲胡所毒死。有誠意伯集。明史稱他「所爲文章，氣昌而奇，與宋濂並爲一代之宗」（本傳）。我們讀他的集子，散文、詩歌，都有些好作品。郁離子爲他棄官歸青田時所作，思想上受到農民起義的影響，以短篇的寓言形式，表達他的進步思想，對元末的暴政和社會生活，進行了批判和反映。如千里馬、術使、自瞽自瞶諸篇，都很有意義。其他散文如賣柑者言、樵漁子對諸文，寫得簡煉生動，而寓意深遠。賣柑者言是大家讀過的，茲舉郁離子中一篇和樵漁子對（節錄）：

楚有養狙以為生者，楚人謂之狙公。旦日，必部分眾狙于庭，使老狙率以之山中，求草木之實，賦什一以自奉，或不給，則加鞭箠焉。羣狙皆畏苦之，弗敢違也。一日，有小狙謂眾狙曰：「山之果，公所樹歟？」曰：「否也，天生也。」曰：「非公不得而取歟？」曰：「否也，皆得而取也。」曰：「然則吾何假於彼而為之役乎？」言未既，眾狙皆寤。其夕，相與伺狙公之寢，破柵毀柙，取其積，相攜而入於林中，不復歸。狙公卒餒而死。郁離子曰：「世有以術使民而無道揆者，其如狙公乎！惟其昏而未覺也。一旦有開之，其術窮矣。」（術使）

且今之遇于世者何如耶？附勢趨權，病于深谷之頳肩，憂讒畏譖，過于蛇虺之螫毒……若夫高屋大廈，百鬼所瞰，妖服賈禍，先哲時鑒，是豈野人之所願欲哉。（樵漁子對）

作者以犀利的文筆，抒寫憤世疾俗之情。或借狙公的寓言，暗示剝削者的罪惡和死亡的命運；或託漁樵子的對答，揭露封建官場的醜態和黑暗，和賣柑者言一樣，都是富於諷刺意義的作品。

劉基的詩，沈德潛推他爲一代之冠（明詩別裁），雖稱譽過高，但他確實有些好詩。樂府詩如從軍五更轉、閨詞、吳歌、採蓮歌、江上曲、竹枝歌、江南曲、雙帶子、楊柳枝詞諸篇，其中有些作品，清新自然，具有江南民歌情調。其他如畦桑詞、買馬詞、神祠曲、雨雪曲以及五古田家諸篇，反映現實生活，關懷人民疾苦，都是較好的作品。

驛官亭鼓鼕鼕打，驛使星馳買官馬。府官奔走羣吏趍，呵叱縣官如使奴。一時立限限鄉役，馬價頓增無處覓。賣田買馬來納官，買時辛苦納時難。縣官定價府官減，驊騮也作駑駘看。歸來拊膺向隅泣，門前索錢風火急。（買馬詞）

結髮事遠遊，逍遙觀四方。天地一何闊，山川杳茫茫。眾鳥各自飛，喬木空蒼涼。登高

見萬里，懷古使心傷。竚立望浮雲，安得凌風翔。（感懷）

曉日千山赤，寒煙一島青。羈心霜下草，生態水中萍。黃屋迷襄野，蒼梧隔洞庭。空將垂老淚，灑恨到滄溟。（望孤山作）

描述時事，真實動人；抒寫懷抱，蒼涼感慨。在這些作品裏，一反元末纖麗的詩風，表現了劉基詩歌的特色。

高啓　高啓（一三三六——一三七四），字季迪，號青丘子，長洲（今江蘇蘇州）人。家世政治地位不高，但雄於財，到了他家道衰落，生活貧困（見張適哀辭）。少有才名，博學工詩，與楊基、張羽、徐賁齊名，時人比爲初唐四傑，高啓爲之冠。元末隱居青丘，洪武初，召修元史，授翰林院國史編修。有高太史大全集。「啓嘗賦詩，有所諷刺，帝嗛之，未發也。……帝見啓所作上梁文，因發怒，腰斬於市。」（明史文苑傳）其得禍詩，傳爲宮女圖（據列朝詩集注引吳中野史）。詩云：「女奴扶醉踏蒼苔，明月西園侍宴回。小犬隔花空吠影，夜深宮禁有誰來？」是不是因此詩得禍，前人已有懷疑，在這裏想不加考證，但值得我們特別注意的是：這首詩寫得委婉含蓄，從側面揭露宮廷生活的淫亂，描摹細緻，表現了很高的諷刺藝術；二，不管得禍是詩是文，由於文學的諷刺，竟將作者腰斬，具體說明了在封建社會裏，封建帝王屠殺文人的殘暴罪行。

高啓出身比較貧寒。「我本東皋民，少年習耕鉏」（京師嘗吳粳）；「貧賤爲客難，寢食不獲宜」(我昔),正因爲他有這樣的境遇,故對於農民生活,能予以同情和關懷,寫出了牧牛詞、養蠶詞、田家行、築城詞一類反映社會生活的作品。高啓是一個自負不凡的人,在念奴嬌詞裏,表達了他自己的懷抱:「策勳萬里,笑書生、骨相有誰曾許?壯志平生還自負,羞比紛紛兒女。酒發雄談,劍增奇氣,詩吐驚人語。風雲無便,未容黃鵠輕舉。」他又說:「青丘子,臞而清,本是五雲閣下之仙卿。……有劍任羞澀,有書任縱橫。不肯折腰爲五斗米,不肯掉舌下七十城,但好覓詩句,自吟自酬賡。」(青丘子歌)他這種不願同封建政治同流合污的堅強性格,是他的致死的基本原因,而在這裏正顯示出他的品質。

高啓的詩雖存在着擬古的傾向,但由於他才情富健,對於現實又深感不滿,詩中頗多寄託,在明代詩人中是較爲優秀的。樂府中頗多佳篇,七古如送卿東還、憶昨行寄吳中諸友人諸作,抒寫懷抱,跌宕淋漓。宮詞富於諷刺,頗有特色。

爾牛角彎環,我牛尾禿速。共拈短笛與長鞭,南隴東岡去相逐。日斜草遠牛行遲,牛勞牛飢惟我知。牛上唱歌牛下坐,夜歸還向牛邊臥。長年牧牛百不憂,但恐輸租賣我牛。(牧牛詞)

馬前風葉助離聲,楚驛都荒不計程。一令尚淹三縣事,幾家曾見十年兵。夕陽望樹煙生戍,秋雨殘荷水繞城。父老不須重歎息,君來應有故鄉情。(送何明府之秦郵:原注云:何淮東人，已三為縣令。）

五斛青螺一日銷，迷樓深貯萬妖嬈。眾中誰解留車駕，風浪如山莫渡遼。（十宮詞：隋宮）

欲挽長條已不堪，都門無復舊毿毿。此時愁殺桓司馬，暮雨秋風滿漢南。（秋柳）

高啓的散文，成就不如詩歌，但如書博鷄者事、胡應炎傳、墨翁傳諸文，譴責惡霸罪行，歌頌民族氣節，憤世疾俗，託筆抒懷，都寫得通達流暢，尙不失爲佳作。

四庫提要評高啓的詩說：「其於詩擬漢魏似漢魏，擬六朝似六朝，擬唐似唐，擬宋似宋，凡古人之所長，無不兼之，振元末纖穠縟麗之習，而返之於古，啓實爲有力。然行世太早，殞折太速，未能鎔鑄變化，自爲一家，故備有古人之格，而反不能名啓爲何格。……特其摹倣古調之中，自有精神意象存乎其間。」這裏有褒有貶，還比較公允。高啓的詩，一般是存在着擬古的弊病，但由於他的才情富健，不少作品中，還能表現出自己的精神和意象，並且所學很廣，所謂漢魏、六朝、唐、宋，界限尙不分明。到了林鴻、高棅，正式以盛唐相號召。林鴻是明初閩派詩人的代表。在當日詩界，擁有相當的勢力。其論詩意見是：「漢魏骨氣雖雄，而菁華不足。晉祖玄虛，宋尙條暢，齊梁以下，但務春華少秋實，惟唐作者可謂大成。然貞觀尙習故陋，神龍漸變常調，開元、天寶間，聲律大備，學者當以是爲楷式。」（明史文苑傳）尊奉盛唐，並沒有錯，不過他們所強調的，只是格律、技巧上的一些問題，並不注重內容，學的只是形式，並不是精神。高棅是林鴻的共鳴者，編輯唐詩品彙百卷，建立詩必盛唐的軌則。他以初唐爲正始，作爲唐詩的開端，將盛唐分爲正宗、大家、名家、羽翼，定爲唐詩的正統，中唐爲接武，晚唐爲正變和餘響。據明史文苑傳說：「其所選唐詩品彙……終明之世，館閣宗之。」可知這書在當代文壇的影響了。李東陽批評說：「林子羽鳴盛集專學唐，袁凱在野集專學杜，蓋皆極力摹擬，不但字面句法，並其題目亦效之，開卷驟視，宛若舊本，然細味之，求其流出肺腑，卓爾有立者，指不能一再屈也。」（懷麓堂詩話）這批評非常深刻，指出了他們摹擬的實質，不但字句效法，連題目也倣效，其作品自然是沒有創造性而難以自立了。袁凱是以白燕詩著名的，他雖不是閩派詩人，但其摹擬的手法則無異。由此看來，擬古的風氣實起於明初，不過到後來更變本加厲而已。

四　擬古主義的興起和發展

李東陽　從永樂到成化的幾十年中，明代政治比較安定，文學上所出現的，是由宰輔權臣所領導的臺閣體。那一種作品，缺少現實內容和氣度，大都是一些歌功頌德、雍容典麗的應酬詩文。當日的代表，是稱爲三楊的楊士奇、楊榮和楊溥。其次就是稱爲茶陵詩派領袖的李東陽（一四四七——一五一六）。李東陽字賓之，號西涯，茶陵人，官至華蓋殿大學士。他立朝數十年，推獎後進，門生滿天下，有很高的聲譽。他的作品，人都說他以深厚雄渾之體，洗滌嘽緩冗沓之習。較之三楊雖稍勝一籌，但其詩表面典雅工麗，內容一般貧乏，並多應酬題贈之作，按其實際，也與臺閣體略近。有懷麓堂集。他論詩頗受嚴羽的影響，但也不盡同，他特別強調詩歌中的聲調作用。著有懷麓堂詩話一卷，其主要精神，在於論述詩歌的形式問題。

詩必有具眼，亦必有具耳。眼主格，耳主聲。

唐詩類有委曲可喜之處，惟杜子美頓挫起伏，變化莫測，可駭可愕，蓋其音響與格律正相稱，回視諸作皆在下風。

詩用實字易，用虛字難。盛唐人善用虛，其開合呼喚，悠揚委曲，皆在於此。用之不善，則柔弱緩散，不復可振，亦當深戒。

宋詩深卻去唐遠，元詩淺去唐卻近。顧元不可為法，所謂取法乎中，僅得其下耳。（俱見詩話）

在這些文字裏，給人兩個鮮明的印象：一、學詩惟唐可法；二、取法唐詩，在於學習它們的音節、格調和用字。唐詩是應該取法的，音節格調和用字也應該學習的，如果完全離開了唐詩的內容，必然流於形式的摹擬。正因如此，他雖也批評過林鴻、袁凱的擬古之非，在鏡川先生詩集序中，也說過不必「模某家、效某代」的話，然而他論詩的客觀效果，實際給予後來擬古主義者以理論的基礎。王世貞說：「長沙（指李東陽）之於何李也，其陳涉之啓漢高乎？」（藝苑巵言）淵源所自，確是如此。

李夢陽與何景明　明代的擬古主義，正式形成一個派別而以理論來號召的，則始於李夢陽、何景明。李夢陽（一四七三——一五三〇），字天賜，又字獻吉，號空同子。慶陽（今屬甘肅）人，後徙大梁。弘治進士，授戶部主事，遷郎中。爲人剛毅，不畏權勢。鞭打壽寧侯張鶴齡，反對宦官劉瑾，數次下獄，堅強不屈。劉瑾死，起江西提學副使。有空同集。何景明（一四八三——一五二一），字仲默，號大復。信陽（今屬河南）人，年少能文，弘治進士，官至陝西提學副使。有大復集。爲人尙節義而鄙榮利，對當日的腐敗政治，進行有力的抨擊。曾上疏言：義子不當畜，邊軍不當留，番僧不當寵，宦官不當任。遭受到劉瑾的種種迫害，終不妥協。李何與徐禎卿、邊貢、王廷相、康海、王九思，一時齊名，後人稱爲前七子，而李、何實爲領袖。明史文苑傳序云：「而李夢陽、何景明倡言復古，文自西京，詩自中唐而下，一切吐棄，操觚談藝之士，翕然宗之。」「夢陽才思雄鷙，卓然以復古自命。弘治時，宰相李東陽主文柄，天下翕然宗之，夢陽獨譏其萎弱，倡言文必秦漢，詩必盛唐，非是者弗道。」（明史文苑傳）在這些文字裏，說明了當日文壇的實際情況。七子中，康海、王九思的成就，在於散曲和雜劇；徐禎卿能詩，著有談藝錄，議論亦較穩重；邊貢、王廷相創作和理論，俱無特色。惟有李、何二人倡論鼓吹，在當日文壇發生很大影響，故「天下語詩文，必並稱何、李。」（明史何景明傳）他們兩人同倡復古，成名以後，又互相詆毀，但他們反復辯駁的，只是一些枝節問題，其主旨和精神，並沒有很大的分歧。明史文苑傳說：「夢陽主摹倣，景明則主創造。」在這方面，何景明固優於李夢陽，但說何以創造爲主，也不盡然。他寫信給李夢陽，雖也說過「領會精神，臨景構結，不倣形跡」的話，實際他的理論，仍是以擬古爲主，不過擬的方法略有不同，而在創作上他是比較富於變化的。

李夢陽談詩，有時也有主情之論。「故遇者物也，動者情也，情動則會，心會則契，神契則音，所謂隨遇而發者也……故遇者因乎情，詩者形乎遇。」（梅月先生詩序）從一般理論上講，這是正確的。但他在創作實踐上，仍然爲摹擬形式所束縛，而不能自拔。所以他在詩集自序中，得到王叔武的「真詩乃在民間」的啓發，自己有深切的感受，對於自己的作品，提出了批評。「自錄其詩，藏篋笥中，今二十年矣。乃有刻而布者，李子聞之懼且慚。曰：予之詩非真也。王子所謂文人學子韻言耳，出之情寡而工之詞多者也。」這樣的自我批評，是比較真實的。

李、何論文的意見，在當時發生很大的影響。

一、文必秦、漢，詩必盛唐　他們是由復古而擬古的，擬古的目標，文章是以秦、漢爲準則，古詩擬漢、魏，近體擬盛唐。李夢陽說：

夫詩，宣志而道和者也。故貴宛不貴嶮，貴質不貴靡，貴情不貴繁，貴融洽不貴工巧。故曰聞其樂而知其德。故音也者，愚智之大防，莊詖簡侈浮孚之界分也。至元、白、韓、孟、皮、陸之徒為詩，始連聯鬬押，纍纍數千百言不相下，此何異于入市攫金，登場角戲也。（與徐氏論文書）

說詩要貴宛、貴質、貴情、貴融洽等等，都是不錯的。但元、白、韓、孟、皮、陸之作，何嘗沒有這些特點，如果不加以具體分析，只說盛唐以下無詩，這就完全否定了文學發展的歷史關係，而造成貴古賤今的盲目觀念。秦、漢之文，盛唐之詩，確實是很優秀的，如果不求其內容而只言其格調，並沒有把握它們的實質。大凡擬古派的人，不容易瞭解文學發展的原理，死守着文學是古代的好，所以他把元、白、韓、孟之徒，看作是入市攫金登場演戲的角色。他對於宋代文學，更是輕視。謂「宋儒興而古之文廢」，所謂「詩至唐古調亡矣，然自有唐調可歌詠，高者猶足被管絃。宋人主理不主調，於是唐調亦亡。」（缶音序）這是李夢陽的得意語調。何景明也說：

僕嘗謂詩文有不可易之法者，辭斷而意屬，聯類而比物也。上考古聖立言，中徵秦、漢緒論，下采魏、晉聲詩，莫之有易也。夫文靡于隋，韓力振之，然古文之法亡于韓。詩溺于

陶，謝力振之，然古詩之法亦亡于謝。（與李空同論詩書）

近詩以盛唐為尚，宋人似蒼老而實疎鹵，元人似秀峻而實淺俗。（同上）

他們學古的方法雖有所不同，但其結論都是：秦、漢以後無文，盛唐以後無詩。關於「文亡於韓，詩溺於陶」的問題，後來不少人提出不滿的意見。列朝詩集小傳丙集說：「淵明之詩，鍾嶸以爲古今隱逸之宗……評之曰溺於義何居？……昌黎佐佑六經，振起八代，『文亡於韓』，有何援據？吾不知仲默所謂文者何文，所謂法者何法也。昔賢論仲默之刺韓，以爲大言無當，矯誣輕毀，箴彼膏肓，允爲篤論矣。……弘正以後，譌謬之學，流爲種智，後生面目，偭背不知方向，皆仲默謬論爲之質的也。」他一面指出其論點的錯誤，更重要的指出這些論點對於後人所起的影響。

二、摹擬以形式爲主　他們認爲秦、漢的文，盛唐的詩，雖是各家風格不同，光彩自異，但他們都有一種方法，後人應該遵守此種方法，好像學字臨帖一般，一字一句地摹擬下去，才可得到古人的神髓，而自成名家；非如此，文學便無成就之望。

是以古之文者，一揮而眾善具也。然其翕闢頓挫，尺尺而寸寸之，未始無法也，所謂圓規而方矩者也。（駁何氏論文書）

古人之作，其法雖多端，大抵前疎者後必密，半闊者半必細，一實者必一虛，疊景者意必二，此余之所謂法，圓規而方矩者也。……故曹、劉、阮、陸、李、杜能用之而不能異，能異之而不能不同，今人止見其異，而不見其同，宜其謂守法者為影子，而支離失眞者，以舍筏登岸自寬也。（再與何氏書）

這是擬古主義者說明從事文學必須摹擬的理論。從事文學藝術，先由摹擬入手，並不是壞事，但必須從摹擬入，又能從創造出，方能自有成就。這就是劉知幾所說的師貌師心的問題。但李夢陽所倡導的是重點放在師貌上面，而是以擬古爲復古的。所以他說：「夫文與字一也。今人模臨古帖，卽太似不嫌，反曰能書；何獨至於文，而欲自立一門戶耶？」（再與何氏書）這樣摹擬下去，結果自己必要做古人的奴隸，作品必然成爲古人的影子。難怪何景明要譏笑他說：「子高處是古人影子耳，其下者已落近代之口。又曰未見子自築一堂奧，突開一戶牖，而以何急於不朽。」（駁何氏論文書引）又說：「空同子刻意古範，鑄形宿模，而獨守尺寸。僕則欲富於材積，領會神情，臨景構結，不倣形跡。詩曰：『惟其有之，是以似之。』以有求似，僕之愚也。」（與李空同論詩書）擬古主義的作品，結果只能變爲古人的影子。「鑄形宿模，獨守尺寸」，一步一趨，有如邯鄲學步，專心摹擬形式，當然談不到獨創性了。

擬古主義的思潮，當日能風行一時，也自有其背景。一是臺閣體的空洞無物，早爲一般人所厭棄。其次，讀書人獻力於八股，心中除幾篇時文範本以外，就只抱着四書、五經，不識其他著作。「成、弘間，詩道傍落，雜而多端，臺閣諸公，白草黃茅，紛蕪靡蔓……理學諸公，擊壤打油，筋斗樣子……」（朱彝尊靜志居詩話卷十）李、何輩想挽救當日文壇的淺陋，倡言復古，提出文必秦、漢，詩必盛唐的口號，一新人士的耳目。四庫提要云：「考明自洪武以來，運當開國，多昌明博大之音；成化以後，安享太平，多臺閣雍容之作，愈久愈弊，陳陳相因，遂至嘽緩冗沓，千篇一律。夢陽振起痿痹，使天下復知有古書，不可謂之無功。……而古體必漢、魏，近體必盛唐，句擬字摹，食古不化，亦往往有之。……其文則故作聱牙，以艱深文其淺易。」他們反臺閣、講學問，確實是有功的；講秦、漢、盛唐也並不錯。不過他們要學的不是秦、漢、盛唐文學的精神，而只是句摹字擬的形式技巧，結果是「牽率模擬剽賊於聲句字之間」（錢謙益列朝詩集丙集），結果是必然走上捨本逐末的形式主義的道路。所以他們的復古和韓、柳大有不同，無論從內容和成就上講，都是不能相提並論的。加以他們的宗派門徒，互相標榜，推波助瀾，於是模擬之風大盛，在文壇上造成很不良的影響。

在上面主要是指出李夢陽、何景明的擬古主義的一般弊病和影響，但在他們的集子裏，也有些好的作品。如李夢陽的朝飲馬送陳子出塞、艮嶽、屯田、離憤、秋望、朱遷鎮諸篇，何景明的歲晏行、津市打魚歌、官倉行、答望之諸篇，或撫時感事，或託物抒情，頓挫縱橫，筆力勁健，在明代詩歌中，堪稱佳製。茲各舉二首為例。

朝飲馬，夕飲馬，水鹹草枯馬不食，行人痛哭長城下。城邊白骨借問誰，云是今年築城者。但道辭家別六親，寧知九死無還身。不惜身為城下土，所恨功成賞別人。去年賊掠開城縣，黑山血迸單于箭。萬里黃塵哭震天，城門晝閉無人戰。今年下令修築邊，丁夫半死長城前。城南城北秋草白，愁雲日暮鳴胡鞭。（李夢陽朝飲馬送陳子出塞）

黃河水遶漢宮牆，河上秋風雁幾行。客子過壕追野馬，將軍韜箭射天狼。黃塵古渡迷飛輓，白日横空冷戰場。聞道朔方多勇略，只今誰是郭汾陽。（李夢陽秋望）

舊歲已晏新歲逼，山城雪飛北風烈。傜夫河邊行且哭，沙寒水冰凍傷骨。長官叫號吏馳突，府帖連催築河卒。一年徵求不少蠲，貧家賣男富賣田。白金縱有非地產，一兩已值千銅錢。往時人家有儲粟，今歲人家飯不足。飢鶺翻飛不畏人，老鴉鳴噪日近屋。生男長成聚比鄰，生女落地思嫁人。官家私家各有務，百歲豈止療一身。近聞狐兔亦徵及，列網持矰徧山域。野人知田不知獵，蓬矢桑弓射不得。嗟吁今昔豈異情，昔時新年歌滿城。明朝亦是新年到，北舍東鄰聞哭聲。（何景明歲晏行）

念汝書難達，登樓望欲迷。天寒一雁至，日暮萬行啼。皦鏟饒羣盜，徵求及寡妻。江湖更搖落，何處可安棲。（何景明答望之）

李詩雄渾，何詩清俊，各有所長。他們的文論和創作雖一般存在着擬古的弊病，但這類優秀作品，我們還是應當推重的。

李夢陽、何景明以外，前七子中以詩名的還有徐禎卿。徐禎卿（一四七九——一五一一），字昌穀，一字昌國，吳縣（今江蘇蘇州）人。弘治進士，除大理寺左寺副，除國子監博士。爲詩早年沈酣六朝，風格華豔，登第後，與李夢陽遊，詩風一變。長於七言，絕句較勝。有迪功集。

送君南下巴渝深，余亦迢迢湘水心。前路不知何地別，千山萬壑暮猨吟。（送蕭若愚）

深山曲路見桃花，馬上匆匆日欲斜。可奈玉鞭留不住，又銜春恨到天涯。（偶見）

兩年為客逢秋節，千里孤舟濟水傍。忽見黃花倍惆悵，故園明日又重陽。（濟上作）

風神秀朗，情韻動人，爲絕句中的佳作。徐禎卿又有談藝錄一卷，論詩頗多精語，其獨到之處，非李夢陽、何景明所能及。王士禛論詩絕句中讚歎他說：「天馬行空脫羈靮，更憐談藝是吾師。」惜其卒年過早，未盡其才，否則他在創作上，將有較高的成就。

嘉靖年間，繼李夢陽、何景明的餘緒，又有後七子的興起，於是擬古主義的聲勢更爲浩大了。後七子是李攀龍、王世貞、謝榛、宗臣、梁有譽、徐中行和吳國倫，以李攀龍、王世貞爲其首。他們發揮前七子的主張，結社宣傳，互相鼓吹，彼此標榜，聲勢極盛，使得當日談論文學的人，心目中只知有李、何、李、王四大偶像了。

李攀龍與王世貞　李攀龍（一五一四——一五七〇），字于鱗，號滄溟，歷城（今山東濟南）

人。幼年喪父，家貧，刻苦自學。嘉靖進士，官至河南按察使。一生清介，身後寥落。有滄溟集。王世貞（一五二六——一五九〇），字元美，號鳳洲，亦稱弇州山人，太倉（今屬江蘇）人。嘉靖進士，官山東副使，以父難解官。後補大名兵備，官至南京刑部尚書。有弇州山人四部稿、弇山堂別集等作。關於他們在當日文壇上的活動情況，明史文苑傳中記載頗詳。

> 諸人多少年，才高氣銳，互相標榜，視當世無人，七才子之名，播天下。……其（攀龍）持論謂文自西京，詩自天寶而下，俱無足觀。於本朝獨推李夢陽，諸子翕然和之，非是則詆為宋學。攀龍才思勁鷙，名最高，獨心重世貞，天下亦並稱王、李；又與李夢陽、何景明，並稱何、李，王、李。其為詩務以聲調勝，所擬樂府，或更古數字為己作，文則聱牙戟口，讀者至不能終篇，好之者推為一代宗匠。（李攀龍傳）
>
> 世貞始與李攀龍狎主文盟，攀龍歿，獨操柄二十年。才最高，地望最顯，聲華意氣，籠蓋海內。一時士大夫及山人詞客衲子羽流，莫不奔走門下，片言褒賞，聲價驟起，其持論文必西漢，詩必盛唐，大曆以後書勿讀，而藻飾太甚，晚年攻者漸起。（王世貞傳）
>
> 李攀龍、王世貞輩結詩社，榛為長，攀龍次之。及攀龍名大熾，榛與論生平，頗相鐫責，攀龍遂貽書絕交，世貞輩右攀龍，力相排擠，削其名於七子之列。（謝榛傳）

在這些文字裏，將他們那種自立門戶、鼓吹標榜，而在成名以後又互相排擠，文人相輕的惡劣習氣，說得非常真實。同時也具體地指出他們作品中擬古主義的病態，爲詩務求聲調，甚至更改古作數字爲己有；爲文則聱牙戟口，故以艱深文淺易，追求藻飾，以此自高。王世貞有袁江流鈐山岡當廬江小吏行一篇，爲揭發嚴嵩父子罪惡而作，內容現實，但過於擬古，缺少藝術的感染力。其戰城南、過長平作長平行諸詩，俱有此病。由於他們的聲勢浩大，風靡一時，對於當日的模擬文風發生很大的影響。

李攀龍的詩文，模擬過甚，句重字複，痕跡宛然。王世貞謂其「文許先秦上，詩卑正始還」（哭李于鱗一百二十韻），阿其所好，譽過其實。他的樂府最弱，七律略勝。王世貞雖未能脫擬古之跡，然較富於才情，惟過於貪多愛博。「筆削千兔，詩裁兩牛，自以爲靡所不有，方成大家。一時詩流，皆望其品題，推崇過實，諛言日至，箴規不聞，究之千篇一律，安在其靡所不有也。」（朱彝尊靜志居詩話）其律絕詩，頗有佳作，樂府諸詩，亦在李攀龍之上。又能戲曲，鳴鳳記傳奇，相傳也是他的作品。

薊門秋杪送仙槎，此日開尊感歲華。臥病山中生桂樹，懷人江上落梅花。春來鴻雁書千里，夜色樓臺雪萬家。南粵東吳還獨往，應憐薄宦滯天涯。（李攀龍懷子相）

白羽如霜出塞寒，胡烽不斷接長安。城頭一片西山月，多少征人馬上看。（李攀龍塞上曲四首：送元美）

昔聞李供奉，長嘯獨登樓。此地一垂顧，高名百代留。白雲海色曙，明月天門秋。欲覓重來者，潺湲濟水流。（王世貞登太白樓）

傳聞胡馬塞回中，候火甘泉極望同。風雨雕戈秋入塞，雲霄玉几晝還宮。書生自抱終軍憤，國士誰識魏絳功。北望蒼然天一色，漢家高碣倚寒空。（王世貞書庚戌秋事）

曾向滄流剸怒鯨，酒闌分手贈書生。芙蓉澀盡魚鱗老，總為人間事漸平。（王世貞戚將軍贈寶劍歌）

這類作品，在李、王集中都是比較優秀的。關於詩文見解，李攀龍所論不多，王世貞著有藝苑卮言及序論多篇，所謂「文必秦漢，詩必盛唐，大曆以後書勿讀」，在詩歌藝術上，片面追求格調、法度，在這些主要方面，前之李、何，後之李、王，是大略相同的。

西京之文實，東京之文弱，猶未離實也。六朝之文浮，離實矣。唐之文庸，猶未離浮也。宋之文陋，離浮矣，愈下矣。元無文。（藝苑卮言）

李獻吉勸人勿讀唐以後文，吾始甚狹之，今乃信其然耳。記聞既雜，下筆之際，自然於筆端攪擾，驅斥為難。（同上）

夫近體為律。夫律法也，法家嚴而寡恩。又於樂亦為律，律亦樂法也，其翕純皦繹，秩然而不可亂也。是故推盛唐。盛唐之於詩也，其氣完，其聲鏗以平，其色麗以雅，其力沉而雄，其意融而無跡，故曰盛唐其則也。今之操觚者，日嘵嘵焉竊元和、長慶之餘似而祖述之，氣則漓矣，意纖然露矣，歌之無聲也，目之無色也，按之無力也。（徐汝思詩集序）

從這些論點，可以看出王世貞論文論詩的主要精神。他雖以格調為主，但對於格調，他有他自己的看法。「才生思，思生調，調生格。思卽才之用，調卽思之境，格卽調之界。」（藝苑巵言）他把才思和格調緊密地結合起來，從才思的基礎上去探討格調的精神實質，比起那些專從形式摹擬上來談格調，深入了一步，在這些地方，已突破了李夢陽、李攀龍的論點。他主張「模擬之妙者，分歧逞力，窮勢盡態，不唯敵手，兼之無跡，方為得耳。」（同上）他不贊成死板的模擬。「全取古文，小加裁剪」，「割綴古語，用文已漏，痕跡宛然」，乃至「名為閏繼，實則盜魁，外堪皮相，中乃膚立」（同上）的各種方法，他都認為是詩之大病。因此，他一面推崇李夢陽、李攀龍，同時也能指出他們的弊病。「獻吉之於文，復古功大矣。所以不能厭服眾志者何居？一曰操撰易，一曰下語雜，易則沉思者病之，雜則顓古者卑之。」（藝苑巵言）「于鱗節奏上下，瞽師之按樂，亡弗諧者，其自得微少。優孟之為孫叔敖，不如其自為優孟也。」（與張助甫書）這些批評都較為深刻。因此他在某些論點上，與何景明較為接近。到了晚年，他的思想略有轉變。他理解到就是在宋代，也有好作家和好作品。（見宋詩選序）「迨乎晚年，閱世日深，讀書漸細，虛氣銷歇，浮華解駁……其論藝苑巵言則曰：作巵言時，年未四十，與于鱗輩是古非今，此長彼短，未爲定論。行世已久，不能復祕，惟有隨事改正，勿誤後人。元美之虛心克己，不自掩護如是。今之君子，未嘗盡讀弇州之書，徒奉卮言爲金科玉條，之死不變，其亦陋而可笑矣。」（列朝詩集小傳丁集）這一段話，頗得知人論世之旨，使我們對王世貞的文學理論，有較全面的瞭解。

在後七子中，我們應當注意的還有謝榛和宗臣。謝榛（一四九五——一五七五），字茂秦，號四溟山人，臨清（今屬山東）人。他眇一目，任俠重義。已而折節讀書，刻意爲歌詩，有聞於世。後遊京師，識李攀龍、王世貞，結社論詩，謝榛爲首。後因論詩意見不合，李攀龍貽書與之絕交，王世貞袒李，削謝名於七子、五子之列。文人標榜傾軋之習，由此可見。謝榛雖終於布衣，而其詩名不衰。有四溟集、四溟詩話。「當七子結社之始，尙論有唐諸家，茫無適從，茂秦曰：選李、杜十四家之最者，熟讀之以奪神氣，歌詠之以求聲調，玩味之以裒精華。得此三要，則造乎渾淪，不必塑謫仙而畫少陵也。諸人心師其言，厥後雖爭擯茂秦，具稱詩之指要，實自茂秦發之。」（列朝詩集小傳丁集上）他所取雖廣，但仍以盛唐爲主。所謂「學其上僅得其中，學其中斯爲下矣，豈有不法前賢而法同時者？」（四溟詩話）這就與李、王諸人很相近了。但他也有些很好的論點。「今之學子美者，處富有而言窮愁，遇承平而言干戈，不老曰老，無病曰病，此摹擬太甚，殊非性情之真也。」「賦詩要有英雄氣象。人不敢道，我則道之；人不肯爲，我則爲之。厲鬼不能奪其正，利劍不能折其剛。古人製作，各有奇處，觀者自當甄別。」（四溟詩話）同時，他在詩話中，很強調興、趣、意、悟、天機等等，與性靈、神韻之說，頗有相通之處。他和李攀龍論詩不合，可能就在這些地方。他主張作詩，須多加修改，當然是正確的，但也只能改自己的詩，不能改前人的詩，更不能不顧到原作的精神，信手亂改，而自以爲是。在四溟詩話中，有許多亂改唐人詩句的例子，難怪要引起後人的不滿了。

但是，謝榛於詩歌藝術，確很有體會和修養。其作品雖氣魄稍弱，然筆力深細。律詩絕句，尤爲擅長。

坐嘯南樓夜，孤燈客思長。人吹五更笛，月照萬家霜。歸計身多病，生涯鬢易蒼。征鴻向何許，春意遍湖湘。（大梁冬夜）

薄伐元中策，論兵自古難。漢唐頻拓地，將帥幾登壇。絕漠兼天盡，交河蕩日寒。不知大宛馬，曾復到長安。（有感）

忘年爾我重交情，論事相同見老成。月到廣除寒有色，鵶歸疎柳夜無聲。三農最苦江南稅，百戰方休海上兵。歲暮銀台應感歎，幾人封事為蒼生。（夜話李孺長書屋因懷其尊君左納言）

秦關昨寄一書歸，百戰郎從劉武威。見說平安收涕淚，梧桐樹下擣征衣。（擣衣曲）

撫時感事，富於比興；抒情之筆，尤爲蘊藉。他在詩歌上的成就，實在李攀龍、王世貞之上。謝榛之於後七子，略同徐禎卿之於前七子。清汪端說：「昌穀詩盡洗蕪詞，故澹遠清微而色韻自古。茂秦詩不專虛響，故精深壯麗，而懷抱極和。雖當空同、滄溟聲焰大熾之時，爲所牢籠推挽，參前後七子之席，然本色自存，究非德涵、敬夫、伯玉、子與輩叫囂癡重，隨人作計者比。是以昌穀始未輸心，而茂秦終且避面，宜其造詣皆卓爾不羣也。」（明三十家詩選）在同一潮流中，能分析他們的長短得失，是比較有眼光的。

宗臣（一五二五——一五六〇），字子相，揚州興化（今屬江蘇）人。嘉靖進士。他賦性耿介，不附權貴。官至福建提學副使。有宗子相集。詩學李白，然氣格虛弱，時流淺俗。散文西門記描繪抵禦倭寇的英勇鬪爭，真實生動，文辭簡潔。又報劉一丈書，對於嚴嵩專權時期，那些諂媚逢迎、齷齪卑鄙的官場醜態，寫得淋漓盡致而富有諷刺性，同時表現出作者對於當日黑暗政治的強烈不滿，是明代散文中少見的佳作。

數千里外，得長者時賜一書，以慰長想，卽亦甚幸矣。何至更辱饋遺，則不才益將何以報焉。書中情意甚殷，卽長者之不忘老父，知老父之念長者深也。至以上下相孚才德稱位語不才，則不才有深感焉。夫才德不稱，固自知之矣；至於不孚之病，則尤不才為甚。且今世之所謂孚者何哉？日夕策馬候權者之門，門者故不入，則甘言媚詞作婦人狀，袖金以私之。

卽門者持刺入，而主者又不卽出見，立廐中僕馬之閒，惡氣襲衣袖，卽飢寒毒熱不可忍，不去也。抵暮，則前所受贈金者出，報客曰：相公倦，謝客矣，客請明日來。卽明日又不敢不來。夜披衣坐，聞鷄鳴，卽起盥櫛，走馬抵門。門者怒曰：為誰？則曰：昨日之客來。則又怒曰：何客之勤也！豈有相公此時出見客乎？客心恥之，強忍而與言曰：亡奈何矣，姑容我入。門者又得所贈金，則起而入之。又立向所立廐中。幸主者出，南面召見，則驚走匍匐階下。主者曰進，則再拜，故遲不起。起則上所上壽金。主者故不受，則固請。主者故固不受，則又固請，然後命吏納之。則又再拜，又故遲不起。起則五六揖始出。出揖門者曰：官人幸顧我，他日來幸亡阻我也。門者答揖，大喜奔出，馬上遇所交識，卽揚鞭語曰：適自相公家來，相公厚我厚我，且虛言狀。卽所交識，亦心畏相公厚之矣。相公又稍稍語人曰：某也賢，某也賢。聞者亦心計交贊之。此世所謂上下相孚也。長者謂僕能之乎？前所謂權門者，自歲時伏臘一刺之外，卽經年不往也。閒道經其門，則亦掩耳閉目，躍馬疾走過之，若有所追逐者。斯則僕之褊哉！以此常不見悅於長吏，僕則愈益不顧也。每大言曰：人生有命，吾惟守分爾已。長者聞之，得無厭其為迂乎？鄉園多故，不能不動客子之愁，至於長者之抱才而困，則又令我愴然有感。天之與先生者甚厚，亡論長者不欲輕棄之，卽天意亦不欲長者之輕棄之也。幸寧心哉。（報劉一丈書）

五 唐宋派與歸有光

當擬古主義思潮風靡的時候，也還有些卓然自立、不傍門戶的作家，早期如王守仁（一四七二——一五二八）、楊慎（一四八八——一五五九）、文徵明（一四七〇——一五五九）、唐寅（一四七〇——一五二三）諸人，都能在詩文上表現出一些特色，不爲擬古的習氣所束縛。王守仁是哲學家，文、唐以書畫著名。楊慎長於詩、文、散曲，成就是多方面的。他由於政治上的挫折，謫雲南永昌，投荒三十餘年，卒於戍所，其詩多感憤之情。

錦江煙水星橋渡，惜別愁攀江上樹。青青楊柳故鄉遙，渺渺征人大荒去。蘇武匈奴十九年，誰傳書札上林邊。北風胡馬南枝鳥，腸斷當筵蜀國絃。（錦津舟中對酒別劉善充）

沙村草閣對漁舟，坐俯昆池萬里流。蕭索暮途猶浪跡，登臨暇日豈銷憂。阮公失路誰青眼，江令還家尚黑頭。行見羣英滿青瑣，肯忘一老在滄洲？（李君階過臯橋新居言將北上禮部）

楊慎雖不專主盛唐，仍有擬古之傾向。其詩工麗，富於才華。但貶謫以後，特多感憤。上舉二詩，抒寫不平之鳴，甚爲真摯。其他如三岔驛、宿金沙江、春興、送余學官歸羅江諸詩，都是佳作。但其一般作品，缺點在「援據博則舛誤良多，摹倣慣則瑕疵互見。」（列朝詩集小傳丙集）

嘉靖年間，擬古之風更盛，摹倣剿襲，風靡一時。黃宗羲說：「自空同出，突如以起衰救弊爲己任，汝南何大復友而應之，其說大行。夫唐承徐、庾之汨沒，故昌黎以六經之文變之，宋承西崑之陷溺，故廬陵以昌黎之文變之。當空同之時，韓、歐之道如日中天，人方企仰之不暇，而空同矯爲秦、漢之說，憑陵韓、歐，是以旁出唐子竄居正統，適以衰之弊之也。其後王、李嗣興，持論益甚，招徠天下，靡然而爲黃茅白葦之習。曰：古文之法亡於韓；又曰：不讀唐以後書，則古今之書，去其三之二矣。又曰視古修辭，寧失諸理，六經所言唯理，抑亦可以盡去乎？百年人士染公超之霧而死者，大概便其不學耳。」（明文案序下）所謂「視古修辭，寧失諸理」，正說明擬古主義者只摹倣形式不重內容的創作原則。在這種思潮中，在理論、創作上不隨波逐流，與七子相抗的，有唐順之、王慎中、歸有光、茅坤諸人。他們的成就有別，見解大略相同，世稱爲唐宋派。

唐順之（一五〇七——一五六〇），字應德，武進（今屬江蘇）人。嘉靖進士。抵禦倭寇有功，官右僉都御史，巡撫淮、揚。與王慎中齊名。有荊川集。王慎中（一五〇九——一五五九），字思道，號南江，泉州晉江（今屬福建）人。嘉靖進士，官至河南參政。有遵岩集。茅坤（一五一二——一六〇一），字順甫，號鹿門，歸安（今浙江湖州）人。嘉靖進士，官至大名兵備副使。有白華樓藏稿，刻本罕見，行世者有茅鹿門集。歸有光詳後。他們都以散文見長，反對「文必秦、漢」的論點，提倡唐、宋古文，力矯擬古派的詰屈聱牙之弊。黃宗羲所說的「二三君子，振起於時風眾勢之中」（明文案序上），就是指的他們。唐順之有答茅鹿門知縣，表現反對復古、擬古的態度。

今有兩人：其一人心地超然，所謂具千古隻眼人也。卽使未嘗操紙筆呻吟，學為文章，但直攄胸臆，信手寫出，如寫家書，雖或疎鹵，然絕無烟火酸餡習氣，便是宇宙間一樣絕好文字。其一人猶然塵中人也。雖其顓顓學為文章，其於所謂繩墨布置則盡是矣，然翻來覆去，不過是這幾句婆子舌頭語，索其所謂眞精神與千古不可磨滅之見，絕無有也，則文雖工而不免為下格。此文章本色也。卽如以詩為喩：陶彭澤未嘗較聲律，雕句文，但信手寫出，便是宇宙間第一等好詩。何則？其本色高也。自有詩以來，其較聲律，雕句文，用心最苦而立說最嚴者，無如沈約，苦卻一生精力，使人讀其詩，祇見其綑縛齷齪，滿卷累牘，竟不曾道出一兩句好話。何則？其本色卑也。本色卑，文不能工也，而況非其本色者哉！且夫兩漢而下，文之不如古者，豈其所謂繩墨轉折之精之不盡如哉？秦、漢以前，儒家者有儒家本色，至如老、莊家有老、莊本色，縱横家有縱横本色，名家、墨家、陰陽家，皆有本色；雖其為術也駁，而莫不皆有一段千古不可磨滅之見，是以老家必不肯勦儒家之說，縱横家必不肯借墨家之談，各自其本色而鳴之為言，其所言者其本色也，是以精光注焉，而其言遂不泯於世。唐、宋而下，文人莫不語性命，談治道，滿紙炫然，一切自託於儒家，然非其涵養畜聚之素，非眞有一段千古不可磨滅之見，而影響勦說，蓋頭竊尾，如貧人借富人之衣，莊農作大賈之飾，極力裝做，醜態盡露，是以精光枵焉，而其言遂不久湮廢。

他這種見解，是對擬古主義的反抗。一、他認識了文學的時代性，反對盲古擬古。二、他主張好的作品，不在乎較聲律、雕句文、邯鄲學步式的婆子舌頭語；而在乎直抒胸臆，富有本色，信手寫出，如寫家書一般有內容和情感。唐順之的作品，雖未能實踐他的理論，但他這種見解，在當日很有積極意義。在唐宋派中，創作上成就較高，對於後人發生較大影響的是歸有光。

歸有光　歸有光（一五〇七——一五七一），字熙甫，崑山（今屬江蘇）人。深於經術，尤長古文。初舉進士不第，退居嘉定之安亭江上，讀書談道，世稱震川先生。行年六十，始成進士，官至太僕寺丞。有震川集。他爲文上尊史記，下及唐、宋諸家，對於「文必秦、漢」之說，深表不滿。他說：「余好古文辭，然不與世之爲古文者合。」（送同年孟與時之任成都序）又說：「僕文何能爲古人，但今世相尚以琢句爲工，自謂欲追秦、漢，然不過剽竊齊、梁之餘，而海內宗之，翕然成風，可爲悼歎耳。」（與沈敬甫）他又說：「蓋今世之所謂文者難言矣。未始爲古人之學，而苟得一二妄庸人爲之鉅子，爭附和之，以詆排前人。韓文公云：『李、杜文章在，光燄萬丈長，不知羣兒愚，那用故謗傷。蚍蜉撼大樹，可笑不自量。』文章至于宋、元諸名家，其力足以追數千載之上而與之頡頏，而世直以蚍蜉撼之，可悲也！無乃一二妄庸人爲之鉅子，以倡道之歟！」（項思堯文集序）從這裏，可以看出他的文學見解和對王世貞輩的強烈不滿。他認爲秦、漢文有秦、漢的特色，韓、柳、歐、蘇也有他們獨創的成就。當時茅坤好爲古文，論文與歸有光合，曾選韓愈、柳宗元、歐陽修、蘇洵、蘇軾、蘇轍、王安石、曾鞏的散文，共一百六十四卷，名爲唐宋八家文鈔，盛行於世。書中評語批點，雖有不妥之處，解釋也偶有疏誤，黃宗羲於答張爾公論茅鹿門批評八大家書中，已曾言之。但他所選，內容尙佳，推崇唐、宋八家散文的成就，力矯「文必秦、漢」之偏見，在這一點上他還是有功的。

歸有光鄉居的時間很長，比較瞭解社會民生的實況，故能理解人民疾苦。他作長興縣令時，政績很佳。「熙甫平生之論，謂爲天子牧養小民，宜求所疾痛，不當過自嚴重，赫赫若神，令閭閻之意，不得自通。故聽訟時引兒童婦女與吳語，務得其情。事有可解者立解之，不數數具獄，出死囚數十人；旁縣盜發，而無故株連者，爲洗滌，復百人。」（王錫爵明太僕寺寺丞歸公墓誌銘）正由於他具有這樣的懷抱，他在那些贈序的文章裏，才能表現出深切同情人民的思想感情。如送同年丁聘之之任平湖序、送同年李觀甫之任江浦序、送同年光子英之任真定序、送張子忠之任南昌序、送陳子達之任元城序諸篇，無不以民生國事爲重，對於當日的政治，表示不滿和批評。

在歸有光的文章裏，最能表現他的特色的，是抒情、記事一類的散文，如先妣事略、女二二壙志、項脊軒志、見村樓記、杏花書屋記、寶界山居記諸作，都能以清淡樸素之筆，描繪平凡瑣事，抒情真摯，記事生動，不事雕飾，而風味超然。黃宗羲說：「予讀震川文之爲女婦者，一往深情，每以一二細事見之，使人欲涕。蓋古今來事無鉅細，唯此可歌可泣之精神，長留天壤。」（張節母葉孺人墓誌銘）他正確地指出先妣事略一類散文的特色。

先妣周孺人，弘治元年二月十一日生，年十六來歸。踰年生女淑靜，淑靜者大姊也。期而生有光，又期而生女子，殤一人，期而不育者一人。又踰年生有尚，姙十二月。逾年生淑順。一歲又生有功，有功之生也，孺人比乳他子加健。然數顰蹙顧諸婢曰：吾為多子苦。老嫗以杯水盛二螺進曰：飲此後姙不數矣。孺人舉之盡，喑不能言。正德八年五月二十三日孺人卒。諸兒見家人泣，則隨之泣，然猶以為母寢也，傷哉！於是家人延畫工畫，出二子命之曰，鼻以上畫有光，鼻以下畫大姊。以二子肖母也。孺人諱桂，外曾祖諱明，外祖諱行，太學生。母何氏。世居吳家橋，去縣城東南三十里，由千墩浦而南，直橋並小港以東，居人環聚，盡周氏也。外祖與其三兄皆以貲雄，敦尚簡實，與人姁姁說村中語，見子弟甥姪無不愛。孺人之吳家橋則治木緜，入城則緝纑，燈火熒熒，每至夜分。外祖不二日使人問遺，孺人不憂米鹽，乃勞苦若不謀夕。冬月鑪火炭屑，使婢子為團，累累暴階下。室靡棄物，家無閒人，兒女大者攀衣，小者乳抱，手中紉綴不輟，戶內灑然。遇僮奴有恩，雖至箠楚，皆不忍有後言。吳家橋歲致魚蟹餅餌，率人人得食，家中人聞吳家橋人至，皆喜。有光七歲，與從兄有嘉入學，每陰風細雨，從兄輒留，有光意戀戀，不得留也。孺人中夜覺寢，促有光暗誦孝經，卽熟讀無一字齟齬，乃喜。孺人卒，母何孺人亦卒。周氏家有羊狗之痾，舅母卒，四姨歸顧氏又卒，死三十人而定，惟外祖與二舅存。孺人死十一年，大姊歸王三接，孺人所許聘者也。十二年，有光補學官弟子，十六年而有婦，孺人所聘者也。期而抱女撫愛之，益念孺人，中夜與其婦泣。追惟一二，彷彿如昨，餘則茫然矣。世乃有無母之人，天乎痛哉！（先妣事略）

在早期，王世貞很輕視歸有光的文章，並互相譏議。但他到了晚年，在歸有光死後，改變了自己的看法。他在歸太僕贊中說：「風行水上，渙爲文章，當其風止，與水相忘……千載有公，繼韓、歐陽。余豈異趨，久而自傷。」他一面給了歸有光散文以很高的評價，同時又寫出了自己的「遲暮自悔」之情。四庫提要說：「自明季以來，學者知由韓、柳、歐、蘇沿洄以溯秦、漢者，有光實有力焉。」歸有光文論不多，而主要以創作與擬古主義者抗，終於在散文上取得了較高的成就，使當日的文風發生了轉變，這是很值得我們重視的。

歸有光雖不以詩名，而其詩在反映現實方面，很有佳作。甲寅十月紀事、海上紀事十四首、郾州行寄友人，都是這一類作品。

經過兵燹後，焦土遍江村。滿道豺狼跡，誰家鷄犬存。寒風吹白日，鬼火亂黃昏。何自征科吏，猶然復到門。（甲寅十月紀事二首之二）

海潮新染血流霞，白日啾啾萬鬼嗟。官司卻恐君王怒，勘報瘡痍四十家。（海上紀事十四首之十二）

這是寫倭寇騷擾以後的社會面貌，有深刻的現實意義，藝術性也很高。「其於詩似無意求工，滔滔自運，要非流俗可及也。」（列朝詩集小傳）這很能說明他的詩歌的特色。

六　公安派與反擬古主義的文學運動

唐宋派對於擬古主義的反抗，雖作出了貢獻，但在當時影響還不很大。到了晚明，反擬古主義的力量擴大了，形成一個新的文學運動，領導這一運動的，主要是公安派。

晚明反擬古主義的鬬爭，能形成一個文學運動，一面是由於擬古主義詩文一般庸俗、虛響的直接反感，同時也受了當代進步學術思想的影響。因此這一運動的意義，比起唐順之、歸有光的內容更爲廣泛，產生更大的影響。首先值得我們注意的，是王陽明提倡個人良知擴展的學說，所謂「夫學貴得之心；求之於心而非也，雖其言之出於孔子，不敢以爲是也。」（傳習錄）這是非常大膽的宣言。他的哲學思想雖是唯心的，但卻動搖了朱熹學派在中國思想界長期的統治力量，打破了過去束縛身心的各種教條。到了後來，在當代的新興經濟和市民思想的基礎上，出現了泰州學派，更能發揮這種精神，他們主張人與聖賢並無先天的差別，基本上是相同的。並且肯定人民對於飲食男女的合理要求，反對道學家所強調的禁慾主義和虛僞的禮法。由王艮、顏鈞、羅汝芳到何心隱、李贄，這種思想達到了高潮。這些左派王學家，自然不容於當日君主專制的封建社會，他們都以排毀聖教、有傷風化的罪名，受到了不同的攻擊和迫害，顏鈞被捕受刑，何心隱被殺；遭遇慘痛，而在思想上最有代表性的是李贄。他的著作還在人間，稍稍翻閱，便知道他的人品很好，思想很進步，對於封建道德的反抗是很強烈的。李贄說：

夫天生一人，自有一人之用，不待取給於孔子而後足也。若必待取足於孔子，則千古以前無孔子，終不得為人乎？（答耿中丞）

前三代吾無論矣。後三代漢、唐、宋是也。中間千百餘年而獨無是非者，豈其人無是非哉？咸以孔子之是非為是非，故未嘗有是非耳。然則余之是非人也，又安能已。夫是非之爭也，如歲時然，晝夜更迭，不相一也。昨日是而今日非矣，今日非而後日又是矣，雖使孔子復生於今，又不知作如何是非也？（藏書世紀列傳總目前論）

他所反對的是那些擬古拜孔的僞道學，他所要求的是真是真非，是思想的發展，是真理的探討。他在童心說裏，主張有價值的文學，在於有真情實感，對於假人、假言、假事的虛僞文章，對於句摹字擬的擬古作品，予以譴責和譏諷，並且進而批判到聖人的經典。「夫六經、語、孟，非其史官過爲褒崇之辭，則其臣子極爲贊美之語。又不然，則其迂闊門徒，懵懂弟子，記憶師說，有頭無尾，得後遺前，隨其所見，筆之於書，後學不察，便謂出自聖人之口也。決定目之爲經矣，孰知其大半非聖人之言乎！縱出自聖人，要亦有爲而發，不過因病發藥，隨時處方，以救此一等懵懂弟子迂闊門徒云爾。藥醫假病，方難定執，是豈可遽以爲萬世之至論乎！然則六經、語、孟乃道學之口實，假人之淵藪也。」他這種激烈大膽的議論，對於封建傳統，起了很大的破壞和衝擊作用。在幾百年前的封建社會，這種思想是要看作犯罪的，所以他的書一再被焚，自己也被害了。書焚人死，並不能阻止思想的運行。稱爲公安派的三袁正是李贄的弟子，他們繼承李贄的思想，表現於文學的理論中，造成強有力的反形式主義、反擬古主義的運動。尤其是袁宏道，更爲積極、自覺，向着擬古的陣營，進行了激烈的鬬爭。他說：「弟子雖綿薄，至於掃時詩之陋習，爲末季之先驅，辯歐、韓之極寃，搗鈍賊之巢穴，自我而前，未見有先發者，亦弟得意事也。」（答李元善）他這種精神，在當日是很可貴的。

在論述公安理論之前，焦竑、徐渭、湯顯祖諸人的反擬古主義觀點，應該略爲介紹，他們在這一運動中，都起過先行的作用。

焦竑　焦竑（一五四〇——一六二〇），字弱侯，號澹園，江寧（今江蘇南京市）人。官至翰林院修撰。長於古文。他論學宗羅汝芳，喜以佛語解經，想調和儒釋兩家思想。與李贄交遊甚密，論文力反七子擬古之病。他在與友人論文書中說：「夫詞非文之急也，而古之詞又不以相襲爲美。……近世不求其先於文者而獨詞之知，乃日以古之詞，屬今之事，此爲古文云爾。韓子不云乎：『惟古於詞必己出，降而不能乃剽賊。』夫古以爲賊，今以爲程，故學者類取殘膏剩馥，以相鱗次，天吳紫鳳，顚倒裋褐，而以炫盲者之觀不可見也。蘇子云：『錦繡綺縠，服之美者也，然尺寸而割之，錯雜而紐之，則綈繒之不若。』今之蔽何以異此？以一二陋者爲之，不足怪也。乃悉羣盲以趨之，謬種流傳，浸以成習，至有作者當其前，反忽視而不顧，斯可怪矣。」他對七子的擬古不化，表示了強烈不滿，並指出他們「謬種流傳，浸以成習」的不良影響，加以譴責，態度非常鮮明。他主張好的文學作品，應當「脫棄陳骸，自標靈采，實者虛之，死者活之，臭腐者神奇之。」（與友人論文）他這種理論，對於袁宏道很有影響。袁氏雖是焦竑的晚輩，他們見過面，並且通過不少信，思想是很接近的。

徐渭　徐渭以戲曲著稱，四聲猿是他的名作。他的南詞敍錄對於明代戲曲界追求聲律、辭藻的弊病，表示不滿。論詩主獨創，力反擬古。他說：「人有學爲鳥言者，其音則鳥也，而性則人也。鳥有學爲人言者，其音則人也，而性則鳥也。此可以定人與鳥之衡哉！今之爲詩者，何以異於是，不出於己之所自得，而徒竊於人之所嘗言，曰某篇是某體，某篇則否；某句似某人，某句則否，此雖極工逼肖，而已不免於鳥之爲人言矣。」（葉子肅詩序）他在這裏雖沒有指出姓名，而字字句句是在罵七子。袁宏道沒有見過他，但讀到他的詩文以後，推崇備至，替他寫了一篇傳記，稱其「詩文崛起，一掃近代蕪穢之習，百世而下，自有定論」。徐渭的創作成就，詩高於文，他自己也說過「書第一，詩二，文三」的話。他的詩，精於鍛煉語言，富於氣勢。七言古有李賀的精神，如陰風吹火篇呈錢刑部君、楊妃春睡圖尤爲顯著。七律頗多佳作。

幕中曾與眾人羣，幕外閒聽説使君。破劍壁間鳴怪事，孤城海上倚斜曛。詼諧併謝長安米，懶散猶供記室文。把筆欲投還自笑，故山回首隔江雲。（贈府吳公詩）

行藩黃屋車何用，上壽瑤階酒未酣。豈有滿庭持漢節，終無箇士死淮南。百年正氣天為永，一覺忠魂夢亦甘。詞客幽懷關世事，悲歌重扣劍之鐔。（孫忠烈公挽章）

這些詩縱橫奇詭，確無凡俗之習。「其胸中又有勃然不可磨滅之氣，英雄失路託足無門之悲」（袁宏道徐文長傳），達之於詩，給人一種蒼涼沉鬱之感。其他如今日歌、二馬行、春興諸篇，都是佳作。其題畫詩牡丹云：「五十八年貧賤身，何曾妄念洛陽春。不然豈少胭脂在，富貴花將墨寫神。」詩固然寫得好，更重要的，是詩中表現了他的生活和品質。

湯顯祖　湯顯祖是明代的戲曲大家，他也深受泰州學派的思想影響。羅汝芳是他的老師，李贄是他特別尊重的人物。他和徐渭、袁宏道兄弟都很有交誼，在他的集子裏，我們可以看到許多他們之間的書信來往和寄贈的詩篇，表現了相當深厚的感情。因而在文學觀點上，他們的精神是相通的。對於戲曲創作，他力反吳江派的專重格律，輕視形式上的傳統，強調獨創精神。論文不滿摹擬，而主「靈性」與「靈氣」。他說：「天下大致，十人中三四有靈性。能爲伎巧文章，竟佰什人乃至千人無名能爲者。則乃其性少靈者與？……觀物之動者，自龍至極微，莫不有體。文之大小類是。獨有靈性者自爲龍耳。」（張元長噓雲軒文字序）他又說：「予謂文章之妙，不在步趨形似之間。自然靈氣，恍惚而來，不思而至。怪怪奇奇，莫可名狀。非物尋常得以合之。蘇子瞻畫枯株竹石，絕異古今畫格，乃愈奇妙。若以畫格程之，幾不入格。……故夫筆墨小技，可以入神而證聖，自非通人，誰與解此？」（合奇序）他反對詩文創作中的「步趨形似」，而強調「靈性」、「靈氣」的獨創性，卽使怪怪奇奇，不合傳統之格，只要是從「靈性」、「靈氣」而來，就能感染人心。他這種論調，正是袁宏道的性靈說所宣傳的內容。他又推崇宋文，反對「文必秦漢」的論點。他對公安派反擬古主義的文學運動，也是有一定影響的。

湯顯祖雖以戲曲著名，其詩歌也頗有成就，徐渭對他的詩歌，作過較高的評價。如疫、饑、感事、聞都城渴雨時苦攤稅、甲申見遞北驛寺詩多爲故劉侍御臺發憤者附題其後諸章，俱富於現實意義。其懷人寫景之作，時有佳篇。

中涓鑿空山河盡，聖主求金日夜勞。賴是年來稀駿骨，黃金應與築臺高。（感事）

五風十雨亦為褒，薄夜焚香霑御袍。當知雨亦愁抽稅，笑語江南申漸高。（聞都城渴雨時苦攤稅）

秋光遠送芙蓉驛，亂石還過打頓灘。獨棹青燈紅樹裏，露華高枕曲江寒。（韶陽夜泊）

溪山雲影杏花飄，衫袖凌風酒色消。數道松杉殘日裏，春深立馬望華橋。（青陽道中）

前二首諷諭統治者的剝削，用意曲折深厚。第三首爲南貶徐聞時旅途中所寫，景中有情。第四首一般寫景，風韻天然。他的詩絕句較佳，讀了上面這些作品，可見其風格。

李贄、焦竑、徐渭、湯顯祖諸人，對於當日擬古的文風雖都表示不滿，並沒有形成一個運動，影響不大。正如錢謙益所說：「萬曆中年，王、李之學盛行，黃茅白葦，彌望皆是。文長、義仍，嶄然有異，沉痼滋蔓，未克芟薙。」（列朝詩集小傳丁集中）因此真能旗幟鮮明、向擬古主義作正面鬭爭而能形成一個文學運動的，不得不待之於以袁宏道（一五六八——一六一〇）爲首的公安派了。

袁宏道 袁宏道與其兄宗道（一五六〇——一六〇〇）、弟中道（一五七〇——一六二三）並有文名，世稱三袁。公安（今屬湖北）人，故稱爲公安派。三袁中袁宏道聲譽最隆，文學成就也較高。袁宏道字中郎，號石公。萬曆進士，官終稽勳郎中。他年少能文，十五六歲，結社城南，自爲社長。後爲吳縣令，聽斷敏決，清除積弊，一縣大治，時人稱贊他多少年來沒有這樣好的縣官。但他鄙棄官場，不慕榮利，對當日政治深感不滿。性愛山水，漫遊南北，爲官不久，終於退隱鄉居。他師事李贄，推崇徐渭，在詩文和思想上很蒙受他們的影響。李贄評爲「識力膽力皆迥絕於世，真英靈男子。」（見公安縣志）曾贈以詩云：「誦君金屑句，執鞭亦欣慕。早得從君言，不當有老苦」，其稱許如此。袁宏道的生活態度雖流於消極，但並不是一個完全忘懷世事的人。「三年憂國計，鬢髮飄霜霰。……倭奴逼朝鮮，虛費百億萬。竭盡中國膏，不聞蹶隻箭。東虜近乘勝，虛聲震京甸。我兵折大將，腹背兩受戰。……志士立功名，不在麒麟殿。卑官如冶場，英雄聽鍛鍊」（送劉都諫左遷遼東苑馬寺簿）；「雪裏山茶取次紅，白頭孀婦哭春風。自從貂虎橫行後，十室金錢九室空」；「賈客相逢倍惘然，楩楠杞梓下西川。青天處處橫璫虎，鬻女陪男償稅錢。」（竹枝詞）感憤國事，關懷民生，這類作品在他的集子裏形成光輝的一面。「勸我爲官知未穩，便令遺世亦難從」（甲辰初度）；「憂時心耿耿，學道鬢蒼蒼」（滄州逢瞿太虛運使問及近事偶題）；「言既無庸嘿不可，阮家那得不沉醉？眼底濃濃一杯春，慟於洛陽年少淚」（顯靈宮集諸公以城市山林爲韻）；「書生痛哭倚蒿蘺，有錢難買青山翠。」（聞省城急報）在這些詩句裏，反映出他的矛盾心情和對於黑暗現實的不滿。在他的錄遺佚疏、查參擅去諸臣疏、摘發巨奸疏諸文裏，更表現了他對於政治的態度。他的詩歌，雖存在着輕佾的弊病，但也有些好作品。

貓竹為牆杉作城，白日赤丸盜公行。官軍防禦無計策，逐户排門呼士兵。衛尉呵持急如虎，老弱十家充一伍。本是市上傭工兒，身無尺籍在官府。東家黃金高于天，食指盈千皆少年。朝朝門前科子母，何曾饒得半文錢。富兒積財貧兒守，父老吞聲歎未有。（巷門歌）

秋菊開誰對，寒郊望更新。乾坤東逝水，車馬北來塵。屈指悲時事，停杯憶遠人。汀花與岸草，何處不傷神。（登高有懷）

湘山晴色遠微微，盡日江頭獨醉歸。不見兩關傳露布，尚聞三殿未垂衣。邊籌自古無中下，朝論于今有是非。日暮平沙秋草亂，一雙白鳥避人飛。（感事）

這些詩言之有物，寄意頗深。其他如逋賦謠、猛虎行、京洛篇、荊州前苦雪引、從軍行贈程生以及竹枝詞中一些作品，都寄寓着對政治的不滿和關懷民生疾苦的感情。但他的文學理論，更值得我們重視。他在反擬古主義的文學運動中，起了積極作用，作出了貢獻。明史文苑傳云：「先是王、李之學盛行，袁氏兄弟獨心非之。宗道在館中，與同館黃輝力排其說，於唐好白樂天，於宋好蘇軾，名其齋曰白蘇。至宏道益矯以清新輕俊，學者多舍王、李而從之，目為公安體。」在這一運動中，袁宏道具有代表性。其主要論點如下：

一、文學是發展的　歷代文學的演變，各有其時代的特性和歷史的原因。貴古賤今，蹈襲擬古，都是不承認文學發展與演變的原則。袁宏道說：

文之不能不古而今也，時使之也。……夫古有古之時，今有今之時，襲古人語言之迹，而冒以為古，是處嚴冬而襲夏之葛者也。騷之不襲雅也，雅之體窮于怨，不騷不足以寄也。後之人有擬而為之者，終不肖也，何也？彼直求騷于騷之中也。至蘇、李述別及十九等篇，騷之音節體致皆變矣，然不謂之眞騷不可也。……古人之法，顧安可概哉。夫法因于敝而成于過者也。矯六朝駢麗飣餖之習者，以流麗勝，飣餖者固流麗之因也。然其過在輕纖，盛唐諸人，以闊大矯之；已闊矣，又因闊而生莽，是故續盛唐者以情實矯之；已實矣，又因實而生俚，是故續中唐者，以奇僻矯之；然奇則其境必狹，而僻則務為不根以相勝，故詩之道，至晚唐而益小。有宋歐、蘇輩出，大變晚習，于物無所不收，于法無所不有，于情無所不暢，于境無所不取。滔滔莽莽，有若江河。今之人徒見宋之不唐法，而不知宋因唐而有法者也。如淡非濃，而濃實因于淡，然其弊至以文為詩，流而為理學，流而為歌訣，流而為偈誦，詩之弊又有不可勝言者矣。（雪濤閣集序）

口舌代心者也。文章又代口舌者也。展轉隔礙，雖寫得暢顯，已恐不如口舌矣，況能如心之所存乎？故孔子論文曰，辭達而已。達不達，文不文之辨也。唐、虞三代之文，無不達者。今人讀古書不卽通曉，輒謂古文奇奧，今人下筆不宜平易。夫時有古今，語言亦有古今，今人所詫謂奇字奧句，安知非古之街談巷語耶？（袁宗道論文上）

這些議論，頗爲透徹。從時代的社會的立場，說明文學演變的過程，這是符合歷史意義的。各代的文學有正有反，有優有劣，那種正反優劣的對立，正是相反相成的矛盾鬭爭，作爲新思潮推動的基力。「夫法因于敝而成于過者也」，這是文學思想形成、發展、衰頹的原理，能明乎此，就不會貴古賤今了。袁宗道指出唐、虞三代之文，今人驚爲奇字奧句，實際是古代的街談巷語。「時有古今，語言亦有古今」，這是完全正確的。在全篇裏，他強調文辭、語言合一，才能增強文章通情達意的功能。在使散文接近口語這一問題上，具有重要意義。對於前後七子倡言復古，而形成摹倣古語古辭、晦澀難解的文體，進行了批判。

二、反對摹擬　文學既是發展的，學習古人，決不能句比字擬地摹倣古人。袁宏道說：

> 近代文人，始為復古之說以勝之。夫復古是已。然至以勦襲為復古，句比字擬，務為牽合，棄目前之景，摭腐濫之辭。有才者詘於法，而不敢自伸其才，無才者拾一二浮泛之語，幫湊成詩。智者牽于習，而愚者樂其易。一唱億和，優人騶從，共談雅道。吁，詩至此抑可羞哉！（雪濤閣集序）
>
> 蓋詩文至近代而卑極矣。文則必欲準於秦、漢，詩則必欲準於盛唐，勦襲模擬，影響步趨，見人有一語不相肖者，則共指以為野狐外道。曾不知文準秦、漢矣，秦、漢人曷嘗字字學六經歟？詩準盛唐矣，盛唐人曷嘗字字學漢、魏歟？秦、漢而學六經，豈復有秦、漢之文？

盛唐而學漢、魏，豈復有盛唐之詩？惟夫代有升降，而法不相沿，各極其變，各窮其趣，所以可貴，原不可以優劣論也。（敘小修詩）

學習古人，本來是必要的。若以勦襲剽竊爲復古，只勸人不讀秦、漢以後文，不讀天寶以後詩爲復古，那就是「糞裏嚼查，順口接屁」，「一個八寸三分帽子，人人戴得」的假古董了。結果是走到「一唱億和，優人騶從，共談雅道」的境地，這樣的文壇，還有什麼生氣。

三、抒發性靈、不拘格套　擬古的人，處處有一個偶像在，只有古人，沒有自己。小心翼翼，遵守古格古律，絲毫不肯放鬆，刻苦用力，只想一章、一句、一字與古人相似，絕非從自己性情中流出，所以作品沒有精神和個性。

足跡所至，幾半天下，而詩文亦因之以日進。大都獨抒性靈，不拘格套，非從自己胸臆流出，不肯下筆，有時情與境會，頃刻千言，如水東注，令人奪魂。其間有佳處，亦有疵處，佳處自不必言，卽疵處亦多本色獨造語。然予則極喜其疵處，而所謂佳者，尚不能不以粉飾蹈襲為恨，以為未能盡脫近代文人氣習故也。……且夫天下之物，孤行則必不可無，必不可無，雖欲廢焉而不能；雷同則可以不有，可以不有，則雖欲存焉而不能。（敘小修詩）

余與進之遊吳以來，每會必以詩文相勵，務矯今代蹈襲之風。進之才高識遠，信腕信口，皆成律度，其言今人之所不能言，與其所不敢言者。（雪濤閣集序）

「獨抒性靈」便是文學要抒發情感，要抒發情感是對的，但其所謂情感，實際是封建文人的情感。不拘格套，便是充分發揮文學的獨創精神，不拘泥於古代的格調格律，要做到「信腕信口，皆成律度」。文學作品能「獨抒性靈，不拘格套」，自然不會與人雷同，「雖欲廢焉而不能」了。所以他說：「文章新奇，無定格式，只要發人所不能發，句法、字法、調法，一一從自己胸中流出，此真新奇也。」（答李元善）他這些見解，對當日的擬古主義進行了有力的批判，起了破壞作用。

四、文必貴質　文學能感染人心，在於質與文的結合，而質是其基礎。「質者道之幹」，「言之愈質則其傳愈遠。」擬古主義的作品，華而不實，重文不重質，故只能悅俗，而不能傳遠。袁宏道在這方面也表達了較好的意見，他說：

> 物之傳者必以質，文之不傳非曰不工，質不至也。樹之不實，非無花葉也；人之不澤，非無膚髮也。文章亦爾。行世者必真，悅俗者必媚。真久必見，媚久必厭，自然之理也。故今之人所刻畫而求肖者，古人皆厭離而思去之。古之為文者，刊華而求質，敝精神而學之，唯恐真之不極也。……夫質猶面也，以為不華而飾之朱粉，妍者必減，媸者必增也。噫，今之文不傳矣。嘉、隆以來，所為名公哲匠者，余皆誦其詩讀其書，而未有深好也。古者如贋，才者如莽，奇者如吃，模擬之所至，亦各自以為極，而求之質無有也。（行素園存稿引）

他並不反對有質的文，是反對無質的文。「文之不傳非曰不工，質不至也」，這確是文學作品的根本問題。他並且在文中指出，要達到質與真的境界，首先是要博學而詳說，其次是要有會於心。他在理論上雖是理解這些重要問題，但他自己的創作，也未能完全實踐他的理論。他所強調的性靈，大都是封建士大夫的閑情逸致，接觸到人民思想感情的作品並不很多，一般來說，質的方面仍然是貧乏的。

五、重視小說戲曲的文學價值　我國過去的文學界，文藝學術的界限，一向不很分明，由於儒家思想的影響，對於經史詩文，視爲正統，以詞曲爲小道，小說戲劇更加輕視，不能入於文學之林。不僅漢、唐如此，就是在小說戲曲漸漸興起的宋、元，其觀念也未完全改變。一直到了李贄、袁宏道們出來，才打破這個傳統的不合理的觀念，對於通俗文學的小說戲曲以及民間歌謠，加以重視，給予文學上以新價值。這一點值得特別重視，是過去的文學批評史上所沒有過的。李贄最先提出這個問題來。

> 無時不文，無人不文，無一樣創制體格文字而非文者。詩何必古、選？文何必先秦？降而為六朝，變而為近體，又變而為傳奇，變而為院本，為雜劇，為西廂曲，為水滸傳……皆古今至文，不可得而時勢先後論也。（童心說）

> 拜月、西廂，化工也；琵琶，畫工也。（雜說）

水滸傳者，發憤之所作也。蓋自宋室不兢，冠履倒施，大賢處下，不肖處上。馴致夷狄處上，中原處下，一時君相猶然處堂燕鵲，納幣稱臣，甘心屈膝於犬羊已矣。施、羅二公，身在元，心在宋，雖生元日，實憤宋事。是故憤二帝之北狩，則稱大破遼以洩其憤；憤南渡之苟安，則稱滅方臘以洩其憤，敢問洩憤者誰乎？則前日嘯聚水滸之強人也。欲不謂之忠義不可也。是故施、羅二公傳水滸而復以忠義名其傳焉。（忠義水滸傳序）

在中國古代的文學批評史上，李贄這種見解，具有革命的意義。以傳奇、院本、雜劇、西廂、水滸與秦、漢文、六朝詩同比，稱爲古今至文，從前有誰說過？他說水滸傳是發憤之所作，前人稱爲梁山泊的強盜，他看作是抗外敵、清內奸的忠義英雄；前人認爲水滸是誨盜的小說，他看作是一部具有時代性有社會價値的好作品，這種大膽的進步見解，從前何處有過？他未能從階級矛盾認識水滸精神，而只從民族矛盾來認識作品的價値，在今天看來，當然是有局限的，然而就是他那種看法，已經大大突破了他自己時代的水平。李贄因爲名大，當日許多出版者，在小說上都託用他的名字，他對於小說戲曲，特別是水滸，確實是用過工夫的。袁中道遊居杮錄云：「袁無涯來，以新刻卓吾批點水滸傳見遺，余病中草草視之。記萬曆壬辰夏中，李龍湖方居武昌朱邸，予往訪之，正命僧常志抄寫此書，逐字批點。……今日偶見此書，評處與昔無大異，稍有增加耳。」這記載是可靠的。袁宏道受了他的影響，對於小說、戲曲、民歌，也非常重視，給予很高的評價。他說：

吾謂今之詩文不傳矣。其萬一傳者，或今閭閻婦人孺子所唱擘破玉、打草竿之類，猶是無聞無識眞人所作，故多眞聲。不效顰於漢、魏，不學步於盛唐，任性而發，尚能通于人之喜怒哀樂嗜好情慾，是可喜也。（敍小修詩）

少年工諧謔，頗溺滑稽傳。後來讀水滸，文字益奇變。六經非至文，馬遷失組練。一雨快西風，聽君酣舌戰。（聽朱生說水滸傳）

前人以爲誨盜的水滸傳，他予以很高的文學評價，與六經、史記、七發並論，這是大膽的態度。劈破玉、打草竿一類的歌謠，他認爲是民間的真聲，比那些擬古的才子之作，要高明得多，可以流傳後世，這也是不同於傳統的意見。我們看了這些，才知道金聖歎以西廂、水滸爲才子書，不過是發揮李、袁的思想而已。

上面將袁宏道的文學理論，大略講到了。其他如袁宗道、袁中道、雷思霈、江進之、陶望齡、黃輝諸人，互通聲氣，彼此唱和，一時風靡，於是擬古主義受到了很大的挫折，代之而起的是公安一派的詩文。袁宏道所領導的文學理論，在當日具有反形式主義的內容，而其傾向，是晚明資本主義萌芽期新興思想在文學上的反映，表現了浪漫主義在文學思想上的鬬爭精神。特別是把從來爲人輕視的小說、戲曲、民歌一類作品，給予文學上的新評價，這在中國文學批評史上是應該重視的。但同時必須指出：他的文學理論，並沒有深入到文學的思想內容，而只是從抽象的概念上去反對擬古，去強調個人的性靈，未能在創作實踐中表現出更好的成績，因而破壞性大，理論意義超過了創作成就。結果是作品內容較爲貧乏，風格流於輕俏，而在生活態度上也容易給人一種消沉的影響。

袁宏道以後，繼之而起的是鍾惺和譚元春。他們都是竟陵（湖北天門）人，故稱爲竟陵派。

鍾惺與譚元春 鍾惺（一五七四——一六二四），字伯敬，號退谷，萬曆進士。官至福建提學僉事。有隱秀軒集。譚元春（一五八六——一六三七），字友夏。有嶽歸堂集。明史文苑傳說：「自宏道矯王、李詩之弊，倡以清真，惺復矯其弊，變而爲幽深孤峭。」譚元春附和鍾說，並合選古詩歸、唐詩歸二書，風行一時，故世稱鍾、譚。在王、李盛時，人人王、李；到了中郎盛時，又人人中郎。鍾、譚對於這種現象，是表示不滿和譏嘲的。至於公安所倡言反擬古、反傳統、「獨抒性靈，不拘格套」這些主要方面，鍾、譚並無異議。鍾、譚在作品上，看見公安體確實有些流於輕率，想以「幽深孤峭」的風格救其流弊，特別欣賞「幽情單緒」、「孤懷孤詣」、「奇理別趣」、「樸素幽真」一類的意境，因而造成一種冷僻苦澀的詩文，其成就更低，而其流弊也更爲嚴重。鍾惺論詩，詩歸序最爲具體。他說：

詩文氣運，不能不代趨而下，而作詩者之意興，慮無不代求其高。高者取異於途徑耳。

夫途徑者不能不異者也，然其變有窮也。精神者不能不同者也，然其變無窮也。操其有窮者以求變，而欲以其異與氣運爭，吾以為能為異，而終不能為高。其究途徑窮，而異者與之俱窮，不亦愈勞而愈遠乎？此不求古人眞詩之過也。今非無學古者，大要取古人之極膚極狹極熟，便於口手者，以為古人在是。使捷者矯之，必於古人外，自為一人之詩以為異，要其異，又皆同乎古人之險且僻者，不則其俚者也，則何以服學古者之心。無以服其心，而又堅其說以告人曰，千變萬化不出古人。問其所為古人，則又向之極膚極狹極熟者也。世眞不知有古人矣。

這一篇文章，不僅代表竟陵派的詩論，也可表現他們的文章風格。所謂「幽深孤峭」，可見一斑。鍾惺認爲學詩當求其精神，不要專取途徑（形式和派別），途徑雖異而有窮，精神雖同而變無窮。只有「取異於途徑」，才能「求其高」。其次，他認爲學古人者，一派是取其「極膚、極狹、極熟，便於口手者」，另一派又專取其險僻和俚俗，這都不能見古人之真詩，他在這裏，對於七子和公安，都進行了批評。這些意見，有他的獨到之處，但一到他自己實踐，所追求古人的只是「幽情單緒」、「奇趣別理」一類的意境，仍然是取的途徑，而不是精神。結果所欣賞、所創作的是：「以凄聲寒魄爲致」，「以噍音促節爲能」（列朝詩集小傳丁集中），而其所得者更加窄狹，其流弊也就更爲嚴重了。因而受到各方面的批判和譴責，有的評爲「鬼趣」、「詩妖」，也有評爲「亡國之音」的。然而他們反傳統、反擬古的精神，是和公安相通的。也正因如此，公安、竟陵諸人的著作，都成爲邪說異端，遭受到封建統治者的嚴重迫害，全部列爲禁書了。在晚明數十年間，他們的思想，確實深入人心，主要成就的一面，是對於明代的擬古主義，起了很大的破壞作用。「萬曆中年，王、李之學盛行，黃茅白葦，彌望皆是。文長、義仍，嶄然有異，沉痼滋蔓，未克芟薙。中郎以通明之資，學禪于李龍湖，讀書論詩，橫說豎說，心眼明而膽力放，於是乃昌言擊排，大放厥詞。……中郎之論出，王、李之雲霧一掃，天下之文人才士，始知疏瀹心靈，搜剔慧性，以蕩滌摹擬塗澤之病，其功偉矣。機鋒側出，矯枉過正，於是狂瞽交扇，鄙俚公行。……竟陵代起，以淒清幽獨矯之，而海內之風氣復大變。」（列朝詩集小傳丁集中）他主要肯定袁宏道在文學理論上的成就，同時又指出在創作上的不良影響，這是比較公允的。由李贄、徐渭、袁宏道諸人所形成的晚明文學的精神，在清初的政治環境下雖受到很大的挫折，但並沒有完全消滅，在金聖歎、李漁、廖燕、袁枚諸人的作品中，還可看到這種精神的繼續。

七　晚明的散文與詩歌

晚明的散文　晚明新興的散文，是公安、竟陵文學運動的產物，比起他們的詩歌來，散文的成就比較高。這派散文的特色，是擺脫古代散文規律的束縛，從擬古的桎梏裏解放出來，形成一種新的風格。這些作品不是代聖人立言的大塊文章，也不板起嚴肅的面孔，進行說教，或是宣傳儒學聖道。題材多樣，形式也很自由。敘事抒情，談情說理，信筆直書，毫無滯礙，其中有幽默，也有諷刺。因此不是應世干祿的文章，與高文典冊不同，與經、史不同，與唐、宋八家的散文傳統，也很有不同，故歷來爲正統的文學家所輕視。當時寫這種散文的作家很多，現在只舉出袁宏道、劉侗、王思任、張岱四人作爲代表。但在徐渭、湯顯祖的集子裏，已有這類作品，如徐渭的呂山人詩序、豁然堂記、記夢、自爲墓誌銘、湯顯祖的合奇序、耳伯麻姑遊詩序、牡丹亭記題詞、溪上落花詩題詞諸篇，無論內容、語言，都已是晚明的散文風格。

袁宏道的山水遊記，風格俏雋，頗有特色。他感到封建官僚政治的窒息，追求閑適生活，想在山光水色中寄託自己的靈魂，表現出避開現實的消極的一面。他有不少詩歌，描繪了這種心情；在他的尺牘中也時常表現這種情感。

聞長孺病甚，念念。若長孺死，東南風雅盡矣。能無念耶？弟作令備極醜態，不可名狀。大約遇上官則奴，候過客則妓，治錢穀則倉老人，諭百姓則保山婆。一日之間，百煖百寒，乍陰乍陽，人間惡趣，令一身嘗盡矣，苦哉毒哉！家弟秋間欲過吳，雖過吳，亦只好冷坐衙齋，看詩讀書，不得如往時攜胡孫登虎邱山故事也。近日遊興發不？茂苑主人雖無錢可贈

客子，然尚有酒可醉，茶可飲，太湖一勺水可遊，洞庭一塊石可登，不大落寞也。（寄丘長孺）

徐渭字文長，為山陰諸生，聲名籍甚。薛公蕙校越時，奇其才，有國士之目，然數奇，屢試輒蹶。中丞胡公宗憲聞之，客諸幕。文長每見，則葛衣烏巾，縱談天下事，胡公大喜。是時公督數邊兵，威振東南，介冑之士，膝語蛇行，不敢舉頭，而文長以部下一諸生傲之，議者方之劉眞長、杜少陵云。……文長既已不得志於有司，遂乃放浪麯糵，恣情山水，走齊魯燕趙之地，窮覽朔漠，其所見山奔海立，沙起雲行，風鳴樹偃，幽谷大都，人物魚鳥，一切可驚可愕之狀，一一皆達之於詩。其胸中又有勃然不可磨滅之氣，英雄失路托足無門之悲，故其為詩，如嗔如笑，如水鳴峽，如種出土，如寡婦之夜哭，羈人之寒起。雖其體格，時有卑者，然匠心獨出，有王者氣，非彼巾幗而事人者所敢望也。文有卓識，氣沉而法嚴，不以模擬損才，不以議論傷格，韓、曾之流雅也。文長既雅不與時調合，當時所謂騷壇主盟者，文長皆叱而奴之，故其名不出於越，悲夫！……（徐文長傳）

這些散文有兩個特徵：一、文中有人，作者的個性活躍紙上，不是那些講聖道、說假話的大塊文章所能有的。二、文字流利清新，隨意抒寫，與古文家法不同。「遇上官則奴，候過客則妓。……百煖百寒，乍陰乍陽」，封建官場的醜態和心理上的痛苦，只有從自己真實體踐的基礎上，才能這麼形象地描繪出來，在這裏也反映出作者對封建官場的諷刺意義。袁宏道所作的傳記，也與傳統不同，所傳者並非達官顯貴，所記者多爲家常瑣事。徐文長傳尤爲生色。由於作者對徐渭的耿介孤標的品質，反抗傳統的人生態度，以及他的詩文書畫的實質，有很深的理解與同情，才寫得那樣筆墨酣暢，形象生動，使人對徐渭的精神面貌，留下深刻的印象。總的來說，袁宏道的文學事業，是理論高於創作，散文勝於詩歌。然其弊病，是語言清新有餘，內容深厚不足，並常在作品中，表露出消極低沉的情調。當日這一派人的文章，大都如此。

竟陵文體是以幽深孤峭，矯公安的清真，所以讀他們的作品，沒有公安一派的流利。用字造句，有時組織得很奇很怪，初看去還不好懂，時有艱澀之病。現舉劉侗的散文爲例。

劉侗　劉侗字同人，號格菴，湖北麻城人。崇禎進士，於赴任吳縣知縣時，死於揚州。與譚元春、于奕正友善。他因爲文章寫得奇怪，被人彈劾。麻城縣志云：「劉侗初爲諸生，見賞於督學葛公，禮部以文奇奏參，同竟陵譚元春、黃岡何閎中降等，自是名著聞。……客都門，取燕人于奕正所抄集著爲書，名帝京景物略。」可知帝京景物略是劉、于二人合著的。

德勝門東，水田數百畝，溝澮川上。堤柳行植，與畦中秧稻，分露同烟。春綠到夏，夏黃到秋。都人望有時，望綠淺深，為春事淺深；望黃淺深，又為秋事淺深。望際，聞歌有時，春插秧歌，聲疾以欲。夏桔槔水歌，聲哀以轉。秋合酺賽社之樂歌，聲譁以嘻。然不有秋也，歲不輒聞也。有臺而亭之以極望，以遲所聞者。三聖庵，背水田庵焉。門前古木四，為近水也，柯如青銅亭亭。臺庵之西，臺下畝，方廣如庵。豆有棚，瓜有架，綠且黃也，外與稻楊同候。臺上亭曰觀稻，觀不直稻也，畦隴之方方，林木之行行，梵宇之厂厂，雉堞之凸凸，皆觀之。（三聖庵）

這種文體，確實有點怪僻。無一難字，無一典故，無一經文，但讀去總覺得有些不順口，要稍稍細心，才可體會。前人指的幽深孤峭，就是這一類的文章。

王思任　在散文中以詼諧見長的，是王思任（一五七四——一六四六）。字季重，號謔菴，山陰（今浙江紹興）人。萬曆進士，曾任九江僉事。有王季重十種。關於他的生平，在張岱的瑯嬛文集裏，有一篇王謔菴先生傳，記得很詳細。他生性滑稽，對人常是調笑狎侮，不加檢點。但每逢大事，卻又氣宇軒昂。弘光敗走時，馬士英稱皇太后制，奔逃至浙，王季重寫信痛罵他，當時人心大快。後清兵破紹興城，他絕食而死。張岱云：「五十年內，強半林居，乃遂沉湎麴糵，放浪山水，且以暇日，閉戶讀書。自庚戌遊天台、雁宕，另出手眼，乃作游喚，見者謂其筆悍而膽怒，眼俊而舌尖，恣意描摩，盡情刻畫，文譽鵲起。蓋先生聰明絕世，出言靈巧，與人諧謔，矢口放言，略無忌憚。」（王謔菴先生傳）可見他的性格和文風。他遊過不少地方，寫了不少遊記，而其佳者，往往於詼諧之中，寓以諷世之意。

越人自北歸，望見錫山，如見眷屬。其飛青天半，久暍而得漿也，然地下之漿，又慧泉首妙。居人皆蔣姓，市泉酒獨佳，有婦折閱，意閒態遠，予樂過之。買泥人，買紙雞，買木虎，買蘭陵面具，買小刀戟，以貽兒輩。至其酒，出淨磁，許先嘗論值。予丐冽者清者，渠言燥點擇奉，吃甜酒尚可做人乎！冤家，直得一死。沈丘壑曰：若使文君當壚，置相如何地也。譡菴、孫田錫於卷頭註曰：口齒清歷，似有一酒胡在內，呼之或出耳。（遊慧錫兩山記）

京師渴處，得水便歡。安定門外五里有滿井，初春，士女雲集，予與吳友張度往觀之。一亭函井，其規五尺，四窪而中滿，故名。滿之貌，泉突突起，如珠貫貫然，如蟹眼睜睜然，又如漁沫吐吐然，藤蓊草翳資其濕。游人自中貴外貴以下，巾者帽者，擔者負者，席草而坐者，引頸勾肩履相錯者，語言嘈雜，賣飲食者，邀訶好火燒、好酒、好大餃、好果子。貴有貴供，賤有賤供。勢者近，弱者遠，霍家奴驅逐態甚焰。有父子對酌、夫婦勸酬者，有高髻雲鬟、覓鞋尋珥者，又有醉詈潑怒、生事禍人、而厥夭陪乞者。傳聞昔年有婦卽坐此蓐，各老嫗解襦以帷者，萬目睽睽，一握為笑。而予所目擊，則有軟不壓驢、厥夭扶掖而去者；又有脚子抽登復墮、仰天露醜者；更有喇唬恣橫、強取人衣物、或狎人妻女，又有從旁不平、鬬毆血流、折傷至死者。一國惑狂，予與張友酌買葦蓋之下，看盡把戲而還。（遊滿井記）

前文以詼諧之筆，捕捉小情小景，寫得新鮮活潑，酒香人影，如在眼鼻之間。後文筆力辛辣峭拔，描繪社會生活中的複雜現象，情景生動，而對於黑暗勢力，加以指責，但著墨不多，意在言外。造語遣辭以及法度風格，俱與傳統的散文不同。

張岱 兼有各派之長，可稱爲晚明散文的代表的，是以陶庵夢憶、西湖夢尋和瑯嬛文集著稱的張岱。張岱（一五九七——？），字宗子，一字石公，別號陶庵，浙江山陰（今紹興）人。明亡後，入山著書。他品行高超，個性堅強，富有民族氣節。關於他的生平，最好是看他自作的墓誌。

> 少為紈絝子弟，極愛繁華，好精舍，好美婢，好孌童，好鮮衣，好美食，好駿馬，好華燈，好煙火，好梨園，好鼓吹，好古董，好花鳥，兼以茶淫橘虐，書蠹詩魔，勞碌半生，皆成夢幻。年至五十，國破家亡，避迹山居，所存者破床碎几，折鼎病琴，與殘書數帙，缺硯一方而已。布衣蔬食，常至斷炊。回首三十年前，眞如隔世。……好著書，其所成者有石匱書、張氏家譜、義烈傳、瑯嬛文集、明易、大易用、史闕、四書遇、夢憶、說鈴、昌谷解、快園道古、傒囊十集、西湖夢尋、一卷冰雪文行世。生於萬曆丁酉八月二十五日卯時。……明年，年躋七十有五，死與葬，其日月尚不知也。故不書。

他一生境遇，由此可知大概。著作這麼多，現在流傳的，只有夢憶、夢尋、瑯嬛文集及石匱書後集數種。他自己最重視的是石匱書，這是一部前後寫了二十七年的明史。他作此書的原因，一是「第見皇明一代，國史失誣，家史失諛，野史失臆」，所以他下決心要寫一部比較真實的歷史。二是他家三世「聚書極多，苟不稍事纂述，則茂先家藏三十餘乘，亦且盪爲冷烟，掬爲茂草矣。」豈不可惜。因此他自「崇禎戊辰，遂泚筆此書，十有七年而遽遭國變，攜其副本，屏迹深山，又研究十年而甫能成帙。幸余不入仕版，既鮮恩仇，不顧世情，復無忌諱。事必求真，語必務確，五易其稿，九正其訛。稍有未核，寧闕勿書。」（石匱書自敍）這種作史的嚴肅態度，多麼可敬。

張岱是一個富有氣節的文人。他前半世生活優裕，而突然墮於國破家亡衣食不足的貧困環境，他避迹山居，以著書爲樂，保持他的高傲品質。不憂生，不畏死，去世之前，自己作好墓地，作好墓誌，一天不死，一天還是讀書著書。亡國以後，處在那種暴力下，自然是絕無辦法。但懷國之念，無時或已；加以家道衰落，朋輩死亡。「葛巾野服，意緒蒼涼。語及少壯穠華，自謂夢境。」（山陰縣誌張岱傳）他在這種蒼涼的心境裏，寫成了陶庵夢憶和西湖夢尋兩本憶舊的書。他在夢憶序中說：「因想余生平，繁華靡麗，過眼皆空，五十年來，總成一夢。……偶拈一則，如遊舊徑，如見故人，城郭人民，翻用自喜，真所謂癡人前不得說夢矣。」在這裏表示出他對故國鄉土的追戀和熱愛，但書中也流露出一些感傷消沉的情調。

他的詩文，開始學過公安、竟陵，但後來他融和二體，獨成風格。他自己說：「余少喜文長，遂學文長詩。因中郎喜文長，而並學喜文長之中郎詩。文長、中郎以前無學也。後喜鍾、譚詩，復欲學鍾、譚詩，而鹿鹿無暇。……予乃始知自悔，舉向所爲似文長者悉燒之，而滌胃刮腸，非鍾、譚則一字不敢置筆。刻苦十年，乃問所爲學鍾、譚者又復不似。」（瑯嬛詩集自敍）他不爲公安、竟陵所囿，能汲取兩家之所長，棄其短，而形成他自己的特色。其文學理論，並不與公安背，他同樣主張反擬古，抒性靈。他的散文，題材範圍非常廣闊，於描畫山水外，社會生活各方面，無所不寫。並且各種體裁，到他手中都解放了，如傳記、序跋、像贊、碑銘等等，在他的筆下，都寫得詼諧百出，情趣躍然，這是他散文上的特點。

西湖七月半，一無可看，止可看看七月半之人。看七月半之人，以五類類之。其一，樓船簫鼓，峨冠盛筵，燈火優傒，聲光相亂，名為看月而實不見月者，看之。其一，亦船亦樓，名娃閨秀，攜及童孌，笑啼雜之，環坐露台，左右盼望，身在月下而實不看月者，看之。其一，亦船亦聲歌，名妓閒僧，淺斟低唱，弱管輕絲，竹肉相發，亦在月下，亦看月而欲人看其看月者，看之。其一，不舟不車，不衫不幘，酒醉飯飽，呼羣三五，躋入人叢，昭慶、斷橋，嘄嘑嘈雜，裝假醉，唱無腔曲，月亦看，看月者亦看，不看月者亦看，而實無一看者，看之。其一，小船輕幌，淨几煖爐，茶鐺旋煮，素瓷靜遞，好友佳人，邀月同坐，或匿影樹下，或逃囂裏湖，看月而人不見其看月之態，亦不作意看月者，看之。杭人遊湖，巳出酉歸，避月如仇。是夕好名，逐隊爭出，多犒門軍酒錢，轎夫擎燎，列俟岸上。一入舟，速舟子急放斷橋，趕入勝會。以故二鼓以前，人聲鼓吹，如沸如撼，如魘如囈，如聾如啞，大船小船，一齊湊岸，一無所見。止見篙擊篙，舟觸舟，肩摩肩，面看面而已。少刻興盡，官府席散，皂隸喝道去，轎夫叫，船上人怖以關門，燈籠火把如列星，一一簇擁而去。岸上人亦逐隊趕門，漸稀漸薄，頃刻散盡矣。吾輩始艤舟近岸，斷橋石磴始涼，席其上，呼客縱飲。此時月如鏡新磨，山復整粧，湖復頮面，向之淺斟低唱者出，匿影樹下者亦出，吾輩往通聲氣，拉與同坐。韻友來，妙妓至，杯箸安，竹肉發。月色蒼涼，東方將白，客方散去。吾輩縱舟，酣睡於十里荷花之中，香氣拍人，清夢甚愜。（西湖七月半）

他用活潑新鮮的文字，對當代的社會生活和美麗的湖光月色，作了真實生動的描寫。有公安的清新，有竟陵的冷峭，又有王謔菴的詼諧。在晚明的新散文中，張岱是一個成就較高的作家。他寫過水滸牌序，贊賞陳洪綬的畫意。還寫過水滸牌四十八人贊，對水滸中的英雄人物，作了概括的評述。如稱宋江爲「忠義滿胸」，吳用爲「諸葛、曹瞞，合而爲一」，表示對他們的同情。

明末的詩歌　明代末年，由於封建統治階級加緊殘酷剝削，官僚政治更爲黑暗腐朽，迫使農民陷於飢餓死亡的絕境，階級矛盾日益尖銳，社會危機極端嚴重，終於爆發了以李自成爲首的農民起義，推翻了明朝。但接着清兵乘機入關，擊敗了李自成，直下江南，於是民族矛盾成爲當日的主要矛盾。在風雨飄搖的南明政權下，廣大的東南人民，堅持抗清鬬爭，從福王到桂王，繼續十餘年之久。不少具有民族氣節和愛國思想的詩人，和人民一道投入了這個鬬爭。他們在這樣的歷史情況下，發之於詩，表現出憂國傷時的悲痛和感慨激昂的感情。無意於追摹古人的聲調格律，也無暇於講求唐、宋的法度，從前後七子和公安、竟陵各方面解放出來，信筆直書，動人心魄，詩風為之一變。如曹學佺（一五七四——一六四七）、祁彪佳（一六〇二——一六四五）、鄺露（一六〇四——一六五〇）、黃淳耀（一六〇五——一六四五）、吳易（？——一六四六）、陳子龍（一六〇八——一六四七）、吳應箕（？——一六四四）、黎遂球（？——一六四五）、張煌言（一六二〇——一六六四）、夏完淳（一六三一——一六四七）諸人，都在抗清鬬爭中，表現了崇高的氣節，有的以身殉難，有的削髮為僧，或以詩名，或以文著，得到後人的景仰。在這裏我要作為明末詩人代表的，是陳子龍、張煌言和夏完淳。再如錢澄之、屈大均諸人的作品，留在第二十九章再來敘述。

陳子龍　陳子龍字人中，更字臥子，號軼符、大樽，華亭（今上海松江）人。崇禎進士，官至兵科給事中。清兵入關後，仕南明。後欲聯絡抗清軍事，事泄被捕，乘間投水死。有陳忠裕公全集。他才學富健，工駢體，尤長於詩。當復社名盛時，曾與夏允彝等結幾社，遙相應和，聲譽甚著。他論詩承前後七子餘流，具有復古傾向，前期作品，頗多華豔擬古之習。國變以後，詩風一變，傷時感事，慷慨悲涼，前人曾稱爲明詩殿軍。

小車斑斑黃塵晚，夫為推，婦為輓。出門茫然何所之，青青者榆療我飢，願得樂土共哺糜。風吹黃蒿，望見垣堵，中有主人當飼汝。叩門無人室無釜，躑躅空巷淚如雨。（小車行）

烏啼征馬動，曙色散滹沱。海氣通三島，天風靜九河。沙平邊草斷，日澹塞雲多。百里無烟火，空邨客自過。（交河）

清溪東下大江迴，立馬層崖極望哀。曉日四明霞氣重，春潮三折浪雲開。禹陵風雨思王會，越國山川出霸才。依舊謝公攜屐處，紅泉碧樹待人來。（錢塘東望有感）

小車行寫人民的流亡情景，極爲真實動人。後面兩首律詩，感時而發，辭意深厚，具有沉鬱頓挫的特點。吳偉業稱其詩「高華雄渾，睥睨一世」。（梅村詩話）給他很高的評價。

張煌言　張煌言字玄著，號蒼水，鄞縣（今浙江寧波）人。爲抗清義軍首領之一，在浙東沿海一帶進行鬬爭，堅持十餘年之久。後見大勢已去，避居一小海島上，終於被捕犧牲。後人編其遺著爲張蒼水集。他有堅定不移的鬬爭精神，憂國愛民的思想和大義凜然的英雄氣概，發之於詩，表現出高尚的民族氣節和愛國熱情，也反映出人民生活的苦難。

香臺咫尺渺人琴，萬里寒潮送夕陰。報國千年藏碧血，毀家十載散黃金。名山難瘞孤臣骨，瀚海空磨戰士鐔。留得荒祠姓氏古，春歸惟有杜鵑吟。（弔沈五梅中丞）

長驅胡騎幾曾經，草木江南半帶腥。肝腦總應塗舊闕，鬢眉誰復歎新亭。椎飛博浪沙先起，弩注錢塘潮亦停。回首河山空血戰，只留風雨響青萍。（追往八首之三）

落魄鬢眉在，招魂部曲稀。生還非眾望，死戰有誰歸。蹈險身謀拙，包羞心事違。江東父老見，一一問重圍。（生還四首之一）

戎馬倉皇，環境艱苦，故其詩無意在辭句技巧上用工夫，但由於深厚的生活體驗，真情實感的吐露，直抒胸臆，全無矯飾虛華之病，而富有感人的力量。

夏完淳 夏完淳原名復，號存古，華亭（今上海松江）人。他幼年聰明過人，才情早熟，五歲知五經，七歲能詩文。十二歲時，已「博極羣書，爲文千言立就，如風發泉湧，談軍國事，鑿鑿奇中」（王弘撰夏孝子傳），這固然有賴於他良好的家庭教養，但他天賦的才華，確異於常人。陳繼儒在這方面表示過很大的稱讚。他父親夏允彝，老師陳子龍，都是講文章氣節的江南名士，在思想上給予他很大的影響。清軍入關以後，直下江南，夏完淳同他的父親、老師以及吳易一起，參加了實際的抗清鬭爭。後來他父親和老師都投水而死，吳易被殺。他的長詩細林夜哭是弔陳子龍的，吳江夜哭是哀悼吳易的。在這兩篇詩裏，表現了強烈的愛國熱情和英雄末路的哀痛，音調悲涼，文情並茂，富有感染人心的藝術力量。不久，他自己也被捕犧牲了。他那種慷慨就義、視死如歸的精神，真是令人敬仰。他在世雖只短短的十七年，卻留下了玉樊堂集、內史集、南冠草、續幸存錄等多種著作。近人匯編的夏完淳集，所收他的著作，最爲完備。

夏完淳如此年少，在詩歌上得到很高的成就，在事業和品格上放射出這麼燦爛的光輝，在我國文學歷史上真是僅見的。他的詩，前一時期受了陳子龍復古的影響，所作有摹擬之習，文字傾於虛華。國變後，受了實際鬬爭生活的鍛鍊和國破家亡的深刻體會，發之於詩，慷慨悲歌，動人心魄，形成沉鬱的風格。南冠草中臨難前的詩篇，尤爲感人。

> 三年羈旅客，今日又南冠。無限河山淚，誰言天地寬。已知前路近，欲別故鄉難。毅魄歸來日，靈旗空際看。（別雲間）
>
> 宋生裘馬客，慷慨故人心。有憾留天地，為君問古今。風塵非昔友，湖海變知音。灑盡窮途淚，關河雨雪深。（毘陵遇輚文）

夏完淳又能文。大哀賦、寒泛賦、獄中上母書、遺夫人書諸篇，都很真實感人。大哀賦尤見才情，朱彝尊謂可與庾信匹敵。他也能塡詞作曲，小令雙調江兒水云：「望青烟一點，寂寞舊山河。曉角秋笳馬上歌。黃花白草英雄路。閃得我，對酒消魂可奈何。熒熒燈火，新愁轉多。暮暮朝朝淚，恰便是長江日夜波。」氣壯而語俊，情厚而調高。再如自敍、感懷二套，寫得更爲沉痛。夏完淳有過人的才華和深厚的修養，能運用多樣的文學形式，惜夭折過早，未盡其才；否則，他在文學事業上將取得更高的成就。

第二十五章　明代的戲劇

一　南戲的源流與形式

宋、元的南戲，是明代傳奇的前身。由文字質樸、形式不夠嚴整的宋、元時代的南戲，漸漸進步而爲優美完整的長篇鉅製的明代傳奇，是經過了一個相當長的時期的。因此，在敘述明代傳奇之前，關於宋、元南戲發展的情況，必得先加以說明。但看到的材料不多，可能是很不全面的。

所謂南戲，就是南曲戲文，是用南方的語言、南方的歌曲所組成的一種民間戲曲。這種戲曲發生很早，在宋徽宗到光宗年間（十二世紀）就產生了。開始起於浙東溫州的民間，漸漸向各處蔓延。明初葉子奇草木子卷四云：「俳優戲文，始於王魁，永嘉人作之。」因此，徐渭把王魁、趙貞女二種，作爲南戲之祖。這一種戲曲的組成，一部分是宋詞，一部分是流行的小曲，也沒有嚴整的宮調組織，很適合於民眾舞台的扮演與社會大眾的欣賞。當日供奉於宮廷的是官本雜劇，所以這種通行於民間的戲曲，叫作溫州雜劇，後來要與盛行於北方的雜劇分別，因此又叫作南戲。

這種南戲的本子，在宋朝一定是很多的，但是卻沒有一個完本流傳下來。這原因一面固然是由於宋末兵亂的喪失；同時在南宋時代，南戲只是民間的產物，文人們正在專力於詩詞，對於戲曲尙未染指，很少人對此重視或是加工整理。現在我們能肯定爲宋代的南戲的，只有趙貞女蔡二郎、王煥、樂昌分鏡、王魁、陳巡檢梅嶺失妻五種。前一種已隻字無存，後四種尙有殘文存於南九宮譜中，但也只有一些殘曲，無法認識宋代南戲的眞實面目。到了元代，雜劇雖是當日社會的寵物，北方戲場的重心，但南戲並沒有衰亡，它仍然在江南一帶，得着廣大民衆的支持，在各處劇場流行。永樂大典與南詞敍錄中所收的「宋、元舊篇」，還有好幾十種。近年來南戲的研究，在學術界很流行，因爲古代許多祕籍的發現，在研究方面得到較好的成績。他們根據南九宮十三調曲譜、舊編南九宮譜、新編南九宮詞、雍熙樂府、九宮大成南北詞宮譜、詞林摘豔、盛世新聲、吳歈萃雅、南音三籟、南曲九宮正始諸書，輯出許多宋、元南戲的資料。解放後，錢南揚有宋元戲文輯佚，輯錄更富，給予南戲研究者以很大的幫助。他共舉出宋、元戲文一百六十七本，其中有傳本者十六，全佚者三十二，被輯入者一百十九本。絕大部分都是元代的。使我們知道，在雜劇盛行的元代，南戲也是同樣流行，在元末明初的琵琶、荆釵之前，還有那麼多的南戲；不用說，這一百多種作品，還只是當時南戲的一部分，由此可知宋亡以後，南戲衰亡的話，完全是不可信的了。

在那些曲選、曲譜裏留存下來的資料，只是一些曲文，沒有說白動作，我們仍是無法認識南戲的面目。但是由這些曲文，顯露出幾點南戲的特徵：

一、曲文無論是用的詞牌或流行的小曲，在語言的藝術與情調上，具有與北曲不同的風格。

二、南戲的歌曲中有合唱的，如詩酒紅梨花中的一曲云：

催花時候，輕暖輕寒雨乍收。和風初透，園林如綉。禁煙前後，是誰人，染胭脂，把海棠裝就？含嬌半酣如中酒，闌干外數枝低湊。（合）咱兩個把草來鬬，輕兜綉裙，把金釵當籌，遊賞到日晚方休。（南曲九宮正始）

三、韻律宮調不如雜劇之嚴明，如陳光蕊江流和尚中的拗芝蔴云：

應時明近　崎嶇去路賒，見疊疊幾簇人烟風景佳，遣人停住馬。扁舟一葉，丹青圖畫，一抹翠雲挂。

雙赤子　遠霧罩汀沙。見白鷗數行飛，見人來也，驚起入蘆花。小舟釣艇，收綸入浦，弄笛相和。

畫眉兒　動人萬般淒楚，離情怎躲？偶睹前村，水遶人家。畫橋風颭酒旗斜，好買三杯，消遣倦煩。

拗芝麻　西山日漸沉，此際端不可。暑氣炎，宜趲步，早去尋安下。樵叟閉柴門，牧童歸草舍。古寺鐘敲數聲，野水無人渡。

尾聲　綠楊影裏新月挂，孤村酒館兩三家。借宿今宵一覺呵！

這一套南曲，明康海以屬仙呂宮，鈕少雅九宮正始又以屬道宮，這自然是後人勉強作古的辦法。南戲在宋、元時代，多數爲小曲俚歌雜合而成，還沒有嚴整的宮調，各曲的相聯，在初期大都以聲調和諧爲準則。徐渭南詞敍錄說：「南曲固無宮調，然曲之次第，須用聲相鄰以爲一套，其間亦自有類輩，不可亂也。如黃鶯兒則繼之以簇御林，畫眉序則繼之以滴溜子之類，自有一定之序。」他這意見是對的。後來作者都跟着這種方式，漸漸形成一種定律，形成一種南宮曲譜了。同時在上曲中，魚模家麻歌戈諸韻並用，可知它的用韻，非常自由。這種情形，不僅元代的南戲是如此，就是元明間名著如琵琶、金印諸戲也大略相似。故南詞敍錄又說：「永嘉雜劇興，則又卽村坊小曲而爲之，本無宮調，亦罕節奏，徒取其畸農、市女順口可歌而已。諺所謂隨心令者，卽其技歟。間有一二叶音律，終不可以例其餘，烏有所謂九宮。」可知南戲的初期，無論用韻造曲，都是比較自由，所謂「順口可歌」，正說明了初期南戲大衆化的精神，說明了民間文學獨具的本色。講什麼曲譜，講嚴格的音韻，那都是南戲入於士大夫之手，成爲典雅的文藝作品以後，那已是明朝的時代了。

一九二〇年，葉恭綽在倫敦發現了第一三九九一卷的永樂大典，內有小孫屠、張協狀元及宦門子弟錯立身三種戲文。後來這些戲文，由古今小品書籍印行會出版，於是我們讀到了較古的南戲的全本，在中國戲曲史上，確是重要的文獻。其藝術地位雖不很高，但在南戲形體組織方面的考察，是非常重要的。

小孫屠題爲古杭書會編撰，張協狀元戲中說是九山書會所編，宦門子弟錯立身題爲古杭才人新編。可知這些作品，都是出自無名作家之手，是來自民間的作品。其年代雖不可考，說是產生於元代，是較爲可靠的。小孫屠是描寫姦殺的公案，宣揚了封建倫理思想。張協狀元是描寫張協的忘恩負義，宦門子弟錯立身是描寫完延壽馬和女優的戀愛。這些戲曲，在一定程度上，反映了當代社會生活的面貌，情節雖有可取之處，但寫得不自然的地方很多。張協狀元中描寫貧窮婦女的勤勞純樸，和張協刻薄寡恩自私自利的性格，是比較好的。從藝術上講，還比不上雜劇。由此，我們也可以推想到，南戲在當日只能流行於民間，雜劇能在民間藝術的基礎上，得到作家們的提高發展，產生許多優秀的作品，壓倒南戲而成爲劇壇代表，這不是沒有原因的。

這三本戲文值得我們重視的地方，並不在其藝術上的成就，而在其南戲形體上的表現。使我們明瞭明代傳奇的前身，畢竟是一種甚麼樣子。

一、題目正名　這三本戲文如雜劇一樣，也有題目。如小孫屠的題目是「李瓊梅設計麗春園，孫必貴相會成夫婦。朱邦傑識法明犯法，遭盆弔沒興小孫屠。」形式語氣，都與雜劇相像，不過南戲的是放在前面。

二、家門　南戲沒有楔子，開場便有「家門」，或叫「開場」、「開宗」，把全劇的情節，作一概括說明，用的都是詞牌。在這三本戲文裏，還沒有用「家門」這個名字，但已具備了這種形式。如小孫屠云：

末白　滿庭芳　白髮相催，青春不再，勸君莫羨精神。賞心樂事，乘興莫因循。浮世落花流水，鎮長是會少離頻。須知道轉頭吉夢，誰是百年人？雍容絃誦罷，試追搜古傳，往事閑憑。想像梨園格範，編撰出樂府新聲。喧嘩靜，竚看歡笑，和氣藹陽春。

（後行子弟不知敷演甚傳奇？眾應：遭盆弔沒興小孫屠）

再白　滿庭芳　昔日孫家，雙名必達，花朝行樂春風。瓊梅李氏，賣酒亭上幸相逢。從此娉為夫婦，兄弟謀苦不相從。因外往、瓊梅水性，再續舊情濃。暗去梅香首級，潛奔它處，夫主勞籠。陷兄弟必貴，盆弔死郊中。幸得天教再活，逢嫂婦說破狂蹤。三見鬼，一齊擒住，迢斷在開封。　末下

明傳奇都採取着這種形式，可知「家門」並非明人所創，在元代的戲文裏就有了。

三、長短自由　雜劇中一般以四折爲限，南戲則長短自由，不分折，也不分齣。這可能是受了諸宮調的影響。戲的分齣與有齣目，想都是起自明朝。這自然是戲曲組織上的進步。因爲元代的南戲，已無長短的限制，因此便進展爲明代四五十齣組成的長戲了。

四、科白與脚色　南戲與雜劇同樣，有科有白。科爲動作，南戲中於科處多作介，亦有作科

介者。如小孫屠中云：「末作聽科介」，「末行殺介」。南詞敍錄云：「戲文於科處皆作介，蓋書坊省文以科字作介字，非科介有異也。」雜劇中的白，雖偶有駢語和淺近的文言，大多數是通俗的口語。南戲中則多爲駢偶的句子，如張協狀元中云：「末白，但小客肩擔五十秤，背負五十斤。通得諸路鄉談，辨得川、廣行貨。衝烟披霧，不辭千里之迢遙，帶雨冒風，何惜此身之跋涉。」一個做生意的人，說出這種句子，與劇中人的身分，很不相稱。這明明是南戲中的缺點，然而明人卻認爲是典雅，演成後來傳奇中很多比這更要駢偶的句子。南方人的歡喜賣弄文筆，無論在甚麼文體上，都是要表現一下的。南詞敍錄云：「賓白亦是文語，又好用故事，作對子，最爲害事。」這批評很正確。但這種由於賣弄文筆，而使劇中人的語言，與他們的身分、性格不相適應的現象，在元雜劇裏也是存在的，這也可以看到中國戲劇由敍事體到代言體一種殘餘的形跡。關於脚色，據南詞敍錄，有生、旦、外、貼、丑、淨、末等色，大體上與雜劇相同。但在職務的分配上，雜劇中擔任主角的末，退爲配角，而其地位由生來代替，可知生脚的由來是很古了。

到了元代中、末之期，雜劇南移以後，北戲南戲的競爭必很激烈。在這種環境下，無形中南戲蒙受雜劇的影響，而漸加改進的事，是必然的趨勢。據錄鬼簿所載：范居中有樂府及南北腔行於世，沈和以南北調合腔，蕭德祥又作南曲戲文。他們三個都是杭州人，同時也是南方的雜劇作者。他們所作的南北合腔及南曲戲文，現在雖不可見，但他們在那裏吸收雜劇之長，盡力改良南戲的工作是可想像得到的。從事這一種工作的人，當然不只這三個，王世貞所說的「東南之士，未盡顧曲之周郎，逢掖之間，又稀辨撾之王應。稍稍復變新體，號爲南曲。高栻則誠，遂掩前後」（曲藻序）。有了這些人的努力，南戲在藝術上才得到進步，新的形體才得到完成。元末明初，南戲的代表作品，如琵琶、荆釵等記應運而生，於是便步入了前人所謂的傳奇時代。傳奇二字，唐、宋人專用以指短篇文言小說。元代有用以指戲曲的，如錄鬼簿所云：「前輩已死名公才人有所編傳奇行於世者。」專指南戲，則見於小孫屠及宦門子弟錯立身的戲辭中。到了明代，傳奇便成了南戲的專稱。從此「南曲戲文」這個名詞很少有人用，於是它的歷史也很少爲人所注意了。

由上文所述，關於南北戲曲不同的地方，歸結其要點於下：

一、雜劇每折一人獨唱，南戲可以獨唱、對唱和合唱。

二、雜劇每本一般以四折爲限，南戲長短自由。

三、雜劇每折限用一宮調，一韻到底。南戲比較自由，可以換韻。

四、南北戲曲因地方氣質的不同，以及樂器樂譜的各異，於是曲的音調與精神也各異其趣。徐渭說聽北曲則神氣鷹揚，有殺伐之氣；聽南曲則流麗婉轉，有柔媚之情（南詞敍錄）。北曲與南曲，大相懸絕，有磨調、絃索調之分。王世貞曲藻云：「凡曲，北字多而調促，促處見筋；南字少而調緩，緩處見眼。北則辭情多而聲情少，南則辭情少而聲情多。北力在絃，南力在板。北宜和歌，南宜獨奏。北氣易粗，南氣易弱。」關於南北曲調曲情的分別，這是說得比較明白的。

二　琵琶記與元末明初的傳奇

上面說過，到了元代末年，南戲受了雜劇的刺激和影響，從事改良和研究的人漸多，如沈和、蕭德祥諸人都是。書會中人不必說，就是文人也從事創作，因此便促進南戲的興盛。其文學地位也由此而提高，從前只是爲廣大羣眾所欣賞的作品，現在也爲文人所喜愛了。前人所稱的殺狗記、白兔記、拜月亭、琵琶記、荆釵記五大傳奇，就是在這種環境下產生的。

殺狗記　殺狗記全劇三十六齣，張大復、朱彝尊都說是徐畛作。徐字仲由，淳安（今屬浙江）人。洪武初，徵秀才。宦門子弟錯立身中列舉當時傳奇名目，其中有殺狗勸夫婿目，可見元代南戲已有此戲，故可能是徐畛根據舊本改作的。今傳的殺狗記，又經過馮夢龍諸人的潤飾修改。據張大復寒山堂曲譜說：「今本已由吳中情奴、沈興白、龍猶子三改矣。」但曲白仍以俚俗本色見長，保存着濃厚的民間文學的色彩。戲的內容，寫孫華夫婦與其弟孫榮的失和與團圓。其中的大意，可由第一齣家門中見之。「（鴛鴦陣）孫華家富貴，東京住、結義兩喬人。詃語讒言，從中搬鬬，將孫榮趕逐，投奔無門。風雪裏救兄一命，將恩作怨，妻諫反生嗔。施奇計，買王婆夫回驀地驚魂，去浼龍卿、子傳，託病不應承。再往窖中，試尋兄弟，黃犬，殺取扮人身。移尸慨任，方辨疎親。清官處斷人妄告，賢妻出首，發狗見虛真。重和睦，封章褒美，兄弟感皇恩。」從故事看，可能是由蕭德祥的雜劇殺狗勸夫而來。

殺狗記晚明人都很輕視，大半是說他詞語鄙俗，不堪入目，又說他調律不明，不成規範。這都是格律派辭藻派的意見。我覺得殺狗記的好處，正是他們所說的壞處。殺狗記的題材，可能來自元人雜劇，但經過作者的改編，情節更爲複雜。劇中雖也間接反映出一些封建家庭的罪惡和社會的黑暗，對社會貧富的不均，表示不滿，但主要方面，卻宣揚了封建制度和封建倫理觀念。至於人物的描寫，還有其特色。戲中把孫華、孫榮、楊月貞、柳龍卿、胡子傳五個人的性格，寫得頗爲分明。孫榮、楊月貞是一派，是具有正直品質的人物，但又有其馴弱的一面；孫華是遊蕩公子、封建家長的典型，柳、胡二丑是流氓惡漢的代表。其次，戲曲是羣眾性的舞台藝術，除文字藝術之外，還要顧到它的通俗性。殺狗記的說白，都是運用淺明的口語，並能適合各人的身分個性，這是可取的。全劇的曲文，無不流暢如話，一點不做作，不雕飾，大都出於本色。無論說白唱曲，民眾都能瞭解，這和後代的駢曲儷白，只能給士大夫們欣賞的作品比較起來，是大大不同的。

白兔記　白兔記是元、明之際的民間作品。其全稱爲劉知遠白兔記。戲中故事敘述劉知遠窮困從軍，因功立業，其妻李三娘在娘家受逼，操工度日，磨房產子。後經種種磨折，得以團圓。這戲的來源甚古，金時已有劉知遠諸宮調。全戲三十二齣，開宗云：「五代殘唐、漢劉知遠，生時紫霧紅光。李家莊上，招贅做東床。二舅不容完聚，生巧計拆散鴛行。三娘受苦，產下咬臍郎。

知遠投軍，卒發跡到邊疆。得遇繡英岳氏，願配與鸞凰。一十六歲，咬臍生長，因出獵認識親娘。知遠加官進職，九州安撫，衣錦還鄉。」此戲的全部情節，在這首滿庭芳詞裏，說得很清楚了。劉知遠因爲做過幾天皇帝，因此在他的身上生出種種無聊的神話。戲中這種不自然的地方固然很多，但李三娘因爲丈夫窮困，在娘家受盡兄嫂的壓迫，叫她挑水推磨，想因此逼她改嫁一個富人，這正是中國舊家庭的一般醜惡。李三娘的形象，寫得很真實，表現了一個善良的婦女，在險惡的環境中如何擔當苦難的悲慘遭遇。這一部分，是全戲中的精彩之處。

慶青春　（旦上）冷清清，悶懷慼慼傷情。好夢難成，明月穿窗，偏照奴獨守孤另。

集賢賓　當初指望諧老年，和你廝守百年。誰想我哥哥心改變，把骨肉頓成拋閃。凝眼望穿，空自把闌干倚遍。兒夫去遠，悄沒個音書回轉。常思念，何日裏再得團圓？

攪羣羊　嫂嫂話難聽，激得我心兒悶。一馬一鞍，再嫁傍人論。夫去投軍，誰敢為媒證？那有休書，誰敢來詢問？你如何交奴交奴再嫁人？（第十六齣強逼）

鎖南枝　星月朗，傍四更，窗前犬吠雞又鳴。哥嫂太無情，罰奴磨麥到天明。想劉郎去也，可不辜負年少人。磨房中冷清清，風兒吹得冷冰冰。

鎖南枝　叫天不應地不聞，腹中遍身疼怎忍。料想分娩在今宵，沒個人來問。望祖宗陰顯應，保母子兩身輕。（第十九齣挨磨）

前三曲爲逼迫改嫁時三娘所唱，後二曲爲磨房產子時三娘所唱，都能曲折地表達她的苦痛的內心。後人謂白兔曲俗韻亂，正如貶抑殺狗一樣。不錯，這種曲文，確實是質樸無華，毫無雕飾可言。然其情感真實豐富，內容也很充實，比起那些華貴典雅的文字，更有力量，更能使大眾瞭解而感動。另有富春堂刊行的白兔記一種，題豫人敬所謝天佑校，想卽爲謝君改作，文字富麗堂皇，原作中的本色質樸處，喪失殆盡，想已是晚明之作了。

拜月亭　最早記錄南戲拜月亭資料的是永樂大典戲文名，其全稱爲王瑞蘭閨怨拜月亭，至六十種曲則改稱幽閨記。王世貞藝苑巵言、王驥德曲律、李調元曲話，都說是元施惠君美作。君美，杭州人。錄鬼簿謂「君美詩酒之暇，唯以塡詞和曲爲事」，並未言及拜月亭。錄鬼簿雖只錄雜劇，然有南曲戲文者，亦必兼及，如沈和、蕭德祥就是一例。若此長篇優美的拜月南戲果出施君美之手，鍾嗣成沒有不提到的。因此，與其說拜月出於施惠，倒不如說出自無名氏，較爲妥當。拜月本關漢卿閨怨佳人拜月亭雜劇而作，以金代南遷的離亂時代爲背景，敘述蔣世隆、瑞蓮兄妹及少女王瑞蘭、少年陀滿興福的種種悲歡離合的波折，而終成爲兩對夫婦的故事。故事非常曲折，結構非常巧妙，富於戲劇性。全戲共四十齣，「開場始末」云：「（沁園春）蔣氏世隆，中都貢士，妹子瑞蓮。遇興福逃生，結爲兄弟，瑞蘭王女，失母爲隨遷。荒村尋妹，頻呼小字，音韻相同事偶然。應聲處，佳人才子，旅館就良緣。岳翁瞥見生嗔怒，拆散鴛鴦最可憐。歎幽閨寂寞，亭前拜月，幾多心事，分付與嬋娟。兄中文科，弟登武舉，恩賜尙書贅狀元。當此際夫妻重會，百歲永團圓。」這是全劇的梗概。

關漢卿的拜月雜劇，曲文本很高妙，把他改編爲南戲的作者，自然得到許多便利。正如王實甫西廂與董西廂的關係同樣，在曲文上有因襲之處是免不了的。如傳奇中之第十三齣，第三十二齣，大都本關作第一折第三折，其痕跡非常顯明。但作者才情很高，並非一味生吞活剝，仍表現着動人的創造精神。他由四折的短劇，擴展爲四十齣的長篇，故事的編排與穿插，增加許多緊湊的場面，使劇情更充實更完整。曲文皆本色自然，非徒事藻繪者可比。劇中對白，亦極美妙。如遇盜、旅婚、請醫諸齣，作者能以市井江湖口吻出之，情景逼眞，很適合劇中人物的身分。而評者以爲「科白鄙俚，聞之噴飯」，這是不懂得文學眞實性的原故。綠林盜賊，言語自是粗魯；旅店侍役，言語比較粗俗。作者能以粗魯粗俗出之，才顯得人物形象的生動，這正是作者語言藝術的優點。若從彼等口中，說出高雅古文、四六儷語，這反而是裝模作樣，近於虛僞了。後代作家，不懂得這種道理，一味追求典雅，反而弄巧成拙了。這些對白，都因太長，不便備錄，今舉幾段曲文爲例。

剔銀燈　（老旦）迢迢路不知是那裏？前途去，安身何處？（旦）一點點雨間着一行行悽惶淚，一陣陣風對着一聲聲愁和氣。（合）雲低。天色傍晚，子母命存亡兀自尚未知。

攤破地錦花　（旦）繡鞋兒，分不得幫和底，一步步提，百忙裏褪了跟兒。（老旦）冒雨盪風，帶水拖泥。（合）步難移，全沒些氣和力。

麻婆子　（老旦）路途路途行不慣，心驚膽顫摧。（旦）地冷地冷行不上，人慌語亂催。（老旦）年高力弱怎支持！（倒科，旦扶科，旦）泥滑跌倒在凍田地，款款扶將起。（合）心急步行遲。（第十三齣相泣路歧）

高陽台引　（生、旦上，生）凜凜嚴寒，漫漫肅氣，依稀曉色將開。宿水餐風，去客塵埃。（旦）思今念往心自駭，受這苦誰想誰猜。（合）望家鄉，水遠山遙，霧鎖雲埋。

山坡羊　（生）翠巍巍雲山一帶，碧澄澄寒波幾派，深密密煙林數簇，滴溜溜黃葉都飄敗。一兩陣風，三五聲過雁哀。（旦）傷心對景愁無奈。回首家鄉，珠淚滿腮。（合）情懷，急煎煎悶似海；形骸，骨巖巖瘦似柴。（第十九齣偷兒擋路）

首三曲爲王夫人同女兒王瑞蘭逃難走雨時所唱，後二曲爲蔣世隆與王瑞蘭遇盜時所唱。劇中一面反映出兵荒馬亂、盜賊橫行的混亂社會和人民妻離子散的苦痛生活，同時在這樣悲劇的時代裏，造成兩對男女的結合，中間經過無窮的波折，真是萬苦千辛。由於男女對於愛情的忠貞，對於封建禮教的強烈反抗，有情人終成爲眷屬。語言的特徵，是字字本色，句句自然，雖爲南戲，卻具有雜劇的生動質樸。寫情的哀感動人，寫境的精煉高遠，在藝術上很有成就。

琵琶記　上面所敘述的三種作品，大都是來自民間，故皆以通俗本色見長，無賣弄文墨之弊。琵琶記的出現，是上層文人染指傳奇以後所遺留下來的一部重要的產品。作者高明（約一三〇五——約一三八〇。另據高明友人永嘉余堯臣所說，則高明是在至正十九年（一三五九）死的。見清陸時化吳越所見書畫錄。）字則誠，號菜根道人，浙江瑞安人。生性高傲，學問淵博，爲理學家黃溍弟子。他是元末至正五年的進士，曾任處州錄事、福建行省都事、慶元路推官等官。元末方國珍起事於浙江慶元，欲聘爲幕賓，朱元璋建都南京時也召之爲官，皆辭而未就。他爲官時，能關懷民間疾苦，頗受人民愛戴。他善書法，工詩，尤長於曲，有柔克齋集。據明黃溥閑中今古錄，說元代末年，高明避難於鄞之櫟社，以詞曲自娛。見劉克莊有「死後是非誰管得，滿村聽唱蔡中郎」之句，（按此爲陸游句）因編琵琶記，用雪伯喈之恥。這樣看來，琵琶之作，當在元亡以前。並且，他作此劇是有目的的。大概南宋以來流行的那本趙貞女蔡二郎的戲文，把蔡中郎的結果寫得不很真實，並且在民間流行的故事裏，已有「雷擊蔡伯喈，馬踩趙五娘」的下場，因此高明有意要在劇中宣傳一點忠孝節義的思想，把劇中的男女主角，都寫成爲封建道德中的完人。他在劇的開場，說明了這種意見。「(水調歌頭)秋燈明翠幕，夜案覽芸編。今來古往，其間故事幾多般。少甚佳人才子，也有神仙幽怪，瑣碎不堪觀。正是不關風化體，縱好也徒然。　論傳奇，樂人易，動人難。知音君子，這般另作眼兒看。休論插科打諢，也不尋宮數調，只看子孝共妻賢。驊騮方獨步，萬馬敢爭先。」在這一首詞裏，明顯地表現出高明的文學觀點。

高明主張文學作品，必須有關風化、合乎教化的功用，不僅要使人快樂，還要使人受教育。因此那些專寫佳人才子的戀愛劇，專寫神仙幽怪的虛幻劇，他認爲都是「瑣碎不堪觀」的東西。其次，他作劇重視思想內容，重視社會問題的題材，所以他不在於追求形式。尋宮數調的事，他並非不能做，是他不願這樣做。同時他又不願意故作滑稽的言語與動作，去迎合觀眾。所以他的創作動機是有目的的。他希望知音君子，能另眼看待，體會他的用心。後代人都不明瞭他這種主張，罵他是亂調亂律的罪人，那是不正確的。

這樣看來，高明在中國戲劇史上，確是一位認識戲劇的價值與功用的人，也是有意識的利用戲劇來作宣傳工具的人。他的創作，不是僅僅敷衍故事，賣弄才華，取悅貴族，迎合觀眾，他是另有他的教育意義和社會意義的。但在這裏，我們必須指出，高明所主張的文學作品必須重視思想內容，必須具有教育意義，從抽象的理論上說，這是不錯的。不過他的立場，沒有同封建道德、同傳統思想作鬬爭，反而是宣傳了封建道德和傳統思想，使琵琶記的傾向性，起了很大的消極作用，比起他的先輩戲曲家關漢卿、王實甫的竇娥冤、西廂記來，那就相差得很遠了。但我們並不因此就否定琵琶記應有的成就。戲劇中有許多深刻細密的描寫，有許多反映社會生活很真實的內容，刻劃人物的形象和運用語言都表現了優秀的藝術技巧，這是我們必須肯定的。

琵琶記共四十二齣。開場沁園春詞云：「趙女姿容，蔡邕文業，兩月夫妻。奈朝廷黃榜，遍招賢士，高堂嚴命，強赴春闈。一舉鰲頭，再婚牛氏，利綰名牽竟不歸。饑荒歲，雙親俱喪，此際實堪悲！　堪悲！趙女支持，剪下香雲送舅姑。把麻裙包土，築成墳墓，琵琶寫怨，逕往京畿。孝矣伯喈，賢哉牛氏，書館相逢最慘悽。重廬墓，一夫二婦，旌表耀門閭。」從這首詞裏，可以看出全劇的情節和思想。

琵琶記的文學特色，首先在於它塑造了趙五娘這個封建社會的婦女典型。她雙肩負着傳統道德的壓迫，以窮媳婦的身分，挑着全家生活的重擔，自己辛勤操作，捨己救人，無論對於公婆，對於丈夫，對於其他一切人，都能忍受苦痛，貢獻出自己的所有力量和感情。這一種高尚的品質，已不同於「愚孝」，而使趙五娘這一藝術形象，具有中國婦女優良品德的典型意義。作者在主觀上雖在宣傳封建道德，趙五娘雖沒有正面反對封建制度，但由於反映現實生活的真實，形象的鮮明，在藝術的客觀效果上，使讀者對於人物的悲慘境遇表示深切的同情，對於封建制度封建道德表示強烈的反感。其次張太公這一人物，也是描寫得很成功的。他有正義感，有同情心，始終如一的幫助人鼓舞人，心地光明，情感真摯。有些地方雖說寫得過火，但他的性格是統一的，完整的。至於蔡伯喈、牛氏父女諸人，寫得有些不自然、不真實、不盡人情的地方，遠不如趙五娘、張太公的成就，對於戲劇整體上說，自然是有損失的。

把牛丞相作爲一個貴族官僚的代表，作者極力鋪寫他的奢侈淫威和飛揚跋扈的權勢，同蔡家的貧賤生活遙相對照，反映出兩個不同階級的生活面貌，一面是加強戲劇的現實意義，同時使戲劇的結構更爲緊湊更有力量。

把社長里正作爲小官劣紳的代表，通過災荒的時代背景，作者生動地描寫他們盜竊官糧、魚肉平民的罪惡，反映出舊社會的黑幕與大眾生活的痛苦。試看里正自己說：「說到義倉情弊，中間無甚蹺蹊。稻熟排門收斂，斂了各自將歸。並無倉廩盛貯，那有帳目收支。縱然有得些小，胡亂寄在民居。官司差人點視，便羅些穀支持。上下得錢便罷，不問倉實倉虛。」這是當時官紳狼狽爲奸的實情，作者爲官多年，對於當日的社會，有實際的體驗，所以寫得這樣真切。蔡邕雖處漢朝，所寫的却全爲作者自己的時代面貌和社會實況。

琵琶記的語言藝術，也是很成功的。說白中時有妙文，極能描摹劇中人物的口吻與身分，非常生動而有風趣。如第三齣中男女僕人的對話，第七齣中窮秀才的對話，第十齣中公婆的對話，第十五齣中牛小姐與丫頭的對話，第十七齣中社長里正的對話，都能使文雅俚俗，各盡其妙。但因文字太長，不便抄舉。至於曲辭，更是俊語如珠。王國維說：「琵琶自鑄偉詞，其佳處殆兼南北之勝」，是不錯的。糟糠自厭一齣，前人都稱爲是全戲曲文的菁華，是大家都知道的。現舉乞丐尋夫爲例。

胡搗練 （旦上）辭別去，到荒坵，只愁出路煞生受。畫取眞容聊藉手，逢人將此免哀求。

三仙橋 一從他每死後，要相逢不能彀，除非夢裏暫時略聚首。若要描，描不就。暗想像，教我未寫先淚流。描不出他苦心頭；描不出他飢證候；描不出他望孩兒的睜睜兩眸。只畫得他髮颼颼，和那衣衫敝垢。休休，若畫做好容顏，須不是趙五娘的姑舅。

前腔 我待要畫他個龐兒帶厚，他可又飢荒消瘦；我待要畫他個龐兒展舒，他自來長恁面皺。若畫出來眞是醜，那更我心憂，也做不出他歡容笑口。不是我不會畫着那好的，我從嫁來他家，只見他兩月稍優游，其餘都是愁。那兩月稍優游，我又忘了，這三四年間，我只記得他形衰貌朽。這眞容呵，便做他孩兒收，也認不得是當初父母。休休，縱認不得是蔡伯喈當初爹娘，須認得是趙五娘近日來的姑舅。……

憶多嬌 （旦）公公他魂渺漠，我沒倚着，程途萬里，教我懷夜壑。此去孤墳，望公公看着。(合)舉目瀟索，滿眼盈盈淚落！

寫得如此真實，寫得如此自然，絕非那種泛寫閨怨別離的言情文句所可比擬。他的好處，是用淺顯的語言，寫最苦最深的感情，作者能深一層地體貼，進一層地表現，引起讀者的感動和同情。前人對拜月、琵琶二劇，往往對照評論，也有從「本色」及音律着眼，覺得琵琶不如拜月者，如明人何良俊、沈德符即主此說。但其中以王驥德說得較為中肯：「大抵純用本色，易覺寂寥，純用文調，復傷琱鏤。拜月質之尤者，琵琶兼而用之，如小曲語語本色，大曲引子如『翠減祥鸞羅幌』、『夢遶春闈』，過曲如『新篁池閣』、『長空萬里』等調，未嘗不綺繡滿眼，故是正體」(曲律卷二)。王氏又以為「西廂、琵琶用事甚富，然無不恰好，所以動人」(曲律卷三)。其長處就因為不堆砌，不蹈襲。這確是能夠點明琵琶記之特色的。最後，從南戲的發展上來說，琵琶記也是值得重視的。由宋、元的民間南戲，發展到琵琶記，各方面都大大的提高了，在明代的戲劇史上，起了很大的推進作用和影響。

荊釵記　明呂天成曲品、清黃文暘曲海總目、焦循劇說，都題荊釵記的作者是柯丹邱。王國維則在曲錄中說：「蓋舊本當題丹邱先生，鬱藍生(按指呂天成)不知丹邱先生為寧獻王道號，故遂以為柯敬仲耳。」因此遂定為寧獻王作。寧獻王即明太祖子朱權。但王氏實未見過所謂「丹邱先生」的舊本，所以他也只是一種臆斷。經近人考證，此劇實為元人柯丹邱作。再據清初張大復寒山堂曲譜引王十朋荆釵記，注作「雍熙樂府（按：非郭勳所輯的那一部）六種之第二種，吳門學究敬仙書會柯丹邱著」，卽爲有力之一證。柯丹邱的生平不詳，但從題款中，可知他當是蘇州人，曾參加當時民間的敬先書會，而與元代書畫家柯敬仲（名九思）別是一人，王氏却將二柯合而爲一了。至於朱權雖寫過雜劇，但戲曲資料中未曾記載他作過傳奇。因此，荆釵記的作者應屬於柯丹邱，已爲近代戲曲研究者所承認。不過荆釵記確有過古本，徐渭南詞敍錄「宋元舊篇」下列有王十朋荆釵記，「本朝」下又列有另一本，下注李景雲編。何焯批云：「今人不知荆釵亦兩本。」我們再從九宮正始所收的荆釵曲文、古本戲曲叢刊中題作「溫泉子編集，夢僊子校正」的抄本原本王狀元荆釵記，以及題作李卓吾先生批評古本荆釵記後面所附的補刻舟中相會舊本荆釵記八齣看來，古本和今流行本在曲文、關目和情節上確有許多異同。總之，從明代以來，荆釵記就有古本和改本之分，改本在文字、聲律上，在南戲的表現形式上，較之古本，都顯得雅正與完整，然而在明代的舞台演出時，古本則仍佔相當大的地位。

荆釵記的全文共四十八齣，寫王十朋、孫汝權和錢玉蓮的戀愛糾紛。因孫汝權的陷害，逼得錢玉蓮投江自殺，幸遇路人救起，後來經過種種波折，王、錢夫婦得以團圓。劇中雖存在着封建道德的渲染，但也表現出錢玉蓮、王十朋忠於愛情、反抗勢利的積極精神。就描寫和結構來說，都不很精彩。當日能流行一時，主要由於歌場傳播之力。我們只看納書楹曲譜、綴白裘及近代之集成曲譜，入選的齣數都達十餘齣、二十餘齣之多，可見它很受當日戲劇觀眾之歡迎；而觀眾所以歡迎，又由於情節的悲歡離合，錯綜曲折，富有高潮。明徐復祚曲論云：「琵琶、拜月而下，荊釵以情節關目勝，然純是倭巷俚語，粗鄙之極，而用韻却嚴，本色當行，時離時合。」這正說明了荊釵記所以能取得觀眾的一個主要條件。再則王十朋也實有其人，爲宋代名儒，因此其故事也必爲後人所注意。今錄晤婿爲例。

小蓬萊　（外上）策馬登程去也，西風裏舉落艱辛。淡煙荒草，夕陽古渡，流水孤村。（淨上）滿目堪圖堪畫，那野景蕭蕭，冷浸黃昏。（末上）樵歌牧唱，牛眠草徑，犬吠柴門。

八聲甘州　（外）春深離故家，歎衰年倦體，奔走天涯。一鞭行色，遙指賸水殘霞。牆頭嫩柳籬畔花，見古樹枯藤棲暮鴉，遍長途觸目桑麻。

解三酲　（末）步徐徐水邊林下，路迢迢野田禾稼，景蕭蕭疎林暮靄斜陽掛。聞鼓吹，鬧鳴蛙，一徑古道西風鞭瘦馬。謾回首，盼想家山淚似麻。（合前）

這幾支曲，形象生動，真實感人。於景物蕭瑟的描寫中，寄以哀感與悲情，加以文字清新，音調響亮，使功力能深入於曲境。可惜全劇中類此者不多，不能適應戲曲整體的完美性，在傳奇的地位中，它是遠遜於琵琶記了。

元、明之際的傳奇，存於世者，以上述五種爲最著名。明初人所作，尙有蘇復之的金印記，及沈受先的三元記。金印敘述蘇秦十上不遇至拜相榮歸的故事。作者描寫那種趨炎附勢、愛富嫌貧的社會心理，頗爲成功。戲情的組織，也很完整。呂天成曲品評爲：「寫世態炎涼曲盡，真足令人感喟發憤。近俚處，具見古態。」沈受先字壽卿。呂天成曲品稱其「蔚以名流，雄乎老學」，但其生平及籍貫已不詳。曾作銀瓶、龍泉、嬌紅、三元四記。前三本已佚，惟三元獨存。南詞敍錄載馮京三元記，爲明初人作，想指此戲而言，或爲此戲的前身。惟古本戲曲叢刊影印本馮京三元記，則未題作者姓名。戲中敘商人娶妾行善，得子陞官的故事，極力鋪寫善惡報應的腐舊觀念。結構冗漫，後半尤弱。此外還有無名氏的趙氏孤兒記、牧羊記、黃孝子尋親記等。趙氏孤兒記與紀君祥趙氏孤兒雜劇的題材相同。牧羊記寫蘇武牧羊的故事。尋親記寫元兵南下，孤兒黃覺經周遊尋母，最後一家完聚的故事。但趙氏孤兒記和牧羊記，文字和結構都很粗糙鬆散，而以尋親記較有文學色彩，尚能顯示其剪裁的手段。大抵此類劇本，還是宜於舞台的演唱，而不宜於案頭的欣賞，所以祁彪佳遠山堂曲品說牧羊記「此等詞，所謂讀之不成句，歌之則叶律者。故南曲全譜收其數調作式。」

這些戲文，其中的刻本和抄本，過去本來很難見到，解放後，由於古本戲曲叢刊的印行，我們就容易看到了。

三　傳奇的典麗化

琵琶、荊釵以後，傳奇之作，一時漸趨消沉。因皇室北遷，雜劇承其餘力，盛行於宮廷藩邸。周憲王朱有燉以貴族地位，領導劇壇，作雜劇多至三十餘種。一時幕客文人，投其所好，執筆所作，多就北而棄南。但當時雜劇的成就，都不很高，沒有產生優秀作品。由於傳奇體製新起，其前途正無限量，並因南音悅耳，情節複雜，觀眾喜其繁複曲折的內容，文人可由此展耀辭藻，因此後來傳奇大盛，雜劇因而衰頹。自嘉、隆至於明末，當代劇壇，幾爲傳奇所獨佔。但作者輩出，作品繁多，一一論列，勢所不許。茲擇其要者述之，以明明代戲曲發展的大勢；至於細論詳言，只好待於戲曲的專史了。

邱濬　元末明初以後，數十年間，傳奇中衰，首先打破這消沉空氣的，是成化、弘治年間的邱濬。邱濬（一四二〇——一四九五），字仲深，瓊山（今屬廣東）人，景泰間進士，官至太子太保兼文淵閣大學士。以議論好矯激著稱。讀書甚勤，尤精於朱熹學說，著有朱子學的等。他曾作傳奇四種，投筆記、舉鼎記、羅囊記和五倫全備忠孝記，四書除羅囊記外均傳於世。因爲他是當代一位著名道學先生，有大儒之稱，他自然要在文學作品裏宣傳他的封建聖道。五倫全備忠孝記他以五倫全、五倫備兄弟的孝義友悌的故事，組成一部倫常大道的聖經。文字的迂腐，道學氣的濃厚，文學價值的低下，是不待言的。呂天成曲品評道：「大老鉅筆，稍近腐。」王世貞也說：「五倫全備是文莊元老大儒之作，不免腐爛。」（曲藻）這些批評都很正確。不過在當代儒家獨尊的社會裏，一個做過文淵閣大學士的大儒，一個談性理的道學先生，不以戲曲爲小道，竟然從事製作，有人責備他理學大儒，不宜留心此道；他聽了，大不高興，視爲仇人，這一點還是可取的。

邵璨　承繼着邱濬以劇載道的思想而出現的，是邵璨的香囊記。他在家門中說：「今卽古，假爲真，從教感起座間人。傳奇莫作尋常看，識義由來可立身。」又說：「那勢利謀謨，屠沽事業，薄俗偷風更可傷。……因續取五倫新傳，標記紫香囊。」在這一段話裏，他明明指示觀眾，他的傳奇，不可作娛樂品看，它是教化人的，是要宣傳封建道德的。香囊之作，是五倫全備的續篇，他和邱濬，都是儒生，所以思想基礎相同。不過香囊記的故事比較複雜而已。

邵璨字文明，號宏治，宜興（今屬江蘇）人。約生於正統、景泰間。徐渭說他是老生員，呂天成說他做過給諫，不知誰是。香囊敘宋時張九成、九思兄弟事。梗概可於家門風流子中見之。「蘭陵張氏，甫兄和弟，夙學自天成。方盡子情，強承親命，禮闈一舉，同占魁名。爲忠諫忤違當道意，邊塞獨監兵。宋室南遷，故園烽火，令妻慈母，兩處飄零。九成遭遠謫，持臣節十年身陷胡庭。一任契丹威制，不就姻盟。幸遇侍御，捨生代友，得離虎窟，晝錦歸榮。孝友忠貞節義，聲動朝廷。」戲中的組織，有些是模擬拜月、琵琶的，其中又插入宋江、呂洞賓故事，頗覺蕪雜。他作戲避免俚俗，力求雅正。呂天成說他：「調防近俚，局忌入酸。選聲儘工，宜騷人之傾耳；採事尤正，亦嘉客所賞心。」（曲品卷上）王世貞也說：「香囊雅而不動人。」（曲藻）他不僅在曲辭上用盡雕琢對偶的工夫，還喜用典故，同時在說白中，大做駢文，大講經義，真有點酸腐。說到張九成這個名字，他要說：「書曰，簫韶九成，鳳凰來儀。」說到高八座那個名字，他要說：「史記云，尙書六曹幷令僕二人爲八座。」再如周易之斷吉凶，春秋之重褒貶，毛詩之道性情，戴禮之正名分，長篇大論，全搬在說白裏，上自伏羲，下至邵雍，一齊用到。這種戲劇，自非一般民衆所能瞭解了。徐渭說：「以時文爲南曲，元末、國初未有也。其弊起於香囊記。香囊乃宜興老生員邵文明作，習詩經，專學杜詩，遂以二書語句，勻入曲中，賓白亦是文語，又好用故事，作對子，最爲害事。夫曲本取於感發人心，歌之使奴童婦女皆喻，乃爲得體。經子之談，以之爲詩且不可，況此等耶？直以才情欠少，未免輳補成篇。吾意與其文而晦，曷若俗而鄙之易曉也。」（南詞敍錄）他在這裏正說中了香囊的病根。但後人卻無徐渭的頭腦，不知駢文、對子、典故爲戲曲之大害，不知戲曲應該是面向民衆的藝術作品，而一味模擬因襲，演成後日戲曲的駢儷化。因此，香囊記給予明代戲曲界的不良影響，至爲巨大。至於梅鼎祚的玉合記和屠隆的彩毫記、曇花記出現，可算是達到駢儷的高峯，戲曲完全變爲辭賦，離開民衆日益遙遠了。在這一期中，可稱代表性的作品的，是李開先的寶劍記和梁辰魚的浣紗記。再如王世貞的鳴鳳記（一說爲其門客作），是一個有時代性的政治劇，也值得我們注意。

李開先的寶劍記　李開先（一五〇二——一五六八），字伯華，號中麓，山東章丘人，嘉靖進士，官至太常寺少卿。幼年曾受父教，致力於經義。任官後，曾先後往上谷、寧夏運送邊餉，得覩山川形勢，並深感邊政之腐敗。後因彈劾夏言內閣的無能，被削職歸田里。他一面仍然關心國事，如倭寇掠江浙時，就寫了許多具有愛國氣概的詩篇；一面得藉此接近民間，目擊當時黑暗的現實。他的生平，見於明史、明史稿等書；他的文學主張，在他的詩文中時有顯示。解放後，曾將他的詩文加以輯印，題名李開先集。

李開先自四十歲歸里，至其逝世時止，二十餘年中與友人合組一個詞社，從事於戲曲的創作與研究，先後寫了許多傳奇、院本和小令。錢謙益在列朝詩集中說：「改定元人傳奇樂府數百卷，蒐輯市井豔詞、詩禪、對類之屬，多流俗瑣碎，士大夫所不道者。嘗謂古來才士，不得乘時柄用，非以樂事繫其心，往往發狂病死，今借此以坐消歲月，暗老豪傑耳。」（按：「古來才士」一段亦見於寶劍記後序。）他這種對待戲曲的態度，在今天看來，雖然不是很正確的，但也反映了開先晚年苦悶鬱結的心境，同時說明他對戲曲以至民間文藝，畢竟還是有興趣有熱情的。明朝文人對戲曲、小說、抒情歌曲等所以特別愛好，並且自己動手寫作，正說明那些一味摹古的詩文作品，在諷喻寄託上，在發抒個人的真情實感上，已經不能起銳利有力的作用了。在題作雪簑漁者寫的寶劍記序中，就有這樣的話：「是以古之豪賢俊偉之士，往往有所託焉，以發其悲涕慷慨抑鬱不平之衷。」因而覺得「人不知之味更長也」。我們從李開先的寶劍記裏，就可以體會到這種精神。

李開先的戲曲有傳奇寶劍記和院本園林午夢等，而以寶劍記爲代表作品。故事內容寫林冲逼上梁山，基本上與水滸傳相同。作者爲適合戲劇形式，在情節上作了一些改變，把林冲寫成一個愛國憂民的義士，展開同奸臣童貫、高俅的激烈鬭爭，反映出在封建統治的腐朽昏暗和殘酷迫害的現實中，官逼民反的歷史道路。但劇中過於強調林冲的忠君思想，在一定程度上削弱了戲劇的積極精神。

曲海總目提要說開先之作此劇，「特借以詆嚴嵩父子耳」；焦循劇說亦說「李仲麓之寶劍記則指分宜父子」，這話當然並非出於臆測。但我們不要把李開先所揭露的所鞭撻的，以及作品中所反映出來的社會意義，縮小在這一點上；而應該認識到，作者所抨擊的正是整個封建官僚階級具有代表性的罪惡。林冲對他妻子說的「劍有用處，但不遇時」，以及夜奔時「丈夫有淚不輕彈，只因未到傷心處」的說白，都表示他在家破人亡、大恨未平之下而又必欲復仇的決心；正由於封建統治者迫使他忍無可忍，這才反戈一擊，下此決心的。

水仙子　一朝諫諍觸權豪，百戰勛名做草茅，半生勤勞無功效。名不將青史標，為國家總是徒勞。再不得倒金樽杯盤歡笑，再不得歌金縷箏琶絡索，再不得謁金門環佩逍遙。

沽美酒　懷揣着雪刃刀，行一步哭號咷。拽長裾急急驀羊腸路遶，且喜這燦燦明星下照。忽然間昏慘慘雲迷霧罩，疎喇喇風吹葉落，振山林聲聲虎嘯，遶溪澗哀哀猿叫。嚇的我魂飄膽消，百忙裏走不出山前古廟。

收江南　（呀）又只見烏鴉陣陣起松梢，數聲殘角斷漁樵，忙投村店伴寂寥。想親幃夢杳，空隨風雨度良宵。（夜奔）

寶劍記的語言，雖偏於文雅工麗，尚無雕鏤的習氣，表現出元曲語言風格的本色和北方特有的那種爽朗高昂的特徵。序中評爲「蒼老渾成，流麗款曲。人之異態隱情，描寫殆盡。音韻諧和，言辭俊美。」章丘鄉土志李開先小傳中也說「不爲巉巖刻深語，而有天然自在之趣」。這都很能說明他作品的特色。同時，他爲了更完整地刻劃人物複雜變化的心理狀態，在格律和腔調上也作了一些創造。祁彪佳遠山堂曲品說：「中有自撰曲名。曾見一曲採入於譜，但於按古處反多訛錯。」這雖然含有貶意，但足見他能突破前人的陳規。呂天成曲品中說：「寶劍傳林冲事，亦有佳處，自撰曲品名亦奇。」可見對他這種藝術上的苦心經營，還是肯定的。傳他還作有斷髮記。

崑腔的興起與梁辰魚的浣紗記　南戲先盛行於江南各省，因地域不同，各處的歌唱腔調，也因之而異。南詞敍錄說：「今唱家稱弋陽腔，則出於江西，兩京、湖南、閩、廣用之；稱餘姚腔者，出於會稽，常、潤、池、太、揚、徐用之；稱海鹽腔者，嘉、湖、溫、台用之。惟崑山腔止行於吳中。」由此可知南戲的腔調，極不統一，不僅歌律不同，連樂器也是各異。弋陽腔流行地域最廣，在明初卽已遠及雲、貴。海鹽腔流行江、浙二省，餘姚腔則在江、浙二省外，又流入安徽。後來的青陽腔（卽「徽池雅調」）就是從餘姚腔發展而成的。就它們的時代說，海鹽腔最早，南宋末卽已傳入蘇州，弋陽、餘姚二腔則形成於元代。惟崑腔範圍最小，止行吳中一處。但我們知道，江南的聲調，以吳音爲最柔美，字音亦最爲正確。故徐渭說：「流麗悠遠，出乎三腔之上，聽之最足蕩人。」（南詞敍錄）它當日不能與弋陽、海鹽諸腔對抗，是因爲沒有人改良提倡的原故。到了嘉靖年間，得了名音樂家魏良輔的改進與鼓吹，他一面改正崑腔的音聲，翻爲新調，一面研究南北戲曲所用的樂器，造成高低抑揚的曲調。因此從前盛行各地的弋陽諸腔，漸爲崑腔所壓倒，嘉靖以後，流佈愈廣，於是在南戲的演唱方面，崑腔形成統一的局面了。

崑腔形成的時代，根據現在所看到的資料，已經可以確定，遠在元代就已經很流行了。魏良輔自己寫的南詞引正（卽曲律）裏，就有一段很重要的資料。這篇南詞引正，爲明代文徵明寫本，收在明玉峯張廣德編的真跡日錄貳集中（見一九六一年戲劇報七、八期）。文中對崑曲的練唱技術，頗多闡發，也是他一生從事戲曲活動的經驗之談。其中說：「腔有數樣，紛紜不類。各方風氣所限，有崑山、海鹽、餘姚、杭州、弋陽。惟崑山爲正聲，乃唐玄宗時黃旛綽所傳（按：此說不可信）。元朝有顧堅者，雖離崑山三十里，居千墩，精於南詞，善作古賦。擴廓帖木兒聞其善歌，屢招不屈。……善發南詞之奧，故國初有崑山腔之稱。」這樣看來，崑腔在元代卽已流行，而顧堅對崑腔的革新提倡，則早於魏良輔遠甚。又據明周玄暐涇林續記所記，明太祖問崑山一老翁周壽誼說：「聞崑山腔甚嘉，爾亦能謳否？」也可證明崑腔之起於元代。我們一方面要指出崑腔並非魏良輔所首創，一方面也要重視他在崑腔方面推陳出新和改良整理的勞績。

魏良輔　魏良輔，字尙泉，豫章（今江西南昌）人，寄居太倉。正德、嘉靖間人。關於他改良崑腔的情形，余懷的寄暢園聞歌記說得最清楚。「良輔初習北音，絀於北人王友山，退而縷心南曲，足跡不下樓十年。當是時，南曲率平直無意致。良輔轉喉押調，度爲新聲，疾徐高下清濁之數，一依本宮。取字齒唇間，跌換巧掇，恆以深邈助其悽淚。吳中老曲師如袁髯、尤駝者，皆瞠乎自以爲不及也。……而同時婁東人張小泉、海虞人周夢山競相附和。……合曲必用簫管，而吳人則有張梅谷，善吹洞簫，以簫從曲。毗陵人則有謝林泉，工擫管，以管從曲，皆與良輔遊。」（虞初新志）這樣看來，魏良輔爲改造崑腔，不下樓者十年，可見其用功之勤苦。但如沒有老曲師袁髯、尤駝、張小泉、周夢山和樂工張梅谷、謝林泉諸人的合作，他未必能得到那樣的成就。又據明沈寵綏度曲須知上卷說：「我吳自魏良輔爲崑腔之祖，而南詞之布調收音，既經創闢，所謂水磨腔、冷板曲，數十年來，遐邇遜爲獨步。」沈氏說良輔爲崑腔之祖這一點雖與事實不合，但良輔對崑腔改造之功，確應居於首要地位；同時，對那些合作者的功績，我們也是不能忽視的。崑腔的興起與盛行，一面助長南戲的發展，同時打消各地的雜腔，而直接予北曲以嚴重的壓力。沈德符云：「自吳人重南曲，皆祖崑山魏良輔，而北詞幾廢。」（顧曲雜言）沈德符的時代，離良輔的改造崑腔，不過數十年，而崑腔的勢力，已如此之盛大。崑腔本身，自然有其傳佈流行的優點，但梁辰魚的作品，在這方面卻有很大的幫助。

梁辰魚　梁辰魚（約一五二一——約一五九四），字伯龍，號少白、仇池外史，崑山人。身長七八尺，多鬚，是一位多才多藝、任俠好遊的文人。他曾作紅線女等雜劇，但以浣紗記傳奇爲最有名。此外還寫過遠遊稿、江東白苧等。他在浣紗記家門中自詠云：「何暇談名說利，漫自倚翠偎紅。請看換羽移宮，興廢酒杯中。驥足悲伏櫪，鴻翼困樊籠。試尋往古，傷心全寄詞鋒。問何人作此，平生慷慨，負薪吳市梁伯龍。」可知他懷才不遇，失意功名，於是過着「倚翠偎紅」的放浪生活，而寄情於聲樂。芳畬詩話說他以例貢爲太學生，想是可靠的了。

魏良輔別號尚泉，居太倉之南關，能諧聲律，轉音若絲。……梁伯龍聞起而效之，考訂元劇，自翻新調，作江東白苧、浣紗諸曲，……金石鏗然。譜傳藩邸戚畹金紫熠爚之家，而取聲必宗伯龍氏，謂之崑腔。（張大復梅花草堂筆談）

邑人魏良輔……為崑腔，伯龍塡浣紗記付之。王元美詩所云：「吳閶白面冶遊兒，爭唱梁郎雪豔詞」是已。同時又有陸九疇、鄭思笠、包郎郎、戴梅川輩，更唱迭和，清詞豔曲，流播人間，今已百年。傳奇家別本，弋陽子弟可以改調歌之，惟浣紗不能，固是詞家老手。（朱彝尊靜志居詩話）

由此觀之，梁辰魚是利用崑腔來寫作戲曲的創始者和權威，因其作品的膾炙人口，無形中給與崑腔傳佈的很大助力。從元末至魏良輔時期，崑腔還只停留在清唱階段，到了梁辰魚，才予崑腔以舞台的生命，這是梁氏在中國戲劇史上的重大貢獻。又因其作品的辭藻精麗，膾炙人口，因此，「歌兒舞女，不見伯龍，自以爲不祥也」（徐又陵蝸亭雜訂）。並往往將魏曲梁詞，相提並論，如詩人吳梅村卽有「里人度曲魏良輔，高士塡詞梁伯龍」之句。更由於傳奇別本，可用弋陽腔調表演，惟浣紗不能，可知浣紗一劇，在音調上，是崑曲中的典範，而成爲崑腔興起以後作劇者的楷模了。

浣紗記的語言，在那個戲曲駢儷化辭賦化的潮流裏，自然也免不了這種影響。凌濛初說：「自梁伯龍出，而始爲工麗之濫觴，一時詞名赫然。蓋其生嘉、隆間，正七子雄長之會，崇尙華靡，弇州公以維桑之誼，盛爲吹噓，且其實於此道不深，以爲詞如是觀止矣，而不知其非當行也。以故吳音一派，競爲勦襲，靡詞如繡閣羅幃、銅壺銀箭、黃鶯紫燕、浪蝶狂蜂之類，啓口卽是，千篇一律。甚至使僻事，繪隱語，詞須累詮，意如商謎，不惟曲中一種本色語，抹盡無餘，卽人間一種眞情話，埋沒不露已。」（譚曲雜劄）這批評是不錯的。但梁辰魚的才情較高，而又沒有儒家那種迂腐的氣質，曲白雖寫得研鍊工麗，但尙無堆砌餖飣的惡習。到了後來學他的，只有其缺點，專使僻事，用隱語，競爲模擬勦襲，千篇一律，完全走上形式主義的道路了。

浣紗記的情節，是敍述西施亡吳的故事，是一個很好的戲劇題材。作者在劇中，一面着力於國家大事的描寫，同時又強調范蠡、西施的愛情，可以體會出愛國思想與愛情生活的緊密結合，同時又批判了驕奢荒淫以致亡國的歷史悲劇。最後泛湖一幕，否定舊社會的富貴功名，強調愛情的勝利。表面雖是團圓，但比起那些衣錦還鄉的結構來，還是可以看到作者的意匠經營的。「人生聚散皆如此，莫論興和廢。富貴似浮雲，世事如兒戲。惟願普天下做夫妻，都是咱共你。」（北清江引）最後范蠡伴着美麗的西施，坐在小小的船上，唱着上面這隻歌，神仙似的從海上飄然而去了。這樣的處理，在詩情畫意中使人感到餘味不盡。

浣紗記的曲辭，如遊春的華豔，別施的哀傷，採蓮的淸麗，思憶的苦楚，泛湖的瀟灑，都各有特色。今舉思憶爲例。

喜遷鶯　（旦手持溪紗上）年年重九，尙打散鴛鴦，拆開奇耦。千里家山，萬般心事，不堪盡日回首。且挨歲更時換，定有天長地久。南望也，繞若耶煙水，何處溪頭？

二犯漁家傲　堪羞，歲月遲留。竟病心淒楚，整日見添憔瘦。停花滯柳，怎知道日漸成拖逗。問君早鄰國被幽，問臣早他邦被囚，問城池早半荒丘。多掣肘，孤身遂爾漂流，姻親誰知掛兩頭？那壁廂認咱是個路途間霎時的閒相識，這壁廂認咱是個繡帳內百年的鸞鳳儔。

二犯漁家燈　今投，異國仇讎。明知勉強也要親承受。乍掩鴛幃，疑臥虎帳，但帶鸞冠，如罩兜鍪。溪紗在手，那人何處？空鎖翠眉依舊。只為那三年故主親出醜，落得兩點春山不斷愁。

喜漁燈　幾回暗裏做成機彀，一心要迎新送舊，專待等時候，又還愁。夜寒無魚，滿船月明空下鈎。贏得雲山萬疊家何在？況滿目敗荷衰柳，教我怎上危樓？他這裏窮兵北渡中原馬，何日得報怨南飛湖上舟。

錦纏道　謾回首，這場功終須要收，但促急未能酬。笑遷延羞覲織女牽牛，斷魂尋行春四儔，飛夢繞浣紗溪口。俺這裏自追求，正是歸心一似錢塘水，終到西陵古渡頭。

在這些曲辭裏，把西施的情緒，國難和愛情的矛盾衝突的情緒，和盤托出，描繪得相當的真實。浣紗記能在當日風行一時，並不完全由於音律嚴整，文辭華麗，確實有較好的思想內容，比起那些宣傳三綱五常的倫理劇和一班的佳人才子劇來，自然是要一新耳目的。

鳴鳳記　其次，在這一個時代的戲劇值得我們注意的，還有傳爲王世貞作的鳴鳳記。前人有疑此戲爲王之門生所爲，如焦循劇說云：「弇州史料中楊忠愍公傳略與傳奇不合。相傳鳴鳳傳奇，弇州門人作，惟法場一折是弇州自填。」呂天成的曲品把它列爲無名氏的作品。鳴鳳記的特色，是一掃當代作家專寫戀愛故事的習氣，而以重大的政治事件爲題材，暴露權奸大惡及其爪牙的罪惡，表揚直臣志士的義烈行爲，寫成一本具有時代性的戲劇。作者以嚴嵩父子的專權禍國爲主幹，再揭露嚴嵩手下的那些狐羣狗黨的專橫與殘暴，更以楊繼盛的壯烈死節，及許多正直書生的事體結合起來，成爲一本四十一齣的長劇。劇中情節，可於家門中見之。

元宰夏言，督臣曾銑，遭讒竟至典刑。嚴嵩專政，誤國更欺君。父子盜權濟惡，招朋黨濁亂朝廷。楊繼盛剖心諫諍，夫婦喪幽冥。忠良多貶斥，其間節義，並著芳名。鄒應龍抗疏，感悟君心。林潤復巡江右，同戮力激濁揚清。誅元惡芟夷黨羽，四海賀昇平。（滿庭芳）

這一戲劇，具有強烈的政治傾向。嚴嵩父子的剝削人民、陷害好人的種種罪行，讀過明代歷史的人，是大家都知道的。鳴鳳記對這個權奸，投以正面的攻擊，從各方面反映出當代政治的黑暗面貌，使這戲劇，富於歷史的現實意義。此記曲白雖多駢儷，還流暢可讀。因事件過繁，故結構頗爲鬆懈，主題不很集中，這缺點是很顯明的。但如嚴嵩慶壽一齣中的長篇對白，把嚴嵩的淫威與走狗們的醜態，寫得相當生動。燈前修本，將楊繼盛的剛烈情緒，爲國除奸的犧牲精神，表現得熱烈動人。最令人傷感的是夫婦死節的一幕。

耍孩兒　（旦）看愁雲怨滿天，痛生離死別間，須臾七魄無從見。牽襟結髮今朝斷，牽襟結髮今朝斷。腸裂空山哀月猿，剜不出傷心劍。我那相公本是個飛黃千里，今做了帶血啼鵑。

江兒水　天那我魂離體，魄喪泉，痛思鴛侶遭飛箭。我那相公你一點丹心明素願，翻成白刃流紅茜。禍比史、蘇尤慘，仇海冤天，對着誰人悲怨？

前腔　再啓吞聲慼，重開血染箋。（懷中出本介）粉身猶要將尸諫。我兩兩哀鳴如鳥怨，人之將死其言善。我苦只苦萬里君門難見。我同到烏江，免使亡夫心眷。（自刎介）

楊繼盛在燈前修本、以筆鋤奸時，他夫人還以「君子見幾，達人知命」的話來勸繼盛不要和嚴門作對。但當繼盛成仁後，她憤於「仇海冤天」，又不願苟且偷生，便自刎而死，表現了「雙忠九烈誰能先，光岳千年鍾氣鮮」的品質。她出場雖然不多，但却是一個有志氣的賢婦人形象，與楊繼盛的剛烈性格正相輝映。同時，她的「我苦只苦萬里君門難見」一語，把君權政治的黑暗，進行了批判。在當日專寫才子佳人的戀愛戲劇的潮流中，作者別具慧心，以政治事件爲題材，既有揭露，又有歌頌，體現了時代精神，這是鳴鳳記值得我們重視的地方，但在作品中也表現了封建道德觀念。

其次如繡襦記（明周暉金陵瑣事題徐霖作，清朱彝尊靜志居詩話則作薛近兗作），演鄭元和、李亞仙的故事。取材於唐白行簡的李娃傳，元代高文秀、石君寶，明代朱有燉都曾以這一故事寫過雜劇。作者可能受過他們的影響，但仍有其自己的特色。全劇結構尙佳，描寫眞實，歌頌了李亞仙的品質，對鄭父的封建思想也有所批判，可稱這一時期中的佳作。鄭若庸的玉玦記，敘王商與其妻秦慶娘離合的故事，而以戰亂爲背景，情節安排鬆散，用事較多，曲辭工麗，但過於藻飾。陸采的明珠記，取材於唐薛調的劉無雙傳，佈局時見巧思，抒情頗爲哀怨，徐復祚曲論以爲「其聲價當在玉玦上」。張鳳翼的紅拂，敘李靖、紅拂的故事，曲辭豐美，剪裁縝密。張四維的雙烈記，寫韓世忠、梁紅玉的遇合及抗金報國事，呂天成曲品稱其「英爽生色」。其中酋困、虜遁諸齣，於拙直中見雄渾。至於屠隆的言仙說道，梅鼎祚的駢詞儷句，眞是內容文采，兩無可觀，和屠、梅二人的詩文尤不相稱。其他作品還很多，我想不必多談了。

四　雜劇的衰落與短劇的產生

明代初年，因去古未遠，元雜劇仍能在當時保存很大的影響。太和正音譜列舉元明之際的雜劇作家，有王子一、劉東生、谷子敬、湯舜民、楊景言、賈仲明諸人。在少數留下來的作品中，劉東生的嬌紅記，較爲優秀。涵虛子朱權自己，也曾作雜劇十二種，今存卓文君、冲漠子二種。

沖漠子描寫修道成仙的故事，表現了消極虛無的思想。卓文君以男女愛情為主題，較有意義。

朱有燉　周憲王朱有燉（一三七九——一四三九），號誠齋，明太祖之孫，周定王朱橚長子。李夢陽汴中元宵云：「中山孺子倚新裝，趙女燕姬總擅場。齊唱憲王新樂府，金梁橋外月如霜」，就是詠他的劇作。他是明初一個雜劇的大量製作者。共作雜劇三十一種，總稱誠齋樂府。不過雜劇到了他，正開始發生變化，漸漸有超出元人規矩的地方，如一劇用五折構成，或一折用複唱合唱的方式，這明明是受了南戲的影響。但也只是少數作品，大部分的還是和元曲的規律相合。由於他是一個養尊處優的貴族，創作戲劇，完全成為一種娛樂。因而他的作品，很難有什麼現實的思想內容，或是社會問題表現出來。他一天到晚，除了女色花草的享樂以外，自然就是想長生不老，升天作神仙。他的戲劇，恰好是這種貴族意識的表現，主要是粉飾太平和宣揚封建道德。如寫長壽或神仙思想的，有瑤池會八仙慶壽、惠禪師三度小桃紅等九種；寫牡丹花的，有洛陽風月牡丹仙等三種，這類作品，極無價值。他的豹子和尚自還俗、黑旋風仗義疏財二劇，是寫水滸故事的，結構尚稱謹嚴，語言也還俊爽，但對梁山好漢李逵和魯智深，作了歪曲的描寫，表現了作者的階級立場。他另有義勇辭金一劇，描寫關羽剛烈忠義的性格，較為真實，在語言上也表現了雄渾爽朗的風格。

王九思與康海　朱有燉雖是明代雜劇的大量作家，然其作品價值不高。從他以後，因南戲的發展與繁盛，雜劇一時消沉。在弘治及嘉靖年間，只有王九思、康海二人的作品，值得我們注意。在雜劇的發展史上，雖說已到了衰落時期，但王九思的沽酒遊春，康海的中山狼，確在這時期放出一點光輝。此後如梁辰魚的紅線女，梅鼎祚的崑崙奴，葉憲祖的團花鳳，都只略具形體，沒有什麼光彩。至如後起的那些短劇，已非元雜劇的規模，而是明代的新產物。

王九思（一四六八——一五五一）字敬夫，號渼陂，陝西鄠縣人，弘治丙辰進士，授翰林院檢討。康海（一四七五——一五四〇），字德涵，號對山、沜東漁父，武功（今陝西興平）人，弘治年間狀元，授翰林院修撰。他倆文名都很高，屬於前七子。但他們的成就，在曲而不在詩文。王有詩文集渼陂集、散曲集碧山樂府；康有詩文集對山集、散曲集沜東樂府。明代的戲劇家，絕大部分是江南人，他們卽是偶作雜劇，在語言及精神上，總少表達出北曲的色彩與情調。王、康同爲北籍，故無論曲調與曲辭，都有北方的本色與古樸，絕非那些摹擬北方的語言與性質者可比。王九思的沽酒遊春，是寫杜甫感傷時事，因恨權奸誤國，隱身避世的故事。戲中借着李林甫的專權無道，對於奸臣惡吏，痛加貶責。如「三三兩兩廝搬弄，管什麼皂白青紅。把一個商伯夷，生扭做虞四凶。兀的不笑殺了懵懂，怒殺了天公。……自古道聰明的卻貧窮，昏子謎做三公。」這種憤慨激昂的話，表面是罵古人，其實就是指責當時的黑暗朝政，這是非常顯明的。他自己也因爲劉瑾政派的嫌疑，在政治上受到了迫害，在政治生活的實踐中，更認識了現實政治的黑幕，借杜甫的題材，來表現自己的不滿思想。據說戲劇中李林甫就是指當時的宰輔李東陽。錢謙益列朝詩集丙集，記九思「盛年屏棄，無所發怒，作爲歌謠及杜甫遊春雜劇，力詆西涯，流傳騰涌，關隴之士，雜然和之。」沈德符的顧曲雜言也有此說。這可能是有根據的。

康海的中山狼（按王九思亦曾著中山狼，稱爲院本），寫得更有意義。中山狼的故事，取材於小說中山狼傳，是大家都知道的。作者在這一個寓言的戲劇裏，對東郭先生的溫情主義作了辛辣的諷刺。全劇的主題在於揭露狼子野心的陰毒，而要求除惡務盡，斬草除根，萬不可講一點妥協與敷衍。若因一時的溫情，留下半點餘毒，便成爲後來失敗的禍根，便成爲中山狼吞噬的對象。以惡報德恩將仇報的負心事件，在舊社會裏實在是太多了。戲劇的最後說：

末　丈人，只都是俺的晦氣，那中山狼且放他去罷。

老　（拍掌笑科）這般負恩的禽獸，還不忍殺害他。雖然是你一念的仁心，卻不做了個愚人麼？

末　丈人，那世上負恩的儘多，何止這一個中山狼麼？

老　先生說的是，那世上負恩的好不多也！那負君的，受了朝廷大俸大祿，不幹得一些兒事；使着他的奸邪貪佞，誤國殃民，把鐵桶般的江山，敗壞不可收拾。那負親的，受了爹娘撫養，不能報答，只道爹娘沒些掙挫，便待拆骨還父，割肉還母，纔得亨通。又道爹娘虧他擡舉，卻不思身從何來。那負師的，大模大樣，把師傅做陌路人相看。不思做蒙童時節，教你讀書識字，那師傅費他多少心來。那負朋友的，受他的周濟，虧他的遊揚，眞是如膠似漆，刎頸之交。稍覺冷落，卻便別處去趨炎趕熱，把那窮交故友，撇在腦後。那負親戚的，傍他吃，靠他穿，貧窮與你資助，患難與你扶持，纔豎得起脊梁，便顚番面皮，轉眼無情。卻又自怕窮，憂人富，剗地的妒忌，暗裏所算他。你看世上那些負恩的，卻不個個是這中山狼麼？

這一段對白，不僅文字好、意思好，教育意義也很大。借着野獸，罵盡世上一切，痛快淋漓，深刻無比。字字真切，句句實在。在舊社會裏，負國家的、負父母的、負師友的中山狼，不是到處都是嗎？這樣看來，中山狼雖是寓言，卻很現實，雖是反面的諷刺，却是正面的教育。這種富於現實意義的作品，比起朱有燉那一些牡丹戲、神仙戲來，價值自然要高得多了。它的曲辭，也寫得爽直古樸，頗有元曲的意境，一掃南戲的詞情與柔媚。如：

油葫蘆　古道垂楊噪晚鴉，看夕陽恰西下。呀呀寒雁的落平沙，黃埃捲地悲風刮，陰雲遍野荒煙抹。只見的連天衰草岸，那裏有林外野人家？秋山一帶堪描畫，揾不住俺清淚洒袍花。（第一折）

越調鬭鵪鶉　亂紛紛葉滿空山，淡氳氳煙迷野渡。渺茫茫白草黃榆，靜蕭蕭枯藤老樹。

昏慘慘遠岫殘霞，踈刺刺寒汀暮雨。騎着這骨稜稜瘦駑駘，走着這遠迢迢屈曲路。冷凄凄隻影孤形，急穰穰千辛萬苦。（第三折）

在明代的雜劇裏，中山狼是值得我們重視的。

短劇的興起 嘉靖以後，雜劇日趨衰頹。因爲崑腔風靡一時，傳奇日盛，於是伶工歌女，專習南曲，以投時好。因而北曲的演唱，幾成絕學，即有雜劇作者，亦完全不遵守元人格律，南北互雜，翻爲新體。雖名爲雜劇，已非舊物。如沈泰所輯之盛明雜劇數十種，大部分爲南北戲曲之混合物。這一些作品，我名之爲短劇。沈德符顧曲雜言說：

嘉、隆間，度曲知音者有松江何元朗，蓄家僮習唱，一時優人俱避舍。以所唱俱北詞，尚得金、元遺風。余幼時猶見老樂工二三人，其歌童也，俱善絃索，今絕響矣。……近日沈吏部所訂南九宮譜盛行，而北九宮譜反無人問，亦無人知矣。

他又說：

今南腔北曲，瓦缶亂鳴，此名「北南」，非北曲也。只如時所爭尚者望蒲東一套，其引子，望字北音作旺，葉字北音作夜，急字北音作紀，疊字北音作爹，今之學者頗能談之。但一啓口，便成南腔。正如鸚鵡效人言，非不近似，而禽吭終不脫盡，奈何強名曰北？

由此可知萬曆年間，北曲的歌唱，已成絕響。南人因語言音調關係，強作北曲也只能形似。

他所說的北曲南腔，正說明當日雜劇在音律上的混亂。就形式言之，亦是如此。在明末沈泰編的盛明雜劇中，有一折的：如徐渭的漁陽弄，汪道昆的高唐夢、五湖遊、遠山戲、洛水悲，陳與郊的昭君出塞、文姬入塞，沈自徵的簪花髻、霸亭秋、鞭歌妓和葉憲祖的北邙說法等作。有二齣的：如徐文長的翠鄉夢、雌木蘭。有四齣的：如孟稱舜的死裏逃生。有五齣的：如徐渭的女狀元，孟稱舜的桃花人面，陳與郊的袁氏義犬。有六齣的：如徐復祚的一文錢。有七折的：如王衡的鬱輪袍。以一折比之元雜劇，形式是短的；以二齣或四五齣比之明傳奇，形式也是短的。所以這些作品，我都名之爲短劇。

其次，這些作品，在創作上也沒有完全遵守雜劇、傳奇的規律。如王驥德的男王后，形式是四折，曲是用北調，而說白是雜用南方語體。他還有離魂、救友、雙鬟、招魂諸作，名爲北劇，而實用南詞。（見曲律）再如葉憲祖的團花鳳，南北合套，任意使用。在歌唱上，完全廢除元劇每折一人獨唱的通例，總是採取複唱合唱的方式。因此這些作品，不能叫雜劇，也不能叫傳奇，這是很顯明的了。王驥德說：「余昔譜男后劇，曲用北調，而白不純用北體，爲南人設也。已爲離魂，並用南調。鬱藍生謂自爾作祖，當一變劇體，旣遂有相繼以南詞作劇者。……知北劇之不復行於今日也。」（曲律卷四）他在這裏，正好說明了這種新體裁的戲劇所產生的環境及原因。

短劇是一種文人卽興之作，不像那些長至四五十齣的傳奇，編排故事，塡製曲文，都需要大量的精力與時間。因爲形式很短，其取材都是摘取故事中悲壯、哀怨或是風雅的一片段，加以表現，故在文字上容易見長。至於它的來歷，較爲古遠。元人王生的圍棋闖局，可視爲短劇之祖。此劇只一折，敍述鶯鶯、紅娘正在下棋，張生踰牆偷看的故事。但在元劇中，此種體裁，卻未再見。到了嘉、隆年間，一面因雜劇的消沉，一面又因傳奇的繁重，於是短劇始有復興之勢。相傳楊愼有泰和記六本，每本四折，每折寫一段故事，實爲二十四個短劇。現泰和記諸作不傳，或謂盛明雜劇中所載的許潮雜劇，爲楊愼所作，不知可信否？

徐渭　徐渭（一五二一——一五九三），字文長，號天池山人、青藤道士，山陰（今浙江紹興）人。性警敏，年少能文。通脫縱誕，鄙棄禮法。生員，屢應鄉試不中。曾入浙閩總督胡宗憲之幕，宗憲獲罪自盡，他因恐累及，懼而發狂，自殺數次，但都未死。後因殺妻，入獄七年。著有詩文集徐文長集、戲曲論著南詞敍錄。他性好遊歷，奔走南北，詩文書畫戲曲，無一不精。自謂「吾書第一，詩二，文三，畫四」（陶望齡徐文長傳），他有自爲墓誌銘，說明他的生活和性格，是一篇很有特色的散文。但雖有才如此，而一生坎軻不遇，晚年尤爲貧困。他與李卓吾同爲晚明思想的啓導者，積極反對文學上的擬古主義，深得袁宏道的贊揚。他對於傳統道德及權貴的醜惡，深惡痛絕。他說：「賤而懶且直，故憚貴交似傲，與衆處不免袒裼似玩，人多病之。……時輒疎縱，不爲儒縛。」（自爲墓誌銘）因此，在他的戲曲裏，都暗寓着這種態度和思想。他作有漁陽弄、翠鄉夢、雌木蘭、女狀元四短劇，題名爲四聲猿。漁陽弄寫禰衡罵曹，翠鄉夢寫柳翠得道，雌木蘭寫木蘭從軍，女狀元寫黃崇嘏及第得婿。這些劇本，結構嚴密，剪裁經濟，詞曲高爽，幻想豐富，都是較好的作品。漁陽弄借禰衡之口，表露自己對於當代權貴的憤慨，激昂熱烈，痛快淋漓。翠鄉夢則以和尙妓女兩種絕不相同的人物，互相對照。他認爲只要是眞性情眞道德的人，不管是妓女和尙，都能升天得道，僞善者才永遠是天國門外之客，並對傳統的宗教思想，表示反抗與否定。雌木蘭與女狀元是兩個尊重女權的劇本，一反重男輕女的傳統思想，歌頌了女性的智慧與品質，塑造了她們的可愛的形象。他覺得女人也有人格，也有才學，也有力量，你把她們拘禁在閨房裏，不許她們去努力創造，不許她們受教育，她們自然永遠不能翻身。譬如木蘭的武藝，可以爲國立功；黃崇嘏的才學，可以爲官理政。她們的能力，都不在男子之下。木蘭最後唱道：「我做女兒則十七歲，做男兒倒十二年。經過了萬千瞧，那一個解雌雄辨？方信道辨雌雄的不靠眼。」這意思說得多麼清楚。只靠眼睛，而定其雌雄，於是分出輕重，形成壓迫與被壓迫的兩種人物，這都是封建主義的毒害。在他的戲曲裏，貫穿着對於封建倫理的強烈憎惡，從而借歷史上的人物，抒發他心頭的悲憤和希望，這一點特別值得我們重視。

四劇的說白，都很流暢，無餖飣駢儷之惡習。曲文亦佳，漁陽弄、雌木蘭中，尤多好語言。

混江龍　軍書十卷，書書卷卷把俺爺來填。他年華已老，衰病多纏。想當初搭箭追鵰穿白羽，今日呵，扶藜看雁數青天。呼雞喂狗，守堡看田；調鷹手軟，打兔腰拳。提攜喒姊妹，梳掠喒丫鬟。見對鏡添粧開口笑，聽提刀廝殺把眉攢。長嗟道，歎兩口兒北邙近也，女孩兒東坦蕭然！

幺　離家來沒一箭遠，聽黃河流水濺。馬頭低遙指落蘆花雁，鐵衣單忽點上霜花片，別情濃就瘦損桃花面。一時價想起密縫衣，兩行兒淚脫眞珠線。（雌木蘭）

點絳唇　俺本是避亂辭家，遨遊許下。登樓罷，回首天涯，不想道屈身軀扒出他們胯。

混江龍　他那裏開筵下榻，教俺操槌按板，把鼓來撾。正好俺借槌來打落，又合着鳴鼓攻他。俺這罵一句句鋒鋩飛劍戟，俺這鼓一聲聲霹靂捲風沙。曹操，這皮是你身兒上軀殼，這槌是你肘兒下肋巴。這釘孔兒是你心窩裏毛竅，這板仗兒是你嘴兒上獠牙。兩頭蒙總打得你潑皮穿，一時間也酹不盡你虧心大。且從頭數起，洗耳聽咱。

天下樂　有一個董貴人，是漢天子第二位美嬌娃，他該甚麼刑罰，你差也不差，他肚子裏又懷着兩三月小哇哇。既殺了他的娘，又連着胞一搭，把娘兒們倆口砍做血蝦蟆。（漁陽弄）

這樣的文字，不是那些雕章琢句的庸人所能寫得出的，也不是那些迂腐的儒生所能寫得出的。木蘭的壯志英懷離情別意，禰衡的一身傲骨滿腔怒火，都寫得非常生動，直逼紙上。俗語俚言，隨意驅使，嘻笑怒罵，都是文章。字字入情，句句圓熟，而又氣勢雄奇，詞鋒辛辣。王驥德說：「至吾師徐天池先生所爲四聲猿，而高華爽俊，穠麗奇偉，無所不有，稱詞人極則，追躅元人。」又說：「木蘭之北，與黃崇嘏之南，尤奇中之奇。」（曲律卷四）在明代短劇中，徐渭確是一位有代表性的作家。

汪道昆　汪道昆（一五二五——一五九三），字伯玉，號太函、南溟，歙縣（今屬安徽）人。官兵部左侍郎等職。曾參加抗倭戰役。文名甚著，與王世貞齊名，世目之爲「後五子」。作劇五種，今存高唐夢、洛水悲、遠山戲、五湖遊短劇四種，俱爲一折。高唐夢寫襄王、神女事，洛水悲寫曹植、洛神事，遠山戲寫張敞畫眉事，五湖遊寫范蠡泛舟事。他所取的題材，都是一些風流韻事，着重在抒情。曲白研鍊雅潔，缺少雄渾之氣。如遠山戲中懶畫眉云：「春風人面畫欄西，紅豔凝香未可持。看他粧成欲罷思依依。憑欄問道人歸未，眇眇愁予淡掃眉。」

陳與郊　陳與郊（一五四六——約一六一二），字廣野，號禺陽，海寧（今屬浙江）人。他本姓高，或署高漫卿。有昭君出塞、文姬入塞短劇二種，俱爲一折。出塞文辭比較平庸，描寫也不深刻。入塞則純用白描，將文姬回國時，同兒女離別的那一幕，寫得真實沉痛。公義私情的衝突，母愛與懷念故國的心理矛盾，在這一短劇裏，完全表現出來，可算是一個較好的獨幕悲劇。

二郎兒慢　（旦）歸朝者歎嬰兒向龍荒割捨，我一霎地衷腸亂似雪。這地北天南，可是等閒離別！渺渺關山千萬疊，便是夢魂兒飛不到也！任胡越，手中十指，長短總疼熱。

鶯集御林春　（小旦）卻纔的說得傷嗟，野鹿心腸斷絕，母子們東西生死別。（旦：你自有你爹爹在哩。小旦）父子每覺嚴慈差迭，娘娘，腹生手養，一步步難離，怎向前程歇。明夜冷蕭蕭，是風耶雨耶，教我娘兒怎寧貼？

前腔　（小旦）我落得哭哭啼啼，你則待閃閃撇撇。……（天，娘娘去後呵），那時節兩兩攢眉空向月，爭得似手持衣拽。娘娘，你此去家山那些，把姓名支派從頭說。待刺血寫書兒，倘上林有雁飛越，與孩兒寄紙問安帖。

尾聲　一聲痛哭咽喉絕，蘸霜毫把中情曲寫。便是那十八拍胡笳，還無一半也。

這種文字，出自真情，一點不加雕飾，由俗言口語組織而成，質樸自然，音調高亢。但出塞寫至昭君到玉門關而止，入塞亦寫至文姬到玉門關而止，或許馬上琵琶，關前胡笳，更爲哀怨悽楚，作者故意設此難盡之餘情吧。

除雜劇外，陳與郊還用「任誕軒」的名字寫過櫻桃夢、鸚鵡洲、靈寶刀、麒麟罽四種傳奇，總名之爲詅癡符。其中靈寶刀寫林冲故事，實係據李開先寶劍記而作，但情節過於分散，影響了主題的集中，而夜奔等曲辭，又多襲寶劍記，故缺少特色。

徐復祚與王衡　徐復祚的一文錢，王衡的鬱輪袍，是兩個諷刺劇。徐復祚字陽初，號三家村老，常熟（今屬江蘇）人，爲萬曆、天啓年間的戲劇作家。工傳奇，戲曲論著有三家村老委談及花當閣叢談。他的雜劇一文錢（盛明雜劇題破慳道人撰），很有意義。戲爲六折，寫一個叫盧至的土財主，愛錢如命，連妻兒臥病了他也不管，自己還到叫化子那裏去討剩飯吃。後來由一個和尙的法術，把他家幾百萬的穀米財帛，都分給貧民了。王應奎柳南隨筆云：「余所居徐市，徐大司空聚族處也。前明之季，其族有二人，並擅高貲，一最豪奢，一最吝嗇者爲諸生啓新，其族人陽初爲作一文錢傳奇以誚之，所謂盧至員外者，指啓新也。」可知作者是取材於現實的社會人事，是有意識的諷世之作。曲文雖不甚佳，但說白卻多妙語。在說白中，把盧至的人格和吝嗇卑鄙的行爲，形容得淋漓盡致，把守財奴的形象，刻劃得入木三分，在剝削社會裏，像盧至這樣的人，是有典型意義的。這一種諷世喜劇，在明人的戲曲中是很少見的。

王衡（一五六一——一六〇九），字辰玉，別署蘅蕪室主人，太倉（今屬江蘇）人。萬曆進士，授翰林院編修，有鬱輪袍、真傀儡等雜劇四種。詩文俱稱名家，尤能注意邊務，但他因考試遇謗，終未獲大用，因此抑鬱不得志，遂以王維故事爲題材，作鬱輪袍以抒之。劇中雖寫古事，但譴責了黑暗的政治，並對於科舉制度的弊端，加以激烈的攻擊。他借着文殊和尙的口說：「如今末劫澆薄，世上人只爲功名一事，顛顛倒倒的。瞎眼人強作離朱，堂下人翻居堂上，不知誤了多少英雄豪傑。……如今世人重的是科目，科目以外，便不似人一般看承。我要二位數百年後再化身，做一個不由科目不立文字，幹出名宰相事業的，與世上有氣的男子立個法門，勢利的小人放條寬路。」（第七折）這便是鬱輪袍的中心思想。做金錢的奴隸，同做功名的奴隸，一樣是愚笨無聊，都不是人生的正道。有了錢，應該賑濟窮人，有了才學，應該爲國家做事。如果遭受壓迫，與其去做權奸的走狗，不如住在農村山舍，研究點學問。這是劇中指示給讀者的途徑，也就是作者想要表現的思想。在舊時代來說，這個作品，是有其諷刺特色與現實意義的。但劇的結尾，由和尙出來點化，表現了消極思想。

孟稱舜　短劇中言情之作，當以孟稱舜的桃花人面爲代表。孟稱舜字子若，山陰人，一說烏程人。崇禎間諸生，曾編選元明雜劇柳枝集、酹江集，又校刻鍾嗣成的錄鬼簿。作劇十餘種。他的桃花人面，共五齣，譜崔護、葉蓁兒的戀愛故事。這故事全是抒情的，加之用桃花來襯寫女人與春光的美麗，文辭極其華豔動人，充滿着濃厚的詩意。戲中曲辭，婉麗明秀，時有佳句。第二齣描寫少女的戀愛心理，較爲出色。

倘秀才　憶來時，陪笑臉，雙生翠渦。寄芳心，獨展秋波。說甚的人到幽期話轉多，相見情難訴，相看恨若何，只落得淚珠偷墮。

普天樂　有意遣愁歸，無計奈愁何。斷腸荒草，處處成窩。思發在花前花落，眉還鎖，乾相思害得無邊闊，影兒般畫裏情哥。待撇下怎生撇下？待重見何時重見？只落得病犯沉痾。

朝天子 思他念他，這淚臉沒處躲。咱將癡心兒自揣摩，未必他心似我。展轉徘徊，低整衣羅，怕人來早瞧破，情多無那，要訴這情兒誰可？

四邊靜 對了些香銷燼火，恨滿愁城，淚點層羅。隻影躊躇，休道慵粧裹。便粧成對鏡誰憐我？且壓着衾兒空臥。

幺 驀相逢，情意好，恨今朝，空寂寞，悔不的手兒相攜，語兒相洽，影兒相和，與他在花前同行共樂。果道是夢兒裏相會呵，如今和夢也不做。

反復地寫，直率地寫，一層進一層的寫，總要把那單戀的少女心情，赤裸裸地表現出來。桃花人面，在抒情的藝術上講，是較有成就的。孟另有死裏逃生一劇，長至四齣，描寫和尙們汚辱婦女的罪惡。結構完整，戲情緊張，曲辭亦樸而又文。另有英雄成敗一劇，寫黃巢因狀元落第，終至起兵反唐的故事。劇中對黃巢作了正面的描寫，卽作爲一個失敗的英雄來處理，性格、口吻，都寫得鮮明潑刺，爲歷史劇中別具生面之作。

短劇中之佳篇，尙不止此，如茅維的鬧門神，徐士俊的絡冰絲，無名氏的鬧銅臺等作，也值得我們重視。其他如沈君庸、葉憲祖諸人，俱有一折之劇，但特色不多。再如盛明雜劇二集中，載有許潮所作之一折短劇八種，此爲許潮自作，抑爲楊愼舊物，疑不能明。加以各劇，只寫一點文人名士如陶淵明、王羲之、蘇東坡的風流韻事，不見精采，所以也略而不談。

五　沈璟與吳江派

傳奇發展到了晚明，正如詞到了宋末一樣，不少人走上了追求格律的道路。從前那種駢儷雕琢的習氣，仍然在發展，而另一種風氣，是講韻律，講宮調，講字面，講唱法。總而言之，大家都盡力於形式方面的研究，對於戲劇的內容、結構以及說白方面，並不注意。於是戲劇的生命逐漸衰頹，而片面追求形式的華美。一個劇本不管它的內容怎樣荒唐、腐敗，結構怎樣散漫，只要內面有幾支曲子寫得美麗動人，這劇本便可鬨動一時。他們不懂得戲劇是通俗的大眾文學，而對於用韻協律方面，斤斤計較，偶一發現前人作品中的超規越矩之處，便加以惡評。如白兔、殺狗的曲白的俚俗，他們看不起，高明說了一句「不尋宮數調」，他們都責備他是戲劇界的罪人。琵琶、金印、紅拂、浣紗諸作中，偶爾發現一兩處韻律通用的地方，他們便大不滿意。沈德符讀了張鳳翼的紅拂記，看見他用韻多有通假之處，便譏笑他說：「以意用韻，便俗唱而已。」（顧曲雜言）所謂只便於俗唱，便是不能登大雅之堂的意思。紅拂記的真實價值，我們不必說，但只以「以意用韻」一句話，作為批評那個劇本的標準，就是極其不合理的。然而在這裏，正可以看出晚明戲劇的趨勢，以及當日劇作家與批評家所注重的，不是戲劇的整體生命和思想內容，而只注意曲辭的形式。在這樣一個環境下，於是講唱法，講用韻，講格律的，批評曲辭的種種作品，都應運而生了。在這些書中，沈璟的南九宮譜，王驥德的曲律，呂天成的曲品，可爲此中的代表。這些著作，與宋末的張炎詞源、沈義父樂府指迷，元末的周德清中原音韻諸書，都在同樣的環境之下產生，有同樣的意義，而都是作詞作曲人的經典。作家都爲格律所限，在協律、合調、講求字面上用功夫，戲劇的生命，因而更趨微弱，戲劇作家都變成曲匠了。

沈璟　沈璟（一五五三——一六一〇），字伯英，號寧菴，又號詞隱，吳江（今屬江蘇）人，萬曆甲戌進士。曾任光祿寺丞、行人司司正等官。工詩文書法。中年歸里，屏跡郊居。他與湯顯祖是同時的人。精通音律，善於南曲。是當日曲匠的宗師，格律派的代表。他的南九宮譜，爲當代製曲家的金科玉律。本書嚴整南曲的調律，說明南曲的譜法，對於南曲的音律，有精深的研究。他所選的作品，不以藝術爲準則，只以合律合韻爲準則，他說過「寧律協而詞不工」。他的作曲主張，雖反對追求辭藻，但以合律爲第一義，並不重視戲劇的思想內容。他自己曾作二郎神南曲一套，可以作爲他曲論的代表，其中是針對湯顯祖「不妨拗折天下人嗓子」之說而發的。他說：「名爲樂府，須教合律依腔。寧使時人不鑒賞，無使人撓喉捩嗓。說不得才長，越有才越當著意斟量。」又云：「奈獨力怎隄防，講得口唇乾，空鬧攘。當筵幾曲添惆悵。怎得詞人當行，歌客守腔？大家細把音律講。自心傷，蕭蕭白髮，誰與共雌黃？」（見太霞新奏）對於湯顯祖一派主張的不滿是十分明顯的。作曲要合律當然是對的，但他過於強調合律，就形成了對內容的束縛和輕視。他這種主張，在晚明竟風靡一時，如顧大典、葉憲祖、卜世臣、呂天成諸人，都受他的影響，因此演成吳江派這個系統。呂天成稱沈璟爲曲中之聖，贊揚他說：

> 嗟曲流之汎濫，表音韻以立防；痛詞法之蓁蕪，訂全譜以闢路。紅牙館內，謄套數者百十章；屬玉堂中，演傳奇者十七種。顧盼而煙雲滿座，咳嗽而珠玉在毫。運斤成風，樂府之匠石；游刃餘地，詞壇之庖丁。此道賴以中興，吾黨甘為北面。（曲品卷上）

呂天成以爲臨川近狂，吳江近狷。他說：「倘能守詞隱先生之矩矱，而運以清遠道人（指湯顯祖）之才情，豈非合之雙美者乎？」（曲品卷上）這話雖然有點像調和派，但確也較爲客觀的說出兩派的短長得失。

沈德符在顧曲雜言中也說：

> 惟沈寧菴吏部後起，獨恪守詞家三尺，如庚青、眞文、桓歡、寒山、先天諸韻，最易互用者，斤斤力持，不稍假借，可稱度曲申、韓。

可知當代人對於他的推崇，真是無微不至。在這些文字裏，他們所稱道的功績，也只是講音韻訂曲譜而已，也只是斤斤力持庚青、先天諸韻而已。這都是曲匠的事業，不是有天才的大作家的事業。

沈璟在晚明劇壇，雖發生過重大的影響，但當時批評他的人也不少，如王驥德在曲律中雖一面推崇沈璟「法律甚精，汎瀾極博，斤斤返古，力障狂瀾，中興之功，良不可沒」；但一面也頗有諷貶之意。「曲以婉麗俊俏爲上。詞隱譜曲，於平仄合調處，曰某句上去妙甚，某句去上妙甚。是取其聲，而不論其義可耳。至庸拙俚俗之曲，如臥冰記古皂羅袍『理合敬我哥哥』一曲，而曰質古之極，可愛可愛。王煥傳奇黃薔薇『三十哥央你不來』一引，而曰大有元人遺意，可愛。此皆打油之最者，而極口贊美。其認路頭一差，所以己作諸曲，略墮此一劫，而爲後來之誤甚矣，不得不爲拈出。」又說：「詞隱雖臚列譜中，然只是檢舊曲訂出，舊曲實未必皆是。」王氏立論，較爲公允，並且也指出了沈氏的盲目崇古之弊。沈德符雖也推尊他爲「度曲申、韓」，而結論是：「然詞之堪入選者殊尠。」（顧曲雜言）

沈璟著有屬玉堂傳奇十七種，今存義俠記、博笑記、埋劍記、桃符記、紅蕖記、雙魚記等作。最流行的是義俠記，敍武松故事。其中如武松打虎，打蔣門神，大鬧飛雲浦諸節，在水滸中已有活潑生動的描寫，戲中則平弱無力，不及遠甚。至如萌奸、巧媾二節，敍述潘金蓮、西門慶故事，也只是平鋪直敍，並不生動，比起水滸的本文來，黯然無色。可知作者只是音律的專家，而非創作的妙手。才情過弱，眼高手低，故其作品，大多散佚不傳，也非偶然了。而且，卽使就格律論，前人也多有微詞。王驥德就說他「生平於聲韻、宮調，言之甚毖，顧於己作，更韻更調，每折而是，良多自恕，殆不可曉耳。」徐復祚在三家村老委談中則說：「蓋先生嚴於法，紅蕖時時為法所拘，遂不復條暢。」前者說沈氏自守不嚴，後者說沈氏為法所蔽。他們兩人的話都是很有分寸的。其次，沈璟是本色論的提倡者。他看見當代的戲劇，都變成了駢文辭賦，因此他要以本色來挽救這壞風氣，這是他的過人之處。不過，讀他的義俠記，無論曲白，都沒有做到本色俚俗這一點。他的紅蕖記，據曲品說：「先生自謂字雕句鏤，正供案頭耳。」甚至連沈璟自己也認為並非本色之作。可知戲劇到了晚明，已形成了追求格律、辭藻的趨向，在文人的筆下，卽使你有本色俚俗的覺悟，也很難寫出本色語來的了。駢儷的風氣，形式的講求，所謂「字雕句鏤」，成為當代劇作家的共同習尚，吳江派是如此，其他作家也大都如此。這樣看來，沈璟的作品，雖多至十餘種，曲品並譽為曲中之聖，但他在明代的劇壇，不但不能稱為大家，而且在追求格律的傾向上，起了頗大的影響。

卜世臣與呂天成　卜世臣、呂天成是沈璟的嫡派。卜世臣字藍水，號大荒逋客，秀水（今浙江嘉興）人。磊落不諧於俗。曲律說：「其詞駢藻鍊琢，摹方應圓，終卷無上去疊聲，直是竿頭撒手，苦心哉。」可見他在格律上用力之深。所作傳奇四種，今惟冬青記傳世（有古本戲曲叢刊本）。內容寫宋末義士唐珏故事，頗為悲壯。呂天成曲品說此劇「音律精工，情景真切。吾友張望侯曰：『檇李屠憲副於中秋夕帥家優於虎丘千人石上演此，觀者萬人，多泣下者。』」後清人蔣士銓撰冬青樹傳奇，其中若干情節取自此劇，也可見卜世臣的冬青記在明清還有一定影響。

呂天成（一五八○——約一六一八），字勤之，別號鬱藍生，浙江餘姚人。諸生，工古文辭。世所傳之小說繡榻野史，卽爲其少年時遊戲之筆。他作品的風格，最初追求綺麗，後來師事沈璟，遂有轉變。沈璟生平著述，亦都授予天成。故曲律云：「後最服膺詞隱，改轍從之，稍流質易，然宮調、字句、平仄，兢兢毖眘，不少假借。」他和沈璟的淵源之深，於此可見。劇作有烟鬟閣傳奇十種，今皆不存，雜劇八種，只存齊東絕倒一種（盛明雜劇題爲竹癡居士作）。寫虞舜一家故事，出場的有皐陶、瞽叟、象、商均、女英等。內容雖如劇名所標示的是齊東野語之談，似乎十分荒誕，但卻把瞽叟、象、商均都塗上一層諧畫的色彩。舜雖然被寫得正經尊嚴，可是受了家庭的苦惱，弄得愁眉苦臉，極爲難堪。這些故事，這些人物，在封建社會的大家庭裏，正是很典型的。全劇曲文和說白都疏樸而自然，如寫舜回家路上時一段：「當初打這條路來，如今又從此去。（唱）這路呵，霜風遍野蕭，寒僵了一宵。烟洲迷水鳥，來回了兩遭。雲嵐鎖斷橋，攀緣了幾條。急蹌蹌前度來，遠茫茫今番懊。鬧烘烘揚旆鳴鑣。」曲律所謂「稍流質易」，我們可以從這裏窺其一斑。但此劇尤以說白勝，刻劃舊時代的人情世態，語言舉動，時時令人發笑，也時時令人深思，富有諷世意義。因此這部齊東絕倒，在明人雜劇中，堪稱優秀之作。

呂天成在戲曲史上的另一成就，是他的兩卷曲品。他在自序中對此書自視甚高。但這本書的主要價值在於資料，因爲它是現存最早的一部傳奇作家傳略與目錄，並保存了不少稀見的戲曲史料。其次，他寫此書，是仿效鍾嶸詩品、庾肩吾書品之例。這種分列方法，原是不很客觀正確的，而他又有所偏，因而在品評上就有許多主觀片面地方，且又多以音律、詞藻爲標準，對作品內容就很少接觸。不過，其中也時有中肯的見解，如論「本色」云：「本色不在摹勒家常語言，此中別有機神情趣，一毫粧點不來，若摹勒，正以蝕本色。……殊不知果屬當行，則句調必多本色；果其本色，則境態必是當行。」他指出，所謂本色，決不是機械的摹擬，一加摹擬反而損害了本色，而仍須經過作家的巧思。真正的本色，它所表現的形象（境態）也一定富有藝術色彩的，因此，作品結構的精密完美和作品語言的自然真實，兩者都不可偏廢。這可以說是吳江派對於本色的較好的見解。

王驥德　王驥德（？——約一六二三），字伯良，號方諸生，會稽（今浙江紹興）人。以散曲負盛名於當時。他與呂天成交誼很深，並受沈璟的賞識，精於曲學，著有曲律四卷，因此前人稱他爲吳江派。但他的曲律，雖偏重於格律，其中却有許多精闢的見解。並且他是徐渭的弟子，也受到湯顯祖的影響。因此他能突破沈璟的藩籬，對於不少問題，能提出比較公允的看法。論須讀書、論劇戲、論賓白、論插科各節，都很有見地。雜論上下二節，對作家作品的評價，尤多善言。書中的主要部分，雖傾向於格律，但他對於曲學確有精湛的研究，表現他在這方面的豐富的專門知識，是研究曲學的重要參考書。

正如張炎的詞源產生於宋末一樣，王驥德的曲律，產生於明末，是在南北曲長期發展的基礎上出現的。到了晚明，一方面是詞曲、戲劇已不復有原來那種民間的自然活潑、本色當行的精神和特色，而注重於聲律與辭藻，於是各種束縛、各種規矩逐漸多起來了，結果就容易使作品趨於僵化和定型；但另一方面，也反映了那些戲劇作者，還特別注意到音律、腔調、章法、字法等等技術問題，這些技術上的細節，在戲劇的演出上自然也是一個重要的條件。其次，這種論著的產生，也是總結前人的經驗，反映學術研究的成果，在這方面仍然是有它的意義的。馮夢龍在曲律序中說：「先生（指沈璟）所修南九宮譜，一意津梁後學，而伯良曲律一書，近鐫於毛允遂氏，法尤密，論尤苛。鳌韻則德清蒙譏，評辭則東嘉領罰。字櫛句比，則盈床無合作；敲今擊古，則積世少全才。雖有奇穎宿學之士，三復斯編，亦將咋舌而不敢輕談，韜筆而不敢漫試。洵矣攻詞之針砭，幾於按曲之申韓。然自此律設，而天下始知度曲之難，天下知度曲之難，而後之蕪詞可以勿製，前之哇奏可以勿傳。懸完譜以俟當代之真才，庶有興者。」因爲馮夢龍也是沈璟的門徒，所以對曲律自多譽揚之詞。不過馮氏對王氏持論過苛之處，也未始不意識到了，所謂「法尤密，論尤苛」的結果，也必然帶來了「度曲之難」，而這所謂「難」，實際就是對戲劇創作的一種束縛，也正是格律派理論的一個大缺點。

但王驥德比起沈璟來，在論點上要通達得多。如他在「論家數」一篇中論及本色云：「大抵純用本色，易覺寂寥，純用文調，復傷琱鏤。……至本色之弊，易流俚腐，文詞之病，每苦太文。雅俗淺深之辨，介在微茫，又在善用才者酌之而已。」這種本色與詞藻必須緊密結合的主張，還是有其正確的一面。他又說：「臨川之於吳江，故自冰炭。吳江守法，斤斤三尺，不欲令一字乖律，而毫鋒殊拙。臨川尙趣，直是橫行，組織之工，幾與天孫爭巧，而屈曲聱牙，多令歌者齚舌。」（曲律卷四雜論下）他對臨川、吳江兩派得失的評價，大體上還是中肯的，也說明他較諸沈璟，眼界要寬闊一點。而王氏這類作品，在當時所以能風行一時，一半也因對初學作曲的人，確有實用的價值。

至於王氏的創作，實甚庸弱，內容固然貧乏，同時又由於過分拘守聲律的緣故，因而便處處受到牽制，不容易發展自己的才情與個性。他的作品，傳奇只有紅葉記一種，他自己也表示很不滿意。變體雜劇作過數種，只有男王后一劇尙存。他寫一個男扮女裝的美男子的故事，文辭固不見佳，而內容更是無味，他想與徐渭的女狀元相比，那是相差很遠的。真有才能的作家，是不會困守在這種格律之下的。

明沈自晉傳奇望湖亭第一齣臨江仙詞中，曾舉了一些吳江派劇作家的姓名，並各加以評贊：「詞隱（沈璟）登壇標赤幟，休將玉茗（湯顯祖）稱尊。鬱藍（呂天成）繼有槲園（葉憲祖）人，方諸（王驥德）能作律，龍子（馮夢龍）在多聞。香令（范文若）風流成絕調，幔亭（袁于令）

彩筆生春，大荒（卜世臣）巧構更超羣。鲰生何所似，顰笑得其神。」所謂吳江派的陣容，大致可於此中見之。文末的鲰生卽自晉自稱，自晉爲沈璟之姪，袁于令之友。沈璟的南九宮十三調曲譜，後卽由他增訂而成爲南詞新譜。這些作家，除前面已經談到的之外，還有如葉憲祖的鸞鎞記，借賈島故事，抒發其個人牢騷，情節過於散漫，曲辭亦無甚特色。他的另一劇本金鎖記（一說袁于令作），據關漢卿竇娥冤一劇改編，結尾改爲竇娥得救，父女團圓，各劇種演出的六月雪或金鎖記，卽出於此劇。曲辭較爲樸素。馮夢龍的劇本絕大部分係據別人作品而改編，僅雙雄記中的曲白較勝，大概馮氏在戲曲創作上的才能是較薄弱的。范文若的鴛鴦棒，情節與古今小說中的金玉奴棒打薄情郎相類，曲文雖精致，但駢偶過多。袁于令的西樓記，因情節曲折，故在當時很流行，然文字平庸，故吳梅評此劇「然魄力薄弱，殊不足法。惟俠試一折北詞，尚能穩健，餘則無一俊語。」至自晉自作之望湖亭，與醒世恆言中的錢秀才錯佔鳳凰儔相似，因曲文較通俗，故適合於舞台演出，是一個較好的喜劇。

從總的方面看來，這些吳江派作家的作品，內容一般貧乏，文采方面也沒有什麼特殊成就，而其中又多爲格律所拘束。雖然也有一些不與沈璟完全同調的人，但總覺膽識不夠，生氣不足。在晚明的戲劇界，眞能敢於以革命精神、獨特主張而同格律派相鬬爭的，是積極浪漫主義作家湯顯祖。

六　湯顯祖的戲劇

湯顯祖　湯顯祖（一五五〇——一六一六），字義仍，號海若、若士，又號清遠道人，江西臨川人。是明代的戲劇大家。他十二歲卽作亂後詩，其中有「太守塞空城，城中人出走。寧言妻失夫，坐歎兒捐母。憶我去家時，餘粱尙棲畂。居然飽盜賊，今歸亂離後」之句，可以想見其童年時的才華。萬曆癸未舉進士，因爲他不肯趨炎附勢，只做過幾任小官。官南京禮部主事時，因彈劾大學士申時行，謫爲徐聞典史。後官遂昌縣，又因縱囚放牒，不廢嘯歌，不附權貴，致爲人所劾，後遂隱居故里，從事創作。他的作品，有玉茗堂四夢：紫釵記（紫簫記的改本）、還魂記（一名牡丹亭）、邯鄲記及南柯記，另有玉茗堂詩文集。牡丹亭寫柳夢梅、杜麗娘的戀愛故事，紫釵記本蔣防的霍小玉傳，敘詩人李益與霍小玉的遇合。邯鄲、南柯二記，一本沈旣濟的枕中記，一本李公佐的南柯太守傳，描寫富貴功名的虛幻，指點人生最後的歸宿。四夢中，前二者爲青年男女的戀愛劇，後二者爲寓言的諷世劇。皆文辭工麗，風行一時，牡丹亭尤爲膾炙人口，是他的代表作。

湯顯祖的時代，正是明朝政治極端腐化的時代，帝王的昏庸，宰相的專政，宦官權貴互相勾結，加緊對人民的殘酷剝削。當時一般士大夫風氣敗壞，無所不爲，寡廉鮮耻，醜態百出。嚴嵩當權時，政府臣僚願稱乾兒義子的有三十餘人。張居正生了病，京中六部大臣及外任大官爲之設醮求福。卑鄙下流，一至於此。

湯顯祖在會試前，張居正想使他的兒子嗣修鼎甲及第，乃加以籠絡，許以科甲，却被湯顯祖拒絕，結果湯顯祖竟因此落第。第二次張居正又來拉攏，又被拒絕。所以直到張居正死後，湯顯祖才中進士，這時他已是三十多歲了。舉進士後，列朝詩集丁集中說：「又六年癸未，與吳門（申時行）、蒲州（張四維）二相子同舉進士。二相使其子召致門下，亦謝勿往也。」他像嚴拒張居正之誘致那樣的來嚴拒申、張二家。當時他自己在酬心賦序中曾說：「師（沈自邠）喟然曰：『以子之才，齒至而獲一第，何也。凡人有心，進退而已。然觀吾子之色，若進若退，當何處心耶？』予卒卒謝起，作酬心賦答之。」我們從這些記載中，就可以知道湯顯祖的風骨和操守，而與那些無行之士又如何迥然異趣了。明史本傳中說他「意氣慷慨」，「蹭蹬窮老」，確是頗能盡其生平之要的。

另一方面，正由於那時政以賄成，士不勵行，一些比較正直的有氣節的文人士子，必然受到嚴重的迫害，但他們並不投降，並且互相結合起來，一面講學，一面批判攻擊當代的腐敗政治，形成一個具有進步性的政治流派，那就是我們都知道的東林黨。湯顯祖的政治立場，是和東林黨相通的。東林黨的領袖顧憲成、鄒元標和湯顯祖都有聯繫。其次，湯顯祖在哲學思想上，受有左派王學的影響。羅汝芳是他的先生，李卓吾是他敬仰的前輩，激進的禪宗大師紫柏是他的好友。李卓吾在獄中自殺後，湯顯祖曾作嘆卓老詩來哀悼他。從這些地方，我們可以體會出湯顯祖在文學上富於反抗性鬬爭性的思想基礎。同時，也可以說明他和公安派的文學思想的相近。袁宏道的反擬古主義，湯顯祖的反格律主義，精神上是基本一致的。一個在理論上的建樹大，一個在創作上的成就高，而他們和李卓吾的反傳統反道學又有其相通之處。我們所以重視湯顯祖，因為他以強烈的反抗精神，豐滿堅實的藝術力量，突破了格律派的樊籬，給晚明時期近於僵化衰頹的傳奇文學以極大的刺激和轉變作用，寫出了精心之作牡丹亭。

牡丹亭全劇共五十五齣，為明代傳奇中稀有的長篇。第一齣標目漢宮春詞云：「杜寶黃堂，生麗娘小姐，愛踏春陽。感夢書生折柳，竟為情傷。寫真留記，葬梅花道院淒涼。三年上，有夢梅柳子，於此赴高唐。　果爾回生定配，赴臨安取試，寇取淮、揚。正把杜公圍困，小姐驚惶。教柳郎行探，反遭疑激惱平章。風流況，施行正苦，報中狀元郎。」在這首詞裏，可見劇中情節的大概。戲劇的組織形式和語言特色，是受了西廂記的影響的，但這並無損於牡丹亭在藝術上的獨創性。不錯，杜麗娘死了，後來還魂，並同人戀愛結婚，自然是不真實的。不過，牡丹亭是一部積極浪漫主義的優秀作品，他是用浪漫主義的藝術力量，來反映現實生活，來表現反封建道德、歌頌愛情力量和追求個性解放的主題思想的。作者在這方面，得到了高度的成功。劇中充滿着豐富的幻想，熱烈的感情，誇張的描寫，絢爛的言辭，使這一作品，織成曲折離奇、富於詩情畫意而又具有現實意義的抒情歌劇。

杜麗娘的藝術形象，是湯顯祖的傑作。在杜麗娘的精神中，灌輸了湯顯祖新思想新理想的血液。那正是在晚明特定的歷史條件和哲學思想的基礎上，吐露出來的新血液，主要就是反抗封建傳統，追求個性解放、追求精神擴展的新精神。這種血液和精神，在杜麗娘的身心之中，發酵成長，支持她，鼓舞她，使她大膽地尋找新天地新人生和新的幸福。她厭惡她的富貴家庭的享樂生活，她鄙視做一個循規蹈矩的典範的封建婦女。她熱愛自然，熱愛生活，熱愛青春，並不惜以生命來反抗封建傳統，換取美滿生活。「這般花花草草由人戀，生生死死隨人願，便酸酸楚楚無人怨。」（尋夢：江兒水）在她這樣的歌聲裏，流露出充沛的生命力量和鬭爭意志。爲了追求真實的人生，爲了反抗封建的黑暗，她把生死置之度外，冒險的勇往直前地前進。在這裏，從她的藝術形象上，放射出新時代的精神的光輝。儒家道德的教條，雖統治着明代，但在社會經濟的新發展和在左派王學的影響下，到了晚明，儒家力量，無論在人生觀文學觀上，都起了動搖，杜麗娘的形象，就是在這個時代基礎上塑造出來的，因此，她的歷史的典型意義，比起崔鶯鶯來，更提高了一步。

柳夢梅富於才華、忠於愛情、不滿現實、勇於進取的性格，也是描寫得很成功的。由於這一性格的完整統一，配合着杜麗娘的生活的發展，使戲劇的整體，形成緊密的結合而表現爲巨大的力量。春香的形象也很可愛。她的地位和作用，略似西廂記的紅娘。鬧學一幕與拷紅遙相對照。陳最良對杜麗娘發了一通迂腐的議論，要她「日出之後，各供其事。如今女學生以讀書爲事，須要早起。」春香就接上來回答說：「知道了。今夜不睡，三更時分，請先生上書。」這不是尋常的俏皮話，而是對於腐朽的清規戒律的憎惡，帶有挑戰的意味。但在性格的描寫上，春香不如紅娘的鮮明和堅實，而以純潔、天真和正直感，得到讀者的喜愛。

杜寶是封建家長的代表人物，作者雖着墨不多，但那種專横、勢利、冷酷、自私的性格，是同青年一代完全對立的。在這劇裏，作者着重地描寫了作爲封建道學的代表人物陳最良。陳最良是杜麗娘的家庭教師，年過六旬，他自己誇耀沒有傷過春，沒有遊過花園，滿腦子仁義道德，滿口之乎者也，一心一意地要把這位年輕美貌的女學生，教成一個賢妻良母的典範。他迂酸頑固，腐朽虛僞，在他的身上，沒有一點新的氣息和生機，成爲封建道德的化身。在這個形象的刻劃上，顯示出作者對封建教育思想的不滿。

在封建社會裏，爭取婚姻自主，是反封建文學的重要內容之一。通過這樣的題材，表現出新舊時代的矛盾和鬬爭，體現出新生力量反抗舊制度舊思想的堅強意志和渴望美滿生活的熱情。牡丹亭正是具有這樣的認識價值。湯顯祖不是僞善派的儒家，他懂得愛情的意義和給予人生的力量。姚燮今樂考證記周亮工之說：「前輩勸顯祖講學，他說：「公所講性，我所講情。」他對於當日的假道學派、擬古派以及八股派，都深惡痛絕，抱着反對的態度。要有他這種進步思想，才能把愛情寫得真，要有他那種才學，才能把愛情寫得美。牡丹亭流傳人口，風行一時，一面有它的思想基礎，同時由於他把愛情寫得純真而又美麗。杜麗娘爲情而死，後來又還魂復活，這自然不是生活的真實，但作者這樣寫，無非是要加強鬬爭的力量，衝擊封建倫理的傳統。當日困於封建禮教，身受愛情苦惱的青年男女們，一旦看到這種作品，覺得只要情真，夢中可以找安慰，死了可以復活，這對於被封建禮教壓制得喘不過氣來的青年男女，在這一種作品的藝術感染上，正可療治他們精神上的創傷，解放他們潛意識中的苦悶。因此婁江女子俞二娘讀了牡丹亭，哀感自己的身世，斷腸而死；杭州女伶商小玲失戀後，因演牡丹亭，傷心而死；內江某女子，因愛作者的才華，想嫁他，後來看見作者已年老扶杖而行，乃投江而死。至於吳吳山家所刻「三婦合評本」牡丹亭事，那更是大家所熟知的了。這些故事，雖不一定都可徵信，但所以會產生這樣的傳說，也說明了作品的藝術力量，在封建社會婦女羣中所激起的強烈反應，在情感上的交流感染作用。

劇中的曲文，表現了作者在藝術語言上的優美成就。特別是在抒情方面，在描繪人物性格、刻劃杜麗娘的心理活動和精神世界方面，非常細緻真實。驚夢、尋夢、寫真、拾畫、魂遊、鬧宴諸劇，皆爲佳作。尤以驚夢一齣，更爲著名。

遶池遊　（旦）夢回鶯囀，亂煞年光遍。人立小庭深院。（貼）炷盡沈煙，拋殘繡線，恁今春關情似去年。

步步嬌　（旦）裊晴絲吹來閒庭院，搖漾春如線。停半晌，整花鈿，沒揣菱花，偷人半面，迤逗的彩雲偏。（行介）步香閨怎便把全身現？

醉扶歸　你道翠生生出落的裙衫兒茜，豔晶晶花簪八寶塡，可知我常一生兒愛好是天然。恰三春好處無人見，不隄防沈魚落雁鳥驚諠，則怕的羞花閉月花愁顫。

皂羅袍　原來姹紫嫣紅開遍，似這般都付與斷井頹垣。良晨美景奈何天，賞心樂事誰家院。（合）朝飛暮卷，雲霞翠軒，雨絲風片，煙波畫船，錦屛人忒看的這韶光賤。……

（旦睡介，夢生介，生持柳枝上。……生笑介：小姐，咱愛殺你哩！）

山桃紅　則為你如花美眷，似水流年，是答兒閒尋遍，在幽閨自憐。……（生）轉過這芍藥欄前，緊靠着湖山石邊。（旦低問：秀才去怎的？生低答）和你把領扣鬆，衣帶寬，袖稍兒揾着牙兒苦也，則待你忍耐溫存一晌眠。（合）是那處曾相見，相看儼然，早難道這好處相逢無一言。……

（生下，旦作驚醒低叫介，秀才秀才，你去了也！）……

綿搭絮　雨香雲片，纔到夢兒邊。無奈高堂，喚醒紗窗睡不便，潑新鮮，冷汗黏煎。閃的俺心悠步嚲，意軟鬟偏。不爭多費盡神情，坐起誰忺，則待去眠。（貼上：小姐，熏了被窩，睡罷。）

尾聲　（旦）困春心遊賞倦，也不索香熏繡被眠。天呵！有心情那夢兒還去不遠。

歷來對於湯劇的評論，以明人屠隆說得最扼要而全面：「義仍才高博學，氣猛思沉。格有似凡而實奇，調有甚新而不詭。語有老蒼而不乏於姿，態有穠豔而不傷其骨。」（明詩紀事引絳雪樓集）這是很能說出湯劇的絢爛與平淡相結合，功力與才情相融會的藝術特色的。王驥德說：湯顯祖「婉麗妖冶，語動刺骨，獨字句平仄，多逸三尺，然其妙處，往往非詞人功力所及。」（曲律）沈德符也說：「湯義仍牡丹亭一出，家傳戶誦，幾令西廂減價。奈不諳曲譜，用韻多任意處，乃才情自足不朽也。」（顧曲雜言）湯作雖爲格律派的批評家所詬病，但對於他的才華文采，卻一致加以譽揚。湯顯祖並不是不懂曲譜，不過他不願意爲格律的奴隸，而以格律傷害他的藝術生命。其次，湯顯祖的劇本原是爲宜黃腔而作，並沒有給崑腔去唱的打算，因此呂玉繩等人爲了迎合崑腔，任意改動，自然要爲他所笑了。

不佞牡丹亭記大受呂玉繩改竄，云便吳歌。不佞啞然笑曰：昔有人嫌摩詰之冬景芭蕉，割蕉加梅，冬則冬矣，然非王摩詰冬景也。（答凌初成）

弟在此自謂知曲意者，筆懶韻落，時時有之，正不妨拗折天下人嗓子。（答孫俟居）

牡丹亭記要依我原本，其呂家改的，切不可從。雖是增減一二字，以便俗唱，卻與我原做的意趣大不同了。往人家搬演，俱宜守分，莫因人家愛我的戲，便過求他酒食錢物。（與宜伶羅章二）

在這些書信裏，表明作者堅強的性格、大膽的勇氣和反格律的積極精神。不能因爲要便於俗唱，就允許人家增減一二字，情願拗折天下人嗓子，不能損害作品的個性，這種愛惜藝術的高度責任感，同樣體現在他的傲骨和性格裏面。無奈那些格律派的曲家們，如沈璟、呂玉繩、臧懋循諸人不懂得此中道理，一心一意，只守着那部曲譜，改作刪訂。雖律度諧和，而精神消失，這真是多事了。

紫釵記長五十三齣，原名紫簫記，經改作以後，改爲紫釵，原是他早期的作品。唐人傳奇，寫霍小玉失戀而死，原爲悲劇，此戲則改爲團圓，反覺平俗。全戲曲文，亦多工麗。折柳、題詩、驚秋三齣，較爲精警。邯鄲、南柯二記，是他晚期作品，也都取材於唐人傳奇，寓意相同，一歸於道，一歸於佛，那都是作者藉以指示富貴功名的虛幻，針對當日社會人士熱中名利的心理，寓有諷世之意。所寫雖俱爲夢境，但夢境中社會的病態，人情的險詐，官場的黑暗，都是當代的現實。那兩個夢譬如兩面鏡子，把晚明官場的種種情形，文人士子的種種心理，一齊反映出來。

但兩戲中歸結於佛道的虛無，流露着出世思想，給人以消極的影響，而南柯尤著。吳梅說：「明之中葉，士大夫好談性理，而多矯飾。科第利祿之見，深入骨髓。若士一切鄙棄，故假曼倩詼諧，東坡笑罵，爲色莊中熱者下一針砭。其自言曰：他人言性，我言情。……蓋惟有至情，可以超生死，忘物我，通真幻，而永無消滅。否則形骸且虛，何論勳業；仙佛皆妄，況在富貴。世之持買櫝之見者，徒賞其節目之奇，詞藻之麗；而鼠目寸光者，至詞爲綺語，詛以泥犂，尤爲可笑。」（四夢傳奇總跋）

孫仁孺　在晚明的戲曲界，一反佳人才子的戀愛劇，另成一種風格的，是孫仁孺的東郭記（八能奏錦別題飯袋記）。仁孺名鍾齡，字里未詳。原書刊於明萬曆戊午。作者大概是萬曆、天啓間人。原書題「峨眉子書於白雪樓」，又題「白雪樓主人編本」，想峨眉子、白雪樓主人卽是孫仁孺的別號。或以爲汪道昆、徐復祚作，俱不可信，因汪、徐的作品，與此作很不相近。東郭記共四十四齣，以孟子中有一妻一妾的齊人爲主角，再以淳于髡、陳仲子、王驩及一妻一妾爲配角，描寫當時讀書人士，追求富貴利祿的卑鄙下賤的行爲。這劇本值得我們注意的，有三點：一、取材新鮮，二、批判現實社會的積極態度，三、說白雖採用文言，但曲文全是通俗流暢，一掃駢儷雕琢之風。湯顯祖的南柯、邯鄲，對於當代的社會狀態作了寓言式的諷刺，但在東郭記裏，卻是採取着正面的顯明的勇敢態度加以攻擊的。本來到了明代末年，讀書人派別之爭，朝廷官場之爭，眞是「簪紱厚結貂璫，衣冠等於妾婦」。士大夫的卑鄙醜劣，不知廉恥，這時候算是到了極點。作者在劇中所要表現的，就是這一種醜惡的現實，社會的畫圖。王驩同齊人，代表無恥的文人，陳仲子代表高潔的名士。結果是無恥的文人飛黃騰達，高潔的人困於飢餓。當齊人乞食墦間時，妻妾號哭於中庭，當齊人用種種諂媚的行爲弄到一個官時，妻妾又大慶其幸運。第二十六齣中，寫陳賈、景丑兩人，想找個官做，知道上司好男色，情願拔去鬍子，擦粉塗脂，扮作婦人，送上門去，替上司斟酒唱曲，結果才得到上司的一笑，作者用力刻劃士大夫的諂媚無恥的醜惡靈魂和面貌。齊人說的「規小節者不能成榮名，惡小恥者不能立大功」。這是無恥文人的自寬自解的藉口。十四齣中淳于髡問道：「你道如今做官，須是何等方法？」王驩答道：「依小弟愚見，……第一要銀子多的，便爲美缺」，這是那些貪污官吏的自供。這種社會，這種官場，這種讀書人，作者深惡痛絕，所以他借着歌者的口說：

北寄生草　第一笑，書生輩，那行藏難掛牙。賤王良慣出奚奴胯，惡蒙逢會反師門下，老馮生喜就趨迎駕。不由其道一穿窬，非吾徒也眞堪罵。

前腔　第二笑，官人輩，但為官只顧家。牛羊兒芻牧誰曾話？老羸每溝壑由他罷，城野間尸骨何須詫。知其罪者復何人？今之民賊眞堪罵。

前腔　第三笑，朝臣輩，又何曾一個佳。諫垣每數月開談怕，相臣每禮幣空酬答，諸曹每供御慚無暇。不才早已棄君王，立朝可恥眞堪罵。

前腔　第四笑，鄉閭輩，更誰將古道誇？盼東牆處子摟來嫁，儘鄰家雞鶩偷將臘，便親兄股臂拳堪壓。豺狼禽獸卻相當，由今之俗眞堪罵。（下文為白）

綿駒　客官！近來齊國風俗一發不好，做官的便是聖人，有錢的便是賢者。這是俺稷下諸儒田駢、愼到所度新曲，專一笑罵此輩，你可記熟了唱去。

王驩　領教了，只怕學生後來早被他笑着了。

妓　好嘴臉，你難道會做官不成？

王驩　你識得甚，做官的正是我輩。

綿駒　客官果是個中人。只日後富貴時，莫忘卻唱曲的日子。（第八齣綿駒）

作者借古諷今，淋漓痛快，把晚明的社會生活以及讀書人士的醜惡的精神面貌，留下一張鮮明的圖畫，具有強烈的現實意義。全戲中充滿着幽默與諷刺，最妙的，是幽默與諷刺，都隱藏在反面，而正面卻是嚴肅，令讀者先感着憤慨，而後感着微笑，這是東郭記藝術成功的地方。至於曲文的本色俚俗，也是本劇的一個特點。比起那些才子佳人的戲曲來，東郭記無論在風格上，在文學思想上，都要高明得多。遠山堂曲品將本劇列入「逸品」，並云：「能以快語叶險韻，於庸腐出神奇，詞盡而意尙悠然。邇來作者如林，此君直憑虛而上矣。」可見作者的名聲在晚明雖不很顯著，作品本身卻已得到很高評價了。所以它不僅是晚明的好作品，在明代的戲曲史上，也是一種優秀之作。孫氏另有醉鄉記一種，二卷，也是以寓言式的故事來諷世的。

李玉　明代末年，還有一個作家值得我們注意的是李玉。李玉字玄玉，號蘇門嘯侶、一笠庵主人，吳縣（今屬江蘇）人。據焦循劇說卷四所載，李玉的出身，是權相申時行的家人，並云：「其一捧雪極為奴婢吐氣，而開首卽云：『裘馬豪華，恥爭呼貴家子。』意固有在也。」如果這記載是可靠的話，那末，正足以說明李玉的創作來源，不是得諸浮泛的見聞和想象，而有其不平常的生活基礎。同時，他本人又勤於自學，富有才華。崇禎末年，他參加鄉試，中副榜舉人，這時他已近晚年了。明亡以後，他感慨很深，卽絕意仕進，致力創作，不少作品都是在清初寫成的。他生卒的確切年分已不可考，大約生於萬曆年間，卒於康熙六年後，可以說是一個身經滄桑的老人了。他與劇作家朱素臣兄弟、馮夢龍、沈自晉皆同業同鄉，故交誼很深。他對於曲律很有研究，所作北詞廣正譜十八卷，據北詞九宮譜加以擴充，關於金、元以來的北曲，搜羅詳備，論斷精到，有名於時。他的傳奇有四十餘種（其中一部分是否他作，尚無定論），今存一捧雪、人獸關、永團圓、占花魁、清忠譜、千忠戮、麒麟閣、萬里緣等十二種。前四種合稱「一人永占」，也最為著名。

李玉的作品，取材較為廣泛，多方面地反映了當時的社會生活，並且結構謹嚴，語言質樸生動，明傳奇中那種纖弱冗雜之病就比較少。其中寫歷史故事的也都頗有寄託。吳偉業說：「甲申以後，絕意仕進。以十郎之才調，效耆卿之填詞。所著傳奇數十種，即當場之歌呼笑罵，以寓顯微闡幽之旨，忠孝節烈，有美斯彰，無微不著。」和李玉生平行事對照起來，這很能說明他的創作意圖。

一捧雪通過封建政治迫害的複雜情節，開展黑暗和正直勢力的激烈鬬爭，但又宣揚了封建奴隸道德。嚴世蕃的兇惡，湯勤的奸險，戚繼光的正直，都寫得很成功。在這個戲裏所反映出來的，是封建官場的陰森殘酷和正直善良人們的苦難命運。其中寫得較生動的是湯勤一角。他出身於裱褙匠，而又謬託斯文，善於鑽營，小有聰明，適足濟惡。他自己說的「存心刻薄，徹骨勢利，險毒千般，陰謀百計」，這四句話，這十六個字，實在最足以刻劃他的性格之全部了。他由莫家關係而結識嚴世蕃，於是就攀龍附鳳，刻意奉承，後來果然出入權門，搖身一變，非常得意，就恩將仇報，將莫家弄得家破人亡，最後又想霸占雪豔了。他的一句話，兩句話，都可以顛倒黑白，引起軒然大波。他說他的裱褙本領，「真個用帚通神，使漿得法。憑你簇新書畫，弄得假舊逼真；饒他破絹零星，托起生成一片」。這幾句話，如果用來形容他的弄虛作假、損人利己的卑鄙手段，確是具有象徵意義的。作者在開頭時這樣着力地寫，就顯得又是誇張，又是含蓄，在藝術上產生一種特殊的效果。湯勤的出身雖很卑微，但卻是封建社會知識分子中敗類的典型。作者生活在腐朽黑暗的晚明時期，巨閹大僚門下，就多的是這種人物，因而心有所感，形諸筆墨，自然使人物的性格更加富於真實感了。據浪跡續談說，此劇是以嚴世蕃陷害王世貞之父王忬事件爲本，據劇中情節，確實有些相像，大概是可信的，但我們自然還應當從作品所反映的時代意義上來肯定它，認識它。

占花魁的故事，是大家都知道的。醒世恆言中的賣油郎獨占花魁，其情節與戲曲內容略同。不過在戲曲裏面，寫得比較複雜，結構也很緊湊。在這戲曲裏，一面反映出在國破家亡的環境裏，妻離子散骨肉分離的社會混亂生活，同時表現出青年男女反抗惡勢力、反抗封建思想、追求幸福生活的強烈願望。語言雖重文采，但寫得很生動，很有力量。其中湖樓、受吐兩齣，至今崑劇猶經常演出。

但李玉最成功的作品還是清忠譜。這一劇本取材於明末的真人真事，故事本身卽很壯烈，很有戲劇意味，張溥的五人墓碑記就是記述這個故事的，至今蘇州還有五人的墓址。京劇五人義卽據此劇改編。劇中的主角雖是被削職的吏部員外郎周順昌，但顏佩韋、周文元等五個人的性格、行動，也寫得非常出色。這些人物，都是封建社會中所謂市井小民。他們「一生落拓，半世粗豪」，平日喝酒愛賭，打拳觀劇，具有城市浪子的氣質；可是疾惡如仇，肝膽照人，真是「閃爍目光，不受塵埃半點；淋漓血性，頗知忠義三分」，所以能夠臨難不懼，見危授命。特別在混亂黑暗的時代，最能表現他們的節操品質，也最能做出石破天驚的大事業來。李玉能夠注意到他們，並且以歌頌的態度來描寫他們，這正是他可貴的地方。其次，作者善於以小故事來映襯人物性格，烘托作品主題。例如書鬧一折，當顏佩韋聽到說書人說宋代童貫陷害韓世忠時，就踢翻書桌，要打說書人。這種插曲，對於後來顏佩韋性格的發展，就是十分合乎邏輯的，也正顯出劇作者的針線功夫。又如創祠一折，從風水先生趙小峯的「依着我作難生災，弄得人七顛八倒」一些自白裏，再從趙小峯和禮生的爭奪賞銀上，就揭露了魏黨的鄭重其事的創建生祠，原來竟是這樣的烏烟瘴氣，醜惡無恥，自欺欺人，就是這些人行爲的實質了。從字面看，好像是在誇飾魏忠賢的威嚴，但骨子裏却沒有一句不是在嘲諷在唾罵，這是作者在語言藝術上一個顯著特色。還有一點也值得提出來，就是作者在描寫羣衆場面時那種氣魄，如鬧詔、毀祠等折，鬪爭的激烈，羣情的波動，都寫得筆意飽酣，色彩鮮明，這在古典戲曲裏也不多見。

（作拔刀介）（淨）你這狗頭，不知死活，可曉得蘇州第一個好漢顏佩韋麼？（末）可曉得眞正楊家將楊念如麼？（丑、旦、貼）可曉得十三太保周老男、馬杰、沈揚麼？（付）眞正是一班強盜！殺，殺，殺！（將刀砍介）（淨）衆兄弟，大家動手！（打倒付介）（付奔進介）（衆趕入打介）天花板上還有一個。（衆打進打出三次介）（二旦扛一死屍上）打得好快活！這樣不經打的，把屍骸抛在城脚下喂狗便了。……（淨、丑、旦、貼內喊。衆復上）

還有幾個狗頭，再去打，再去打！（作趕入介）一個人也不見了，官府也去了，連周鄉宦也不知那裏去了。怎麼處？快尋，快尋。（各奔介）

周順昌的清廉品質與強硬性格，作者也是全神貫注地來描繪的，他雖然官職不大，並且因株連而被黜，但在那豺狼當道的黑暗年月裏，仍處處不失爲一位社稷之臣。傲雪一折中「況我一介寒儒，十年清宦，這幾根窮骨頭是凍慣的，何藉炎威熏灼」的寥寥數語，就宣示了他的品質和抱負，接着就圍繞劇情的進展，逐步深入，逐步完整，「男兒事，有甚悲，無他畏。此身許國應拋棄，夫人，我如此收場，殊不慚愧。」也是寥寥數語，却又是何等氣概，何等風骨。明史周順昌傳中也說他「爲人剛方貞介，疾惡如讎」，還當着魏忠賢的爪牙說：「『若不知世間有不畏死男子耶？歸語魏忠賢，我故吏部郎周順昌也。』因戟手呼忠賢名，罵不絕口。」現在劇作者這樣來寫周順昌，一方面能符合於歷史的真實，一方面却又高出於歷史的真實了。

李玉另一名作千鍾祿，寫明初建文帝出亡故事，其中描繪當時建文倉皇出走的慘厲氣氛，頗爲生動工整，慘覩一折尤爲後人傳誦。但此劇是否確爲李玉所作，也有人表示懷疑的。

高濂　高濂字深甫，號瑞南，錢塘（今浙江杭州）人。生卒年不詳，其活動時期當在萬曆前後。工於塡詞，有芳芷樓詞及雅尚齋詩草。所作傳奇有玉簪記、節孝記兩種，以玉簪記著名。內容寫潘必正與陳妙常在女貞觀戀愛故事，劇情很單純，但也反映了晚明的那種反禮教、反正統的思想，說明佛門的清規終究敵不過塵世的現實。但作者寫潘、陳兩人的結合，本已由他們父母指腹為婚，仍然不脫「姻緣前定」的俗套，把主題大大削弱了。文字較清俊，但有時流於淺露。劇中的琴挑、秋江等齣，至今猶為各劇種改編演出。

明朝末年，以美麗的辭藻著稱的，是阮大鋮與吳炳。但阮是禍國的奸佞，吳是殉國的烈士，他們的人品完全不同。

阮大鋮（約一五八七——約一六四六），字集之，號圓海、百子山樵，室名詠懷堂，懷寧（今屬安徽）人。以依附閹黨，排擠清流，極為當時士林所鄙薄。弘光時官兵部尚書，後降清。於遊山時觸石而死。他自己能度曲，並偓有家伶。所作傳奇現存者有燕子箋、春燈謎、牟尼合、雙金榜四種，另有忠孝環、桃花笑、井中盟等五種，已不傳。他的作品，多鋪敘男女戀愛的故事，於關目、筋節尤為講究，所以內容多曲折離奇，語言亦偏重藻飾。但另一方面，也恰恰是阮劇的顯著缺點，因為刻意求工，不但在結構上使人感到過分做作，卽在語言上也有賣弄和雕琢的毛病。他想學湯顯祖，實只得其皮毛。清人葉堂在納書楹曲譜中說阮大鋮「以尖刻為能，自謂學玉茗堂，其實未窺見毫髮。」這評語確是很能說中阮劇的缺點的。

吳炳　吳炳（？——約一六四七），字石渠，號粲花主人，宜興（今屬江蘇）人。萬曆末進士，曾官江西提學副使。後流寓廣東，永明王擢為兵部右侍郎兼內閣大學士。最後為清兵執送衡州，於湘山寺絕食而死。著有說易、雅俗稽言等。所作傳奇有綠牡丹、療妬羹、畫中人、西園記、情郵記，合稱粲花別墅五種。以療妬羹、情郵記較有名。他雖被列為玉茗堂派，但却能吸收吳江派的長處，所以吳梅說他「以臨川之筆學吳江之律」。這特色在情郵記中表現得尤為顯明。內容寫劉乾初與王慧娘主婢的結合經過，頭緒雖多而不損害主題的完整，故頗見構思之精巧，曲文雖多華采，但亦有疏朗流動之致。療妬羹則寫馮小青故事，這故事本來很有戲劇色彩，故作曲者多采為題材，但以吳炳之作較為傳誦。清人梁廷枏曲話說題曲一折，「置之還魂記中，幾無復可辨」。可見此劇的功力。同時，它在反映封建社會中由多妻制度造成的惡果、以及侍妾的悲慘遭遇上，也都有其現實意義。茲舉情郵記、療妬羹的幾首曲辭為例：

普天樂　舊亭池，都傾敗，老荷花，開還懈。可為甚景入秋來，偏則我尚滯春懷？看草色非新艾，那弄影鞦韆，空自在斜陽外。倩嬌扶穩上高臺。（合）好繫住留仙錦帶，怕踏綻了小鳳新鞋。

傾杯序　拈來，歎金針鐵裏埋，繡線塵籠蓋。半幅長裙，半折兜鞋，未成花朵，未了嬰孩。看殘紅斷線，追思那日，碧紗窗外，趁芭蕉兩人同倚綠分來。

玉芙蓉　鮮花似日裏開，嫩柳在風前擺，這便是他自譜，麗容嬌態，我則道暗風吹雨將他壞，卻是我熱淚從心滴下來。人兒在，看纖纖手裁，猛擡頭幾回錯喚眼還揩。（情郵記：

問婢）

（長拍）一任你拍斷紅牙，拍斷紅牙，吹酸碧管，可賺得淚絲沾袖，總不如那牡丹亭一聲河滿，便潸然四壁如秋。……半晌好迷留，是那般憨愛，那般癆瘦。只見幾陣陰風涼到骨，想又是梅月下俏魂遊。天那，若都許死後自尋佳偶，豈惜留薄命活作羈囚。（療妒羹：題曲）

晚明劇壇，大都受沈璟和湯顯祖的影響。宗沈者專重格律，學湯者多重表面上的文采。其他作家，除已見於前面的敘述外，較重要者尚有：題名汪廷訥而實爲陳所聞作的獅吼記，寫陳季常的懼內性格，於誇張中尚見生動；梅鼎祚的玉合記，雖富文采而駢儷過多，結構亦嫌散漫；王玉峯的焚香記，寫王魁、桂英故事，乃改編前人之作而成，但結尾所增，終覺蛇足，沖淡了悲劇的力量。又許自昌的水滸記剪裁尚佳，然曲文稚弱，且多堆砌；李素甫的鬧元宵，略具氣魄，但關目過於繁複。他如顧大典有青衫記，沈鯨有雙珠記，朱鼎有玉鏡臺記，孫柚有琴心記，陳汝元有金蓮記，楊珽有龍膏記，謝讜有四喜記，以及無名氏的金雀記、露箋記、運甓記等作，或守格律，或逞文藻，而其成就都不很高。

第二十六章　水滸傳與明代的小說

一　明代小說的特質

小說與傳奇，是明代文學的代表，尤以小說在明代文學史上，有着重要的意義。中國的小說，經過了宋、元兩代的長期孕育，到了明代，無論思想內容與藝術技巧，都達到很高的成就，現實主義得到進一步的豐富和發展，積極浪漫主義也具體地表現在西遊記中。因此，小說在明代文學史上的重要意義，必得先加以簡略的說明。

一、白話文學的進展　白話文的應用，在唐末的變文與宋人的話本雖已開始，但除了京本通俗小說那些極少數的優美的作品以外，其餘的大都是文白夾用，粗糙簡樸，算不得是成熟的白話文學。而用白話寫作的，幾乎全是說話人和書會先生一類人物，把故事記錄下來，作爲實用的工具。到了明朝，作家們才有意識地運用白話來寫小說，才有意識地來創作白話文學。這種文體上的改革，這種由文言轉到白話的文學形式的觀念的進展，在中國文學史上，實在是一件大事。我們可以說，明朝是我國白話文學的成熟時代。如三國演義一類的歷史小說，雖夾用通俗的文言，那是有它的歷史根源的，其他如水滸、西遊、金瓶梅及擬話本的短篇小說，全是用的純熟流利的白話。明朝說話雖不復行，但風氣轉換，從前把許多故事由說話人的口傳給民衆，明朝是由文人寫出來給民衆自己去看了。這便是由說話變成小說創作的時期，也是白話文學發展提高的時期。這些小說的創作者，一面接受着話本的白話文體，一面採用着話本中的故事，加以剪裁和加工，經過再創造的過程，於是白話的長篇短篇小說，產生了許多優秀的作品，給與明代文學以新生命新力量。從此以後，無人不承認白話是寫小說的最好工具，好的小說沒有不是白話的了。

二、對於小說觀念的改變　我國文學，由于儒家載道思想的統治，歌詞戲曲，大多視爲小道，對於小說，更加輕視。到了明朝，在新興的市民思想基礎上，這種觀念，爲之一變。如李卓吾、袁宏道、馮夢龍、凌濛初等，一致讚美小說文學的優美，同時並瞭解小說與羣衆的關係，以及小說中所表現的思想意義，所謂小說的文學價值與社會價值，第一次爲中國文人所認識、所讚歎。關於這一點，在第二十四章裏已經講過了。馮夢龍編的三本短篇小說，題爲喻世明言（卽古今小說）、警世通言、醒世恆言。可一居士序說：「明者取其可以導愚也，通者取其可以適俗也，恆者則習之而不厭，傳之而可久。三刻殊名，其義一耳。」這種對於小說的見解，對於小說教育意義的理解，是到了明朝才有的。

三、小說與時代　明朝的時代背景與社會意識，在小說中反映極爲明顯。許多作品，都從不同的角度，揭發和描寫封建政治的罪惡，社會現實的黑暗，階級矛盾的具體內容和人民的生活願望。在創作方法上，現實主義或是積極浪漫主義的藝術力量，得到進一步的提高與發展。明代因方士僧尼的大盛，報應輪迴之說深入民間，故小說中多言因果靈怪，而神魔作品特多。再以晚明朝綱不振，君主臣僚大都縱慾荒淫，一時成風，恬不知恥，於是有些小說，涉及淫穢，男女私情，加意鋪寫。如金瓶梅那一類的作品，一時風起。再如西遊補的諷刺明末的政治與士風，西洋記、精忠傳一類作品的慕古傷今的情感，少數短篇小說中對於新經濟情況的反映，時代的背景，社會的意識，都很活躍鮮明。至於三國演義、水滸傳、西遊記，更是一代的巨著。那些正統派的古文不必說，就是比起當代的那些雜劇傳奇來，小說是更富於現實性的。

我敘述明代的小說，以長篇為主，短篇平話次之。至於那些唐人傳奇式的小說，如瞿佑的剪燈新話及李禎的剪燈餘話一類的作品，在這一時代，已經失去其重要性，只好從略了。

二　三國演義

一

三國演義是我國歷史小說中最優秀最流行的一部。歷史小說由宋代的講史演進而來。據李商隱驕兒詩云：「或謔張飛胡，或笑鄧艾吃。」可知在唐末，三國歷史，已變爲通俗的故事流行民間了。到了北宋，說話人有說三分的專家。蘇軾東坡志林云：「王彭嘗云：『塗巷中小兒薄劣，其家所厭苦，輒與錢，令聚坐聽說古話。至說三國事，聞劉玄德敗，頻蹙眉，有出涕者；聞曹操敗，卽喜唱快。』以是知君子小人之澤，百世不斬。」由這一點可以體會出北宋的三國故事發展的傾向。再在金人院本、元人雜劇裏，搬演三國史事者特多。據錄鬼簿及涵虛子所記，三國劇本，近二十種。但到現在，宋人記三國故事的話本，還沒有見過，我們現在所見到的最早的本子，是元朝至治年間（公元一三二一——一三二三年）建安虞氏刊的全相三國志平話，書藏日本內閣文庫。同時發現者還有武王伐紂平話、樂毅圖齊七國春秋平話（後集）、秦併六國平話、前漢書平話（續集），一共是五種，這都是元代講史文學的遺產。書中雖偶雜神怪，主要是根據史實。但文字簡樸，較之京本通俗小說，相差遠甚，近於三藏取經詩話一流，想是元代民間之作。三國志平話爲上中下三卷，分上下二欄，上欄是畫，下欄是文。書的開始，有一段司馬仲相陰間斷獄的引子。而以韓信爲曹操，彭越爲劉備，英布爲孫權，漢高祖爲漢獻帝，報其殺害功臣之冤，造成三人分漢的因果論。開首有詩云：「江東吳土蜀地川，曹操英勇占中原。不是三人分天下，來報高祖斬首冤」，這意思說得極爲明顯。平話的本文，開始於黃巾起義，劉、關、張桃園結義招兵討伐，而終於孔明病亡。觀其故事前後的起結，後來的三國演義，在此已粗具規模。但文字粗簡，語意不暢，人地之名，時有誤寫。如糜竺爲梅竹，張角爲張覺，華容爲滑榮，街亭爲皆庭，又如書中曹操、曹公雜稱，劉備稱諸葛亮爲「師父」等，行文的急就可見。此種例證，到處都是。所敘事實，頗違正史，如劉備落草、張飛殺狗等，尤爲無稽。由此看來，三國志平話一書是說話人的底本，是民間傳說的三國故事，沒有經過修飾。這書的文學藝術價值雖不很高，但在三國演義的演化上，在講史文學的研究上，卻很重要。因爲由此我們可以知道了元朝的三國故事在民間流播的形態，和元代的通俗文學的發展情形。

二

將元朝的三國志平話加以改編，寫成一本雅俗共賞的歷史小說的，是羅貫中。羅名本，字貫中，是元末明初人，賈仲明錄鬼簿續編云：「羅貫中，太原人，號湖海散人，與人寡合。樂府隱語，極爲清新。與余爲忘年交，遭時多故，各天一方，至正甲辰復會，別來又六十餘年，竟不知其所終。」前人於羅氏籍貫年代，時有異說，至此始能確定。又據清顧苓塔影園集卷四所記，則貫中曾「客霸府張士誠所」，亦可證他生活的時代在元末明初。據賈仲明所記，羅貫中是一個不得志的江湖流浪者，但他在文學上，卻有重要的貢獻。他是中國首先用全力作小說的作家，他又是首先獻身通俗文學的作家。他也做過戲曲，今所知者有宋太祖龍虎風雲會、三平章死哭蜚虎子、忠正孝子連環諫三種，後二種則已佚去，但他畢生的精力，幾乎貢獻在小說上，相傳他有「十七史演義」的大著作。其他如水滸傳、平妖傳諸書，都與他有關，又如隋唐兩朝志傳、殘唐五代史演傳，也署羅貫中之名。但他的作品，多經後人增損，原作湮沒，甚爲可惜。在許多作品中，較能保存他原作的面目的，還只有這本他改編的三國志通俗演義。

三國志通俗演義最早的本子，我們能見到的是一部號稱弘治甲寅年的刊本。(註)題爲「晉平陽侯陳壽史傳，後學羅本貫中編次」。前有庸愚子序云：「前代嘗以野史作爲評話，令瞽者演說，其間言辭鄙謬，又失之於野，士君子多厭之。若東原羅貫中，以平陽陳壽傳，考諸國史，自漢靈帝中平元年終於晉太康元年之事，留心損益，目之曰三國志通俗演義。文不甚深，言不甚俗，事紀其實，亦庶幾乎史。蓋欲讀誦者人人得而知之，若詩所謂里巷歌謠之義也。」這裏將羅貫中改編三國志通俗演義的心思說得非常明白。他要把那些言辭鄙謬，士大夫看不起的平話，改編爲「文不甚深，言不甚俗」，又不完全違背正史的通俗演義，既可給士大夫讀，也可給民眾看的一種雅俗

註：這部「弘治本」，過去商務印書館曾經影印過。但原書本有弘治、嘉靖兩序，影印本卻缺嘉靖間修髯子一序，有些讀者遂誤以爲弘治本，實則商務印本已爲嘉靖本了。

共賞的讀物。一面可以普及歷史知識，同時又要合乎里巷歌謠之義。羅貫中這種工作，有重要的文學價值和積極的社會意義。他是有意的要為民眾創作通俗文學，將那些歷史知識，用演義體裁灌輸到民間去。他具有重視小說價值的進步眼光，也具有為民眾寫作的進步立場。他確是通俗文學的創作者，是我國小說界的開路先鋒，這一點，便使他在中國文學史上得到不朽的地位，值得我們敬重他。

羅編的三國志通俗演義，共二十四卷，每卷十節，每節有一小目，為七言一句，這是我國長篇小說初期繼承話本的形式。後來小說分成多少回，每回的題目，成為對偶的兩句，整整齊齊，那就進步很多了。羅本與平話本不同之處，最要者有三：

一、增加篇幅，改正文字　如三顧茅廬在平話中只一小段，文字拙劣，生趣索然。羅本則肆力鋪寫，長至數倍，狀神寫貌，個性躍然；文字健勁，生動可喜。

二、削落無稽之談　平話中凡過於荒誕者，一律削去。開卷之因果報應刪去，而以史事直起，即為一例。

三、增加史料　可用之正史材料，羅氏酌量增入。如何進誅宦官、禰衡罵曹操等。再又加進許多詩詞書表，顯得歷史性更加濃厚。

這樣一來，羅氏的書較之元朝的平話本，自然是進步得多。他做到了序上所說的「文不甚深，言不甚俗」的歷史演義，民眾與士大夫都一致表示歡迎了。這種本子一出世，那種平話本，自然會湮沒無聞，於是新刊本便紛紛出現，到明朝末年，那些刊本，也不知道有多少種，都是以羅本爲主，有的加以音釋，有的加以插圖，有的加以批評，有的在卷數回數上加以增損，文字上也有增删，不過改動不大。一直到了清朝康熙年間毛宗崗出來，這本書才再發生變化。他把羅本加以改作，再加上批評，稱爲第一才子書，這就是我們今日讀到一百二十回的三國演義。我們都知道三國志通俗演義是明初的羅貫中所作，但我們讀到的卻是清毛宗崗的本子，原因便在這裏。毛宗崗字序始，江蘇長洲人。因爲毛本在文字上比羅本較爲進步，毛本一出，羅本便又湮沒而不爲人所知了。毛本的卷首，有凡例十條，說明他的改作意見。約而舉之，有如下四端：

一、改正內容，辨正史事。

二、整理回目，改爲對偶。

三、增删詩文，削除論贊。

四、注重辭藻，修改文詞。

上列諸條，此其大者，細故尚多，不必詳說。總之，那部書經他這麼一改，無論內容文字，都較爲完整，於是三百年來，社會上只知道有毛本的三國演義了。但在正統思想這一點來說，毛本是改得更爲濃厚了。可知三國演義絕非一人一代之作，是一部幾百年來由正史入於民間，再由話本回到文人手裏的集體創作，但主要的創作勞動，不得不歸於羅貫中。

三

三國演義在歷史事實上有些地方雖不符合陳壽的三國志，但大體上仍然是統一的。三國演義是一部小說，它以那一個時代的歷史事實爲骨幹、爲基礎，經過民間藝人的長期編造，再經過羅貫中整理、加工和再創造的過程，這中間是滲雜了作者的主觀思想和文學想像，對於史事的安排、改動和人物性格的描寫，求其合於文學的創作意圖，求其合於藝術的真實，同歷史事件發生某些不盡符合的地方，自然是難免的。前人每以這些地方來批評三國演義的錯誤，這是他們自己的錯誤，因爲他們忘記了三國演義是一部小說，是一部文學書。

三國演義的主旨，是反分裂、求統一的思想，這種思想是符合當日廣大人民的願望和利益的。在這樣的思想基礎上，三國演義很真實地描寫了三國時代封建統治集團內部的複雜矛盾和激烈鬬爭。在那矛盾和鬬爭裏，揭發出東漢末年漢帝國朝政的極端黑暗腐朽和統治者的殘暴罪行，也反映出農民起義力量的聲勢浩大，和人民在那個動盪時代流離轉徙飢餓死亡的慘痛生活。我們讀三國演義時，一幅殘破的社會圖景，展開在我們的眼前。這方面真實而又歷史的反映，是三國演義的主要思想內容。但必須指出：書中對黃巾農民起義軍，採取了反對、誣衊的態度。

三國演義把曹操寫得那麼奸險，把劉備寫得那麼仁慈，實際是違反歷史事實的。這是一種封建統治階級思想，在民間文學中的反映；是一種封建時代傳統的歷史觀念，在講史文學中的反映。這種歷史中的正統觀念，要探其根源，實始於孔子的春秋。以後的歷史家們，大都繼承和發揚這種思想，形成封建性的牢固的正統觀。講史平話的作者，雖出自民間，能編述史書，從事改寫，當然是有學識的人，受有這種正統觀念的影響，並沒有什麼可奇怪的。但作爲文學來說，這種正統觀念，成爲劃分正反兩個集團的有利基礎，成爲塑造正面人物、反面人物的鮮明形象和性格的有利條件。由講史平話到三國演義，這種觀念，是經過一個長期的文學發展過程的。如果把這種封建性的正統觀念，誇大爲民族思想和愛國思想的反映，並認爲這種思想只有在宋、元的鬬爭中才能發展起來，甚至說成是羅貫中創作的特點，恐怕都是不大妥當的。愛國詩人陸游有詩云：「邦命中興漢，天心大討曹」，詩意確是以漢代宋，以曹代金，可以體會到民族思想通過正統觀念的曲折反映。但三國演義的作者，很難說有這樣的主觀意圖；從客觀效果上這樣去理解，固然可以，但也不能過分強調這一點。

三國演義善於分析和描寫各種政治上的矛盾，通過各種故事發展和人物活動，把許多歷史材料，加以文學化，生動活潑，機趣橫溢，內容豐富，變化萬端，展開着各種不同的政治、軍事、才略的鬭爭。王允獻貂嬋、桃園結義、三顧茅廬、過關斬將、單刀赴會、單騎救主、羣英會、蔣幹過江、借東風、火燒赤壁、空城計、斬馬謖、六出祁山等等，寫得非常精彩，而又有深刻的內容，具有吸動讀者的藝術力量。通過這些故事，給予舊社會廣大人民一些政治手腕和軍事才略。據小說小話所載，李自成、張獻忠、洪秀全起義時，都從三國演義中學習攻城略地，伏險設防的方法，這並不是誇張的。「異姓聯昆弟之好，輒曰桃園；帷幄侈運用之才，動言諸葛」，這已是舊社會最普遍的現象。

三國演義在塑造人物形象、描寫人物性格上，得到了很大的成就。作者集中全力，描繪了諸葛亮、曹操、關羽三個突出的人物。諸葛亮成爲智慧才略的化身，曹操成爲奸詐權術的代表，關羽成爲忠烈勇敢的典範。再如劉備的仁慈而又長厚，張飛的粗豪而又善良，周瑜的機智而又猜疑，魯肅外愚而實內智，都寫得非常生動。幾百年來，諸葛亮、曹操、關羽這些名字，代表着人物性格的豐富內容，概括着不少的讚美或是譴責的意義，在廣大人民的口頭，普遍地流傳着使用着。在這裏，顯示出三國演義描寫人物的現實主義精神。但我們也必須指出，有些地方，還存在着過於誇張、生活細節不夠真實的缺點，也間有迷信妖異的缺點。正如魯迅所說：「至於寫人，亦頗有失，以致欲顯劉備之長厚而似僞，狀諸葛之多智而近妖；惟於關羽，特多好語，義勇之概，時時如見矣。」（中國小說史略）這批評是很中肯的。

三國演義的語言，不是純粹的白話，而雜用着半文半白的通俗文言，確是美中不足，但這是有它的歷史原因的。三國演義從講史演化而來，講史都要牽就史事，引用史中文獻，講史作者爲了方便，有的照段抄錄，有的是改頭換面的編寫，文言便成爲主要部分。五代史平話和武王伐紂平話一類作品，都是如此。小說話本是獨創性的，因此它們的語言和講史不同。水滸在語言上遠勝於三國演義，因爲水滸雖具有講史性質，但它的故事情節和人物，很少歷史根據，絕大部分是創造出來的。所以水滸具有講史、小說的雙重基礎。雖如此說，從全相三國志平話到羅貫中的三國志通俗演義，語言已經大大地提高了。

三國志通俗演義以外，羅貫中還編寫了隋唐兩朝志傳和殘唐五代史演傳。前者十二卷，一百二十二回，有明萬曆己未刻本。題「東原貫中羅本編輯」，「西蜀升菴楊慎批評」，起于隋末至於唐僖宗。（見孫楷第中國通俗小說書目）後者八卷，六十回，起於黃巢起義至於陳橋兵變，據唐書、五代史及民間傳說寫成。似有意爲模仿三國演義而作，但內容詳略不均，文字亦頗粗糙。不過這些作品，俱經後人改動，已非羅著之本來面目。只是我們可以由此推想，羅氏生在元末明初民族矛盾、社會矛盾那樣激劇的時代，他對於歷史上具有傳奇性的英雄人物，一定是非常注意，非常喜愛的，明王圻稗史彙編中說羅貫中等「皆有志圖王者」，這雖是後人的傳說，但用以說明羅氏的抱負，似也並非全無根據的。

三　其他講史小說

明代長篇講史小說，所以大量產生，原因自然很多。但羅編三國的風行一時，給予小說作者以促進、鼓勵的力量，使大家都去效法，實爲重要因素之一。在這種風氣下，於是一代史事，各有所述，或依正史，或雜野談，書賈爲推廣銷路，作家爲託古存真，或借羅貫中編纂之名，或假託李贄、袁宏道、鍾伯敬評點之筆。可觀道人序馮夢龍新列國志云：「自羅貫中三國志一書，以國史演爲通俗演義百餘回，爲世所尙。嗣是效顰者日眾，因而有夏書、商書、列國、兩漢、唐書、殘唐、南北宋諸刻，其浩瀚與正史分籤並架，然悉出諸村學究杜撰。」這裏把明代歷史小說發達的情況，說得很明白。這些作品，水平高下不一。有些確如馮氏所說的出於村學究之手，文學價值不高，有些則在文學史小說史上，雖非上乘之作，仍有它相當的地位，特別是在民間的影響，更不能忽視。其中有些故事中的人物，並經過集體性的努力，而成爲大眾所喜聞樂見的形象，如說唐、楊家將中那些英雄豪傑。在這裏，我們介紹幾部影響較大的作品。

列國志　現在流行的東周列國志，實際已經過了好幾次的演變和改編。最早寫「列國」故事的當是元代話本。到了明嘉、隆時，則有福建建陽縣人余邵魚撰的列國志傳，八卷。後來馮夢龍又加以改編，改名爲新列國志，共一百零八回。起於周宣王，終於秦王政。刪去了一些虛構的情節，使其力近於史實，但同時也削弱了幻想的色彩，而最大的貢獻還是在於技巧上有顯著的提高。到了清乾隆時，又有江寧蔡元放（名奡）評點的東周列國志，二十三卷，一百零八回。蔡氏除了評批之外，並在馮氏原著基礎上加以刪改，這就是流行最廣的一種了。由於馮氏和蔡氏編寫時，都要事事必本於左傳、國語等史籍，並且要糾正三國演義的「造做」之病，所以全書最大的一個缺點，是語言藝術不高，史傳氣味過濃，寫人物的個性、神情都不夠鮮明，因而大大的影響了文學的價值。其次是頭緒過於紛繁，而作者的才情氣魄又都不相適應。不過這部書作爲灌輸讀者的古代歷史知識來說，還有它一定的作用。同時，書中寫衞懿公好鶴、伍子胥過關等故事，也有其生動洗煉的地方。

楊家將演義　楊家將的故事，在南宋時卽已流行，到了元代，雜劇中又多取爲題材。明代中葉後，遂有幾種不同版本的說部流行。其中嘉靖時建陽人熊大木的北宋志傳通俗演義，卽寫楊家將的故事，十二寡婦征西一節，就是出在楊家將的後半部。全書寫楊業一門的英勇殺敵，忠誠報國，相當熱烈，特別是穆桂英等女英雄的形象，至今還爲人民所喜愛。但這書的藝術價值却很低劣，結構簡單，語言枯燥，在舊說部中實非佳作。楊家將故事所以能夠這樣家喻戶曉，主要還是由於戲劇的演出，和民間藝人等傳播的力量。

說唐　說唐的故事，在宋元間已盛傳於民間。吳自牧夢粱錄卷二十卽有「講史書者，謂講說通鑑，漢、唐歷代書史文傳，興廢戰爭之事」的話。但寫成爲長篇的講史小說，卻開始于明代，而成熟于清代。上面提到的羅貫中的隋唐兩朝志傳就是其中之一。還有寫過西樓記、金鎖記傳奇的袁于令（又名韞玉，字令昭，號吉衣主人）也寫過隋史遺文六十回。書中揭露了隋煬帝的種種暴政，反映了人民的反隋願望，對秦瓊等人的英雄本色寫得較有聲色。此外，還有一部諸聖鄰的大唐秦王詞話也值得我們注意。這部書又名秦王演義，可能是現在所見到的最早的鼓詞傳本，但書中用以敘述情節的散文部分，卻遠較唱詞部分爲多，所以它實際已具有講史小說的規模了。全書起於李世民起兵，終於登位稱帝，卽以李世民的興唐活動爲主綫，旁及程咬金、單雄信、李密、尉遲恭、秦瓊、羅成等人的故事，凡是後來的說唐全傳中寫到的一些重要情節，差不多都有了。不過因爲它究竟是一種較早的說唱作品，故雖有其樸質，而終缺少文采。但在說唐故事的研究上，卻是一部不能忽視的作品。到了清初，則有褚人穫的隋唐演義一百回。人穫字石農，長洲人，曾著筆記堅瓠集六十六卷。這部隋唐演義，實際是據隋唐兩朝志傳和隋煬帝豔史改寫，但如楊貴妃、江采蘋等故事，顯然又吸收了傳奇中的資料。全書始於楊堅起兵伐陳，迄於明皇、肅宗相繼崩逝，據書末所說，其目的「不過說明隋煬帝與唐明皇兩朝天子的前因後果」而已。書中的英雄人物，寫得較成功的是秦瓊，其次是程咬金。秦瓊的天涯落魄，賣馬臥病諸節，都寫得緊湊乾淨，其缺點則是困頓中又稍嫌猥瑣。程咬金的草澤英雄性格寫得很生動，於憨直粗豪中顯得十分可愛，對白尤能傳神。從秦瓊的失意，映襯了店小二的勢利；從程咬金的醉後高興，映襯了她母親的嗔怒之切，都表現了作者的呼應剪裁之力。「咬金笑道：『我的令堂，不須著惱，有大生意到了，還問起柴扒做甚？』母親道：『你是醉了的人，都是酒在那裏講話，我那裏信你？』」這種以極經濟的語言，寫母子兩人不同的神情口吻，正是宋元話本的特色。但書中對隋煬帝、唐明皇一班君臣后妃的淫奢生活，雖作了較多的暴露，同時也過多地渲染了宮闈間的那些豔史佚事，又加上不少迷信的情節，因而削弱了主題的集中和結構的完整，並且弄得頭緒紛繁，筆意旁騖，是本書的顯著缺點。

在這一說唐系統中，寫得較出色的是清人的說唐演義全傳。作者姓名不詳，有乾隆間刊本，六十八回。內容從秦彝託孤、楊堅平陳至李世民登位止，可以說是歷來說唐故事演變改編的一個結集，然而却又自成格局。全書的顯著特點，就是它不像隋唐演義那樣的鋪敍得散漫，而以瓦崗寨一些英雄的活動爲中心，集中地描寫他們，歌頌他們，這樣使得主綫分明，情節緊湊，人物的性格也就深刻多了，生動多了。至於作品風格，雖細膩不足，却能於粗獷中見其氣魄，而且前後之間也較隋唐演義來得調和。秦瓊、程咬金、單雄信、尉遲恭、羅成，這些人物，有的沉着，有的粗豪，有的剛烈，有的勇敢，都各有其不平凡的經歷，各有其性格特徵，同時又各有其可敬可愛的品質。秦瓊和單雄信的遇合，表現了英雄相惜的患難深情，也反映了隋末天下大亂、豪傑四起時的歷史內容。後來單雄信爲兄報仇，毅然訣別妻子，獨踹唐營，力窮被擒，仍誓死不受誘降，通過作者的全力歌頌，成為全書中一個突出的好漢形象。還有一點，這些英雄人物，他們的武藝和品質，雖然十分高強優良，但一生經歷中又大都具有悲劇的色彩，像秦瓊的客店受辱，尉遲恭的歸農裝瘋，羅成的中計被害，都體現了封建社會中黑暗冷酷的一面，也豐富了全書的變化曲折的故事氣氛。但書中強調「真命天子」，表現了濃厚的封建正統思想。

說唐全傳之外，還有說唐小英雄傳，寫羅通掃北的故事；說唐薛家將傳，寫薛仁貴征東故事，統稱為說唐後傳。其他還有征西說唐三傳，寫薛仁貴兒子薛丁山、樊梨花夫婦故事。但這些作品的內容和技巧，都很低劣，其中庸俗荒誕之處，在過去還起過不良的影響。

精忠傳　演述岳飛故事的書，在明代也很不少。岳飛時代，一面是奸相當朝，一面是外敵壓境，明代嘉靖以還，人民同樣感着這兩層壓迫。岳飛的武功與冤案的演述，表現出民間的義憤和民眾崇拜民族英雄的心理。因此這類的書，在民間很為流行，也富於教育意義。這書的本子也有好幾種。主要的有：一、熊大木編的大宋中興通俗演義，八卷。亦名大宋中興岳王傳、武穆精忠傳，現在所見的明人寫岳飛故事的，以此書為最早。始於金人南侵，岳飛抗敵，終於岳飛被殺，秦檜在獄中受報應。後來的說岳全傳，在此已略具規模，但文字半文半白，與三國演義相類。二、重訂按鑑通俗演義精忠傳，一名精忠報國傳，于華玉著，華玉字輝山，金壇人。此書出於熊本以後。他重編此書的主旨，是去其荒誕不稽的小說材料，而要使他變成一部歷史的演義。因此他在凡例上說：「末卷摭入風僧冥報，鄙野齊東，尤君子之所不道。」於是「正厥體制，芟其繁蕪，一與正史相符，爰易傳名曰精忠報國。」雖說他易稿六七次，務期簡雅，結果使這一部傳奇，變成一部死板板的演義，活潑的精神和小說的趣味都沒有了。三、精忠全傳，明無名氏編，題鄒元標編次。鄒爲萬曆進士，曾因劾張居正罷官，後又因紅丸案忤魏忠賢，卒于天啓四年，在晚明以正直見稱。他編此書，以熊本爲主，而又恢復傳奇的精神。四、到了清朝，將明代所有的岳傳截長去短，重編一次，便是現在最流行的精忠演義說本岳王全傳，簡名說岳全傳，錢彩編次，金豐增訂，全書二十卷，八十回，是岳飛故事書中最完備的著作。金豐序云：「從來創說者，不宜盡出於虛，而亦不必盡由於實。苟事事皆虛，則過於荒誕，而無以服考古之心；事事忠實，則失於平庸，而無以動一時之聽。」這便是他們改編說岳全傳的態度。經他們這樣一改，自然是後來居上，他們一面是吸收過去岳飛演義中的優良部分，同時又加進許多民間關於岳飛的傳說故事，市語加多，雜以荒誕的傳說，如金翅大鵬鳥等的情節，於是便成爲民衆歡迎的讀物，其他各種都不流行了。但這書在乾隆時竟被列爲禁書，可見由於它藝術技巧較優於明人之作，在民族意識的灌輸感染上，效果自然也較大，因而爲清統治者所忌。

英烈傳　這是描寫朱明開國的一部最早小說。十卷八十回，作者不詳，相傳爲嘉靖時武定侯郭勳表揚其祖先郭英功績而作。描寫戰爭場面較多，文筆則甚庸弱。此書在講史中雖非佳作，但影響很大，戲劇、評話多取爲題材。後又有真英烈傳，原書未見，據黃摩西小說小話所記，則內容多詆毀郭英，似爲反對英烈傳而作。又有續英烈傳三十四回，題「空谷老人編次」，有紀振倫一序，內容寫建文帝喪國始末。

明清兩代，由於印刷方便，書賈又想牟利，講史小說，事介虛實之間，文多通俗易懂，故更爲民眾所歡迎。往往一人創作之後，別人就加以仿作續作，或改頭換面，一書改成數書，於是同類性質的書就層見疊出，如上述的列國、楊家將、說唐，即形成一個系統。又如寫上古故事的，有明五岳山人周游的開闢衍繹通俗志傳六卷，盤古至唐虞傳二卷，有夏誌傳四卷，有商誌傳四卷（上三書作者都不詳）。寫漢代故事的有明熊大木的全漢志傳十二卷，明甄偉的西漢通俗演義八卷，明無名氏的兩漢開國中興傳誌六卷，明謝詔的東漢十二帝通俗演義十卷，清無名氏的東漢演義評傳八卷。這些作品，在當時雖也起過普及歷史知識的作用，但終因本身的價值不高，缺乏獨立的藝術生命，所以結果大都被淘汰了。

四　水滸傳

一

水滸傳是我國古典長篇小說傑作之一，是一部描寫和歌頌農民起義的優秀的現實主義作品。它也不是一人一代之作，也是多少人多少年慢慢形成的。正同三國一樣，是民衆、藝人和文士的集體創作。但在水滸這部小說的創造上，最爲主要而又具有代表性的人物是施耐菴。在討論水滸傳的文學價值之前，先簡略地說明一下它的演化過程。

一、南宋時，水滸已爲民間流行的故事，由民間流行，逐步進入話本與戲曲。據宣和遺事所記，水滸人物已有三十六人，文字雖短，事實已具規模。起於楊志等押運花石綱，而終於征方臘。宋末龔聖與（名開，山陽人）作三十六人的像贊，據周密癸辛雜識續集云：「龔聖與作宋江三十六贊并序曰：宋江事見於街談巷語，不足采著，雖有高如李嵩輩傳寫（高如有作人名的，待考），士大夫亦不見黜，余年少時壯其人，欲存之畫贊，以未見信書載事實，不敢輕爲。」可知宋末，水滸故事在民間一定非常流行，那些英雄們的面目性情，想必都很特殊，因此當日畫家如李嵩之流，畫起他們的像來。曲海總目提要水滸記條下說明云：「宋時畫手李嵩輩傳寫其像，士大夫頗不見黜，龔聖與至爲作三十六贊。」李嵩作像，龔聖與作贊，這種情形，表示出流傳民間的水滸故事，開始同畫家、文人接近了。畫家、文人接近這種故事，是有理由的。周密畫贊跋說：「此皆羣盜之靡耳。聖與既各爲之贊，又從而序論之，何哉？太史公序游俠而進姦雄，不免異世之譏；然其首著勝、廣於列傳，且爲項羽作本紀，其意亦深矣。識者當自能辨之。」這意思極爲明顯，宋江們雖爲「羣盜」，如能削平外敵，何嘗不是真命天子；遺民文人的亡國之痛的心理，確實溢於言表。宣和遺事外，在宋、元之際，還有水滸傳一類的話本，見羅燁醉翁談錄中的，有青面獸、花和尚、武行者等篇。到了元朝，出現了許多水滸故事的雜劇，以寫黑旋風爲多。劇中人物之性格雖與小說頗有異同，但也可體會到水滸故事在社會上流行的盛況。

二、水滸故事在話本、雜劇中這麼流行，一定有人出來寫成小說，材料好，寓意好，像李嵩、龔聖與、周密一樣心境的人是不少的。這一個最初寫成水滸傳的人，是元末明初的施耐菴。明嘉靖時人高儒百川書志云：「忠義水滸傳一百卷，錢塘施耐菴的本，羅貫中編次。」明郎瑛七修類稿記宋江一書，也稱「錢塘施耐菴的本」。郎瑛年代略同于高儒，兩書都是水滸版本最早的記載。一百回本及一百二十回本，都寫着施耐菴集撰，羅貫中纂修。金聖歎則說是施耐菴作。這樣看來，施耐菴確是水滸傳最早的創造者，是在民間傳說和話本的基礎上加以整理、組織和加工創作的第一人。關於施耐菴的生平，至今尙無確切的資料，據說他生於元成宗元貞二年，卒於明太祖洪武三年。原名耳，又名子安，祖籍蘇州，曾出仕錢塘，又傳他曾參加張士誠軍。但這些都還待證實。我推想施氏的本子，一定是用的白話，這是與三國志平話不同之處。因爲宣和遺事中的水滸故事，已有濃厚的白話傾向，並且有許多白話文句。施氏決不會改用文言，這是後來水滸傳在語言上能成爲一部白話文學的原始基礎。同時我們還可推想，施氏所敘的故事，與宣和遺事的架子略同，招安以後，接着平定方臘，書就告了結束。到了羅貫中，將施本再加以改造。他可能看見宣和遺事亨集一段有「因此三路之寇，悉得平定」二句，宋江已經招安，便加進征討田虎、王慶一段，湊成「三寇」之數。田、王的故事，從水滸傳百回本的七十二回看來，在宋、元之間，可能已有傳說。施、羅本前有致語，其文字面目到現在還有大部分保留在一百十五回本裏。

三、嘉靖年間，是中國長篇小說進步發展的大時代，水滸傳在這時期，再受到文人的修改。沈德符野獲編卷五云：「武定侯郭勳，在世宗朝號好文，多藝能計數。今新安所刻水滸傳善本，卽其家所傳，前有汪太函序，託名天都外臣者。」一百二十回本發凡云：「郭武定本，卽舊本，移置閻婆事，甚善。其於寇中去王、田而加遼國，猶是小家照應之法，不知大手筆者，正不爾爾。」郭本之去田、王，而加遼國，想是當時北方外族壓邊，時時告緊，作者以安內換成攘外，聊快人意。在宣和遺事元集一節中，有「童貫巡邊，五月童貫兵與遼人戰，敗退保雄州」的記事，可知破遼也是有根據的。郭本的執筆究竟是誰，雖無法斷定，作序的汪太函却頗有可能，但也有人不相信此說的。汪太函是汪道昆，字伯玉，歙縣人，是當日與王世貞齊名的文學家，也是明代的雜劇作者。因爲他是文學家，這次改編水滸，使它在藝術上又有了提高。郭本一百回，是繁本之祖。

四、郭本問世，立刻得到士大夫的讚歎，如李卓吾、袁宏道、胡應麟之流，都是本書的愛好者。在這同時，謀利的書賈們（至少是福建的書店），不得不另謀出路，於是取施、羅舊本，恢復田虎、王慶，再將破遼一節改作過，增加進去，成爲「平四寇」，內容最富，以全本向民眾號召，兜攬生意，於是稱爲新刊原本全像插增田虎王慶忠義水滸傳一類的一百十回本、一百十五回本以及一百二十四回本，三十卷本等等，書店爲競爭生意，都紛紛地出版了。這些本子，在內容上說，與羅本最爲接近，在文字上說，都是簡略的，俱可稱爲簡本。民眾看小說，大都是注重趣味，需要豐富的故事內容，他們既以全本舊本相號召，銷路自然很好，因此引起當日士大夫的憂慮。胡應麟說：「余二十年前所見水滸傳本，尙極足尋味。十數載來，爲閩中坊賈刊落，止錄事實，中間游詞餘韻，神情寄寓處，一概刪之，遂幾不堪覆瓿。」便可知道簡本在文字上，是比不上郭本的。解放後影印的余象斗校評京本增補校正全像忠義水滸志傳評林，就是簡本之一，它在研究水滸故事源流上仍有其重要的價值。

五、因爲要顧到全本的名義而又要挽救郭本的散失，天啓、崇禎間有楊定見編的一百二十回的忠義水滸全書的產生（商務有翻印本）。他是用的郭本原文，再將簡本中的田、王故事，加以改作，插入破遼之前。這樣一來，又是全本，又是繁本，而文字也都可讀了，可算是一部名副其實的繁簡合編的綜合全書。後來金聖歎出來，他說他發現了眞正的水滸傳古本，其中沒有招安等內容，實際他是站在封建的反動立場，覺得「強盜」受了招安，並能建功立業的事不可提倡，於是他腰斬水滸，刪去原本的七十一回以後的部分，卷首另加引子，於宋江受天書之後，僞造盧俊義一夢結束，把英雄們的壯烈功業，化成悽慘的悲劇。但他在文字上，確實有些地方是改得比較好的。於是三百多年來，看水滸傳都是看的金聖歎的改本，其他的本子，都變爲古董。近數十年來，因研考小說之風甚盛，舊本出世者時有所聞，我們才得稍窺其真相，現在所能看到的最早的水滸傳版本爲嘉靖間本，可惜只存第十一卷一卷，卽自五十一回至五十五回。依此推算，全書當是二十卷一百回。李開先詞謔記水滸傳「委曲詳盡，血脈貫通，史記而下，便是此書，且古來無有一事而二十冊者」。這所謂二十冊，大概就是二十卷，可見正德、嘉靖間人所看的就是這種本子。但因爲材料不足，上文所述，自仍多推論。

二

水滸傳的內容，雖根據民間傳說，再加以想像和創造，然宋江確有其人。宋史徽宗本紀云：「淮南盜宋江等犯淮陽軍，遣將討捕，又犯京東、江北，入楚海州界，命知州張叔夜招降之。」又同書侯蒙傳云：「宋江寇京東，蒙上書言：『江以三十六人橫行齊、魏，官軍數萬，無敢抗者，其才必過人。今清谿盜起，不若赦江，使討方臘以自贖。』」又同書張叔夜傳云：「宋江起河朔，轉略十郡，官軍莫敢攖其鋒。」可知梁山好漢，聲勢強盛，招安討「賊」，俱見信史。又宋史楊戩傳記「梁山濼古鉅野澤，緜亘數百里，濟鄆數州賴其蒲魚之利」，也可略見宋時梁山的形勢。但水滸傳的性質，與演義體的三國完全不同。水滸只取史中一點一滴，開展擴充，縱橫鋪寫，完全不爲歷史所拘，敘述佈局，獨出心裁，成爲一部自由創作的小說，故在文學上的成就，較講史爲優。這書的背境雖是寫的宋朝，雖是寫的北宋末年的農民起義，其實放到中國封建社會的任何一個時代，都無不可。在過去歷史中，哪一個時代，不是統治者壓迫民眾，小人陷害君子，富人摧殘窮人，男人侮弄女子，等到階級矛盾尖銳激化，廣大人民走投無路的時候，結果是農民起義發生，推翻封建統治政權，推動歷史向前進展。但把農民起義的豐富內容，寫成爲長篇小說的，卻始於水滸傳。水滸傳裏所表現的人物，也是我國歷代所共有的。如蔡京、童貫、高俅一類荒淫無恥、作威作福的貪官，張都監、張團練一類魚肉小民的酷吏，過街老鼠張三、青草蛇李四、沒毛大蟲牛二一類的專以敲詐爲生的破落戶潑皮，飛天夜叉、生鐵佛、飛天蜈蚣一類的誘姦婦女的道士和尚，桃花山大盜一類的掠奪婦女的土霸，蔣門神一類的仗勢欺民佔人財物的惡棍，王婆一類的市井幫閒，還有各種各樣的土豪劣紳，都不是宋朝社會所特有的。在舊社會中，這些貪官、污吏、惡棍、潑皮、道士、和尚，滿眼都是。因爲如此，以宋代的史實爲材料而寫成的水滸傳，它的生命是新鮮的，內容是豐富的，具有深廣的思想基礎和概括的歷史意義。因此，這本書能供給各時代各種讀者以種種不同的意義。封建官紳，說它是一部「強盜流寇」的歷史，但在民眾的眼裏，卻是一部中國未曾有過的歌頌農民起義的小說。書中英雄們身受目擊的苦難，正是民眾自身的苦難。這一些苦難，兩千多年來，無時不加在民眾的肩上，究竟是屈服忍受的多，奮身而鬬的少；而這一部書，正是代表民眾向封建政府、官吏、富豪、惡棍、壓迫平民的惡勢力的強烈反抗。讀到林冲、武松、魯智深、李逵們對於那些黑暗勢力的掃蕩，晁蓋、吳用們對於貪官們的懲罰，在長期受到壓迫的大眾的心靈裏，感到揚眉吐氣的喜悅。

水滸傳作者雖然沒有階級觀點，但通過他的藝術描寫，由於他具有同情農民起義的堅定立場和愛憎分明的正義感，在展開出來的波瀾壯闊如同史詩一般的畫卷裏，確實反射出階級鬬爭的思想感情的強烈光輝。「赤日炎炎似火燒，野田禾稻半枯焦。農夫心內如湯煮，公子王孫把扇搖。」在白日鼠唱的這首歌裏，顯露出兩個鮮明對比的階級意識。在梁山水泊建立起來的政權，他們的理想是八方共域，異姓一家。跳澗虎陳達對同伴的宣言，是「四海之內皆兄弟也」；武松說：「生平只要打天下硬漢不明道德的人」；魯智深說：「殺人須見血，救人須救徹」；宋江的宣言，是「替天行道，保境安民」。於是這些人便成爲保護民眾和弱者的英雄。然而封建官吏的結黨營私，貪污枉法，日盛一日，他們都不得不挺身而出，反抗官方，反抗正統，結果是「做下迷天大罪」，不得不到梁山去「落草」了。我們試看林冲、武松、阮家兄弟、魯智深、李逵、宋江、楊志、史進、柴進諸人一步一步地逼上梁山的歷史，都是與惡勢力奮鬪的血淚史。表面看去，他們是殺人大盜，其實他們都是正直的良民，如魯智深的善良，林冲、花榮的正直，李逵、武松的孝悌，其他許多人的言信行果的精神，絕非那些翰林進士孝廉秀才所能及。於是梁山泊的忠義堂，成了英雄們的基地，凡是與惡勢力鬪爭而失敗的人，都集中到那裏去；農民、漁夫、獵人、落第的舉子、窮教師、軍事教官、鄉長老爺、風水先生、員外、走江湖耍手藝的男男女女，都在同一的目標下集中到那裏去。於是封建官紳與代表民眾的兩大陣營，有了分明的界限。結果造成了以三十六人橫行齊、魏，官軍數萬無敢抗者的農民起義武力。但起義軍終於是失敗了；他們沒有完整的計劃，沒有堅強的領導，他們的腦筋裏除了反抗惡勢力反抗官僚地主以外，同時還受了忠君的舊觀念的影響，還受了統治集團的惡毒的誘騙，終於做了封建勢力的犧牲品，走上了悲劇的招安道路。在水滸傳裏，有好幾處地方，寫到宋江歸順朝廷的志願。阮家兄弟都是勞動人民出身，意志堅強，鬪爭也是英勇的。我們可以聽聽他們的歌聲。

打魚一世蓼兒洼，不種青苗不種麻。酷吏贓官都殺盡，忠心報答趙官家。（阮小五）

老爺生長石碣村，稟性生來要殺人。先斬何濤巡檢首，京師獻與趙王君。（阮小七）

在這裏，反映出封建時代農民起義中的軟弱的一面。我們如果從「反抗官僚地主，擁護好皇帝」的論點來看問題的話，宋江終於走上招安的道路，是可以理解的。水滸傳的現實主義藝術力量，首先在於它真實而又生動地反映出北宋末年一次農民起義的生長、發展和失敗的全部過程。水滸傳決不是少數人的生活歷史，也不是才子佳人的愛情表現，它描寫的範圍最爲廣闊，內容極爲豐富，人民性思想性極爲深厚。從政治傾向性來說，中國其他的古典小說，都沒有它這種鮮明的特色和強烈的精神。

三

水滸傳的現實主義藝術力量，在塑造人物形象和描繪人物性格方面，得到了卓越的成就。水滸傳的寫人物，不同於西遊記的寫神魔，不同於儒林外史的寫士子，更不同於紅樓夢的寫名門閨秀、十二金釵。它所寫的大都是出身貧賤的好漢，生龍活虎的英雄。它用的是粗線條的筆法，着墨多，色彩濃烈，用豐富多彩的辭彙和粗豪潑刺的語言，描繪出各種不同階級不同類型的人物形象。通過這些人物歷史的變化和發展，展露出封建統治集團的黑暗面貌和人民的悲慘生活，以及英勇鬬爭的思想感情。下層社會出身的魯智深、李逵、武松、阮氏三雄、解珍、解寶兩兄弟、石秀、李俊一類人物固然寫得很好，就是出身於地主家庭或是爲封建政權服務過的如林冲、楊志、宋江一類，也寫得很好。在那一條「逼上梁山」的大路上，作者以同情農民起義的堅定立場，把各種不同的人物，在複雜的矛盾鬬爭中，在不同的環境不同的故事過程中，一個一個如同百川入海一般，匯集到那起義的狂濤裏去。特別如林冲、楊志、宋江一類人物，要參加起義，是要經過一個長期的鬬爭過程的。作者非常真實地適應他們的地位和性格，把封建政權的無比醜惡與殘酷迫害，一一加以生動的描寫，使他們的思想感情，很自然地逐步發生變化，終於走上梁山。在這裏，一面說明這些人物參加起義的艱苦過程，同時更有力地說明封建統治者魚肉人民到了如何普遍、如何令人不能忍受的程度。在這樣曲折真實的描寫中，林冲的歷史，是寫得最出色最動人的。

水滸傳的讀者，沒有不喜愛魯智深、李逵、武松這三位人物的。不錯，這三位人物，是水滸傳中的傑作。他們具有農民或是城市貧民的純樸善良的心地，除暴安良、鋤強扶弱的鬬爭品質，意志堅定，毫不動搖，真有桃園結義的氣概，和同生共死的精神。他們都以爽朗粗豪見稱，然仍有區別，有的略重人情，有的較爲機智，也有的近於魯莽。但都寫得筆墨酣暢，興會淋漓，神情面貌，如見其人。在魯提轄拳打鎭關西、花和尚倒拔垂楊柳、魯智深大鬧野豬林、景陽崗武松打虎、武松醉打蔣門神、黑旋風鬬浪裏白條、黑旋風沂嶺殺四虎、以及林教頭風雪山神廟、吳用智取生辰綱諸回文字裏，我們可以體會出水滸傳的語言藝術和描寫人物的優秀技巧。

水滸傳流行以後，由於它影響之大，就有好幾部派生的讀物相繼產生，其中較著名的有水滸後傳和清代出現的蕩寇志，但這兩部書，它們對待梁山的態度，却是完全相反的。

水滸後傳　作者陳忱（約一六〇八——？），字遐心，號雁宕山樵，浙江烏程（今吳興）人，與西遊補作者董若雨正是小同鄉。他生於明萬曆間，死於清康熙初年。他是明季遺民，有強烈的民族意識，在他許多詩歌裏，表現了亡國的沉痛感情。明亡以後，他不願做官，隱居鄉間，從事著作，並以賣卜拆字爲生，常與顧炎武、歸莊來往，終於「窮餓以終」。水滸後傳是他的代表作品，當是晚年所寫。在這書中，民族思想和反封建統治、同情農民起義的思想，是結合着反映出來的。因此在思想基礎上，繼承了水滸傳的優良傳統。後傳由阮小七憑弔梁山、殺死張幹辦和李俊太湖捕魚、反抗巴山蛇這兩件事展開的。以後梁山的舊英雄，從各方匯集，也還加進了一些新人物，再展開革命的鬬爭。明末的農民大起義和清朝統治者對漢人的殘酷壓迫，是水滸後傳新的歷史基礎。語言生動，人物也寫得不壞，前半部較優，後半部就弱得多了。

蕩寇志　又名結水滸傳。作者俞萬春（一七九四——一八四九），字仲華，別號忽雷道人，浙江山陰（今紹興）人。諸生。長於騎射，又善醫術。其父宦粵，曾隨之往任所，參加鎮壓傜民起義。受父命作蕩寇志，企圖削弱水滸傳在社會上的影響。書中寫曾任南營提轄的陳希真、陳麗卿父女征討梁山的故事。但開頭却有一段盧俊義夢見一個執弓的長人到忠義堂情節，以爲後來太尉張叔夜殲滅梁山作伏線。張叔夜誘降宋江事，本見於宋史張叔夜傳，明朱有燉雜劇張叔夜平蠻掛榜、黑旋風仗義疎財中曾寫其事。但蕩寇志的這段情節，其實是因襲貫華堂本第七十回，其中寫盧俊義「夢見一人，其身甚長，手挽寶弓，自稱我是嵇康」。因爲張字是弓、長兩字合寫，而嵇康又字叔夜，所以把嵇康拉在裏面，而這一回正是金聖歎所竄改的，也可見他們手段的淺薄無聊了。俞萬春生在清代嘉、道年間，正是白蓮教起義以後，太平天国革命的前夜，他的父親又數次鎮壓民變，他的思想很反動，所以全書對梁山英雄採取了刻骨的仇視態度，誣衊他們爲不忠不義的「寇盜」，表現了他的維護封建統治者的階級立場和反動的政治意圖。又因他信仰釋道二教，故書中也時露道教色彩。至於文筆，尚見洗煉，描述戰爭場面也較有層次。據錢湘的續刻序中所說：咸豐三年，嶺南民變四起，「當道諸公，急以袖珍板刻播是書於鄉邑間，以資勸懲」，後來太平軍進入蘇州，此書卽被銷毀。由此看來，蕩寇志在現實的政治鬬爭中所起的不同影響，官紳和農民軍對待它的不同態度，是最爲分明的了。

平妖傳　三遂平妖傳，原書題東原羅貫中編次。四卷二十回，敘文彥博討平王則、永兒夫婦的故事。王則亦實有其人，據宋史明鎬傳，王則本涿州人，歲荒，逃至恩州，聚眾起兵，號東平郡王，六十六日而平。書中所敘，頗多妖法，並對起義人物，橫加誣衊。書中雖也反映出一些人民的苦痛生活和社會的黑暗面貌，但描寫很不深刻。因當日助文彥博作戰者，有化身諸葛遂智的彈子和尙，又有馬遂與李遂，因三人皆名遂，故名三遂平妖傳。現今通行本，爲馮夢龍改編，共四十回。前有張無咎序，於原書前加十五回，始於燈花婆婆的引子，另有五回，則增插全書中。

所演多鍊法捉怪之道術，有似後日濟公傳一類的讀物。另有粉粧樓八十回，題竹溪山人撰，亦傳為羅貫中原編，所述為羅成後人羅焜之事。此事不見史傳，或為民間傳說，或為作者所造，其內容大致不外英雄聚義、朝廷招安一套。觀其文字佈局，似為晚出之書，所傳出自羅氏，想係後人偽託。

五　西遊記及其他

一

西遊記　西遊記是我國一部著名的神魔小說，是一部積極浪漫主義的優秀作品。西遊記現在都知道為明代吳承恩所作，其實他也是有所根據的。這一些神奇變幻的故事，正如水滸、三國一樣，從宋、元一直流行於民間，有人傳寫，到了明朝，吳承恩將這故事告一總結，由於他天才的再創造，寫定了我們現在所讀的西遊記。

宋、元之際已有大唐三藏取經詩話，在前面已經說過了。我們看取經詩話的目錄，知道宋、元民間流行的唐僧取經的故事，已逐步脫離真實的史事，加入了神怪的成分。猴行者也已加入，成爲唯一的保駕弟子，模樣雖是白衣秀才，卻已是一隻神通廣大的猴王了。並且途中的妖魔災難，也有了不少。在元朝，還有人採用取經的故事來作雜劇，雜劇雖不能表現這故事的詳情，但無論內容和人物的個性，都比取經詩話要複雜得多。並且在戲劇家用這故事寫雜劇之時，已經有人用這故事寫西遊記的小說了。在北京圖書館一萬三千一百三十九卷的永樂大典鈔本裏，在「送」韻的夢的條文下，有一條是魏徵夢斬涇河龍，引書標題作西遊記。雖只殘留一千二百多字，但在小說史上，確是重要的材料。朴通事諺解所引的唐三藏西遊記，可能和永樂大典所引的西遊記，是同一本書。

夢斬涇河龍（西遊記） 長安城西南上，有一條河，喚作涇河。貞觀十三年，河邊有兩個漁翁，一個喚張梢，一個喚李定。張梢與李定道：「長安西門裏，有箇卦鋪，喚神仙山人。我每日與那先生鯉魚一尾，他便指教下網方位，依隨着，一百下一百着。」李定曰：「我來日也問先生則箇。」這二人正說之間，怎想水裏有個巡水夜叉，聽得二人所言：「我報與龍王去。」龍王正喚做涇河龍，此時正在水晶宮正面而坐。忽然夜叉來到言曰：「岸邊有二人卻是漁翁，說西門裏有一賣卦先生，能知河中之事。若依着他算，打盡河中水族。」龍王聞之大怒，扮作白衣秀士，入城中。見一道布額，寫道：「神相袁守成于斯講命。」老龍見之，就對先生坐了。乃作百端磨問，難道先生，問何日下雨。先生曰：「來日辰時布雲，午時升雷，未時下雨，申時雨足。」老龍問下多少，先生曰：「下三尺三寸四十八點。」龍笑道：「未必都由你說。」先生曰：「來日不下雨，剉了時，甘罰五十兩銀。」龍道：「好，如此來日卻得廝見。」辭退，直回到水晶宮。須臾，一個黃巾力士言曰：「玉帝聖旨道：你是八河都總涇河龍，教來日辰時布雲，午時升雷，未時下雨，申時雨足。」力士隨去。老龍言：「不想都應着先生謬說，到了時辰，少下些雨，便是問先生要了罰錢。」次日，申時布雲，酉時降雨二尺。第三日，老龍又變為秀士，入長安卦鋪，問先生道：「你卦不靈，快把五十兩銀來。」先生曰：「我本算術無差，卻被你改了天條，錯下了雨也。你本非人，自是夜來降雨的龍。瞞得眾人，瞞不得我。」老龍當時大怒，對先生變出眞相，霎時間，黃河摧兩岸，華岳振三峯，威雄驚萬里，風雨噴長空。那時走盡眾人，唯有袁守成巍然不動。老龍欲向前傷先生，先生曰：「吾不懼死，你違了天條，刻減了甘雨，你命在須臾，剮龍臺上難免一刀。」龍乃大驚悔過，復變為秀士，跪下告先生道：「果如此呵，希望先生與我說明因由。」守成曰：「來日你死，乃是當今唐丞相魏徵，來日午時斷你。」龍曰：「先生救咱！」守成曰：「你若要不死，除非見得唐王，與魏徵丞相行說勸救時節，或可免災。」老龍感謝拜辭先生回也。……

文字已經很純熟，比起全像平話五種來，確實要進步得多。同時我們又可推想這元人的西遊記，規模已經不小，這種材料，是吳承恩再創造西遊記的重要基礎。後來這一節，到了吳承恩的西遊記，便放大爲「袁守誠妙算無私曲，老龍王拙計犯天條（世德堂刊本第九回）」；西遊記正旨是放在第十回裏，題目是老龍王拙計犯天條，魏丞相遺書託冥吏。內容全是一樣，但文字大有不同了。

二

根據宋、元以來關於唐僧取經的故事和有關作品，加以擴充、組織和再創作，寫成一部優美的神魔文學的，是明朝的吳承恩（約一五〇〇——約一五八二）。吳承恩字汝忠，號射陽山人，山陽（今江蘇淮安）人。著有射陽先生存稿。天啓淮安府志人物志云：「吳承恩性敏而多慧，博極羣書，爲詩文，下筆立成，清雅流麗，有秦少游之風。復善諧謔，所著雜記幾種，名震一時。數奇，竟以明經授縣貳；未久，恥折腰，遂拂袖而歸。放浪詩酒，卒，有文集存於家，丘少司徒匯而刻之。」寥寥數語，表現出吳承恩的性格和生活境遇。科場中屢試不利，結果過了五十歲，才謀到一個小小的長興縣丞，做了七年，畢竟爲折腰所苦，拂袖而歸。他當日曾與前七子中的徐中行友善，互相唱和。他論文的主旨：「汝忠謂文自六經後，惟漢、魏爲近古，詩自三百篇後，惟唐人爲近古。」這似與七子近同。但他又云：「近時學者，徒謝朝華而不知畜多識，去陳言而不知漱芳潤，卽欲敷文陳詩溢縹囊於無窮也，難矣。」（引陳文燭吳射陽先生存稿序）這見解比起何景明、李夢陽來，要通達得多了。故其作品，尤其是詩歌，確無擬古不化的習氣。「平生不肯受人憐，喜笑悲歌氣傲然」（贈沙星士），「風塵客裏暗青袍，筆硯微閒弄小舠。祇用文章供一笑，不知山水是何曹。身貧原憲初非病，政拙陽城自有勞。」（長興作）他個人的胸襟、品格與作文的態度，在這幾句詩裏，表現得很爲明顯。他這種玩物傲世的態度，形成了他文章上幽默詼諧豪縱奔放的風格，我們讀他的金陵客窗對雪戲柬朱祠曹、二郎搜山圖歌、後圍棋歌贈小李諸詩，浪漫氣氛，何等濃厚。前人評他似青蓮，尙有幾分近似。他是一個熟讀三國、五代一類演義的人，他自小就愛好通俗文學，他在禹鼎志序中說得尤其明顯：「余幼年卽好奇聞，在童子社學時，每偷市野言稗史，懼爲父師訶奪，私求隱處讀之。比長，好益甚，聞益奇；迨於旣壯，旁求曲致，幾貯滿胸中矣。嘗愛唐人如牛奇章、段柯古所著傳記，善模寫物情，每欲作一書對之，懶未暇也。轉懶轉忘，胸中之貯者消盡，獨此十數事磊塊尙存，日與懶戰，幸而勝焉。於是吾書始成。因竊自笑，斯蓋怪求余，非余求怪也。……」這一段自白，是極重要的材料。他自幼歡喜讀小說，尤其歡喜讀玄怪小說，正是他後來編寫西遊記的一個說明。如果他後來果然一帆風順，飛黃騰達，做起大官來，可能他的趣味會轉變方向，朝政治事業方面發展，恰好他活了那麼大年紀，老是不得意，玩世嫉俗，江湖放浪，造成他一個窮愁潦倒的文學環境，於是一百回的西遊記，便在他的晚年寫成了。

西遊記中雖是敘述玄奘取經的故事，因其中全是離奇之談和神怪妖魔的幻境，最容易被人解釋和利用，好像在那些妖怪的肚皮裏，都藏了許多的哲學義理。於是到了清朝，評議紛出。如陳士斌的西遊真詮，張書紳的新說西遊記，劉一明的西遊原旨，汪象旭的西遊證道書，張含章的通易西遊正旨，都是各執一說，或看作大學講義，或看作是金丹妙訣，或看作是禪門新法，雖各自標新立異，其實是無聊之極。魯迅在中國小說史略裏云：「然作者雖儒生，此書則實出於遊戲，亦非語道，故全書僅偶見五行生克之常談，尤未學佛，故末回至有荒唐無稽之經目。特緣混同之教，流行來久，故其著作，乃亦釋迦與老君同流，真性與元神雜出，使三教之徒，皆得隨宜附會而已。」此書未必出於遊戲，但非語道之書。治佛的言佛，學道的言道，愛儒的言儒，不過是各取所需而已。吳承恩只是借神魔來寫人間，在幻想中寄寓着諷刺詼諧的筆墨。

三

西遊記的文學特色，是作者發揮了積極浪漫主義的創作精神，通過豐富無比的想像力，在原有的西遊故事的基礎上，創造了多種多樣的離奇變幻的故事和形象不同的神靈妖魔，而又賦予他們以人情世故的精神實質和現實生活現實思想的基礎。全書分爲三部分：第一部分，寫孫悟空的歷史(第一回至第七回)；第二部分，寫唐僧取經的緣起（第八回至第十二回)；第三部分寫取經的過程，也就是八十一難的過程。想像力最豐富最能吸引讀者的，是第一、第三部分。在這些文字裏，由於作者的天才創造，使故事情節變化萬端，一波未平，一波又起，把讀者帶進到一個幻想的世界，一個騰雲駕霧飛沙走石的神魔鬬法的戰場。一面是充滿着驚濤駭浪的恐怖，同時又洋溢着藝術的動人的魅力。

西遊記的作者，是以批判封建最高統治政權的反抗態度，去描寫天宮的。天朝的政治情況，寫得那樣腐敗脆弱，最高統治者玉帝寫得那樣庸儒無能，通過這些詼諧諷刺的文字，曲折地反映出作者對現實政治的不滿，對封建統治者的不滿。當如來佛問到齊天大聖：「你那厮乃是個猴子成精，焉敢欺心，要奪玉皇上帝尊位？」大聖道：「他雖年幼修長，也不應久佔在此。常言道：『玉帝輪流做，明年到我家。』只教他搬出去，將天宮讓與我，便罷了；若還不讓，定要攪擾，永不清平！」這些話旣是詼諧，而又嚴肅，是隱藏着民主思想因素和革命思想因素的。作者如果不是對現實感着強烈不滿，不是滿腹牢騷的話，何能有此等筆墨？書中出現的各種妖魔，他們一樣貪愛聲色，聚斂錢財，剝削同類，嗜殺好鬬，度着荒淫殘暴的生活，並且和最高統治者都發生千絲萬縷的聯繫。這些形象，正是現實社會中各種官僚、地主、惡霸、流氓的罪惡的反映，正是作者借着豐富的幻想，誇張的描繪，曲折反射的諷刺筆法的藝術成就，也就在這些地方，表現着西遊記的現實意義。

西遊記能在民間這樣普遍流行，孫悟空的生動形象是有重要作用的。孫悟空自己介紹說：「我的手段多哩！我有七十二般變化，萬劫不老長生，會駕觔斗雲，一縱十萬八千里。」西遊記作者，集中全力來描寫這位神通廣大的猴王，使他在書中，飛躍着他的威力、智慧和光輝。他以除暴安良、鋤強扶弱的精神，排除一切困難，和一切惡勢力，鬬爭到底。在他的歷史過程中，我們可以體會到善與惡、光明與黑暗的鬬爭。由於優秀的藝術技巧，孫悟空的形象深入人心，得到廣大讀者的喜愛。因爲西遊記是一部積極浪漫主義的神魔小說，像唐僧那樣現實的歷史人物，很不容易着筆，結果使他成爲一個無聲無色的木偶似的人物，反而不如猪八戒了。

吳承恩博學多才，文筆清綺，西遊記雖有所本，然只具骨架，經他再創作以後，文字風格，頓改舊觀。本書幻想豐富，佈局謹嚴，文境恣肆，語言流利。如寫猴王的歷史，八十一難的過程，確是我國未曾有過的浪漫主義作品的巨大收穫。但在描寫方面，一般說來，還是平鋪直敘的多，有些地方似乎不夠深刻。惟孫悟空一人，作者傾注全力，性格分明，成就最大。作者賦性詼諧，每於敘述恐怖的場面，雜以滑稽，化緊張爲舒鬆，變神妖爲人性，確是西遊記文學中一種特色。在那些諧言謔語之中，暗寓着諷諭世態的深情。信筆寫來，機鋒百出，而使西遊記的文學價值，和一般的神魔小說不同。

西遊記中確也存在着不少糟粕。特別要指出來的，是那種封建道德和迷信色彩交織着的因果報應說和那種成仙成佛的落後思想。

唐王問曰：「此意何如？」判官道：「陛下明心見性，是必記了，傳與陽間人知。這喚做六道輪迴：那行善的、昇仙化道，盡忠的、超生貴道，行孝的、再生福道，公平的、還生人道，積德的、轉生富道，惡毒的、沉淪鬼道。」唐王聽說，點頭歎曰：「善哉眞善哉！作善果無災。善心常切切，善道大開開。莫教興惡念，是必少刁乖。休言不報應，神鬼有安排。」（第十一回）

（猴王）將那跑不動的拿住一個，剝了他的衣裳，也學人穿在身上，搖搖擺擺，穿州過府，在市塵中，學人禮，學人話，朝餐夜宿，一心裏訪問佛仙神聖之道，覓個長生不老之方。見世人都是為名為利之徒，更無一個為身命者。（第一回）

這種天人感應的輪迴說和長生不老的思想，在舊社會裏都是起過消極作用的。

西遊記的續書　西遊記盛行民間，在明季已有續書，如續西遊記一書，有清同治間刻本，但作者姓名已失考（一說為明蘭茂撰，茂字廷秀，別號和光道人），西遊補附雜記云：「續西遊摹擬逼真，失於拘滯，添出比丘靈虛，尤爲蛇足。」另有後西遊記四十回，亦不詳作者姓名。述花果山新產一猴，自稱小聖，護唐僧大顚往西天求真解。途中收猪八戒之子一戒及沙和尙之徒沙彌爲徒弟，途遇種種魔難，加以蕩平的故事。內容發展，倣效西遊，神魔之名目，稍加改寫而已。在西遊記的續書中，値得我們介紹的，是明季遺民董說所作的西遊補。董說（一六二〇——一六八六），字若雨，浙江烏程（今吳興）人。明末諸生，曾參加復社，出太倉張溥門。博學能文，著作甚富。主要的作品，有董若雨詩文集和小說西遊補。明亡，削髮爲僧，自名南潛，號月函，三十餘年不入城市。西遊補共十六回，所謂補者，是欲插入孫悟空「三調芭蕉扇」之後。其實自成局面，並非補作。書中演述悟空化齋，爲鯖魚精所迷，漸入夢境，或見過去，或望未來，忽作美女，忽作閻王，後得虛空主人一呼，復歸現世。此書雖只十六回，卻値得我們重視。

依照書中的某些描寫，似作於明亡以後，寄寓他的亡國之痛的。小月王似指明朝，青青世界似指清朝，「韃子」、「臊氣」等等似乎也是一種暗示。但據他庚寅年（一六五〇年）作漫興詩云：「西遊曾補虞初筆，萬鏡樓空及第歸。」並自註云：「余十年前曾補西遊，有萬鏡樓一則。」十年前是崇禎十三年，明還沒有亡，那末他作西遊補時，還是二十一歲的青年。

西遊補的思想，主要是攻擊明末的腐敗政治、墮落輕浮的士風，和那些求和投降的大官。他覺得明朝的危機，一半歸咎於權臣，一半歸咎於八股。第九回中云：「行者仰天大笑道：『宰相到身，要待他怎麼？』高總判稟：『爺，如今天下有兩樣待宰相的：一樣吃飯穿衣，娛妻弄子的臭人，他待宰相到身，以爲華藻自身之地，以爲驚耀鄉里之地，以爲奴僕詐人之地。一樣是賣國傾朝，謹具平天冠，奉申白玉璽的，他待宰相到身，以爲攬政事之地，以爲制天子之地，以爲恣刑賞之地。秦檜是後邊一樣。』行者便叫小鬼掌嘴，一班赤心赤髮鬼，一齊擁住秦檜，巳時候掌到未時候還不肯住。」這罵得真是痛快淋漓，借古寓今，一面寫國勢的危急，一面痛斥萬曆、崇禎年間那些無能宰相賣國奸臣的罪行。其次，我們看作者對於當代的讀書人與八股文是如何的態度。

行者怏怏自退，看看日色早已夜了。便道：「此時將暗，也尋不見師父，不如把幾面鏡子，細看一回，再作料理。」當時從天字第一號看起，只見鏡裏一人，在那裏放榜。榜文上寫着：第一名廷對秀才柳春，第二名廷對秀才烏有，第三名廷對秀才高未明。頃刻間，便有千萬人擠擠擁擁，叫叫呼呼，齊來看榜。初時但有喧鬧之聲，繼之以哭泣之聲，繼之以怒罵之聲。須臾，一簇人兒，各自走散，也有呆坐石上的；也有丟碎鴛鴦瓦硯；也有首髮如蓬，被父母師長打趕；也有開了親身匣，取出玉琴焚之，痛哭一場；也有拔床頭劍自殺，被一女子奪住；也有低頭呆想，把自家廷對文字三迴而讀；也有大笑拍案，叫命命命；也有垂頭吐紅血；也有幾個長者，費些買春錢，替一人解悶；也有獨自吟詩，忽然吟一句，把脚亂踢石頭；也有不許僮僕報榜上無名者；也有外假氣悶，內露笑容，若曰應得者；也有眞悲眞憤強作喜容笑面。獨有一班榜上有名之人，或換新衣新履，或強作不笑之面，或壁上寫字，或看自家試文，讀一千遍，袖之而出，或替人悼歎，或故意說試官不濟……不多時，又早有人抄白第一名文字，在酒樓上搖頭誦念，傍有一少年問道：「此文為何甚短？」那念文的道：「文章是長的，我只選他好句子抄來。你快來同看，學些法則，明年好中哩。」……孫行者呵呵大笑道：「老孫五百年前，曾在八卦爐中，聽見老君對玉史仙人說着文章氣數：『堯、舜到孔子，是純天運，謂之大盛。孟子到李斯，是純地運，謂之中盛。此後五百年，該是水雷運。文章氣短而身長，謂之小衰。又八百年，輪到山水運上，便壞了！便壞了。』當時玉史仙人便問：『如何大壞？』老君道：『哀哉！一班無耳無目無舌無鼻無手無腳無心無肺無骨無筋無血無氣之人，名曰秀士。百年只用一張紙，蓋棺卻無兩句書。做的文字，更有蹊蹺混沌，死過幾萬年，還放他不過。……你道這個文章叫做什麼？原來叫做紗帽文章。會做幾句，便是那人福運，便有人擡舉他，便有人奉承他，便有人恐怕他。……』」（第四回）

這眞是一段極其警闢辛辣的文字。將那些熱中科舉的讀書人，寫得那樣醜態百出，國家大事，一切不管，真的學問，一點不做。難怪作者罵他們是無耳無目無舌無鼻無手無腳無心無肺無骨無筋無血無氣的秀士，說他們做的文章，是紗帽文章，他們的真才實學，是「百年只用一張紙，蓋棺卻無兩句書」。當日的讀書士子，被作者罵得這麼痛快淋漓，宜乎那隻七十二變的猴王，聽着也要呵呵大笑了。因此我們可以說西遊補表面雖是一部神話書，其實完全是一部人話書，並且是一部活潑潑的而富於現實性的明末的社會書，時代背境與社會意識，反映得非常明顯。

其次是西遊補中，充滿着諷刺文學的特色。董若雨在短短的十六回裏，處處流露着詼諧與滑稽，尤善於分辨人物的性格，而出以各種恰如其分的口吻。上下古今，信筆書寫，嬉笑怒罵，都是文章。我們只要讀了上面那一段，便知道作者的文筆，是風趣、尖刻、譏諷與滑稽，兼而有之。由上所述，西遊補確是一本在文學史上較有價值的作品，是一部在神話的掩飾下反映出時代特徵的作品，只是篇幅小，內容少，不如西遊記那樣普遍流行，因此便不很著名，這是很可惜的。

四遊記　四遊記爲四種流行民間的神魔小說的合集，書中所敘，大都是成仙成佛一類的迷信故事，再由文人加以纂集寫成的東西。書的完成，亦不同時：東遊記較早，南遊記、北遊記、西遊記爲時較遲，但正確的年代，亦難斷定。第一種東遊記，亦名上洞八仙傳，共二卷，五十六回，蘭江吳元泰著（嘉靖、隆慶年間人），敘述鐵拐李、鍾離權、藍采和、張果老、何仙姑、呂洞賓、韓湘子、曹國舅八仙得道的故事。八仙的故事，在元朝已經有許多人寫作戲曲，馬致遠的呂洞賓三醉岳陽樓，就是這一類的作品，再如紀君祥、趙文敬、趙明遠及無名氏，也寫了這一類的雜劇。不過元朝明初八仙的人名還沒有確定，到了吳元泰的東遊記，才確定了上舉的八仙的人名，從此以後，再沒有什麼更改了。本書藝術價值不高，並且還宣傳一些成仙得道的落後思想。所可貴者，書中還保存許多民間的傳說。第二種爲南遊記，亦名五顯靈官大帝華光天王傳，共四卷，十八回。余象斗（隆慶、萬曆間人）編，余爲明末閩南有名的書賈，三國、水滸俱有刊本。本書演述華光救母事，是一部宣傳佛教的民間讀物。書中所述華光種種變化的歷史，也寫得較爲生動而有光彩。二書究是誰前誰後，頗難論斷。但在文字上，卻比東遊記爲佳，時雜諧謔，頗露機智。如鬧天宮、佔清涼山、擒鐵扇公主、大鬧陰司等回，構想豐富，變化多端，表現出華光反抗傳統勢力的鬥爭精神。而其終結，皈依佛道，華光被封爲「玉封佛中上善王顯官頭大帝」，又表現了消極的宗教思想。謝肇淛在五雜組中，以華光小說，比擬西遊記，可知萬曆年間，此書已流行。又沈德符論戲曲時，謂「華光顯聖則太妖誕」（野獲編），可知華光的故事，在當時已演爲劇本了。第三種北遊記，亦名北方真武玄天上帝出身志傳，四卷，二十四回，亦爲余象斗編。記真武大帝成道降妖事。主題爲道教宣傳，而亦時雜佛說和民間傳說，內容荒誕，文字亦拙劣。第四種爲西遊記，共四卷，四十一回，題齊雲楊志（一作致）和編，書中所敘，與吳本西遊記大略相似。因內容頗繁，篇幅較少，故所敘簡略，文字亦殊笨拙。較之吳本，相差遠甚。想是楊志和及當時書賈爲湊合東南北三種遊記而爲四種，同時那三種篇幅俱不甚多，乃由吳本改削而成，因避免偷竊，文字上亦加更改，但因文筆不高，頗少文彩。另有唐三藏西遊釋厄傳十卷，爲廣州人朱鼎臣（嘉靖、隆慶間人）所撰。朱本亦由吳本改編，章次凌亂，草率從事，尤遜楊本。陳光蕊事，爲朱本所獨有。唐三藏故事，宋元戲曲已多取爲題材。輟耕錄載金院本有唐三藏一本。宋元南戲有陳光蕊江流和尚一劇，今尙存殘曲。朱本可能依前人戲曲所增入者。吳承恩西遊記世德堂刊本及楊志和本，俱無此回。到了清朝，編刊西遊記，始將此事移植吳本中，卽今日通行本之第九回，詳情可參看鄭振鐸的西遊記的演化。

封神傳　封神傳，演武王伐紂、姜太公封神事。此書作者，題「鍾山逸叟許仲琳編輯」，許氏爲南直隸應天府人，然許氏之名亦僅見於原書卷二中。另外，傳奇彙考中則云「封神演義係元時（當是明時）道士陸長庚作，未知的否？」長庚名西星，興化人，諸生。故此書究係何人所作，尙無定論。梁章鉅浪跡續談云：「憶吾鄉林樾亭先生嘗與余談，封神傳一書是前明一名宿所撰，意欲與西遊記、水滸傳鼎立而三。因偶讀尙書武成篇『唯爾有神，尙克相予』語，衍成此傳。其封神事，則隱據六韜、陰謀、史記封禪書、唐書禮儀志各書，鋪張俶詭，非盡無本也。」其實作者所據，主要還是武王伐紂平話，絕非他只看了武成篇中的兩句，便創造了這本書。在武王伐紂書中，已有蘇妲己被狐所魅，誘惑紂王，荒淫作惡，又有仙人進宮除妖的種種描寫。雖爲講史，已多神魔。作者自然是根據舊本改編，再加以明代盛行的釋道神仙的穿插和一些民間傳說，如二郎神楊戩，在民間卽流傳着他的許多故事，哪吒事見於五燈會元，嚴羽的滄浪詩話裏也引用過他剔骨剔肉的故事。加上作者豐富的想像力，於是便成爲一部虛幻奇異的神魔小說。書中述助紂者爲截教，助周者爲道佛二教，人神鬬法，各逞道術，演成激烈的戰爭，結果截教敗滅，武王入殷，而以封神告終。文字通順流利，曲折地反映了一定的社會生活，對暴君、暴政，也有所揭露和批判。但作者將政治和宗教鬬爭糾纏在一起，結果是雙方將士一律封神，調和矛盾，削弱了主題思想。書中的人物，寫得最出色的是哪吒，那樣的富於生命力量的兒童形象，在中國古典文學作品中，確是非常奇特可愛的。但書中也宣揚了宿命思想和宗教迷信，至於藝術技巧，則遠不如水滸與西遊。

西洋記　三寶太監西洋記通俗演義，題二南里人編次，前有萬曆丁酉羅懋登（陝西人）序，卽爲本書的作者。書共百回，演述永樂年間太監鄭和出使外洋事。鄭和本是我國明朝一個大航海家，最遠的地方，他到了非洲東部，年代是一四〇六至一四三〇年，比西方的哥倫布的時代還要早。明史鄭和傳云：「鄭和，雲南人，世所謂三保太監者也。……永樂三年六月，命和及其儕王景宏等通使西洋，將士卒二萬七千八百餘人，多齎金幣，造大舶，修四十四丈，廣十八丈者六十二。自蘇州劉家河泛海至福建，復自福建五虎門揚帆，首達占城，以次遍歷諸番國，……先後七奉使，所歷……凡三十餘國，所取無名寶物，不可勝計，而中國耗費亦不貲。……自和後，凡將命海表者，莫不盛稱和以誇外番，故俗傳三保太監下西洋，爲明初盛事云。」這本是一種動人的記事材料，但作者已是晚明，並非親歷其境之人，對於外洋全無經驗；加以當日西遊記一類的神怪故事，盛行民間。於是作者一面採用馬歡的瀛涯勝覽及費信的星槎勝覽二書（作者均明人）的國外材料，鋪寫誇大，再加以當日流行的神怪之談，於是妖奇百出，荒誕無稽。他序中云：「今者東事倥偬，何如西戎即序，不得比西戎即序，何得令王、鄭二公見。」作者的意思，是感着當日朝廷的無能，倭寇的緊迫，乃是有感而作，不料寫出來的書，荒唐怪異，文字也不佳，中心思想並沒有表現出來，很不符合其序言的精神。

六 金瓶梅

明代的長篇小說，故事內容，大都有本前人著作而加以改作的，如三國、水滸、西遊、封神都是如此，金瓶梅亦然。所不同者，金瓶梅是借水滸中一段家庭故事，寫成長篇巨著，反映出明代的市民生活和官商的荒淫，通過西門慶一家的醜惡生活，表現現實社會黑暗的面貌，是一部具有強烈暴露性的作品。

金瓶梅詞話的作者是蘭陵笑笑生，生平不可考，蘭陵今屬山東嶧縣，書中亦多山東方言，故作者之爲山東人自無可疑。前人多傳爲王世貞作，此說起於沈德符之暗示，野獲編云：「袁中郎觴政，以金瓶梅配水滸傳爲外典，余恨未得見。丙午遇中郎京邸，問：『曾有全帙否？』曰：『第睹數卷，甚奇快。今惟麻城劉延白承禧家有全本，蓋從其妻家徐文貞錄得者。』又三年，小修上公車，已攜有其書，因與借鈔挈歸。吳友馮猶龍見之驚喜，慫恿書坊以重價購刻。馬仲良時榷吳關，亦勸余應梓人之求，可以療饑。余曰：『此等書必遂有人板行，但一刻則家傳戶到，壞人心術，他日閻羅究詰始禍，何詞置對？吾豈以刀椎博泥犂哉？』仲良大以爲然，遂固篋之。未幾時而吳中懸之國門矣。然原本實少五十三回至五十七回，徧覓不得，有陋儒補以入刻，無論膚淺鄙俚，時作吳語，卽前後血脈，亦絕不貫串，一見知其贋作矣。聞此爲嘉靖間大名士手筆，指斥時事，如蔡京父子則指分宜，林靈素則指陶仲文，朱勔則指陸炳，其他亦各有所屬云。」由此我們可以推知者：一、本書作者，是嘉靖時代大名士，至少是一位文人。書中偶有說話人的口氣，那只是創作小說時摹擬話本形式的遺留。這種情形，明代的長短篇小說，大都如此。眞能擺脫這種束縛，要到清代的儒林外史。二、補作吳語，斥其不當，可知作者必爲北方人。三、袁宏道的觴政成於萬曆三十四年以前，則金瓶梅之成，是在嘉靖末年到萬曆中期。四、現在的金瓶梅詞話本，上有萬曆丁巳（一六一七）年東吳弄珠客的序，可以說是現存的金瓶梅的最早的刊本，最近於原作的面目。因爲野獲編有成於嘉靖大名士手筆一句話，到了清朝康熙年間，謝頤序金瓶梅時，口吻就顯得肯定多了：「金瓶梅一書傳爲鳳洲（王世貞）門人之作也。或云卽出鳳洲手。然洋洋灑灑一百回內，其細針密綫，每令觀者望洋而嘆。」另外一些記載中，還有種種離奇傳說，也有說世貞父王忬之死，實出唐順之的陷害，世貞決心報仇，乃以毒水印刷金瓶梅，欲毒死唐順之、嚴世蕃。於是什麼苦孝說，什麼清明上河圖，都說得若有其事，這完全是一些牽強附會。魯迅說：「後人之主張此說，并且以苦孝說冠其首，也無非是想減輕社會上的攻擊的手段，并不是確有什麼王世貞所作的憑據。」（中國小說的歷史的變遷第五講）用魯迅的話，來說明苦孝說之類產生的社會原因，是很恰當的。總之，金瓶梅有它本身的價值，作者是否大名士，本已無關。創作的動機，是不是因爲苦孝，更不重要。我們在沒有考出作者眞姓名之前，知道作者是山東嶧縣的笑笑生，其成書在萬曆年間，也就夠了。

金瓶梅是一本含有毒素的書，對於青年尤爲有害。但作爲小說來說，它又具有暴露性的特點。作者以善於描寫的文筆，將明末那種荒淫放縱、腐敗黑暗的社會面貌，將有錢有勢的糜爛腐朽的官紳階級和那賣兒鬻女的貧苦階級的生活形態作了深刻的揭露；同時將明代商業經濟發達和市民的意識形態，也作了一定的反映。他所寫的，雖只是一個暴發戶的家庭，幾個妻妾的生活，但圍繞這個家庭和妻妾的四周，當時社會上的各種骯髒和罪惡，生動地展開在讀者的眼前，範圍是很廣泛的。書中從水滸中取出西門慶、潘金蓮的關係以及武松殺嫂一段故事，演成一百回的長篇。作者的目的，是用全力來寫一個暴發戶的歷史，寫他的成長、發跡、腐爛與滅亡。這個暴發戶西門慶「原是清河縣一個破落戶財主，就縣門前開個生藥舖，從小也是個好浮浪子弟。使得些好拳棒，又會賭博、雙陸、象棋，抹牌道字，無不通曉。近來發跡有錢，專在縣裏，管些公事，與人把攬說事過錢，交通官吏，因此滿縣人都懼怕他。」（第二回）近日又與東京楊提督結親，都是四門親家，誰人敢惹他。破落戶變成了暴發戶，暴發戶變成了西門大官人，他一面交結地方官吏，榨取民間的血汗，一面奴顏婢膝地結納京官，步步爬升，果然由理刑副千戶做到正千戶提刑官。在這過程中，不知隱藏着多少人的生命、財產、眼淚與貞操。他乘着自己的財勢，專幹那些拐騙姦淫的勾當，搶奪寡婦的財產，誘騙朋友的妻子，霸佔民間的少女，謀害人家的丈夫。總而言之，社會最黑暗最可怕的犯罪行爲，他都做到，因爲他與上下官府交結得好，無論做了什些壞事，反而升官發財，行所無事。他既是有錢有勢，自然有一些朋友一些爪牙替他幫閑跑腿。他有九個好朋友：「頭一個喚應伯爵，是個潑落戶出身，一份兒家財都闞沒了，專一跟着富家子弟幫闞貼食，在院中頑耍，諢名叫應花子。第二個姓謝名希大，乃清河衞千戶官兒，自幼兒沒了父母，遊手好閑，善能踢的好氣毬，又且賭博，把前程丟了，如今做幫閑的。第三名喚吳典恩，乃本縣陰陽生，因事革退，專一在縣前與官吏保債，以此與西門慶來往。第四名孫天化，綽號孫寡嘴，年紀五十餘歲，專在院中闖寡門，與小娘傳書寄柬，勾引子弟，討風流錢過日子。……連西門慶共十個，衆人見西門慶有些錢鈔，讓他做了大哥，每月輪流會茶擺酒。」（十一回）這完全是一羣惡霸流氓的大結合。一天到晚，捧着他到妓院去飲酒作樂，幫他去糟蹋婦女。有許多女人，開始爲他的甜言蜜語、財富外貌所惑，誰知一進門，他便換了魔王一樣的惡毒面孔。高興時，什麼淫邪下流的話都說得出，發起脾氣來，什麼殘忍毒辣的手段都會使出來，孫雪娥、潘金蓮都挨過他的皮鞭。蔣竹山說他是「把攬說事，舉放私債，家中挑販人口，家中不算丫頭，大小五六個老婆，着緊打趟棍兒，稍不中意，就令媒人領出賣了，真是打老婆的班頭，炕婦女的領袖。」（十七回）但他最後因縱慾過甚，結果也因此而送了性命。這個惡棍的一生就此告一結束。那些妾婢，死的死，走的走，改嫁的改嫁，所謂樹倒猢猻散，真是不過幾日，又成了一世界。那些幫閑的朋友們，看搖錢樹倒了，自然不免傷心一番，共湊了七錢銀子，買了果品香燭，致祭於西門慶之靈前：「……受恩小子，嘗在胯下隨幫。也曾在章臺而宿柳，也曾在謝館而猖狂。正宜撐頭活腦，久戰熬場，胡以一疾不起之殃，見今你便長伸着脚子去了，丟下小子如班鳩跌彈，倚靠何方？難上他煙花之寨，難靠他八字紅牆。再不得同席而偎軟玉，再不得並馬而傍溫香。撇的人垂頭跌脚，閃得人囊溫郎當……」這不能不說是一篇絕妙的祭文。在滿紙胡扯中，畫出了這一批狐羣狗黨的無恥面目。西門慶在金瓶梅這部書裏是死了，但在舊社會中並沒有死；不僅他，凡圍繞着他的那些人物，都沒有死。尤其在舊時代的一些大都市裏，不知有多少個西門慶，有多少個王婆、薛嫂兒、楊姑娘、張四舅和那些應花子、孫寡嘴一類的幫閑朋友。金瓶梅的價值，便在於它能夠把那一個黑暗社會的真實內形描繪出來給我們看。它寫出了流氓市儈的本質和典型，寫出了各種婦女在受侮弄受折磨中不同的心理狀態，寫出了在官僚商人互相勾結的殘酷剝削下，許多人家傾家蕩產賣兒鬻女的社會現實。我們千萬不要想到這只寫西門慶一人，這只寫西門慶一家，其實具有廣泛的社會意義。東吳弄珠客序云：「借西門慶以描畫世之大淨，應伯爵以描畫世之小丑，諸淫婦以描畫世之丑婆淨婆。」這些類型的人物，無論他們的性情、語言、態度，作者都能刻劃入微，語言藝術的圓熟流利，精巧細緻，超過了他的前輩。使金瓶梅在寫人技巧上，得到高度的成就。魯迅云：「作者之於世情，蓋誠極洞達，凡所形容，或條暢，或曲折，或刻露而盡相，或幽伏而含譏，或一時並寫兩面，使之相形，變幻之情，隨在顯見，同時說部，無以上之，故世以為非王世貞不能作。至謂此書之作，專以寫市井間淫夫蕩婦，則與本文殊不符。緣西門慶故稱世家，為搢紳，不惟交通權貴，卽士類亦與周旋，著此一家，卽罵盡諸色，蓋非獨描摹下流言行，加以筆伐而已。」（中國小說史略）對金瓶梅的批評，是很全面的。

但必須指出，金瓶梅雖是暴露了社會的黑暗現實，刻劃了人物的生動形象，在描寫技巧上是具有特點的，但從總的精神來說，它是一部自然主義的小說。

一、凡是現實主義或是積極浪漫主義的優秀作品，不管它如何批判現實，作品中總包含着理想和希望。金瓶梅並非如此，它缺少這個重要的因素。在全書中充滿了冷酷和絕望，人沒有理想，社會也沒有前途，而最後指出來的只是一種因果報應的宿命思想，因而使全書呈現出絕望的情調。

二、在取材方面，精蕪不分。有許多並不重要的並非本質的材料，都放在作品裏；不必要的描寫，卻費了大量的筆墨。尤其是露骨的描繪性生活，使這部作品，失去了藝術應有的美質和高尚的情操。

三、由於金瓶梅在性慾上作了過於誇張的不真實的穢褻的描寫，使讀者容易忽略書中的暴露意義，而容易使讀者受到它不健康一面的影響，形成金瓶梅藝術性與道德性的不能調和的矛盾，不僅失去了它的社會教育的作用，並且帶來了毒害讀者心靈的作用。金瓶梅雖有它的藝術價值，但只是一本自然主義的作品。金瓶梅所以如此，也是時代的影響。因爲淫風之盛，明代爲最。成化時，方士們如李孜、僧繼曉之徒，俱以獻方藥致貴；嘉靖時道士陶仲文獻紅丸得寵，官至禮部尚書；其他如方士邵元節、王金之流，俱以獻此得幸。此風散播，流傳日盛，進士儒生，亦步釋道後塵，如盛端明輩，因獻祕藥大貴。因此官場中遂竭智盡力，鍛鍊尋求，到了晚明，此風日熾。於是士子不以談淫詞爲羞，作者不以寫性慾爲恥。戲曲、歌謠，爭鳴淫豔；丹青畫筆，競寫春情。金瓶梅正產生於此時，自亦難免。魯迅在中國小說史略裏，指出明中葉方士文臣以獻方藥得倖之影響於小說，這是很有見地的。再如繡榻野史、閒情別傳、浪史、宜春香質一類的淫書，那就更要淫穢了。曹雪芹在紅樓夢第一回中說：「更有一種風月筆墨，其淫穢污臭，最易壞人子弟。」就是指的這類書。

另有玉嬌李（或作玉嬌麗）一書，似為金瓶梅續作，傳亦出金瓶梅作者之手。據野獲編所載，袁宏道曾知梗槪，謂「與前書各設報應因果，武大後世化為淫夫，上蒸下報；潘金蓮亦作河間婦，終以極刑；西門慶則一騃憨男子，坐視妻妾外遇，以見輪迴不爽。」沈德符並見其首卷，謂「穢黷百端，背倫蔑理。……然筆鋒恣橫酣暢，似尤勝金瓶梅」。張無咎新平妖傳重刻序云：「玉嬌麗、金瓶梅另闢幽蹊，曲中奏雅，水滸之亞。」此與玉嬌梨另為一書，今已失傳。

再有續金瓶梅，前後集共六十四回，題紫陽道人編，實為丁耀亢（一五九九——一六七〇）所作。丁字西生，號野鶴，自號木鷄道人。山東諸城人。書成於清初，專以因果報應為主，又時引佛道儒義，詳加解釋，動輒數百言，絕無生氣，而總結以感應篇為依歸。第一回說：「要說佛說道說理學，先從因果說起，因果無憑，又從金瓶梅說起。」本書的腐朽思想，可想而知。繼丁書而後，又有無名氏三世報隔簾花影四十八回，首有四橋居士序，四橋居士亦卽快心編的評者，但全書實為改易續金瓶梅而成（書中的南宮吉卽西門慶，紅綉鞋卽潘金蓮），筆墨猥褻，宣傳果報思想。書尚未完，當是清初書賈所刊印者。這些續作，其實已類於惡札了。

七　才子佳人的戀愛小說

金瓶梅以外，當時另有一種才子佳人的戀愛小說。這些書大都是某公子年少貌美，滿腹才學，因擇配不易，弱冠未娶。某日出遊花園或寺廟，遇一少女，年方二八，「沉魚落雁，羞花閉月」，多才貌美，驚爲天人。與之語，佯羞不答，然脈脈含情。於是男女心中，都若有所失，此時必有伶俐之婢女一人出而傳書遞簡，或寄絲帕，或投詩箋，兩心相許，私訂終身。此女多爲其父母所寵愛，因才貌過人，擇壻不易，尙待字閨中，後因某權臣聞女豔名，設法求爲子媳，女家不許，於是百般構陷，艱苦備嘗，改名換姓，各奔前程。最後總是才子高中狀元，掛名金榜，祕情暴露，兩姓歡騰，男女雙雙，終成夫婦。所謂才子佳人小說，其內容結構，大都如此。惟因文字清麗，情致纏綿，於戀愛過程中，時點綴以文雅風流、功名遇合種種離奇的穿插，頗爲當日上層社會所喜。此種小說，篇幅不長，大都是二十回左右，篇中波瀾疊生，最後以大團圓結局。明末清初以玉嬌梨、好逑傳、平山冷燕、鐵花仙史較顯。玉嬌梨凡二十回，今或改題雙美奇緣，題荻岸山人編次，實即清張勻撰。書中演述太常卿白玄之女白紅玉及其甥女盧夢梨與才子蘇友白戀愛的故事。中間雖時經患難，結果是白、盧共嫁一夫。有情人終成眷屬。試看白玄最後發表他的意見：「忽遇一個少年，姓柳，也是金陵人，他人物風流，真個是謝家玉樹，……我看他神清骨秀，學博才高，旦暮便當飛騰翰苑。我目中閱人多矣，從未見此全才。意欲將紅玉嫁他，又恐甥女說我偏心；若要配了甥女，又恐紅玉說我矯情。除了柳生（蘇友白的假姓），若要再尋一個，卻萬萬不能。我想娥皇、女英同事一舜，古聖已有行之者，我又見你姊妹二人互相愛慕，不啻良友，我也不忍分開，故當面一口就都許他了。這件我做得甚是快意。」（十九回）在這裏明顯地反映出當代宗法社會的腐朽思想。一、兒女的婚姻問題，由父親一手包辦。二、二女同嫁一夫，這種多妻的不良制度，反認爲是聖人的古制。三、在男權絕對勝利的時代，青年女子對於這些問題，隨便家長如何解決了，總是唯命是聽，終而至於感激涕零。四、讀書人的人生觀，是飛騰翰苑，娶妻取妾。所謂才子佳人小說中所表現的思想，大都是封建士大夫的傳統思想。外國人認爲這些作品，正代表中國封建社會的人生觀道德觀，因此很早就把這些作品都介紹到外國去。玉嬌梨有英、法譯本，平山冷燕有法文譯本，好逑傳有英、法譯本，因此這些作品爲外國人所熟知，本國人反而生疎了。

好逑傳又名俠義風月傳，書凡四卷，十八回，題名教中人編次，當是康熙間人作。演述才子鐵中玉佳人水冰心經了千辛萬苦而告團圓的故事。書中主旨，表示兒女婚姻須絕對服從父母之命，並片面強調婦女的貞操觀念，迂腐之極。作者署名「名教中人」，卽此四字，可概括此書之中心思想。平山冷燕二十回，題荻岸山人編。大連某一圖書館藏本序云：「順治戊戌立秋月天花藏主人題於素政堂」，前人或以爲康熙時人張劭作，或以爲秀水張勻作。書中敍平如衡、燕白頷及山黛、冷絳雪的戀愛故事，故書名平山冷燕，而文意頗爲平庸。又鐵花仙史二十六回，題雲封山人編次，敍王儒珍、蔡若蘭事。序云：「傳奇家摹繪才子佳人之悲歡離合，以供人娛目悅心者也。然其成書而命之名也，往往略不如意。如平山冷燕，則皆才子佳人之姓爲題，而玉嬌梨者，又至各摘其人名之一字以傳之。草率若此，非真有心唐突才子佳人，實圖便於隨意扭揑成書，而無所難耳。此書則特有異焉。……令人以爲鐵爲花爲仙者讀之，而才子佳人之事掩映乎其間。」作書想在書名上好奇，也並不奇，鐵言古劍，花言玉芙蓉，仙言蘇子宸，合之成爲鐵花仙史。但文字頗拙，夾敍神仙戰爭，更越出戀愛小說的範圍。依其序文，知此書最遲出，想是順、康年間的作品。到了清朝，這種小說作者更多，康、乾年間，尤盛極一時，現存者尙有數十種，以玉支磯、畫閣緣、蝴蝶媒、五鳳吟、巧聯珠、錦香亭、駐春園諸作較顯。紅樓夢中說：「至於才子佳人等書，則又開口文君，滿篇子建，千部一腔，千人一面，且終不能不涉淫濫。在作者不過要寫出自己的兩首情詩豔賦來，故假揑出男女二人名姓，又必旁添一小人，撥亂其間，如戲中的小丑一般。更可厭者『之乎者也』，非理卽文，大不近情，自相矛盾。」（第一回）曹雪芹所指的才子佳人等書，就正是明末清初這一類小說，他的批評，是非常中肯的。

八　晚明的短篇小說

宋代說話，分爲四科，最要者爲講史與小說。歷史故事，時代長久，內容豐富而又複雜，故其話本多爲連續性的長篇。而這些長篇的講史，對於明代小說界的影響，至爲巨大。如各種演義以及水滸、封神諸長篇作品，或直接或間接，無不由講史演化而來。說小說者，內容較簡，人物較少，都是一二次卽可完畢的短篇。宋人的小說話本，如京本通俗小說中所載的錯斬崔寧、志誠張主管諸篇，已經是優秀的短篇小說。嘉靖年間，因長篇小說風行社會，短篇作品，亦受人重視，於是宋、元以來的短篇話本，漸漸爲人收集刊行。萬曆、天啓年間，話本盛行於世，因此文人擬作者日多，到了明代末年，造成了短篇小說的極盛時代。

將宋、元、明初的短篇話本，收刻最早的，是嘉靖年間洪楩編刊的清平山堂話本。清平山堂爲嘉靖時洪楩堂名。原書分爲雨窗、長燈、隨航、欹枕、解閑、醒夢六集，每集上下二卷，每卷五篇，總名六十家小說。今存二十七篇，內五篇殘缺，後又發現兩篇殘文。書中體例不一，如藍橋記、風月相思二篇，全爲文言，又快嘴李翠蓮一篇，韻語爲主。其中宋、元舊作頗多，亦有明人之作。如風月相思篇，開首有「洪武元年春」之句，自是明作無疑。雨窗、欹枕集中的幾篇，文字較爲粗糙，頗存話本原有形態，想是沒有經過修改的。據日本長澤規矩也所撰京本通俗小說與清平山堂一文，知道日本內閣文庫的漢籍藏書中，另有平話單行本四種，爲張生彩鸞燈傳、蘇長公章臺柳傳、馮伯玉風月相思小說、孔淑芳雙魚扇墜傳，四種形式全同，想是一種叢書的零本。其中張生彩鸞燈傳卷首標明「熊龍峯刊行」字樣，其他三種，當也爲熊氏所刊。這四種小說，也見於晁瑮寶文堂書目中。馮伯玉風月相思小說和清平山堂話本中的風月相思，張生彩鸞燈傳和古今小說中的張舜美元宵得麗女大體相同，其餘兩種在中國已佚。解放後，有人據日本內閣文庫中所藏者加以排印，題名熊龍峯四種小說，對研究明代中葉小說者，頗有參考價值。

馮夢龍　短篇小說的大量刊行，是天啓、崇禎年間的事。對於這工作貢獻最多的，是稱爲墨憨齋的馮夢龍（一五七四——約一六四六）。馮夢龍字猶龍，別署龍子猶，長洲（今江蘇蘇州）人。崇禎時，官壽寧縣知縣，清兵渡江，曾參加抗清之舉，死於故鄉。他是一位介紹通俗文學的功臣，是民間文學的熱烈愛好者和研究者，也是傑出的通俗文學作家。他的學問基礎，非常廣泛，詩文、小說、戲曲，都能寫作，成就是多方面的。他改編過平妖傳、新列國誌等長篇小說，刊行過掛枝兒、山歌一類的民間歌曲，編輯散曲集太霞新奏，編纂短篇小說「三言」，又勸過沈德符刊印金瓶梅。他也歡喜戲曲，曾作雙雄記、萬事足諸傳奇，又刻墨憨齋傳奇定本十種。還編印過笑府、古今談概一類的書籍。詩集有七樂齋稿。靜志居詩話評他的詩，「善爲啓顏之辭，間入打油之調，不得爲詩家。」這是指責他，其實正是他的特色。可知在他的詩裏，也加入了通俗文學的色澤和精神，正統者眼中的「啓顏之辭、打油之調」，正是通俗文學中的特色。他懂得通俗文學的價值及其在文學上的地位。他在山歌的序上說過，「而但有假詩文，無假山歌，則以山歌不與詩文爭名，故不屑假。」又古今小說序云：「大抵唐人選言，入於文心；宋人通俗，諧於里耳。天下之文心少而里耳多，則小說之資於選言者少，而資於通俗者多。試令說話人當場描寫，可喜可愕，可悲可涕，可歌可舞。再欲捉刀，再欲下拜，再欲決脰，再欲捐金。怯者勇，淫者貞，薄者敦，頑鈍者汗下；雖日誦孝經、論語，其感人未必如是之捷且深也。噫！不通俗而能之乎？」這篇序雖署綠天館主人，可能就是馮氏自己所作。通俗文學與羣眾的關係最深，給予社會感應的效果最大，欲求文學與民眾發生聯繫，非通俗不可，這些道理，馮氏知道得最清楚。因此，他將畢生的精力，獻之於通俗文學的蒐集、編輯、改作、研究和出版的種種工作，他在小說方面，貢獻特大。今古奇觀的序中說：「墨憨齋增補平妖，窮工極變，不失本末，其技在水滸、三國之間。至所纂喻世、警世、醒世三言，極摹人情世態之歧，備寫悲歡離合之致。」可知在明朝末年，他已成爲介紹和創作通俗文學的權威。

古今小說收話本四十種，凡四十卷，題茂苑野史編輯。茂苑野史即馮夢龍早年的筆名，此古今小說也就是「三言」中的喻世明言。此書裏面有天許齋廣告云：「小說如三國志、水滸傳稱巨觀矣，其有一人一事足資談笑者，猶雜劇之於傳奇，不可偏廢也。本齋購得古今名人演義一百二十種，先以三分之一爲初刻云。」又書序云：「茂苑野史氏家藏古今通俗小說甚富，因賈人之請，抽其可以嘉惠里耳者，凡四十種，畀爲一刻。」可知先刻了四十種，後來警世、醒世再刻八十種，其數恰爲一百二十種。大概初刻時，定爲新刻古今小說總名，後來刻二三集時，改爲警世通言、醒世恆言，於是初集又改爲喻世明言，「三言」之名，因而成立。

現存的古今小說（喻世明言），共話本四十篇，宋、元、明三代的作品，兼而有之。宋本除張古老種瓜娶文女、簡帖僧巧騙皇甫妻二篇外（也是園書目宋人詞話作種瓜張老與簡帖和尚），其他如新橋市韓五賣春情、陳從善梅嶺失渾家（卽清平山堂之陳巡檢梅嶺失妻記）、楊思溫燕山逢故人、汪信之一死救全家等篇俱有可信原本爲宋人所作，但文字上可能都有修改。

警世通言亦四十卷，收話本四十篇，天啓甲子年刊行。繆荃孫所刊行的京本通俗小說七篇，有好幾篇收在通言中，題目已有改動，文字亦有修改。另有定州三怪一卷。繆氏所謂「破碎不全」者，亦在通言中之第十九卷，題爲崔衙內白鷂招妖。又書中第三十七卷之萬秀娘仇報山亭兒，卽也是園書目宋人詞話中之山亭兒。其他如蔣淑真刎頸鴛鴦會（清平山堂話本作刎頸鴛鴦會）、三現身包龍圖斷冤、計押番金鰻產禍、福祿壽三星度世諸篇，俱可信爲宋人舊作，加以增改的。其餘或尚有宋、元作品在內，但難確證。再有宿香亭張浩遇鶯鶯、錢舍人題詩燕子樓二篇，全是文言，頗似唐代的傳奇文。此種作品，唐宋後的作者頗多，如剪燈新話、剪燈餘話正是這一類。此二篇，似係明人所爲，因開頭加入平話體的引起一二句，變爲話本，而被編入的。書前有豫章無礙居士序一篇，對於小說的價值，社會的關係，說得極其透徹。「里中兒代疱而創其指，不呼痛，怪之？曰：『吾傾從玄妙觀聽說三國志來，關雲長刮骨療毒，且談笑自若，我何痛爲。』夫能使里中兒頓有刮骨療毒之勇，推此說孝而孝，說忠而忠，說節義而節義，觸性性通，觸情情出；視彼切磋之彥，貌而不情，博雅之儒，文而喪質，所得竟未知孰贗孰真也？」小說與羣眾的關係，給與人民的直接影響，確實是遠在四書、五經之上的。

文學作品在感染讀者的效果上，遠勝於枯燥的抽象的說教，這一點，晚明文人瞭解的已經很多，這確是文學觀念的大進步。由「三言」和其他小說的序文看來，這種觀念，在當代的文學界，已很普遍。我們可以說晚明小說的興盛與這種觀念，是互有因果的。

醒世恆言，亦四十卷，天啓丁卯年刊行。此書流傳較廣。十五貫戲言成巧禍，即京本通俗小說的錯斬崔寧，金海陵縱慾亡身即繆荃孫所謂「金主亮荒淫過於穢褻未敢傳摹」者。其他另有數篇亦似爲宋人所作，但明人擬作者較多，可能也有馮氏自作者在內。書前有可一居士的一篇序，總結「三言」的意義，有云：「六經國史而外，凡著述皆小說也。而尚理或病於艱深，修詞或傷於藻繪，則不足以觸里耳而振恆心。此醒世恆言四十種所以繼明言、通言而刻也。明者取其可以導愚也，通者取其可以通俗也。恆則習之而不厭，傳之而可久，三刻殊名，其義一耳。」恆言的序，可說是「三言」的總序，把明言解作導愚，通言解作通俗，恆言解作傳久，一面說明了小說的功用，同時又說明它的性質，這見解是好的。

「三言」共收宋、元、明人話本一百二十篇，是中國古代話本和擬話本的總匯，是研究宋、元以來話本文學的重要史料。書中前人之作，可能都經過馮夢龍的潤飾和加工。他一生整理過不少的舊傳的長短篇小說，他的主要工作是：改定題目和刪去遊詞贅語，修飾文字；但也有的只保留故事情節，加以改寫。這些工作，都是加強作品的藝術性，加強小說的形式，他在這方面取得了一定的成就，同時也給予後人以影響。

「三言」的內容非常廣泛，涉及社會各方面。題材的來源，雖有取於古代的史事，主要是來自民間傳說。通過一些優秀作品，反映出宋、元以來商業經濟發達城市繁榮的生活面貌，反映出市民的向上力量、思想覺悟以及反抗舊觀念舊事物的鬬爭意志和追求理想、渴望美滿生活的積極精神。尤其在那些明人的作品裏，市民思想，表現得更為鮮明。在作品中出現的主要形象，大都是城市中下層社會被壓迫的人物，他們都具有一種反抗封建的思想和精神，來對待社會和人生，都想把自己從傳統勢力和舊禮教下解放出來。但書中也有不少內容消極和宣傳迷信思想的作品。

追求婚姻自由和愛情幸福的題材，是市民思想中反禮教反宗法的切身的民主要求。因此，「三言」中關於這一類的作品特別多。但在舊勢力的壓迫下，這一主題就發生錯綜複雜的矛盾和鬬爭，有的成爲喜劇，有的成爲悲劇，有的是對於婚姻制度的嘲諷，有的是對於詐騙婚姻的斥責。如杜十娘怒沉百寶箱、賣油郎獨占花魁、喬太守亂點鴛鴦譜、錢秀才錯占鳳凰儔等篇，就從各方面來反映婚姻戀愛問題的複雜鬬爭。成就較高的是杜十娘。這一短篇，具有雄厚的悲劇力量，通過優秀的語言與謹嚴的結構，描繪出十娘、李甲、孫富的典型性格，表露出十娘忠於愛情的堅貞意志，以及李甲的懦弱、動搖和孫富那種陰險奸詐的市儈本質。再如俞伯牙摔琴謝知音、李汧公窮邸遇俠客一類的作品，則歌頌友情和俠義。還有些短篇描寫豪紳地主魚肉人民的罪行，如灌園叟晚逢仙女，描寫一個愛花的農人，遭受到地主殘暴的迫害，作者最後用逢仙女的神話作結，給予痛苦人民一點精神上的慰安。這些作品，都是寫得比較精采的。

凌濛初　馮夢龍的工作，主要是編輯介紹古今的短篇話本，到了凌濛初，才以文人的筆來大量擬作話本。凌濛初（一五八〇——一六四四），字玄房，號初成，別號卽空觀主人，浙江烏程（今吳興）人，曾爲上海縣丞及徐州通判。著有言詩翼、詩逆、詩經人物考、國門集、戲曲虬髯翁等二十多種。還編有南音三籟。他喜刻小說、戲曲及其他雜書，用朱墨套印，亦有用四種彩色套印者，並加附插圖，極爲美觀。他所刻的世說新語、西廂、琵琶、繡襦、南柯諸書，都是精美的刻本。他編著的話本，有拍案驚奇初二刻，共八十篇，內有一篇重複，一篇爲雜劇，故實爲七十八篇。以量言之，他是一位創作話本最多的作家。在晚明，他也是通俗文學的積極提倡者。拍案驚奇初刻，有序云：「近世承平日久，民佚志淫，一二輕薄惡少，初學拈筆，便思汚衊世界，廣摭誣造，非荒誕不足信，則褻穢不忍聞，得罪名教，種業來生，莫此爲甚。而且紙爲之貴，無翼飛，不脛走，有識者爲世道憂之，以功令厲禁，宜其然也。獨龍子猶所輯喻世等書，頗存雅道，時著良規，一破今時陋習，而宋、元舊種，亦被蒐括殆盡。……因復取古今來雜碎事，可新聽睹佐談諧者，演而暢之，得若干卷。其事之真與飾，名之實與贋，各參半。文不足徵，意殊有屬。凡耳目前怪怪奇奇，當亦無所不有，總以言之者無罪，聞之者足以爲戒，則可謂云爾已矣。」這說明了他創作這些短篇小說的旨趣。

拍案驚奇二刻，有小說三十九篇，最後附宋公明鬧元宵雜劇，共四十回。據其小引云：「初刻支言俚說，不足供醬瓿，而翼飛脛走，較撚髭嘔血筆塚硯穿者，售不售反霄壤隔也。嗟乎，文詎有定價乎？賈人一試之而效，謀再試之。」可知他寫作二刻，是因爲初刻銷路好，書賈促他作的。二書體制雖同，題材已異，初刻多述人事，二刻多言神鬼，因爲材料不夠，不得不捨人而取鬼。有取前人話本改作者，如神偷寄興一枝梅一回，取材於古今小說中之宋四公大鬧禁魂張。有見於初刻，二刻復用者，如第二十三回。再如二刻中的贈芝蔴識破假形一篇，他自己說明是舊傳的話本。篇目不夠時，還附以雜劇，可知此書之成，是比較倉促的。

「三言」主要是編輯古本，「二拍」則都是自作。他自己說過：「偶戲取古今所聞一二奇局可紀者，演而成說。」他是從古今的史料和民間傳說故事裏，選取材料，再通過他的構想、組織，寫成自己的作品。在書中少數略爲優秀的篇章裏，通過各種故事，暴露社會的黑暗，揭發貪官污吏殘害人民的罪行，同情男女爭取婚姻自由的鬬爭；但又在不少作品中，表現出封建思想、迷信色彩和過多的淫穢的描寫，存在着很多的糟粕。

「三言」、「二拍」，共收集短篇話本，近二百篇，民間購買不易，其中作品，亦良莠不齊。抱甕老人有鑒於此，於「三言」、「二拍」中選出佳作四十篇，成爲一集，題爲今古奇觀，約刊於崇禎末年。笑花主人序云：「墨憨齋所纂喻世、醒世、警世三言，極摹人情世態之歧，備寫悲歡離合之致。……卽空觀主人壺矢代興，爰有拍案驚奇兩刻，頗費蒐獲，足供譚麈，合之共二百種。卷帙浩繁，觀覽難周。……抱甕老人先得我心，選刻四十卷，名爲今古奇觀。」編選本書的旨趣，說得很明白。全書從「三言」中取二十九篇，「二拍」取十一篇。這本書，可說是晚明平話叢書的選本，故能得到讀者的歡迎。於是「三言」、「二拍」湮沒了數百年，今古奇觀從明末一直流行到現在。

凌濛初外，明末創作短篇者尙多，較著者有天然癡叟、周楫、東魯古狂生諸人。天然癡叟，不知爲誰，作石點頭，共十四篇。馮夢龍序云：「石點頭者，生公在虎丘說法故事也。小說家推因及果，勸人作善，開淸淨方便法門。能使頑夫倀子，積迷頓悟。浪仙撰小說十四種，以此名編。若曰生公不可作，吾代爲說法，所不點頭會意，翻然皈依清淨方便法門者，是石之不如者也。」可知天然癡叟名浪仙，但不知其姓，想是馮夢龍的友人。書中文字很流暢，但表現的封建思想卻非常濃厚。周楫著西湖二集，書凡三十四卷，每卷平話一篇，俱與西湖有關，崇禎年刊本。此書名爲二集，宜有初集，已佚。湖海士序云：「周子閒氣所鍾，才情浩汗，博物洽聞，舉世無兩。不得已而借他人之酒杯，澆自己之磊塊，以小說見，其亦嗣宗之慟，子昂之琴，唐山人之詩瓢也哉！觀者幸於牝牡驪黃之外索之。」可知作者懷才不遇，窮愁潦倒，借寫小說來抒發胸中鬱積之感情，書中雖多誦聖垂訓之語，但較之當時那些同樣的作品，氣味較佳，文筆亦較爲流利。又有題東魯古狂生編的醉醒石，十五回，有武進董氏重刊本。江東老蟫繆荃孫序云：「李微化虎事，見唐人李微傳。他卷又有云屠赤水作傳者；又以孕婦爲二命，上諭所駁，孕不作二命，乃崇禎帝事，此蓋崇禎年所作。大凡小說之作，可以見當時之制度焉，可以覘風俗之純薄焉，可以見物價之低昂焉，可以見人心之詭譎焉。於此演說果報，決斷是非，挽幾希之仁心，無聊之妄念，婦孺皆知，不較九流爲有益乎？況又筆墨之簡潔，言語之靈活，又出於尋常小說者。」繆氏對於此書，甚爲推重。筆墨簡潔，言語靈活，確是此書的特色。在某些篇章裏對當代的社會生活，作了一些描寫，但書中以封建道德勸誡世人，並各篇首尾，都夾雜議論，尤爲迂腐。

第二十七章　明代的散曲與民歌

一　緒說

明代的詞，寥落不振，惟散曲繼承元代的餘緒，猶能振作精神，頗有成就，而散曲集遂亦盛行一時。如陳所聞編纂的南宮詞紀、北宮詞紀，不僅搜羅甚爲豐富，而且也是明人散曲集（其中也有元人之作）中刊行時代最早的。又如沈璟、凌濛初、馮夢龍也編過散曲集南詞韻選、南音三籟（與戲曲作品合刊）、太霞新奏諸書。張祿的詞林摘豔，係據無名氏的盛世新聲加以增删，集中還收有當時的民間小曲，此外還有幾部散曲和戲曲的合集，如許宇的詞林逸響，則專供清唱之用。這都說明明代散曲選集編印之多，是超過了元代的。據任訥散曲概論所載明人著有散曲者，共三百三十人，數目可算不少，可惜其作品流傳下來的不多。幸而幾家重要的集子，還可看見，我們由此得以考察明代散曲發展的趨勢。明初百年，散曲沉寂。朱權太和正音譜所錄古今作家中，明初曲家共列十六人，王子一、劉東生、谷子敬、賈仲明、湯舜民數人較著。然而他們的作品，所見不多，就我們所讀到的很難看出特色。此時有聲於曲壇的，只朱有燉一人。但他的作品，套語極多，內容貧乏，頗少新味。加以他身爲貴族，有時故作農夫樵子語，有時又作神仙語，令人讀了，覺得很不自然。任訥云：「明代未有崑曲以前，北曲爲盛。涵虛子所列明初十六家中，惟湯式一人之傳作有五十餘套，餘皆二三篇，未足言派。湯之套數簡短，不病拖沓，惟多贈答酬應之作。端謹之餘，與一二小令，皆豪麗參用。十六家外，士大夫染翰此業者甚多，亦都零星無足數者。惟周憲王有燉之誠齋樂府，裒然成帙，足稱一家，而論其文字，乃十九端謹，且庸濫居多。豪麗兩面，均鮮至處。」（散曲概論）明初曲壇，確是如此。

弘治以還，曲風漸盛，作者日多，派別不一。約而言之，可分南北二系。北人氣勢粗豪，內容較富，猶有關漢卿、馬致遠遺風。王九思、康海、常倫、李開先、劉效祖、馮惟敏、趙南星諸家屬之，馮惟敏實爲其魁。南人以清麗勝，修辭細美，風格婉約，喜寫閨情，有張可久風致；其人爲陳鐸、王磐、金鑾、沈仕、梁辰魚、沈璟、施紹莘輩，而以王磐、施紹莘爲首。金鑾雖爲北人，因生長南京，其作風已南化。其他如楊愼夫婦、唐寅、陳所聞、張鳳翼、王驥德、馮夢龍諸人，亦俱以散曲名。

二　北方的散曲作家

王九思與康海　王九思與康海的仕履，見第二十五章。關於他們的雜劇，也在前面敘述過了。他們和李夢陽、何景明並稱爲七才子，詩文擬古，實不足觀，但他倆在散曲上，俱有成就。正德初，劉瑾當權，李夢陽得罪，被捕入獄，康海謁劉瑾救之。後劉瑾失勢，康海坐劉黨去職。王九思因與康海同鄉同官，也因此而被廢。廢後，兩人在鄉里談宴同遊，徵歌度曲，寄情於山水之間，生活情感彼此大略相同。胸中滿腹牢騷，對於現實表示不滿，發之於曲，在粗豪的風格中，同時又帶有消極退隱的情緒。

張良智，范蠡謀，都不如賈生詞賦。響當當美傳千萬古，有姦諛怎生廝妒。（落梅風：有感）

數年前也放狂，這幾日全無況。閑中件件思，暗裏般般量。眞個是不精不細醜行藏，怪不得沒頭沒腦受災殃。從今後花底朝朝醉，人間事事忘。剛方，傒落了膺和滂。荒唐，周全了籍與康。（雁兒落帶過得勝令）

杖藜，步畦，不作功名計。青山綠水遶柴扉，日與兒曹戲。問柳尋花，談天說地，無一事縈胸臆。醜妻，布衣，自有天然味。（朝天子：遣興）

上面三首是康海的作品。作者自比作李膺、范滂、阮籍、嵇康，可見其憤世嫉俗之情。

暗想東華，五夜清霜寒控馬。尋思別駕，一天殘月曉排衙。路危常與虎狼狎，命乖卻被兒曹罵。到如今誰管咱，葫蘆提一任閒玩耍。（王九思駐馬聽）

有時節露赤脚山巔水涯，有時節科白頭柳堰桃峽。戴甚麼折角巾，結甚麼狂生襪，得清閑不説榮華。提起封侯幾萬家，把一個薄福的先生笑煞。（王九思沉醉東風）

在他們的曲裏，同樣充滿着牢騷與感慨。豪放、本色以及北曲的爽朗情調，又同爲他們作品的特色。王世貞以爲王九思的「秀麗雄爽，康大不如也。評者以敬夫聲價，不在關漢卿、馬東籬下。」（藝苑卮言）王驥德也說：「對山亦忤於時，放情自廢，與渼陂皆以聲樂相尙，彼此酬和不輟。康所作尤多。非不莽具才氣，然喜生造，喜堆積，喜多用老生語，不得與王並驅。」（曲律卷四）王的作品確有些是勝於康海的，但王集中也有許多過於粗豪過於做作的句子，他有一首小令，前三句云：「一拳打脫鳳凰籠，兩脚蹬開虎豹叢，單身撞出麒麟洞」，這種暴牙露眼的形相，顯得很不自然。王的缺點，就在於此，康海也有此壞處，但比較自然。無論怎樣說，他們在明代散曲上都是較有成就的。

常倫　常倫（一四九三——一五二六），字明卿，號樓居子，山西沁水人。正德間進士，官大理寺評事，因庭詈御史，罷歸。他多力善射，常穿大紅衣，掛雙刀，馳騁平林，想見其北方健兒的氣槪。但因過河，馬驚墮水而死。他對當時的黑暗社會，時露不滿，但生活流於放縱。他的折桂令中說：「平生好肥馬輕裘，老也疏狂，死也風流，不離金樽，常攜紅袖。」可見其爲人。他散曲有寫情集二卷。像他那樣一個豪放不羈談兵擊劍的疏狂名士，表現於曲中的，也呈現出奔放與豪邁的風格。

驚殘夢數竿翠竹，報秋聲一葉蒼梧。迷茫遠近山，淺淡高低樹，看空懸潑墨新圖。百首詩成酒一壺，人在東樓聽雨。（沉醉東風）

但得個歡娛縱酒，又何須談笑封侯。拙生涯，樂眼前，虛名譽，拋身後。兩眉尖不掛閒愁，一日深浮三百甌，亦可度天長地久。（同上）

他自己說他好治百家言，尤歡喜黃、老，因此他的散曲，常多神仙家言和虛無頹廢之作。上面兩首，用俊朗的字句，寫曠達的情懷，算是比較好的。

李開先　李開先的生平及其戲曲特色，我們在前面已談過了，這裏只述他的散曲方面。錢謙益列朝詩集說他「弱冠登朝，奉使銀夏，訪康德涵、王敬夫於武功、鄠、杜之間，賦詩度曲，引滿稱壽，二公恨相見晚也。……歸而治田產，蓄聲妓，徵歌度曲，爲新聲小令，搊彈放歌，自謂馬東籬、張小山無以過也。」散曲有臥病江皐，是他最早的散曲集，爲解放後所發現的。後又寫中麓小令一百首，王九思曾和了百首，合刊爲傍粧臺百曲。就所見者而論，雖有好句，難得全篇。如傍粧臺云：「曲彎彎，一輪殘月照邊關。恨來口吸盡黃河水，拳打碎賀蘭山。鐵衣披雪渾身濕，寶劍飛霜撲面寒。驅兵去，破虜還，得偷閒處再偷閒。」可見他散曲的風格。馮惟敏同他友情很厚，在他的集中有醉太平李中麓醉歸堂夜話十八首，傍粧臺效中麓體六首，另有李中麓歸田套曲一篇，前有長序一段，對於李開先推崇備至。中有混江龍一曲云：「似您這天才傑出，真個是無愧前修。霎時間對客揮毫風雨響，世不曾閉門覓句鬼神愁。……俺也曾夜到明明到夜，聽不徹談天口，只爲他心窩兒包盡了前朝祕府，舌尖兒翻倒了近代書樓。」李開先的散曲在當時雖也起過影響，但這樣的評語，顯然是近乎恭維了。

劉效祖　劉效祖字仲修，號念菴，濱州（今山東惠民）人，寓居京師。嘉靖二十九年進士，官至陝西按察副使。其外曾孫胡介祉跋詞臠云：「念菴公負才不偶，齟齬於時，官止陝西憲副，退居林泉，吟詠不輟。翰墨之餘，間爲詞曲小令，以抒其懷抱而寄其牢騷，當時豔稱，至達宮禁，歷世寖遠，散逸遂多，外王父少保公嘗集而傳之，顏曰詞臠，僅百一耳。」從這種生活環境中，也可看出他是一個官場失意人。他的詩文集名雲林稾，已不傳，詞臠也只存他的散曲的一部分而已。我們現在讀他的作品，覺得他是明代北派一個重要的作家。他的特色，是能採用民間的活語言和俗曲的調子，作成極通俗的小曲，帶着濃厚的民歌色彩。如良辰樂事一套，共二十曲，寫新年生活，頗爲生動。

街市上經營靜寂，來往的人稠人密。你看那抬轎的拿般，挑脚的作勢，趕脚的施為，乞兒每倚定門討嘴吃，長吁長氣，口兒裏要饅餕，他說一年之計。（上小樓）

剛送出張世英，又接進李彥實。你看他叉手躬身，假意虛情，遜讓謙推；一箇說有生受

多起動，重蒙光輝，一箇說拜望遲，勿蒙見罪。（么篇）

呀！我見他慌忙扒起走如飛，一箇慣扯衣牽袖怎容回。一箇說見成熱酒飲三杯，一箇說看經喫素忌初一。他兩箇強了一會，只得喫幾杯，纔能勾唱喏抽身退。（堯民歌）

初七八拜罷年，盼元宵月色輝，家家燈火安排畢。村的俏的街頭闖，老的小的廝混擠，到處裏閒遊戲。小姑兒廝跟定嫂嫂，外甥兒扯住了姨姨。（五煞）

他還有掛枝兒、雙疊翠、鎖南枝多首，都是白話俗曲的作品。所作雖詞意新巧，但內容多爲豔情，有浮薄之病。據其從孫芳躅在詞臠序中說：劉效祖的散曲集有都邑繁華、閒中一笑、混俗陶情、裁冰剪雪、良辰樂事、空中語等集，到康熙時代都散失了，惟「都人至今猶歌之」。由此可以推測，因爲他的曲子通俗的太多，人家保存的少。同時又因爲過於通俗，所以過了幾十年，都人猶歌唱不止。我們現在讀詞臠，那種清俊的作品，並不是沒有。

堪笑世情薄，百般的都弄巧。李四戴着張三帽，歪行貨當高，假東西說好，哄殺人那裏辨青和皂。許多遭科範總好，到底被人瞧。（黃鶯兒）

門巷外旋栽楊柳，池塘中新浴沙鷗。半灣水遶村，幾朵雲生岫。愛村居景致風流，閒啜盧仝茗一甌，醉翁意何須在酒。（同上）

這種作品，豈在康海、王九思之下，可知他一面能寫極通俗的作品，一面又能寫極工鍊的作品。靜志居詩話稱其「小令可入元人之室」，又說「雜之小山樂府中，不能辨也」，可見對於他的推崇。但他的風格，與其說是似張小山，還不如說是近馬東籬的。在北派的作家中，染指於小曲，而從事於通俗文學的製作的，劉效祖以外，還有一個時代較晚的趙南星。

趙南星　趙南星（一五五〇——一六二七），字夢白，號儕鶴，別號清都散客，高邑（今河北元氏）人。萬曆二年舉進士，天啓初任吏部尙書，後以忤魏忠賢去職。他反對當代的權奸擅政，在仕途上受到種種的迫害。他與顧憲成、鄒元標，是東林黨的重要人物，號爲三君。曾謫代州。文集有味檗齋文集。所著笑話集笑贊，也多諷世之作。在晚明士大夫中，他是以正直傲岸見稱的。在他的芳茹園樂府裏，如銀紐絲、鎖南枝、羅江怨、玉抱肚之類，都是當日民間流行的小調。

將天問，要怎麼？……逃命何方遄？閻王殿擠壞了功曹，古佛堂推倒了那吒。神靈說：「我也淋的怕。哭啼啼哀告天爺，肯將人盡做魚蝦，句咧句咧饒了吧。」（鎖南枝帶過羅江怨：丁未苦雨）

朝入衙門，夜尋紅粉，行動之間威凜凜。誂的妓者們似猴存，呼喚一聲跑得緊。先兒們，縱然有王孫公子，公子王孫，瀝丁拉丁，都不如恁先兒們。（一口氣：有感於梁別駕之事）

趙南星不但用俗曲來寫閨情，而且用來反映現實，諷刺醜惡。在這些曲辭裏，我們可以看出作者用力學習民間歌曲的精神。一面是顯示出文人對民間歌曲的愛好，同時也說明民間歌曲的優美藝術，對於文人的影響。

馮惟敏　在北派作家中，能兼有眾長獨成大家的，是馮惟敏。馮惟敏（約一五一一——一五九〇），字汝行，號海浮，青州臨朐（今屬山東）人。與兄惟健、弟惟訥以詩文名齊、魯間。（惟訥字汝言，即古詩紀編者。）嘉靖中舉人，選淶水知縣，改鎮江儒學教授，遷保定通判。後來辭官歸田，過他的田園生活。所著有海浮山堂詞稿四卷，收套數四十九套，小令一百六十七首。他住的七里溪別墅，風景絕佳。靜志居詩話云：「臨朐冶源，山水勝絕，高梧一林，修竹萬个，泉流其中，酈善長所云分沙漏石者也。士人謂園是海浮所築，緤馬林間，想見東山絲竹之盛。後遊莫再，恆縈於懷。讀先生七里溪別墅二詩，猶不禁神往。」在他的散曲裏，歌詠那地方風景的作品也很多，讀之可想見其盛。他雖做了十幾年的官，官小事雜，很不得意。結果是學陶淵明的歸去來辭，「知足始遠辱，至人貴自全，不羨公與侯，所志受一廛」，而「幸茲協初心，歸我汶陽田」了。

他的散曲，在北派諸家之上，不僅是明代一大家，實可與元代大家並列而無愧。他的特色有三點：一、題材廣闊，內容豐富，如呂純陽三界一覽、財神訴冤、骷髏訴冤等曲，對於現實社會，作了強烈的批判與諷刺。二、語言活潑自然。三、北方爽朗豪邁的風格，發揮無遺，故有曲中辛棄疾之稱。總而言之，他在散曲上，是明朝一位最能表現和繼承元曲前期本色的作家，是一位較能反映社會內容的散曲家。

打趣的客不起席，上眼皮欺負下眼皮。強打精神扎掙不的。懷抱琵琶打了個前拾，唱了一曲如同睡語，那裏有不散的筵席，半夜三更路兒又蹺蹊，東倒西欹顧不的行李。昏昏沉沉來到家中，睡裏夢裏陪了個相識，睡到了大明才認的是你。（南鎖南枝：眊妓）

曲中對妓女的那種不正常的生活，有譏笑也有同情，曲折地反映出妓女們肉體、精神在重重折磨之下的苦痛矛盾的情狀，生動而又深刻。

在他的改官謝恩一曲裏，可以看出他的政治態度，和他在官場中失意的心情。

俺也曾宰制專城壓勢豪，性兒又喬，一心待鋤奸剔蠹惜民膏。誰承望忘身許國非時調，奉公守法成虛套。沒天兒惹了一場，平地裏閃了一交，淡呵呵冷被時人笑，堪笑這割雞者用牛刀。（油葫蘆）

在這曲裏，揭露了封建社會的黑暗現實。他想做一個清官，替人民做一番事業，一心一意想鋤奸剔蠹，結果是被人反對，平地裏閃了一交而不得不調職了。再在呂純陽三界一覽的套曲裏，借着森羅殿的描寫，對於封建政治的醜惡，投以無情的諷刺。

撥開地軸躬身望，黑洞洞沉吟半晌。出生入死判陰陽，總是些糊突行藏。邪神假仗靈神勢，小鬼裝成大鬼腔。胡廝混歪廝攘，坐不的金門寶殿，分不出地府天堂。（耍孩兒）

雞黍邀好弟兄，金寶分欠忖量，誰知禍害從今降。范張閉口難分訴，管鮑低頭不省腔。喚左右忙供狀，這兩個同謀上盜，那兩個坐地分贓。（八煞）

有錢的快送來，無錢的且莫慌，尋條出路翻供狀。偷與我金銀橋上磚一塊，水火爐邊油兩缸，殘柴剩炭中燒炕。若無有這般打典，脫與我一件衣裳。（二煞）

把森羅殿中司法界貪贓枉法的醜態，描繪得淋漓盡致。毫無疑問，他寫的是鬼界，實際是寫的人界，森羅殿中的黑暗形象，正是封建政治中貪官污吏罪行的真實反映。在這裏，表現他的諷刺文學的藝術力量。再如他的勸色目人變俗一套，同樣是反映現實生活的作品。他把色目人的生活習慣，得意忘形的態度，刻劃得活靈活現，充滿了詼諧與辛辣。他的散曲題材，範圍很廣闊，像呂純陽三界一覽、骷髏訴冤、財神訴冤一類的散曲，都是獨具風格的優秀作品。

馮惟敏的作品很多，他的套曲如邑齋初度自述、聽鐘有感、對驢彈琴、舍弟乞歸諸篇，也是較佳之作。聽鐘有感尤爲生色。小令中如玉江引農家苦、傍粧臺憂復雨諸曲，描寫農村生活，「又無餬口糧，那有遮身布，幾椿兒不由人不叫苦。」表現出關懷農民疾苦的感情。其他如東村、家訓、病憶山中、解官至舍、六友、十劣、贈田桂芳諸篇，也值得注意。再如十劣十首，寫妓院的醜態，描摹刻劃，入木三分。就是他寫男女戀情之作，也較有真實的感情，如玉抱肚云：「冤家心變，這些時誰家鬼纏，打聽的有個真實，我和他兩命難全！神命鑒察誓盟言，不叫冤家只叫天。」在本色中而頗能表現失戀者的激切之情，遠勝於那些庸俗的作品，而和他爽朗豪邁的風格却是相統一的。

薛論道　薛論道（約一五三一——約一六〇〇），字談道，號蓮溪居士，定興（今河北徐水和易縣）人。少時一足殘廢，然好談兵，故人呼為「刖先生」。他以文士而從軍三十年，在抵禦外患中屢立奇功，因與總兵戚繼光主張不合，棄官歸，後又起用，作戰於大水谷，官至副將。著有散曲集林石逸興十卷，每卷一百首，有萬曆年間刻本，為解放後所發現，所以過去論明人散曲者多未注意，然却是明散曲中自成蹊徑之作。其中有描寫邊疆景色的，有抒發個人感慨的，但更多的是諷喻世情，揭露現實。筆意豪放，間雜慷慨之音，但洗煉不足，失於淺率，若干寫閨情的作品，尤覺流於俗套。

擁旌麾鱗鱗隊隊，度胡天昏昏昧昧。戰場一弔，多少征人泪？英魂歸未歸，黃泉誰是誰？森森白骨，塞月常常會，冢冢磧堆，朔風日日吹。雲迷，驚沙帶雪飛，風催，人隨戰角悲。（古山坡羊：弔戰場）

對一會聖賢，嘆一位老天，有許多不方便。人生十有九不全，有一件無一件，陋巷顏回，蓬門原憲，凍餓殺無人見。齊了行愛錢，都不肯尚賢，有才學同誰辨？（朝天子：不平）

翻雲覆雨太炎涼，博利逐名惡戰場，是非海邊波千丈。笑藏着劍與槍，假慈悲論短說長

。一個個蛇呑象，一個個兔趕獐，一個個賣狗懸羊。（水仙子：憤世）

在這些曲子裏，表現出作者對現實社會的不滿，和蒼涼的弔古之情，筆力高俊，風格雄渾，很有特色。

楊慎　楊慎（一四八八——一五五九），字用修，號升庵，四川新都人。正德時進士第一，授翰林修撰。嘉靖時，因以議大禮抗諫而謫戍雲南永昌，卒於戍所。著述頗多，詩文崇尚清新。散曲集有陶情樂府。妻黃峨（一四九八——一五六九），字秀眉，四川遂寧人。也能詩詞，世稱爲黃安人，著有楊夫人樂府，但其中多與楊慎之作相混雜，近人乃將兩人之作合輯爲楊升庵夫婦散曲。楊曲的風格，與康海、王九思相近。王世貞以爲楊氏是蜀人，故多川調，不甚合南北本腔。楊氏對韻律雖不很精確，而曲境尚有可觀。由於仕途遭受挫折，遂縱情詩酒，曲中雖時有悲憤，但內容還是貧弱的。

客枕恨鄰雞，未明時，又早啼。驚人好夢三千里，星河影低，雲烟望迷，雞聲才罷鴉聲起。冷悽悽，高樓獨倚，殘月掛天西。（黃鶯兒）

思鄉淚，遠戍人。夜更長砌成幽恨。四年餘瘴海愁春，夢兒中上林花信。（落梅風）

黃峨的散曲，酣暢潑剌處勝於楊慎，其中寫舊時代婦女的神情心理，頗爲細膩。如仙呂點絳唇等曲還具有故事的結構。

衾如鐵，信似金。玉漏靜沉沉。萬水千山夢，三更半夜心，獨枕孤眠分，這愁懷那人爭信。（梧葉兒）

元宵近，燈火稀。冷落似寒食。歲月淹歸計，干戈有是非，烽火無消息，曉來時帶減征衣。（同上）

此外，楊慎的父親楊廷和，也能寫散曲，風格近於蕭爽一派，有散曲集樂府遺音，但他的作品多混雜於楊慎的升庵十五種中。

三　南方的散曲作家

陳鐸　陳鐸（約一四八八——一五二一），字大聲，號秋碧，下邳（今江蘇邳縣）人，世居南京。詩畫俱佳，散曲頗有聲譽，著有梨雲寄傲、秋碧樂府諸集。其中作品，風格柔媚，且多頹廢之音。王世貞評他云：「陳大聲金陵將家子，所爲散套，旣多蹈襲，亦淺才情，然字句流麗，可入絃索。」

鋪水面輝輝晚霞，點船頭細細蘆花。缸中酒似繩，天外山如畫。點秋江一片鷗沙。若問誰家是俺家，紅樹裏柴門那搭。（沉醉東風：閑情）

幾遍把梅花相問，新來瘦幾分。笑香消容貌，玉減精神，比花枝先病損，綉被與重裀，爐香夜夜薰。著意溫存，斷夢勞魂，只恁般睡不安，眠不穩，枕兒冷燈兒又昏。獨自個和誰評論，百般的放不下心上人。（二犯江兒水：四時閨怨）

在這些作品裏，看不出什麼特色。但他的滑稽餘韻一百三十六首，卻是明人散曲中別具生面之作，風格也和他原有的蘊藉流麗者不同。在那一百餘首小令中，一部分是描寫城市的下層居民的職業特徵、生活習尚以及語言動作，一部分是描寫各行各業的活動情況。其中有道士、和尚、命士、賣婆、瓦匠、木匠、鐵匠、媒人、相面等等，有香蠟舖、茶食舖、油坊、書舖、米舖等等。有勞動人民的謀生之辛勤，也有寄生者的醜態與諂色，而又喜怒哀樂，曲盡其情，形成了形形色色、萬有不齊的人間百態。對着這些不同的形象，作者也採取不同的態度，有的加以同情讚美，有的加以諷刺鞭撻，大都充滿着強烈的生活氣息和社會內容，並反映出明代中葉城市經濟的發達、手工業繁盛的歷史特徵。

咒着符水用元神，鋪着壇場拜老君，看着桌面收齋襯。志誠心無半分，一般的吃酒啉葷。走會街消閒悶，伏會桌打個盹，念甚麼救苦天尊。（水仙子：道士）

東家壁土恰塗交，西舍廳堂初完了，南鄰屋宇重修造。弄泥漿直到老，數十年用盡勤勞。金張第游麋鹿，王謝宅長野蒿，都不如手鏝堅牢。（水仙子：瓦匠）

鋒芒在手高，煅煉由心妙。銜鋼煨的軟，生鐵摶的燥。徹夜與通宵，今日又明朝；兩手何曾住，三伏不定交。到處裏錘敲，無一個嫌聒噪。八九個爐燒，看見的熱暈了。（雁兒落帶過得勝令：鐵匠）

這壁廂取吉，那壁廂道喜，砂糖口甜如蜜，沿街繞巷走如飛，兩脚不沾地。俏的矜誇醜的瞞昧，損他人安自己。東家裏怨氣，西家裏後悔，常帶着不應罪。（同上：媒人）

比較起來，全書中所寫的正面人物不及反面人物之多，而且也不及反面人物寫得成功，那原因，大概是爲了書名既叫滑稽餘韻，所以筆鋒也偏重於嘲諷揶揄了。周暉金陵瑣事卷三記陳鐸謁魏國公徐鵬舉時，「袖中取出牙板，高歌一曲。徐公揮之去，乃曰：『陳鐸是金帶指揮，不與朝廷做事，牙板隨身，何其卑也。』」從這一段「牙板隨身」的小故事裏，可以窺見陳鐸的放浪不羈的性格。他能注意這類題材，並用全力來描寫它們，這正是他膽識過人的地方。

王磐　王磐（約一四七〇——一五三〇），字鴻漸，號西樓，高郵（今屬江蘇）人。著有王西樓樂府一卷，存套曲九套，小令六十五首。王磐作品的數量雖不甚多，但在明代散曲上有較高的地位，可算是南派曲家前期的代表，惟王西樓樂府中所收的則全爲北曲。他鄙棄科舉，不愛富貴功名，沒有做過官，只是寄情於山水、文學，幽閑自在地過了一生，不僅曲好，琴棋詩畫俱精。關於他的生活性情，他的外甥張守中說得好：「翁生富室，獨厭綺麗之習，雅好古文詞。家於城西，有樓三楹，日與名流，譚詠其間。風生泉湧，聽者心醉，脫略塵俗之故，以從所好。既而藝日精，家日窘，翁怡然不以爲意，逍遙乎宇宙，徜徉乎山水，出其金石之聲，寄興於烟雲水月之外，洋洋焉不知老之將至，此其襟度有過人者。故所作沖融曠達，類其人也。」（王西樓先生樂府序）他作品的範圍比較廣泛，有詠山水的，有譏諷時事的，有記事的，有抒情的，都寫得很好。

平生淡薄，雞兒不見，童子休焦。家家都有閒鍋竈，任意烹炮。煮湯的貼他三枚火燒，穿炒的助他一把胡椒，到省了我開東道，免終朝報曉，直睡到日頭高。（滿庭芳：失雞）

斜插，杏花，當一幅橫披畫。毛詩中誰道鼠無牙，卻怎生咬倒了金瓶架。水流向床頭，春拖在牆下，這情理寧甘罷。那裏去告他，何處去訴他，也只索細數着貓兒罵。（朝天子：瓶杏為鼠所囓）

喇叭，鎖哪，曲兒小，腔兒大。官船來往亂如麻，全仗你擡身價。軍聽了軍愁，民聽了民怕，那裏去辨什麼眞共假。眼見的吹翻了這家，吹傷了那家，只吹的水盡鵝飛罷。（朝天子：詠喇叭）

頂半笠黃梅細雨，攜一籃紅蓼鮮魚。正青山酒熟時，逢綠水花開處，借樵夫紫翠山居，請幾個明月清風舊釣徒，談一會羲皇上古。（沉醉東風：攜酒過石亭會友）

讀了這些作品，覺得張守中所說「所作沖融曠達，類其人也」，並不能概括王曲之全貌。他不像其他曲家，用大半的作品來寫閨情。在陳鐸的集中，除了滑稽餘韻一書中的那些小令外，大多還是閨情、春情、題情、青樓十詠、香閨十事這些題目；王磐並不如此，他有閨中八詠一題，雖是尖新，並不輕薄。另有題花贈妓一題，據方悟廣青樓韻語云是王舜耕所作（亦字西樓）。由此可知王磐是一個胸懷題材，兩俱廣闊的作者。他的筆致，有南方的華美清俊，同時又帶一點北方的爽朗與古直。有時寫得極正經，有時寫得極詼諧。因此他作品的色彩，時有變化而不單純。詠喇叭一首，諷刺時事，于幽默中顯其沉痛。蔣一葵堯山堂外紀云：「正德間，閹寺當權，往來河下者無虛日。每到，輒吹號頭，齊丁夫，民不堪命。王西樓有詠喇叭朝天子一首。」再嘲轉五方一套，把那些要錢不要命的和尚，刻劃得淋漓盡致，也是佳作。王驥德曲律云：「於北詞得一人，曰高郵王西樓，俊豔工鍊，字字精琢。」他的特色，是在工鍊精琢之中，還能保持一點豪逸的本色。

金鑾　金鑾字在衡，號白嶼，隴西（今屬甘肅）人。萬曆間卒，年九十。他雖爲北籍，因僑寓南京，文筆沾染南風。錢謙益在列朝詩集中稱他「詩不操秦聲，風流婉轉，得江左清華之致。」其風格以清麗爲主，兼善詼諧，很有點像王磐，但酬贈之作較多。他用俗曲寫的風情戲嘲（鎖南枝），非常生動。散曲有蕭爽齋樂府二卷，存小令百餘首，套曲二十餘首。

煖風芳草徧天涯，帶滄江遠山一抹。六朝隄畔柳，三月寺邊花。離緒交雜，說不盡去時話。（新水令：送吳懷梅歸歙）

海棠陰輕閃過鳳頭釵，沒人處款款行來，好風兒不住的吹羅帶。猜也麼猜，待說口難開，待動手難抬，淚漬兒和衣暗暗的揩。（北河西六娘子：閨情）

沈仕　沈仕（一四八八——一五六五），字懋學，又字子登，號青門山人，仁和（今浙江杭州）人。他也是一個棄科舉而以山水終身的人。他的畫極有名，馮惟敏集中有乞青門畫的曲好幾首，對他的畫，推崇備至，可知他是與馮惟敏相交好的曲家。他的散曲集有唾窗絨，存小令套曲八十餘首。他的曲專寫閨情，開曲中的香奩體一派。題材雖冶豔，然語言尖新，善於刻劃，受有民間俗曲的影響。

雕欄畔，曲徑邊，相逢他驀然丟一眼。教我口兒不能言，腿兒撲地軟。他回身去一道煙，謝得蠟梅枝把他來抓個轉。（鎖南枝：詠所見）

花陰密，竹徑昏，嬌娥見人歸去得緊。塘土兒卻知音，留下他弓鞋印。我輕輕驗，細細輪，不差移，止三寸。（鎖南枝：題所見）

寫得雖很生動，但因爲所作過多，感着浮薄，而對後人的影響也很不好。任訥散曲概論中所說：「而後人踵之者又變本加厲，皆標其題曰效沈青門體，沈氏遂受謗無窮矣」，這話是不錯的。

梁辰魚與沈璟　崑腔興起，曲風一變，北曲衰亡，形成所謂南詞一派。崑腔經魏良輔革新後，首先採用者爲梁辰魚，其傳奇浣紗記，在前面已介紹過了，散曲集江東白苧，也很有名。梁辰魚本精音律，故曲名很高，其曲文辭精美，描摹精細，文雅蘊藉，極嫵媚之能事。造句用字，多參詞法，故曲味少而詞味多，時人評爲「南詞出而曲亡矣」，就是這個意思。他的作品，是走向辭藻華美的道路，專心在技巧上用工夫。沈璟稍遲於梁，以韻律勝。梁辰魚重辭藻，沈璟重聲律，都是注重形式。「自有崑腔，南曲之宮調音韻，一切準繩俱定，傳奇之法愈密。犯調集曲，日盛一日。沈璟爲南曲譜及南詞韻選二書，楷模大著，學者翕然宗之。龍子猶於太霞新奏中，對沈氏有詞家開山祖師之稱焉。起嘉、隆間以迄明末，將近百年，主持詞餘壇坫者，文章必推梁氏爲極軌，韻律必推沈氏爲極軌，此爲崑腔以後之兩大派。一時詞林，雖濟濟多士，要不出兩派之彀中也。」(任訥散曲概論)明代的散曲，到這時期，逐步走上格律辭藻的道路，豪情野氣，本色語以及口語都日益衰退了。他們歡喜寫閨情，詠物，喜翻宋詞元曲，取前人現成的材料，只求律正與韻嚴，只求音聲的和諧和辭藻的華姸，因此其作品多流於平庸，偏重形式了。沈璟的作品，尤多此種缺點。王驥德批評他說，「吳江守法，斤斤三尺，不欲令一字乖律，而豪鋒殊拙。」(曲律卷四)可謂知人之論。

萬里濤回，看滔滔不斷，古今流水。千年恨都化英雄血淚。徙倚，故國秋餘，遠樹雲中

，歸舟天際。山勢依舊枕寒流，閱盡幾多興廢。（梁辰魚夜行船：擬金陵懷古）

一聲杜宇落照閒，又寂寞春殘。楊柳簾櫳長日關，正梨花院落初閒。風朝雨晚，芳徑裏落紅千萬。停畫板，又早見牡丹初綻。（沈璟集賢賓：傷春）

這是寫得比較好的，然也是詞味多而曲味少。音律嚴整，文辭工麗，是他們的特色。

施紹莘 晚明的散曲，能擺脫梁、沈的束縛而自成一家的，是稱爲峯泖浪仙的施紹莘。施紹莘（一五八一——約一六四〇），字子野，華亭（今上海市松江）人。因屢試不第，以諸生終。他於是建園林，置絲竹，每當春秋佳日，與朋輩遨遊於九峯、三泖、西湖、太湖間。他「好治經術，工古今文，而能旁通星緯輿地，與二氏九流之書。」（陳繼儒秋水庵花影集敘）又精音律，工散曲，有花影集四卷，收套曲八十六首，小令七十二首，明人專集中，以他的套曲爲最多。施氏富于才情，生性放浪，在散曲上能擺脫梁、沈的格律，而不爲時習所囿。南詞北曲，俱其所長，故其風格，清麗蒼莽，兼而有之。所作題材甚爲廣泛，他自己序花影集說：「以至茅茨草舍之酸寒，崇臺廣囿之弘侈，高山流水之雄奇，松龕石室之幽致，曲房金屋之妖妍，玉缸珠履之豪肆，銀箏寶瑟之縈魂，機錦砧衣之愴思，荒臺古路之傷心，南浦西樓之感喟，憐花尋夢之幽情，寄淚緘絲之逸事，分鞵破鏡之悲離，贈枕聯釵之好會，佳時令節之杯觴，感舊懷恩之涕淚，隨時隨地，莫不有栩譜新聲，稱宜迭唱。」因此他集中有許多懷古、贈別、寫山水、詠瑣事的好作品。但是豔曲還是很多，不過他的豔曲只寫深情，不寫色情，讀去覺得還不庸俗。

問衣錦山誰榮貴？問翠微亭誰恬退？只可惜報國精忠，奉牌十二。二十年心力一朝灰，千秋切齒。磔檜分屍，笑優游人在半閒堂，身謀家計，人國同兒戲，葬身無地，如今化作業風妖氣。（錦衣香：錢塘懷古）

只見那流水外兩三家，遮新綠灑殘花。一陣陣柳綿兒春思滿天涯。俺獨立斜陽之下，猛銷魂，小橋西去路兒斜。（採茶歌：送春）

看遊人細馬香衫，幾個東來，幾個西還。滿團團雲山翠滴，溪水斜灣。謝東君分付與春光飽看。呀！雙肩挑一擔，食罍春盤，鋪個青氈，攤個蒲團，只見那花枝下喝酒猜拳。（折桂令：清明）

鄰雞叫，促織鳴，青燈一篝寒背枕。明月映人心，西風尖得緊。身孤另，綿被輕，半邊溫，半邊冷。（南仙呂入雙調鎖南枝：夜寒）

嫩雨濕肥田，暗雲堆欲暮天。平迷四野聞人喚，西村旆懸，東天鷺懸，漁歌晾網垂楊岸。木橋邊，敲門聲裏，蓑笠遠歸船。（南商調黃鶯兒：雨景）

施紹莘以套曲見長，不便全篇抄舉，上列之前三例，俱摘自套曲，後二首爲小令。再如金陵懷古、懷舊、旅懷、絃索詞、村中夜話諸套，都寫得很真實。絃索詞一篇，描寫尤爲出色。

明人散曲，自尚不止此，如湯式（字舜民，寧波人）爲明初散曲十六家之一，著有菊莊樂府，以圓穩工巧著稱。貴族如周憲王朱有燉，大僚如夏言，理學名臣如王守仁，文士如唐寅、祝允明輩，也都能寫散曲，不過因作品沒有多大特色，所以這裏也不再多說了。

四　明代的民歌

前面說過，明代散曲，到了梁辰魚、沈璟，一講修辭，一主韻律，於是散曲更注重形式與格律，與民衆愈離愈遠，不復再有民間的氣息，而日趨於僵化。舊曲既與民間隔離，民間自有其歌辭，自己創造，自己歌唱，那就是當代流行的稱爲雜曲俗曲的民歌。這些民歌雖沒有舊曲那麼文雅蘊藉，音律也沒有那麼謹嚴，但它們是通俗的、有生命的、新鮮的、大衆喜愛的歌曲。卓人月云：「我明詩讓唐，詞讓宋，曲讓元，庶幾吳歌、掛枝兒、羅江怨、打棗竿、銀絞絲之類，爲我明一絕耳。」（陳鴻緒寒夜錄引）袁宏道也說過明人可傳之詩，還是那些孩子們所唱的劈破玉、打草竿、銀柳絲、掛枝兒一類的民歌。就是擬古派的健將李夢陽、何景明之流，看了鎖南枝、傍粧臺、山坡羊之屬，也說可以上繼國風，甚爲喜愛。（野獲編）李開先在詞謔中也說：「如十五國風，出諸里巷婦女之口者，情詞婉曲，自非後世詩人墨客操觚染翰刻骨流血所能及者，以其真也。」由此可以知道這些民間小曲的清新本色的藝術，在當日是得到學士文人的一般讚美了。關於明代小曲流行的情形，沈德符在野獲編時尚小令裏，說得很詳備：

元人小令行於燕、趙，後浸淫日盛。自宣、正至成、弘後，中原又行鎖南枝、傍粧臺、山坡羊之屬，李崆峒先生初從慶陽徙居汴梁，聞之，以為可繼國風之後。何大復繼至，亦酷愛之。今所傳泥捏人及鞋打卦、熬鬏髻三闋，為三牌名之冠，故不虛也。自茲以後，又有耍孩兒、駐雲飛、醉太平諸曲，然不如三曲之盛。嘉、隆間乃興鬧五更、寄生草、羅江怨、哭皇天、乾荷葉、粉紅蓮、桐城歌、銀絞絲之屬。自兩淮以至江南，漸與詞曲相遠。不過寫淫媟情態，略具抑揚而已。比年以來，又有打棗竿、掛枝兒二曲，其腔調約略相似，則不問南北，不問男女，不問老幼良賤，人人習之，亦人人喜聽之，以至刊布成帙，舉世傳誦，沁人心腑，其譜不知從何來，眞可駭歎。又山坡羊者，李、何二公所喜。今南北詞俱有此名。但北方惟盛愛數落山坡羊，其曲自宣、大、遼東三鎭傳來。今京師妓女，慣以充絃索北調，其語穢褻鄙淺，並桑濮之音亦離去已遠。而羈人遊士，嗜之獨深，丙夜開樽，爭相招致。

這一段文字很重要：一、他告訴我們明代各期小曲流行的情形；二、告訴我們各界人士愛好那些小曲的盛況；三、各種小曲都是起自民間，多爲妓女所唱，逐漸地進入上層社會，文人學士染指者日多，於是小曲的藝術風格，給予文人創作以明顯的影響。

明代最早的小曲我們今日可見的，是成化間金臺魯氏所刊的新編四季五更駐雲飛、新編題西廂記詠十二月賽駐雲飛、新編太平時賽賽駐雲飛、新編寡婦烈女詩曲四種。這裏的調子，都是駐雲飛，與沈德符所說的大略相合。新編四季五更駐雲飛沒有編者姓名，也無序跋，選錄駐雲飛民歌七十七首，大都爲描寫閨情之作。其中如每日沉沉、受盡榮華、富貴榮華諸首，具有反抗封建婚姻、鄙薄富貴生活的現實意義。

富貴榮華，奴奴身軀錯配他。有色金銀價，惹的傍人罵。嗏，紅粉牡丹花，綠葉青枝，又被嚴霜打，便做尼僧不嫁他！（駐雲飛）

不貪求金銀的享受，追求自己的解放和幸福，便是做尼姑也不嫁給這個有錢人，表示堅決的反抗。每日沉沉云：「使盡金銀，奴心不順，受盡諸般不稱心。」受盡榮華云：「你有錢時買求媒人話，空有珍珠都是假。」在這些語言裏，反映出封建社會的婦女得不到婚姻自由的苦痛心情。新編太平時賽賽駐雲飛共收三十八首，多是演說故事的歌曲。如蘇小卿題恨金山寺、雙漸趕蘇卿、王魁負桂英都用聯曲形式，歌詠一事，宜於演唱。如蘇小卿題恨金山寺中一曲云：「上的船來，無語低頭淚滿腮。水面行程快，教我心無奈。嗏，叫道把船開，越傷懷。往日恩情，一旦今何在？埋怨親娘忒愛財。」（駐雲飛）怨恨之情，極爲沉痛。王魁負桂英數曲，也寫得很真實。又龔正我編輯的摘錦奇音（萬曆年間刊行）裏，收有時尙古人劈破玉歌四十餘首，係用劈破玉曲調，歌詠當時民間流行的元、明戲曲故事，有琵琶記、荊釵記、千金記、斷髮記、白兔記等曲，都寫得生動、質樸。其性質與上述的駐雲飛相近。

再在龔正我編輯的摘錦奇音裏，還有羅江怨妙歌及急催玉歌多首；熊稔寰編輯的徽池雅調中，有劈破玉歌多首，其內容都是寫男女私情，但其中有些作品，語言尖新，設意巧妙，而感情直率熱烈，表現了民歌的特點。茲舉三首爲例。

紗窗外月正高，忽聽得誰家吹玉簫。簫中吹的相思相思調，訴出他離愁多少，反添我許多煩惱。待將心事從頭從頭告，告蒼天不肯從人，阻隔着水遠山遙。忽聽天外孤鴻孤鴻叫，叫得我好心焦。進繡房淚點雙拋，淒涼訴與誰知誰知道？（羅江怨）

要分離，除非天做了地！要分離，除非東做了西！要分離除非是官做了吏！你要分時分不得我，我要離時離不得你，就死在黃泉也，做不得分離鬼。（劈破玉）

碧紗窗下描郎像。描一筆，畫一筆，想着才郎。描不出，畫不就，添惆悵。描只描你風流態，描只描你可意龐，描不出你的溫存也，停着筆兒想。（劈破玉）

純用白描手法，表現真情，而語言中不帶輕薄和淫穢，故是民間情歌的佳作。後來的掛枝兒和山歌中的情歌，就缺少這類作品了。

晚明時代，對於民間俗曲特殊感着興趣，加以整理收集而得到很大的成就的，是墨憨齋的馮夢龍。他一向讚賞通俗文學，整理過創作過話本小說。他在民歌方面的貢獻，是由他編輯的童癡一弄的掛枝兒和童癡二弄的山歌。掛枝兒的原書現在不傳了，後來所見的，只是浮白山人輯適情十種中的掛枝兒和醉月子輯雅俗同觀掛枝兒，共收俗曲一百三十一首。解放後曾發現九卷的明刻殘本（原書當爲十卷），內收俗曲近四百首。山歌十卷的原書，現已發現，並且排印出版，我們得窺全豹。王驥德曲律云：「小曲掛枝兒卽打棗竿，是北人長技，南人每不能及。昨毛允遂貽我吳中新刻一帙，中如噴嚏、枕頭等曲，皆吳人所擬，卽韻稍出入，然措意俊妙，雖北人無以加之。」沈德符野獲編則云：「比年以來，又有打棗竿、掛枝兒二曲。」王驥德所說的，掛枝兒與打棗竿是一物二名，沈德符則又說是二曲。再如袁宏道、卓人月諸人的文字裏，也都是看作兩種曲子而分開來對舉的。打棗竿有寫作打草竿者，掛枝兒也有寫作掛真兒者，可知原無定字，從北方傳來盛行江南以後，寫得各有不同，打棗竿之改名掛枝兒，大概也因從北方傳入南方的緣故。我們現在所看到的掛枝兒，想大都是王驥德所說，是江南人所擬，非出自北方的原作。因爲在送別幾首裏，地點都是丹陽、無錫一帶，其次文字情調完全是南音，缺少北方的粗豪之氣；三，中有噴嚏等曲，恐卽是王當日所見者。這些作品都是情歌，缺少反映現實的內容，並且絕大多數流於輕薄與色情的描寫。但在謔部九卷裏，卻有一些諷刺性的優秀作品。如山人譏笑了封建階級幫閑文人的醜態，門子描繪了官署爪牙的貪婪罪行，當舖刻劃了典當商人的剝削本質，都富於現實意義。其他如鴇兒、子弟、小官人、假紗帽諸篇，都是較佳之作。掛枝兒中的這些諷刺性的作品，表現了民歌中的光輝，特別值得我們重視。

送情人直送到丹陽路，你也哭，我也哭，趕脚的也來哭。趕脚的，你哭是因何故？道是：去的不肯去，哭的只管哭；你兩下裏調情也，我的驢兒受了苦。（送別）

對粧臺，忽然間打個噴嚏，想是有情哥思量我。寄個信兒，難道他思量我剛剛一次。自從別了你，日日淚珠垂。似我這等把你思量也，想你的噴嚏兒常似雨！（噴嚏）

問山人，並不在山中住，止無過老着臉，寫幾句歪詩，帶方巾稱治民到處去投刺。京中某老先，近有書到治民處；鄉中某老先，他與治民最相知。臨別有舍親一事干求也，只說為公道沒銀子。（山人）

壁虎兒得病在牆頭上坐，叫一聲「蜘蛛我的哥，這幾日並不見箇蒼蠅過。蜻蜓身又大，胡蜂刺又多，尋一箇『蚊子』也，搭救搭救我。」（門子）

典當哥，你犯了箇貪財病。掛招牌，每日裏接了多少人。有銅錢，有銀子，看你日出日進。一時救得急，好一箇方便門。再來不把你思量也，怪你等子兒大得狠。（當舖）

這種作品，可能經過修飾；也有是文人作的，如噴嚏爲董遐周所作。但民歌的格調和精神，是完整無缺的。歌中的真實情感和語言的表現方法，都是民間本色。抒情的寫得這麼曲折深細，諷刺的如此尖銳而深刻，在正統派的詩文裏，是看不到的。

山歌共十卷，長短的作品，共有三百多首。最短的是七言四句，最長的如燒香娘娘，共一千四百餘字。民間歌謠裏這樣的長篇是少見的。山歌有序一篇，說明編者對於俗文學的見解。他說：

> 書契以來，代有歌謠，太史所陳，並稱風雅，尚矣。自楚騷唐律，爭妍競暢，而民間性情之響，遂不得列於詩壇，於是別之曰山歌。言田夫野豎矢口寄興之所為，薦紳學士家不道也。唯詩壇不列，薦紳學士不道，而歌之權愈輕，歌者之心亦愈淺；今所盛行者，皆私情譜耳。雖然桑間、濮上，國風刺之，尼父錄焉，以是為情眞而不可廢也。山歌雖俚甚矣，獨非鄭、衞之遺歟？且今雖季世，而但有假詩文，無假山歌；則以山歌不與詩文爭名，故不屑假。苟其不屑假，而吾藉以存眞，不亦可乎？抑今人想見上古之陳於太史者如彼，而近代之留於民間者如此，倘亦論世之林云爾。若夫借男女之眞情，發名教之偽藥，其功於掛枝兒等，故錄掛枝詞而次及山歌。

他這種見解，正是晚明新文學運動中重視民間文學的觀點。山歌不列詩壇，不入縉紳之口，故其情愈真，文愈真。詩文要登大雅，句句擬古，字字摹神，真的變成假的。山歌不與詩文爭名，故不屑假，不屑假，便是真，正是山歌可貴的地方。山歌雖有這些特色，但其顯著的缺點，是作品中缺少現實性的社會內容。山歌十卷，前九卷全是用的吳語，只有最後一卷名桐城時興歌，用的官話，因此我們可以說山歌是一部吳語區域的方言文學。全書除了破騌帽歌、魚船婦打生人相罵、山人少數長篇外，其餘都是詠的男女私情，正如編者所說，是一部私情譜。因爲全是寫的男女私情，其中俱雜有猥褻的描繪，令人感到庸俗與輕薄。並且諷刺性的作品，在山歌中也是很少的。

這書所收的，雖不能說全是民間的俗歌，但十分七八是來自民間。民歌因地域關係，用意相同，文字大同小異的，時常可舉出好幾首來。山歌中這種例子極多，現舉一則。有一首山歌題目是乾思，詞云：「見郞俊俏姐心癡，那得同床合被時。蟲蛀子蝗魚空白鮝，出銅銀子是干絲。」他在後面註云：「一云：井面上開花井底下紅，……又云：郞看子姐了姐看子郞，……俱同意。」在一首正文的乾思下，另附兩首，其意也是乾思，可見這三首都是民間歌唱的，地域不同，文字也改了，他覺得棄之可惜，就作了附錄，這種例子，山歌集中多極了。再如篤癢下註云：「此歌聞之松江傅四，傅亦名姝也。」可知那些作品，確是來自民間。但也確有改作或是創作的，如捉奸第三首後附註云：「此余友蘇子忠作。」又第一首後附註云：「弱者奉鄉隣，強者罵鄉隣，皆私情姐之爲也，因製二歌贈之。」因此可知山歌裏，確實有他自己和朋友們倣民歌的作品。又山人後附註云：「此歌爲譏誚山人管閒事而作；或云張伯起先生作，非也。蓋舊有此歌，而伯起復潤色之耳。」這是改作的證據。

> 滔滔風急浪潮天，情哥郎扳樁要開船。挾絹做裙郎無幅，屋簷頭種菜姐無園。（別）
>
> 郎上孤舟妾倚樓，東風吹水送行舟。老天若有留郎意，一夜西風水倒流！五拜拈香三叩頭。（送郎）

上面兩首，用意含蓄，風調頗佳。歌中常用雙關語、影射語，這本是民歌的特色，在古代的子夜歌裏，就有了這個傳統的。另有八九兩卷，俱爲長歌，題下或註「俱兼曲白」、「曲白兼用」，可知這些都是合樂的歌曲。細看這二十幾篇，文士改作的痕跡，比較濃厚。破騌帽歌下註云：「游翰瑣言尚有破氈襪歌，無味，故不錄。」這明是抄錄他人之作了。中有山人一篇，譏罵晚明那些附庸風雅裝腔作勢的山人，真是淋漓盡致，不失爲一篇諷世的好作品，在山歌中算是少見的了。

> 說山人，話山人，說着山人笑殺人。（白）身穿着僧弗僧俗弗俗箇沿落廠袖，頭帶子方弗方圓弗圓箇進士唐巾。弗肯閉門家裏坐，肆多多在土地堂裏去安身。土地菩薩看見子，連忙起身便來迎。土地道：「咗，出來！我只道是同僚下降，元來到是你箇些光斯欣！咦弗知是文職武職？咦弗知是監生舉人？咦弗知是糧長升級？咦弗知是謅書老人？咦弗來裏作揖畫卯，咦弗來裏放告投文。耍了鬧閧閧介挨肩了擦背，急逗逗介作揖了平身？轎夫箇箇儕做子

朋友，皁隸箇箇儕扳子至親。帶累我土地也弗得安靜，無早無晚介打户敲門。我弗知你為僑箇事幹？仔細替我說箇元因。」山人上前齊齊作揖，「告訴我裏的的親親箇土地尊神。我哩個些人，道假咦弗假，道眞咦弗眞；做詩咦弗會嘲風弄月，寫字咦弗會帶草連眞。只因為生意淡薄，無奈何進子法門。做買賣咦喫箇本錢缺少；要教書咦喫箇學堂難尋；要算命咦弗曉得箇五行生尅；要行醫咦弗明白個六脈浮沉。天生子軟凍凍介一箇擔輕弗得步重弗得箇肩膊；又生箇有勞勞介一張說人話人自害自身箇嘴脣。算盡子箇三十六策，只得投靠子箇有名目箇山人。陪子多少箇蹲身小坐，喫子我哩幾呵煮酒餛飩，方纔通得一箇名姓，領我見得箇大大人。雖然弗指望揚名四海，且樂得榮耀一身，嚇落子幾呵親眷，聳動子多少鄉鄰。因此上也要參參見佛，弗是我哩無事入公門。」土地聽得箇班說話，就連聲罵道：「個些窵說箇猢猻。窵音吊。你也忒殺膽大，你也忒殺惡心！廉恥咦介掃地，鑽刺咦介通神。我見你一蚼進一蚼出，袖子裏常有手本；一箇上一箇落，口裏常說箇人情。也有時節詐別人酒食，也有時節騙子白金！硬子嘴了了說道恤孤了仗義，曲子肚腸了說道表兄了舍親。做子幾呵腰頭徯擦，徯音悉，擦音煞。難道只要鬧熱箇門庭？你箇樣瞞心昧己，那瞞得灶界六神？若還弗信，待我唱隻駐雲飛來你聽聽：（駐雲飛）笑殺山人，終日忙忙着處跟。頭戴無些正，全靠虛幫襯。嗏，口裏滴溜清，心腸墨錠！八句歪詩，嘗搭公文進。今日胥門接某大人，明日閶門送某大人。」（白）山人聽子，冷汗淋身，便道：「土地，忒殺顯靈。大家向前討介一卦，看道阿能勾到底太平？」先前得子一箇聖筶，以後再打子兩箇翻身。土地說道：「在前還有青龍上卦，去後只怕白虎纏身！你也弗消求神請佛，你也弗消得去告斗詳星；也弗消得念三官寶誥，也弗消得念救苦眞經。（歌）我只勸你得放手時須放手，得饒人處且饒人。」

山歌之外，馮夢龍另有夾竹桃頂針千家詩山歌一種，現存本共收一百二十三首。是馮氏摹擬民歌形式，用「夾竹桃」調子演唱的情歌，但終究由於文人的擬作，所以缺少潑刺拙樸的氣息，而且句子又有一定的程式，最末一句必用千家詩各首的末句，拼湊做作的痕迹就更爲顯著了。

第二十八章 封建社會的末期與清代文風的演變

一 清代的社會環境與舊體文學的總結

明代末年，由於政治的極端腐敗和階級矛盾的尖銳深化，形成聲勢浩大的各地的農民起義，加以東北新起的清國，在山海關一帶施行強大的壓力，到崇禎十七年，農民起義軍首領李自成佔領了北京，明代政權覆滅。但終於由大官僚地主如洪承疇、吳三桂等人的無恥投降，引導清兵入關，打敗了李自成的農民軍，統一了中國，便成爲歷史上的清朝。

清兵入關以後，明朝的文武官僚，紛紛變節投降，幫助清朝統治者，殘酷地鎭壓各地人民的反抗力量。東南一帶，遭受到清兵的瘋狂屠殺和血腥的暴行，在王秀楚的揚州十日記裏，留給我們慘痛的印象。堅強不屈的人民，在這樣的恐怖環境中，仍然在各地堅持着長期的反抗，在當日的歷史上，留下了史可法、鄭成功、張煌言一類的壯烈英雄，和黃宗羲、顧炎武、王夫之一類的富有氣節的學者文人。

由於清兵深入，東南一帶發生了長期戰爭，他們大量地屠殺人民，燒燬房屋，在明代發展起來的社會經濟和資本主義生產方式的因素，一時遭到了嚴重的破壞和摧殘。從明代末年到順治年間，形成了人口減少的嚴重情況。

清人統一中國以後，為了鞏固封建政權，一面加強中央集權的君主專政，同時，又採取安定社會、恢復農業生產的各種措施，招撫流民，獎勵墾荒，興修水利，減免賦稅。在幾十年中，耕地面積擴大，人口逐步增加，社會生產力繼續發展，農業經濟和工商業都欣欣向榮，到康熙、乾隆時期，達到了清帝國昌盛強大的時期。

清代的國際貿易，比明代更為發展。在大陸方面，與帝俄建立了正常的商業關係；在海洋方面，和歐、美幾個重要的資本主義國家，都進行了通商。清代前期，雖已開放海禁，但對外通商，是採取嚴格的閉關政策，採取壟斷壓制的政策，對於國際貿易，不給予鼓勵和幫助，封建統治集團反而和官商勾結一起，對於出口商人，加以種種敲榨和剝削。這種閉關政策，到了清代後期，就完全被外力衝破了。

清代是封建社會歷史的末期，康、乾時期的封建文化，達到了爛熟的階段，從整個的封建社會歷史來說，那也僅是回光返照的一點餘輝短影而已。在這一幕中，我們看到了封建政權、封建文化沒落前夕的影子。嘉慶以來，清帝國日趨衰敗。一八四〇年的鴉片戰爭，衝開了古老封建帝國的大門，接着是中法戰爭、中日戰爭、八國聯軍戰爭等等，帝國主義者的武力、經濟、文化、宗教的各種侵略力量，如毒菌一般地侵入中國的血管。並且，外國資本主義同中國的封建勢力官僚地主勾結起來，加緊剝削窮苦的人民，阻礙了中國社會經濟的發展，使中國的社會，發生了畸形的變化，進入了半封建半殖民地的社會。

在政治極端腐敗、人民日益窮困、侵略急迫、國勢危殆的緊張局勢中，有進步思想的知識分子，發出了改革政治、維新愛國的呼聲。在太平天国、戊戌變法、義和團到辛亥革命一連串轟轟烈烈的運動中，我們體會出這一時期不同性質的政治內容，廣大人民的覺悟，和進步人士反帝、愛國、反封建、追求舊民主的思想內涵。同時對於學術、文學思想方面，都開展各種不同的鬬爭。晚清興起的新體散文、新派詩和譴責小說等等，在這方面作了鮮明的反映，無論形式、內容，都起了一定的變化。當日的文學運動，雖具有積極的進步意義，但其思想本質，仍屬於改良主義的範疇。魯迅說：「蓋嘉慶以來，雖屢平內亂（白蓮教、太平天国、捻、回），亦屢挫於外敵（英、法、日本），細民闇昧，尙啜茗聽平逆武功，有識者則已翻然思改革，憑敵愾之心，呼維新與愛國，而于『富強』尤致意焉。戊戌變政既不成，越二年卽庚子歲而有義和團之變，羣乃知政府不足與圖治，頓有掊擊之意矣。」（中國小說史略）在這段話裏，簡明地說出了嘉慶以來的歷史條件和文學變化的精神實質。

清朝統治者對待漢人雖經過初期的瘋狂屠殺，但他們一穩定政權，便採用武力與懷柔雙管齊下的政策。他們瞭解漢人的心理，儘量地保存漢人的社會習慣和傳統的文化、道德。滿族的皇親貴戚，自小就受漢人的教育，同樣受孔、孟思想的薰陶，同樣能寫蒼勁的古文和美麗的詩詞。因此，在清代初年，在那些遺民的腦子裏，固然蘊藏着無限的家國之痛；到了後來，時光漸漸過去，民族矛盾也就漸漸淡薄了。在這樣的基礎上，清帝國繼續了二百幾十年的統治，在文化學術上，取得了不小的成就，這一點是和元朝不同的。

在中國學術史上，清朝是有其獨特的地位的。所謂古典學派的樸學，可與先秦哲學、兩漢經學、魏、晉玄學、隋、唐佛學、宋、明理學，前後輝映，各爲一個時代學術思潮的代表。樸學家都以嚴肅的態度，刻苦的精神，孜孜不息的努力，在學問上用工夫。無論經學、史學、諸子學、校勘學、小學、地理、金石、辨僞、輯佚各方面，得到了一定的成績。他們從事學問的精神，是反對主觀的冥想，傾向實事求是的考察，排斥空論，提倡實際。這種精神的來源，一面是反對明末王學末流的空虛浮淺，由於黃宗羲、顧炎武、王夫之一般人出來，大聲疾呼，攻擊明心見性的空談，提倡經世致用的實學。這些人學問淵博，加以人品道德能表率羣倫，一倡百和，學風爲之一變。另一方面，是屬於政治的環境，從順治到乾隆，在這百餘年中，清朝統治者對於漢族的文人學士，是一面用高壓，同時又用懷柔來收拾人心。以八股科舉來吸收青年，以山林隱逸和博學宏詞的薦舉，來收羅宿儒和遺老。這雖說是一些利誘、籠絡的方法，然在當日卻也網羅了一大批人才。但懷柔政策，畢竟不能全部收效，於是高壓的文字獄，在順、康、雍、乾四朝中，接連發生，造成了許多悲慘的案件，犧牲了不少的人命。再就是編纂書籍，如康熙朝的康熙字典、淵鑑類函、佩文韻府、古今圖書集成、全唐詩等；到了乾隆，規模更大，如四庫全書、續通典、續文獻通考、續通志、清通典、清文獻通考、清通志等，都是很重要的文獻。但其目的卻是想把讀書人送到故紙堆裏去，讓他們把全部精神貢獻給學術，不要注意政治。再如四庫全書的編纂，在文化上自有很高的價值，主持和參加者，如紀昀、朱珪、戴震、王念孫、姚鼐、翁方綱、朱筠諸人，都是一代人才。然在其同時，也就進行了思想統制。在那書編纂的十年間（乾隆三十七年至四十七年），繼續燬書二十四次，共燬書五百三十餘種。在這種文網嚴密、政治壓迫的時代，學者的才力，只能避免與實際政治發生接觸，於是學術園地，大都趨向於古典學的研求。訓詁、校勘、箋釋、辨僞、輯佚一類的工作，一時成爲風尚，造成清代樸學的大盛。學術思想是如此，文學思想亦然。桐城派古文和浙派的詞，大都傾向於復古。嘉慶以降，在客觀形勢的變化下，學風、文風，爲之一變。

梁啓超氏說：「前清一代學風，與歐洲文藝復興時代相類甚多。其最相異之一點，則美術文學不發達也。清之美術，雖不能謂甚劣於前代，然絕未嘗向新方面有所發展，今不深論。其文學：以言夫詩，真可謂衰落已極。吳偉業之靡曼，王士禎之脆薄，號爲開國宗匠。乾隆全盛時，所謂袁枚、蔣士銓、趙執信三大家者，臭腐殆不可嚮邇。諸經師及諸古文家，集中多亦有詩，則極拙劣之砌韵文耳。嘉、道間龔自珍、王曇、舒位號稱新體，則粗獷淺薄。咸、同後競宗宋詩，只益生硬，更無餘味。其稍可觀者，反在生長僻壤之黎簡、鄭珍輩，而中原更無聞焉。直至末葉，始有金和、黃遵憲、康有爲，元氣淋漓，卓然稱大家。以言夫詞，清代固有作者，駕元、明而上，若納蘭性德、郭麐、張惠言、項鴻祚、譚獻、鄭文焯、王鵬運、朱祖謀皆名其家，然詞固所共指爲小道者也。以言夫曲，孔尙任桃花扇、洪昇長生殿外，無足稱者，李漁、蔣士銓之流，淺薄寡味矣。以言夫小說，紅樓夢隻立千古，餘皆無足齒數。以言夫散文，經師家樸實說理，毫不帶文學臭味；桐城派則以文爲『司空城旦』矣。其初期魏禧、王源較可觀，末期則有魏源、曾國藩、康有爲。清人頗自誇其駢文；其實極工者僅一汪中，次則龔自珍、譚嗣同，其最著名之胡天游、邵齊燾、洪亮吉輩，已堆垛柔曼無生氣，餘子更不足道。要而論之，清代學術在中國學術史上價值極大；清代文藝美術，在中國文藝史、美術史上價值極微，此吾所敢昌言也。」（清代學術概論）梁氏所論，過於偏激。清代的詩詞，雖不及唐、宋，然其成就，在元、明之上，而詩歌尤富有特色。散文較弱，無可諱言；但清代的小說除紅樓夢外，還產生了一些優秀作品，卽如晚清的小說，也自有其價值。因此，我們對於清代文學，不能採取過於簡單的看法。

清代文學的發展，反映了時代的特色，由於歷史的演變，在文學作品上表現出不同的精神。在清代初期民族矛盾極其尖銳的歷史條件下，許多遺民詩人的優秀作品，表現了愛國熱情，富於鼓舞人心的藝術力量，這類作品，在清代文學中佔有重要地位。同時，少數作家，繼承晚明文學反抗傳統的精神，在文學理論上作出了一些貢獻，也值得我們注意。康、乾期間，清代的封建政權，得到了鞏固，民族矛盾，日益淡薄，學術、文學，大都趨於復古。言文者有桐城，言詞者尊南宋，詩壇則尊唐尙宋，各立門戶，其中少數作家雖也產生了一些優秀作品，但主要傾向，是偏重形式。但這一時期的小說戲曲界，卻放出了異樣的光彩。聊齋誌異、儒林外史、紅樓夢這些大作，對封建社會的陰暗和腐爛，進行了剖析和批判，思想、藝術的價值都很高。傳奇中的桃花扇、長生殿，在康熙文壇，表現了優秀的成就。在單折的雜劇中，也有些優秀之作。

嘉慶以降，國勢日非。政治腐敗，軍備廢弛。封建統治者對農民的剝削愈益加重，階級矛盾日益深化；加以外國資本主義對中國進行瘋狂的政治、經濟侵略，奴役、榨取中國人民，形成了空前嚴重的民族危機，在一八四〇年終於爆發了鴉片戰爭，從此中國歷史進入了新的時期。在晚清幾十年中，社會生活和思想形態都在發生深刻的變化。由龔自珍、魏源到康有爲的今文經學派，表現了政治、學術思想的轉變。這一時期的文學，更表現出新的面貌和傾向。龔自珍的詩文，反映了大變革前夕的進步知識分子的精神面貌；在姚燮、貝青喬諸人的詩歌裏，反映了鴉片戰爭時期的政治內容、愛國感情和人民反侵略鬥爭的強烈願望。戊戌的維新變法，資產階級改良主義的政治思想，在文學上得到了鮮明的反映，譚嗣同、黃遵憲、康有爲、梁啓超諸人的提倡詩界革命、鼓吹小說的政治作用等等，都取得了一定的成就。另如當日興起的譴責小說，在反映改革政治的要求，表現民衆的覺悟，暴露清政府的懦弱無能，諷刺官吏的腐敗貪污各方面，都作出了貢獻。這一時期的文學，無論詩文、小說，在新歷史條件的影響下，都在求變求新，文學作品和社會現實，結合得較為緊密。所用的形式和表現方法，也有所改變，一步一步趨於新方向發展。排除舊的，尋找新的，這種轉變和鬥爭，是晚清文學的重要特徵。

由此可見，清代文學具有它自己的時代特色。在中國整個文學發展的歷史上，清代文學是幾千年來各種舊體文學的總結，同時又孕育着二十世紀中國新文學的萌芽。舊的過去，新的起來，在清代文學發展的道路上，表現了顯著的傾向。

二　晚明文學思想的繼續

由李贄、袁宏道諸人所領導的反傳統、反擬古的文學思想，在明代末年風靡一時，起了很大的破舊作用。到了清代封建政權鞏固以後，這種思想漸漸地衰微下去了。他們那種離經叛道的精神，重視小說戲曲的觀點，自然不能容於當日的政治環境，因此，他們的著作，到了清初，全都成為禁書。但在當日競言宗派、高唱復古的文學空氣下，我們在金聖歎、李漁、廖燕、袁枚諸人的著作裏，還能看出一點晚明文學思想的餘波。他們那些反擬古、反傳統、攻擊僞道學、以及提倡小說、戲曲的文學理論，在清代前期的文壇，很値得我們注意。

金聖歎　金聖歎（約一六〇八——一六六一），原名采，字若采。吳縣（今屬江蘇）人。明亡後，更名人瑞，字聖歎。人問其義，他說：「論語有兩喟然歎曰：在顏淵爲歎聖，在與點則爲聖歎，予其爲點之流亞歟。」（廖燕金聖歎先生傳）他性情怪誕，狂放不羈，少有才名。工詩，尤喜評解小說戲曲。他在某些方面，受有李贄、袁宏道的影響，反對傳統文學觀點，對於小說、戲曲，予以很高的評價。對於杜甫詩很有研究，晚年作過杜詩解。他因參加反抗官吏貪污的哭廟案，而被統治者殺害。廖燕替他寫了一篇傳，說：「爲人倜儻高奇，俯視一切，好飲酒，善衡文評書，議論皆發前人所未發。時有以講學聞者，先生輒起而排之。於所居貫華堂設高座，召徒講經，經名聖自覺三昧，稿本自攜自閱，祕不示人。每陞坐開講，聲音宏亮，顧盼偉然。凡一切經史子集，箋疏訓詁，與夫釋道內外諸典，以及稗官野史、九彝八蠻之所記載，無不供其齒頰。縱橫顚倒，一以貫之，毫無剩義。座下緇白四衆，頂禮膜拜，歎未曾有，先生則撫掌自豪，雖向時講學者聞之，攢眉浩歎，不顧也。生平與王斵山交最善。斵山固俠者流，一日以三千金與先生曰：君以此權子母，母後仍歸我，予則爲君助燈火可乎？先生應諾。甫越月，已揮霍殆盡。乃語斵山曰：此物在君家，適增守財奴名，吾已爲君遣之矣。斵山一笑置之。鼎革後，絕意仕進，更名人瑞，字聖歎。除朋從談笑外，惟兀坐貫華堂中，讀書著述爲務。……所評離騷、南華、史記、杜詩、西廂、水滸，以次序定爲六才子書，俱別出手眼。尤喜講易，乾坤兩卦多至十萬餘言，其餘評論尙多。茲行世者，獨西廂、水滸、唐詩制義、唱經堂雜評諸刻本。傳先生解杜詩時，自言有人從夢中語云：諸詩皆可說，惟不可說古詩十九首，先生遂以爲戒。後因醉縱談『青青河畔草』一章，未幾遂罹慘禍。臨刑歎曰：斫頭最是苦事，不意於無意中得之。先生沒，效先生所評書，如長洲毛序始、徐而庵、武進吳見思、許庶菴爲最著，至今學者稱焉。」關於金聖歎，前人的附會與怪說最多，廖燕這篇傳，寫得真實生動，最少怪氣和異說，而又處處從文學立論，所以我在上面多抄了一點。由於這篇傳記，給我們一個深刻的印象，金聖歎無論他的生活、性格、講學，以及文學方面，都與正統派文人不同，都與封建傳統不同，他在許多方面，卻與李贄有相近的地方。其次，他晚年在激烈的民族矛盾中，不仕清朝，生活窮困，日以著書爲務，這也是可取的。

金聖歎的政治思想，是一面對黑暗現實和政治壓迫，深表不滿，同時又要求維護封建制度，鞏固封建秩序。因此他有同情人民疾苦、反對貪官污吏的積極精神，深刻瞭解官逼民反的現實；但他只希望改良政治，滿足人民的一些物質生活，並不主張從根本上推翻封建政權，所以他又反對農民起義。在他的水滸批評中，表現了他這一思想中的矛盾。因此，他一面讚美水滸，一面又譴責水滸；讚美的是水滸中所表現的反官僚惡霸的內容和藝術成就，譴責的是書中所表現的農民起義的政治意義。他說：「綠耐庵之水滸言之，則如史氏之有檮杌是也。備書其外之權詐，備書其內之凶惡，所以誅前人既死之心者，所以防後人未然之心也。……無惡不歸朝廷，無美不歸綠林，已爲盜者讀之而自豪，未爲盜者讀之而爲盜也。」（水滸序二）他不僅在評語中對宋江進行種種誣衊，並託名古本的發現，將其後半部刪去，以盧俊義一夢作結，將農民起義的英雄事業，化爲烏有。「我若今日赦免你們時，後日再以何法去治天下」，託名嵇康的這兩句話，正是金聖歎自己的真心話，他在這裏表現了反農民起義的階級偏見。

但同時，金聖歎又指出梁山起義，實由於官逼民反。「蓋不寫高俅，便寫一百八人，則是亂自下生也。不寫一百八人，先寫高俅，則是亂自上作也。」（第一回總批）這不僅道出了當日的歷史真情，也符合作者的原意。他認識到在舊社會裏，經濟剝削和政治壓迫是農民起義的社會根源，在這裏又顯現出他文學批評思想中另一面的光輝。

金聖歎對於小說，特別推尊水滸。他說：「別一部書，看過一遍即休。獨有水滸傳，只是看不厭，無非爲他把一百八箇人性格，都寫出來。」（讀第五才子書法）他又說：「天下之文章，無有出水滸右者，天下之格物君子，無有出施耐庵先生右者。學者誠能澄懷格物，發皇文章，豈不一代文物之林。……水滸所敍，敍一百八人，人有其性情，人有其氣質，人有其形狀，人有其聲口。夫以一手而畫數面，則將有兄弟之形，一口而吹數聲，斯不免再吷也。施耐庵以一心所運，而一百八人各自入妙者，無他，十年格物而一朝物格，斯以一筆而寫百千萬人，固不以爲難也。」（水滸序三）又說：「蓋事只一事也，情只一情也，理只一理也。……然事一事，情一情，理一理，而彼發言之人，與夫發言之人之心，與夫發言之人之體，與夫發言之人之地，乃實有其不同焉。有言之而正者，又有言之而反者，有言之而婉者，又有言之而激者，有言之而盡者，又有言之而半者。……觀其發於何人之口，人卽分爲何人之言，雖其故與今之故不同，然而發言之人不可不辨，此亦其一大明驗也。」（西廂：賴婚）從這兩段話，可見他對於小說戲曲藝術，有較深的理解。所謂「十年格物而一朝物格」，就是說一位作家要經過長期的學習、體會和探索，才能通達人情物理。真能通達人情物理，就能寫出不同人物面貌，說出不同人的聲口，各得其妙，真切感人。施耐庵、王實甫都能格物而物格，所以才能寫水滸和西廂一類不朽的作品。紅樓夢中有一幅對聯云：「世事洞明皆學問，人情練達卽文章」，正好放在這裏做注釋。洞明世事、練達人情，是作家必要的本領。他尊重小說、戲曲，無疑是受了李贄、袁宏道的影響，但他對於小說戲曲的論述，能深一層地分析其藝術特點，能闡明水滸、西廂的價值，在善於觀察事物、使用恰如其分的語言，塑造人物的形象，描繪人物的性格，並着重指出水滸在寫一百零八人時，各有不同的性情、氣質、形態和聲口的高度技巧，有各得其妙的特點，這比起李、袁諸人來，在藝術分析上又大進了一步。至於他那些給水滸、西廂的評語，其中雖有些較好的見解，但有不少是可笑的。正如魯迅所說：「原作的誠實之處，往往化爲笑談，布局行文，也都硬拖到八股的作法上。」（談金聖歎）但是，他對於水滸的藝術加工，對於水滸以及西廂藝術特點的認識和分析，其中頗有可取的地方，這些都是應當肯定的。

另外，他對於詩的意見，也有些特點。他說：「詩非異物，只是人人心頭舌尖所萬不獲已必欲說出之一句說話耳。儒者則又特以生平爛讀之萬卷，因而與之裁之成章，潤之成文者也。夫詩之有章有文也，此固儒者之所矜爲獨能也；若其原本，不過只是人人心頭舌尖萬不獲已而必欲說出之一句說話，則固非儒者之所得矜爲獨能也。」（與家伯長文昌）又說：「詩如何可限字句？詩者人之心頭忽然之一聲耳。不問婦人孺子，晨朝夜半，莫不有之。……天下未有不動於心而其口有聲者也，天下未有已動於心而其口無聲者也，動於心聲於口謂之詩，故子夏曰：在心爲志，發言爲詩，故志之爲字，從之從心，謂心之所之也。詩之爲字，從言從之，謂言之所之也。心之所之，謂之志焉；言之所之，斯有詩焉。故詩者未有多於口中一聲之外者也。唐之人撰律，而勒令天下之人必就其五言八句，或七言八句，若果篇必八句，句必五言七言，斯豈又得稱詩乎哉？」（與許青嶼之漸）在這些話裏，反映出他對於格律與摹擬的不滿，和李贄的童心說，袁宏道的性靈說，精神上是相通的。

金聖歎對於杜甫詩很有研究，評解杜詩，有時也能重視其思想內容。杜甫有晝夢詩云：「故鄉門巷荊棘底，中原君臣豺虎邊。安得務農息戰鬥，普天無吏橫索錢。」他批云：「私則故鄉荊棘，公則中原豺虎，農務不修，橫征日甚，寫世界昏昏極矣。獨是橫吏索錢，乃正在故鄉荊棘，中原豺虎之日，其爲橫也，比盜賊更劇。先生于醉夢中，不覺身毛直豎，此所以眼針之必拔也。」（唱經堂杜詩解）這些見解，都很可取。從這些地方，可以幫助我們比較全面認識作爲文學批評家的金聖歎的精神面貌。

李漁　其次值得我們注意的，是李漁。李漁（一六一一——約一六七九），字笠鴻、謫凡。浙江蘭谿人。博士弟子員。善詩文，才思敏捷，尤長於戲曲。所著有傳奇十種曲、短篇小說十二樓及一家言。他愛山水，好遨遊，自白門移居西湖，因號湖上笠翁。蘭谿縣志中說他：「性極巧，凡窗牖牀榻服飾器具飲食諸制度，悉出新意，人見之莫不喜悅，故傾動一時。所交多名流才望，卽婦孺亦皆知有李笠翁。……當時李卓吾、陳仲醇名最噪，得笠翁爲三矣。論者謂近雅則仲醇庶幾，諧俗則笠翁爲甚云。」從這裏可以看出他對生活藝術的態度，同時也說明了李贄、李漁在精神上某些相通的地方。在他的著作裏，留下許多描寫山水花草蟲魚的和一些表現不同於傳統觀點的小品文，頗爲清新流麗。他對戲曲發表了許多可貴的意見，貢獻較大。他自己是一位戲劇作家，又兼有豐富的舞臺經驗，對於戲劇創作和表演的曲折艱苦，有深切的體會；再加以前人的理論啓發和參考比較，使得他在戲劇理論上，取得了發展，作出了貢獻。他的閒情偶寄卷一、卷二，都是討論戲曲的，分爲詞曲、演習二部。詞曲部中，尤見精彩。第一論結構，第二論詞采，第三論音律，第四論賓白，第五論科諢，第六論格局，前後照顧，組織嚴密，成爲一套具有系統性的戲曲理論。

明代戲曲界的吳江派，過分強調了戲劇中的聲律標準。到了李漁，關於戲劇的創作，把結構放在第一位，這是一種突破陳規的新看法。他在論結構部分，除「戒諷刺」一條以外，其餘各條如立主腦、脫窠臼、密針線、減頭緒、戒荒唐、審虛實等等，都很正確，對於戲曲文學都是非常重要的。他的主旨是：戲曲必須突出主題，嚴密組織，前後照應，減少頭緒，人物的穿插，情節的佈置，都要入情入理，才能真實動人。論立主腦說：「古人作文，一篇定有一篇之主腦。主腦非他，卽作者立言之本意也。傳奇亦然。一本戲中，有無數人名，究竟俱屬陪賓，原其初心，止爲一人而設。卽此一人之身，自始至終，離合悲歡，中具無限情由，無窮關目，究竟俱屬衍文，原其初心，又止爲一事而設，此一人一事，卽作傳奇之主腦也。」這就是主題突出，剪裁繁蕪的意思，對於戲曲來說，確實重要。明代的傳奇，一般長至數十齣，頭緒紛繁，針線不密，令讀者觀者找不到頭腦，看不出重心。其次，論脫窠臼云：「塡詞之難，莫難於洗滌窠臼；而塡詞之陋，亦莫陋於盜襲窠臼。吾觀近日之新劇，非新劇也，皆老僧碎補之衲衣，醫士合成之湯藥，取衆劇之所有，彼割一段，此割一段，合而成之，卽是一種傳奇，但有耳所未聞之姓名，從無目不經見之事實。」他這種批評，確能針砭時弊，有感而發。在「審虛實」一節，論述塑造人物性格，也很精闢。「欲勸人爲孝，則舉一孝子出名，但有一行可紀，則不必盡有其事，凡屬孝親所應有者，悉取而加之，亦猶紂之不善不如是之甚也，一居下流，天下之惡皆歸焉。」他在這裏，理解到人物典型性的意義。再如論詞采，他主張貴顯淺，重機趣，戒浮泛，忌填塞，都很中肯。他說：「說何人肖何人，議某事切某事。……景書所睹，情發欲言。情自中生，景由外得。……以情乃一人之情，說張三要像張三，難通融于李四。……善詠物者，妙在卽景生情。如前所云琵琶賞月四曲，同一月也，牛氏有牛氏之月，伯喈有伯喈之月，所言者月，所寓者心。牛氏所說之月可移一句于伯喈，伯喈所說之月可挪一字于牛氏乎？」他正確地分析了文藝的特點，而具有美學的理論價值。在這方面，他受到金聖歎的啓發。論賓白，他主張聲務鏗鏘，語求肖似，詞別繁簡，字分南北，文貴精潔，意取尖新，少用方言，時防漏孔。論科諢，他主張戒淫褻，忌俗惡，重關係，貴自然。這些精到的見解，在清代文學批評史上，都是應當重視的。

李漁於戲曲理論外，創作有笠翁十種曲，下章再作介紹。另有短篇小說名十二樓，一名覺世名言。共十二卷，每卷以樓爲名，故事一篇，但回數不一。有一回者如奪錦樓；有多至六回者，如拂雲樓。內容以男女婚姻爲主，追求情節的新奇曲折，描寫雖不細緻，但頗有文采。

廖燕　廖燕（一六四四——一七〇五），初名燕生，字人也，號柴舟。廣東曲江人。諸生。「幼時就塾問師曰：讀書何爲？師曰：博取功名。燕曰：何謂功名？師曰：中舉第進士。燕曰：止此乎？師無以應。……常言士生當世，澤及生民曰功，死而不朽曰名，世人不悟，專事科第陋矣。因屏去時文，築室武水西，顏曰二十七松堂，閉戶不出，日究心經史，蔬食斷烟澹如也。」（曾璟廖燕傳）他終生在蔬食斷烟的窮困生活中，研究學問，創作詩文，於是聲譽日起，一時名士，爲之傾倒。後欲北上京師，上書陳國事，中途生病，遂留南京，縱覽江山之勝。其人體瘦如鶴，不偶流俗，議論多不與人同，時人目爲狂者。工詩文，有二十七松堂集。又善戲曲，著有雜劇四種。並工草書，「狀如古木寒石，筆筆生動遒勁，人有得幅者，價值數金。」（曾璟廖燕傳）

廖燕在反抗儒家正統觀點，特別在鄙薄程、朱理學方面，繼承和發揚了李贄的精神。他對於古代人物和經典著作的評論和解釋，很多表現了他的獨特見解和離經叛道的精神。關於「性」的問題，他寫了性論一、性論二、性善辯略、性相近辯略諸篇，力駁孟子、荀卿、朱熹性善、性惡、性卽理諸說。他認爲性無善惡，情有善惡，情自心生。他說：「善惡未分是性，善惡既分是情。……心性情三字，須知心還心，性還性，情還情。……心卽心肝之心，爲有形之物，若性情二字，則有名而無形。」（性善辯略）他這種心「爲有形之物」的看法，在當時還是比較新鮮。另外他作了殷有三仁辯、湯武論、王霸辯、論語辯、格物辯、狂簡說、諸葛亮論、高宗殺岳武穆論、張浚論、明太祖論等文，大都推翻了前人的傳統論點，表達了他自己的見解，其大膽過激之處，往往超過了李贄。他對於程、朱之學，尤爲鄙棄。他說：「世之講學，類皆竊宋儒之唾餘而掩有之，則是講程、朱之學，非講孔子之學矣。燕則何敢？嗚呼！自孔子沒至於今，學之不講，蓋已二千二百四十餘年矣。今欲揭日月於中天，使聖人之學復明於世，舍孔子其誰與歸。然燕以爲遵孔子，而世則以爲背程、朱，燕將奈之何哉！」（自題四書私談）他的論學態度，是要以孔子的真精神，去揭露批判假道學的面目。因此，他對於科舉八股，表示深惡痛絕。他在明太祖論、重刻光幽集序、習八股非讀書說諸篇裏，對科舉和八股文進行了深刻的批判。「明太祖以制義取士，與秦焚書之術無異，特明巧而秦拙耳，其欲愚天下之心則一也。……明制，士惟習四子書，兼通一經，試以八股，號爲制義，中式者錄之。士以爲爵祿所在，日夜竭精敝神以攻其業，自四書一經外，咸束高閣，雖圖史滿前，皆不暇目，以爲妨吾之所爲，於是天下之書不焚而自焚矣；非焚也，人不復讀，與焚無異也。」（明太祖論）又云：「且夫世之所稱爲文章事業者，果何謂也哉？文章不必盡於制義，而事業亦不必限於科舉。士固有寧終身不富貴，而必不肯不用奇自豪；寧受人之謗譏，而必不肯以固陋自處。」（重刻光幽集序）在以科舉功名爲安身立命的封建社會裏，廖燕立論如此深刻，觀察如此透徹，表現出他反對封建文教制度的進步見解，更值得注意的，是他那種寧居貧賤、寧受譏謗，而決不肯不用奇自豪、不肯以固陋自處的崇高品質。他終於向當日的地方政府辭去諸生，表示再不從事科舉的決心，並作辭諸生說以自明。他又作續師說一篇，痛罵那些教八股的先生，是誤盡世人子弟。在這些地方，都可以看出他的思想特點，當日的人目他爲狂怪之徒，是完全可以理解的。他自己也意識到這一點，他知道李贄因著書被謗，引以爲戒，而又對他深表尊敬。

廖燕論詩，與袁宏道相近。一、強調性情；二、不滿明七子。他說：「詩尤爲性情之物，故古詩三百篇，多出於不識字人之口，然又非識字人所能措一辭，則其故亦可思已。讀書而後能詩文，世莫不謂然，抑知惟能詩文而後可讀書，則讀書又烏可輕言乎哉？」（題籟鳴集）又云：「予獨竊怪王元美、李于鱗之名滿天下，而詩文輒多不稱者何哉？間見世傳七才子詩，而王、李居其二，私竊鄙之。及後得于鱗、滄溟集觀之，其塡砌雕續如其詩，此豈卽世目動舌張所豔稱之文耶？」（書手錄李非菴文後）他還在一些文章裏，表現出同樣的精神，這種精神正是李贄的童心說和袁宏道的性靈說以及反對模擬剽竊的晚明文學思想的繼續。

廖燕對於在某些方面反抗封建文化傳統的金聖歎，推崇備至。金聖歎死後，他特別到蘇州去採訪材料，寫了一篇真實生動的金聖歎先生傳。這一篇傳我在上面已經引用過了。他還寫過一首五古長詩，題目是弔金聖歎先生，其中有句云：「諸子及百家，矩度患多岐。得君一披導，忽如新相知。面目爲改觀，森然見鬚眉。直追作者魂，紙上聞啼嘻。……我居嶺海隅，君起吳門湄。讀君所著書，恨不相追隨。才高造物忌，行僻俗人嗤。果以羅奇凶，遙聞涕交頤。今來闔閭城，宿草盈墓碑。斯人不可再，知音當俟誰！」在詩句裏，一面贊賞他的批點工作，同時對他的才高遭忌表示悼惜。

廖燕的散文，如金聖歎先生傳、半幅亭試茗記諸篇，風格頗近袁宏道。如選古文小品序、小品自序、丁戊詩自序、自題刻稿一類的文章，幽深冷峭，則又近於譚元春，而其寓意之深遠，則又過之。其他如論辯的雜文，則又與李贄相似，這些雜文，大都針對現實的陰暗面，進行抨擊和譏諷，富於批判精神。

> 每怪人為萬物之靈，萬物皆其所役使，而獨見役於一物。一物者何，錢是也。自有此物以來，無貴無賤，無智無愚，無賢無不肖，靡不爭趨之惟恐後。熙熙攘攘，至於今為特甚。有之則可以動王公，無之則不足以役奴隸，嗚呼異哉！神蓋至此乎！今以神稱之，洵乎其為神也已；然予每見此物，多歸於貪吝之夫，而獨慳於吾輩，豈能神於彼，而不能神於此歟？抑世人之所謂神，非吾之所謂神者歟？噫！世人之所謂神，吾知之；若吾之所謂神，固非錢神之所能為，又豈世人可得而世者哉！吾亦神吾之神而已矣。（錢神論）

> 大塊鑄人，縮七尺精神於寸眸之內，嗚呼盡之矣。文非以小為尚，以短為尚，顧小者大之樞，短者長之藏也。若言猶遠而不及，與理已至而思加，皆非文之至也。故言及者無繁詞，理至者多短調。巍巍泰岱，碎而為嶙礪沙礫，則瘦漏透皺見矣；滔滔黃河，促而為川瀆溪

澗，則清漣瀲灩生矣。蓋物之散者多漫，而聚者常斂。照乘粒珠耳，而燭物更遠，予取其遠而已。匕首寸鐵耳，而刺人尤透，予取其透而已。大獅搏象用全力，搏兔亦用全力，小不可忽也。粵西有修蛇，蜈蚣能制之，短不可輕也。（選古文小品序）

在這裏可以看出廖燕散文的內容和風格。值得我們特別注意的是：他對於小品文的認識和要求，遠遠超過了袁宏道諸人的水平，而具有積極的鬬爭意義。他不是把小品文作表現風花雪月的工具，而是要作爲「刺人尤透」的匕首的。因此，他那些嘻笑怒罵的作品，更富於諷刺、批判的現實性。

他的詩，直接反映現實生活的作品雖不多，但很少應酬之作，多是抒寫自己的懷抱，不事雕飾和摹擬。「軒冕豈不願，折腰非我情。……嵇、阮以爲師，憂樂一時并。」（飲酒）「豺狼滿道路，奔走還多驚。官軍豈盜賊，恣掠莫敢攖。」（橫溪行）「半百年同憐短髩，二三友在羨長貧。」（贈朱藕男）在這些詩句裏，表現出他的憤世嫉俗之情和貧困生活的境遇。從藝術上講，他的七古尤見特色，如瀘盧歌贈吳大章、上十八灘、下十八灘、梅嶺行諸篇，恣肆橫奇，有抒寫自如之妙。律詩中也有些佳作。

除詩文外，廖燕又能戲曲。他有雜劇醉畫圖、鏡花亭、訴琵琶、續訴琵琶四種。大都是不滿現實，自抒憤懣。醉畫圖爲對四位古人的畫像勸酒，而自己對飲。四圖爲杜默哭廟圖、馬周濯足圖、陳子昂碎琴圖、張元昊曳碑圖。他在開始唱云：「搔首踟躕閒思想，個事橫胸儻。生平志激昂，牢騷待對誰人講？且自酌壺觴，醉鄉另闢乾坤樣。」（步步嬌）這正是借他人酒杯，澆自己魂礧之意。訴琵琶寫陶淵明乞食，續訴琵琶寫詩伯驅除窮鬼、瘧魔，鏡花亭寫作者自己遊水月村，與水月道人之女文倩談詩題字的故事。他的劇本有一個特點，劇中的主人都是作者自己。如醉畫圖開場云：「小生姓廖名燕，別號柴舟，本韶州曲江人也。」他是把自己送上舞臺，自作自演，與其他劇本託人者不同。其劇中所表現的滿腔憤慨，與其詩文大略相同。

袁枚　袁枚（一七一六——一七九八），字子才，號簡齋，浙江錢塘人。少負才名，善詩文，亦工駢體。乾隆進士，官溧水、沭陽、江寧等知縣，俱有政績。後辭官居江寧，築室小倉山下，曰隨園，世稱隨園先生。從事詩文著述，廣結四方文士，負一時重望，與蔣士銓、趙翼齊名。有小倉山房詩文集、隨園詩話、子不語等作。他的時代比起金聖歎來要遲得多，但作為一個流派來說，所以把他提前了。

金聖歎、李漁盡力於鼓吹小說與戲曲，袁枚則致力於詩文，其論詩較有特色。而其淵源來自楊萬里，不少論點則在袁宏道的基礎上加以發揮，獨創性雖不多見，但在當日詩壇，仍很有影響。在許多問題上，他展開了激烈的爭論。

一，袁枚是性靈詩派的提倡者。在袁枚稍前及其同時，詩壇有神韻、格調、肌理及其他各種詩說，他都表示不滿。他說：「不料今之詩流，有三病焉：其一塡書塞典，滿紙死氣，自矜淹博；其一全無蘊藉，矢口而道，自誇真率；近又有講聲調而圈平點仄以爲譜者，戒蜂腰、鶴膝、疊韻、雙聲以爲嚴者。栩栩然矜獨得之秘。」（隨園詩話補遺卷三）他又說：「抱韓、杜以凌人而粗脚笨手者，謂之權門託足；倣王、孟以矜高而半吞半吐者，謂之貧賤驕人；開口言盛唐及好用古人韻者，謂之木偶演戲；故意走宋人冷徑者，謂之乞兒搬家；好疊韻次韻刺刺不休者，謂之村婆絮談；一字一句自注來歷者謂之骨董開店。」（詩話卷五）在這些形象化的語言裏，他對當日各派的詩人，予以批評和諷刺。在這樣的情況下他提出性靈說來，頗有針砭時弊的意義。袁宏道是針對前後七子而發，他是針對王士禛、沈德潛、翁方綱諸人的詩說而發的。「人有滿腔書卷，無處張皇，當爲考據之學，自成一家。其次則駢體文，儘可鋪排，何必借詩爲賣弄？自三百篇至今日，凡詩之傳者，都是性靈，不關堆垛。」（詩話卷五）又說：「若夫詩者，心之聲也，性情所流露者也。」（答何水部）「性情以外本無詩。」（寄懷錢璵沙方伯予告歸里）他認爲詩歌應當是性靈的表現，性靈就是性情。

> 楊誠齋曰：從來天分低拙之人，好談格調而不解風趣，何也？格調是空架子，有腔口易描，風趣專寫性靈，非天才不辦。余深愛其言，須知有性情便有格律，格律不在性情外。三百篇半是勞人思婦率意言情之事，誰為之格？誰為之律？而今之談格調者，能出其範圍否？

（詩話卷一）

> 予往往見人之先天無詩，而人之後天有詩，於是以門户判詩，以書籍炫詩，以疊韻次韻險韻敷衍其詩，而詩道日亡。（何南園詩序）

他認爲感人的詩應當是抒發性情之作，而不是那些片面追求格調、誇耀學問的作品，應當在性情中運用格律，不能在性情之外片面追求格律。三百篇之所以有價值，在於它抒發了勞人思婦的真實性情，而格調又在其中，這樣才能成爲後人的典範。

二，因爲詩歌是抒發性情之作，不能專爲載道、明道、衞道的工具。它既可抒發德行、倫常之情，也可抒發男女、山水之情。必要把詩歌全部納於聖道，那就理解得太狹隘了。

> 來諭諄諄教刪集内緣情之作，云以君之才之學，何必以白傅、樊川自累。大哉足下之言，僕何敢當。夫白傅、樊川唐之才學人也。僕景行之尚恐不及，而足下乃以為規，何其高視僕卑視古人耶？足下之意，以為我輩成名，必如濂、洛、關、閩而後可耳。然鄙意以為得千百偽濂、洛、關、閩，不如得一二眞白傅、樊川，以千金之珠易魚之一目，而魚不樂者何也？目雖賤而眞，珠雖貴而偽故也。……且夫詩者由情生者也。有必不可解之情，而後有必不可朽之詩，情所最先，莫如男女，古之人屈平以美人比君，蘇、李以夫妻喻友，由來尚矣。（答蕺園論詩書）

三代後，聖人不生，文之與道離也久矣。然文人學士必有所挾持以占地步，故一則曰明道，再則曰明道，直是文章家習氣如此，而推究作者之心，都是道其所道，未必果文王、周公、孔子之道也。夫道若大路然，亦非待文章而後明者也。仁義之人，其言藹如，則又不求合而合者，若矜矜然認門面語為眞諦，而時時作學究塾師之狀，則持論必庸而下筆多滯，將終其身，得人之得而不自得其得矣。(答友人論文第二書)

他反對删去集內的緣情之作，認爲男女之情是詩歌中重要內容之一。他反對文學作品專門爲聖道倫常說教，尤其不能作爲僞道學的宣傳工具。在當日封建道德具有強大勢力的歷史環境下，袁枚這種論點，表現了他在批評上的勇敢態度和反抗封建傳統的積極精神。

三，詩以抒發性情爲歸，故只有工拙之分，不能以古今定優劣。凡唐皆佳，凡宋必劣，都是片面的、錯誤的。貌擬唐詩或是貌擬宋作，更是錯誤的。他說：「人悅西施，不悅西施之影，明七子之學唐，是西施之影也。」(詩話卷五)又說：「考厥濫觴，始於吾鄉輇材諷說之徒，專屏采色聲音，鈎考隱僻，以震耀流俗，號爲浙派。一時賢者，亦附下風。不知明七子貌襲盛唐，而若輩乃皮傅殘宋，棄魚菽而噉豨苓，尤無謂也。」(萬拓坡詩集跋)不管是唐是宋，如果只是句摹字擬，都是古人影子而已。因此論詩，必須以詩歌本身的工拙爲主。

嘗謂詩有工拙而無今古，自葛天氏之歌至今日，皆有工有拙，未必古人皆工，今人皆拙，即三百篇中，頗有未工不必學者，不徒漢、晉、唐、宋也。今人詩有極工極宜學者，亦不徒漢、晉、唐、宋也。然格律莫備於古，學者宗師，自有淵源，至於性情遭際，人人有我在焉。不可貌古人而襲之，畏古人而拘之也。（答沈大宗伯論詩書）

詩只論工拙，不論古今，這當然是正確的。在當日詩壇，尊唐者必排宋，崇宋者必抑唐，袁枚對這些門戶之見，表示非常不滿。「詩者各人之性情耳，與唐、宋無與也。若拘拘焉持唐、宋以相敵，是子之胸中有已亡之國號，而無自得之性情，於詩之本旨已失矣。」（答施蘭垞論詩書）「作詩有識則不徇人，不矜己，不受古欺，不爲習囿。杜稱多師爲師，書稱主善爲師，自唐、虞以來，百千名家皆同源異流，一以貫之者也，何暇取唐、宋國號而擾擾焉分界於胸中哉？」（答蘭垞第二書）這些議論，說得相當透徹，所謂「作詩有識則不徇人，不欺己，不受古欺，不爲習囿」，尤爲精闢。

袁枚論詩，在理論上具有反傳統、破偶像、反摹擬、求創新的浪漫主義精神的特點。但其創作並不能實踐他的理論。袁枚的詩一味強調性靈，而其內容主要是封建士大夫的閑情逸致，故不少作品流於輕浮，而內容也一般貧乏。但集中也有少數較好的作品。捕蝗曲、徵漕歎、俗吏篇、南漕歎、府中趨、五人墓諸篇，在反映現實、諷刺官場上，較有意義，但這類作品，並不能代表他的藝術風格。

山頂樓高暮雨寒，飛雲出入小闌干。浮空白浪西南角，收取長江屋裏看。（山居絕句之五）

萋萋芳草遍春潭，深院無人綠更酣。何處一聲清磬響，斷峯西去有茅庵。（春日雜詩之五）

鄭虔三絕聞名久，相見邗江意倍歡。遇晚共憐雙鬢短，才難不覺九州寬。紅橋酒影風燈亂，山左官聲竹馬寒。底事誤傳坡老死，費君老淚竟虛彈。（投鄭板橋明府）

這類作品，確能表現蘊藉清新的特色。絕句二首，意境自然，尤爲優秀，但這樣作品，在他的集中並不多見。

袁枚生活放蕩，好財好色，而受到各種各樣的抨擊。但他鄙棄禮教，反抗傳統，不信佛道，譏笑八股等等，這都顯示出他在封建社會中的思想特點。章學誠批評他說：「略易、書、禮、樂、春秋，而獨重毛詩；毛詩之中，又抑雅、頌而揚國風；國風之中，又輕國政民俗而專重男女慕悅之詩，又斥詩人風刺之解，而主男女自述淫情。甚且言采蘭、贈芍有何關係，而夫子錄之，以駁詩人有關係之說。自來小人倡爲邪說，不過附會古人疑似以自便其私，未聞光天化日之下敢於進退六經，非聖無法，而恣爲傾邪淫蕩之說至如是之極者也。」（書坊刻詩話後）從文學的觀點說，六經中獨重詩經，詩經中重風雅，風詩主言情，都是袁枚過人的見識，在封建社會裏目爲「邪說」，原不足怪。至於說他「敢於進退六經，非聖無法」，那就更顯出他反抗傳統的特色，這種傾向，正是李贄諸人所代表的晚明文學精神的繼承，是浪漫主義精神在文學批評思想中的反映。

三　清初的散文

作爲清代學術界的先驅的，是黃宗羲、顧炎武、王夫之諸家，他們都是經世致用、反對虛談而又具有愛國思想的學者。他們在學術上的成就是多方面的，但關於詩文也發表了不少意見，因而對於當日文壇，也給予一定影響。

黃宗羲、顧炎武與王夫之　黃宗羲（一六一〇——一六九五），字太沖，號南雷，稱梨洲先生。浙江餘姚人。有南雷集。顧炎武（一六一三——一六八二），初名絳，清兵破南京，更名炎武，字寧人。稱亭林先生。江蘇崑山人。有亭林文集。王夫之（一六一九——一六九二），字而農，號薑齋，稱船山先生。湖南衡陽人。有薑齋詩文集。他們都是博學宏通、躬行實踐的學者，對於理學家的空談，一致表示強烈的不滿，對於清軍堅持了反抗與鬥爭。他們在哲學、史學、經學、語言文字學各方面，取得了很大的成就，對清代新學風的開展，起了重大的啓蒙作用。黃宗羲的明夷待訪錄、明儒學案、宋儒學案，顧炎武的日知錄、音學五書，王夫之關於經學、史學、子學的著作，都給予學術界以很大的影響。在文學方面，他們都強調文學的教育作用。顧炎武說：「文之不可絕於天地間者，曰明道也，紀政事也，察民隱也，樂道人之善也。若此者，有益於天下，有益於將來，多一篇多一篇之益矣。若夫怪力亂神之事，無稽之言，勦襲之說，諛佞之文，若此者，有損於己，無益於人，多一篇多一篇之損矣。」（日知錄：文須有益於天下）又說：「宋史言劉忠肅每戒子弟曰：『士當以器識爲先，一命爲文人，無足觀矣。』僕自一讀此言，便絕應酬文字，所以養其器識，而不墮於文人也。」（與人書）王夫之也說：「興、觀、羣、怨，詩盡於是矣。經生家析鹿鳴、嘉魚爲羣，柏舟、小弁爲怨，小人一往之喜怒耳，何足以言詩？可以云者，隨所以而皆可也。詩三百篇而下，唯十九首能然。李、杜亦髣髴遇之，然其能俾人隨觸而皆可，亦不數數也。」（薑齋詩話）要文學有益於人心世道，要文學起興、觀、羣、怨的作用，文學必須重視內容，必須重視生活實踐。王夫之說：「無論詩歌與長行文字，俱以意爲主。意猶帥也。無帥之兵謂之烏合。李、杜所以稱大家者，無意之詩，十不得一二也。烟雲泉石，花鳥苔林，金鋪錦帳，寓意則靈。若齊、梁綺語，宋人摶合成句之出處，役心向彼掇索，而不恤己情之所自發，此之謂小家數，總在圈繢中求活計也。」（薑齋詩話）「身之所歷，目之所見，是鐵門限。……非按輿地圖便可云『平野入青、徐』也，抑登樓所得見者耳。隔垣聽演雜劇，可聞其歌，不見其舞；更遠則但聞鼓聲，而可云所演何齣乎？前有齊、梁，後有晚唐及宋人，皆欺心以炫巧。」（同上）說詩文「以意爲主」，把「身之所歷，目之所見」，看作是創作的鐵門限，都是精闢的意見。其次，他們對於明代文人摹擬古人的風氣，一致加以譴責。黃宗羲在明文案序下篇，對李夢陽、何景明諸人的擬古，進行了非常嚴厲的批評。「百年人士染公超之霧而死者，大概便其不學耳。……嗟乎！唐、宋之文自晦而明，明代之文自明而晦；宋因王氏而壞，猶可言也，明因何、李而壞，不可言也。」再在詩曆題辭裏，力主論詩「但當辨其眞僞，不當拘以家數」，如只求其形似，那便是虛僞的形骸。顧炎武在這方面，也發表了一些很好的意見。「近代文章之病，全在摹倣，卽使逼肖古人，已非極詣，況遺其神理而得其皮毛者乎？」（日知錄：文人摹倣之病）又說：「君詩之病在於有杜，君文之病在於有韓歐，有此蹊徑於胸中，便終身不脫依傍二字，斷不能登峯造極。」（與人書）王夫之更進一步對明代文人自立門戶、相互標榜的惡習，提出了批判。「詩文立門庭使人學己，人一學卽似者，自詡爲大家，爲才子，亦藝苑教師而已。高廷禮、李獻吉、何大復、李于鱗、王元美、鍾伯敬、譚友夏，所尙異科，其歸一也。」「所以門庭一立，舉世稱爲才子、爲名家者有故。如欲作李、何、王、李門下廝養，但買得韻府羣玉、詩學大成、萬姓統宗、廣輿記四書置案頭，遇題查湊，卽無不足。若欲吮竟陵之唾液，則更不須爾，但就措大家所誦時文『之』、『於』、『其』、『以』、『靜』、『澹』、『歸』、『懷』熟活字句湊泊將去，卽已居然詞客。」（薑齋詩話）他這些議論是很激烈的，確實指出了明代文人的弊病。在這一方面，前後七子和鍾、譚是他們攻擊的主要對象。

上面這些言論，對於明代的摹擬剿襲和輕率儇薄的文風，確實起了批判作用，但他們也有些觀點，是偏於封建傳統的，對於李贄的思想精神和小說戲曲的文學價值，認識尤爲不足，於是在晚明解放過來的文學觀念，又開始受到復古的影響。

侯方域、魏禧與汪琬　清初散文都是列舉侯、魏、汪三家，論其藝術成就，侯方域略高。侯方域（一六一八——一六五五），字朝宗，河南商邱人。其祖執蒲，父恂，叔恪，都以東林黨關係，反對宦官專政，或罷官，或入獄。他自己也因遭受阮大鋮的迫害，到處逃避。入清後，應河南鄉試，中副榜。既無膽力反清，又不願仕清，表現了軟弱動搖的性格。他少有才名，曾參加復社。長於古文，尊唐宋八家。有壯悔堂集；又能詩，有四憶堂集。侯方域爲文，早期流於華藻，工力不深，後學韓、歐，慘淡經營，較有成就。他自己說：「僕少年溺於聲伎，未嘗刻意讀書，以此文章淺薄，不能發明古人之旨。……然皆從嬉遊之餘，縱筆出之，以博稱譽，塞詆讓，間有合作，亦不過春花爛熳，柔脆飄揚，轉目便蕭索可憐。」（與任王谷論文書）他在這篇書信裏，一面說明他自己學文的過程和得失，同時對文必秦、漢一派的擬古主義者，提出了批評：「高者又欲舍八家，跨史、漢，而趨先秦，則是不筏而問津，無羽翼而思飛舉，豈不怪哉！」他的散文，流暢通達有餘，深厚蘊藉則不足。但如李姬傳、馬伶傳之描寫人物，答田中丞書、癸未去金陵日與阮光祿書之斥責權貴，與吳駿公書、與方密之書之抒寫懷抱，都是表現他散文特色的較優秀的作品。

李姬者名香，母曰貞麗。貞麗有俠氣，嘗一夜博，輸千金立盡。所交接皆當世豪傑，尤與陽羡陳貞慧善也。姬為其養女，亦俠而慧，略知書，能辨別士大夫賢否。張學士溥，夏吏部允彝，急稱之。少風調，皎爽不羣。十三歲，從吳人周如松受歌，玉茗堂四傳奇，皆能盡其音節。尤工琵琶詞，然不輕發也。雪苑侯生，己卯來金陵，與相識。姬嘗邀侯生為詩，而自歌以償之。初皖人阮大鋮者，以阿附魏忠賢論城旦，屏居金陵，為清議所斥。陽羨陳貞慧、貴池吳應箕，實首其事，持之力，大鋮不得已，欲侯生為解之。乃假所善王將軍，日載酒食與侯生游。姬曰：「王將軍貧，非結客者，公子盍叩之。」侯生三問，將軍乃屏人述大鋮意。姬私語侯生曰：「妾少從假母識陽羨君，其人有高義，聞吳君尤錚錚。今皆與公子善，奈何以阮公負至交乎。且以公子之世望，安事阮公？公子讀萬卷書，所見豈後於賤妾耶？」侯生大呼稱善。醉而臥，王將軍者殊怏怏，因辭去，不復通。未幾侯生下第，姬置酒桃葉渡，歌琵琶詞以送之曰：「公子才名文藻，雅不減中郎，中郎學不補行，今琵琶所傳詞固妄，然嘗昵董卓不可掩也。公子豪邁不羈，又失意，此去相見未可期，願終自愛，無忘妾所歌琵琶詞也，妾亦不復歌矣。」侯生去後，而故開府田仰者以金三百鍰，邀姬一見，姬固却之。

開府慚且怒，且有以中傷姬。姬歎曰：「田公豈異於阮公乎？吾向之所贊於侯公子者謂何，今乃利其金而赴之，是妾賣公子矣。」卒不往。（李姬傳）

本傳文字簡煉，敘事分明，正反人物的精神面貌，給人深刻的印象。李香的性格，尤爲鮮明生動，而具有短篇小說的價值。侯方域其他傳記，如馬伶傳、蹇千里傳諸篇，也具有小說的特點，而當時人竟以「小說家伎倆」貶低其散文價值（陳令升語），桐城派也議其不純，這都是不明其所長，而出於傳統的偏見。然邵長蘅對於他的散文，則予以較高的評價：「明季古文辭，自嘉、隆諸子，貌爲秦、漢，稍不厭眾望，後乃爭矯之，而矯之者變愈下，明文極敝，以訖於亡。朝宗始倡韓、歐之學於舉世不爲之日，遂以古文雄視一世。」（侯方域傳）

魏禧（一六二四——一六八一），字冰叔，號裕齋，又號叔子，江西寧都人。明末諸生，入清絕意仕進。與其兄祥、弟禮，並能文章，世稱三魏。有魏叔子集。其文長於議論，但內容單薄。敘事文較爲生動，大鐵椎傳、燎衣圖記諸篇，可稱佳構。惟慕於速成，誘於勢利，且多諛墓酬應之作，往往流於庸濫。王慶麟說：「使叔子足不下金精山，不愛浮譽，不受大腹賈金錢，濫作文字，不急欲成集，益之歲年，演漾平迤，時而出之，庶幾乎儒者之文矣。」（書魏叔子集後）但魏禧論文，頗有些好的見解，他指出散文家的主要弊病，爲優孟衣冠。他說：「今天下治古文眾矣。好古者株守古人之法，而中一無所有，其弊爲優孟之衣冠。天資卓犖者師心自用，其弊爲野戰無紀之師，動而取敗。……雖然，師心自用，其失易明，好古而中無所有，其故非一二言盡也。」（宗子發文集序）欲救其弊，他認爲是積理與練識。文章之所以能卓然自立，不在於貌似古人，而在於以理取勝。要以理取勝，必須鍛煉見識，見識深廣，才能在複雜現象中，提出精密的理。他說：「練識者博學於文，而知理之要；練于物務，識時之所宜。」（答施愚山侍讀書）又說：「文章之能事，在於積理。……然文章格調有盡，天下事理日出而不窮，識不高於庸眾，事理不足關係天下國家之故，則雖有奇文，與左、史、韓、歐陽並立無二，亦可無作。」（宗子發文集序）這些見解是頗爲精采的。

汪琬（一六二四——一六九一），字苕文，號鈍庵，又號堯峯，江蘇長洲人。順治進士，官刑部郎中；康熙時舉博學宏詞，授翰林院編修。有堯峯類稿。「琬性狷急，動見人過，交遊罕善其終者。又好詆訶，見文章必摘其瑕纇，故恆不滿人，亦恆不滿於人。」（四庫提要）論詩與王士禛相忤，議禮與閻若璩相詬，一見居易錄，一見潛邱劄記。論文主上溯六經、三史，次之諸子百氏，下訖唐、宋諸家，博觀約取，不拘一格，「而區區惟嘉靖、隆慶諸君子是詢，溯流而忘源，非所仰望於足下也。」（答陳靄公論文書一）汪琬所作，力求純正，對侯方域以小說爲古文辭，表示不滿。「至於今日，則遂以小說爲古文辭矣。太史公曰：其文不雅馴，搢紳先生難言之。夫以小說爲古文辭，其得謂之雅馴乎？既非雅馴，則其歸也，亦流爲俗學而已矣。夜與武曾論朝宗馬伶傳、于一湯琵琶傳，不勝歎息。」（跋王于一遺集）在這裏表現出他們作文的不同態度。茲舉短文一篇爲例。

諸曹失之，一郡得之，此十數州縣之慶也。國家得之，交游失之，此又二三士大夫之憾也。吾友王子貽上，年少而才，旣舉進士，於甲第當任部主事，而用新令，出為推官揚州，將與吾黨別。吾見憾者方在燕市，而慶者已翹足企首，相望江淮之間矣。王子勉旃。事上宜敬，接下宜誠，莅事宜愼，用刑宜寬，反是罪也。吾告王子止此矣。朔風初勁，雨雪載塗，搖策而行，努力自愛。（送王進士之任揚州序）

在三家中，侯方域的散文，較富於現實意義，前人多尊汪琬，這是一種不足爲信的正統看法。他們的散文成就雖不很高，但對於淸初的文壇，是起了一定影響的。四庫提要云：「古文一脈，自明代膚濫於七子，纖佻於三袁，至啓、禎而極敝。國初風氣還淳，一時學者始復講唐、宋以來之矩矱，而（汪）琬與寧都魏禧、商邱侯方域，稱爲最工。宋犖嘗合刻其文以行世。然禧才雜縱橫，未歸於純粹，方域體兼華藻，稍涉於浮夸，惟琬學術旣深，軌轍復正，其言大抵原本六經，與二家迥別。其氣體浩瀚，疏通暢達，頗近南宋諸家，蹊徑亦略不同，廬陵、南豐固未易言，要之接跡唐、歸無愧色也。」文中一面指出他們的散文的歷史意義，同時又評價他們的作品，只能接跡唐順之、歸有光，都很公允。至於以汪作原本六經，軌轍純正，而就評爲在侯、魏二家之上，就流於正統的偏見了。

四　桐城派的古文

侯方域、魏禧、汪琬諸人，雖在散文寫作上效法唐、宋，初步轉變了當日的文風，但並沒有形成一個文學運動。康、乾時期，在封建政權日益鞏固的形勢下，復古、明道之說，得到發展的機運，方苞、姚鼐之徒，應運而生，倡程、朱之道學，主八家之文體，形成桐城派的文學理論和古文運動，在清代文壇，發生很大的影響。

方苞　方苞（一六六八——一七四九），字靈皋，號望溪，安徽桐城人。康熙進士。因戴名世南山集案下獄，後官至禮部右侍郎。有望溪全集。方苞論學以宋儒爲宗，推衍程、朱；論文根源六經、語、孟，循韓、歐之成軌，而以左傳、史記爲準則，提倡義法，務求雅正。劉大櫆、姚鼐諸人宗之，形成一個古文宗派。姚鼐云：「曩者鼐在京師，歙程吏部、歷城周編修語曰：爲文章者有所法而後能，有所變而後大。維盛清治邁逾前古千百，獨士能爲古文者未廣，昔有方侍郎，今有劉先生，天下文章，其出於桐城乎！」（劉海峯先生八十壽序）因爲他們都提倡古文，而又都是桐城人，故稱爲桐城派。

方苞的文學見解，在答申謙居書中說得最爲詳細。「僕聞諸父兄，藝術莫難於古文。自周以來，各自名家者，僅十數人，則其難可知矣。……蓋古文之傳與詩賦異道。魏、晉以後，姦僉污邪之人，而詩賦爲眾所稱者有矣。以彼瞑瞞於聲色之中，而曲得其情狀，亦所謂誠而形者也，故言之工而爲流俗所不棄。若古文則本經術而依於事物之理，非中有所得，不可以爲僞。故自劉歆承父之學，議禮稽經而外，未聞姦僉污邪之人，而古文爲世所傳述者。韓子有言：「行之乎仁義之途，游之乎詩書之源」，茲乃所以能約六經之旨以成文，而非前後文士所可比並也。姑以世所稱唐、宋八家言之。韓及曾、王，並篤於經學，而淺深廣狹醇駁等差各異矣。柳子厚自謂取原於經而掇拾於文字間者，尙或不詳。歐陽永叔粗見諸經之大意，而未通其奧賾，蘇氏父子則概乎其未有聞焉。此核其文，而平生所學不能自掩者也。……苟志乎古文，必先定其祈嚮，然後所學有以爲基，匪是，則勤而無所若。夫左、史以來相承之義法，各出之徑途，則期月之間可講而明也。」他又在古文約選序例中說：「蓋古文所從來遠矣，六經、語、孟，其根源也。得其枝流而義法最精者，莫如左傳、史記。……古文氣體，所貴清澄無滓。澄清之極，自然而發其光精，則左傳、史記之瑰麗濃郁是也。始學而求古求典，必流爲明七子之僞體。」在這些文字和其他的書信裏，方苞的主張是：

一、作文的目的，不僅是做一個文人，主要是通經明道。唐、宋八家的文章是好的，但是他們所明的道還是不夠，得之於六經的根底還是不厚。柳宗元、蘇軾比較重文，故見道不深。因此，作文必要重視義理，求其根源，繼承孔、孟、程、朱的道統。

二、道以文見，欲載道、明道，必須有好文章。要寫好文章，必要學習古文的法則，在這裏出現了一個與道統相依的文統。文統最早的根源是六經、語、孟，其次爲左傳、史記，再次爲唐、宋八家，最後是明朝的歸有光。道統與文統的結合，是古文的最高標準。

三、他把古文與詩詞歌賦分開。他認爲詩賦一類作品，與古文不同，是不能載道、明道的。其爲流俗所不棄，不過是「瞑瞞於聲色之中，曲得其情狀」而已。

方苞這種觀點，出現於清帝國政權鞏固的封建社會的末期，出現於李贄諸人反封建道德、反傳統古文的思想以後，出現於小說戲曲蓬勃發展的當時，在其精神本質上，更明顯地表現出要求文學爲封建政治、道德服務的立場。他爲了要把道統與文統結合爲一，因而把義與法結合爲一。他的義法說，是桐城派文論的重心。所謂義法，方苞說：「春秋之制義法，自太史公發之，而後之深於文者亦具焉。義卽易之所謂言有物也，法卽易之所謂言有序也。義以爲經，而法緯之，然後爲成體之文。」（又書貨殖傳後）這幾句話，從抽象的理論上看來，確是不錯。言有物，是說文章要有內容；言有序，是說文章要有條理要有方法，也就是要注重形式。不過，他所說的內容，是有關聖道倫常的內容；正如方苞所說：「非闡道翼教，有關人倫風化不苟作。」而他們所注重的形式，也不過是轉折波瀾，選語用辭而已。方苞對其門人沈廷芳說：「南宋、元、明以來，古文義法久不講。吳、越間遺老尤放恣，或雜小說家，或沿翰林舊體，無一雅潔者。古文中不可入語錄中語，魏、晉、六朝人藻麗俳語，漢賦中板重字法，詩歌中雋語，南北史佻巧語。」（見沈作書方望溪先生傳後）又說：「凡爲學佛者傳記，用佛氏語則不雅，子厚、子瞻皆以茲自瑕。至明錢謙益，則直如涕唾之令人穢矣。豈惟佛說，卽宋五子講學口語，亦不宜入散體文，司馬氏所謂言不雅馴也。」（答程夔州書）又說：「是篇（貨殖傳）大義與平準相表裏，而前後措注，又各有所當，如此是之謂言有序。所以至賾而不可惡也。」（又書貨殖傳後）可知他對於文章的要求，不過是文字雅潔，不過是佈置適當而已。至於在散文中限制各種語言，設立各種清規戒律，更違反了文學發展的規律，而成爲落後的復古思想。他所講的義法，只是舊義舊法，沒有什麼新內容。從其本質來說，與當日爲聖道立言的八股文，精神上是相通的。王若霖說方苞是「以古文爲時文，卻以時文爲古文」（錢大昕與友人書引），這評論頗爲深刻。但方苞在政治迫害和實際生活的體驗中，也寫出了一些好文章，如獄中雜記、高陽孫文正逸事、左忠毅公逸事、轅馬說、田間先生墓表、先母行略等篇，都是較爲優秀的作品。茲舉轅馬說爲例。

余行塞上，乘任載之車，見馬之負轅者而感焉。古之車獨輈加衡而服兩馬，今則一馬夾轅而駕，領局於軛，背承乎韅，靳前而靽後。其登阤也，氣盡喘汗，而後能引其輪之卻也。

其下阤也，股躄蹄攢，而後能抗其轅之伏也。鞭策以勸其登，棰棘以起其陷，乘危而顛，折筋絕骨，無所避之，而眾馬之前導而旁驅者不與焉。其渴飲於溪，脫駕而就槽櫪，則常在眾馬之後。噫！馬之任孰有艱於此者乎！然其德與力，非試之轅下不可辨，其或所服之不稱，則雖善御者不能調也。駑蹇者力不能勝，狡憤者易懼而變，有行坦途驚蹶而僨其車者矣。其登也若跛，其下也若崩，濘旋淖陷，常自頓於轅中，而眾馬皆為所掣。嗚呼！將車者其愼哉！

本篇文筆簡煉，寓意頗深。獄中雜記在反映現實和暴露黑暗上，很有成就。左忠毅公逸事目張獻忠爲「流寇」，對農民起義不能正確認識，這是由於他的階級偏見；但文中在描繪左光斗的形象與性格上，表現了深刻的筆力。其他諸篇，也各有特色。這些較好的作品，大都從實際生活中得來，同他那些宣揚封建倫常的文章，是有區別的。

劉大櫆　劉大櫆（一六九八——一七七九），字才甫，號海峯，安徽桐城人。晚官黟縣教諭，有海峯集。他善爲古文，窮居江上，刻苦自學，深得方苞的推許，而又是姚鼐的老師，故成爲桐城派三祖之一。「康熙間，方侍郎（苞）名聞海外，劉先生一日以布衣走京師，上其文侍郎，侍郎告人曰：如方某何足算邪？邑子劉生乃國士爾。」（姚鼐劉海峯先生八十壽序）所作記事文略見清峻，其餘成就不高。惟其文論，稍與方苞不同。其重要部分，見於論文偶記。

方苞重「義法」，劉大櫆則強調「法」。他說：「故義理、書卷、經濟者，行文之實；若行文自另是一事。譬如大匠操斤，無土木材料，縱有成風盡堊手段，何處施設？然卽土木材料，而不善設施者甚多，終不可爲大匠。故文人者大匠也；神氣音節者匠人之能事也；義理、書卷、經濟者，匠人之材料也。」他認爲義理固然重要，但只是材料，要把它寫成好文章，必須重視方法和技巧。所以他說：「古人文字最不可攀處，只是文法高妙！」又說：「古人文章可告人者惟法耳。」那法是什麼呢？劉大櫆認爲主要是音節字句。「近人論文，不知有所謂音節者，至語以字句，則必笑以爲末事。此論似高實謬。作文若字句安頓不妙，豈復有文字乎？」「然論文而至於字句，則文之能事盡矣。」他認爲在音節字句的抑揚高下和起承轉合之間，可以求得文章的神氣和奇變。方苞兼論義法，劉大櫆則以法爲主。而所論的法，也是偏於修辭一面而已。到了姚鼐，才滙合方、劉二人之論，發展成爲自己的體系。

姚鼐 姚鼐（一七三二——一八一五），字姬傳，世稱惜抱先生。安徽桐城人。乾隆進士，官至刑部郎中，任四庫館纂修官。歷主講南京鍾山、揚州梅花等書院。通經學，長於古文，爲桐城派主要作家。有惜抱軒全集、九經說等作。所選古文辭類纂，流傳很廣。

一、姚鼐論文，強調義理、考證、文章三者兼備。他說：「鼐嘗謂天下學問之事，有義理、文章、考證三者之分，異趨而同爲不可廢。……凡執其所能爲而呲其所不爲者，皆陋也；必兼收之，乃足爲善。」（復秦小峴書）在述菴文鈔序中，也是談這個問題。劉大櫆言義理、書卷、經濟三事，到了姚鼐，改爲義理、考證和文章，將宋學、漢學和辭章結合起來，當然是受了當代樸學風氣的影響。不過姚鼐自己，於考據根底不深，程、朱之學也很不精密，而他較有貢獻的，是討論文章作法和風格方面的意見。

二、姚鼐所編選的古文辭類篹，分爲論辨、序跋、奏議、書說、贈序、詔令、傳狀、碑誌、雜記、箴銘、頌贊、辭賦、哀祭十三類，選自秦、漢，終於方苞、劉大櫆。體例統一，取舍比較嚴格，貫徹他的論文、選文精神。他在序目開始說：「揚州少年，或從問古文法，夫文無所謂古今也，惟其當而已。得其當則六經至於今日，其爲道也一，知其所以當，則於古雖遠，而於今取法如衣食之不可釋，不知其所以當，而敝棄於時，則存一家之言，以資來者容有俟焉。於是以所聞習者，編次論說爲古文辭類篹。」其編纂此書之宗旨，於此可見。在桐城派的宣傳作用上，這一部書是起了很大的作用的。

值得我們注意的，是他在理論上提出了文章八要的主張，他在序目的最後說：

凡文之體類十三，而所以為文者八，曰神、理、氣、味、格、律、聲、色。神、理、氣、味者，文之精也；格、律、聲、色者，文之粗也。然茍舍其粗，則精者亦胡以寓焉？學者之於古人，必始而遇其粗，中而遇其精，終則御其精者，而遺其粗者。文士之效法古人，莫善於退之，盡變古人之形貌，雖有摹擬，不可得而尋其迹也。

這一段文章，是姚鼐論文的重點。一、他所說的神、理、氣、味，是指的文章內容和精神，這是文之精；格、律、聲、色屬於文章的形式，這是文之粗。無粗不能見精，但也不能因精而輕視粗。他認識到文章的內容和形式的相互關係，同時也體現了文章的內容和形式的精粗區別。學習古人的過程，初步是掌握形式，其次是重視精神，最後達到「御其精者而遺其粗者」的境界。從理論上說，這具有概括創作藝術的特徵，這是從他作文的體會和實踐中得來，比起方苞空談義理，強調雅潔，比起劉大櫆以義理爲材料，專談音節、字句的法則，姚鼐在這方面的理論，有了一些提高和發展。

二、學習古人，主要在其精神，不在於形貌，韓愈善於法古，因爲他善於變化，無跡可尋，顯出他作品中的獨創性。這一點前人雖也說過，他在這裏加以強調，也還是有意義的。

三、姚鼐在論文章的神、理、氣、味和格、律、聲、色的結合和精粗的關係以外，又提出了陰陽、剛柔的文章風格問題。以剛柔論文，前人早已有之，但到了姚鼐，論述較爲完密。

鼐聞天地之道，陰陽剛柔而已。文者天地之精英，而陰陽剛柔之發也。……其得於陽與剛之美者，則其文如霆如電，如長風之出谷，如崇山峻崖，如決大川，如奔騏驥，其光也如杲日，如火，如金鏐鐵；其於人也，如憑高視遠，如君而朝萬眾，如鼓萬勇士而戰之。其得於陰與柔之美者，則其文如升初日，如清風，如雲如霞如烟，如幽林曲澗，如淪如漾，如珠玉之輝，如鴻鵠之鳴而入寥廓；其於人也，漻乎其如歎，邈乎其如有思，暖乎其如喜，愀乎其如悲。觀其文，諷其音，則為文者之性情形狀，舉以殊焉。且夫陰陽剛柔，其本二端，造物者糅而氣有多寡，進絀則品次億萬，以至於不可窮，萬物生焉。故曰一陰一陽之為道。夫文之多變，亦若是已。糅而偏勝可也，偏勝之極，一有一絕無，與夫剛不足為剛，柔不足為柔者，皆不可以言文。（復魯絜非書）

在這一段文字裏，姚鼐首先認爲文章的風格，可以劃分爲陽剛、陰柔兩大範疇。如他所說，陽剛相當於豪放，陰柔相當於婉約。一，在作品中表現豪放風格的作家，其氣魄偏於雄渾，表現婉約風格的作者，其性格大都近於柔情。因此，在作品的不同風格中，可以看出作家的不同性情。二，陽剛、陰柔爲兩大基本範疇，但在陰陽、剛柔的程度不同的互相結合下，又可以產生多種多樣不同的風格，在這裏顯示出文章的各種變化。三，在這樣的基礎上，他進一步提出：文章風格不偏於陽剛，必偏於陰柔，但剛中必帶有柔，柔中也必帶有剛，所不同者，在於成分的多少。如果只有絕對的剛，或是絕對的柔，如他所說的「偏勝之極，一有一絕無」；或是剛不足爲剛，柔也不足爲柔的，都不可以言文。前人論到風格的，司空圖較爲完密，但他的缺點，把二十四品平列起來，沒有主次，同時也沒有說明風格形成的根源。姚鼐在這方面有了發展。他從自然現象的體會，說明作家的性格和風格的各種關係；並把風格分爲兩大範疇，在陰陽剛柔的相互配合、相互調劑的基礎上，產生千變萬化的風格，但無論如何千變萬化，基本上不偏於剛，必偏於柔，基本上離不開這兩大範疇。姚鼐這種理論顯出了他自己的特色。他在海愚詩鈔序中，同樣討論了這個問題。但他這種「陽剛陰柔」說，對作家性格與文學風格的形成及其變化，未能深入分析，因之仍不免顯得抽象。

到了姚鼐，桐城派才正式形成，桐城派的文論，才成爲一個體系。他所談的義理，全無新意，說來說去，只是一套封建道德的舊內容。他自己的散文創作，一般內容貧乏，技巧也沒有勝過方苞。較佳之作，如朱竹君先生傳、袁隨園君墓誌銘、登泰山記、遊媚筆泉記諸文，寫得謹嚴潔煉。茲舉遊媚筆泉記爲例。

桐城之西北，連山殆數百里，及縣治而地平。其將平也，兩崖忽合，屏矗墉回，嶄橫若不可徑。龍谿曲流，出乎其間。以歲三月上旬，步循谿西入。積雨始霽，溪上大聲漎然。十餘里旁多奇石，蕙草松樅，槐楓栗橡時有鳴雟。谿有深潭，大石出潭中，若馬浴起，振鬣宛首而顧其侶。援石而登，俯視溶雲，鳥飛若墜。復西循崖可二里，連石若重樓，翼乎臨於谿右。或曰：宋李公麟之垂雲沜也。或曰：後人求公麟地不可識，被而名之。石罅生大樹，蔭數十人，前出平土，可布席坐。南有泉，明何文端公摩崖書其上曰：「媚筆之泉。」泉漫石，上為圓池，乃引墜谿內。左丈學冲於池側，方平地為室，未就，要客九人飲於是。日暮半陰，山風卒起，肅振巖壁，榛莽羣泉，磯石交鳴，遊者悚焉，遂還。是日薑塢先生與往，鼐從，使鼐為記。

姚門弟子　到了姚鼐，桐城派形成了一個有力的運動。他晚年主講鍾山書院，蔚然爲一代文宗。弟子有管同、梅曾亮、方東樹、姚瑩諸人，各地傳授師說，加以姚氏的友好，隨聲附和，稱揚標榜，對於當日文壇，產生很大影響。創作方面，梅曾亮的成就較佳，在理論方面，方東樹稍有特色。

方東樹（一七七二——一八五一），字植之，安徽桐城人。諸生。有儀衞軒文集、昭昧詹言、漢學商兌等作。他標榜程、朱，對漢學表示不滿。論文推衍義法，尊方苞、劉大櫆、姚鼐，在清代後期，對於桐城派的文論，作了有力的宣傳。他論文很強調文章之「用」和言之有「物」，他自序其文集云：「蓋昔人論文章不關世教，雖工無益，故吾爲文務盡其事之理而足乎人之心。」又說：「蓋昔賢平日讀書考道，胸中蓄理至多，及臨事臨文，舉而書之，若泉之達，火之然，江河之決，沛然無所不注；所以義愈明，思愈密，而其文層見疊出，而不可窮，使待題之至而後索之，烏有此妙哉？」（復羅月川太守書）從理論上說，這些話都沒有錯，不過他所言的「用」和「物」，都是世教風化和封建倫常，並沒有新的內容。實際他的理論，重點仍在法而不在義。他說：「夫有物則有用，有序則有法；有用尚矣，而法不可偕。」（切問齋文鈔書後）言義者淺而腐舊，言法者較佳，方苞、劉大櫆、姚鼐是如此，方東樹也是如此。

夫唐以前無專為古文之學者，宋以前無專揭古文為號者。蓋文無古今，隨事以適當時之用而已。然其至者，乃並載道與德以出之，三代、秦、漢之書可見也。顧其始也，判精粗於事與道，其末也，乃區美惡於體與辭；又其降也，乃辨是非於義與法。噫！論文而及於體與辭，義與法，抑末矣。而後世至且執為絕業專家，曠百年而不一覯其人焉。豈非以其義法之是非，辭體之美惡，卽為事與道顯晦之所寄，而不可昧而雜、冒而託耶？文章者道之器，體與辭者文章之質；范其質，使肥瘠修短合度，欲有妍而無媸也，則存乎義與法。（書惜抱先生墓誌後）

本文論義法，雖與方苞、姚鼐大略相同，但也有發展；其敘述「古文之學」的歷史過程，尤有見地。開始是判精粗於事與道，其後是區美惡於體與辭，而其末流則是辨是非於義法，而桐城所論者，正是他所謂末流「義與法」的問題。他認爲雖是末流，但爲了文章更好地爲內容（事與道）服務，講求義法仍然有其重要意義。

東樹論詩有昭昧詹言二十一卷，爲其晚年所作，多採姚範、姚鼐之說。其主要精神，是以桐城文論的思想去評論詩歌，以「古文文法」論詩。論中尤強調章法、字法，「承上啓下」之談，「草蛇灰線」之喻，這些評八股文、試帖詩常用之術語，往來筆下，絡繹不絕。但其中亦時有善言，讀者可善取之。如「詩不可墮理趣固也。然使非義豐理富，隨事得理，灼然見作詩之意，何以合於興、觀、羣、怨，足以感人，而使千載下誦者流連諷詠而不置也。此如容光觀瀾，隨處觸發，而測之益深，自可窺其蘊蓄。……若乃無所欲語而強爲之詞，盜襲剿竊，雷同百家，客意易雜，支離泛演，意既無真，詞復陳熟，何取也。」又云：「大約胸襟高，立志高，見地高，則命意自高。講論精，功力深，則自能崇格。讀書多，取材富，則能隸事。聞見廣，閱歷深，則能締情。」又云：「學於杜者，須知其言高旨遠，一也；奇警而出之自然，流吐不費力，二也；隨意噴薄，不裝點做勢安排，三也；沈着往來，不拘一定而自然中律，四也。」又論王維詩云：「輞川於詩，亦稱一祖。然比之杜公，真如維摩之於如來，確然別爲一派。尋其所至，只是以興象超遠，渾然元氣，爲後人所莫及。高華精警，極聲色之宗，而不落人間聲色，所以可貴。然愚乃不喜之，以其無血氣無性情也。……稱詩而無當於興、觀、羣、怨，失風騷之旨，遠聖人之教，亦何取乎？政如司馬相如之文，使世間無此，殊無所損。但以資於館閣詞人，醞釀句法，以爲應制之用，誠爲好手耳。」這些意見，也還有他自己的特點。

在這裏還要附帶敘述的，是陽湖派和駢文派。劉大櫆的門徒，除了姚鼐以外，還有王灼（悔生）、錢伯坰（魯斯）。王、錢都是張惠言作文的導師。張惠言與惲敬俱長於文，因同是陽湖（今江蘇武進）人，故有陽湖派之稱。惲敬（一七五七——一八一七），字子居，號簡堂。乾隆舉人，官南昌等地同知。有大雲山房文稿。張惠言（一七六一——一八〇二），字皋文。嘉慶進士，官編修。工文，有茗柯文編。張惠言說：「余學爲古文，受法於摯友王明甫，明甫古文法，受之其師劉海峯。」（書劉海峯文集後）又說：「魯斯大喜，顧而謂余，吾嘗受古文法于桐城劉海峯先生，顧未暇以爲，子儻爲之乎？余愧謝未能，已而余遊京師，思魯斯言，乃盡屏置曩時所習詩賦若書不爲，而爲古文，三年乃稍稍得之。」（送錢魯斯序）惲敬也說：「後與同州張皋文、吳仲倫，桐城王悔生遊，始知姚姬傳之學出于劉海峯，劉海峯之學出于方望溪。」（上曹儷笙侍郎書）這樣看來，張惠言、惲敬應該都是桐城派，爲什麼另立名目？這原因是他們一面作古文，同時又喜作駢體。其次，他們除取法六經八家外，同時兼取子史雜家。吳仲倫批評惲敬的文章說：「先生之治古文，得力於韓非、李斯，與蘇明允相上下，近法家言。……先生於陰陽名法儒墨道德之書既無所不讀，又兼通禪理。」（惲子居先生行狀）這顯然與方苞是有些不相同了。他們覺得方苞才力較弱，方面較狹，「旨近端而有時而歧，辭近醇而有時而窳。」（上曹儷笙侍郎書）因此他們的文章，筆勢較爲放縱，但不及方、姚的嚴謹，我們可以認作是桐城派的旁流。古文成就，惲敬較高於張惠言，所作多碑銘文字，內容一般貧乏。但也寫了一些比較好的山水遊記，茲舉一篇爲例。

自寧都西郭外，北望羣山，有虎而踞者，二峯若相負，北峯為翠微峯，易堂九子講學之所也。背郭十里，陟山西折而北，過前所望虎而踞之南峯有厓。復北有巖，夾磴而上。西折有岡，岡之西為金精洞，北卽翠微峯。循岡行，有石門，木闔背扃之，仰視絕壁而已。岡之東，望果盒山有樓閣。於是欲返遊果盒山，而闔為從遊所排，遂遊焉。過石門有南北厓，相去以尺數，倚立俯仰相隱閉。北厓為隥以登，級三十有六。道絕植梯，級十有六，以出于穴，有木構少息，為第一巢。復登為梯隥之級二十有八，有巢、隘于前巢，不可息，為第二巢。級十有七，為第三巢。級八十有三，為第四巢，皆可息。至此始出厓。日杲杲然射諸峯，峯如相蕩矣。復得隥、八十有三。有坪，為易堂，已燬廢。其北有屋，魏氏居之。其旁後無他道，復循故道而下。魏氏之先，為避亂計，故鑿山無左右折，上下皆懸身以難其登。登山極勞弊，無游覽之勝，然九子窮居是山，能各有所守，不欺其志，是則不可沒者。……（惲敬遊翠微峯記一）

汪中與駢文派　在桐城派古文運動的同時，清代的駢體文學，也很流行，作者出了不少。較早的如陳維崧、吳綺、章藻功諸人，爲初期的代表，陳名尤著。乾、嘉之際，胡天游、汪中以外，有袁枚、邵齊燾、劉星煒、孫星衍、吳錫麒、洪亮吉、曾燠、孔廣森八大家之稱。汪中尤爲傑出。這些人對於文章的見解，大都與桐城派的議論相反。如汪中、李兆洛、曾燠、孔廣森之流，都主張駢散並重，並無上下輕重之分。另如阮元則主張文筆分立，只有駢文才是美文，重駢而輕散。並且他進一步否定散文在「文」中的地位，要替駢文爭正統。他說：「韻者卽聲音也，聲音卽文也。然則今人所便單行之文，極其奧折奔放者，乃古之筆，非古之文也。」（文韻說）更進一步說：「明人號唐、宋八家爲古文者，爲其別于四書文也，爲其別于駢偶文也。然四書文之體，皆以比偶成文，不比不行，是明人終日在偶中而不自覺也。且洪武、永樂時，四書文甚短，兩比四句，卽宋四六之流派。宏治、正德以後，氣機始暢，篇幅始長，筆近八家，便于摹取，是以茅坤等知其後而昧于前也。是四書排偶之文，眞乃上接唐、宋四六爲一脈，爲文之正統也。然則今人所作之古文，當名之爲何？曰：凡說經講學，皆經派也；傳志記事，皆史派也；立意爲宗，皆子派也；惟沈思翰藻，乃可名之爲文也。非文者尙不可名爲文，況名之曰古文乎！」（書梁昭明太子文選序後）他這種意見，當然是片面的，但在當時對於桐城派的文統說，確實起了破壞作用。還有李兆洛編選了一部駢體文鈔，也是替駢文宣揚。他在書序中說：「自秦迄隋，其體遞變，而文無異名。自唐以來，始有古文之目，而目六朝之文爲駢儷。而爲其學者，亦自以爲與古文殊路……文之體至六代而其變盡矣。沿其流極而泝之，以至乎其源，則其所出者一也。」他這些話，也是針對桐城派而發。

在清代的駢文作家中，文學成就較高的是汪中。汪中（一七四五——一七九四），字容甫，江都（今江蘇揚州）人。出身孤苦，自少好學。

三十四歲爲貢生，卽絕意仕進，一生過着清苦的生活。賦性耿直，嫉惡如仇；而又恃才傲物，不肯下人。因而遭受到種種的冷遇和迫害。「不恕古人，指瑕蹈隙；何況今人，焉免勒帛。眾畏其口，誓欲殺之；終老田間，得與禍辭」（盧文弨公祭汪容甫文），這很可看出他的遭遇和性格。他自己在自序裏面，比於劉孝標，有四同五異之說。他學問淵博，識見超羣，研討經、史，尤多卓見。對於封建禮教和傳統思想，敢於批駁。有述學內外篇。工詩，尤長於駢文。他的自序、哀鹽船文、經舊苑弔馬守真文、廣陵對諸篇，長於諷諭，辭語精麗，表現他的文章特色。

歲在單閼，客居江寧城南。出入經迴光寺，其左有廢圃焉。寒流清泚，秋菘滿田。室廬皆盡，惟古柏半生。風煙掩抑，怪石數峯，支離草際，明南苑妓馬守眞故居也。秦淮水逝，迹往名留。其色藝風情，故老遺聞，多能道者。余嘗覽其畫蹟，叢蘭脩竹，文弱不勝，秀氣靈襟，紛披楮墨之外，未嘗不愛賞其才，悵吾生之不及見也。夫託身樂籍，少長風塵。人生實難，豈可責之以死。婉孌倚門之笑，綢繆鼓瑟之娛，諒非得已。在昔婕妤悼傷，文姬悲憤，矧茲薄命，抑又下焉。嗟乎！天生此才，在于女子，百年千里，猶不可期。奈何鍾美如斯，而摧辱之至于斯極哉！余單家孤子，寸田尺宅，無以治生，老弱之命，縣于十指。一從操翰，數更府主，俯仰異趣，哀樂由人。如黃祖之腹中，在本初之弦上。靜言身世，與斯人其何異？祇以榮期二樂，幸而為男，差無牀簀之辱耳。江上之歌，憐以同病，秋風鳴鳥，聞者

生哀。事有傷心，不嫌非偶。（經舊苑弔馬守眞文序）

馬守真號湘蘭，是明末的名妓，能文善畫，賦性豪俠。汪中這篇文章，以對湘蘭淪落的同情，抒發自己困於貧窮，懷才不遇，俯仰異趣，哀樂由人的思想感情。「修辭安雅，持論精審」（章太炎語），而抒情又極爲沉痛。「同是天涯淪落人，相逢何必曾相識」，是這篇文章的主旨。前人對於汪中的文學成就，評價都很高。李詳云：「狀難寫之情，含不盡之意。」（汪容甫先生贊序）王引之說：「陶冶漢、魏，不沿歐、曾、王、蘇之派，而取則於古，故卓然成一家言。」（汪中行狀）他的哀鹽船文和廣陵對，都具有這種特色。他這類作品，當然高出於專在形式上模擬唐、宋八家的桐城派的古文了。

五 散文的新變

桐城派在清代雖有很大影響，幾乎成爲古文正宗，但從它一開始，就遭受到各方面的反對。或前或後的如錢大昕、袁枚、阮元、章學誠諸人，或從義理、考據，或從史學、義法，或從文筆之辨，向桐城派提出各種不同的批評。從道統而論，錢大昕說：「蓋方（苞）所謂古文義法者，特世俗選本之古文，未嘗博觀而求其法也。法且不知，而義於何有？」（與友人書）從文統而論，受到阮元諸人駢文爲正的論駁。於是桐城派的兩個堡壘，道統與文統，都受到攻擊，而發生了動搖。到了稍晚的蔣湘南，以激烈的語言，對桐城古文，批判得更爲尖銳。

夫名之為古文，則不得不別於今文；欲別於今文，則不得不讀古書。書之古者，句法字法，與功令文鑿枘不入，於是舍其難者，就其易者，專以八家為主，且以明人所錄之八家為主。夫明人所錄之八家，未嘗非古文也；而數百年來所為八家之文，則非古文也。韓皀歐臺，沾沾自喜，語助星羅，呑吐否唯，其弊也奴。未識麟經，先罵盲左，嚇彼走卒，立僵而跛，其弊也蠻。黃茅白葦，彳亍河干，饑腸雷隱，忍俊無餐，其弊也丐。鉥規植矩，比葫畫瓢，臯蘇律令，不如蕭、曹，其弊也吏。凡胎御風，自標仙度，殺馬毀車，騰空覓路，其弊也魔。井底看天，豈無珠斗，轉笑岱頂，空立搔首，其弊也醉。道聽程、朱，塗罟許、鄭，龍門未登，蘭臺已病，其弊也夢。庚語歇後，或續或斷，有聲無音，呻吟莫辨，其弊也喘。然而門徑既成，壇坫相高，天下羣然追逐，合其轍者為正宗，異其途者為左道，空疎無具之徒，皆得張空拳以樹八家之幟，是古文之愈失，由於為古文之太易也。僕之所以不敢言者此也。（與田叔子論古文書）

他在文字裏，雖沒有指名桐城，而無一不是指的桐城。他以奴、蠻、丐、吏、魔、醉、夢、喘八字，概括桐城古文的弊病，這對於桐城的末流來說，是頗爲深刻的。

在這一時期，桐城派的古文這樣不得人心，遭受到這樣嚴厲的批判，一方面固然由於他們的文章本身，一般空疏浮淺，價值不高，更重要的是當日的歷史條件對於他們的排斥。乾隆末年到道光中期，封建政治腐敗黑暗，階級矛盾日趨尖銳；加以外國資本主義，乘機而入，進行各種侵略活動，民族危機，空前嚴重。在這樣的歷史條件下，具有先進思想的知識分子，都感到要挽救民族的危亡，是非變不可了。政治要變，思想要變，文章也要變。那一套孔、孟、程、朱的迂腐之道，那一套起承轉合的清規戒律之法，已爲進步人士所厭棄、所鄙薄、所攻擊，要表達新的內容，必然要求新形式，於是桐城派的古文，成爲前進道路上的障礙。代表這個時代要求而出現的是龔自珍。

龔自珍　龔自珍（一七九二——一八四一），字璱人，號定盦，浙江仁和（今杭州）人。道光進士，官禮部主事。他出身於一個富於學術空氣的家庭，祖父和父親，都長於史學，母親是當代有名的小學家段玉裁的女兒。由於他自己的刻苦努力，過人的才情和家庭的優良環境，青年時期就取得了深厚的學術基礎。他精通經學、史學和文字學，工詩文，亦善於詞。有定盦文集、續集。

龔定盦一生的五十年，正處在中國歷史大變革的前夜，也正是中國封建社會日益解體，而又是民族危機極爲嚴重的時期。在嚴重的階級矛盾和國勢日非的現實教育中，培養成他的進步思想。他蒿目時艱，關心國事，發爲文章，多指砭時弊之作。爲學以公羊義爲本，力闢煩瑣之虛談，提倡經世致用之實學，對當日政治的黑暗腐敗，表示強烈不滿，要求社會改革，挽救危亡。如明良論、乙丙之際箸議、平均篇這些論文，犀利警闢，言之有物，都是具有積極意義的作品。他的散文，不但在內容上，遠遠超過了桐城派的古文，卽在形式、技巧上，和桐城派的古文，也有很大的區別。他打破了桐城派所提倡的一切清規戒律，鄙棄他們所主張的義法，隨筆直書，筆力極爲遒勁。在他的作品裏，充滿了不滿現實、追求理想的積極浪漫主義精神，和氣勢磅礴、俶詭連犿的風格。如說張家口、說居庸關、說昌平州、說京師翠微山、書金伶、錢吏部遺集序、敍嘉定七生、王仲瞿墓表記、己亥六月重過揚州記、病梅館記、記王隱君、吳之癯諸篇，都在不同內容和形式方面，表現出他的散文特色。茲舉他的己亥六月重過揚州記爲例。

居禮曹，客有過者曰：卿知今日之揚州乎？讀鮑照蕪城賦則遇之矣。余悲其言。明年，乞假南游，抵揚州；屬有告糴謀，舍舟而館。旣宿，循館之東牆，步遊得小橋。俛溪，溪聲讙。過橋，遇女牆齧可登者，登之。揚州三十里，首尾屈折高下見。曉雨沐屋，瓦鱗鱗然，無零甃斷甓，心已疑禮曹過客言不實矣。入市，求熟肉，市聲讙。得肉，館人以酒一缾，蝦一筐餽。醉而歌，歌宋、元長短言樂府，俯窗嗚嗚，驚對岸女夜起乃止。客有請弔蜀岡者，舟甚捷，簾幕皆文繡，疑舟窗蠡觳也；審視，玻璃五色具。舟人時時指兩岸曰：某園故址也，某家酒肆故址也。約八九處，其實獨倚虹園，圮無存。曩所信宿之西園，門在，題榜在，尚可識。其可登臨者，尚八九處；阜有桂，水有芙蕖菱芡。是居揚州城外西北隅，最高秀。南覽江，北覽淮，江淮數十州縣治，無如此治華也。憶京師言，知有極不然者。歸館、郡之士皆知余至，則大讙；有以經義請質難者，有發史事見問者，有就詢京師近事者，有呈所業若文，若詩，若筆，若長短言，若雜著，若叢書，乞為敘為題辭者；有狀其先世事行乞為銘者；有求書冊子書扇者，塡委塞戶牖，居然嘉慶中故態；誰得曰今非承平時邪？惟窗外船過，夜無笙琵聲，即有之，聲不能徹旦。然而女子有以梔子華髮為贄求書者，爰以書畫環瑱互通問，凡三人，淒馨哀豔之氣，繚繞於橋亭艦舫間；雖澹定，是夕魂搖搖不自持。余旣信信，拏流風，捕餘韻，烏覩所謂風嗥雨嘯，鼯狖悲、鬼神泣者！嘉慶末，嘗於此和友人宋翔鳳側豔詩，聞宋君病，存亡弗可知；又問其所謂賦詩者，不可見，引為恨，臥而思之。余齒垂五十矣。今昔之慨，自然之運，古之美人名士、富貴壽考者，幾人哉？此豈關揚州之盛衰，而獨置感慨於江介也哉！抑予賦側豔則老矣，甄綜人物，蒐輯文獻，仍以自任，固未老也。天地有四時，莫病於酷暑，而莫善於初秋。澄汰其繁縟淫蒸，而與之為蕭疏澹蕩，泠然瑟然，而不遽使人有蒼莽寥泬之悲者，初秋也。今揚州，其初秋也歟？予之身世，雖乞糴，自信不遽死，其尚猶丁初秋也歟！作己亥六月重過揚州記。

這一篇文章，在定盦文集裏，比較通達流暢，但其用字的奇警，敘事的簡括，表現了深厚的筆力。全文從瑣屑處下筆，曲曲寫來，於揚州的盛衰升遷中反映了時代正在衰落。己亥爲道光十九年，翌年卽發生鴉片戰爭，再過一年，龔自珍就死了，一葉深秋，感慨尤深。文中的宋翔鳳，也是龔氏所最心折者，曾贈以「萬人叢中一握手，使我衣袖三年香」一詩，龔、宋交誼，於此可見。故文中傷時懷舊，寫景抒情，兼而有之，所謂「凄馨哀豔之氣」，正可以借喻作此文的特色。比起以復古爲高，以摹擬爲能事的桐城派的古文來，這類作品的特色是非常鮮明的。

龔自珍的進步思想，雖未能完全脫出封建立場，但其主要精神，已具有啓蒙主義的積極力量，揭開了近代反封建思想的序幕，對於後一時期，無論在政治、學術、文學各方面，都發生影響。正統派雖是抨擊他，新學派都在推尊他。梁啓超云：「自珍性詄宕，不檢細行，頗似法之盧騷，喜爲要眇之思，其文辭俶詭連犿，當時之人弗善也。而自珍益以此自憙；往往引公羊義譏切時政，詆排專制……又爲瑰麗之辭所掩，意不豁達。雖然，晚清思想之解放，自珍確與有功焉。光緒間所謂新學家者，大率人人皆經過崇拜龔氏之一時期，初讀定庵文集，若受電然，稍進乃厭其淺薄。」（清代學術概論二十二）在這段話裏，說明了龔自珍在中國近代思想史上的地位，作爲啓蒙主義者的精神實質，以及他的文章特點。「一事平生無齮齕，但開風氣不爲師。」（己亥雜詩）在「開風氣」這一點上，龔自珍在歷史上起了重要的作用。

太平天国革命，在廣大人民的響應和支持下，席捲南北，建都南京，震動一世。這一次的農民革命，比起歷史上任何一次的農民革命，具有更高的思想內容，表現了堅決反抗封建制度、徹底破壞封建基礎的歷史意義。但由於當時還沒有先進的工人階級的領導，在他們本身還存在大小不同的弱點，同時由於封建統治勢力最後的頑抗，革命終於失敗了。在封建政權回光返照的情況下，衰退無力的桐城派古文，又爲之一振。薛福成說：「言古文者必宗桐城，號桐城派，其淵源所漸廣矣。厥後流衍益廣，不能無氞弱之病。曾文正公出而振之，……以理學經濟發爲文章，其閱歷親切，迥出諸先生上。早嘗師義法於桐城，得其峻潔之詣。平時論文，必導源六經、兩漢……故其爲文，氣清體閎，不名一家，足與方、姚諸公並峙。其尤嶢然者，幾欲跨越前輩。」（寄龕文存序）這是桐城文論的最後宣傳。曾國藩是清朝統治階級的忠臣孝子，以擊敗太平軍有功，得到高官厚祿的賜賞。他以政治地位的優勢，招攬才學，一時爲文者，都被搜羅在他的門下。薛福成說他的幕府賓僚，共八十三人，除十數人不以文學見稱外，其餘皆爲當代知名的文士。此輩文士，或爲其友人，或爲其弟子，或爲其幕僚。在這一大羣人中，吳敏樹、莫友芝、郭嵩燾、李元度、吳汝綸、黎庶昌、張裕釗、薛福成諸人，俱有文名。他們的影響及於清末。如嚴復、林紓也都與桐城派有關。在散文寫作上，成就較高、而能稱爲桐城派殿軍的是吳汝綸和馬其昶。吳（一八四〇——一九〇三），字摯甫，同治進士。馬（一八五五——一九二九），字通伯，清時官學部主事。俱爲安徽桐城人。吳氏散文，以縱肆見長，頗具氣魄，曾爲嚴復所譯天演論、原富作序。有桐城吳先生全書。馬其昶曾學文於吳汝綸，但風格不同。其文簡易樸質，無矯飾之病。有抱潤軒文集、遺文。章炳麟對於同時文人，多所鄙薄，獨於其昶，頗爲心折，許爲「盡俗」；並云：「先生之文，如孤桐絕絃，蓋聲在塵埃之外矣。」（題抱潤軒遺文）

梁啓超與新文體　鴉片戰爭以後，外患內亂，紛至沓來。人民窮困，國勢危殆。太平天国革命的被扼殺，並不能挽救封建政權的命運，反而更加暴露出封建專制政權的腐朽殘酷和民族前途的嚴重危機。改良主義者的戊戌變法，反映了這一時期資產階級進步知識分子的政治要求。在這樣的歷史條件下，爲了適應時代的要求，爲了廣泛宣傳他們的思想內容，散文必須作更大的改變，必須在龔自珍的基礎上，向通達流暢的報章文體轉變。在這方面作出較大貢獻的是梁啓超。

梁啓超（一八七三——一九二九），字卓如，號任公，別署飲冰室主人。廣東新會人。他是康有爲的弟子，因積極參與以康有爲爲首的變法維新，故世稱康、梁。在清末曾主辦時務報、清議報、新民叢報、新小說等報刊，在宣傳資產階級民主思想，批判封建政治，以及介紹外國學術、提倡小說各方面，作出了貢獻，發生很大影響。

梁啓超的散文，流利明暢，平易通俗，情感豐富，條理明晰，富於煽動性與說服力，時人號爲新文體。他自己說：「啓超夙不喜桐城派古文，幼年爲文，學晚漢、魏、晉，頗尚矜鍊，至是自解放，務爲平易暢達，時雜以俚語、韻語，及外國語法，縱筆所至不檢束，學者競效之，號『新文體』。老輩則痛恨，詆爲野狐，然其文條理明晰，筆鋒常帶情感，對於讀者，別有一種魔力焉。」（清代學術槪論二十五）他在這裏，確實說明了他的散文特色和「新文體」在當日所發生的影響，同時也告訴我們，他是桐城文派的反對者。他還說過：「然此派（桐城）者，以文而論，因襲矯揉，無所取材，以學而論，則獎空疏，閼創獲，無益於社會。」（清代學術槪論十九）

今舉新民說一段爲例：

自世界初有人類，以迄今日，國於環球上者何啻千萬，問其巋然今存，能在五大洲地圖占一顏色者幾何乎？曰百十而已矣。此百十國中，其能屹然強立，有左右世界之力，將來可以戰勝於天演界者幾何乎？曰四五而已矣。夫同是日月，同是山川，同是方趾，同是圓顱，而若者以興，若者以亡，若者以弱，若者以強，則何以故？或曰是在地利。然今之亞美利加猶古阿美利加，而盎格里索遜（英國人種之名也）民族何以享其榮？古之羅馬猶今之羅馬，而拉丁民族何以墜其譽？或曰：是在英雄。然非無亞歷山大，而何以馬基頓今已成灰塵？非無成吉思汗，而何以蒙古幾不保殘喘？嗚呼噫嘻，吾知其由。國也者積民而成。國之有民，猶身之有四肢五臟筋脈血輪也。未有四肢已斷，五臟已瘵，筋脈已傷，血輪已涸，而身猶能存者，則亦未有其民愚陋怯弱渙散混濁而國猶能立者。故欲其身之長生久視，則攝生之術不

可不明，欲其國之安富尊榮，則新民之道不可不講。（新民說敘論）

在這一段文字裏，我們可以看到梁啓超散文的特色。內容和過去的古文大有不同，卽在形式、風格方面，也突破了古文的束縛。他的變法通議、少年中國說、呵旁觀者文、譯印政治小說序、小說與羣治之關係等篇，在宣傳政治、文學思想和喚醒人民覺悟方面，都起過很大影響，而成爲他散文中的重要作品。但他到了後來，終於停留在立憲派的道路上，不能前進，並成爲民主革命的反對者，而遠遠落在時代的後面了。因而他後期的散文，無論內容和技巧，都失去了前期的光彩。

梁啓超以外，康有爲、譚嗣同的散文，也值得我們重視。

康有爲（一八五八——一九二七），字廣厦，號長素，廣東南海人。進士出身，任工部主事。譚嗣同（一八六五——一八九八），字復生，號壯飛。湖南瀏陽人。康有爲是維新派的領導者，譚嗣同是這一運動的積極參加者。他們都抱有救國的熱情，同封建專制政權，進行了堅決的鬥爭。但政治思想，康有爲、梁啓超都是屬於資產階級的改良派。正因如此，康有爲終於成爲保皇會的首領，對於以孫中山爲首的革命派，採取了堅決反對的立場，其晚年更爲墮落，而成爲時代的幽靈。但他在戊戌變法時期所寫的政論散文，却飽含着政治熱情和進步思想，不受舊形式的拘束，秉筆直書，表現出酣暢淋漓的風格。如強學會序、上清帝第五書、進呈俄羅斯大彼得變政記序、請禁婦女裹足摺等文，都很有特色。這些作品對於梁啓超的新文體，也起了一定的影響。

譚嗣同是被清朝統治者殺害的，是戊戌變法運動的犧牲者。他的思想激進，反對封建傳統最爲堅決，對於封建教條，要求以衝決一切網羅的力量來反抗，而又具有高度的愛國熱情，可稱爲改良主義運動中的左派。可惜他年未四十，卽遭慘殺，未盡其才，否則他在政治、學術、文學事業上，將取得更大的成就。但他留給我們的仁學，是近代思想史上的光輝著作，給予人們很大的影響。他的散文，是學過桐城派的。「嗣同少頗爲桐城所震，刻意規之數年，久自以爲似矣。出示人，亦以爲似。誦書偶多，廣識當世淹通媦壹之士，稍稍自慚，卽又無以自達。或授以魏、晉間文，乃大喜，時時籀繹，益篤嗜之。……所謂駢文，非四六排偶之謂，體例氣息之謂也。」（三十自紀）在這裏說明了他的學文的態度，一方面是從桐城派解放出來，一方面博觀約取，融會貫通，對於古人，是師心而不是師貌。他的散文，感情充沛，氣勢磅礴，表現出他的性格。我們讀他的仁學和書信，便可體會這種特色。康有爲、譚嗣同是稱爲政治家和思想家的，但他們那些表現當時進步思想的作品，在近代文學史上應佔有一定的地位，並且這些作品，在新文體運動中，也是起過作用的。

改良派在戊戌變法的歷史時期，他們的政治思想和散文作品，都具有進步的內容和反舊求新的積極精神。同時，他們當日在文體上的改革，也很有意義，但這種新文體，仍然屬於改良主義的範疇，沒有從語言基礎上去求解決。一定要到五四文化革命的大潮中，反對文言，推行白話，散文的文體，才能得到徹底的解放和轉變。

第二十九章　清代的詩歌

一　緒說

清代詩人，喜言宗派，康、乾期間，此風尤盛。作者大都各立門戶，以尊唐宗宋相標榜。納蘭性德云：「世道江河，動成積習，風雅之道，而有高髻廣額之憂。十年前之詩人，皆唐之詩人也，必嗤點夫宋；近年來之詩人，皆宋之詩人也，必嗤點夫唐。萬戶同聲，千車一轍。」（原詩）大抵尊唐者言神韻，言法度，言格調，言肌理，又有初盛、中晚之分。宗宋者，反流俗，尙奇崛，喜發議論，鋪排典故，又有蘇、黃、劍南之別。然亦有自抒性靈，不拘一格，但爲數不多。以時代言，演變之迹更明。清初詩人，多故國之思。及於康、乾，封建政權，較爲鞏固，詩人多以復古爲能事，各家所作，較少反映現實生活。自鴉片戰爭前後至於晚清，國勢日非，在階級矛盾極其尖銳、帝國主義侵略極其深化的歷史環境下，詩風求變求新，作者蒿目時艱，身經世變，發之於詩，多憤世哀時之音，愛國圖強之意，時代精神，甚爲顯著。較之前期的詩歌，無論內容、形式，都有了變化。

二　清初詩歌

清初詩人，最早的是錢謙益和吳偉業。他們都是由明入清，而在當日詩壇，頗有聲望。吳氏尊唐，錢氏由唐及於宋、元，故其影響不同。

錢謙益　錢謙益（一五八二——一六六四），字受之，號牧齋，晚號蒙叟，常熟（今屬江蘇）人。明萬曆進士，崇禎時官至禮部侍郎。福王時諂事馬士英、阮大鋮，爲禮部尚書。清兵渡江，錢往迎降，後爲禮部侍郎，未幾去官。有初學集、有學集、投筆集。

錢氏原爲東林黨人，與溫體仁、周延儒爭權傾軋，失敗，被革職。明亡以後，失節仕清，士林譏爲有才無行。袁枚有題柳如是畫像詩云：「一朝九廟烟塵起，手握刀繩勸公死。百年此際盍歸乎，萬論從今都定矣。可惜尙書壽正長，丹青讓與柳枝娘」，對他的貪生怕死的品質，進行了尖銳的諷刺。他死了以後，黃宗羲有悼念他的七律一首（八哀之五），也只是反映出他暮年生活和心情的一個片面。觀其全生，他確是一個貪富貴、輕名節的文人。

錢謙益論詩，反對明七子所標榜的「文必秦漢，詩必盛唐」之說，對擬古主義作品攻擊甚烈。他認爲唐詩應成爲一個整體，反對劃分時代，對嚴羽、高棅之學，也深表不滿。他在鼓吹新編序裏，以牧女賣牛乳爲喻，對明代詩歌進行了批判。「牧女賣乳，展轉薄淡，雖無乳味，勝諸苦味。若復失牛，轉抨驢乳，展轉成酪，無有是處。今世之爲七言者，比擬聲病，塗飾鉛粉，駢花麗葉，而不知所從來，此盜牛乳而盛革囊者也。標新獵異，傭耳剽目，改形假面，而自以爲能事，此抨驢乳而謂醍醐者也。」他在這裏對於前後七子及公安、竟陵都作了批評。而對於擬古剽古，極爲不滿。他說：「近代之學詩者，知空同、元美而已矣。其哆口稱漢、魏稱盛唐者，知空同、元美之漢、魏、盛唐而已矣。自弘治至於萬曆，百有餘歲，空同霧於前，元美霧於後，學者冥行倒植，不見日月，甚矣兩家之霧之深且久也。」（黃子羽詩序）他論李東陽的詩，說是本於唐之少陵、隨州、香山，再以宋之眉山、元之道園兼綜而互出之。可見其論詩的態度。馮班說：「錢牧翁學元裕之，不啻過之，每稱宋、元人，矯王、李之失也。」（鈍翁雜錄）錢氏這種見解，給與當日很大影響。到了康熙年間，吳之振諸人編的宋詩鈔，顧嗣立編的元詩選都先後問世了。

錢謙益箋注的杜詩和編選的列朝詩集都有參考價值。在列朝詩集的小傳中，對明代詩人的評價，雖有偏激之處，但也有些較好的見解。他自己的詩歌，多應酬風月之作，不少流於浮薄。但投筆集中，頗有佳作。今舉七律二首。

雜虜橫戈倒載斜，依然南斗是中華。金銀舊識秦淮氣，雲漢新通博望槎。黑水游魂啼草地，白山新鬼哭胡笳。十年老眼重磨洗，坐看江豚蹴浪花。（金陵秋興之一次草堂韻）

海角崖山一線斜，從今也不屬中華。更無魚腹捐軀地，況有龍涎泛海槎。望斷關河非漢

幟，吹殘日月是胡笳。姮娥老大無歸處，獨倚銀輪哭桂花。（後秋興十三之一）

吳偉業　吳偉業（一六〇九——一六七二），字駿公，號梅村，太倉（今屬江蘇）人。崇禎進士，官左庶子，福王時任少詹事。知國事不可爲，又與馬士英、阮大鋮意見不合，辭官歸里。明亡後，隱居不出，奉母家居者十年。最後仍不能保持名節，入清任國子監祭酒。一年後告退還鄉。後以奏銷案，幾至破家。有梅村家藏藁。他是張溥的弟子，參加復社，對溫體仁一派黨羽，作過鬥爭。他自少聰敏，富於才學，工詩，亦善詞曲。顧湄說他：「每以獎進人才爲己任，諄諄勸誘，至老不怠，喜扶植善類，或罹無妄，識與不識，輒爲營救，士林咸樂歸之，而於遺民舊老高蹈岩壑者，尤維持贍護之惟恐不急也。」（吳梅村先生行狀）可見他比起錢謙益來，還是有些不同的。

吳偉業的仕清，表現他的軟弱動搖的性格。在他很多詩篇裏，反覆曲折地表達出由這種軟弱動搖的性格中，所反射出來的矛盾複雜的感情。如自嘆詩云：「誤盡平生是一官，棄家容易變名難。松筠敢厭風霜苦，魚鳥猶思天地寬。」又過淮陰有感詩云：「浮生所欠止一死，塵世無緣識九還。我本淮王舊鷄犬，不隨仙去落人間。」其懷古兼弔侯朝宗一章，也是抒寫這種心情的。他死前曾說：「吾詩雖不足以傳遠，而是中之寄託良苦，後世讀吾詩而知吾心，則吾不死矣。」（見陳廷敬吳梅村先生墓表）在這些詩和話裏，表現出失節者心靈的陰暗和沒落的感情。

吳偉業的詩，辭藻美麗，尤長於七言歌行。及乎國變，身經喪亂，發之於詩，風格一變，暮年蕭瑟，論者比之庾信。詩中多記明末史事，是其特點。他的長詩如鴛湖曲、聽女道士卞玉京彈琴歌、圓圓曲、永和宮詞、臨淮老妓行、楚兩生行、悲歌贈吳季子諸篇，反映出明亡前後的政治面貌，抒寫士子、婦女、藝人的慘痛遭遇，風華宛轉，很能表現他的詩歌風格。聽女道士卞玉京彈琴歌尤富於藝術特色。再如直溪吏、臨頓兒、堇山兒、蘆洲行、捉船行、馬草行等詩，關懷民生疾苦，反映社會生活，是具有現實性的作品。

駕鵝逢天風，北向驚飛鳴，飛鳴入夜急，側聽彈琴聲。借問彈者誰，云是當年卞玉京。玉京與我南中遇，家近大功坊底路。小院青樓大道邊，對門却是中山住。中山有女嬌無雙，清眸皓齒垂明璫。曾因內宴直歌舞，坐中瞥見塗鴉黃。問年十六尚未嫁，知音識曲彈清商。歸來女伴洗紅妝，枉將絕技矜平康，如此纔足當侯王。萬事倉皇在南渡，大家幾日能枝梧。詔書忽下選蛾眉，細馬輕車不知數。中山好女光徘徊，一時粉黛無人顧。豔色知為天下傳，高門愁被旁人妒。盡道當前黃屋尊，誰知轉盼紅顏悞。南內方看起桂宮，北兵早報臨瓜步。聞道君王走玉驄，犢車不用聘昭容。幸遲身入陳宮裏，却早名塡代籍中。依稀記得祁與阮，同時亦中三宮選。可憐俱未識君王，軍府抄名被驅遣。漫詠臨春瓊樹篇，玉顏零落委花鈿。當時錯怨韓擒虎，張、孔承恩已十年。但教一日見天子，玉兒甘為東昏死。羊車望幸阿誰知，青塚淒涼竟如此。我向花間拂素琴，一彈三嘆為傷心。暗將別鵠離鸞引，寫入悲風怨雨吟。昨日城頭吹篳篥，教坊也被傳呼急。碧玉班中怕點留，樂營門外盧家泣。私更裝束出江邊，恰遇丹陽下渚船。剪就黃絁貪入道，攜來綠綺訴嬋娟。此地繇來盛歌舞，子弟三班十番鼓。月明絃索更無聲，山塘寂寞遭兵苦。十年同伴兩三人，沙、董朱顏盡黃土。貴戚深閨陌上塵，吾輩漂零何足數。坐客聞言起歎嗟，江山蕭瑟隱悲笳。莫將蔡女邊頭曲，落盡吳王苑裏花。（聽女道士卞玉京彈琴歌）

此詩通過卞玉京的悲慘遭遇，真實地反映出南明王朝荒淫腐朽的政治環境和人民塗炭的社會情況。當時清兵當前，南明君臣，不以國事爲重，只知榨取人民的錢財，徵選民間的美女，奪利爭權，醉生夢死，當然是要土崩瓦解的。卞玉京的悲苦命運，正是當日南明黑暗政治所造成的悲劇。詩歌修辭精煉，華而不靡，抒情敘事，緊密融和，音律和諧，有急管繁絃、淒清感人之勝，是他的七古中的代表作。另有遇南廂園叟感賦八十韻五古一篇，寫興亡之感和兵馬之亂，頗爲真實。其中一段云：「從頭訴兵火，眼見尤悲愴。大軍從北來，百姓聞驚惶。下令將入城，傳箭需民房。里正持府帖，僉在御賜廊。插旗大道邊，驅遣誰能當。但求骨肉完，其敢攜筐箱。扶持雜幼稚，失散呼耶孃。江南昔未亂，閭左稱阜康。馬、阮作相公，行事偏猖狂。高鎭爭揚州，左兵來武昌。積漸成亂離，記憶應難詳。下路初定來，官吏踰貪狼。……今日解馬草，明日修官塘。

誅求刦到骨，皮肉俱生瘡。」可見當日人民在離亂中被剝削被壓迫的苦境。詩歌語言質樸，佈局謹嚴，表現了善於敘事的筆力。

四庫提要評其詩云：「格律本乎四傑，而情韻爲深；敘述類乎香山，而風華爲勝。」說他的詩學四傑、學香山，那是很顯然的，但其弊病在風華過多，藻飾過甚，而令人有繁花損骨之感。他自論其詩云：「吾於此道雖爲世士所宗，然鏤金錯采，未到古人自然高妙之極地」（杜濬祭少詹吳公文引），這是頗爲真實的。吳偉業亦工詞。小令婉約，長詞豪放，風格不一。小令中如生查子：旅思、臨江仙：逢舊、西江月：詠別諸闋，較爲佳勝。長調賀新郎：病中有感一詞，爲其絕筆，道其失足愧恨之情。洪亮吉云：「人悲之，人無惜之者，則名義之繫人，豈不重乎！」（北江詩話）這對於失節者的批評是深刻的。

其次，我在這裏還要提到的是宋琬與施閏章，他們在當日頗負詩名，王士禛稱他們爲「南施北宋」。（漁洋詩話）

宋琬與施閏章　宋琬（一六一四——一六七四），字玉叔，號荔裳，山東萊陽人。順治進士，任浙江按察使。後被其族子誣告得罪，下獄三年。他有詩寄懷施愚山少參云：「痛哭十年前，茲焉倍酷烈。百口若卵危，萬端付瓦裂。」可見他精神上所受到的苦痛。後雖被釋，而長期飄泊，晚年又任四川按察使。他善詩，亦能詞，有安雅堂集。施閏章（一六一八——一六八三），字尚白，號愚山，號蠖齋，晚號矩齋。安徽宣城人。順治進士，康熙舉宏博，官至侍讀學士。工詩，與宋琬齊名，有學餘堂集。

宋琬因迭遭變故，仕途坎坷，窮愁貧苦，展轉江湖。「中丁家難，晚遭逆變，燕、秦、越、蜀游歷殆徧，仕進齟齬，卒未得如其志。」（彭啓豐安雅堂未刻稿序）這樣的生活和感情，成爲他詩歌中的主要內容，故其所作多表現個人的愁苦和飄泊的哀傷。他的庚寅獄中感懷、紀怨詩、京口送房周垣北歸、寫哀、亂後入京喜晤米吉士賦贈諸詩，都是此類作品。但另有一些比興的篇章，成就較高。例如：

茅茨深處隔烟霞，雞犬寥寥有數家。寄語武陵仙吏道，莫將征稅及桃花。（同歐陽令飲鳳凰山下之二）

登樓客半是高陽，酒政無苛約數章。南國山川悲庾信，大江烟雨憶周郎。桐餘深影留鶯語，月下微痕試荈香。莫向尊前增感慨，漢京聞已諱長楊。（趙五絃齋中讌集限郎字）

七律暗寓故國之思，七絕託意深遠。再如漁家詞，描寫漁民的窮苦生活，較爲優秀。宋琬的詞，也有一些好作品，如蝶戀花：旅日懷人、破陣子：關山道中等作，以雄渾見長，而無綺靡之病。

施閏章論詩，尊唐抑宋。他說：「所謂詩家三昧，直讓唐人獨步。宋人要入議論，着見解，力可拔山，去之彌遠。」又說：「一落宋賢，便多笨伯。」（蠖齋詩話）他主張作詩要有學力，注重修養，「譬作室者，瓴甓木石，一一須就平地築起。」（見王士禛漁洋詩話）同時又主張言之有物，反對虛華空泛。他說：「山谷言近世少年不肯深治經史，徒取助詩，故致遠則泥，此最爲詩人鍼砭。詩如其人，不可不慎，浮華者浪子，叫嚎者麤人，窘瘠者淺，癡肥者俗，風雲月露，鋪張滿眼，識者見之，直是一葉空紙耳，故曰，君子以言有物。」（蠖齋詩話）這些見解都很可取。

施閏章的詩，比起宋琬多寫個人愁苦的生活來，較多反映社會現實的作品，如百丈行、冬雷行、牧童謠、湖西行、祀蠶娘、櫻毛竹諸篇，較爲優秀。他的五言律詩最爲王士禛所推賞。觀其所作，字穩句鍊，以法度工力見長。

上田下田傍山谷，三年播種一年熟。老牛亂後生黃犢，版築將營結茅屋。催科令急畏租吏，室中賣盡牛亦棄。今年逋租還有牛，明歲田荒愁不愁。前山吹笳後擊鼓，殺牛饗士如礫鼠，牛兮牛兮適何土。（牧童謠）

垂老畏聞秋，年光逐水流。陰雲沉岸草，急雨亂灘舟。時事詩書拙，軍儲嶺海愁。洊饑今有歲，倚棹望西疇。（舟中立秋）

他另有湖西行詩，前有序云：「辛丑分守湖西，壤瘠歲饑，有司坐逋賦，失職相望。余奉檄按部督促，是時西南用兵，不逾時符牒三四至。吏民後期者法無赦。烏乎！一官貶斥不敢辭，當奈民何？」可見他對於人民的同情態度。詩中有句云：「昨日令方下，今日期已逾。攬轡馳四野，蕭條少民居。荆榛蔽窮巷，原田一何蕪。野老長跪言，今年水旱俱。破屋復何有，永訣惟妻孥。腸斷聽此語，掩袂徒驚呼。所慚務敲扑，以榮不肖軀。」描寫眞實，反映清初吏治的黑暗，和人民被殘酷剝削的苦痛生活。

三　遺民詩

宋琬、施閏章諸人，雖生於明代，但都做了清朝的官，不能稱爲遺民。在這一時期中，還有不少詩人，具有堅貞的氣節，參加過抗清鬥爭，失敗後，在清朝生活得相當長久，或削髮爲僧，或流亡各地，發之於詩，或抒故國之慟，或寫民生之苦，無不慷慨悲涼，雖無意求工，而給人以深切的感染力量。其中成就較高的，是顧炎武、吳嘉紀、閻爾梅、錢澄之、方以智、杜濬、屈大均、陳恭尹諸人。

顧炎武　顧氏以學術著稱，詩名竟爲所掩。其實他的詩歌創作，有很高的成就，風格高古，卓然大家。他論詩反對依傍古人，要獨闢蹊徑。他認爲無論詩、文，必須有益世道，影響人心，風月應酬之作，最無意義。他自己作詩不多，態度極爲嚴肅。他有深厚的文學修養和遒勁的筆力，抒寫堅貞不屈的品質和抗清鬥爭的生活感受，絕無叫囂嚎雜之病。

萬事有不平，爾何空自苦。長將一寸身，銜木到終古。我願平東海，身沈心不改。大海無平期，我心無絕時。嗚呼，君不見西山銜木眾鳥多，鵲來燕去自成窠。（精衛）

與子窮年長作客，子非朱顏我頭白。燕山一別八年餘，再裹行縢來九陌。君才如海不可量，奇正縱橫勢莫當。彈箏叩缶坐太息，豈可日月無弦望。為我一曲歌伊涼，挈十一州歸大唐。奇材劍客今豈絕，奈此舉目都茫茫。薊門朝士多狐鼠，舊日鬚眉化兒女。生女須教出塞粧，生男要學鮮卑語。常把漢書掛牛角，獨出郊原更誰與？自從烽火照桑乾，不敢宮前問禾黍。子行西還渡蒲津，正喜秋氣高嶙峋。華山有地堪作屋，相與結伴除荊榛。（薊門送李子德歸關中）

貞姑馬鬣在江村，送汝黃泉六歲孫。地下相煩告公姥，遺民猶有一人存。（悼亡）

在這些詩裏，可以看出顧炎武政治上的寄託和藝術上的風格。前人稱其詩，繼承了陶潛、杜甫的精神。再如海上、懷人、贈朱監紀四輔、白下、秋山、感事、雨中送申公子涵光、潼關諸篇，都是動人之作。

吳嘉紀　吳嘉紀（一六一八——一六八四），字賓賢，號野人，江蘇泰州人。家境貧寒，刻苦自學。初事科舉，後遂棄去。明亡後，與抗清人士交遊。性孤狷嚴冷，甘心窮餓。工詩，有陋軒詩。

泰州人多以煮鹽爲業，他對於鹽民被剝削的悲慘境遇，有深切的體會。他自己的生活，也極爲窮困，這在培養他同情人民的思想感情上，很有作用。「嗟哉我父逝不還，一棺常寄他人田。田中水闊波浪白，渚禽夜叫聲淒然。敝廬去此地幾尺，陌阡經歲無人迹。父在曠野兒在室，淚眼望望終何益。北邙土貴黃金少，毛髮鬔鬖兒已老。世人賤老更羞貧，寸草有心向誰道？」（七歌第一首）「去歲歲除夜，糴米十五斗。門外終朝謀食途，竟能旬日不趨走。北風暮起頽屋寒，老人欲眠眠何難。風集木，聲益烈，吹下皚皚一天雪。癡兒對雪舞且悅，那知烟火來日廚頭絕。」（去歲行）這類作品不但反映出他的窮困生活的實際情況，而且藝術性也很高。再如他的破屋詩、郝羽吉寄宛陵棉布、逋鹽錢逃至六竈河作諸詩，寫得非常沉痛。爲了逃債，帶着兒女，躲在野草叢裏，夜宿於霜露之間。「呼兒匿草中，叱咤債主來」，「北斗低照地，我在霜露間。賈子爾何人，使我夜不眠。」正由於他有窮困生活的實際體驗，由於他長期地接近勞動的窮苦人民，他不但同情人民，而自己也身受剝削與饑餓的痛苦，所以他的生活、思想感情，更能同窮苦人民密切結合，這就大大地豐富了他的詩歌的思想內容，擴大了他的詩歌的題材，加強了他的詩歌的現實意義。他的詩不僅是表現了民族感情，更多的是反映了階級矛盾，對封建剝削階級的罪惡，進行了真實的揭露和批判。正如陸廷掄所說：「數十年來，揚郡之大害有三：曰鹽筴，曰軍輸，曰河患。讀陋軒集，則淮海之夫婦男女，辛苦墊隘，疲於奔命，不遑啓處之狀，雖百世而下，瞭然在目，甚矣吳子之以詩爲史也！雖少陵賦兵車，次山咏舂陵，何以過？……吳子詩自三事而外，懷親憶友，指事類情，多纏綿沉痛，而於高岸深谷細柳新蒲之感尤甚。……少陵云：『傷心不忍問耆舊，復恐初從亂離說。』而陋軒集中亦有『往事不得忘，痛飲求模糊』之句，然則予之不盡言也，亦猶少陵之不忍問也，又若吳子之百觚千爵以祈模糊也，悲夫！」（陋軒詩序）有不少人替吳嘉紀的詩寫過序，但以陸廷掄的序最有價值，他能着眼於詩歌的思想內容，而指出其特點在於題材廣闊，現實性強烈，而具有杜甫、元結的精神。評吳嘉紀的詩，這一點是最爲重要的。

先生春秋八十五，芒鞋重踏揚州土。故交但有邱塋存，白楊催盡留枯根。昔遊倏過五十載，江山宛然人代改。滿地干戈杜老貧，囊底徒餘一錢在。桃花李花三月天，同君扶杖上漁船。杯深顏熱城市遠，却展空囊碧水前。酒人一見皆垂淚，乃是先朝萬曆錢。（一錢行贈林茂之）

揚州城外遺民哭，遺民一半無手足。貪延殘息過十年，蔽寒始有數椽屋。大兵忽說征南去，萬里馳來如疾雨。東鄰踏死三歲兒，西鄰擄去雙鬟女。女泣母泣難相親，城裏城外皆飛塵。鼓角聲聞魂已斷，阿誰為訴管兵人？令下養馬二十日，官吏出謁寒慄慄。入郡沸騰曾幾

時，十家已燒九家室。一時草死木皆枯，昨日有家今又無。白髮夫妻地上坐，夜深同羨有巢烏。（過兵行）

在表現愛國思想的詩歌中，這兩首詩可稱傑作。後一首描寫揚州屠城十年後的社會面貌，尚且如此悲慘，屠城時的情況可想而知。前一首的藝術技巧，尤爲高妙，通過一枚錢幣，寫出深厚的故國之慟，具有短篇小說的手法，這在詩歌中是罕見的。再如難婦行、過史公墓、贈歌者、泊觀音門諸篇，都是這類詩中的好作品。泊觀音門十首，爲五言律詩，其中多篇，很有特色。如「江山六朝在，天水一亭孤」，「年年禾與黍，養得駱駝肥」，「饑民春滿路，米店晝關門」，「東風吹不歇，草色出寒灰」，「深深建業水，欲飲轉傷神」，有的直寫，有的暗託，非常精采。再如哭妻王氏十二首，眞實深切，爲抒情佳作。

吳嘉紀反映社會矛盾，同情人民疾苦的作品，大都採用樂府體的形式，如風潮行、朝雨下、凄風行、臨場歌、江邊行、鄰翁行、海潮嘆、碾傭歌、糧船婦、流民船、隄上行、催麥村、挽船行諸篇，值得我們特別重視。再如絕句（白頭竈戶低草房）描寫鹽民生活的勞苦，河下、看雪行對富商奢侈生活的譴責，逋鹽錢逃至六竈河作揭露鹽商高利貸者剝削人民的罪行各詩，藝術成就也很高。

鄰翁皓首出門去，慟哭悔作造船匠。伴無故舊囊無錢，此去前途欲誰傍？聞道沿江防敵兵，造船日夜聲丁丁。工師困憊不得歇，張燈把炬波濤明。監使還嫌工弗速，如霜刀背鞭皮肉。肉爛腸饑死無數，抛却潮邊飽魚腹。力役人稀大將嗔，遠近嚴搜及老身。眼看同輩死亡盡，衰羸焉有生歸辰？回望故鄉妻與子，蕭蕭落木西風裏。爨下連朝方斷炊，柴門寂寞無鄰里。常憑微技日圖存，微技誰知喪一門！君不見船成蕩漾難舉步，千檣萬櫂蘆灘住。增金急募駕舟人，有司又派江南賦。（鄰翁行）

颶風激潮潮怒來，高如雲山聲似雷。沿海人家數千里，雞犬草木同時死。南場屍漂北場路，一半先隨落潮去。產業蕩盡水煙深，陰雨颯颯鬼號呼。隄邊幾人魂乍醒，只愁徵課促殘生。斂錢墮淚送總催，代往運司陳此情。總催醉飽入官舍，身作難民泣階下。述異告災誰見憐，體肥反遭官長罵。（海潮嘆）

吳嘉紀是清代傑出的詩人。其詩具有充實的社會內容，繼承了樂府歌辭和杜甫、白居易詩歌的優良傳統；而以深厚的工力，質樸的語言，白描的手法，遒勁的風格，創造出他自己的藝術特色。其「所撰今樂府，尤淒急幽奧，皆變通陳迹，自立一宗。」（鄭方坤陋軒詩鈔小傳）王士禛評其詩古澹高寒，託寄蕭遠，推崇備至。也有一些作品，因「與四方之士交遊唱和，漸失本色」（王士禛語，見分甘餘話），這是相當真實的。另有少數詩篇，也宣揚了封建道德觀點。

顧炎武、吳嘉紀以外，其他遺民詩人值得我們介紹的，還有閻爾梅、錢澄之、方以智、杜濬、屈大均、歸莊、陳恭尹諸人。他們都很有氣節，在詩歌方面也俱有成就。

閻爾梅　閻爾梅（一六〇三——一六六二），字用卿，號古古，又號白耷山人、蹈東和尚。江蘇沛縣人。明崇禎舉人。破產養死士，羅獄幾死。後因參加抗清鬥爭，兩次被捕，終不屈服。遂流亡南北各地。有白耷山人集。其詩以七律七絕見長，氣勢雄健。他因經歷齊、楚、蜀、粵、秦、晉各地，多所登臨，其詩多以弔古詠古爲題，抒發其黍離之感。如歌風臺、東城懷古、大同覽勝、題昭烈廟、重過兗州有感、廬州見傳奇有史閣部勤王一闋感而志之、蕪湖弔黃將軍、陶靖節墓、題余闕祠諸詩，感情強烈，意在言外，都是託古傷今的佳作。今舉重過兗州有感爲例。

亭長臺西舊酒徒，疏狂名姓滿江湖。常從世外尋高蹈，不避人間有畏途。季札重來周樂散，奚斯一去魯宮蕪。南樓極目誰同醉？正月愁聽是蟪蛄。

杜濬　杜濬（一六一一——一六七八），原名紹先，字于皇，號茶村，湖廣黃岡人。崇禎時太學生。少負才名，慨然有用世之志。甲申國變，南至金陵，見馬士英、阮大鋮用事，朝政紊亂，遂絕意仕進。明亡後，隱居鷄鳴山之右城，生活貧困，常至斷炊。而益以文章氣節自勵，決不與世俗同流。他有今年貧口號詩多首，其一云：「饑來但喫梅花片，寒至惟燒黃熟香。彩筆一枝書數卷，何人信道是空腸。」又復王于一書云：「承問窮愁何如往日，大約弟往日之窮，以不舉火爲奇；近日之窮，以舉火爲奇，此其別也。」可見其窮苦自甘的態度，真是沉痛詼諧，兼而有之。當日的官紳，可以免房租；杜濬住屋無錢付租，其友人王東皋欲代爲申請免租，他恥居官紳之列，堅決拒絕。（見與王東皋辭代優免房號銀書）另外，他與孫枝蔚相交三十年，互以名節相砥礪；後孫將北上仕清，他寫信勸孫說：「今所效於豹人者，質實淺近，一言而已。一言謂何？曰：毋作兩截人！……深願豹人堅匹夫之志，明見義之勇，毋爲若人所笑。」（與孫豹人書）在這裏表現出他的品質和氣節。

杜濬論詩，推尊杜甫。貴真、重質，強調詩與人的統一。「其患不在真衰，而在假盛；真衰可起，而假盛不可爲也。……蓋真衰自覺其非，故有轉移之機；而假盛自以爲是，故無掃更之術。」（喻先生詩序）這些意見，都很精到。他所指的對象，是那些擬古派的詩歌。他自己的作品，沈鬱頓挫，語言樸茂。愛國之情，多出於含蓄蘊藉，深能動人。有變雅堂集。

上有關山月，下有隴頭水。月照行人不記年，流水無情流不已。月淒清，水嗚咽，非秦非漢腸斷絕。（關山月）

為客曾無故，登樓亦偶然。古城延落景，秋草上青天。野火風吹盡，平沙月照圓。馬嘶今夜苦，歸夢戰場邊。（樓夕）

數尺霜根幾載移，一枝深賞向南枝。平生只是知慙愧，逢着梅花不作詩。（梅花）

其他如揚州春、歸不得行、次團江、送五舅歸黃州、清明客瓜渚、別輿三十首等，都是佳作。清初詩人如朱彝尊、王士禛、陳維崧等，都很推尊他。黃周星有秋日與杜子過高座寺登雨花臺詩，最能描繪出他的思想感情。詩云：「被髮何時下大荒，河山舉目共淒涼。客來古寺談秋雨，天爲幽人駐夕陽。去國屈原終婞直，無家李白只佯狂。百年多少憑高淚，每到西風洒幾行。」（見變雅堂集附錄）

錢澄之 錢澄之（一六一二——一六九三），原名秉鐙，字飮光，後號田間。桐城人。崇禎諸生。通經學，工詩。其人形貌偉然，以經濟自負，與陳子龍、夏允彝友善，常思冒危難以立功名。甲申國變後，奔走浙江、閩粵等地，堅持抗清鬥爭。桂林失陷後，削髮歸田。有田間詩學、田間集、藏山閣集等作。錢氏爲人孤耿，嫉惡如讐。方苞在田間先生墓表裏，敘述他說：「先生生明季世，弱冠時，有御史某逆閹餘黨也。巡按至皖，盛威儀，謁孔子廟，觀者如堵；諸生方出迎，先生忽前扳車而攬其帷，眾莫知所爲，御史大駭，命停車，而溲溺已濺其衣矣。先生徐正衣冠植立，昌言以詆之，騶從數十百人，皆相視莫敢動，而御史方自幸脫於逆案，懼其聲之著也，漫以爲病顛而舍之，先生由是名聞四方。」通過這一件事，很能看出他的品質和倔強的性格。

錢澄之的詩，學白居易、陸游，題材寬廣，富於社會內容和故國之情。穫稻詞、水夫謠、乞兒行、捉船行、空倉雀、田家苦、捕匠行諸詩，描寫農民疾苦，可稱佳作。晚年所作田園雜詩、田間雜詩，則頗多閑適恬澹之趣。在延平感懷、江程雜感、還家雜感、金陵即事這些詩歌裏，抒寫其懷念故國和流亡生活的感受，激越蒼涼，甚爲沈痛。今各錄一首。

女蹋碓，兒掃倉，我家今日稻登場。穫稻上場打稻畢，拂還租稻叉手立。往時入倉纔輸官，今年只在場上看。晚禾乾死田無稾，又下官符催馬草。買草納官官不收，千堆萬堆城南頭。風吹雨打爛欲盡，餓殺闌中子母牛。（穫稻詞）

不宿汀洲踰十年，水禽烟樹各依然。烽臺牓署新軍府，汎地旗更舊戰船。估客暮占風脚喜，漁家晝逆浪頭眠。江天事事渾如昨，回首平生獨可憐。（江程雜感之一）

方以智　方以智（一六一一——一六七一），字密之，號曼公，桐城人。崇禎進士，授檢討。與陳貞慧、吳應箕、侯方域諸人參加政治活動，一時齊名。南明時，與馬士英、阮大鋮不合。明亡後爲僧，稱無可大師，又字藥地。康熙時被捕，放逐粵西，病卒途中。他學識淵博，通天文、地理、歷史、生物、醫學、音韻、百家之學，又工詩善畫。有浮山集、通雅、物理小識等作。其詩以五律見長，抒情真摯，多用白描手法，而又極見工力。看月、聞雁、獨往、戊子元旦諸詩，抒寫懷抱，悲歌慷慨，尤爲動人。今錄二首。

一片鍾山月，那從嶺外看。昔常臨北闕，今獨照南冠。萬里天難指，三更影易寒。夢中兒女路，莫憶舊長安。（看月）

同伴都分手，麻鞵獨入林。一年三變姓，十字九椎心。聽慣干戈信，愁因風雨深。死生

容易事，所痛為知音。（獨往）

屈大均 屈大均（一六三〇——一六九六），初名紹隆，字介子、翁山。廣東番禺人。明末諸生。清兵入廣州時，曾參加抗清鬥爭。明亡後削髮爲僧，字一靈。後還俗，漫遊各地，與顧炎武、朱彝尊交遊。工詩善文，有道援堂詩集、文集。他的詩富於民族意識，也有關懷人民疾苦之作。大都氣勢縱橫，悲歌慷慨，令人有聞雞起舞之感。孤竹吟、過涿州作、大同感歎、秣陵、攝山秋夕作、八月、欽州、雲州秋望、高流遇歐陽先輩賦贈、塞下曲、居庸有感諸詩，無不沉鬱整練，感染人心。其代州歌，王士禛評爲「不減李益」。

牛首開天闕，龍岡抱帝宮。六朝春草裏，萬井落花中。訪舊烏衣少，聽歌玉樹空。如何亡國恨，盡在大江東。（秣陵）

秋林無靜樹，葉落鳥頻驚。一夜疑風雨，不知山月生。松門開積翠，潭水入空明。漸覺天雞曉，披衣念遠征。（攝山秋夕作）

歸莊 歸莊（一六一三——一六七三），一名祚明，字玄恭，號恒軒，江蘇崑山人。歸有光的曾孫，年十四，補諸生，十七歲時，參加復社。爲人豪邁尙氣節，工詩文。與顧炎武齊名，時有歸奇顧怪之目。清軍渡江，南京陷落，他在崑山參加抗清鬥爭，失敗後，改爲僧裝亡命。後隱居鄉野，窮困以終。擅長書畫，尤工狂草和墨竹，醉後揮灑，旁若無人。晚年以賣文鬻畫爲生。

其詩以豪逸的筆調和悲愴的感情，表現了亡國之慟。對清軍的暴行有所揭發，對諂事清朝的新貴，也進行了諷刺。

亂後他鄉總是家，此身未肯痼烟霞。人方悔禍呼司命，天自為媒匠女媧。紙上山河劃有戒，胸中兵甲靜無譁。樹頭烏鵲飛難定，矯首雲天萬里霞。（和錫山友人無家詩次韻二首之二）

其他如述懷、避亂、落花詩、贈杜于皇諸篇，都是佳作。他還有俗曲萬古愁，敘述古史過程，對於前代聖賢君相，信筆嘲諷，對南明政權的腐敗荒淫，尤表不滿，但對李自成也多誣衊。此曲亦有題爲王思任作。據魏禧的歸玄恭六十序，似爲歸作，全祖望亦信此說。

陳恭尹　陳恭尹（一六三一——一七〇〇），字元孝，號半峯，廣東順德人。布衣，自幼有異才。博學工詩，亦善書法。其父因抗清犧牲。後仕桂王，明亡後隱居不出。有獨漉堂集。其詩與屈大均、梁佩蘭齊名，並稱嶺南三家。梁氏曾應清試，不在遺民之列。陳詩感情真摯，工力深厚，律詩尤爲奇警。例如：

未到問沽酒，早投城北闉。莫令亡國月，得照渡江人。世薄功名士，秋銷戰伐塵。餘生付樽杓，留醉上車輪。（次鳳陽逢中秋）

黍苗無際雁高飛，對酒心知此日稀。珠海寺邊游子合，玉門關外故人歸。半生歲月看流

水，百戰山河見落暉。欲灑新亭數行淚，南朝風景已全非。（秋日西郊讌集……時（屈）翁山歸自塞上）

再如送梁器圃歸順德、送何不偕之桂林、人日新晴即事、雨後登樓遲孔樵嵐梁器圃不至、讀秦紀、雨夜懷屈翁山諸詩，都為優秀之作。

上述諸家的作品，在當日民族矛盾的劇烈鬥爭中，表現了詩人們的氣節和感情，具有鼓舞人心的力量；部分詩篇反映了人民被剝削的悲慘生活，在藝術方面都很有成就。在詩歌歷史上，我們應當充分重視他們的地位。在這一方面，清人卓爾堪所編輯的遺民詩，提供了重要的材料。書中收集遺民作者四百餘人，詩近三千首，很有參考價值。書中除在上面敍述過的幾位詩人以外，再如申涵光（字鳧盟，廣平人，有聰山集）、李沂（字子化，號壺庵，江蘇興化人，有鸞嘯堂集），邢昉（字孟貞，高淳人，有石臼集）、李業嗣（字杲堂，浙江鄞縣人，有杲堂集）諸人，選詩較多，其中也很有些好作品。

四　康雍年間的詩歌

康熙年間，清朝的封建政權，日益鞏固。遺民詩人以外，在一些新起詩人的作品裏，民族感情漸漸淡薄，他們論詩作詩，多重形式技巧，喜立派別門戶，尊唐宗宋，相互標榜。當日聲譽隆、影響大的是王士禛、朱彝尊、趙執信、查慎行諸人，也有名於時，趙執信尤有成就。

王士禛　王士禛（一六三四——一七一一），原名士禛，後因避諱，改爲士正，乾隆時詔命改爲士禎。字貽上，號阮亭，又號漁洋山人，山東新城（今桓台）人。順治進士，由揚州司理累官至刑部尚書。有帶經堂全集、古詩選、唐賢三昧集、唐人萬首絕句選、漁洋詩話等作。

王士禛曾敘述他學詩的變化過程說：「吾老矣。還念平生，論詩凡屢變，而交遊中，亦如日之隨影，忽不知其轉移也。少年初筮仕時，惟務博綜該洽，以求兼長，文章江左，烟月揚州，人海花場，比肩接迹。入吾室者，俱操唐音……中歲越三唐而事兩宋，良由物情厭故，筆意喜生，……爭相提倡，遠近翕然宗之。既而清利流爲空疎，新靈寖以佶屈，顧瞻世道，惄焉心憂。於是以太音希聲，藥淫哇錮習，唐賢三昧之選，所謂乃造平淡時也。」（俞兆晟漁洋詩話序引）可見王士禛雖一度染指兩宋，但認爲流弊甚多，只有尊唐，始可醫治淫哇錮習，才能走上詩歌的正道。不過他的尊唐，並不是尊杜甫、白居易，而是尊王維、孟浩然。他是不歡喜杜甫，而又鄙薄白居易的。趙執信說：「阮翁酷不喜少陵，特不敢顯攻之，每舉楊大年『村夫子』之目以語客。又薄樂天，而深惡羅昭諫。余謂昭諫無論已，樂天秦中吟、新樂府而可薄，是絕小雅也。若少陵有聽之千古矣，余何容置喙。」（談龍錄）這段話在理解王士禛的文學思想上，有重要意義。杜甫、白居易的作品，都具有反映現實、批判現實的強烈精神和政治意義，羅隱一部分作品也有這種傾向，王漁洋却表示不喜、鄙薄和深惡，而他所追求的是王維、孟浩然詩中所表現出來的那種清遠、閒淡的意境。他在旁的地方，雖也說過杜詩「集古今之大成」的話，其實是不足爲信的。

王士禛論詩，本司空圖、嚴羽之說，鼓吹妙悟，創爲神韻一派。他說：「昔司空表聖作詩品凡二十四，有謂沖澹者曰：『遇之匪深，卽之愈稀』；有謂自然者曰：『俯拾卽是，不取諸鄰』；有謂清奇者曰：『神出古異，澹不可收』，是三者品之最上。」（鬲津草堂詩集序）又說：「表聖論詩，有二十四品，予最喜『不著一字，盡得風流』八字。又云『采采流水，蓬蓬遠春』二語，形容詩境，亦絕妙。」（香祖筆記）他爲了宣揚這種理論，選了唐賢三昧集，以王維、孟浩然的作品爲主。他說：

> 嚴滄浪論詩云：「盛唐諸人唯在興趣，羚羊掛角，無跡可求，透澈玲瓏，不可湊拍，如空中之音，相中之色，水中之月，鏡中之象，言有盡而意無窮。」司空表聖論詩亦云：「味在酸鹹之外。」康熙戊辰春杪，自京師居寶翰堂，日取開元、天寶諸公篇什讀之，於二家之言，別有會心，錄其尤雋永超詣者，自王右丞而下四十二人，為唐賢三昧集，釐為三卷。（唐賢三昧集序）

從這些文字裏，可以看出他論詩的來源、選詩的準則以及對盛唐詩的態度。他有論詩絕句云

：「曾聽巴、渝里社祠，三閭哀怨此中遺。詩情合在空舲峽，冷雁哀猿唱竹枝」，更可見其旨趣。這種境界，寓之於自然小景，可以造成動人的畫意，託之個人的抒情，可以形成蘊藉不盡的韻味。不宜於用長篇，而宜於用短體，正如趙翼所說：「專以神韻勝，但可作絕句。」因此，在王士禛的集子裏，較能實踐他的理論，表現神韻的特色的，大都是描寫山水景色和個人情懷的七言絕詩。其他各體，不少犯了鋪陳、用典的弊病。他的神韻說，作爲一種風格，固無不可，若以此要求各種詩而成爲詩的正宗，那就太狹窄了。並且這種詩風的提倡、勢必貶低反映社會生活和富於現實意義作品的價值，而使詩歌脫離實際。創造出來的作品，不過如四庫提要所指出的「範水模山、批風抹月」而已，而容易形成規模狹小、內容貧乏、氣勢虛弱的缺點。他的詩就正有這種缺點。

吳頭楚尾路如何！煙雨秋深暗白波。晚趁寒潮渡江去，滿林黃葉雁聲多。（江上）

青草湖邊秋水長，黃陵廟口暮煙蒼。布帆安穩西風裏，一路看山到岳陽。（送胡耑孩赴長江）

危棧飛流萬仞山，戍樓遙指暮雲間。西風忽送瀟瀟雨，滿路槐花出故關。（雨中渡故關）

翠羽明璫尚儼然，湖雲祠樹碧于烟。行人繫纜月初墮，門外野風開白蓮。（再過露筋祠）

這些詩，都很有他自己的特色；他所欣賞的古澹自然、清新蘊藉的風致，在這些詩裏，大略可以體現出來。再如夜雨題寒山寺、寄西橋禮吉、秦淮雜詩、寄陳伯璣金陵、真州絕句等篇，其中也有些優秀作品。短篇七言古詩如南將軍廟行、京江夜雪、甓湖舟夜讀渭南集偶題長句，尚不失為佳作。

王士禛在康熙年間，聲望滿天下，飲譽之隆，一時無與倫比。推其原因，約有數端：一，當日喜言宋詩，末流所趨，確有「清利流為空疎，新靈寖以佶屈」之弊。神韻說出，一新耳目。二，在封建政權日益鞏固的當時，這種神韻妙悟之說，清遠平淡的境界和情調的欣賞、追求，正適合封建士大夫的口味。三，王士禛位高望重，地位優越，片言隻語，容易影響人心；加以門徒故舊，廣為宣揚，其勢益盛。由於這些原因，使王士禛成為一代詩壇的盟主，但就他的全部作品來看，是名實不符的。袁枚批評他的詩：「主修飾，不主性情」；「性情氣魄，俱有所短」，並云：「本朝古文之有方望溪，猶詩之有阮亭，俱為一代正宗，而才力自薄。」（隨園詩話卷二）又云：「一代正宗才力薄，望溪文集阮亭詩。」（倣元遺山論詩）這見解是相當深刻的。

當王士禛領導詩壇，神韻說風靡一時的時候，在創作上與之抗衡、在理論上與之辯駁的是趙執信。

趙執信　趙執信（一六六二——一七四四），字伸符，號秋谷，晚號飴山老人。山東益都人。自少穎悟，九歲能文。康熙進士，授編修，官至左贊善。抱異才，負奇氣，好飲酒，喜諧謔，有狂士之名。後因國喪期間，觀演洪昇所作的長生殿，被革職。遂一蹶不起，飄泊江湖，故其詩多抒寫悲憤，而部分詩篇，揭露貪官酷吏剝削人民的罪行，極爲優秀。有飴山堂集、談龍錄、聲調譜等作。又能詞。

趙執信論詩，多本馮班、吳喬之學，對王士禛的神韻說，甚爲不滿。他本是王士禛的甥婿，初甚相得，後因意見不合，遂互相詬病。前人謂其不和之原因，由於趙氏求王士禛爲他的觀海集作序，王一再遲延，因而詬厲，此說實不可信。

> 余幼在家塾，竊慕為詩，而無從得指授。弱冠入京師，聞先達名公緒論，心怦怦焉每有所不能愜。既而得常熟馮定遠先生遺書，心愛慕之，學之不復至於他人。新城王阮亭司寇，余妻黨舅氏也。方以詩震動天下，天下士莫不趨風，余獨不執弟子之禮。……余自惟三十年來，以疎直招尤固也，不足與辯，然厚誣亡友，又慮流傳過當，或致為師門之辱。私計半生知見，頗與師說相發明，向也匿情避謗，不敢出，今則可矣，乃為是錄。（談龍錄序）

讀了上面所錄的序文，可見他與王士禛的辯駁，主要是堅持自己對於詩歌的意見，並與師說相發明，又爲亡友辯誣。他們所爭論的主要如下：一、王士禛認爲「詩如神龍，見其首不見其尾，或雲中露一爪一鱗而已。」趙執信對這種縹緲玄虛之說，表示不贊同；二、王士禛崇奉司空圖詩品，以「不著一字，盡得風流」爲極則；趙執信認爲二十四品，設格甚寬，何能限於一品；三、王士禛本嚴羽之學，專主興會，趙執信認爲唐人修養很深，博觀約取，其內容是講諷怨譎，兼而有之，而王專以風流相尙，其實是「詩中無人」，「而蔽於嚴羽囈語」。可見這些爭論，決非出於個人意氣，而具有原則性的意義，趙執信的意見又是比較正確的。

趙執信的詩，能自抒懷抱，力去虛華綺靡之病。氣勢豪放，風格深峭。吳民多、兩使君、甿人城行諸詩，表示人民對於貪官污吏的反抗，並揭露那些作威作福的橫暴官僚的罪行。「攫金搜粟恨民少，反唇投牒愁民多」（吳民多）；「儂家使君已二年，班班治績惟金錢。可憐淚與髓俱盡，萬姓吞聲暗望天。」（兩使君）在沉痛的語言裏，表達出同情人民的思想感情，具有強烈的現實意義。甿入城行一篇尤爲傑出。他的律詩、絕句，如出都、秋暮吟望、曉過靈石、山行雜詩、感事、詠江岸拒霜花、冷泉關、寄洪昉思一類作品，抒情寫景，筆力遒勁，很能表現他的藝術特色。

村甿終歲不入城，入城怕逢縣令行。行逢縣令猶自可，莫見當衙據案坐。但聞坐處已驚魂，何事喧轟來向村？銀鐺杻械從靑蓋，狼顧狐嗥怖殺人。鞭笞榜掠慘不止，老幼家家血相視。官私計盡生路無，不如卻就城中死。一呼萬應齊揮拳，胥隸奔散如飛烟。可憐縣令竄何處，眼望高城不敢前。城中大官臨廣堂，頗知縣令出賑荒。門外甿聲忽鼎沸，急傳溫語無張皇。城中酒濃餺飥好，人人給錢買醉飽。醉飽爭趨縣令衙，撤扉毀閣如風掃。縣令深宵匍匐

歸，奴顏囚首銷兇威。詰朝岵去城中定，大官咨嗟顧縣令。（岵入城行）

小閣高棲老一枝，閒吟了不為秋悲。寒山常帶斜陽色，新月偏明落葉時。煙水極天鴻有影，霜風捲地菊無姿。二更短燭三升酒，北斗低橫未擬窺。（秋暮吟望）

戟矜底事各紛紛，萬事秋風捲亂雲。誰信武安作黃土，人間無恙灌將軍。（感事二首之二）

霜凝疎樹下殘葉，馬踏寒雲穿亂山。十月行人覺衣薄，曉風吹送冷泉關。（冷泉關）

岵入城行表現了人民鬥爭力量的強大，感事暗寫他的政治遭遇，寄寓憤世嫉俗的嘲諷。秋暮吟望、冷泉關二詩，善於造景抒情，意境高遠。王士禛、趙執信在康熙詩壇，論詩不同，風格亦異。王詩以才情勝，其流弊傷於膚廓；趙矯以深峭，詩宗晚唐。四庫提要說：「王以神韻縹緲爲宗，趙以思想劖刻爲主」，是論其不同的風格的。

在當日詩人中，朱彝尊也很有名，趙執信稱王士禛、朱彝尊爲二大家。（談龍錄）

朱彝尊 朱彝尊（一六二九——一七〇九），字錫鬯，號竹垞，秀水（今浙江嘉興）人。他少逢喪亂，家境窮困，然刻苦自勵，肆力古學。後棄科舉，入幕府，依人遠遊。「南踰五嶺，北出雲朔，東泛滄海，登之罘」（王士禛曝書亭集序），經受過長期的飄泊生活。「長貧謀半菽，幾日且兼珍」；「卜築仍無地，來歸轉自憐。」（還家即事）「謀生真鹵莽，中歲益艱虞。」（永嘉除日述懷）可見其生活的貧苦。他是一位淵博的學者，治經史尤有心得。後以布衣除檢討，充史館纂修官，纂修明史。其詩文俱有名，尤以詞著。有曝書亭集、經義考、日下舊聞等作；又輯有明詩綜、詞綜等書，爲士林所重。

朱彝尊論詩崇唐，尤鄙薄南宋。他說：「陸務觀劍南集句法稠疊，讀之終卷，令人生憎。……詩人多舍唐學宋，予嘗嫌務觀太熟，魯直太生，生者流爲蕭東夫，熟者降爲楊廷秀，蕭不傳而楊傳，效之者何異海畔逐臭之夫耶？」（書劍南集後）查慎行說他作詩：「句酌字斟，務歸典雅，不屑隨俗波靡，落宋人淺易蹊徑。」（曝書亭集序）

朱詩以學力、辭藻見長，務求典雅，並喜用僻典險韻。集中不少追求形式的長篇聯句和詠物詩，極無意義。其描寫個人窮困、憤懣以及登臨弔古之作，較有佳篇，永嘉雜詩二十首，尤爲寫景名作。捉人行、馬草行二詩，反映人民疾苦，也頗優秀。

陰風蕭蕭邊馬鳴，健兒十萬來空城。角聲嗚嗚滿街道，縣官張燈徵馬草。階前野老七十餘，身上鞭扑無完膚。里胥揚揚出官署，未明已到田家去。橫行叫罵呼盤飧，闌牢四顧搜雞豚。歸來輸官仍不足，揮金夜就倡樓宿。（馬草行）

寂寞復寂寞，四壁歸來竟何託！男兒不肯學干時，終當餓死塡溝壑。布衣甘蹈湖海濱，飢來乞食行負薪。不然射獵南山下，猶勝長安作貴人。（寂寞歌）

清初詩壇，在尊唐同時，也有不少人標榜宋詩。王士禛說：「近人言詩，輒好立門戶，某者爲唐，某者爲宋，李、杜、蘇、黃，強分畛域，如蠻觸氏之鬥於蝸角而不自知其陋也。」（黃湄詩選序）王士禛雖同樣陷在蝸牛角裏，但這批評是正確的。當日在宋詩派中，成就較高的前有查愼行，後有厲鶚。

查愼行與宋詩派 查愼行（一六五〇——一七二七），初名嗣璉，字夏重；後改今名，字悔餘，號初白。浙江海寧人。自幼聰敏，早年能詩。康熙賜進士出身，授編修。曾受學於黃宗羲。有敬業堂集、蘇詩補註等作。他體質清癯，弱不勝衣。來自民間，頗知民生艱苦。他有詩云：「我從田間來，疾苦粗能言。請陳東南事，約略得其端。……私租入富室，公稅輸縣官，所餘尙無幾，未足償勤拳。況逢水旱加，往往多顚連。逃亡等無地，芻牧肯見憐？」（憫農詩和朱恆齋比部）這說得很眞實。他早期從軍黔楚，中年漫遊中州，遊踪所至，見之於詩，故多寫旅途感受和自然景色之作。

查愼行宗宋詩，對於蘇軾尤有研究。積一生之精力，補註蘇詩五十卷。當日宋犖刊行施註蘇詩，因急遽成書，很多臆改竄亂之處。查愼行「勘驗原書，一一釐正，又於施註所未及者，悉蒐採諸書以補之，其間編年錯亂，及以他詩溷入者，悉考訂重編，凡爲正集四十五卷，又補錄帖子詞致語口號一卷，遺詩補編二卷，他集互見詩二卷，別以年譜冠前，而以同時倡和散附各詩之後。」（四庫提要）其中雖仍有一些不同漏誤，但在蘇詩註本中，要算是較完備的了。因爲他治蘇詩如此勤苦，故其所作，大抵得諸蘇軾爲多，而參以陸游的情調。評者每病其詩少蘊藉風神之致，這是一面受了神韻、格調諸說的影響，同時由於尊唐宗宋的門戶之見，看不到他的「意無勿申，辭無不達」的藝術特點。在他的集子中，不少反映現實、描寫時事的詩篇，如蕪湖關、偏橋田家行、白楊堤晚泊、麻陽運船行、飛蝗行和少司馬楊公、養蠶行、麥無秋行、淮浦冬漁行、秦郵道中、夜宿簰洲鎭諸詩，都是優秀之作。

麻陽縣西催轉粟，人少山空聞鬼哭。一家丁壯盡從軍，老稚扶攜出茅屋。朝行派米暮催船，吏胥點名還索錢。轆轤轉絙出井底，西望提溪如到天。麻陽至提溪，相去三百里。一里四五灘，灘灘響流水。一灘高五尺，積勢殊未已。南行之衆三萬餘，樵爨軍裝必由此。小船裝載纔數石，船大裝多行不得。百夫并力上一灘，邪許聲中骨應折。前頭又見奔濤瀉，未到先愁淚流血。脂膏已盡正輸租，皮骨僅存猶應役。君不見一軍坐食萬民勞，民氣難甦士氣驕。虎符昨調思南戍，多少揚麾白日逃。（麻陽運船行）

在清初宋詩派中，查愼行的成就較高。他的特點是：得宋人之長，而不染其弊。連尊唐派的主角王士禛也不得不稱贊他，說他的古體和律詩，「然使起放翁、後山、遺山諸公於今日，夏重操蝥弧以陪敦槃，亦未肯自安魯、鄭之賦也。」（敬業堂詩集序）其見重如此。然其弊病，在於所作過多，讀者須善取之。至於赴召集、隨輦集、直廬集中諸詩，對於封建帝王，盡諂媚歌頌之能事，極爲鄙俗。

在宋詩派中，我們還要提到的是宋犖和厲鶚。宋犖（一六三四——一七一三），字牧仲，號漫堂，河南商邱人。官至吏部尚書，有西陂類稿。王士禛池北偶談記其嘗繪蘇軾像，而己侍立其側，可見其對於蘇軾之敬重和對於蘇詩之愛好。又施元之所註的蘇詩，久無傳本，他在蘇州以重價購其殘帙，並爲校讎補綴，刊行問世。他平日論詩，雖也推尊杜甫，而所學者實偏於蘇軾。他說：「七言古詩，上下千百年，定當推少陵爲第一。……後來學杜者，昌黎、子瞻、魯直、放翁、裕之，各自成家，而余於子瞻，彌覺神契，豈所謂來自華嚴境中者，余亦有少夙緣耶？」（漫堂說詩）可見他對於蘇軾的態度。

宋犖的詩，工力變化，雖不如查慎行，然其佳者，亦爲當代所許。王士禛寄宋犖詩有云：「尚書北闕霜侵鬢，開府江南雪白頭。當日朱顏兩年少，王揚州與宋黃州。」今錄一首。

遠道頻傳薤露歌，人琴此日奈愁何！宋中耆舊傷心盡，吳下風流逝水多。塵篋祇憐餘翰墨，荒墳欲拜阻關河。黃昏鈴閣題詩處，忍見空梁夜月過。（數月來聞汪鈍翁王勤中惲正叔劉山尉相繼謝世灑淚賦此）

厲鶚（一六九二——一七五二），字太鴻，號樊榭，浙江錢塘（今杭州）人。康熙舉人，乾隆初舉博學鴻詞科，報罷南歸。工詩，詞名尤著。有樊榭山房集、宋詩紀事等作。他時代較晚，爲了詩派敘述的方便，也放在這一節裏。他家境貧苦，賦性孤直，喜遊山水，落落不與人合。但刻苦自勵，縱覽羣書，學問極爲淵博。他有詩云：「青鏡流年始覺衰，今年避債更無臺。……敝裘無恙還留在，好待春溫臘底回。」（典衣）又云：「歲闌百事不挂眼，惟有借書聊自怡。燈炧風宵親勘處，篝香霜曉手抄時。里中今得小萬卷，貧甚我慚無一瓻。舊史臨潢新注就，不知誰肯比松之。」（借書）一爲「典衣」，一爲「借書」，結合起來說明一件事，他如何在貧困生活中，全心全意，研究學問。這種貧賤不移、堅持自學的精神，很令人欽佩。後館於揚州馬家，馬氏藏書極富，遺文祕笈，無所不窺，所見宋人集最多，再求之於詩話、說部、山經、地志，爲宋詩紀事一百卷，博洽詳贍，爲士林所重。其論詩不願爲門戶派別所限，而其心香所在，實在宋人，並兼學王、孟，自成面目。他自序樊榭山房續集說：「自念齒髮已衰，日力可惜，不忍割棄，輒恕而存之。幸生盛際，嬾迂多疾，無所託以自見，惟此區區有韻之語，曾繆役心脾，世有不以格調派別繩我者，或位置僕于詩人之末，不識爲僕之桓譚者誰乎？」但我們讀他的詩，仍爲宋派。故沈德潛說他：「沿宋習敗唐風者，自樊榭爲厲階。」（袁枚答沈大宗伯論詩書引）袁枚云：「吾鄉詩有浙派，好用替代字，蓋始於宋人，而成於厲樊榭。」（隨園詩話卷九）厲鶚不僅喜用代字，近於宋人，更重要的是在於語言風格以及用典用韻的各方面。由於他才力富健，修養深厚，所以吐語修辭，清遠潔煉，富有特色，絕無南宋江湖派的氣味。他雖歡喜使用冷僻的典故，但他的好詩，都在於白描。至於樊榭末流，專以飣餖、撏撦爲能事，那就反失其真了。

厲鶚的詩，很少直接反映社會民生的作品，但寫景諸作，很有特色。從藝術技巧方面說，古詩、七律，成就較高。悼亡姬十二首，其中有幾篇寫得悱惻纏綿，抒情較爲真實。今舉二例如下：

九龍之山山九峯，峯峯晚秀凝雲松。我見青山輒心喜，青山見我如為容。廿年來往梁溪道，可憐不見青山老。繭紙題詩此際同，竹爐煮茗當時好。三面看山暝色催，舊遊零落使人哀。依稀第二泉邊路，半在蒼烟半葉堆。（晚過梁溪有感）

舊隱南湖淥水旁，穩雙棲處轉思量。收燈門巷忺微雨，汲井簾櫳泥早涼。故扇也應塵漠漠，遺鈿何在月蒼蒼。當時見慣驚鴻影，纔隔重泉便渺茫。（悼亡姬十二首之十二）

當日宗宋的詩人還有不少，論其成就，則不如查、厲諸人，所以不再敘述了。

五　乾嘉詩風

乾嘉詩風，在詩歌思想鬥爭中，表現出轉變的趨勢。一方面，或主格調，或言肌理，追求雅正，以溫柔敦厚爲歸，復古傾向較爲顯著。另一方面，想擺脫束縛，標榜性靈，破唐、宋門戶之見；所謂才人代有，各領風騷，不拘一格，比較富於革新精神。前者有沈德潛、翁方綱，後者爲袁枚、鄭燮、趙翼諸人，而黃仲則則以清才秀筆，抒其窮愁落寞之感，又自有面目。他們的作品，雖各有些特色，但其思想內容和藝術成就，一般並不很高。

沈德潛（一六七三——一七六九），字確士，號歸愚，江蘇長洲（今蘇州）人。乾隆進士，曾任內閣學士兼禮部侍郎。有沈歸愚詩文全集、說詩晬語。又編選古詩源、唐詩別裁、清詩別裁等書，流傳較廣，頗有影響。

沈德潛論詩，尊盛唐，主格調，對明七子多加偏袒，而於公安、竟陵、錢謙益及王士禛，俱表不滿。他的論點，以儒家正統思想爲基礎，具有復古傾向，但有些見解，尚有特色，非明七子所能及。

一、在內容方面，他強調言之有物。他說：「詩必原本性情，關乎人倫日用及古今成敗興壞之故者，方爲可存，所謂其言有物也。若一無關係，徒辦浮華，又或叫號撞搪以出之，非風人之指矣。尤有甚者，動作溫柔鄉語，如王次回疑雨集之類，最足害人心術，一概不存。」（清詩別裁凡例）又說：「詩之爲道，可以理性情，善倫物，感鬼神，設教邦國，應對諸侯，用如此其重也。秦、漢以來，樂府代興，六代繼之，流衍靡曼，至有唐而聲律日工，託興漸失，徒視爲嘲風雪、弄花草，遊歷燕衎之具，而詩教遠矣。學者但知尊唐而不上窮其源，猶望海者指魚背為海岸，而不自悟其見之小也。」（說詩晬語卷上）他要求詩歌言之有物，要反映古今成敗興壞之故，反對專以嘲風雪、弄花草為能事的作品，這是對的，但他所強調的內容，實際是聖道倫常和封建道德，因而得到最高的封建統治者的欣賞。

二、在風格方面，他強調溫柔敦厚之說：「唐詩蘊藉，宋詩發露；蘊藉則韻流言出，發露則意盡言中。愚未嘗貶斥宋詩，而趨向舊在唐詩，故所選風調音節，俱近唐賢，從所尚也。」（清詩別裁凡例）可見他尊唐貶宋，是由風格和表現方法而言，因為唐詩蘊藉，宋詩發露，在蘊藉和發露之中，表現出不同的格調。他提倡溫柔敦厚，也不完全否認諷刺，他認為用含蓄的手法進行諷刺，更能增加藝術力量。他說：「諷刺之詞，直詰易盡，婉道無窮。衞宣姜無復人理，而君子偕老一詩，止道其容飾衣服之盛，而首章末以『子之不淑，云如之何』二語逗露之。……蘇子所謂不可以言語求而得，而必深觀其意者也。詩人往往如此。」（說詩晬語卷上）他並且進一步從詩歌的藝術特點方面，來闡述這一問題。「事難顯陳，理難言罄，每託物連類以形之。鬱情欲舒，天機隨觸，每借物引懷以抒之，比興互陳，反覆唱歎，而中藏之懽愉慘戚，隱躍欲傳，其言淺其情深也。倘質直敷陳，絕無蘊蓄，以無情之語而欲動人之情難矣。」（說詩晬語卷上）他認為富於含蓄而有餘味的詩，言淺情深，易於動人；「質直敷陳、絕無蘊藉」的作品，缺少感染力量。

他這些意見，不能說沒有一些理由，所謂含蓄蘊藉，在抒情詩方面確有其重要意義；但作爲詩歌的抨擊黑暗、諷刺時弊的社會功能來說，就不能限於溫柔敦厚了。但由于他過於強調這一點，因而當日從其學者，只取其格調之說，正如洪亮吉所云：「從之遊者，類皆摩取聲調，講求格律，而真意漸漓。」（西溪漁隱詩序）

沈德潛的詩，如民船運、刈麥行、挽船夫、夏日述感、晚秋雜興諸篇，還值得我們重視。

縣符紛然下，役夫出民田。十畝雇一夫，十夫挽一船。挽船勞力聲邪許，趕船之吏猛於虎。例錢緩送卽嗔喝，似役牛羊肆鞭楚。昨宵聞說江之濱，役夫中有橫死人。里正點查收藁葬，同行掩淚傷心魂。卽今水深泥滑行不得，身遭撻辱潛悲辛。不知誰人歸吾骨，拚將軀命隨埃塵。茫茫前路從此去，泊船今夜在何處？（挽船夫）

身世空搔首，茫茫總不堪。多金高甲第，無食賤丁男。救弊須良策，哀時感戲談。傳聞鴻雁羽，肅肅去淮南。（夏日述感六首之一）

蓬戶炊常斷，朱門廩亦空。已判離骨肉，無處鬻兒童。井邑征求裏，牛羊涕淚中。誰能師鄭監，繪圖達深宮。（晚秋雜興之一）

這些詩是沈氏集中的佳作。但他的作品，一般模擬漢魏、盛唐，多有膚廓空疎之弊；又由於他過於強調溫柔敦厚的詩教和封建倫常，他的詩常是一面寫民生疾苦，一面總是歌頌皇帝，把希望寄託在皇帝的身上，因而削弱了詩歌的積極意義。

其次我要提到的是翁方綱。翁（一七三三——一八一八）字正三，號覃溪，直隸大興（今屬北京市）人。乾隆進士，官至內閣學士。有復初齋集。翁氏爲經史、考據及金石專門學者，故其詩質實充厚。論詩喜言神韻，又病其流於膚廓，對於沈德潛的格調說，亦病其空疎，故別倡肌理說以救之，一時與性靈說抗衡。所謂肌理，想用學問做根底，增加詩的骨肉。但翁氏的作品，因爲強調學問，結果是金石考證，雜錯其間，成爲一種學問詩。洪亮吉云：「先是又誤傳翁閣學方綱卒，余亦有輓詩云：『最喜客談金石例，略嫌公少性情詩』，蓋金石學爲公專門，詩則時時欲入考證也。」（北江詩話）在當日的樸學盛期，作詩喜言學問，成爲一種風氣。錢大昕、孫星衍諸人的詩，也都有這種傾向。

當日與沈德潛爭論的主要是袁枚。袁枚論詩，鼓吹性靈，關於他的理論和作品，我在前面已作了介紹。在這裏還要提到他和沈德潛辯論的要點。他有答沈大宗伯論詩書、再與沈大宗伯書兩篇，都是他討論詩歌的重要書信。第一，袁枚認爲「詩有工拙，而無今古」，駁沈德潛的尊唐之說，而主張詩歌演變的必然性。「唐人學漢、魏變漢、魏，宋學唐變唐，其變也，非有心於變也，乃不得不變也……然學唐詩者莫善於宋、元，莫不善於明七子，何也？當變而變，其相傳者心也；當變而不變，其拘守者迹也。」（答沈大宗伯論詩書）他處處從「變」字立論，批駁了沈德潛的復古思想。其次，是關於溫柔敦厚的詩教、人倫日用以及豔體詩的問題。袁枚說：「至所云詩貴溫柔，不可說盡，又必關係人倫日用，此數語有褒衣大紹氣象，僕口不敢非先生，而心不敢是先生，何也？孔子之言，戴經不足據也，惟論語爲足據。子曰：可以興，可以羣；此指含蓄者言之，如柏舟、中谷是也。曰：可以觀，可以怨；此指說盡者言之，如『豔妻煽方處』、『投畀豺虎』之類是也。……」（答沈大宗伯論詩書）又說：「聞別裁中獨不選王次回詩，以爲豔體，不足垂教，僕又疑焉。夫關睢卽豔詩也。以求淑女之故，至于展轉反側，使文王生於今，遇先生，危矣哉！」（再與沈大宗伯書）在隨園詩話裏，這類的意見還有不少。關於這些問題，從理論上說，他們各有是處，也各有所偏。作者不分清諷刺的對象，不表現鮮明的態度，要求作詩都要溫柔敦厚、含蓄蘊藉，一概而論，那就錯了。但含蓄蘊藉，確是一種表現方法，尤其在抒情詩中具有它的特點，也不能完全否定。袁枚主張詩有可說盡者，有不可說盡者，那是完全正確的。詩要關係人倫日用，自然不錯，但要看人倫日用的內容如何？反對嘲風雪、弄花草是對的，要反映「古今成敗興壞之迹」更是對的，如果只限於聖道倫常，爲封建制度服務，不許寫男女愛情那就錯了。但是，如果又只強調男女閨房的豔體，那當然也是不正確的。從總的傾向來說，沈德潛守舊的成分多，袁枚較有反傳統的革新意義。

趙翼是袁枚的詩友，理論方面比較與袁枚接近。

趙翼（一七二七——一八一四），字雲崧，號甌北，江蘇陽湖（今武進）人。乾隆進士，官至貴西兵備道。後辭職家居，從事講學、著作。他學問淵博，長於史學、考據，尤以詩名。有甌北詩集、甌北詩話、二十二史劄記等作。

趙翼對於王士禛的神韻說，沈德潛的格調說，俱表不滿。他論詩力反摹擬，強調創新，不主專尊一代之說。他的甌北詩話，選論李白、杜甫、韓愈、白居易、蘇軾、陸游、元好問、高啓、吳偉業、查愼行十家，不僅唐、宋，而及於元、明、清各家，可見其旨趣。「有明李、何學，詩唐文必漢。中抹千餘年，不許世人看。毋怪羣起攻，加以妄庸訕。」（讀史二十一首之末首）這是他對李夢陽、何景明的批判。「人面僅一尺，竟無一相肖。人心亦如面，意匠戛獨造。同閱一卷書，各自領其奧，同作一題文，各自擅其妙。……所以才智人，不肯自棄暴。力欲爭上游，性靈乃其要。」（閒居讀書作六首之五）這是他提出性靈，強調獨創的意見，和袁枚很相近。他有論詩絕句云：「滿眼生機轉化鈞，天工人巧日爭新。預支五百年新意，到了千年又覺陳。」「李杜詩篇萬口傳，至今已覺不新鮮。江山代有才人出，各領風騷數百年。」又論詩五古云：「詩文隨世運，無日不趨新。古疎後漸密，不切者爲陳。」在這裏表達出他對於詩歌求變求新的積極精神。但他的政治態度，卻表現了濃厚的封建正統思想。

趙翼作詩雖不以宋詩標榜，但其精神和風格，卻深受宋詩的影響，而又有他自己的特色。他在詩中喜發議論，時帶詼諧，不雕飾字句，不講格調、宗法，如講話、作文一般，隨意抒寫，給人一種清新明暢的感覺，但有些詩也有流於淺露之病。他的五古如讀史二十一首、閒居讀書作六首、園居四首、後園居詩、雜題八首諸篇，其中有些作品，富有這種特徵。

後人觀古書，每隨己境地。譬如廣場中，環看高臺戲。矮人在平地，舉頭仰而企。危樓有憑檻，劉楨方平視。做戲非有殊，看戲乃各異。矮人看戲歸，自謂見仔細。樓上人聞之，不覺笑歕鼻。（閒居讀書六首之六）

有客忽叩門，來送潤筆需。乞我作墓誌，要我工為諛。言政必龔、黃，言學必程、朱。吾聊以為戲，如其意所須。補綴成一篇，居然君子徒。核諸其素行，十鈞無一銖。此文倘傳後，誰復知賢愚。或且引為據，竟入史冊摹。乃知青史上，大半亦屬誣。（後園居詩）

這些詩確有特色。比之吳偉業、王士禛、沈德潛諸人的詩來，無論語言、意趣，固很不同，卽與袁枚之作，也很有區別。因此，當日很多人對他的詩從各方面表示不滿。有的說他「不合唐格」（見袁枚序），有的說他「好見才」，也有的說他「好論駁、好詼笑」（見祝德麟序），其實這些地方，正是構成趙翼詩歌特色的因素，也正是他不同於神韻派格調派的地方。

還有蔣士銓，長於戲曲，也工詩，與袁枚、趙翼齊名。有忠雅堂詩文集。他論詩有些地方與袁枚相近，反對規摹格調和摭拾藻繪，而主張「文章本性情，不在面目同」。其七古大都表面雄豪，骨力不厚；律詩較能表現他的性情。例如：

愛子心無盡，歸家喜及辰。寒衣鍼綫密，家信墨痕新。見面憐清瘦，呼兒問苦辛。低回愧人子，不敢歎風塵。（歲暮到家）

我將在下面戲劇一章裏，將對他作較詳的論述。

鄭燮與黃景仁　鄭燮與黃景仁雖不能完全歸於性靈派，但很接近性靈派。他們的詩歌內容和風格雖有不同，但所作大都能直抒性情，不爲格調所拘，而表現出他們自己的精神。

鄭燮（一六九三——一七六五），字克柔，號板橋，江蘇興化人。乾隆進士，官山東范縣、濰縣知縣，有政聲。以歲饑爲民請賑，忤大吏，乞病歸揚州，賣畫爲生。有鄭板橋集。他穎悟過人，家貧好學，賦性曠達，不拘小節。喜臧否人物，有狂名。善詩，工書畫，稱爲「三絕」。他的書法以隸、楷、行三體相參，別開生面，圓潤古秀，自號「六分半書」。特工蘭竹，隨意揮灑，筆趣橫生。與李鱓、金農、高翔、汪士慎、黃慎、李方膺、羅聘，被稱爲「揚州八怪」。鄭燮的政治態度，基本上屬於儒家思想，但他的文學藝術創作，無不洋溢着反抗傳統的浪漫精神。

鄭燮出身貧困，又只做過幾任小縣官，他比較接近人民生活，理解人民疾苦，認識到「天地間第一等人只有農夫」，故主張作詩，必須反映社會民生，而對司空圖、王士禛、沈德潛諸人之學深表不滿。他說：「文章以沉着痛快爲最，左、史、莊、騷、杜詩、韓文是也。間有一二不盡之言，言外之意，以少少許勝多多許者，是他一枝一節好處，非六君子本色。而世間娖娖纖小之夫，專以此爲能，謂文章不可說破，不宜道盡，遂訾人爲剌剌不休。夫所謂剌剌不休者，無益之言，道三不着兩耳。至若敷陳帝王之事業，歌詠百姓之勤苦，剖析聖賢之精義，描摹英傑之風猷，豈一言兩語所能了事？豈言外有言、味外取味者，所能秉筆而快書乎？吾知其必目昏心亂，顛倒拖沓，無所措其手足也。王、孟詩原有實落不可磨滅處，只因務爲修潔，到不得李、杜沉雄。司空表聖自以爲得味外味，又下於王、孟一二等。至今之小夫，不及王、孟、司空萬萬，專以意外言外，自文其陋，可笑也。」（濰縣署中與舍弟第五書）在這裏主要表現出鄭燮要求詩歌必須重視社會內容的見解，批判了司空圖的「言外有言、味外取味」、王士禛的神韻說以及沈德潛所鼓吹的溫柔敦厚的詩教，而稱他們爲「小夫」。他又說：「古人以文章經世，吾輩所爲，風月花酒而已。逐光景，慕顏色，嗟困窮，傷老大，雖刳形去皮，搜精抉髓，不過一騷壇詞字爾，何與於社稷生民之計，三百篇之旨哉？」（後刻詩序）他的自我批評非常深刻。「衙齋臥聽蕭蕭竹，疑是民間疾苦聲。些小吾曹州縣吏，一枝一葉總關情。」（濰縣署中畫竹呈年伯包大中丞括）這一首詩，更說明了他的創作態度。

在鄭燮的集子裏，有不少描寫人民生活、暴露封建政治黑暗的優秀作品。如逃荒行、還家行諸篇，描繪了在嚴重災荒後，農民逃散和農村破產的荒涼景象。孤兒行、後孤兒行、姑惡、悍吏、私刑惡諸詩以及濰縣竹枝詞中一些篇章，或寫封建家庭的罪惡，或寫封建官吏壓迫人民的虐政，或寫貧苦人民的慘痛生活，都富於現實意義，而具有樂府民歌的精神。他的七律學陸游，但詞句較嫩，味不深厚。七絕較多精采之作。

繞郭良田萬頃賒，大都歸併富豪家。可憐北海窮荒地，半簍鹽挑又被拏。（濰縣竹枝詞）

淚眼今生永不乾，清明節候麥風寒。老親死在遼陽地，白骨何曾負得還。（同上）

十載揚州作畫師，長將赭墨代胭脂。寫來竹柏無顏色，賣與東風不合時。（和學使者于殿元枉贈之作四首之一）

國破家亡鬢總皤，一囊詩畫作頭陀。橫塗豎抹千千幅，墨點無多淚點多。（題屈翁山詩札、石濤石谿八大山人山水小幅、并白丁墨蘭共一卷）

隨園詩話卷六云：「鄭板橋愛徐青藤詩，嘗刻一印云：徐青藤門下走狗鄭燮。童二樹亦重青藤，題青藤小像云：抵死目中無七子，豈知身後是中郎？又曰：尙有一燈傳鄭燮，甘心走狗列門牆。」從這裏很可看出鄭燮的反傳統求革新的文學藝術思想，同徐渭、袁宏道諸人的精神聯繫。

黃景仁（一七四九——一七八三），字漢鏞，一字仲則，江蘇武進（今常州）人。屢試不第。曾任四庫全書館謄錄。議敍縣丞，未及選。後卒於蒲州，得畢沅、王昶、洪亮吉諸人資助、經理，始歸葬于鄉。有兩當軒集。他家庭窮困，努力自學。年未弱冠，卽有詩名。因長年飄泊江湖，寄人籬下，懷才不遇，貧病交加，形成一種多愁善感的氣質，發之於詩，多憤世悲涼之音，呈現出濃厚的感傷情調。「十有九人堪白眼，百無一用是書生」，「悄立市橋人不識，一星如月看多時」，表現了他的落拓生活和孤寂心情。在他的全部作品裏，都貫穿着這樣的精神和情調，使人們體會到在封建社會中，詩人們所受到的壓抑和悲苦的遭遇。他作詩不追求格調，直抒懷抱。對於古人，尊奉李白，在他的太白墓一詩裏，表達出他對李白的景仰之情。他的七古確有些近似李白的風格，但究因生活基礎不厚，才力不足，總缺少李白那種豪邁雄奇的氣魄和縱横飄逸的神韻。他的七律、七絕較能表現他的精神面貌和藝術特色。但其主要傾向，是才華有餘，而沉鬱不足。但如春興、秦淮、江行、山塘雜詩諸絕，堪稱佳構。今舉七律二章。

五劇車聲隱若雷，北邙惟見塚千堆。夕陽勸客登樓去，山色將秋遶郭來。寒甚更無修竹倚，愁多思買白楊栽。全家都在寒風裏，九月衣裳未剪裁。（都門秋思四首之三）

歲歲吹簫江上城，西園桃梗託浮生。馬因識路眞疲路，蟬到吞聲尚有聲。長鋏依人遊未已，短衣射虎氣難平。劇憐對酒聽歌夜，絕似中年以後情。（雜感四首之二）

在這一時期，以詩名的還有張問陶、舒位、王曇諸人。

張問陶（一七六四——一八一四），字仲冶，號船山，四川遂寧人。生於山東館陶。乾隆進士，官至萊州知府。逾年以病免，僑居吳門。有船山詩草。他論詩的意見，與袁枚大略相同。「文場酸澀可憐傷，訓詁艱難考訂忙」（論文），「寫出此身真閱歷，強於飣餖古文書」（論詩），這是他對於當日那些講學問、喜堆砌的詩人的不滿。他又說：「詩中無我不如刪，萬卷堆牀亦等閑。莫學近來糊壁畫，圖成剛道仿荆關。」（論文）「文章體製本天生，祇讓通才識性情。模宋規唐徒自苦，古人已死不須爭。」（論詩）他的態度非常明顯。反對學詩標榜唐、宋，反對講格調、宗法，反對講學問考據，主張詩中有我，抒寫性情。他寄袁枚詩有云：「陡峽開神斧，香雲解妙鬟。世人爭格律，誰似此翁閒。」又云：「考訂公能罵，圓通我不如」，可見他對袁枚思想態度的同情。

張問陶的詩，語言明暢，典故不多，是其長處；但內容貧乏，骨格不高，很少富有特色的作品。比較起來，還是以七絕爲勝，例如：

丁字簾前奏管絃，薰風殿裏聚嬋娟。秀才復社君聽曲，如此乾坤絕可憐。（讀桃花扇傳奇偶題十絕句）

一聲檀板當悲歌，筆墨工于閱歷多。幾點桃花兒女淚，灑來紅遍舊山河。（同上）

舒位（一七六五——一八一五），字立人，號鐵雲，直隸大興（今屬北京市）人。幼承家學，工詩文，也能戲曲。乾隆舉人，屢試進士不第。家境窮困，以幕僚爲生。有瓶水齋詩集、瓶笙館修簫譜。其詩奇博閎肆，獨成一格。深得龔自珍的讚賞。「詩人瓶水與謨觴，鬱怒清深兩擅場。

如此高材勝高第，頭銜追贈薄三唐。」（己亥雜詩）他以鬱怒許舒位的詩，甚爲確切。舒位一生坎坷，懷才莫展，其詩多憤世嫉俗之音，言窮道苦之作，如感遇詩、典裘詩及阮嗣宗、陶淵明諸篇，大都抒寫其胸中不平之氣。蘆溝橋行及杭州關紀事二詩，對貪官污吏的醜態，描寫得淋漓盡致。其七言歌行，較能表現他的鬱怒恣肆的風格。茲錄其梅花嶺弔史閣部爲例：

一寸樓臺誰保障？跋扈將軍弄權相。已聞北海收孔融，安取南樓開庾亮。天心所壞人不支，公於此時稱督師。豹皮自可留千載，馬革終難裹一屍。平生酒量浮於海，自到軍門惟飲水。一江鐵鎖不遮攔，十里珠簾盡更改。譬如一局殘棋收，公之生死與劫謀。死即可見左光斗，生不願作洪承疇。東風吹上梅花嶺，還賸幾分明月影。狎客秋聲蟋蟀堂，君王故事胭脂井。中郎去世老兵悲，遷客還家史筆垂。吹簫來唱招魂曲，拂蘚先看墮淚碑。

王曇（一七六〇——一八一七），一名良士，字仲瞿，浙江秀水人。乾隆舉人。屢試進士不第，貧困而終。有烟霞萬古樓集。又善戲曲，有回心院及葛花緣。他好遊俠，善弓矢，並信法術。因當日川、楚教民起義，左都御史吳省欽薦王曇於和珅，謂其能作掌中雷，可落萬夫膽。後和珅誅，王曇從此不齒於士列。乃益放縱，而有狂怪之名。與龔自珍爲忘年交，死後，由龔氏料理喪葬，並替他寫了一篇墓表。「其爲人也中身，沈沈芳逸，懷思惻悱；其爲文也，一往三復，情繁而聲長；其爲學也，溺於史，人所不經意，纍纍心口間；其爲文也，喜臚史；其爲人也，幽如閉如，寒夜屏人語，絮絮如老媪，匪但平易近人而已。其一切奇怪不可邇之狀，皆貧病怨恨，不得已詐而遁焉者也。」（王仲瞿墓表銘）這篇文章與一般的諛墓文字不同，既非請託，也無潤筆，完全出於作者自動，所以比較真實地寫出了王曇的遭遇和他的精神面貌。他的奇奇怪怪的行徑，皆由於貧病怨恨而來，這不僅說明了他的生活態度，而且也說明了他的詩歌風格的精神。他的詩歌雖未能反映現實生活，但多以縱橫奇幻的筆勢，對傳統觀點表現了不同的意見。如對於楊貴妃，他有詩云：「傷心最是美人身，承得君王多少恩。朝廷不辦干戈事，輕把興亡罪婦人。……細取唐書讀，何關楊太真。君不見晚唐九廟無皇后，也有朱溫殺猻猻。」（驪山烽火樓故址懷華清遺蹟）其他詠史諸篇，大都託興古事，來發洩他自己的悲憤。如祭西楚霸王墓（詩題節錄）詩云：「江東餘子老王郎，來抱琵琶哭大王。如我文章遭鬼擊，嗟渠身手竟天亡。」其心境可見。由於他的貧病生活的遭遇，對於讀書科舉等等，採取否定、嘲諷的態度。例如：

阿爺四歲識千字，一一形書曉其義。兒今三歲字二百，他日為文定奇特。人間識字天上嗤，阿爺自誤還誤兒。兒莫學阿爺，知書娘道好，至今餓死無人保。夷、齊廟裏要香煙，誰捧藜羹到門禱。阿爺配食兩廡去，賴爾門庭求洒掃。秦王燒書黑如炭，豫讓吞之不當飯。魚鹽作相盜作將，天下功名在屠販。兒不聞蒼頡作字鬼神哭，從此文人食無粟。又不聞軒轅黃帝不用一字丁，風后力牧為公卿。（善才生二十五月矣、計識得二百五十餘字、示以詩云）

他在另一首弄書行示善才中云：「但願吾兒讀書讀貫上下古，不願吾兒一科一甲呼吾父。」可見其重學問而薄科第的態度。他的作品，既無盛唐格調，也與神韻、性靈詩派不合，而自有其特點；正如龔自珍所指出的「一往三復，情繁而聲長」，正因如此，他作品中雖具有恣肆縱橫的氣質，往往流於誇誕，故其成就不如舒位。

六　鴉片戰爭前後的詩歌

道光、咸豐年間，由於封建統治集團的日益腐敗和殘酷剝削，民族危機，空前嚴重。在鴉片戰爭、太平天国革命許多重大的歷史事件中，反映出人民普遍要求改革政治的強烈願望，和反對外國資本主義侵略的巨大力量。在這國勢危急，社會劇變的歷史環境下，詩歌的內容和傾向，都發生了變化。最顯著的特點是：詩人大都鄙棄前一時期詩歌上關於形式、格律的空談，和尊唐、宗宋的派別成見，而能以愛國傷時的情懷，正視現實，表現出人民的疾苦和當日政局的具體內容。龔自珍、姚燮、貝青喬諸人的作品，更富於這種特色。

龔自珍　龔自珍的散文成就，已在前面敘述過了。他的詩和散文一樣，也是求變求新，而其精神，是對當日的黑暗現實，表示強烈不滿，從多方面透露出他對光明、理想的渴望和追求。在那個歷史轉折點的大時代裏，由於深化的階級矛盾和國勢日非的感受以及腐敗政治的刺激，他認識到國計民生的危機，在他的詩歌裏，反映出當日進步知識分子對於這一時代的苦悶、徬徨的感情。「中年何寡歡？心緒不縹緲。人事日齷齪，獨笑時頗少。」（自春徂秋、偶有所觸、拉雜書之、漫不詮次、得十五首）「四海變秋氣，一室難爲春。宗周若蠢蠢，嫠緯燒爲塵。所以慷慨士，不得不悲辛。看花憶黃河，對月思西秦。貴官勿三思，以我爲杞人。」（同上）這都是作者關懷國事、感慨悲辛的詩句，而時人不識，反笑他爲杞人憂天。「蘭臺序九流，儒家但居一。諸師自有尊，未肯附儒術。後代儒益尊，儒者顏益厚。洋洋朝野間，流亦不止九。不知古九流，存亡今孰多？或言儒先亡，此語又如何？」（同上）他對於那些沉迷考據、不問政治和不識時務、厚顏高位的儒生，作了強烈的譴責。而這些人竟然洋洋朝野，自鳴得意，怎不令人感到氣憤。「曉枕心氣清，奇淚忽盈把」；「姑將譎言之，未言聲又吞。」（同上）他的心情感到極大的苦痛。因而在這樣一個死氣沉沉的時代裏，他渴望新人才的出現。「九州生氣恃風雷，萬馬齊瘖究可哀。我勸天公重抖擻，不拘一格降人材。」（己亥雜詩）他期待狂風和春雷的衝擊，來展開一個新的局面。不滿舊的，追求新的，正是龔自珍詩歌的主要傾向，正是浪漫主義精神的表現。

金粉東南十五州，萬重恩怨屬名流。牢盆狎客操全算，團扇才人踞上游。避席畏聞文字獄，著書都為稻粱謀。田橫五百人安在，難道歸來盡列侯？（詠史）

秋心如海復如潮，但有秋魂不可招。漠漠鬱金香在臂，亭亭古玉佩當腰。氣寒西北何人劍？聲滿東南幾處簫。斗大明星爛無數，長天一月墜林梢。（秋心三首之一）

忽筮一官來闕下，衆中俯仰不材身。新知觸眼春雲過，老輩塡胸夜雨淪。天問有靈難置對，陰符無效勿虛陳。曉來客籍差夸富，無數湘南劍外民。（秋心三首之二）

在這些優美的詩歌藝術中，描繪出詩人的靈魂，全被窒息、腐爛的政治空氣所包圍，一舉一動爲「文字獄」與「稻粱謀」所壓迫，冠蓋京華，不過是團扇才人一類的名流而已。簫管東南，田横何在？秋心如海，魂不可招，唯有仰望着斗大的燦爛星光，暗送長天一月的下墜。心情沉重，感慨萬端，而語言瑰麗，風格高昂，形成他的抒情詩歌的特點。

寥落吾徒可奈何！青山青史兩蹉跎。乾隆朝士不相識，無故飛揚入夢多。（寥落）

美人清妙遺九州，獨居雲外之高樓。春來不學空房怨，但折梨花照暮愁。（美人）

浩蕩離愁白日斜，吟鞭東指卽天涯。落紅不是無情物，化作春泥更護花。（己亥雜詩）

只籌一纜十夫多，細算千艘渡此河。我亦曾糜太倉粟，夜聞邪許淚滂沱。（同上）

津梁條約徧南東，誰遣藏春深塢逢？不枉人呼蓮幕客，碧紗櫥護阿芙蓉。（同上）

不論鹽鐵不籌河，獨倚東南涕淚多。國賦三升民一斗，屠牛那不勝栽禾？（同上）

在這些詩篇裏，或是抒寫悲憤之意，或是描繪徬徨之情，或是揭露統治者的剝削，或是譴責外國侵略者的毒害人民，有的是託意，有的是直寫，無不清俊動人。

龔自珍論詩，主張「平易」、「天然」而有「感慨」。他說：「欲爲平易近人詩，下筆清深不自持。」（雜詩、已卯自春徂夏、在京師作、得十有四首）又說：「萬事之波瀾，文章天然好。」（自春徂秋、偶有所觸、拉雜書之、漫不詮次、得十五首）又說：「天教僞體領風花，一代人材有歲差。我論文章恕中晚，略工感慨是名家。」（歌筵有乞書扇者）在這些詩句裏，表達了他的文學見解。他的作品，尤其是古詩，雖喜用典故、難字、險韻和拗句，形成晦澀和奇僻，但律詩、絕句中的優秀作品，大都純用白描，或是典故很少，具有吸引人心的藝術力量，而是符合「平易」、「天然」和富有「感慨」的意旨的。特別是絕句，他運用得更爲純熟，已亥雜詩三百多首，記行程，述舊事，批評政治，反映現實，抒寫懷抱，評論詩文，以及平生出處、著述和交遊等等，藉以考見。內容豐富，傾向鮮明，成爲他一生的史傳，而以象徵、比興的手法和奇峭宛轉的風格，對黑暗的政治、社會進行了諷刺和批評，表現出他在絕句詩體上的獨創性和卓越成就。他對於古代詩人，最尊屈原、李白和陶潛，從不滿現實、追求理想的熱情，從憤世嫉俗、不肯同流合污的品質，從富於浪漫主義精神的詩歌風格來說，他們在精神上都有相通之處。

龔自珍的不滿現狀，要求改革，敢於向黑暗政治作鬥爭，在近代思想史上揭開了新的一頁，具有積極的進步意義。但從其思想體系上來說，仍存在着時代和階級的局限，由於找不到改革的正確道路，而陷於徬徨苦悶，正因如此，在他的詩歌裏，在積極一面的背後，透露出感傷、消極的感情。已亥雜詩的最後一首，在這方面作了鮮明的反映。詩云：「吟罷江山氣不靈，萬千種話一燈青。忽然閣筆無言說，重禮天台七卷經。」

龔自珍除詩文外，又善於詞。小令長調，運用自如，抒情尤爲佳勝。點絳脣云：「一帽紅塵，行來韋杜人家北。滿城風色，漠漠樓臺隔。 目送飛鴻，影入長天滅。關山絕，亂雲千疊，江北江南雪。」（十月二日馬上作）又減蘭云：「人天無據，被儂留得香魂住。如夢如烟，枝上花開又十年。 十年千里，風痕雨點斕斑裏。莫怪憐他，身世依然是落花。」造意遣辭，筆力深厚，而其風貌，和他的絕詩較爲相近。長調則佚宕飛揚，別具風格。

龔自珍死於一八四一年，正當鴉片戰爭時期。英帝國主義發動的這一侵略戰爭，延長三年之久。英國侵略軍隊，自廣州到天津，騷擾東南沿海，蹂躪江、浙兩省，一直到南京城下，人民的生命、財產受到嚴重的損害和破壞。在戰爭中，人民奮勇抵抗，個別的將領，也表現了愛國精神，如裕謙死守鎮海，陳化成死守吳淞砲台，都得到人民的贊仰。但由於清朝統治集團和軍隊的腐敗無能，終於向侵略者屈膝求和，訂立了喪權辱國的南京條約。這一次戰爭的經過和失敗，激發了人民的愛國熱情，加強了對腐敗政權的不滿，這種思想情感，成爲不少詩人的重要內容。在這方面較有成就的是姚燮和貝青喬。在張維屏、趙函的集子中，也有些好作品。

姚燮　姚燮（一八〇五——一八六四），字梅伯，號復莊，浙江鎮海人。道光舉人。生有異稟，讀書過人，工詩詞，長駢體文。論詩主張自寄性情，「唐、宋詩格遞變，要皆各有其長，顧法古人，而但蒙其面目，則性情亡矣。」（見張子彝問己齋文鈔）平生作詩萬二千首，自存三千四百多首。有復莊詩問、疏影樓詞和今樂考證等作。

姚燮作了很多的詩，其古題樂府，多爲擬古，一般流連景物以及抒寫個人情懷之作，並無特色。但在鴉片戰爭時期，英侵略軍騷擾浙東一帶，姚燮身受其苦，目擊人民所受的苦難，敵軍的殘暴以及清軍的腐敗無能等等，使他的作品發生了轉變，詩歌內容擴大了，詩歌技巧也提高了。在這一時期他寫了許多詩篇，表現了愛國熱情，描寫了當日的社會生活，歌頌了抗敵犧牲的民族英雄，對清軍和官吏中的各種黑暗現象，進行了指責和諷刺。這一部分詩收在復莊詩問的二十一卷到二十五卷內，是他詩集中最有光彩的一部分。如近聞十六章、聞定海城陷五章、驚風行五章、哀東津、客有述三總兵定海殉難事哀之以詩、冒雨行、獨行過夾田橋遇郡中逃兵自橫山來、太守門、兵巡街、捉夫謠、後倪村、無米行、毀廟神、後冒雨行、冬日獨醉書感八章、正月杪明州紀事八章、哀江南詩八章諸詩，有的敘事，有的抒情，或用長篇，或用律體，敘事的真實生動，抒情的沉鬱頓挫，內容豐富，有美有刺，都是優秀之作。他早期還寫過巡江卒、迎大官兩詩，描寫了巡江小卒的窮苦生活，對作威作福、驕奢淫侈的高官，進行了譴責，也富有現實意義。

江頭白鴉拍烟起，飛飛呀呀入城裏。城鬼捉夫如捉囚，手裂大布蒙夫頭。鋃鐺鎖禁釘室幽，鐵釘插壁夫難逃。板牀塵膩牛血臊，碧燈射隙聞鬼嘷。當官當夫給錢粟，鬼來捉夫要錢贖。朝出擔水三千斤，暮縛囚牀一杯粥。夫家無錢來贖夫，囚門頓首號妻孥。陰風掠衣頭髮亂，飛蟲齧領刀割膚，誰來憐爾喉涎枯？（捉夫謠）

漫誇十萬盾成林，摩壘如何氣不森。草草軍裝同奕戲，啾啾戰鬼哭天陰。有門縱可求援手，在史須難避緘心。掩耳怕聞行路怨，凄于秋響促繁砧。（正月杪明州紀事八章之一）

颶風卷纛七星斜，白髮元戎誤歲華。隘岸射潮無勁弩，高天貫日有枯槎。募軍可按馮唐籍，解陣空吹越石笳。最惜吳淞春水弱，晚紅漂盡細林花。（哀江南詩八章之二）

他的七律，很有特色，語言精美，善用比興，而又蘊藉宛轉，有微吟深諷之妙。

貝青喬　姚燮以外，在反映鴉片戰爭的詩歌方面，值得我們注意的還有貝青喬。貝（一八一○——一八六三）字子木，江蘇吳縣人，諸生。一八四一年鴉片戰爭定海失守之後，清朝命奕經爲揚威將軍，進兵浙江，貝青喬爲愛國思想所激發，慨然投筆從戎，在寧波一帶，從事抗敵工作，他將所見所聞，寫成一百多首絕句，名爲咄咄吟，共二卷。因爲他有實際的戰爭生活體驗，又深知軍中利病，對於浙江戰役，作了具體真實的反映，具有重要的史料價值，而在藝術方面也得到很高的成就。他還有半行庵詩存、苗俗記等作。

咄咄吟每首詩的後面，有一段散文，說明這一首詩的本事。書前有自序一篇，茲節錄於下：

道光二十一年十月二十日，揚威將軍奕經奉旨進勦寧波暎夷，道出吾蘇。僕投効軍門，隨至浙中，始命入寧波城偵探夷情，繼命監造火器，尋又帶領鄉勇派赴前敵，終命幫辦文案，入核銷局查造兵勇糧餉清冊，被逮後又命列敘軍務始末，繕具親供。故於內外機密，十能言其七八。顧一載之中，委蛇戎馬間，毫無建豎，以為涓埃之報，媿已。而獨有所不解者：當其初，糧餉未足，兵勇未集，器械又未備，利不在速戰；而督撫促戰之使日三四使，即將軍亦若大功可唾手成。乃一經小挫，眾心渙散，不復整齊之以圖再舉，而坐視暎夷之大肆其毒，是可怪已。且軍興以來，奏撥餉銀，各督撫動謂經費有常。及與暎夷賄和，則竭數省藩運道庫數百萬之多而不之顧，惜數不足，則設法令紳士捐輸，又不足則刻期書券以俟按年發給，若惟恐暎逆之不飽其欲者。夫以此巨餉，何不可戰？即不可戰，何不可守？乃各大臣既甘心與犬羊之族為城下盟，而將軍亦作壁上觀，不發一語，是更可怪已。……又若調募兵勇，全無節制，驅之使戰，遇賊即逃，既潰之後，並不加罰。甚且將軍派某人為統領，督撫又派某人為隊長，非但將與兵不相識，並兵與兵亦不相知。一旦命將出師，徵調絡繹，徭役繁興，固已擾商旅，駭閭閻，人心搖搖，怨讟四起。又況一將出京，從官數十。隨員之中，良莠不齊，廉墨並立，非其親戚故舊，即係出京時王公大臣所推薦，不得不委曲瞻徇，而其人直視軍營若利藪，法紀聲名，罔所顧慮。督撫乃咎及主帥而菲薄之，郡縣官又迎合上官意旨而詆娸之，或且阻撓之，於是主客相齟齬，滿、漢相傾軋，文武相推諉，兵民相疑忌，而主帥遂成怨府矣。同為國家大臣，而以睚眦之忿，自分畛域若此，是誠何心哉？然使為之帥者，申明賞罰，訓練士卒，結之以腹心，馭之以智術，濟之以威權，激厲眾志而作之氣，猶可說也，而又不出此。今日議戰，明日議和，務求一萬全之策，惴惴焉不敢輕於一決，究之敵東亦東，敵西亦西，蒼黃應援，疲於道路，卒使海疆數千里，逆燄如沸羹，幾幾不可撲滅，此固近日行軍之通弊乎？而實誰之咎哉？僕本書生，不習國家例案，何敢妄置一詞，然軍旅之中，聽覩所及，有足長膽識者，輒暇紀以詩，積久得若干首，加以小注，略述原委，分為二卷，題曰咄咄吟，言怪事也。

這一篇序很有價值，雖作了刪節，仍然很長。它不但可以幫助我們理解他的詩歌精神和傾向，而且也使我們對當日清朝政治的腐敗無能，而對抗敵戰爭的倉皇失措、毫無準備而終於慘敗的內幕，有深一層的認識，同時也表達出貝青喬的對於清朝統治者的強烈悲憤、深刻諷刺和愛國思想。在他的詩歌裏，用藝術形象表現了這樣的悲憤和感情。

阿父雄心老未灰，酒酣猶是夢龍堆。呼兒一劍親相付，要濺樓蘭頸血回。
曹娥廟裏夜傳呼，牛飲淋漓犒百觚。祭罷螢弧天似墨，一齊卷甲渡梁湖。

天花古刹悵重經，殿角淒清響梵鈴。昨夜軍容猶在目，風鐙吹落萬春星。
鐵錯何堪鑄六州，譁傳新令下江頭。早知殺賊翻加罪，誤把雄心赴國讎。
一軍縞素擁奇男，戰艦橫排乍浦南。記取普陀洋外捷，壬寅三月日初三。
森嚴軍府月黃昏，衞士橫鈹夾寢門。掠頸刀光寒一片，鐵衫不見血留痕。
一棹倉黃返故鄉，紛紛問訊滿鄰牆。難堪阿母鐙前意，親解兒衣撫箭瘡。
擊碎重溟萬斛艫，砲雲卷血灑平蕪。誰將戰蹟徵新誄，一幅吳淞殉節圖。
鴆媒流毒起邊烽，海國三年費折衝。歎息漏卮今已破，不堪重問阿芙蓉。
材官厚俸不傷廉，薪水都從例外添。安得分肥到軍士，休教辛苦怨鹽。
歸心飛上大刀頭，倦倚雕戈俯暮流。見說班師新令下，月中齊唱小梁州。
底用名山貯石函，籌邊策備此中參。儻教詩獄烏臺起，臣軾何妨竄海南。

咄咄吟中一百多首詩，幾乎都是佳作，上面所錄的十幾首，都是不看注解就可以瞭解的。運用絕句形式，廣闊地反映時事內容，抒發愛國思想，其筆力真可與龔自珍媲美。在咄咄吟的注文內，還雜有不少古體和律詩，如雜歌九章、留別家人作六首、入寧波城、駱駝橋紀事詩、踰長谿嶺投宿村農徐光治家、歸里十日與客約重赴戎幕詩以寄懷五首諸詩，描繪了抗敵鬥爭時期的生活內容，表達了愛國熱情，都是激動人心的好作品。

另外，張維屏和趙函，在反映鴉片戰爭方面，也創作了一些優秀的詩篇。

張維屏（一七八〇——一八五九），字子樹，廣東番禺人。道光進士，官至南康知府。有松心詩集、文集，並輯有國朝詩人徵略。他的詩一般比較平凡，但幾篇反映鴉片戰爭的詩如黃總戎行、三將軍歌、三元里歌，都是氣壯詞雄，三元里歌尤爲傑出。姚燮、貝青喬取材於江浙，他則取材於廣東。

三元里前聲若雷，千眾萬眾同時來。因義生憤憤生勇，鄉民合力強徒摧。家室田廬須保衞，不待鼓聲羣作氣。婦女齊心亦健兒，犂鋤在手皆兵器。鄉分遠近旗斑爛，什隊百隊沿溪山。眾夷相視忽變色，黑旗死仗難生還。夷兵所恃惟鎗礮，人心合處天心到。晴空驟雨忽傾盆，兇夷無所施其暴。豈特火器無所施，夷足不慣行滑泥。下者田塍苦躑躅，高者岡阜愁顛擠。中有夷酋貌尤醜，象皮作甲裹身厚。一戈已摏長狄喉，十日猶懸郅支首。紛然欲遁無雙翼，殲厥渠魁眞易事。不解何由巨網開，枯魚竟得攸然逝。魏絳和戎且解憂，風人慷慨賦同仇。如何全盛金甌日，却類金繒歲幣謀。

這是一首富有歷史意義的政治詩。鴉片戰爭第二年，一八四一年二月英國侵略軍進攻虎門，提督關天培及士兵堅決防守，後又全部戰死。到了五月，清朝將軍奕山無恥求和，和英國簽訂休戰條約，賠款六百萬元。英國侵略軍的罪行和清朝官員的辱國行爲，激起了廣州人民的愛國義憤。五月三十日，人民羣眾以廣州城西北的三元里爲中心，高舉平英團的大旗，將一千餘英國侵略軍層層圍困，各地反英組織羣起響應，迫使侵略者不敢在廣東橫行，表現了中國人民反抗外國侵略鬥爭的巨大力量。張維屏以這一歷史事件爲詩題，歌頌了人民力量，反映出時代精神，對於屈膝求和的清朝將軍奕山，作了強烈的譴責。情感激昂悲憤，很能鼓舞人心。

趙函　在當日許多反映鴉片戰爭、表現愛國精神的詩歌中，趙函的作品，也值得我們注意。趙函字艮甫，江蘇震澤（今吳縣）人。諸生。有樂潛堂詩集、菊潛庵賸稿。他的十哀詩和滄海八首，不但現實性強，而且藝術成就很高，悲歌慷慨，哀感動人，可稱爲詩史。

十哀詩爲樂府體，共有十首：一哀虎門，弔廣東諸將也；二哀廈門，弔福建諸將也；三哀舟山，弔定海三鎭也；四哀蛟門，弔裕節帥也；五哀甬東，弔甯波陷賊也；六哀乍浦，弔乍浦失陷也；七哀吳淞，弔陳提軍也；八哀滬瀆，弔上海失守也；九哀京口，弔鎭江陷賊也；十哀金陵，弔省城居民及沿江村落被賊蹂躪也。從廣東、福建、到江、浙沿海一帶，英侵略軍隊的罪行和人民抗敵的英勇事蹟，有系統地描繪在他的詩篇裏，並且在每一首詩的前面，附以短序，概括地敍明歷史事實，給讀者以深刻的印象。

江頭戰艦埋蘆根，火輪飛入圌山門。橫江鐵鎖虛語耳，浪打金、焦無一二。都統閉城兼下鑰，不許城門出老弱。須臾賊破北城來，盡逐人民向南郭。郭門大開縱夜行，翻身乃至蒙古營。蒙古官兵睡方熟，夢裏人頭血漉漉。都統倉皇走且伏，剺面割須逃鬼錄。吁嗟乎！夷人據城兩月餘，一城將吏俱亡逋。官廨作馬廄，民舍作行廚。有子遣其父，有婦逐其夫。女使薦寢男樵蘇，稍不遂意悉就屠。餘者瘡痍滿道途，官兵盤詰無時無。（哀京口、弔鎭江陷賊也）

在這十篇詩裏，作者飽含着愛國熱情，以雄肆的筆力，或是歌頌抗敵犧牲的英雄，或是描繪人民的苦難生活，或是譴責清軍將領的貪生怕死，或是描寫侵略者慘無人道的罪行，無一不是動人的作品。滄海八首，爲七言律詩，傷時感事，沉鬱悲痛。例如：

綠車朱鉞大牙旗，十郡良家候誓師。棄甲曹江高枕臥，頓兵吳地執冰嬉。藏身狗竇軍中客，續尾貂冠帳下兒。目送夷船入東海，將軍還欲事羈縻。

阿芙蓉土壓潮來，此是昆明幾刼灰。奇貨公然違令甲，漏卮無計惜民財。俄看夷館連雲起，又報皮船狎浪回。試問燉煌賢節使，賜環何日下輪臺？

其他如樂鈞的十三行、鴉片烟、剗草行、觀音土行，顧翰的俞家莊歌，袁翼的鬼子街、相思土，陳春曉的杭關吏，黃燮清的災民歎諸作，都是這一時期反映歷史現實的好作品。還有一些無名氏的作品，如粵東感事十八首、廣東感時詩六首、粵東海幢寺題壁詩十八首（缺一）、廣東紀事新詩十二首諸詩，反映出廣大人民的愛國熱情，都是優秀之作。在這些詩篇裏，反映了具體的政治、社會內容，表現了鮮明的時代色彩。在詩歌的精神上，同清代前期的作品，有很大不同。

豐年無錢人食苦，凶年無錢人食土。和糠作餅菜作羹，充腸不及官倉鼠。此土尋常曾不生，飢人競以觀音名。云是菩薩所潛賜，楊枝灑地甘如餳。吁嗟乎，富家有土連郊坰，富家有米如坻京。米價日昂不肯糶，坐視餓殍填溝塍。此土幸出觀音力，不費一錢能飽食。救荒已賴佛慈悲，莫向富翁苦啾唧。（樂鈞觀音土行）

櫃與竹扇鬼侍郎，碧琉璃眼踡鬚黃。黑者為奴白者主，十三海國皆通商。鬼婆握算工書記，鬼兒盡解漢文字，奇技異物安足珍，坐令中域銀山棄。剜骨剔髓不用刀，請君夜吸相思膏。（袁翼珠江樂府：鬼子街）

觸撥雄心獨壯談，紛紛輿論亦堪參。募民尚覺紅軍勇，克敵眞宜血戰酣。投筆便應張勁弩，同袍誰與贈征驂。哀時重讀蘭成賦，不哭江南哭嶺南。（粵東感事十八首之十八）

山河不顧顧夷蠻，百萬金資作等閑。辱國喪師千古恨，對人猶說為民間。（廣東感時詩之二：詠奕山）

闔外焚燒闔內驚，兵民逃竄此時情。臨危且救軍中急，不顧貽羞城下盟。鐵騎遠來空跋涉，金符曾握欠分明。他時畫上凌烟閣，曾記當年聽砲聲？（廣東紀事新詩十二首之八）

詩的主題都非常明確。前詩的作者樂鈞字元淑，號蓮裳，江西臨川人。嘉慶舉人。有青芝山館詩集。後詩的作者袁翼字穀廉，江蘇寶山（今上海市）人。道光舉人，官江西玉山知縣。有邃懷堂詩集。最後三首來自人民羣眾，而在藝術上都有很高成就。

道光以降，有一部分作者，又喜言宋詩。何紹基、鄭珍、莫友芝諸人倡之於前，所謂同光體者如沈曾植、陳三立諸人繼之於後。這與擬古的桐城派文的再起，精神上頗有相通之處。另有金和，作詩不拘常矩，自成一格。至於王闓運，提倡漢、魏，專以摹倣爲能，等於是擬古的殘骸了。在這些詩人中，比較值得我們提起的是鄭珍和金和。

鄭珍（一八〇六——一八六四），字子尹，貴州遵義人。道光舉人，曾任荔波縣訓導。通經學、小學，尤精三禮。爲文守韓、柳家法，行文謹嚴。詩學蘇軾，兼尊韓、孟。有巢經巢集等作。他因科舉不利，困處窮鄉僻壤、生活極爲窮苦。「素有中人產，今無一飯親。」（餓）「愁苦又一歲，何時開我懷。欲死不得死，欲生無一佳。」（愁苦又一歲贈邵亭）可見其窮愁潦倒的情況。他有論詩示諸生云：「我誠不能詩，而頗知詩意。言必是我言，字是古人字。固宜多讀書，尤貴養其氣。氣正斯有我，學贍乃相濟。李、杜與王、孟，才分各有似。羊質而虎皮，雖巧肖仍僞。從來立言人，絕非隨俗士。」他反對在形式上摹擬古人，主張詩中有我。他有許多詩反對西南苗民起義，表現他的封建立場和階級偏見，但同時也有不少關懷人民疾苦、揭露清朝官兵罪行的作品。如江邊老叟行、抽釐哀、南鄉哀、經死哀、禹門哀諸篇，都是佳篇。例如：

虎卒未去虎隸來，催納捐欠聲如雷。雷聲不住哭聲起，走報其翁已經死。長官切齒目怒瞋，吾不要命祇要銀。若圖作鬼卽寬減，恐此一縣無生人。促呼捉子來，且與杖一百，陷父不義罪何極，欲解父懸速足陌。嗚呼北城賣屋蟲出戶，西城又報縊三五。（經死哀）

本詩形式短小，而描繪曲折，以犀利的筆力，揭露出貪官酷吏的罪惡，在這種暗無天日的封建政治環境下，人民真是求生不得，求死不能。結果是：「處處人相食，朝朝耳駭聞。棄尸旋臏骨，過七始名墳。」（餓四首之三）他這一類真實反映現實的詩篇，在他的作品中形成了積極的一面，表現出橫恣俊峭的風格。他又善於寫景，在這方面也有些好作品。

金和（一八一八——一八八五），字弓叔，號亞匏，江蘇上元（今南京）人。諸生。有秋蟪吟館詩鈔。他放情詩酒，潦倒而亡。他有詩云：「生平好酒不好錢，黃金信手揮萬千。生平好酒復好色，風絮因緣半傾國。」（癸酉七月得慶子元訃詩以哭之）可見其爲人。他作詩不唐不宋，隨心所欲，打破陳規和傳統束縛，用散文體、說話體、日記體來寫作，面目一新。他追求古人未到之境，未闢之意。「萬卷讀破後，一一勘同異。更從古人前，混沌闢新意。甘使心血枯，百戰不退避。一家言既成，試質琅嬛地。必有天上語，古人所未至。」（題陽湖孫竹庲廷鐻詩稿）他又自評他的詩說：「所作雖不純乎純，要之語語皆天真。時人不能爲，乃謂非古文。」（癸酉七月得慶子元訃詩以哭之）他在詩歌的形式方面，尤其是古體詩，確實有些獨創性。

金和的政治態度，表現了封建的反動立場。對於太平天国革命，予以誣衊和反對，太平軍攻克南京後，他陷在城中，曾想法作清軍的內應。因而在他的集子裏，有不少仇視太平天国的作品。但在另一面，他又有些反映鴉片戰爭和揭露清朝官吏、軍隊腐敗殘暴的作品。如圍城紀事六詠（壬寅嘆夷犯江之役也），包括守陴、避城、募兵、警奸、盟夷、說鬼六篇；有的譴責清政府的屈辱求和，有的諷刺抗敵官吏的倉皇失措，也有的描繪洋鬼子的奇形怪狀和個別市民貪利失節的醜行。另如軍前樂府，包括黃金貴、無錫車、接難民、半邊眉四首，是一組強烈的諷刺詩。在這裏值得我們特別提出來的是他的蘭陵女兒行和烈女行紀黃婉梨事。這兩篇都是控訴湘軍官兵刦略良家婦女罪行的長篇敘事詩。前篇描寫蘭陵女兒的勇敢機智，終於逃出了虎窟，以喜劇作結；後篇描繪黃婉梨在暴力刦持下，從容鎮定，把兩個暴徒毒死和殺死，終於自縊，成爲動人的悲劇。兩詩中極力鋪敘湘軍官兵的荒淫無恥和迫害人民的殘暴行爲，塑造出兩個動人的婦女形象。蘭陵女兒行長達一千五百餘字，以七言爲主，黃婉梨篇以五言爲主，都雜用長短不齊的字句和說話體的散文句法，顯示他的詩歌在形式上的特點。茲舉烈女行紀黃婉梨事中的一段爲例。

朝朝盼官兵，十有二年久。官兵既收城，全家開笑口。叩門來一兵，狀貌比「賊」醜。搜屋無一錢，怒掣刀在手。女前跪致詞，請以身代母。兵曰不殺汝，殺汝全家人，汝能飛去否？全家被殺時，女木立若癡。兵徐縛女出，鞭馬還怒馳。江干㠀有船，驅女使上之。告以歸湘南，妻汝汝勿疑。女心默自計，我死寧有他。我固不惜死，全家雛則那？忍淚向雛語，我方身有痾。隨汝到汝家，嫁汝締蔦蘿。今有同船人，男婦數十多。汝若苦逼我，我惟沈江波。不見金家婦，汝奈江波何。雛竟帖耳聽，不敢相詆訶。朝夕敬事女，水程累月過。水程累月盡，舍舟當就陸。同舟人各行，同行一雛獨。女心搖搖撞小鹿，此去不知何處宿，何日誅雛死瞑目。行未數里，橫來一人，伴雛而走，甚狎且親。數數目女道女美，彼此虐謔紛笑嗔。女聞無言眉暗顰，兩惡男子意不馴。我一弱女甯其倫，事急惟有死，保我金玉身。報雛在今昔，萬一沈冤伸，不報亦今夕，銜悲極千春。逆旅急偷閒，留詩壁間塵。後有讀之者，為我聊酸辛。倚裝幾何時，白日暗平楚。兩傖羅酒肴，燒燭照窗戶。呼女陪壺觴，教汝伴歌舞。缺音悠號呶，時雜鶯燕語。逆旅夫何知，夜寐各賓主。明日之日日正中，房門不啓人無踪，破扃睨視生悲風。一男中鴆死，口鼻皆青紅。一男毒較輕，白刃洞在胸。一女挂羅巾，徧身窮綺窮。細讀壁間詩，了了陳始終。乃知女所為，辣手眞從容。萬口嘖嘖稱女雄，此女毋乃人中龍。

金和的政治立場是反對太平天国，但在他長期的生活體驗中，他認識到清朝官吏、軍兵的剝削人民、迫害人民的真實情況，又寫出了上舉的敘事詩一類的富有現實意義的作品。所謂「朝朝盼官兵，十有二年久」，結果來的官兵，是這樣的殘暴醜惡，這就給了他很大的教育。正因爲他能接受這樣的教育，所以在他的作品裏，又能形成積極的一面。

七　詩界革命與清末詩歌

詩界革命　中法戰爭、中日戰爭我國接續大敗以後，形成了歐、美、日本各帝國主義瓜分中國的危急形勢。這一「創巨痛深」（譚嗣同語）和「四千年二十朝所未有之奇變」（康有爲語）的形勢，刺激了一部分染有資本主義思想的知識分子變法圖強的強烈要求，他們希望從改良政治而使中國走上資本主義道路，來挽救中國的滅亡。代表這一資產階級性質的政治改良運動，就是康有爲、梁啓超、譚嗣同諸人的維新派。爲了適應他們的政治主張，他們在文學方面提出了「詩界革命」的口號，要求詩歌從內容和形式進行改革，密切聯繫現實和政治內容，爲改良主義服務。這種文學思想是龔自珍以來進一步的發展，到了這一時期，提得更爲明確和具體，形成一個新的思潮，它在當日固然具有進步的歷史意義，但因爲「詩界革命」是資產階級政治改良運動在詩歌領域內的反映，所以它在本質上無可避免地存在着政治思想的局限。

譚嗣同在當日危急的政治形勢中，認識到詩歌改革的必要性。他說：「天發殺機，龍蛇起陸，猶不自懲，而爲此無用之呻吟，抑何靡與？三十前之精力，敝於所謂考據詞章，垂垂盡矣。勉於世，無一當焉。憤而發篋，畢棄之。」（莽蒼蒼齋詩自敍）譚嗣同有此覺悟，於是棄舊從新，創作了一些新體詩。梁啓超說：「復生自熹其新學之詩，……蓋當時所謂新詩者，頗喜撏撦新名詞以自表異。丙申、丁酉間，吾黨數子皆好作此體，提倡之者爲夏穗卿。」（飲冰室詩話）這是「詩界革命」的初期情況，後來比較深入，要求「詩界革命」應當以精神爲主。所以梁啓超說：「過渡時代，必有革命。然革命者當革其精神，非革其形式。吾黨近好言詩界革命。雖然，若以堆積滿紙新名詞爲革命，是以滿洲政府變法維新之類也。能以舊風格含新意境，斯可以舉革命之實矣。苟能爾爾，則雖間雜一二新名詞，亦不爲病。」（飲冰室詩話）可知「詩界革命」運動，也經過了一個發展的過程。革其精神，要求新意境，同時也要求新詞句，強調詩歌與政治結合，擴大了詩歌的題材，排除傳統格律的束縛，因而反對模擬古人，追求獨創，對於同光體一派的詩歌，表示不滿。在這一運動中，有康有爲、黃遵憲、譚嗣同、梁啓超、夏曾佑、蔣觀雲諸人，而創作成就，以黃遵憲最爲傑出。

黃遵憲及其他詩人　黃遵憲（一八四八——一九〇五），字公度，廣東嘉應州（今梅縣）人。光緒舉人，歷任日、美、英各國外交官，深受西方資產階級思想影響。他認爲中國政體，必須學習英國。取租稅、訟獄、警察之權，分之於四方百姓。取學校、武備、交通之權，歸之於中央政府。盡廢督府藩臬等官，以分巡道爲地方大吏，其職在行政而不許議政。上自朝廷，下自府縣，設立民選議院。又將二十一行省分爲五大部，各設總督，其體制如澳州、加拿大總督。中央君主權，如英皇統轄本國五大部。如此則內安民生，外聯與國，庶幾可以自立。（節引其壬寅論學牋）其政治觀點，由此可見。後任湖南長寶鹽法道、署按察使，助巡撫陳寶箴推行新政。時梁啓超、譚嗣同亦來湘，共同辦學會，講新學，提倡民治，主張維新，風氣爲之大變。旋調任出使日本大臣，尙未赴任，而戊戌變法，幾罹黨禍。後罷職放歸，閉戶著書，不預世事。有人境廬詩草、日本國志等作。

黃遵憲很早就有改革詩歌的志願，他與丘菽園書云：「少日喜爲詩，謬有別創詩界之論。……詩雖小道，然歐洲詩人出其鼓吹文明之筆，竟有左右世界之力。」他認識詩歌的社會作用，有左右世界之力，故詩界革新尤爲必要。他的酬曾重伯編修詩云：「廢君一日官書力，讀我連篇新派詩」，他自認他的詩是新派詩。他論詩「以言志爲體，以感人爲用」（與梁任公書），其要點見於他的人境廬詩草自序中。「士生古人之後，古人之詩，號專門名家者，無慮百數十家。欲棄去古人之糟粕，而不爲古人所束縛，誠戛戛乎其難。雖然，僕嘗以爲詩之外有事，詩之中有人，今之世異於古，今之人亦何必與古人同。嘗於胸中設一詩境。一曰復古人比興之體；一曰以單行之神，運排偶之體；一曰取離騷、樂府之神理而不襲其貌；一曰用古文家伸縮離合之法以入詩。其取材也，自羣經三史，逮於周、秦諸子之書，許、鄭諸家之注，凡事名物名切於今者，皆採取而假借之。其述事也，舉今日之官書會典方言俗諺，以及古人未有之物，未闢之境，耳目所歷，皆筆而書之。其鍊格也，自曹、鮑、陶、謝、李、杜、韓、蘇迄於晚近小家，不名一格，不專一體，要不失乎爲我之詩。」又在雜感詩中云：「我手寫吾口，古豈能拘牽。卽今流俗語，我若登簡編：五千年後人，驚爲古斕斑。」他在這裏，很全面地表達了他對於詩歌的論點。關於詩境、取材、述事和煉格各方面，都表示了很好的意見。主要精神是：善於學習傳統，棄其糟粕，取其精英；取材必須廣泛，述事務求充實；反對摹擬古人，擺脫束縛，要「我手寫吾口」，做到「詩之外有事、詩之中有人」，而達到「古人未有之物、未闢之境」的新境界。

黃遵憲詩歌的主要特色，在於內容充實，反映了時代精神，把詩歌創作和社會生活、政治事件密切結合起來。他蒿目世變，撫時感事，所聞所見，發之於詩，表現了他關懷國家命運和反對外國侵略的愛國熱情，具有深刻的人民性和現實性。如馮將軍歌、東溝行、哀旅順、哭威海、降將軍歌、臺灣行、度遼將軍歌、香港感懷諸篇，對清政府的腐敗無能表示了極大的憤慨，對抗敵英雄作了表揚。反對外敵的侵略，憂傷祖國的危殆，哀悼臺灣的淪亡，斥責失敗將軍的無恥，述事真實，情調悲憤，字裏行間，洋溢着愛國的強烈感情，而具有真實的歷史內容，其他如書憤、感事、京亂補述六首、已亥續懷人詩、羣公以及和丘逢甲酬唱諸作，都包含有許多史料，其中有不少優秀作品。在他這些作品中，古體尤有特色，大都悲壯激越，元氣淋漓，傳之他年，可稱詩史。例如：

聞雞夜半投袂起，檄告東人我來矣。此行領取萬户侯，豈謂區區不余畀。將軍慷慨來度遼，揮鞭躍馬誇人豪。平時蒐集得漢印，今作將印懸在腰。將軍鄉者曾乘傳，高下句驪蹤跡遍。銅柱銘功白馬盟，鄰國傳聞猶膽顫。自從弭節駐雞林，所部精兵皆百鍊。人言骨相應封侯，恨不遇時逢一戰。雄關巍峨高插天，雪花如掌春風顛。歲朝大會召諸將，銅爐銀燭圍紅氍。酒酣舉白再行酒，拔刀親割生彘肩。自言平生習鎗法，鍊目鍊臂十五年。目光紫電閃不動，袒臂示客如鐵肩。淮河將帥巾幗耳，蕭娘、呂姥殊可憐。看余上馬快殺賊，左盤右辟誰當前？鴨綠之江碧蹄館，坐令萬里銷烽烟。坐中黃、曾大手筆，為我勒碑銘燕然。么麼鼠子乃敢爾，是何雞狗何蟲豸。會逢天幸遽貪功，它它籍籍來赴死。能降免死跪此牌，敢抗顏行聊一試。待彼三戰三北餘，試我七縱七擒計。兩軍相接戰甫交，紛紛鳥散空營逃。棄冠脫劍無人惜，只幸腰間印未失。將軍終是察吏才，湘中一官復歸來。八千弟子半摧折，白衣迎拜悲風哀。幕僚步卒皆雲散，將軍歸來猶善飯。平章古玉圖鼎鐘，搜篋價猶值千萬。聞道銅山東向傾，願以區區當芹獻。藉充歲幣少補償，毀家報國臣所願。燕雲北望憂憤多，時出漢印三摩挱。忽憶遼東浪死歌，印兮印兮奈爾何！（度遼將軍歌）

此詩爲諷刺吳大澂而作。中東事起，時吳爲湖南巡撫。吳好金石古董，適購得漢印，其文爲

「度遼將軍」。吳大喜，以爲是萬里封侯之兆，於是請纓出關，與日軍戰，全軍盡覆，大敗入關，革職留任。此詩氣勢縱橫，結構嚴整，用意深厚，語言凝煉，可爲黃詩壓卷之作。其他如七月十五夜暑甚看月達曉、夜起、贈梁任父同年一類的近體詩，也流露出深厚的愛國感情。再如感懷第一首的諷刺坐井觀天的儒生，雜感諸篇對於擬古主義者的嘲笑和對於科舉制度的不滿，也很有意義。

黃遵憲很重視民歌藝術。他說：「十五國風妙絕古今，正以婦人女子矢口而成，使學士大夫操筆爲之，反不能爾。以人籟易爲，天籟難學也。余離家日久，鄉音漸忘，輯錄此歌謠，往往搜索枯腸，半日不成一字，因念彼岡頭溪尾，肩挑一擔，竟日往復，歌聲不歇者，何其才之大也。」這是他寫在幾首山歌後面的題記，可以看出他對民歌的愛好和給予很高的評價。他主張作詩不避流俗語，要「我手寫吾口」，都是受民歌的啓示和影響。他的山歌序云：「土俗好爲歌，男女贈答，頗有子夜、讀曲遺意，採其能筆於書者，得數首。」但在題記中，有「僕今創爲此體」之語，可知這些山歌，是他在民歌的基礎上經過再創作的。他喜愛故鄉的民歌，也喜愛日本的民歌，他寫了山歌、都踊歌一類清新的作品。再如出軍歌、軍中歌諸篇，也灌輸了民歌精神。茲舉山歌兩首爲例：

人人要結後生緣，儂只今生結目前。一十二時不離別，郎行郎坐總隨肩。

一家女兒做新娘，十家女兒看鏡光。街頭銅鼓聲聲打，打着中心只說郎。

在詩歌表現方面，黃遵憲能在舊體中，注輸新語言，造成新意境。如今別離四首，分別把輪船火車、電報、照像、東西半球晝夜相反等新事物，寫進詩中，別開生面。新語言表現新事物，新意境反映出新感情，今別離和古別離就大不相同了。從形式而論，信筆直書，不拘一格一體，變化抑揚，明暢通達，能於古人外獨闢蹊徑。梁啓超說：「近世詩人，能鎔鑄新理想以入舊風格者，當推黃公度。」（飲冰室詩話）當日如譚嗣同、夏曾佑諸人，在這方面的成就都比不上他。

汝魂將何之，欲與君追隨。飄然渡滄海，不畏風波危。昨夕入君室，舉手搴君帷。披帷不見人，想君就枕遲。君魂倘尋我，會面亦難期。恐君魂來日，是妾不寐時。妾睡君或醒，君睡妾豈知。彼此不相聞，安怪常參差。舉頭見明月，明月方入扉。此時想君身，侵曉剛披衣。君在海之角，妾在天之涯。相去三萬里，晝夜相背馳。眠起不同時，魂夢難相依。地長不能縮，翼短不能飛。只有戀君心，海枯終不移。海水深復深，難以量相思。（今別離之四）

此詩通過東西兩半球晝夜相反的新知識，來描寫男女別離之情，別有意境。今別離詩共四章，辭意深細，構想奇異。他與梁啓超書云：「意欲掃去詞章家一切陳陳相因之語，用今人所見之理，所用之器，所遭之時勢，一寓之於詩，務使詩中有人，詩外有事，不能施之於他日，移之於他人。」可見其詩歌的精神。

黃遵憲自稱其詩，五古凌跨千古，七古不過比白居易、吳偉業略勝一籌，其自負如此。細觀其詩，特色固多，然在某些篇章中，也有工力不厚、辭費蕪雜之弊。而其佳者，誠能自成一家，爲詩界革命諸人之冠。他的詩歌的主要傾向，表現了反侵略、愛祖國的思想感情，以及對黑暗現實的不滿，正如康有爲所說：「上感國變，中傷種族，下哀生民。」（人境廬詩草序）但也必須指出，由於他的階級偏見，對於太平天国革命和義和團運動，表示了反對的態度。如乙丑十一月避亂大埔三河墟、拔自賊中述所聞、潮州行、喜聞恪靖伯左公至官軍收復嘉應賊盡滅、亂後歸家以及初聞京師義和團事感賦、感事又寄邱仲閼、述聞、天津紀亂、聶將軍歌諸詩，都是這一類作品。但他晚年，對於曾國藩的看法，很有改變。他有書與梁啓超評其爲人云：「僕以爲其學問，皆破碎陳腐，迂疏無用之學。於今日泰西之哲學，未夢見也。……然彼視洪、楊之徒，張總愚、陳玉成之輩，猶僭竊盜賊，而忘其爲赤子爲吾民也。此其所盡忠以報國者，在上則朝廷之命，在下則疆吏之職耳。於現在民族之強弱，將來世界之治亂，未一措意也。所學皆儒術，而善處功名之際，乃專用黃、老，其外交政略，務以保守爲義。……曾文正者事事皆不可師，而今而後，苟學其人，非特誤國，且不得成名。」這些批評出之於幾十年前，還是相當深刻的。

戊戌變法時期，康有爲、譚嗣同也頗有優秀之作，對「詩界革命」運動，作出了貢獻。梁啓超云：「南海先生不以詩名，然其詩固有非尋常作家所能及者，蓋發於真性情，故詩外常有人也。先生最嗜杜詩，能誦全杜集，一字不遺。」（飲冰室詩話）他們當日的詩歌，大都能聯繫政治，富於鼓舞人心的熱情，而具有氣魄雄偉、感慨悲憤的共同特色。康有爲的感事、己丑上書不達出都、出都留別諸公，譚嗣同的秦嶺、夜成、和仙槎除夕感懷四篇并敍、有感一章、獄中題壁諸詩，都是優秀之作。

滄海驚波百怪橫，唐衢痛哭萬人驚。高峯突出諸山妒，上帝無言百鬼獰。豈有漢廷思賈誼，拚教江夏殺禰衡。陸沈預為中原歎，他日應思魯二生。（康有為出都留別諸公五首之一）

世間無物抵春愁，合向蒼冥一哭休。四萬萬人齊下淚，天涯何處是神州。（譚嗣同有感一章）

望門投止思張儉，忍死須臾待杜根。我自橫刀向天笑，去留肝膽兩崑崙。（譚嗣同獄中題壁）

高歌壯語，真摯動人。梁啓超謂譚嗣同獄中詩之兩崑崙，一指康有爲，一指大刀王五，即王正誼，爲幽燕大俠，以保鏢爲業。見飲冰室詩話。

梁啓超不以詩名。他說過：「余向不能爲詩，自戊戌東徂以來，始強學耳。然作之甚艱辛，往往爲近體一二章，所費時日，與撰新民叢報數千言論說相等。」（飲冰室詩話）但他善於論詩，積極鼓吹「詩界革命」，並在他主編的一些刊物上，刊登新派詩，在這一運動中，他起了重要的推動作用。他的飲冰室詩話，是戊戌變法失敗後，逃亡日本時所作，主要是記述「詩界革命」運動的情況，並着重宣傳黃遵憲的詩歌成就。

最後，我要介紹的是愛國詩人丘逢甲。

丘逢甲　丘逢甲（一八六四——一九一二），字仙根，號蟄仙，又號仲閼、倉海。臺灣彰化人。出生於苗栗縣銅鑼灣。軀幹魁梧，廣額豐耳。幼負大志，博覽羣書。弱冠即以詩名。光緒進士，爲兵部主事。其弟丘瑞甲作先兄倉海行狀云：「甲午中日事起，捐家資，編全臺壯民爲義軍，計成幕者三十五營。乙未春，滿廷割臺於日，先兄電爭，繼以電罵，卒不得挽，遂集臺人倡獨立，爲民主國，舉清撫唐景崧爲大總統，守臺北；劉永福爲幫辦，守臺南；先兄爲大將軍，守臺中。防守嚴，日人不得登陸。未幾臺北告急，先兄率所部往援，至中途而臺北破，唐已先去，日兵乃由鐵道南下，直至新竹縣，義軍力禦，經二十餘晝夜，初戰皆捷，因槍彈少不支。……先兄知事無可爲，乃回臺中，與先考妣倉卒內渡，時已六月初旬矣。」（江瑔丘倉海傳，謂他任副總統兼大將軍。）他內渡後，住家於廣東嘉應州鎮平。並往來於潮、汕之間。他認爲當日中國危機日迫，非開民智養人才莫能挽救，乃積極提倡教育，振興學務，先在汕頭倡辦同文學堂，後至廣州任省教育會長，維護新學，不遺餘力。辛亥革命後，孫中山在南京組織臨時政府，被舉爲參議院參議員。未數月，得吐血症回家，翌年二月去世。「卒之日，遺言葬須南嚮，曰：吾不忘臺灣也。」（江瑔丘倉海傳）由於這些記述，我們可以知道丘逢甲不僅是一個有愛國思想的詩人，而且是臺灣人民反對日本帝國主義侵略的政治、軍事方面的領導者，是具有實際鬥爭生活的詩人。正因如此，在他的作品裏，真摯地表現了愛國思想的真情實感，表現了感動人心的反帝、愛國的激情。他有深厚的文學修養，優秀的語言技巧，和善於學習古典進步詩歌的精神，使他的詩歌在思想和藝術的結合上，得到了卓越的成就。江瑔說他的詩凌厲雄邁，寢饋於李、杜、蘇、黃諸家，去其皮而得其骨（見丘倉海傳）。在清末詩人中，他是一位傑出的詩人。他在反映新事物上雖不如黃遵憲，但在藝術工力方面，又往往過之。

丘逢甲內渡以後，與黃遵憲交遊，詩歌酬唱，甚爲密切。他有詩云：「邇來詩界唱革命，誰果獨尊吾未逢。流盡玄黃筆頭血，茫茫詞海戰羣龍」；又云：「新築詩中大舞臺，侏儒幾輩劇堪哀。卽今開幕推神手，要選人天絕代才」；又云：「芭蕉雪裏供摹寫，絕妙能詩王右丞。米雨歐風作吟料，豈同隆古事無徵。」（論詩次鐵廬韻）他雖未直接參加詩界革命運動，其詩歌精神與詩界革命是一致的。他的詩集名爲嶺雲海日樓詩鈔，凡十三卷，另選外集一卷。

他現在流存下來的詩，都是內渡以後所作。只卷尾附有絕句六首，是離開臺灣時候寫的，題爲離臺詩，有序云：「將行矣，草此數章，聊寫積憤，妹倩張君請珍藏之，十年之後，有心人重若拱璧矣。海東遺民草。」這六首詩寫得非常悲憤，可見他當日離臺時的哀痛心情。今舉三首：

宰相有權能割地，孤臣無力可回天。扁舟去作鴟夷子，回首河山意黯然。

捲土重來未可知，江山亦要偉人持。成名豎子知多少，海上誰來建義旗？

從此中原恐陸沈，東周積弱又於今。入山冷眼觀時局，荊棘銅駝感慨深。

他內渡以後，其詩在藝術上更有進步。他運用了律、絕、古體多樣的形式，表達自己的思想感情。追懷故土，熱愛祖國，情感真摯，信心堅定。抑揚頓挫，沈鬱蒼涼，具有鼓舞人心的激情和感染人心的藝術力量。如春愁、天涯、送頌臣之臺灣、往事、答臺中友人、淩風樓懷古、得頌臣臺灣書却寄、對月書感、秋懷、春感次許蘊伯大令韻、寄懷黃公度、聞膠州事書感、澳門雜詩、九龍有感、珠江書感、香港書感、和平里行諸篇，都是優秀之作。

春愁難遣強看山，往事驚心淚欲潸。四百萬人同一哭，去年今日割臺灣。（春愁）

羣峯疊翠倚樓間，一角頹雲夕照殷。忽憶去年春色裏，九龍還是漢家山。（九龍有感）

往事何堪說，征衫血淚斑。龍歸天外雨，鼇沒海中山。銀燭鏖詩罷，牙旂校獵還。不知成異域，夜夜夢臺灣。（往事）

窄袖輕衫裝束新，珠江風月漾胡塵。誰知寵柳嬌花地，別有聞歌感慨人。（珠江書感）

海色不可極，西風吹鬢絲。中朝正全盛，此地已居夷。異服魚龍雜，高巢燕雀危。平生陸沉感，獨自發哀噫。（香港書感）

殘壘過南嵌，孤城枕北江。鬼雄多死別，人士半生降。戰氣花間堞！夷歌柳外艭。傷痍猶滿目，愁煞倚篷窗。（送頌臣之臺灣八首之五）

親友如相問，吾廬榜念臺。全輸非定局，已溺有燃灰。棄地原非策，呼天儻見哀。十年如未死，捲土定重來。（同上第六首）

天涯雁斷少書還，夢入虛無縹渺間。兵火餘生心易碎，愁人未老鬢先斑。沒蕃親故淪滄海，歸漢郎官遯故山。已分生離同死別，不堪揮淚說臺灣。（天涯）

讀了上面這些作品，一面可以體會到他作品中思想性的強烈，同時也可體會到他的詩歌是在內容、形式結合得緊密的基礎上表現出動人的感情和力量。送頌臣之臺灣共有八首，俱爲佳作。慷慨悲歌，有迴腸盪氣之勝。所贈黃遵憲七律多章，也很優秀。其和平里行長詩，爲弔文天祥而作，元氣淋漓，魄力雄偉，表現他在七言歌行中的卓越成就。「我來下馬讀殘碑，弔古茫茫滿襟淚」，借古傷今，抒寫撫時感事的懷抱。其結段云：「平生我忝忠義人，浪萍還剩浮沉身。壺盧墩畔思故里，義師散盡哀孤臣。凌風樓頭爲公弔，振華樓頭夢公召。眼前突兀見公書，古道居然顏色照。斗牛上瞰風雲扶，願打千本歸臨摹。何時和平真慰願，五洲一統胡塵無！」其心其情，於此可見。丘逢甲的愛國詩篇，到今天賦予以新的現實意義。

第三十章 紅樓夢與清代小說

在清朝，如古文詩詞一類的舊體文學都步入總結的階段，惟有小說正保有壯健的生命，顯示着光輝的前途。雖在那一個樸學全盛、注重經典考據的學術空氣裏，小說仍表現着突出的成就，使現實主義得到進一步的豐富與發展。由蒲松齡、吳敬梓、曹雪芹三大作家的作品，替清代文壇增加了不少光彩。到了晚清，小說受了時代環境的影響，更趨於繁榮，在當時雖沒有產生傑出的作品，但在數量上，卻展開了前此未有的熱烈場面。在那短短的期間裏，創作翻譯，竟達數百種以上。

一 蒲松齡與聊齋誌異

談到清朝的小說，我們首先要注意的作家便是蒲松齡。蒲松齡（一六四〇——一七一五），字留仙，一字劍臣，別號柳泉居士，山東淄川（今淄博）人。他天資聰明，知識淵博，有深厚的學問。賦性樸厚，篤於交遊，以文章風節著稱於時。但科場不利，到七十一歲，才補歲貢生。他一生不遇，在家教書爲業，著作甚多。除小說、俗曲以外，有文集、詩集、詞集及省身語錄、懷刑錄、曆字文、日用俗字、農桑經等作。蒲松齡在中國文學界得享盛名者，是由於他的短篇小說集聊齋誌異。聊齋誌異共十六卷，凡四百餘篇。

聊齋誌異的內容大都是描寫妖狐神鬼的奇形怪事。但作者文筆簡鍊，條理井然，所寫雖說都是神鬼妖魔，然都懂得人情世故。化為美女，無不賢淑多情；幻作男人，也都誠厚有禮。陰間實勝陽世，妖界遠過凡人。由于它所反映的現實性極為強烈，所以比從前任何的志怪書大不相同。它是用唐人傳奇之筆墨，寫人世陰陽之怪異。讀者置身於鬼妖之間，不覺可怕，反覺可親。加以文筆古鍊，可作散文的範本，因此大為知識階層所愛好。相傳王士禛激賞此書，欲以重金購之而不可得，聲譽益高。作者在聊齋自誌中云：「才非干寶，雅愛搜神；情類黃州，喜人談鬼。聞則命筆，遂以成編。久之，四方同人又以郵筒相寄，因而物以好聚，所積益夥。」作者這樣歡喜搜神談鬼，並不是他對於神鬼真的有了信仰，從而表揚其因果報應之說，實際他是有所為而為的。他在自誌裏又說：「集腋為裘，妄續幽冥之錄；浮白載筆，僅成孤憤之書。寄託如此，亦足悲矣。」可知作者的著書目的，是借鬼神世界，反映、影射人間生活和社會現實，而加以批判、揭露，來發洩自己的悲憤的。蒲松齡生於明朝末葉，成長於清代初期。他雖是世代書香，到了他的時候，已經家道衰落，生活很為清苦。科場不利，上進無門，走了一生窮秀才的道路，只能在鄉村教書為業。正因為他窮困的遭遇和在農村長期的生活，與勞動人民有密切的聯繫和豐富的生活實踐，他瞭解人民的思想感情，體會人民的苦痛，他的創作，便有了深厚的思想基礎和同情人民的感情。在聊齋誌異裏，有許多短篇，是暴露封建政治制度的黑暗，和攻擊那些貪官污吏剝削人民、壓榨人民的罪行的。席方平一篇，非常有力而又生動地描繪了封建官吏和司法制度的腐朽本質。官吏豪紳，互相勾結，見錢眼開，窮人的生命財產，全無保障，而席方平本人則誓死不肯向惡勢力屈服，反映出被壓迫人民向封建惡勢力的反抗精神。寫的雖是陰間，實際卽是人世的隱寓。「城隍、郡司，爲小民父母之官，司上帝牛羊之牧。雖則職居下列，而盡瘁者不辭折腰；卽或勢逼大僚，而有志者亦應強項。乃上下其鷹鷙之手，既罔念夫民貧；且飛揚其狙獪之奸，更不嫌夫鬼瘦。惟受贓而枉法，真人面而獸心。」作者借着二郎神的判語，對人世間的貪贓枉法的官吏的罪行，作了嚴厲的譴責。促織是寫得更爲細緻，組織更爲巧妙的一個短篇。它通過封建帝王玩弄蟋蟀的故事，使得官吏差役們，興師動衆，到處搜括，逼得人民家破人亡，全文充滿着被壓迫者的悲慘歷史。惜結局虛弱，削弱了作品的主題思想。再如俠女、紅玉、商三官、田七郎、竇氏、崔猛、仇大娘、王者、石清虛等篇，直接或是間接地揭發貪官、污吏、惡霸、豪紳們的魚肉人民的種種罪行，在某些篇裏，還刻劃了除暴鋤奸的俠客義士的形象。

在另外一些短篇裏，描寫了妖怪精靈和人戀愛的故事。在這些幻想的離奇故事中，表露出反抗封建禮教，追求婚姻自由、追求幸福生活的強烈意志。嬰寧、阿寶、香玉諸篇，都寫得很動人。作者創造了許多大膽而又溫柔的女性，歌誦着純真的愛情，斥責了那些荒淫無恥的色鬼。同時在張誠、馬介甫、江城、呂無病、錦瑟諸作裏，也寫出了悍婦妒女的形象。還有一些故事，揭發了科場的弊病和士子的醜態，也有些描寫勞動人民辛勤樸實的品質，和民間藝人的優秀雜技的篇章。書中的題材，非常廣泛，瑰奇曲折，精光四射，富於吸引讀者的力量。

聊齋誌異雖是一部描寫神鬼妖怪的小說，作者有豐富的想像，美麗的文筆，巧妙的組織，多樣的題材；大部分的優秀短篇，是在現實生活的基礎上，通過積極浪漫主義的創作方法表現出來的，而具有暗中諷刺社會、批判現實的積極意義。但因爲書中所寫的大都是妖鬼的故事，因而也夾雜了一些宿命的思想和迷信的色彩。

性質與聊齋相近者，還有袁枚的新齊諧（初名子不語），沈起鳳的諧鐸，和邦額的夜譚隨錄，尹似村（浩歌子）的螢窗異草，管世灝的影談，馮起鳳的昔柳摭談，宣鼎的夜雨秋燈錄等作，但成就俱在聊齋之下。性質與聊齋相近而風格稍有不同者，爲紀昀之閱微草堂筆記。紀昀（一七二四——一八〇五），字曉嵐，直隸獻縣（今屬河北）人，學問廣博，總纂四庫全書，一生精力，傾注於四庫總目提要，故其他的著述不多。閱微草堂筆記五種，內容雖亦屬志怪，但與聊齋那種專尚辭華、鋪張揚厲之文筆與態度，是極不同的。在姑妄聽之卷前言中云：「緬昔作者如王仲任、應仲遠，引經據古，博辨宏通；陶淵明、劉敬叔、劉義慶，簡淡數言，自然妙遠，誠不敢妄擬前修，然大旨期不乖於風教。」可見作者的旨趣，是想排除唐人傳奇之浮華，而想追蹤晉、宋人的質樸。一時風行文壇，竟與聊齋爭席，風氣爲之一變。文中時有諷刺道學家的苛言高論之處，尤爲此書一個特色。後來如許元仲的三異筆談，俞鴻漸的印雪軒隨筆，俞樾的右台仙館筆記諸書，其體式大略與閱微草堂筆記相近。

醒世姻緣傳　蒲松齡除聊齋誌異以外，相傳還寫過一百萬字的長篇小說醒世姻緣傳。醒世姻緣傳原題西周生輯著。書中的事蹟，是寫明朝英宗到憲宗時代一個家庭的故事。二百多年來，對於作者的年代與真正的姓名，極少有人注意。楊復吉（一七四七——一八二〇）的夢蘭瑣筆云：「蒲留仙聊齋誌異脫稿後百年，無人任剞劂。乾隆乙酉、丙戌，楚中浙中同時授梓。楚令爲王令君某，浙本爲趙太守起杲所刊。鮑以文云：留仙尚有醒世姻緣小說，蓋實有所指，書成，爲其家所訐，至褫其衿。……」（昭代叢書癸集）鮑以文（廷博）是代趙起杲刻聊齋誌異的人，來源似乎可信。並且鮑以文又是楊復吉的朋友，夢蘭瑣筆的記載，也不是道聽塗說的了。再從聊齋誌異、醒世姻緣和許多鼓子詞中，證以故事情節、土語方言和作者地域，亦無不相合。（但也有人懷疑此說，頗難肯定，暫從夢蘭瑣筆。）

醒世姻緣傳這部大規模的小說，鋪敘一個兩世的惡姻緣的果報，尤其着重寫出幾個悍婦的真面目。作者用盡了淋漓酣暢的筆墨，描寫那夫婦冤家幾乎是不近人情的種種事態。故事是很簡單的，說前生的晁源射死了一隻狐，並且把狐皮剝了。他寵愛他的妾珍哥，虐待其妻計氏，因此計氏被逼自縊而死。到了今生，晁源託生爲狄希陳，死狐託生爲他的妻薛素姐，計氏託生爲他的妾童寄姐。於是冤冤相報，素姐、寄姐兩人，對狄希陳虐待得慘無人道。狄的父母，也被她們氣死了。她們虐待丈夫的方法，說來真有些奇怪。有時把丈夫綁在牀腳上，用大針刺他；有時關起門來，用棒椎痛打六百四十棒，打得只剩了一絲油氣；有時晚上不許上牀，把他綁在一條小板櫈上，一動就毒打；有時關在牢監裏，故意餓他；有時把鮮紅的炭火倒在丈夫的衣領裏，讓他的背部燒得焦爛，幾乎燒死。最奇怪的，狄希陳這一個男子漢，生來就是怕老婆的，看見她們，不僅不敢反抗，只是發抖聽命而已。在這種痛苦生活無法忍受的時候，來了一位叫胡無翳的高僧，向狄生指出前生今世的因果：「這是你前世種下的深仇，今世做了你的渾家，叫你無處可逃，才好報復得茁實。如要解冤釋恨，除非倚仗佛法，方可懺罪消災。」狄希陳聽了他的話，念了一萬遍金剛經，果然消除了冤業。在這一連串可怕的故事裏，男人們讀了，真有點毛髮聳然。世上怕老婆的男子固然不少，世上的悍婦潑婦固然也很多，怕得這麼厲害，妒得潑得這麼毒辣的，如狄希陳、薛素姐、童寄姐之流，無論走遍中外，真要算是空前絕後了。這故事的發展，自然是不近人情的，思想也是非常腐舊的。他一心一意的要用因果報應來說明人生不可抵抗的命運哲學。書中的引起裏說：

大怨大仇，勢不能報，今世皆配為夫妻。……那夫妻之中，就如頸項上癭袋一樣，去了愈要傷命，留着大是苦人。日間無處可逃，夜間更是難受。……將一把累世不磨的鈍刀在你頸上鋸來鋸去，教你零敲碎受。這等報復，豈不勝如那閻王的刀山、劍樹、磑搗、磨挨，十八重阿鼻地獄？

唯一解救這因果報應的方法，便是倚仗佛法，懺罪消災。使這一部大規模的醒世姻緣傳，表現出封建社會中極其落後的迷信思想，完全陷入了宿命論的泥坑而無法自拔了。但他所描寫的範圍非常廣闊，觸及到社會生活的各個方面。因而在不少章節裏，對於黑暗現實進行了暴露和批判，形成積極的一面。如舊家庭的矛盾，婆媳夫婦間的葛藤，以及地主官吏的殘暴和嚴重災荒下農村人民的悲慘生活，都寫得真實而又動人。我們讀醒世姻緣傳時，首先要批判它的落後思想，同時又要注意它在社會內容上的一些真實反映。

醒世姻緣傳在文字技巧上是相當成功的。白話文寫得頗爲漂亮，細緻深刻，新鮮而沒有套語。善於描寫人物的個性，尤長於變態心理的表現。同是悍婦，薛素姐是薛素姐，童寄姐是童寄姐，晁源、狄希陳同是糊塗蟲，各有各人的糊塗方式。書中的幾位老太太、幾位老頭子，都寫得活靈活現，表現出語言的特色。

蒲松齡的鼓詞　蒲松齡除了聊齋誌異與醒世姻緣傳以外，還寫了十幾部長長短短的鼓詞。這些鼓詞最大的特色，完全用的是白話韻文，演成通俗的曲子，這給予散曲一個極大的解放。他現存的作品，有十多種。

一、窮漢詞　二、俊夜叉
三、牆頭記　四、增補幸雲曲
五、蓬萊宴　六、寒森曲
七、慈悲曲　八、姑婦曲
九、翻魘殃　十、富貴神仙
十一、禳妒咒　十二、磨難曲
十三、醜俊巴　十四、快曲

上面的曲本，除禳妒咒一種爲戲劇體之外，其餘各種都是鼓詞。這些鼓詞有的敘故事，有的寫感想，是一種與道情、彈詞相近的東西，和着鼓音唱起來，必悅耳可聽，而又文字通俗，老嫗可解，實在是一種雅俗共賞的作品。其中有好多篇是根據聊齋誌異的篇目改編的。如磨難曲是演張鴻漸的故事而成，但增加了一些新的內容，思想性也較爲強烈了。這些鼓詞，當日究竟演唱過沒有，就無從知道了。

用純粹的白話寫曲，蒲松齡要算是成功的。他一掃那裝腔作勢的典雅的語氣，用自然的語言，自然的音調，繪聲繪影地把人物的個性姿態表現出來，詼諧諷刺，兼而有之，給予曲體文學一種新空氣新生命。如禳妒咒（此篇卽演聊齋的江城故事）中裴妓的一節，寫江城責其丈夫嫖妓云：

蝦蟆曲　哄我自家日日受孤單，你可給人家夜夜做心肝。（強人呀）仔說我不好，仔說我不賢。不看你那般，只看這般，沒人打罵，你就上天。（強人呀）你那牀上吱吱呀呀，好不喜歡！

過來，跟了我去，不許你在沒人處胡做。

我只是要你合我在那裏過罷，我可又不曾叫你下油鍋。（強人呀）俺漫去搜羅，你漫去快活，今日弄出這個，明日弄出那個，這樣可恨，氣殺閻羅。（強人呀）俺也叫人家「哥哥呀哥哥」，你心如何？

寫得這麼直率，這麼天真，又這麼自然活潑。蒲松齡不僅善用文言體寫短篇小說，還長於用白話體寫長篇小說，他不僅工詩文，更長於寫俗曲。他在文學上的成就是多方面的，他的形式、風格也是多方面的。

二　吳敬梓與儒林外史

吳敬梓是中國極其優秀的諷刺文學的古典作家，他的儒林外史，不僅是十八世紀中國小說界的傑作，而且也是中國小說史上不朽的現實主義的作品。中國的白話小說，是在唐、宋以來城市經濟的繁榮與廣大市民階層的基礎上發展起來的。先由藝人的口頭創作，演成話本，再由話本進爲章回小說。到了明朝，章回小說在藝術上得到了高度的成就，產生了三國演義、水滸、西遊記這些巨大的古典作品。明代末年，由於李卓吾、袁宏道、馮夢龍這些人對於小說的鼓吹與提倡，大大地提高了小說在文學中的價值。到了十八世紀，小說的創作，呈現出另一種新的面貌和精神。三國演義、水滸一類的古典巨著，無論故事內容和語言方面，大都是在幾百年來人民創作的基礎上，在民間流傳的話本和戲曲的基礎上，再由某一個作家或是前後幾個作家予以創造性的加工，它們的思想性和藝術性是一步一步提高起來的。因此這些作品的思想價值與藝術價值，表現了相當濃厚的羣眾性與集體性。對於這樣的作品，我們還只能認識它們的整體價值。十八世紀儒林外史、紅樓夢的產生就完全不同了。在這些作品中，表現出一個作家完整的藝術風格，更重要的表現出一個作家巨大的獨創精神。他們寫出了他們自己的時代，自己的社會，以及自己的生活特徵與思想面貌。一個作家的創作力量與創作態度，非常明確地表現在他們的作品裏。作家的思想情感與作品的思想情感，發生了更爲密切的血肉聯繫。我們都知道，儒林外史、紅樓夢的內容，不是在民間流傳過組織過的歷史故事與神話故事，而是吳敬梓、曹雪芹獨創出來的；它們的思想性與藝術性不是逐步提高的，而是吳敬梓、曹雪芹個人的天才的創造。就在語言的鎔鑄與人物描寫的手法上，也呈現出他們特有的風格。在這些地方，說明了十八世紀的小說比起以前的作品來，有顯著不同的特色和精神。

一

吳敬梓（一七〇一——一七五四），字敏軒，一字文木，安徽全椒人。他同紅樓夢的作者曹雪芹一樣，出身於大官僚地主家庭，到了後期同樣遭受極其窮困的境遇。吳敬梓的高祖吳沛，是一位理學大家，爲東南學者宗師。曾祖吳國對是順治年間的探花，由編修做到侍讀。祖父吳旦死得很早，但其伯叔祖吳昺、吳晟，一爲榜眼、一爲進士。他父親吳霖起是一個拔貢，做過贛榆縣的教諭，人品高尙，對於富貴功名看慣了，不以爲奇，一心一意要在學問上安身立命。做教諭時，捐資興學，教育子弟，後來不得意，辭官回家，不久便死了。吳敬梓自己說：「五十年中，家門鼎盛。子弟則人有鳳毛，門巷則家誇馬糞」（移家賦），「一門三鼎甲，四代六尙書」（儒林外史中語）。吳敬梓就在這樣一個大官僚地主家庭裏成長起來的，就在這樣一個八股世家裏教養出來的。但是他不僅有很高的智慧，並且刻苦讀書，在青年時代，他對於學問辭章都有了深厚的基礎。程晉芳說他「其學尤精文選，詩賦援筆立成，夙構者莫之爲勝。」（文木先生傳）在文木山房集裏，我們還可看到他在這方面的成就。後來他的學問愈廣博，對那些淺薄無聊的八股文，更是看得一錢不值；思想愈深閎，對那些封建時代的進士翰林的科舉功名，更覺得虛僞無味。於是他便從煊赫一時的八股世家裏解放出來，從那大官僚地主的家庭裏解放出來；自二十歲中秀才後，就不去考舉人進士，不去求官求名，一心一意地研究學問，一心一意地從事文學創作，追求他自己理想的生活，正如他所說「要做一些自己想做的事」。祖上傳下來的田地銀子，他在短期內都花得精光，生活陷入極端的窮困。他有錢的時候，有人利用他，欺騙他；等他一旦窮了，都來責罵他，嘲笑他，使他在家庭中社會上遭到極大的冷待。他在儒林外史裏，借着高老先生的口，描繪出他自己的精神面貌來。

他這兒子就更胡說，混穿混吃，和尚道士，工匠花子，都拉着相與，卻不肯相與一個正經人。不到十年內，把六七萬銀子弄的精光。天長縣站不住，搬在南京城裏，日日攜着乃眷上酒館吃酒，手裏拿着一個銅盞子，就像討飯的一般。不想他家竟出了這樣子弟。學生在家裏，往常教子姪們讀書，就以他為戒。每人讀書的桌子上寫一紙條貼着，上面寫道：不可學天長杜儀。（三十四回）

這裏的天長杜儀，正是儒林外史的作者吳敬梓。他這樣真實的寫出自己「像討飯的一般」的面影來，不僅沒有半點慚羞之色，在字裏行間，還對這種面影洋溢着喜愛和欣賞的感情，在這裏正表現出這一位世家子弟思想的解放和人生觀的轉變。那位高老先生算是痛快地罵了他一頓，然而他的特色，他的人生價值，卻正在這裏。所以遲衡山聽了，就對別人說道：「方才高老先生這些話，分明是罵少卿（杜儀），不想倒替少卿添了許多身分。眾位先生，少卿是自古及今難得的一個奇人。」其實吳敬梓並不是什麼奇怪的人，而只是一個封建家庭的逆子，科舉制度的叛徒而已。在封建社會裏，像遲衡山一類能認識他的人自然是少數，多的是高老先生一類的假道學，臧三爺、張俊民、王鬍子、伊昭一類的騙子。所以吳敬梓說：「田廬盡賣，鄉里傳爲子弟戒。年少何人，肥馬輕裘笑我貧。」（減字木蘭花）他處在那樣一個是非不明善惡不分的社會裏，給他的報酬，必然是飢餓與貧窮，必然是世俗的無恥的誣衊。吳敬梓開始痛恨他本縣的風俗澆薄，人心不正，於是遷家到南京去，不料南京的社會一樣使他失望。伊昭罵他說：「南京人都知道他本來是個有錢的人，而今弄窮了，在南京躲着，專好扯謊騙錢，他最沒有品行。」（三十六回）這是當日知識分子給吳敬梓的侮辱。其實，扯謊騙錢的最沒有品行的並不是吳敬梓，恰好是伊昭自己。後來他的生活愈來愈窮困，冬天沒有火，同朋友們在城外跑路，謂之「暖足」；賣了舊書去買米，有時候弄不到錢，就兩天餓着不吃飯。但是他仍然刻苦讀書，從事創作。「安徽巡撫趙公國麟聞其名，招之試，才之，以博學鴻詞薦，竟不赴廷試，亦自此不應鄉舉，而家益以貧。乃移居江城東之大中橋，環堵蕭然，擁故書數十冊，日夕自娛。窮極，則以書易米。或冬日苦寒，無酒食，邀同好汪京門、樊聖謨輩五六人，乘月出城南門，繞城堞行數十里，歌吟嘯呼，相與應和，逮明，入水西門，各大笑散去。夜夜如是，謂之暖足。余族伯祖麗山先生與有姻連，時周之。方秋，霖潦三四日，族祖告諸子曰：『比日城中米奇貴，不知敏軒作何狀，可持米三斗、錢二千、往視之。』至，則不食二日矣。」（程晉芳文木先生傳）

這一段文字，把吳敬梓晚年的窮困，寫得極其真實動人，今日讀了，還感着無限的同情與感慨。一位這樣大的作家，社會上對他冷淡無情，結果是窮死在揚州，連殯殮的費用，還靠窮朋友來料理，這是封建社會的罪惡。在金兆燕甲戌仲冬送吳文木先生旅櫬於揚州城外登舟歸金陵的長詩裏，哀痛地寫出了這位天才文人最悲慘的結局。其中有云：「踉蹌至君前，瞪目無一詞。左右爲余言，頃刻事太奇：今晨飽朝餐，雄談盡解頤。乘暮謁客歸，呼尊酹一巵，薄醉遂高眠，自解衫與綦。安枕未終食，壅痰如流澌，圭匕不及投，撒手在片時。幼子哭床頭，痛若遭鞭笞。作書與兩兄，血淚紛淋漓。……生平愛秦淮，吟魂應戀茲。一笑看凌雲，橫江天四垂。」從這裏，使我們看到了吳敬梓在逝世之前，還是不脫那種豪逸灑脫的性格，也使我們看到他在客地悽涼、與世長逝時的慘淡情狀。金兆燕是第一個刻儒林外史的人，他另有一首寄吳文木先生七古，對吳氏晚年的思想與生活也寫得很詳盡。

吳敬梓畢竟是一個非常的人，他絕不因窮困而改變他的思想和人生態度，向科舉投降，向舊社會屈服。他能在旁人不能忍受的窮困裏，絲毫不怨恨不後悔，反而更堅強更穩固起來，把握自己的生命與精力，發揮創作的熱情，揮舞着他那鋒利無比的諷刺的刀劍，刻劃他經歷過的人生道路和觀察到的醜惡社會，在那艱苦的生活的搏鬬中，完成了他的傑作儒林外史。在兩百多年前，在那八股社會裏，吳敬梓選擇了白話小說的體裁，作爲自己的文學創作的形式，作爲向舊社會鬬爭的武器，正顯出他的文學思想的進步。他對於白話文學價値的重視，絕非當代那些正統派的文學家和衞道派的理學家所能了解所能想像的。連他的好朋友程晉芳尙且感慨地說：「外史紀儒林，刻劃何工妍。吾爲斯人悲，竟以稗說傳。」（懷人詩）在封建時代以小說傳名，本來是被人看不起的。但到了今天，人人都知道儒林外史是吳敬梓的傑作，在中國小說史上，同水滸、紅樓一樣，佔有極其崇高的地位。

二

儒林外史的藝術特色，是巧妙地運用了諷刺文學的手法，向封建社會的科舉制度與吃人的禮教，作了無情的抨擊與揭露。在中國古代儒家所鼓吹的溫柔敦厚的文學思想傳統裏，諷刺文學是比較不容易發展的。諸子的寓言中，唐代的傳奇中，元、明的戲曲中，西遊記和聊齋誌異及其他作品中，雖說也流露出一點諷刺的光輝，但那光輝比較淡薄。到了儒林外史，吳敬梓才以嘻笑怒罵淋漓酣暢的文筆，以其觀察社會的銳利透徹的眼光，向舊時代的道德，向舊時代不合理的制度以及各種醉心利祿虛僞無恥的人們，作了比較全面和深刻的嘲笑與鞭打。在中國文學史上，初次樹立起來古典諷刺文學的豐碑。

吳敬梓的時代，是清帝國的封建統治最鞏固的時代，也是科舉力量最厲害的時代。清朝統治者開始是運用大屠殺和文字獄來殘酷地壓迫漢人，後來又利用科舉功名來引誘漢人。這雙管齊下的政策，對於封建統治政權的鞏固，收到了很大的效果。到了吳敬梓時代，漢人的反清鬬爭，如狂風掃過了海面一樣，已入了靜止的狀態。顧炎武、黃宗羲、王夫之這些大師們所傳播的民族思想的影子，是愈來愈淡薄了。新起的知識分子，忘了前一輩血腥的餘痛，都把科舉功名看作唯一的出路，把他們有用的生命，全部埋葬在八股文裏面。所謂「十年窗下，一舉成名」，是當代知識分子的座右銘與安眠藥。不管你怎樣，只要你一旦進了學中了舉，「有拿雞蛋來的，有拿白酒來的，也有背了斗米來的，也有捉兩隻雞來的」，甚至有送田產的，有送店房的。（第三回）所以胡屠戶說：舉人老爺就是天上的星宿。再進一步就做大官發大財，便成爲封建統治階級的忠臣孝子，騎在人民頭上作威作福。所謂「錢到公事辦，火到豬頭爛」，正是這些人做官發財的哲學。這種不要真才實學的考試制度，實際是鞏固封建統治勢力的重要基石。吳敬梓出身於八股世家，想要走科舉功名的路，真是探囊取物，易如反掌，然而吳敬梓絕不這樣做。他認識到八股文，決不是考選人才的辦法，只是皇帝的愚民政策，是困死人才的毒計，是統制思想的武器。但幾百年來，科舉制度不僅是封建王朝的盛典，社會上都把它看作是無上的光榮，在廣大人民中造成根深蒂固的虛榮的心理。只有進學、中舉、點翰林，才是人生的理想，才是升官發財顯親揚名的道路。吳敬梓在儒林外史中，借馬二先生的口，以半認真半嘲笑的態度說：

舉業二字，是從古及今人人必要做的。就如孔子生在春秋時候，那時用「言揚行舉」做官，故孔子只講得個「言寡尤，行寡悔，祿在其中」，這便是孔子的舉業。講到戰國時，以遊說做官，所以孟子歷說齊、梁，這便是孟子的舉業。到漢朝，用賢良方正開科，所以公孫弘、董仲舒舉賢良方正，這便是漢人的舉業。到唐朝用詩賦取士，他們若講孔、孟的話，就沒有官做了。所以唐人都會做幾句詩，這便是唐人的舉業。到宋朝又好了，都用的是些理學的人做官，所以程、朱就講理學，這便是宋人的舉業。到本朝用文章取士，這是極好的法則。就是夫子在而今，也要念文章做舉業，斷不講那「言寡尤，行寡悔」的話。何也？就日日講究「言寡尤，行寡悔」，那個給你官做？孔子的道也就不行了。（第十三回）

這段文字，表面是推崇舉業，其實卻是諷刺舉業，這便是吳敬梓諷世文學的技巧。他因為痛恨這種惡制度，因此他決心不從科舉裏求功名，決心要摧毀那種根深蒂固的社會心理。朋友中愈是會做八股文的他就愈加討厭。程晉芳說他：「嫉時文士如讎，其尤工者則尤嫉之。」封建時代的知識分子自然很難了解他這種進步的思想。也就因爲無人了解他這種思想，這種思想就更覺得高超可貴，必然成爲黑暗王國的一點光輝。所以他說：「如何父師訓，專儲制舉材？」他把周進、范進的形象寫得那麼鮮明，不僅充滿着恨，同時也充滿着憐憫。他的目的是要青年們研究真學問，造就真人才。在儒林外史第一回，他借着王冕的口批評八股文說：「這個法卻定的不好，將來讀書人既有此一條榮身之路，把那文行出處都看得輕了。」讀書人不講學問不講品格，兩眼只望着功名利祿，自然什麼寡廉鮮恥的事都會做得出來。顧炎武說秀才們「不知史冊名目、朝代先後和字書偏旁」，又說八股文的毒害，過於秦始皇的焚書，這並不是誇張之辭。

吳敬梓生長在那樣的家庭，生長在那樣的時代，對於科舉社會的種種醜態與罪惡，見得多看得透，正如魯迅所說：「反戈一擊，易制強敵的死命。」他在儒林外史中用辛辣諷刺的戈矛，生動而又真實地塗出了無數顏色鮮明的漫畫，在那些畫面上，交織着秀才、貢生、舉人、翰林、斗方名士、八股選家、揚州鹽商、官吏鄉紳各種人物的臉譜，這些醜態百出的人物，通過藝術形象的表現，成爲封建社會形形色色的圖卷。這些人物，彼此之間互相聯繫，錯綜複雜，構成剝削人民壓迫人民的鞏固封建統治勢力的核心。吳敬梓的勇敢與進步，就在於他發揮了現實主義的諷刺文學的精神，向八股文宣戰，向封建社會的核心進攻，並且得到了一定的戰績。

諷刺文學的任務，是要通過典型的形象和特點，深刻而無情地抓住並揭露現實中一切反面的現象，予以高度的概括。吳敬梓在儒林外史裏，創造出許多鮮明的典型形象，對腐舊、虛僞、落後的事物，進行了諷刺和批判，給人以深刻的教育意義。凡是讀過儒林外史的人，都能體會到周進、范進，湯知縣、嚴貢生、胡屠戶、王舉人、張鄉紳、牛布衣、匡超人、楊執中、權勿用這一羣人物的形象是刻劃得多麼鮮明生動。通過這些形象，真的教育了我們，使我們對於封建社會，對於一切舊的虛僞的落後的事物，採取憎恨的不調和的態度。吳敬梓的愛與憎，在儒林外史裏表現得非常分明。他處處同情那些弱者和窮苦的受壓迫的下層人物，大官僚、假名士、大鹽商以及科舉老爺們，都成爲他憎恨的諷刺的對象。由於他能明確地認清自己的筆鋒所指的對象，所以他的諷刺文學的鋒芒，才能深入地刺進那些卑鄙無恥之徒的靈魂深處，才能把那些醜惡的諷刺對象，毫無隱瞞地一一展現在讀者的眼前。就在這裏閃動着現實主義的光輝和筆力的犀利。諷刺作家對那個時代的生活和社會關係，描寫得愈真實愈深刻，他作品的效果和教育意義就愈有力量。摧毀垂死的腐朽的東西，發揚新的生機，新的力量，是諷刺作家的主要任務。

吳敬梓不僅刻劃了許多鮮明概括的反面典型，也表露出一些正面形象。由於歷史的限制，這些正面形象沒有在儒林外史中佔到主要的地位。但他也寫出了王冕、沈瓊枝、倪老爹、荆元、于老者這些自食其力不畏強暴的有品格有志氣的人物。這些人物在今天自然還不能符合我們的理想，但在二百多年前的舊時代，都是被人輕視的踐踏的，然而卻是可敬可愛的人物。吳敬梓給他們以無限的敬意與同情，使讀者體會到諷刺的創作者的人生理想。在閑齋老人的序文裏說：「其書以功名富貴爲一篇之骨。有心豔功名富貴而媚人下人者，有倚仗功名富貴而驕人傲人者，有假託無意功名富貴自以爲高、被人看破恥笑者，終乃以辭卻功名富貴、品地最上一層爲中流砥柱。」這裏不僅說明了吳敬梓的寫作態度，同時也說明了儒林外史的主要內容。

吳敬梓不僅無情地鞭打了封建社會的科舉制度，全面地嘲笑了那些不學無術的裝模作樣的知識分子，並且對於封建社會的道德觀念與吃人的禮教，也作了尖銳的諷刺。第四回寫范進中舉以後，死了母親，到湯知縣那裏去打秋風，那言談舉動，真寫得細膩絕倫。第五回寫王秀才議立偏房，因爲得了二百銀子，就抬出三綱五常一大套道理來騙人。第四十八回寫王三姑娘的殉節，更是深刻地描繪出禮教權威與內心苦痛的矛盾。在這些有笑有淚的文字裏，各種人物的性情心術，一一活躍紙上，如見其肺腑。吳敬梓在這裏把那些舊禮教舊道德的表皮一層一層地剝開，讓那些醜惡的渣子顯露在讀者的眼前，使我們明瞭封建文化的本質，加強我們對於舊禮教舊道德的憤恨。

三

其次，吳敬梓對於婦女的見解，也值得我們重視。沈瓊枝是一個獨斷獨行的女子，因爲不願作妾，逃到南京去賣文爲生。舊社會對她的觀念，必然是輕視她。遲衡山說：「這個明明借此勾引人，他能做不能做，不必管他。」武書道：「我看這個女人實有些奇。若說他是個邪貨，他卻不帶淫氣；若說他是人家遣出來的婢妾，他卻又不帶賤氣。」沈瓊枝自己哀痛地說：「我在南京半年多，凡到我這裏來的，不是把我當作倚門之娼，就是疑我爲江湖之盜。」封建社會男人眼裏的女子，就是這樣可憐的地位。但是吳敬梓卻完全不同，他借着少卿的口說：「鹽商富貴奢華，多少士大夫見了就銷魂奪魄，你一個弱女子，視如土芥，這就可敬的極了。」（四十一回）這不僅罵了鹽商，提高了沈瓊枝的身價，更重要的是還從側面擊中了熱中功名的士大夫的要害。以鹽商起家的宋爲富，娶妾是娶慣了的，這次碰見了沈瓊枝不肯屈服，他憤怒地紅着臉道：「我們富商人家，一年至少要娶七八個妾，都像這麼淘氣起來，這日子還過得？」這種無賴的口吻，是多麼卑鄙無恥。在那哀哀無告的舊社會裏，敬重和支援沈瓊枝的就只有吳敬梓一人，在這裏所表現的不是人情，而是正義、而是對舊制度惡勢力的強烈的反抗。因此吳敬梓堅決地主張一夫一妻制，他覺得夫婦的和愛，便是人生的幸福，快樂的家庭。季葦蕭勸少卿娶妾時，少卿回答說：「況且娶妾的事，小弟覺得最傷天理。天下不過是這些人，一個人佔了幾個婦人，天下必有幾個無妻之客。」（第三十四回）吳敬梓的妻子雖死得很早，但他倆的感情是非常純厚的。

吳敬梓是一個清醒的現實主義者，他有科學的冷靜的頭腦，在儒林外史裏，一掃過去小說中那些神鬼的荒誕，玄虛縹緲的奇談以及因果輪迴的迷信。他所描寫的所表現的全是現實的事件，貫通全書的脈絡，無一不是我們耳聞目見的實際的日常生活。沒有過分的誇張，沒有超人的奇蹟。如洪道士的鍊金，張鐵臂的欺世，在作者的筆下都露出了原形，加以無情的譴責。對於風水的邪說，作者尤爲痛恨。在第四十四回裏，寫到「講風水遷墳墓」的事，他發表了「那要遷墳的，就依子孫謀殺祖父的律，立刻凌遲處死」的激烈議論。在這一方面所表現的，中國古代其他的小說都比不上它。

吳敬梓的反科舉、反禮教、反迷信，並且從各個角度上，批判了封建社會文化的虛僞和腐朽，都表現出他進步的思想內容。正因爲他具有這樣進步的思想基礎，才能使他的現實主義的藝術力量，放射出燦爛的光輝，而取得了諷刺文學的巨大成就。但儒林外史也是有其局限性的，主要表現在：他把希望寄託於古代的「純儒」，眼光嚮往着幾千年的空中樓閣，不是革新，而是戀舊。讀書中的第三十七回，令人感到陳腐不堪，就在這裏又表現出他思想中保守、落後的一面。

儒林外史的語言，基本上是普通的口語，修辭造句，簡練純淨，而又時雜冷雋，更有助于它的表達能力，而有時又表現出富於機智、幽默的特色。他有時候用成語、諺語、歇後語、文言語等等，在刻劃人物的性格上，都是恰到好處的。錢玄同說：「水滸是方言的文學，儒林外史卻是國語的文學，可以列爲現在中等學校的模範的國語讀本之一。」

作爲長篇小說來看儒林外史，結構似不嚴密。正如魯迅所說：「惟全書無主幹，僅驅使各種人物，行列而來，事與其來俱起，亦與其去俱訖，雖云長篇，頗同短製。」（中國小說史略）

儒林外史過去通行的版本都是五十六回本，但據金和跋云：「先生著書皆奇數。是書原本僅五十五卷，于述琴棋書畫四士既畢，卽接沁園春一詞；何時何人妄增『幽榜』一卷，其詔表皆割先生文集中駢語襞積而成，更陋劣可哂，今宜芟之以還其舊。」可見五十六回這一回是後人妄加的了。至于同治年間的六十回本的後五回，那更是不可靠的了。

三　曹雪芹與紅樓夢

曹雪芹的紅樓夢，不單是十八世紀中國偉大的文學傑作，它同詩經、屈賦、史記、李、杜詩歌、關、王雜劇和水滸、儒林外史這些優秀作品，在中國三千多年來的古典文學歷史上，形成綿延不斷的文學的高峯；由於它們在藝術上優秀的成就，高度地表現了我們民族的創造精神和風格，成爲民族文學中珍貴、光輝的遺產。紅樓夢在文學史上的價值，不僅是中國的，而且是世界的。

在過去一百多年中，紅樓夢深入了社會的各階層，得到廣大讀者的愛好。尤其是對於知識分子的青年男女，它具有高度的感染效果。偉大悲劇中的主角賈寶玉、林黛玉和薛寶釵，多方面地吸引着讀者們的心靈。有的寄以同情，有的加以譴責；在舊社會裏，於是產生了各派的「紅迷」、「紅學」的穿鑿附會以及道學家的曲解。王夢阮的紅樓夢索隱，說此書是爲「清世祖與董鄂妃而作，兼及當時諸名王奇女」；蔡元培的石頭記索隱，說此書是清康熙朝的政治小說，「書中本事在弔明之亡，揭清之失，而尤於漢族名士仕清者寓痛惜之意」；還有人說紅樓夢是大學、中庸之書，主旨是要闡明「在明明德，在新民，在止於至善」。由於這些附會和曲解，長期地掩蔽了這一偉大作品的文學本質，忽略了它反映時代和客觀現實的真實精神。「五四」以後，經過許多人的研究考證，我們知道了紅樓夢作者曹雪芹的簡單的生活歷史，因此，對於這一部書才有進一步的認識。但在文學價值的批評上，還有人把它看作是一部單純描寫三角戀愛的才子佳人的小說，這觀點是錯誤的。

一

曹雪芹（約一七一五左右——一七六三），名霑，字夢阮，號芹圃、芹溪，原籍河北（？）

。大約在明朝末年，他的祖先遷居東北，入了滿洲籍，所以曹雪芹是漢軍正白旗人。後來他的祖先隨清兵入關，得到宮廷的寵幸，成爲顯赫一時的世家。紅樓夢說：「吾家自國朝定鼎以來，功名奕世，富貴流傳，已歷百年。」（第五回）又說：「如今我們家赫赫揚揚，已將百載。」（第十三回）這裏說的是賈家，也就是暗示曹家。在康熙的整個年代，是曹家「富貴榮華」的極盛時期。由康熙二年到雍正六年，在這六十幾年中，從曹雪芹的曾祖曹璽到他的伯父曹顒、父親曹頫，世襲了江寧織造將近六十年之久，有時還兼任蘇州織造和兩淮鹽政。江寧織造是內務府的肥缺，也是皇帝的近倖。他們一面替皇帝採辦宮廷的衣服裝飾及日常用品，同時又是皇帝的耳目。官階雖不很高，實際是一個最有勢最有錢的要職。曹璽、曹寅、曹顒、曹頫祖孫四人，做了將近六十年這樣的官，曹家便成爲一個標準的剝削世家，成爲官僚大地主。他們用剝削來的大量金錢，收買土地莊園，建造華麗的房屋，千方百計地講究吃，千方百計地講究穿。曹家這一種奢侈無比的物質生活，後來就成爲曹雪芹描寫賈家貴族生活的物質基礎。

康熙死了以後，繼位的是雍正，雍正的帝位，是用陰謀殘酷的手段奪取來的。因此他繼位以後，爲了要樹立自己的威權，特別要打擊他父親的親信，曹家正是他要打擊的一個對象。雍正六年，曹家被抄，曹雪芹的父親曹頫也被削職，於是這「富貴流傳已歷百年」的煊赫一時的剝削世家，就衰敗下來，到了次年，曹頫終於離開住了幾十年的金陵，遷居到北京去，以後一直住在北京。

紅樓夢的作者曹雪芹，就生長在這樣一個大官僚地主的家庭裏。他家藏書非常豐富，善本書就有三千多種。曹寅附庸風雅，結交當日名士，如陳其年、朱彝尊、尤侗、姜宸英輩，都是曹家的座上客。生長在那樣家庭裏的了弟們，本來很容易墮落腐化，一無所成。然而曹雪芹卻不是這樣，他刻苦讀書，愛好文藝。在那樣的環境裏，儘量地吸取精神上的糧食，培養他學問的根底和文學的才能。他耳聞目見以及薰陶感染的，是舊時代的文藝空氣和奢侈荒淫的物質生活。他的一生，經歷着曹家由榮華而至於衰敗的過程。這一位世家子弟，到了晚期，遭受到極其窮困的生活境遇。

尋詩人去留僧壁，賣畫錢來付酒家。燕市狂歌悲遇合，秦淮殘夢憶繁華。（敦敏贈曹雪芹）

滿徑蓬蒿老不華，舉家食粥酒常賒。（敦誠贈曹芹圃）

殘杯冷炙有德色，不如著書黃葉村。（敦誠寄懷曹雪芹）

敦敏、敦誠兄弟是曹雪芹的好朋友，都是滿族人。在他倆的集子裏，還保存一些關於曹雪芹的史料。在上面這些詩句裏，可以看出曹雪芹晚期生活的窮困。房屋破敗，全家吃粥，酒錢也付不出，靠賣畫來貼補家用。「寒冬噎酸虀，雪夜圍破毡」，正是他晚期生活的寫照。他的朋友勸他在貧窮中堅持著書，這書就是紅樓夢。一七六二年秋天，曹雪芹的愛兒病死了，他非常傷感，得了病，幾月後終於在極端窮困的生活裏死了，年齡不到五十歲。關於曹雪芹的生年，現在尙無法確知。至于卒年，則有兩說：一說主張卒于乾隆二十七年壬午除夕，卽公元一七六三年二月十二日。理由是甲戌本紅樓夢第一回眉批裏，有這樣的話：「能解者方有辛酸之淚，哭成此書。壬午除夕，書未成，芹爲淚盡而逝。」可見雪芹是卒于壬午除夕的。一說主張卒于癸未除夕，理由是懋齋詩鈔中有小詩代柬寄曹雪芹一首五律，在此詩的前面第三首古刹小憩下，旁注「癸未」二字，而懋齋詩鈔是按年編次的，所以確定小詩代柬寄曹雪芹一詩也是作于癸未，可見癸未那年，雪芹還在；再則根據敦誠輓曹雪芹詩，題曰「甲申」，則雪芹應卒于癸未。但因懋齋詩鈔本是殘本，又經過剪貼，次序可能凌亂，而甲戌本雖只有十六回，却是大家公認的，比較接近于雪芹的稿本，這一條「壬午除夕」的脂批，證據因而也比較直接有力。我是相信壬午說的。如果從壬午說，再據張宜泉春柳堂詩稿中傷芹溪居士一詩所注，「年未五旬而卒」，推測雪芹存年爲四十八九歲，則他的生年當在公元一七一五年左右。至于敦誠輓詩中的「四十年華」云云，可能有誤，我認爲張宜泉的詩注較爲可信。

對於曹雪芹的家世和生活有了簡明的認識，在紅樓夢這一偉大作品的分析和瞭解上，將有很大的幫助。曹雪芹是以悲憤、回憶和批判的心情，以豐富的生活實踐，來描寫一個貴族家庭興衰的歷史。「富貴不知樂業，貧窮難耐淒涼！可憐辜負好時光，於國於家無望。天下無能第一，古今不肖無雙。寄言紈袴與膏粱，莫效此兒形狀。」這是紅樓夢中的賈寶玉，其中可能暗寓着一點曹雪芹的影子。在這詞裏，一面是譴責，更重要的是在悲憤和批判的情緒中，更深一層地體會到那貴族家庭的腐爛與罪惡，並也透露出封建家族對於青年子弟的腐蝕與毒化的憤恨。曹雪芹在他衰敗破落的窮困的晚年，在生活上在情感上逐步離開了往日的階級地位，用他的血和淚，用他整個的生命，用他鋒利、藝術的文筆，創造出光輝無比的紅樓夢。

紅樓夢是通過賈、王、薛幾大家族在政治經濟上的內外活動，宮廷貴族的勾結與矛盾，各種男女戀愛的葛藤以及家庭中的日常瑣事，生動而又真實地描繪出一幅封建家族衰敗歷史的圖卷。紅樓夢的歷史意義與藝術價值，絕不是單純地建築在賈寶玉、林黛玉戀愛失敗的基礎上，而主要的是建築在揭露封建制度與貴族家庭的腐爛與罪惡上。由於種種的腐爛與罪惡，結果是應了秦可卿所說的「樹倒猢猻散」的預言，使紅樓夢在結構上一反舊有小說的大團圓的形式，而創造了崇高的悲劇的美學價值。在中國的古典小說裏，專就結構的完整與佈局的細密上說，很少有其他的作品能比得上紅樓夢。

二

紅樓夢的巨大成就，是在這家譜式的小說裏，大膽地揭露了君權時代外戚貴族的荒淫腐朽的生活，指出他們種種虛僞、欺詐、貪心、腐朽、壓迫和剝削以及心靈與道德的墮落。它不單指出了那一家族的必然崩潰與死亡，同時也暗示出那一家族所屬的階級所屬的社會的必然崩潰與死亡。但要做到這一點，絕不能出於空虛想像的描寫，絕不能出於概念化的說明，必得在生活上有豐富的體驗，細微深入的觀察，通過高度的語言表現能力和優美的藝術技巧，才能生動地忠實地描繪出那一家族的本質和各種人物的真實形象來。要真能熟悉那一階級的生活，要對於那一階級的生活和情感有真正的體會，才能寫出那一階級的真實來。曹雪芹恰好有這種才質，他不僅有高度的文學修養，而且有深厚的貴族家庭的生活基礎；因此在他筆下出現的「賈府」，是既真實而又具體地展開在讀者的眼前。封建家族的生活方式、各種人物的言語舉動，以及房屋設備飮食衣服各種方面，都寫得具體而又生動，幾乎使讀者爲之迷眩。如果讀者們只注意這種表面的華麗生活，而忽略了在經濟方面支持這一家族的農民生活的窮困，那是錯誤的。讀者必須知道，爲了賈家的貪婪與剝削，許多人家弄得傾家蕩產，許多人家出賣兒女，許多少男少女，成爲「賈府」的家奴與丫頭。賈家的經濟來源，一面是支用公款，一面是剝削農民，再就是敲詐和放高利貸。第十六回趙嬤嬤說：「別講銀子成了糞土，憑是世上有的，沒有不是堆山積海的」，「也不過拿着皇帝家的銀子往皇帝身上使罷了。」糞土一般的銀子，堆山積海的物資，雖說來自宮廷，實際都是人民的血汗。再在第五十三回裏，描寫黑山村的佃戶烏莊頭到賈家來納租的一幕，曹雪芹用極其真實的筆，描繪出一幅剝削農民的現實的圖畫。在那裏寫出來的，僅黑山村一處莊園而已，像那一類的莊園，賈家還不知道有多少。在那個大荒年裏，農民正窮困得無衣無食，而烏莊頭送來的是米一千擔，柴炭三萬三千斤，乾蝦二百斤，熊掌二十對，鹿舌牛舌各五十條，海參五十斤，雞鴨鵝六百隻，各種豬一百隻，各種羊八十隻……又賣去粱穀牲口各項，折銀二千五百兩，等等。烏莊頭一面叩頭，一面哀訴年成不好。而賈珍看了大不滿意，皺眉道：「我算定你至少也有五千銀子來，這夠做什麼的？如今你們一共只剩了八九個莊子，今年倒有兩處報了旱潦，你們又打擂台，真真是叫我別過年了。」「這幾年添了許多花錢的事，一定不可免是要花的，卻又不添些銀子產業。這一二年裏賠了許多，不和你們要，找誰去？」這正是地主的經濟哲學，也就是他們剝削思想的口供。在這裏很明確地指出，賈家那一套窮奢極欲的穿吃享用，實際都是勞動人民的脂膏。被剝削的和那些負債的窮戶們，因爲無法滿足地主的慾望，受不住壓迫，結果是有的變賣產業，有的出賣自己的女兒。那些女孩子們無法反抗，只能怨恨自己的奴才命。寶玉有一次看見了襲人的妹妹生得漂亮，想把她接到家裏來，襲人聽了冷笑道：「我一個人是奴才命罷了，難道連我的親戚都是奴才命不成？」這話說得多麼傷心和沉痛。我們讀紅樓夢時，如果只注意十二金釵之類的熱鬧場面，甚至於羡慕襲人、平兒那些丫頭們的穿戴飲食，而不去注意她們精神上的苦痛和悲慘的奴才境遇以及封建官僚地主剝削的罪惡，那是非常不正確的。我們試想，金釧、晴雯、鴛鴦、尤二姐、尤三姐這些可愛的女孩子們，全都成爲賈家那一批色鬼荒唐鬼的犧牲品，全成爲封建社會的殉葬人。曹雪芹描寫她們的時候，用着非常同情的文筆，在極其醜惡的現實上，點染出她們純潔的心靈。使讀者對於封建社會和地主官僚的惡德，感到無比的憤恨。

對賈家那一批昏庸頑固的官僚，驕奢淫佚的紈袴子弟們，曹雪芹毫不容情地用各樣顏色的油彩，勾畫出他們虛僞、邪惡、陰險和腐爛的臉譜來，生動而具體的形象，一一展現在讀者的眼前。在賈家出入的那些錦衣玉食的「哥兒小姐」們，絕大部分是醉生夢死看不見陽光的幽靈似的影子。他們的人生，都飄浮在水面上，沒有根，沒有力，沒有血肉。他們不知道一粒米一尺布的艱苦來源，不知道耕牛犂鋤的功用，有錢有勢，養尊處優，不做一件正當的事。有的是「今日會酒，明日觀花，聚賭嫖娼，無所不至」；有的是「勾通官府，包攬詞訟，強姦民女，重利盤剝。」賈璉夫婦、賈珍父子是這類人物的典型。曹雪芹對於他們，用了最現實的筆法和痛恨的心情，真是寫得筆墨酣暢，血淚淋漓。正如焦大所說：「那裏承望到如今生下這些畜生來，每日偷狗戲鷄，爬灰的爬灰，養小叔子的養小叔子，我什麼不知道？偺們胳膊折斷了往袖子裏藏。」紅樓夢的作者借了焦大的口，罵盡了賈家的一切。曹雪芹在這部家譜式的小說裏，這樣深刻細微地描寫了君權時代貴族家庭興衰變化的歷史，進而暗示出封建社會崩潰的必然性，這就是紅樓夢的現實主義的巨大勝利。正因爲他是官僚地主階級的叛徒，正因爲他具有反封建文化反封建社會的進步思想，他的現實主義達到了高度的藝術成就。讀者們都能明確地體會到，紅樓夢是一篇史詩，是一篇封建社會和貴族地主滅亡的史詩。

紅樓夢的作者，一再聲明他不批評政治，他這種態度，我們是可以理解的。曹雪芹時代，是有名的文字獄時代。封建帝王正用嚴厲殘酷的文字獄政策，來壓制當代的愛國知識分子。康、雍、乾三朝，大小文字獄接連不斷，死人之多，牽涉面之廣，是過去歷史上所少見的。曹雪芹雖是旗籍，對於清朝統治者這種可怕的民族歧視和壓迫政策，是不能不顧慮，不能不小心翼翼的。他在紅樓夢中雖沒有「干涉朝廷」，雖沒有明目張膽地指摘最高統治當局，但他非常巧妙地通過「賈府」那一家族的社會關係人事關係，側面地對於封建政治的黑暗腐朽，作了真實的反映。賈雨村那一個諂媚求榮貪贓枉法的官僚，在他的身上，作者賦予了非常深刻的封建時代地方官吏的典型意義。因爲他善於找門路找機會，終於通過林如海、賈政的人事關係，飛黃騰達，加官進祿，做起大官來。開始他經驗不足，還有點縮手縮腳的。後來膽子愈大，良心愈黑。對於權貴的諂媚，是奴才相；對於人民的壓迫，是閻王相；做出許多傷天害理的事來，由馮淵、石頭呆子兩案件，就可見一斑了。

鳳姐是一位管家奶奶，膽大手辣，臉酸心硬，「少說着只怕有一萬個心眼子」。她不僅掌握着賈家的人事經濟大權，她的魔手，依靠着她家的權勢，還伸展到社會各方面去。她自己坦白地說過：「就告我們家謀反也沒要緊。」如此大膽，自然什麼可怕的壞事醜事還做不出來？在王鳳姐弄權鐵檻寺一回裏，集中的表現了這個「鳳辣子」的無所不爲的狠毒手段。爲了三千兩銀子，就拆散了美滿姻緣，害死了兩條人命。在第三回接外孫賈母惜孤女裏，作者以經濟的筆墨，就從黛玉的最初印象中，寫出了王熙鳳在八面玲瓏中那種可怕的威風：「一語未完，只聽後院中有笑語聲，說：『我來遲了，沒得迎接遠客！』黛玉思忖道：這些人個個皆斂聲屏氣如此，這來者是誰，這樣放誕無禮？心下想時，只見一羣媳婦丫鬟擁着一個麗人，從後房進來……。」在這裏，作者雖還沒有說出這個人就是鳳姐，但讀者立刻可以意會到：不是鳳姐又是誰？這種威風，這種氣派，只能是鳳姐的。她既不是賈母的，也不是探春的，又不是王夫人的。像水滸傳一樣，紅樓夢作者在描寫人物的藝術手段上，確是達到了人各一面、人各一心的高度境界。

紅樓夢的作者雖一再聲明不干涉政治，他卻是這樣巧妙的，通過那一家族的複雜社會關係，從側面來反映封建政治的腐朽本質，來反映貴族豪門同地方官僚互相勾結、爲非作歹、謀財害命的種種罪行。在封建社會裏，賈雨村、雲光一類的官僚，決不是個別的，而是普遍存在的；賈赦、鳳姐一類的權貴，也不單是賈家才有，在所有的大官僚家庭裏，同樣存在着大小不同的賈赦和鳳姐。他們的普遍性愈強，就愈能反映出封建政治的黑暗和人民的苦難。這些生動深刻的描寫，在紅樓夢的傾向性上，有着重要的意義和作用。

三

紅樓夢是封建社會的一面鏡子。曹雪芹生長於雍正、乾隆年間，這是清帝國政治的最盛期，也是開始衰微、沒落的時期。中國的封建文化，經過了二千多年的長流，到這時候，一面放射出爛熟的幽光，同時正面臨着衰頹、崩潰的前夜。紅樓夢這一偉大的作品，就出現在這一轉捩的時代。曹雪芹以深厚的學問與豐富的常識，把封建社會長期積累起來的文化知識，幾乎包羅無遺地一齊安插在紅樓夢裏：經學、史學、諸子哲學、散文、駢文、詩賦、詞曲、平話、戲文、繪畫、書法、八股、對聯、詩謎、酒令、佛教、道教、星相、醫卜、禮節、儀式、飲食、服裝以及各種風俗習慣，他都懂得透徹，寫得真實。他執筆寫紅樓夢時，年紀很輕，他的生活經驗有如此豐富，學問修養有如此精深，語言文字有如此鋒利純潔，真令人感到無限的驚奇與讚歎。在他的筆下，寫出了封建社會的妖形怪狀，寫出了封建文化腐爛的本質，使我們深刻地體會到青年男女們生長在那個時代的悲慘命運。

紅樓夢雖是一部自傳性質的小說，然絕不是一點一滴地記載着自己的家世和歷史。曹雪芹是以自己的家世和生活體驗爲基礎，加以社會上耳聞目見的各種人物和事件，經過細心的觀察和體會，再經過剪裁和創造而寫成了這部傑作。紅樓夢在創作的過程中，是以曹家爲底子，但創造完成以後，賈家便成爲封建時代貴族家庭的典型，它概括了無數封建貴族家庭的特性、本質和命運。就在這裏，形成了紅樓夢基礎的深厚與代表性的廣闊以及文學價值的巨大。我們絕不能把紅樓夢看作是盧騷的懺悔錄，絕不能把紅樓夢看作是曹雪芹真實的自傳。

紅樓夢的現實主義藝術特色，首先是在於真實地反映了農民地主的階級矛盾和善於分析、表現家族內部的矛盾，善於描繪人物的典型性格。由於那些大小矛盾的激烈衝擊，加速地促成那個家族的滅亡。在那裏，母子、父子、夫婦、兄弟、姊妹、妻妾、主僕、丫頭與丫頭，無處不顯示着矛盾與衝突。演成無數的葛藤，無數的對立，圍繞着糾纏着那一家族的各種人物，有的是追求功名，有的是維護名教，有的爲了愛情，有的爲了錢財，有的是爭權奪勢，有的是爭情奪愛。真是千頭萬緒，曲折回旋，曹雪芹都把它們安排得條理分明，描寫得入情入理。在這些矛盾和對立中，勢必演成自相殘殺的激烈鬬爭。正如探春所說：「可知這樣大族人家，一時是殺不死的，這可是古人說的：百足之蟲，死而不僵，必須先從家裏自殺自滅起來，才能一敗塗地呢！」（七十四回）自殺自滅是每一個封建家族的必然現象，自殺得愈是厲害，也就自滅得愈快。曹雪芹在這方面的描寫，得到了卓越的成就。

在文學的結構上說，在這許多矛盾中，最主要的是賈寶玉追求婚姻的自由和性格的解放，對於封建秩序封建道德的反抗。在賈家裏，作爲封建秩序與封建道德的代表的是賈政，因此賈政與寶玉，始終是矛盾的對立的，而演成好幾次劇烈的衝突。他們父子的衝突，正象徵着封建秩序封建道德同一個求解放求自由的靈魂的衝突。賈寶玉生活在那個前呼後擁花團錦簇的大觀園裏，他始終是孤獨的寂寞的苦痛的，他時時在尋求解放，想飛到園子外邊的天地裏去。在兩百年前，他找不着道路，找不着方向，他感到的只是窒息和空虛。他有時到佛經裏去求安慰，有時又到莊子裏去求解脫，那一些舊時代的殘骸和虛無的陰影，畢竟不能醫治這位青年的苦悶。賈政罵他的兒子為「逆子」，不錯，寶玉的思想自然還沒有完全越過舊時代的範疇，但在賈家和賈政的眼裏，他確是一個逆子。在他的行爲和思想中，確實隱伏着一股對封建社會反叛的精神力量。他反對代表封建秩序封建道德的父親，他輕視他那些霸道荒淫的哥哥嫂嫂，他看不起科舉功名，他說做八股文是祿蠹，是庸俗無恥，他反對父母包辦的婚姻。在大觀園裏，他的唯一的知己就是林黛玉。因此，他全心全意地想奪取林黛玉的愛情。他雖說把那塊掛在頸上的實際是封建婚姻的象徵的「寶玉」，幾次摔到地上，想用力去砸碎它，然而是砸不碎，大家包圍他防護他，結果那塊玉仍然是套在他的頸上。在紅樓夢裏，賈寶玉對於他的封建家庭，確實打過幾次衝鋒，結果是無法戰勝那惡劣的環境，無法跳過那重重的陷阱，終於受了滿身的傷。最後在失戀、苦痛、絕望的過程中，走上了逃避的出家的道路。他用了這條道路，對於封建社會的富貴功名、倫理觀念和其他的一切，作了消極的否定。在封建時代裏，一個關在金絲籠子裏的軟弱無能的不安於現狀的貴族知識分子，是不容易找到其他的更好的道路的。正因如此，在賈寶玉的身上，還存在着軟弱的甚至某些庸俗的階級局限；在全書中，也時時滲雜一些虛無、悲觀的因素。

賈寶玉、林黛玉的戀愛悲劇，正是封建社會的悲劇。林黛玉有極高的智慧和純潔的心靈。她表面是一身冰冷，心中包藏着火一般的熱情。她將她整個的生命和幸福，都寄託在賈寶玉的身上。她全心全意地想奪取賈寶玉的愛情，正如賈寶玉全心全意地想奪取她的愛情一樣。但是封建時代的舊道德舊禮教，在他倆之間，築成一道銅牆鐵壁，使他們永遠不能成就。屈服於舊道德舊禮教的權威之下的林黛玉，雖有火一般的熱情，從來不敢明白地把自己的心情表達出來，一直到死，沒有正面說出一句愛寶玉的話。在舊時代裏，多少青年女子，都只能在憂鬱、歎息和病魔中，慢慢地埋葬自己的幸福和生命。林黛玉也就是這樣地成為封建社會的犧牲者，痛苦而又憤恨地死在滿目淒涼的瀟湘館裏。

在人物性格形象的刻劃上，紅樓夢的成就，是非凡的。深刻生動的典型形象，是藝術的高度概括，是藝術的集中表現，是作者在豐富生活的體驗中，根據實際生活的客觀規律性，在許多人的身上，選擇、綜合最本質最特徵的東西，加以千錘百煉而創造出來的。典型要反映本質，又要具有不同的性格。所以典型性愈高，藝術的力量就愈強烈，思想傾向與教育意義也就愈深廣。我們今天一提到哈姆雷特、浮士德、歐根・奧涅金、奧勃洛莫夫這些名字，他們的思想形態與生活面貌，立刻就湧現在我們的眼前。紅樓夢在典型人物的創造上，尤其在婦女形象的創造上，有非常優秀的成就。曹雪芹的天才表現，不單在於創造了深刻的典型，而是在於在同一階級出身的人物中，在同性別同教養同年齡的青年男女中，塑造了多樣性的性格明朗的藝術形象。曹雪芹的刻劃人物，不單是抽象地塗抹外形，概念地表白思想，而是曲曲折折地通過多樣化的具有性格特徵和藝術魅力的語言，進入到人物的內心世界，引導他們的精神活動，而又同外部的社會環境，發生密切聯繫，顯示出人物性格發展的複雜過程，深入到生活現象的本質。這些典型人物，永遠活在讀者的頭腦裏。在賈寶玉、林黛玉、薛寶釵、王熙鳳、探春、晴雯、尤三姐、劉姥姥這些名字上，代表着一定的思想意義，凝結着鮮明的人物特性，百多年來成爲廣大人民口頭上的代名詞。紅樓夢的描寫人物，比水滸更要細緻深刻。水滸寫的是那些起義的英雄好漢，用的是粗線條作風，大刀闊斧地寫。林冲、魯智深、武松、李逵這些英雄形象，龍虎一般地永遠馳騁在讀者的心中。紅樓夢的主要對象是金陵十二釵，他用的是工筆，是水磨工夫，精雕細琢，刻劃入微，有時着彩色，有時用水墨。不僅是細心地從他們的語言、態度、情感上去描寫他們的性格和形象，還要從他們的環境細節方面去襯托他們的性格和形象。一草一木，一茶一酒，一衣一履，一詩一詞，都配合得非常妥貼，使他們的性格和形象，格外顯得鮮明。秦可卿的臥房佈置，決不是林黛玉的臥房佈置；瀟湘館的自然環境，決不是稻香村的自然環境；王熙鳳的穿戴，決不是薛寶釵的穿戴。曹雪芹在這方面，經過千辛萬苦的經營，一筆不苟地將人物的性格和形象，通過日常瑣事，真如浮雕一般地在字裏行間突現出來，都是眉目分明，形象如畫，給讀者以非常明確的印象。如賈母的姑息，王夫人的平庸，賈赦的腐朽淫慾，賈政的頑固迂腐，王熙鳳的奸險陰毒，黛玉的高傲敏感，寶玉的叛逆精神，寶釵的沉着謹愼，湘雲的瀟洒，探春的幹練，秦可卿的風冶，晴雯的倔強，平兒的機警，襲人的深沉，鴛鴦的貞潔，尤二姐的懦弱，尤三姐的堅強，賈珍、賈璉的荒唐腐敗，焦大的憨直粗豪，劉姥姥的老於世故人情，作者用不同的語言和手法，一一寫出他們不同的性格、面貌和嗜好。他們一開口一走路，便顯出個性分明的形象。尤其是寶玉、黛玉那一對嬌弱的身體，傷感的性格，聰明的頭腦，美麗的面容，反舊追新的激情，極其慘痛的悲劇的命運，形成爲舊社會男女戀愛的典範，贏得無數讀者的共感和同情。曹雪芹這種優秀的寫生技巧，塑造人物的藝術手法，是値得我們學習的。他運用極準確極精鍊的語言，無論敘事抒情，都達到了高度的表現能力。

曹雪芹死時，紅樓夢寫定的只有八十回。後面大約還有三十回，已寫了不少，尙未整理，可惜那些稿件都散失了。我們現在所讀的一百二十回本的紅樓夢，後四十回是高鶚續補的，他很可能看到過一些散失在外面的後三十回的零稿。高鶚字蘭墅，別署紅樓外史，漢軍鑲黃旗人，乾隆進士，曾官翰林院侍讀。因爲張問陶船山詩鈔贈高蘭墅鶚同年一詩自注中，曾說起紅樓夢的後四十回系高氏所補，所以後人才知道這一件事。他以極大的同情與了解，大體上沒有違背作者的原意，完成了紅樓夢的悲劇。後四十回的文字雖不如前八十回的優美，「沐天恩延世澤」，雖減少了悲劇美的效果，但高鶚的文學成就，仍然是值得我們重視的。如第九十六回至第九十八回，寫黛玉從儍大姐口裏得知寶玉將娶寶釵的消息後，一連串情緒的起伏變化，都極精彩。接下來寫黛玉焚稿、發病，雖着墨不多，然而悲涼的氣氛却透過紙背，令人感到極大的同情。「剛擦着，猛聽黛玉直聲叫道：『寶玉！寶玉！你好。』說到『好』字，便渾身冷汗，不作聲了。」這個時候，黛玉從南邊帶來的丫鬟雪雁已經給打發走了，在黛玉身邊的，只有紫鵑、探春和李紈。冷冷清清，舉目無親。黛玉叫道的六個字中，不知道有多少苦痛，多少怨恨。這些地方，不但顯示了高鶚的才情與功力，而且對於紅樓夢全書的形成，也作出了貢獻。至於後來那一批續紅樓夢的人，比起高鶚來，那相差就太遠了。

四　鏡花緣及其他

李汝珍與鏡花緣　李汝珍（約一七六三——約一八三〇），字松石，直隸大興（今北京市）人。他生性豪爽，不喜時文，故於科舉功名，一無成就。只在河南任過縣丞。精通音韻，性喜雜學。著有音鑑一書，頗爲讀者所重。李汝珍的時代，正是清朝漢學全盛時期，故鏡花緣一書，深受此時代學術思想的影響。在其小說中，大賣弄其經學考據及小學的成績。他自己覺得這樣寫作，可以解人睡魔，令人噴飯。實際，讀者所感到的，只有沉悶乾枯，有些地方，甚至覺得這不是在寫小說。前半部文學價值較高，後半部就弱多了。

鏡花緣一百回，以女皇武則天爲背景，寫百花獲譴，降爲才女，百人會試赴宴的故事，並寫秀才唐敖遨遊海外，多遇奇人怪物，後食靈草，遂成神仙，最後以文芸起兵、武家崩敗作結。末回後段云：「以文爲戲，年復一年，編出這鏡花緣一百回，而僅得其事之半。……若要曉得這鏡中全影，且待後緣。」可知現在的一百回，只是前半部，並非全璧。作者自己承認是以文字爲遊戲，所以鏡花緣中，實感的生活少，空想的成分多，缺少眞實的血肉，比起儒林外史和紅樓夢那樣從生活實踐中創造出來的作品，那價值是很不同的。

値得我們注意的，是李汝珍在鏡花緣裏提出了中國舊社會一向輕視的婦女問題。數千年來在男性中心社會裏失去了一切權利的中國女子，除了給予禮教上、精神上的壓迫以外，同時還給予肉體上纏足一類的非人道的迫害。鏡花緣作者有見於此，主張女子應和男人有同樣的待遇，受同等的教育，解放肉體上的壓迫，而參加一切同等的政治與社會的活動。同時他對於封建社會的文化生活，也深表不滿，他知道在中國的封建社會裏，他的理想是永遠無法實現的，故另創一個世界，那就是唐敖、林之洋所遊歷的國外，如君子國、女兒國、黑齒國一類的理想世界，來實現他的新社會、新人生、新男女以及新制度。書中的故事情節和文學描寫，也都以這一部分較爲精采。詼諧諷刺，兼而有之。他在書中盡力宣揚女子的才學，伸張女權，實現男女平等的新天地，給婦女以高度的同情，他明知道在那一個舊時代，這種理想是空虛的，因此以水中月、鏡中花來比他的烏托邦，而作爲這一作品的題名了。

鏡花緣以外，以小說誇學問者，有夏敬渠之野叟曝言。以小說見辭章者，有屠紳之蟫史，陳球之燕山外史。

夏敬渠（一七〇五——一七八七），字懋修，號二銘，江蘇江陰人。諸生。學識廣博，通經史，旁及諸子百家、禮樂兵刑、天文算數之學。他以才學自負，而一生落拓。於是屏絕上進，發憤著書。除了經史餘論、全史約編及學古編、浣玉軒詩文集等以外，還寫了一百五十四回的長篇小說野叟曝言。其內容正如凡例所言：「敘事說理，談經論史，教孝勸忠，運籌決策，藝之兵詩醫算，情之喜怒哀懼，講道學，闢邪說。」真是包羅萬象，無所不談。人物以文素臣爲主。他被寫成是一個文武雙全、才學蓋世的人。自命兵儒，尊奉名教，宗正學，擊異端。經過患難後，得到寵遇。書中宣揚封建禮教，反映出貪圖富貴功名的腐朽思想。文白夾雜，語言也很平凡。魯迅評云：「可知衒學寄慨，實其主因；聖而尊榮，則爲抱負。與明人之神魔及佳人才子小說面目似異，根柢實同；惟以異端易魔，以聖人易才子而已。意既夸誕，文復無味，殊不足以稱藝文，但欲知當時所謂『理學家』之心理，則于中頗可考見。」（中國小說史略第二十五篇）

屠紳（一七四四——一八〇一），字賢書，號笏巖，江陰人。天資敏慧，二十成進士。爲文喜古澀，力擬古體，義旨沉晦，作者頗以此自矜。蟫史二十卷，即作者於小說中勉用硬語而成詰屈之古文，欲以表彰其才學之美。書中言桑蠋生海行墮水得救，乃投甘鼎合力平苗之故事爲主幹，妖奇百出，實爲神魔小說之末流。中又時雜淫穢，故作風流，頗染明末豔體小說之惡習。全書欲以辭章耀世，文采並不高。作者另有六合內外瑣言，二十卷，亦志怪之作。

陳球字蘊齋，秀水（今浙江嘉興）人。善畫，工四六文。燕山外史八卷，即以駢體文寫成者。小說不宜於古文，尤不宜於駢體，其失敗自不待言。作者獨出心裁，欲以此耀其詞華，並且很得意的說：「史體從無以四六爲文，自我作古」，其用意可知。此書寫竇繩祖和李愛姑的婚姻故事，宣揚封建婚姻制度。並對唐賽兒的農民起義，橫加歪曲。

在野叟曝言、鏡花緣問世中間，又有李百川的綠野仙踪八十回。百川爲乾隆年間人，生平不詳。書中寫冷于冰因被嚴嵩奪去解元，於是絕意仕進，決心修道，又收弟子溫如玉、金不換等故事。但全書頭緒紛繁，結構很不嚴密，而且頗多神怪和穢褻的描寫。宣傳了因果輪迴的迷信思想。書中雖也寫嚴嵩父子、趙文華等的專權辱國，然粗拙淺率，流於一般。冷于冰被描寫得法術無窮，神通廣大，因而在性格上就缺乏真實感，比較寫得成功的是溫如玉，但其生動處又集中在嫖妓受騙的墮落生活上。觀其序文，似又爲勸誡而作，而又受到神魔小說的影響。因此顯得事介幻實之間，筆雜儒道之說，只是在明、清的這一類作品中，還顯得有些想像力而已。

此外，還要附帶提起的，是清人的幾部擬話本小說集，較著者有酌元亭主人的照世盃、聖水艾衲居士的豆棚閒話，杜綱的娛目醒心編。這三部作品，在語言方面，大體上還乾淨洗煉，就思想價值說，則以豆棚閒話較勝。書中有幾篇以古代的歷史故事爲題材，但意在言外，作者實欲借題發揮以諷喻當時現實。如第七則首陽山叔齊變節，其嘲諷假清高者的用意極爲明顯。中云：「只見人家門首，俱供着香花燈燭，門上都寫貼順民二字。……仔細從旁打聽，方知都是要往西京朝見新天子的。」這些人，或是去獻策，或是求起用，或是求保舉賢良方正，結果連得叔齊也心動了。豆棚閒話共十二則，刻於乾隆年間，撰寫的時代自更早，作者可能是借此譏責降清的那些官僚文士，但這時正是文網森嚴之時，也可算是有膽量的小說作者了。娛目醒心編多宣揚封建的倫常和報應，序言中也明言「無不處處引人於忠孝節義之路」，「於人心風俗不無有補焉」，故內容也極少可取之處了。

五　俠義小說

儒林外史、紅樓夢及那些誇才學耀辭章的長篇小說，最能流行於文士階層，但普通民衆所嗜好者，是那些「揄揚勇俠，贊美粗豪」的俠義和公案的故事，和文體通俗的平話式的市民文學。清朝的平話小說，流行較廣的，是兒女英雄傳和三俠五義。這些作品，故事曲折，富於波瀾，繪聲狀物，情景逼真，可供說書人講述。如三俠五義爲石玉崑原稿，得之其徒，可知石玉崑乃當日的說書人。兒女英雄傳亦爲作者擬說書人的口吻所寫，與平話無異。魯迅說：「是俠義小說之在清，正接宋人話本正脈，固平民文學之歷七百餘年而再興者也。」（中國小說史略第二十七篇）

兒女英雄傳　兒女英雄傳又名金玉緣，作者是文康，姓費莫，字鐵仙，筆名燕北閒人，滿洲鑲紅旗人。他有一個極闊的家世，他的祖先和他自己都做過大官。馬從善序云：「以資爲理藩院郎中，出爲郡守，洊擢觀察，丁憂旋里，特起爲駐藏大臣，因病不果行，遂卒於家。先生少受家世餘蔭，門第之盛，無有倫比。晚年諸子不肖，家遂中落。先時遺物，斥賣略盡。先生塊處一室，筆墨之外無長物，故著此書以自遣。其書雖託於稗官家言，而國家典故，先世舊聞，往往而在。且先生一身親歷乎盛衰升降之際，故於世運之變遷，人情之反覆，三致其意焉。先生殆悔其已往之過，而抒其未遂之志歟？」在這裏，可以看出作者的生平和作書的意旨。

出身貴族，晚年落拓，在聊以自慰的情況下，執筆寫書，表現出封建士大夫的沒落心情。文康的經歷，與曹雪芹頗爲相近。所不同者，曹雪芹是寫貴族家庭衰敗的歷史，有反封建制度的思想內容，而兒女英雄傳卻是寫一個「作善降祥」的家庭的發達史，而實際是想藉此來美化和歌頌封建制度的道德和文化。他們的思想是完全不同的。文康的思想，恰好代表對一個快要過去的時代的名教的睠戀與榮華的憧憬。因此在這書裏所出現的人物，幾乎沒有一個不是封建道德的典型。他筆下的理想英雄十三妹，也不過是一個飛簷走壁、身敵萬夫的女俠客，後來同安公子結了婚，便成爲一個安份、賢淑的少奶奶，同張金鳳兩人不妒不忌的合事一夫，成爲男性中心封建社會裏理想的女性。夫榮妻貴，二女一夫，怪力亂神，科場果報以及升官發財等等腐舊的思想，貫通了這書的全部。但書中某些章節，也反映出一些封建統治階級的黑暗現實，和科舉制度的流弊。前半部中，十三妹的性格也還寫得有動人的俠義的特徵，到了後半部，人物和故事，都變得蒼白無力，淡然寡味了。作品的語言是很有特色的。漂亮的口語，通俗流利的文筆，繪聲狀物，生動活潑，得到當日讀者的喜愛。後人有一續再續的，那文章就差遠了。

三俠五義　三俠五義原名忠烈俠義傳，共一百二十回。爲石玉崑述，出於光緒初年。石玉崑字振之，天津人，咸豐間說書人，此書想卽爲說話的底本，而又據龍圖公案編排的。書中初述宋眞宗時劉妃之貍貓換太子，繼述包公斷案，後以包公忠誠之行，感化豪俠，於是南俠展昭，北俠歐陽春，雙俠丁兆蘭、丁兆蕙以及五鼠等一律投誠受職，人民大安。書前貍貓換太子及包公斷案的小部分，雖稍加穿插與組織，但多因襲前人，到了三俠、五鼠的故事，才寫得活躍生動。最重要的，前面雜着許多怪力亂神的描寫，到了後邊，把鬼話變成人話，怪鼠奇物，一律成爲俠客義士的傳奇，而寫得虎虎有生氣。魯迅云：「其中人物之見於史者，惟包拯、八王等數人；故事亦多非實有，五鼠雖明人之龍圖公案及西洋記皆載及，而並云物怪，與此之爲義士者不同，宗藩謀反，仁宗時實未有，此殆因明宸濠事而影響附會之矣。至於構設事端，頗傷稚弱，而獨於寫草野豪傑，輒奕奕有神，間或襯以世態，雜以詼諧，亦每令莽夫分外生色。値世間方飽於妖異之說，脂粉之談，而此遂以粗豪脫略見長，於說部中露頭角也。」（中國小說史略第二十七篇）

此書出版後十年，爲俞樾所見，歎其「事蹟新奇，筆意酣恣，描寫旣細入毫芒，點染又曲中筋節。……如此筆墨，方許作平話小說，如此平話小說，方稱得天地間另是一種筆墨。」（重編七俠五義序）但以第一回貍貓換太子爲不經，於是「援據史傳，訂正俗說」，改作第一回。再以書中已有四俠，復加艾虎、智化及沈仲元，共爲七俠，因改名爲七俠五義，序而傳之，盛行於江、浙之間，於是三俠五義便很少人注意了。

由於本書來自民間，作者比較接近人民的生活，所以對封建社會的黑暗現象，有所暴露，而對人民羣眾的疾苦，表示同情。書中所寫包公，雖着墨不多，但寫得很突出；像他那樣不畏豪強、廉潔正直的清官，在暗無天日、人民生命財產全無保障的舊社會裏，是人民理想的人物，是符合人民的願望和利益的。同時書中的那些俠客義士，也都是人民喜愛的反豪強惡霸、除暴安良的人物，作者歌頌了這些形象，對於趙爵、郭槐、龐吉、花冲那些反面人物，則加以誅伐，愛憎的態度是比較鮮明的。

三俠五義的故事情節，善於組織，也善於變化，能吸引讀者的趣味。一個大故事，夾着許多小故事，一波未平，一波又起，接連不斷地發展下去。書中各種人物的精神動態，同廣大市民的思想感情貫通聯繫，可見作者生活實踐的豐富，和對人情世故的瞭解，魯迅說此書「爲市井細民寫心」，確實不錯。書中語言，非常生動，善於敘事寫人。問竹主人序中說：「雖係演義之詞，理淺文粗，然敘事敘人皆能刻劃盡致，接縫鬬筍，亦俱巧妙無痕。能以日用尋常之言，發揮驚天動地之事。」如白玉堂、蔣平、艾虎、歐陽春和趙虎這些人物，都寫得有聲有色。但書中却有不少地方，表現着封建道德的落後思想，還有一些因果報應的說教。

俠義小說的故事情節，曲折離奇，文字又通俗流暢，很能得到民眾的歡迎。所以這一類的小說，當日出世的很多。除小五義、續小五義之外，尚有永慶昇平、七劍十三俠、英雄大八義、英雄小八義以及劉公案、李公案、施公案、彭公案等作。大抵面目可憎，結構鬆懈，凡俠皆神鬼出沒，全爲超人。所謂「善人必獲福報，惡人總有禍臨，邪者必遭凶殃，正者終逢吉庇。報應分明，昭彰不爽。」這是當日一般俠義小說及公案小說共同的思想。三俠五義中的俠客，本來也有俠氣少而官氣多的缺點，到了施公案、彭公案中的俠客，品節則卑劣不堪了，他們大多出身於綠林，但一經官府的利誘，就俯首貼耳，爲封建統治階級效忠，成爲十足的幫凶，以出賣、告密爲唯一能事，原來的一點俠義精神已完全澌滅了。至於寫作技巧，又皆拙劣粗陋，甚至文句不通，實際只是粗具故事的輪廓，談不上什麼文學作品了。

六　倡優小說

如以平話的俠義小說爲民衆所愛好，那以妓院伶人爲題材的倡優小說，正好爲地主官僚、商人、士子所歡迎。由於資本主義國家的侵入，促使中國社會半殖民地化的加深，許多都市畸形地繁榮起來，戲院倡樓的荒淫故事，便成爲小說作者的新材料。於是倡優豔跡，頓成新篇。如品花寶鑑、花月痕、青樓夢、海上花列傳等書，正是這一類的作品。文格不高，並時雜穢語，有害人心；但通過這些作品，也可看出當日城市有產者腐朽的生活狀態和妓女藝人們的悲苦命運。

品花寶鑑　品花寶鑑六十回，陳森所作。陳字少逸，道光間江蘇常州人。久寓北京，出入戲院，尤熟悉名伶故事。因以見聞，寫成此書，刊於咸豐二年。書中敘述名伶名士的風流韻事，而以名旦杜琴言與名士梅子玉爲骨幹。同性相戀，顯得醜態百出。作品中雖也描寫了富貴家子弟的糜爛生活，由於作者不是從批判的而是從欣賞的態度出發，反於把醜惡美化了，對於讀者起了毒化作用。

花月痕　花月痕十六卷，題眠鶴主人編次，實魏子安（一八一九——一八七四）作。魏名秀仁，福建侯官人。年二十餘舉鄉試，曾客川、陝十餘年，著述另有咄咄錄等。書中敘述韋癡珠、韓荷生與妓女秋痕、采秋的悲歡離合的故事。癡珠、秋痕落拓而死，荷生一帆風順，封侯賜爵，采秋封爲一品夫人。其佈局以升沉榮枯相對照，而強調各人的命運，文字務求纏綿，言語多帶哀怨，詩詞短簡，滿書皆是。大概作者自以詩詞爲其專長，藉此以誇才學，洩愁恨。蓋作者因科舉不利，漫遊四方，落拓無聊，以此自況。癡珠、荷生的結局，正是作者理想中的窮達二面，反映出封建文人追求富貴功名的幻想和懷才不遇、自傷寥落的感情。此書品不甚高，然在品花寶鑑之上。再有青樓夢六十四回，題慕真山人作，實卽俞吟香，名達，江蘇長洲人。青樓夢全書以金挹香狎妓生活爲中心，所寫不外爲「才子多情，落拓遊北里，佳人有意，巨眼識英豪」一套，而其文筆風格，亦極卑弱。

海上花列傳　妓女的生活，在舊社會的文學中本是現實的題材，但前人所作，並不是從同情妓女的命運出發，大都出於自我陶醉的輕薄態度。用蘇州語寫成的海上花列傳，則略有不同，藝術成就也略高。作者爲花也憐儂，真姓名是韓邦慶（一八五六——一八九四），字子雲，號太仙，江蘇松江人。因科舉屢試不利，遂淡於功名，移居上海爲申報作論說。喜作狎遊，所有筆墨之資，盡歸北里。經驗既富，觀察較密，而其文筆也頗犀利。此書爲一合傳體，爲許多故事的集合，然其組織與穿插，頗費心機。作者自己也說：「全書筆法，自謂從儒林外史脫化出來，惟穿插藏閃之法，則爲從來說部所未有。」（例言）書中那種一波未平一波又起的穿插，前後事實夾敘的藏閃，從結構上講，是較爲緊密的。海上花列傳本來各人有各人的故事，經作者加以組織，弄成一個有機體的總故事，在那裏同時進行發展。雖以趙樸齋、趙二寶兄妹爲主幹，其中很靈活地插入羅子富與黃翠鳳，王蓮生與張蕙貞、沈小紅，陶玉甫與李漱芳、李浣芳諸人的故事。因爲作者要使得這些故事聯合緊密，用兩個善於牽線的人物洪善卿與齊韻叟，因此，一切都能聯繫起來了。但書中存在着很多不健康的庸俗的內容，帶來不良的影響。

其次，作者也很用力於人物個性的描寫。他在另一條例言中說：「合傳之體有三難：一曰無雷同，一書百十人，其性情言語、面目行爲，與彼此相仿，卽是雷同。一曰無矛盾，一人而前後數見，前與後稍有不符之處，卽是矛盾。一曰無掛漏，寫一人而無結局，掛漏也；敘一事而無收場，亦掛漏也。知是三者，而後可言說部。」這是經驗之談。無雷同、無矛盾，確是描寫人物應當注意而又極難做到滿意的地方。不雷同卽能個性分明，躍然紙上；不矛盾，始能性格一致，而形成人物、事件的統一性。在中國過去的小說界，像作者這樣自覺的注意到創作小說的技術，實在是難得的。他善於運用蘇州語描寫人物性情和事物細節，有些地方，頗有繪聲繪影之勝，表現了方言文學的特色。魯迅許其「平淡而近自然」。因而海上花列傳的地位，在其同流之上。清代末年，此類小說所出甚多，如海上漱石生的海上繁華夢，李寶嘉的海天鴻雪記，漱六山房的九尾龜等，都是以吳語寫妓院生活，除海天鴻雪記寫作的態度較爲嚴肅以外，其餘的都鄙俗不堪。但在這些作品中，也反映出由於資本主義國家的侵略，在中國幾個大都市造成畸形的繁華與妓院的發達，使許多巨賈官僚，都向妓院中過其糜爛生活，同時也反映出農村經濟窮困破產，許多青年女子淪爲妓女的悲劇。這樣的經濟背景是我們應當注意的。在海天鴻雪記的卷首云：「上海一埠，自從通商以來，世界繁華日新月盛。北自楊樹浦，南至十六舖，沿着黃浦江，岸上的煤氣燈、電燈，夜間望去，竟是一條火龍一般。福州路一帶，曲院勾欄，鱗次櫛比。一到夜來，酒肉薰天，笙歌匝地，凡是到了這個地方，覺得世界上最要緊的事情，無有過於徵逐者。」作者雖在表面看到一些上海當日的腐敗現象，雖在書中也暴露了一些官商資產階級的荒淫生活，但由於認識上的限制，還不能揭露那種罪惡的歷史環境的本質，故思想意義不大。這類小說如海上花列傳、海天鴻雪記等作，已入清末，由於內容略同，就歸於此節了。

七 清末的小說

清末小說的繁榮 清朝最後二十年的小說，在中國的小說史上，是一個極其繁榮的時期。涵芬樓新書分類目錄收錄這一時期的作品，翻譯與創作，共五百多種，而實際更在這數目之上。在這短短的時期中，小說能造成這種空前繁榮的局面，其原因：「第一，當然是由於印刷事業的發達，沒有前此那樣刻書的困難，由於新聞事業的發達，在應用上需要多量的產生。第二，是當時的知識分子受了西洋文化的影響，從社會的意義上，認識了小說的重要性。第三，是清朝屢挫於外敵，政治又極窳敗，大家知道不足與有爲，寫作小說，以事抨擊，並提倡維新與愛國。」（阿英晚清小說史）他所說的是正確的，我還想在這裏稍稍加以補充。

清代末年，因上海及各大商埠的新聞事業的興起，小說增加了需要。有識之士，認識小說的社會影響，出來創辦小說雜誌，出版小說書籍。也有的因小說可以賣錢，把它作爲一種職業。在這種相互影響的環境下，作者興起，小說就更加繁榮起來。如梁啓超辦的新小說雜誌，除了梁氏自創的作品以外，吳沃堯的重要作品，如痛史、二十年目睹之怪現狀、九命奇冤，都在這刊物上連載。李寶嘉創辦的繡像小說半月刊，他自己的文明小史、活地獄諸作及劉鶚的老殘遊記，都發表於此。吳沃堯也辦過月月小說，登載着自著的兩晉演義和劫餘灰。曾樸也辦過小說林，有名的孽海花就發表在這刊物上。這一類的雜誌，當時還有不少，可見盛極一時的情況。

更值得注意的是當日一些知識分子對於小說的社會功用及其文學價值的進一步認識，而加以積極鼓吹和提倡，對於小說的繁榮和發展，起了推動和促進的作用。從前大都把小說看作是消閑的讀物，到了這時，有識之士，都能深一層地認識小說的意義，知道小說可爲鼓吹愛國、抨擊現實、轉移風氣、開導民心的有效工具，並且先後發表論文，討論這方面的問題，表達改革小說的迫切要求。這類論文發表得較早的，是光緒二十三年的國聞報館附印說部緣起，執筆者爲嚴復、夏曾佑，刊於天津國聞報上。在這篇長文裏，先通過中外史事，論述最能打動人心者爲英雄與愛情。「英雄之爲人所不能忘，既已若此。若夫男女之感，若絕無與乎英雄，然而其事實與英雄相倚以俱生，而動浪萬殊，深根亡極，則更較英雄而過之」。「明乎此理，則於斯二者之間，有人作爲可駭可愕可泣可歌之事，其震動於一時，而流傳於後世，亦至常之理，而無足怪矣」。但善於記述英雄與愛情故事而能感動人心的，小說遠在歷史之上，因爲小說語言通俗，重在描寫，並且可以虛構，情節動人。故「曹、劉、諸葛，傳於羅貫中之演義，而不傳於陳壽之志；宋、吳、楊、武，傳於施耐庵之水滸傳，而不傳於宋史」。正因如此，小說入人之深，行世之遠，出於經史之上，並能起感染人心，轉移風俗的作用。文章最後提到歐、美、日本，在開化之時，都得到小說的幫助，說明他們的刊印小說，旨在「使民開化」，並認爲具有「愚公之一畚，精衞之一石」的作用。光緒二十八年，梁啓超在新小說雜誌上，發表了小說與羣治之關係，用鋒利的文筆，從社會、政治、人生的各種意義，闡明了小說改革的重要性。

他一開始就強調地說：「欲新一國之民，不可不先新一國之小說。故欲新道德，必新小說；欲新宗教，必新小說；欲新政治，必新小說；欲新風俗，必新小說；欲新學藝，必新小說；乃至欲新人心，欲新人格，必新小說。何以故，小說有不可思議之力支配人道故。」他把小說與羣治之關係，強調到這樣高的地位。他認爲人們愛看小說之原因有二：一爲滿足理想，一爲認識現實，前者爲理想派小說，後者爲現實派小說，故「小說種目雖多，未有能出此兩派範圍外者也」。他又從熏、浸、刺、提四字說明小說給予讀者的四種力量。熏爲熏陶，浸爲感染，刺爲刺激，提爲移情。「此四力者，可以盧牟一世，亭毒羣倫，教主之所以能立教門，政治家所以能組織政黨，莫不賴是。文家能得其一，則爲文豪，能兼其四，則爲文聖。有此四力而用之於善，則可以福億兆人，有此四力而用之於惡，則可以毒萬千載，而此四力所最易寄者，惟小說。」小說既有這樣巨大的社會力量，於是他認爲中國羣治腐敗之總根源，都是小說所起的作用。「吾中國人狀元宰相之思想何自來乎？小說也。吾中國人佳人才子之思想何自來乎？小說也。吾中國人江湖盜賊之思想何自來乎？小說也。吾中國人妖巫狐鬼之思想何自來乎？小說也。」因此，他在最後大聲疾呼地說：「故今日欲改良羣治，必自小說革命始，欲新民，必自新小說始。」他不知道先有腐敗政治腐敗思想的根源，而後再有小說中的種種意識的反映，而把中國腐敗的原因，歸咎於小說，這完全是以果爲因，以末爲本，正是唯心主義的表現。但他重視小說與羣治的關係，迫切要求小說的改革，這在當時還是很有意義的。他這種小說界革命的理論，正和詩界革命的理論一樣，是改良主義政治思想的反映，是爲他們的改良主義政治運動服務的。但在清代末年，確能啓發人心，對於小說的發展繁榮，很有影響。梁氏還有譯印政治小說序一文，用意大略相同。另外，如夏曾佑的小說原理，王无生（鍾麒）的中國歷代小說史論，狄平子論文學上小說之位置，陶曾佑論小說之勢力及其影響，憂患餘生的官場現形記序，吳沃堯的雜說等，都是當日討論小說比較重要的文章。在評論小說的文學價值而分析其藝術特點，在當日具有代表性的，是王國維的紅樓夢評論。王氏以嚴肅的態度，和資產階級的文藝觀點，評論和分析了紅樓夢的美學價值。第一章爲人生及美術之概觀。他認爲生活之本質，「欲而已矣」。欲望無窮，其苦痛亦無窮，「故欲與生活與苦痛，三者一而已矣」。將此三者集中表現於藝術，便成爲美。「美之爲物有二種：一曰優美，一曰壯美」。第二章論紅樓夢之精神。他認爲「紅樓夢一書，實示此生活此苦痛之由於自造，又示其解脫之道不可不由自己求之者也」。「而解脫之中，又自有二種之別：一存於觀他人之苦痛，一存於覺自己之苦痛」。他指出：後者的解脫，是美術的、悲感的、壯美的、文學的，而不是宗教的、平和的，「此紅樓夢之主人公所以非惜春、紫鵑，而爲賈寶玉者也」。第三章論紅樓夢之美學上之價值。他認爲中國人的傳統精神，是入世的，樂天的，「故代表其精神之戲曲小說，無往而不著此樂天之色彩；始於悲者終於歡，始於離者終於合，始於困者終於亨，非是而欲饜閱者之心，難矣」。而紅樓夢卻與此相反，以動人的悲劇結構，表現了美學上的巨大價值。紅樓夢是一部哲學的、宇宙的、文學的書，與一切喜劇相反，成爲徹頭徹尾之悲劇，「所以大背於吾國人之精神，而其價值亦卽存乎此」。第四章爲紅樓夢之倫理學上之價值，第五章爲餘論。這樣詳細地評論小說的長文章，在他以前還沒有見過。紅樓夢出版以後，風行一世，過去不少人研究過，也有不少人批評過，像他這樣具體討論的文章，在他以前也沒有見過。他這篇文章，由於深受了歐洲資產階級的哲學、文學的影響，表現了唯心論的思想，對紅樓夢的價值作了錯誤的解釋，存在着很大的消極性；但比起封建時代的文學理論來，得到了新的發展，從文學批評的歷史來說，它表現出新的水平。其他如人間詞話的論詞，宋元戲曲考的論劇，也是一面存在着消極性，一面表現着發展性，同樣具有這樣的特點。

庚子前後，已經到了辛亥革命的前夜，資本主義國家的思想文化以及經濟各種侵略力量，如潮一般的湧進來，襲擊着中國愛國知識分子的頭腦。從鴉片戰爭以至聯軍入京幾十年來外患的加緊壓迫，造成了國內政局的空前動搖和民族的嚴重危機。當時的封建政權，更加驕奢淫侈，苛斂橫徵，社會各種矛盾的尖銳深化，知識分子新舊思想上的衝突，外國人的橫暴，人民的窮困，這些社會上政治上的種種形態，一齊映入小說家的耳目。如立憲黨革命黨的活動，買辦階級的荒淫，官吏的剝削貪污，婦女解放問題，反迷信反封建等等，都成爲小說家的好題材。並且那些作者都意識的以小說作爲工具，對於政治社會的黑暗面，加以暴露和抨擊。在技巧上講，有些作品還比較粗糙，但那種暴露現實譴責世俗的精神，卻是非常可貴的。

最後要說的，在這時期，不僅創作小說發達，翻譯小說的數量更在創作之上，也是這一時期文學界的一個特色。說到西洋小說的譯印，乾隆時代已經有過，或是根據聖經故事，或是根據西洋作品的內容，改造一番，當爲己作，算不得翻譯，並且爲數也極少。大規模的翻譯，卻在中日戰爭以後。在梁啓超的譯印政治小說序裏，雖宣揚了外國小說的重要性，但他自己在這方面並無什麼成就，成績較大的是林紓。林紓（一八五二——一九二四）字琴南，號畏廬、冷紅生，福建閩侯人。光緒舉人。任教京師大學堂。早年曾參加過改良主義的政治活動。林氏雖不懂西文，但經旁人口譯以後，再以古文筆調，轉譯了不少歐、美名家的作品。在辛亥革命以前，他譯成的大概在五十種以上，其總數多至一百七十餘種。當日也還有不少從事翻譯的人，不過成績都比不上林紓。這些翻譯作品，對於當時的小說界，也起了很大的影響。

上面所說的，一面固然是晚清小說繁榮的歷史原因，同時也就顯示出當日小說的特質。無論其內容精神和作者態度，清末的小說都與從前是不同了。同社會現實聯繫更緊，政治性更強，反映出當時知識分子的政治覺悟和反侵略、反封建的思想內容。當日小說數量之富，作者之多，欲一一介紹，勢所不能，僅選出代表作家李寶嘉、吳沃堯、劉鶚、曾樸等數家論之。

李寶嘉　李寶嘉（一八六七——一九〇七），字伯元，別署南亭亭長，江蘇武進人。因科舉不利，僅得生員，一生遂從事新聞事業。先後辦過指南報、遊戲報、海上繁華報及繡像小說，因此有大量創作和發表小說的機會。所作有官場現形記、文明小史、活地獄、以及庚子國變彈詞、醒世緣彈詞等書，其他用筆名者尚多，其中以官場現形記、文明小史爲其代表作。

從題材方面說，清末小說以暴露官場醜態者爲多。寫得較好而又流行較廣的是官場現形記。全書預定一百二十回，只成六十回，連綴許多官場中的笑話趣聞及其種種貪污醜惡的故事而成。書前序說：「南亭亭長有東方之諧謔，與淳于之滑稽，又熟知官場之齷齪卑鄙之要凡，昏瞶糊塗之大旨」，於是他「以含蓄蘊藉存其忠厚，以酣暢淋漓闡其隱微。」又在書中說：「這不像本教科書，倒像部封神傳、西遊記，妖魔鬼怪，一齊都有。」作者寫書的宗旨及其內容，由此可以想見。這是一本具有強烈暴露性的小說，故魯迅以「譴責」名之。在這一本書裏，我們可以看出清末的政治腐敗到了什麼程度，大官小吏卑鄙齷齪昏瞶糊塗到了什麼程度，在他筆下刻劃出來的這一套臉譜，真是牛鬼蛇神，無奇不有，可算是一部官場百醜圖的漫畫集。由於作者的實踐生活不夠豐富，在描寫某些方面，有過於誇張的地方，但對清末腐敗政治的不滿和揭露，對封建官吏的痛恨與譴責，是很猛烈的。文字流利生動，增加吸引讀者的力量。

文明小史，也是非常廣泛地描寫出那新舊交替時代的社會面貌。官僚們對於洋人的畏懼與諂媚，假維新黨的投機與欺騙，洋商教士們的仗勢橫行，以及洋兵的酗酒傷人、侮辱婦女，讀書人士對於西洋「文明」的無知，以及善良民衆的天真幼稚，繪聲繪影，真是交織着一幅色彩分明的圖畫。但在揭露假維新的同時，否定革命鬥爭，表現了保守立場。在反映清末時代特徵這一點上，文明小史與官場現形記具有同樣的特色。

李伯元雖是不滿當日的官僚政治而想有所改革，卻不贊成民主革命。他是一個改良主義者，主張「潛移默化」。書中借姚老先生的口說明他的態度：「我們有所興造，有所革除，第一須用上些水磨工夫，叫他們潛移默化，斷不可操切從事，以致打草驚蛇，反爲不美。」在這裏，可以看出改良主義者的政治態度。

吳沃堯　吳沃堯（一八六六——一九一〇），字趼人，因住居佛山，故別署我佛山人，廣東南海人。二十餘歲至上海，賣文爲生，又曾編月月小說，以雜誌與報紙相終始。所作小說極多，有痛史、九命奇冤、二十年目睹之怪現狀、瞎騙奇聞、電術奇談、恨海、劫餘灰、新石頭記、兩晉演義等書，而以二十年目睹之怪現狀與九命奇冤較有名。

二十年目睹之怪現狀共一百零八回，連載於梁啓超主辦之新小說。全書以九死一生者爲主角，描寫此人二十年來在社會上所聞所見的奇形怪事，範圍極爲廣泛。對於政治、社會的暴露與譴責，與李伯元的態度相同。作者經驗豐富，見聞廣闊，而其文筆生動暢達，故此書出世，深得讀者的歡迎。他說他二十年來所見的只有三種東西：第一種是蛇蟲鼠蟻，第二種是豺狼虎豹，第三種是魑魅魍魎。書中所寫的怪現狀，就是這些東西的面目。他對那些荒淫腐化、剝削貪污的官僚形象，作了廣泛的描寫，同時對那些唯利是圖、奴顏婢膝、附庸風雅、吟風弄月的買辦洋奴和洋場才子的典型人物也以鋒利的筆墨，挖掘了他們的內心世界，從而反映出清王朝總崩潰時期的社會面貌。在結構上，正如官場現形記一樣，也是用的儒林外史的形式。「惜描寫失之張皇，時或傷於溢惡，言違真實，則感人之力頓微，終不過連篇話柄，僅足供閒散者談笑之資而已。」（魯迅中國小說史略第二十八篇）由於作者反對民主革命，企圖以改良主義延長封建社會的壽命，書中人物又多以封建道德爲標準，表現出很大的局限。

九命奇冤三十六回，初亦發表於新小說，演述雍正年間發生於廣東的一件大命案。他根據舊小說安和先生所著的梁天來警富奇書而加以改作。用較好的佈局，動人的描寫，曲折的故事，寫成了一本動人的作品。作者在第一回裏說：「這件事出在本朝雍正年間，這位雍正皇帝，據故老相傳，是一位英明神武的皇帝。……然而這個故事後來鬧成一個極大案子，卻是貪官污吏，佈滿廣東，弄得天日無光，無異黑暗地獄。」可見作者是借歷史上的公案，加以新的內容，來攻擊當日黑暗地獄中的貪官污吏的。書中用倒裝的敘述方法，把整個故事的前因後果，有機地連貫起來，這與儒林外史的形式不同，似乎是受了外國小說的影響，這是本書的一個特色。此外，李伯元的庚子國變彈詞四十回，以庚子事變爲全書題材，在情節的安排，結構的處理上都很緊湊明快。書中對義和團運動的態度雖很不正確，但他利用彈詞的形式，來反映當日國家重大的政治生活，一破才子佳人式的俗套，確是發揮了通俗文學的社會功能，而成爲一種新型的時代產物。

劉鶚　劉鶚（一八五七——一九〇九），字鐵雲，別署洪都百鍊生，江蘇丹徒人。曾官候補知府，後棄官經商。劉氏留心歐、美的科學，提倡修鐵路，開鑛產，主張利用外資，開發富源。八國聯軍侵入北京時，向聯軍用低價購太倉粟賑濟貧民。事後以私售倉粟罪戍新疆，病死戍所。他的學問博而雜，理學、佛道、金石、文字，以及醫算占卜等等，都有造就。詩文也寫得很不壞。一生著作頗富，小說僅老殘遊記一種，而竟以此傳名。其後人劉大紳云：「老殘遊記一書，爲先君一時興到筆墨。初無若何計劃宗旨，亦無組織結構，當時不過日寫數紙，贈諸友人，不意發表後，數經轉折，竟爾風行。」（關於老殘遊記）雖說是一時卽興之作，作者並非全無主旨，其自序云：「吾人生今之時，有身世之感情，有家國之感情，有宗教之感情，其感情愈深者，其哭泣愈痛，此洪都百鍊生所以有老殘遊記之作也。棋局將殘，吾人將老，欲不哭泣也得乎？」作者的態度與心情，由此可見。他所要寫的，是着重於國家社會的觀感，而非個人的身世。他反對民主革命，而是一個擁護封建政權的改良主義者；但他也已意識到清朝已走到了不可挽回的殘局，對於黑暗的官僚政治和國勢的危急，表示深切的不滿。他主張要挽救危亡，唯有提倡科學，振興實業，才有希望。這是他的改良的政治主張。

老殘爲書中主人，述其行醫各地，由其所見所聞，描寫當日政治民生社會的實況。着重之點，在指出那些酷吏清官的傷財害命的政治實質。他說過：「贓官可恨，人人知之；清官尤可恨，人多不知。蓋贓官自知其病，不敢公然爲非，清官則自以爲不要錢，何所不可，剛愎自用。小則殺人，大則誤國，吾人親目所見，不知凡幾矣。」（劉鶚自撰評語）這裏所說的清官，正是那些表面以清廉爲名，實際是用血腥手段，殘民以逞，上邀高級統治者的寵幸，得以釣名沽譽、升官發財的酷吏。老殘遊記通過酷吏玉賢、剛弼的主要「政績」，暴露出清代末年官僚政治的黑暗殘暴和廣大民衆的慘痛生活。「冤埋城闕暗，血染頂珠紅」，「殺民如殺賊，太守是元戎」，在這些沉痛的題詩裏，真實地揭發了封建統治集團和所謂清官的本質，以及作者對於他們的不滿。因此，作者的政治觀點雖是落後的，但老殘遊記在這一方面仍然顯示出一定的現實意義。

老殘遊記因爲是遊記式的記事體，結構不很緊嚴，但在描寫上表現了優美的技巧。文字清潔簡鍊，流利圓熟，在描寫人物個性、山光水色時，能一掃陳語濫調，獨出心裁，而非清末一般小說所能及。如寫剛弼的性格，大明湖的風景，白妞、黑妞的說書，桃花山的月夜，黃河的冰雪，高陞店的掌櫃，翠環的悲史，吳二浪子的賭博，逸雲的身世，都是較爲生動的好文字，因爲這些，增加了老殘遊記的價值。老殘遊記初編二十回，先發表於繡像小說，續登於天津日日新聞，後合刊成爲單行本。又二編六回，於一九三五年由良友圖書公司印成單行本。尚有第七回至第九回，已收入新出版的老殘遊記資料中。二編作於一九〇六——〇七年間，亦載於天津日日新聞，據說曾寫至十四回，但今所能見到的就只有上述幾回了。劉大紳云：「良友所印，係因從弟剪存者只有六卷，故據以爲斷耳。」（關於老殘遊記）但二編的內容實不及初編。至於坊間刊行之四十回本，那後二十回是僞造的。

曾樸　曾樸（一八七二——一九三五），字孟樸，別署東亞病夫，江蘇常熟人。光緒間舉人，曾入兩江總督端方之幕。清末創辦小說林書社，編輯新學書籍。辛亥革命後曾入政界，並與軍閥合流。曾氏精通法文，著作及翻譯小說甚多，其中以孽海花較著。孽海花原定六十回，寫至二十回而止，至一九二七年，加以改作，成爲真美善書店刊行之三十回本。三十回以後，又有五回曾刊在真美善雜誌上，收入新版的孽海花中。此書以名妓傅彩雲、狀元洪鈞爲主幹，較廣的描寫了清末三十年間的政治外交及社會的各種情態。作者自己說：「這書主幹的意義，祇爲我看着這三十年，是我中國由舊到新的一個大轉關，一方面文化的推移，一方面政治的變動，可驚可喜的現象，卻在這一時期飛也似的進行。我就想把這些現象，合攏了他們的側影或遠景和相連繫的一些細事，收攝在我筆頭攝影機上，叫他自然地一幕一幕的展現，印象上不啻目擊了大事的全景一般。」（修改後要說的幾句話）關於孽海花的歷史、社會的意義，作者說得頗爲明白。但是全書並沒有寫完，並沒有做到他自己所說的那三十年歷史的描寫。無論在政治上或是在人物上，後半比較重要的幾幕，都沒有寫到，因此不能展示當代社會的全貌，也就不能看到全書的精神。

本書前五、六回爲金松岑原作，作者曾加以修改。此書和其他小說不同，書中人物大都有所影射。如金雯青爲洪鈞，傅彩雲爲賽金花，丁雨汀爲丁汝昌，何太真爲吳大澂，唐常肅爲康有爲，梁超如爲梁啓超，等等。本書前二十回，於一九〇五年在小說林社出版，較有進步內容，由於曾樸晚年政治思想日趨落後、反動，故其修改之三十回本，除了在語言技巧上有所提高外，其中較爲進步的思想部份，大都加以刪削，失去了原作的特色。並且原刊本現在很難看到，讀者很少知道這種情況了。

作者很熟悉清末的政治情況，他以金雯青、傅彩雲的故事爲主要線索，描寫了當時官僚、名士和封建文人的生活狀態以及當日社會的風俗習尙，這些人表面都很「高雅斯文」，而其靈魂無不腐朽卑鄙；同時對清末政治的腐敗和封建統治者的罪惡活動，也有所揭露和諷刺，特別對李鴻章對外屈膝求和的行爲，作了強烈的抨擊。書中對孫中山領導的資產階級民主革命，表示了一定的同情，但對光緒皇帝仍抱有很大的幻想，也沒有反映出當日人民反帝的鬥爭，在作品裏面還存在相當濃厚的封建迷信色彩。

清末小說，自以上述數家之作較有代表性。但另外還有幾部作品，在內容和藝術上也值得我們注意，這裏且作一簡單的介紹，作爲本章的結束。

首先要提到的是蘧園的負曝閒談，共三十回。蘧園原名歐陽淦，字巨元，蘇州人，別名茂苑惜秋生，曾助李伯元編過報刊。光緒末歿。全書所寫以小官僚和維新人物爲主，頗能反映當時的社會色相。作者善於描敘細節而尚不流於瑣屑，特別是寫北京的風習部分，較能顯其長處，如第九回寫鬥鵪鶉，第二十一回寫軍機生活等節。

苦社會，作者不詳。此書用雙回目，實只有十四回。全書寫晚清華僑在殖民主義者迫害下所遭受的悲慘經歷，頗爲生動，特別是寫美國在排華運動中的種種罪行，具有一定的意義，所以雖只有六萬餘字，却在一定程度上反映了政治的內容。漱石生在序言中說：「而自二十回以後，幾於有字皆淚，有淚皆血，令人不忍卒讀，而又不可不讀。」這話也正是有感而發的。書中的主人公一共是三個，都是知識分子，他們的遭遇又都很不幸。其中阮通甫帶着家眷離鄉去國，但一上船就被毒打，因此人還未到外國，就受傷而死了。作者在描寫緊張的場面時，而又常露沉痛的詞鋒，如寫阮通甫臨死時一段就頗有感染力，所以技巧也還成熟。

憂患餘生的鄰女語，十二回。書中寫庚子事變時，鎮江人金不磨在北上旅途中的所見所聞，此外又得之於尼姑、妓女、旅店婆子的口述，故名鄰女語。全書反映了那個時代官吏、士兵的庸懦橫蠻，人民到處受難的混亂局面。在內容上有一定的傾向性，但語言的流利不及前二書，而且前後兩部分採用不同的寫法，在體裁上也顯得不調和了。

第三十一章　清代的戲劇

一　緒說

雜劇傳奇，盛於元、明，及至清代，成績較遜。長生殿、桃花扇二劇，特具光彩，其他諸作，平庸者居多。大抵清人作劇，從事傳奇者多尊湯顯祖，寫短劇者多仿徐渭、汪道昆。由於重在模擬，故缺少獨創革新的精神，並偏好文辭，不重演唱，多成爲案頭之作。其次由於崑曲的衰落，地方戲曲的興起與繁榮，新陳代謝，時運使然。吳梅云：「清人戲曲，遜於明代，推其緣故，約有數端：開國之初，沿明季餘習，雅尚詞章，其時文士，皆用力於詩文，而曲非所習，一也。乾、嘉以還，經術昌明，名物訓詁，研鑽深造，曲家末藝，等諸自鄶，二也。又自康、雍後，家伶日少，臺閣諸公，不喜聲樂，歌場奏藝，僅習舊詞，間及新著，輒謝不敏，文人操翰，寧復爲此，三也。又光、宣之季，黃岡俗謳，風靡天下，內廷法曲，棄若土苴，民間聲歌，亦尙亂彈，上下成風，如飲狂藥，才士按詞，幾成絕響，風會以趨，安論正始，四也。」(中國戲曲概論)他在這裏對於地方戲曲雖表示了輕視的態度，但所論各點，還有參考價值。

二　清初的戲劇

清初戲劇，作者頗多。吳偉業、尤侗、嵇永仁三家之作，較有特色。他們的作品，不但以文采勝，並能結合自己的遭遇，與一般描繪風流韻事者不同。

吳偉業　吳偉業是當日的詩人，所作詩歌以風華綺麗見長，稱爲梅村體。關於他的詩歌，我在前面已經敘述過了。他在文學上的成就是多方面的，詩以外又善於詞曲。所作雜劇臨春閣、通天臺二種，頗爲有名。二劇都借古代史事，抒寫懷抱，借他人酒杯，澆自己魂礧。通天臺爲二齣，本陳書沈炯傳，再加虛構。內容敘沈炯在梁亡以後，寄寓長安，與庾信、王褒爲友。遙望江南故土，日夜不忘。某日郊遊，登漢武帝通天臺，飲酒哭泣，終於入夢。上表武帝，陳訴自己異鄉失路之苦。武帝勸他做官，沈炯再三懇辭，乃派兵送他出關，夢醒劇終。劇中沈炯，爲作者自喻。想是他出仕清廷以後所作，借沈炯的故事，來表達自己的感情。「今者天涯衰白，故國蒼茫，才士轗軻，一朝至此。正是『往時文彩動人主，此日飢寒趨路傍』，豈不可歎。」（第一齣）

賺煞尾　則想那山遶故宮寒，潮向空城打，杜鵑血揀南枝直下。偏是俺立盡西風搔白髮，只落得哭向天涯。傷心地付與啼鴉，誰向江頭問荻花？難道我的眼呵，盼不到石頭車駕，我的淚呵，洒不上修陵松檟，只是年年秋月聽悲笳。

雙調新水令　歎西風峭緊暮林凋，把江山幾番吹老。偏是你黃花逢臥病，斗酒讀離騷。那舊壘新巢，斜陽外知多少！

臨春閣本隋書譙國夫人傳，再加改造。共四齣，正目云：「冼夫人錦繖通侯，張貴妃彩筆詞頭，青溪廟老僧說法，越王臺女將邊愁。」劇本通過冼夫人和張麗華的故事，寫陳叔寶亡國之痛，其意所指，是諷刺南明福王的荒淫腐敗，並對當日官兵無力抵抗淸兵，予以譴責。前人論陳之亡，多歸罪於女寵，作者爲張麗華鳴不平，指出責任在於當權的君臣。「小生：聞得衆文武說兩個貴妃許多不是。旦：都是這班人把江山壞了，借題目說這樣話兒。」這用意是很明顯的。最後結云：「畢竟婦人家難決雌雄，則願你決雌雄的放出個男兒勇」，（尾）意尤憤懣。此劇雖寫陳亡，實爲南明覆亡的寫照。劇本結構尙佳，曲辭不如通天臺。最後冼夫人棄兵修道，表現了消極思想。

吳偉業尙有秣陵春傳奇，寫南唐徐適和黃展娘的愛情故事，雖有文采，但結構不佳。他還替鄒式金編輯的雜劇三集寫過一篇序，署名灌隱人。認爲戲曲的作用，「可以爲鑒，可以爲勸」，並云：「近時多以帖括爲業，窮硏日夕，詩且不知，何有如曲。余以爲曲亦有道也。世路悠悠，人生如夢，終身顚倒，何假何眞，若其當場演劇，謂假似眞，謂眞實假，眞假之間，禪家三昧，惟曉人可與言之。」從這裏表達了他對於戲曲的看法。

尤侗　尤侗（一六一八——一七〇四），字同人、展成，號悔庵、西堂。江蘇長洲（今蘇州）人。順治拔貢，康熙時授翰林院檢討。善戲曲，有雜劇讀離騷、弔琵琶、桃花源、黑白衞、清平調和傳奇鈞天樂。又能詩文，有鶴栖堂文集。讀離騷譜屈原遭遇，第四折以宋玉招魂作結。作者困於場屋數十年，做過一次小小的永平推官，又以撻旗丁降調。懷才不遇，滿腹牢騷，借古抒懷，情緒悲憤。正如劇中所說：「奪他人之酒杯，澆自己之磈礧，有何不可？」（第一折）劇中特色，是善於概括古事，結構也很緊湊，驅使屈賦各篇，渾然無迹。文辭雄奇壯麗，氣勢縱橫，混江龍一曲，寫屈原題壁問天，長七百餘字，想像豐富，氣魄雄大，爲曲中所罕見。其傳奇鈞天樂寫沈白屢應科舉不第，上書揭發科場弊病，又受打擊。其中地巡等齣，發洩憤懣，頗見特色，在揭露科場黑暗上，頗有現實意義。

弔琵琶譜王昭君事，前三折與漢宮秋略同，但主要爲昭君自抒悲怨。第四折引入蔡琰，祭青冢作結。桃花源寫陶淵明故事。第一折演陶氏去官，檃括歸去來辭；第二折演王弘送酒，龐通之招飲陶氏於山下；第三折演廬山結社和過溪三笑；第四折演陶氏作詩自祭，終於入桃花源成仙。黑白衞本唐人傳奇，演聶隱娘故事。清平調又名李白登科記，演李白中狀元事。前三劇俱爲四折，惟清平調爲一折。各劇文采縱橫，而其意旨大都借古抒懷，在不同角度上表達他自己的寄託。吳偉業序西堂樂府云：「予十年前，喜爲小詞，晉江黃東崖貽之以詩曰：『徵書鄭重眠餐損，法曲淒涼涕淚橫』，今讀展成之詞，而有感於余心也。後之人有追論其志者，可以慨然而歎矣。」又其自序云：「屈原楚之才子，王嬙漢之佳人。懷沙之痛，亂以招魂；出塞之愁，續以弔墓；情事悽愴，使人不忍卒業。陶潛之隱而參禪，隱孃之俠而游仙，則庶幾焉後之君子讀其文因之有感，或者垂涕想見其爲人。」他作品中的精神，由此可見。

嵇永仁　清初雜劇，除吳、尤二家外，作品較有特色的還有嵇永仁。嵇字留山，號抱犢山農。江蘇無錫人，吳縣貢生。通醫學，善音律，能詩文，尤喜戲曲。福建總督范承謨延入幕中，後因耿精忠叛清，繫范於獄，嵇亦被捕，凡三年，同時遇害。有抱犢山房集、續離騷雜劇等作。續離騷爲一折劇四種：一，劉國師教習扯淡歌；二，杜秀才痛哭泥神廟；三，癡和尙街頭笑布袋；四，憤司馬夢裏罵閻羅。此劇爲其遭難後入獄所作，滿腔悲憤。前引云：「屈大夫行吟澤畔，憂愁幽思而騷作；語曰：歌哭笑罵，皆是文章。僕輩遘此陸沉，天昏日慘，性命既輕，真情於是乎發，真文於是乎生。雖塡詞不可抗騷而續，其牢騷之遺意，未始非楚些別調云。」又詞目開宗云：「況値干戈滿地，怎當得涕淚沾巾。塡憂憤英雄百折，抱義叫天閽。……撇下文章粉飾，惟留取血性天真。漫揮筆今今古古，都是斷腸人。」（滿庭芳）可見其作劇的態度和發洩憂憤牢騷的心情。第一劇寫劉基與張三丰對飮，歌唱扯淡歌事；第二劇寫杜默秀才「落魄文場，低頭蓬戶」，哭弔項羽，實爲自傷。第三劇寫布袋和尙日在街頭笑語，罵倒一切。第四劇寫司馬貌在陰曹罵閻王事。此事見於三國志平話及古今小說。請看第三劇。

慶東源　鎭日價醉生夢死將香醪設，一靈兒追歡買笑，被野花招接。看財奴枉守着銅山窟穴，拔一毛渾身痛嗟。有一日狹路相逢，原被惡人磨折。

雁兒落　倒把那奸佞座上列，一任他屎口吐膿血，因此上忠言不中聽，禍患來相迫，弄得箇殃及滿池魚，好一似霜打經秋葉。……

淨（癡和尚）　你要俺明說麼？呵呵大笑念本文云：……我笑那李老聃五千言道德，我笑那釋迦佛五千卷的文字，乾惹得道士們打雲鑼，和尚們敲木魚，弄些兒窮活計，那曾有青牛的道理，白牛的滋味。怪的又惹出達摩來，把些屎撅的查，嚼了又嚼，洗了又洗。又笑那宣尼氏，絮叨叨說什麼道學文章，也平白地把那些活人兒都弄死。又笑那張道陵、許旌陽，你便是一箇白日昇天成何濟，只這末了的精靈兒，到底來也只是一箇冤苦鬼。住住住，還有一笑：我笑那天上的玉皇地下的閻王，與那古往今來的萬萬歲，你戴着平天冠，穿着衮龍袍，這俗套兒生出甚麼好意思，你自去想也麼想、癡也麼癡，着甚麼來由乾碌碌大家喧喧嚷嚷的無休息。（癡和尚街頭笑布袋）

癡和尚街頭笑布袋一劇，短小精悍，慷慨激烈，揭露了社會上、政治上的各種黑暗現象，諷刺之筆，並直指天上的玉皇，地下的閻王和陽間的皇帝，同時對於封建社會上層建築中的腐朽虛僞的精神文化，作了無情的嘲笑。曲辭爽辣有力，賓白亦多純粹的語體。憤司馬夢裏駡閻羅一劇，通過陰間官吏的貪污，影射陽間，意在言外，也具有現實意義。從曲辭方面來說，杜秀才痛哭泥神廟較有特色。

清初戲曲作者尚有王夫之、朱佐朝、朱素臣、丘園、葉時章、李漁、萬樹、裘璉諸人。王夫之一代學者，著述宏富。也善戲曲，有龍舟會雜劇。本劇本李公佐傳奇，演謝小娥復仇事，在塑造謝小娥的形象上甚爲成功。「俺呵！薑椒入口鑽心辣，生和死看作浮槎。元是他女孩兒三從做渾家，待干休，怎忍干休罷。到如今折戟沉沙，誰更問銅臺片瓦？一聲聲晨鐘發，一通通暮鼓撾，回首夕陽西下。」（第三折玉交枝）又煞尾云：「這賊呵！仗凶威自占了潯陽一霸，殺將來全不消八陣六花。輕輕的掃盡妖氛剛半霎。定不爭差，何須驚詫。列位看官們！你休道俺假男兒洗不淨粧閣鉛華，則你那戴鬚眉的男兒原來是假。」在激昂豪邁的語言裏，表現出謝小娥的堅強性格和勇敢精神。楊恩壽云：「先生（王夫之）深惡明末諸臣，全本結尾，贊小娥之復仇，清江引：莽乾坤只有個閒釵釧，劍氣飛霜霰。蟒玉錦征袍，花柳瓊林宴。大唐家九葉聖神孫，只養得一夥烟花賤。則憤世詞也。」（詞餘叢話・原文）

朱佐朝字良卿，江蘇吳縣人。作有傳奇三十餘種，散失者多，今存漁家樂、豔雲亭、乾坤嘯等十餘種。漁家樂較爲優秀，寫東漢權奸梁冀追殺清河王劉蒜，欲自稱帝，迫害良民。馬融爲其黨羽，其女瑤草苦諫不聽，馬融故意將女送與窮士簡人同爲妻。時有鄔姓漁翁及其女飛霞同情他們的遭遇。因梁冀的爪牙追殺劉蒜時，誤將鄔翁射死，劉蒜得救。後梁冀聞瑤草美，欲取爲妾，無法抗拒，鄔飛霞化裝代瑤草入梁宅，將梁冀刺死。劉蒜稱帝，立鄔飛霞爲皇后。此劇贊揚了鄔飛霞的俠義精神和勇敢性格，對於梁冀的專橫罪行，也多所揭露。至今許多劇種，俱有改編演出。

朱素臣一名㿥，號笙庵，江蘇吳縣人。作有傳奇十九種，今存十五貫、翡翠園、秦樓月等八種。十五貫寫熊友蘭、友蕙兄弟，由十五貫錢的疑案，遭誣謀財害命，獲罪入獄。清官況鍾審理此案，夢見雙熊，疑爲冤獄，細心勘查，得以昭雪，故又名雙熊夢。故事主要線索，雖本於宋話本錯斬崔寧，而清官況鍾實有其人，見於明史本傳。明戴冠撰的濯纓亭筆記和李樂撰的見聞雜記中，俱有況鍾的記載。焦循劇說云：「蘇州知府況鍾，字伯律，南昌靖安人。……其勇於爲義類如此。歲滿去，吏民叩闕請留者八萬人。有儒生爲歌曰：『況太守，民父母。早歸來，慰童叟。』又曰：『況青天，朝命宣。早歸來，在明天。』……又數年，鍾卒，吏民多垂泣送櫝歸。其政績具見張修撰洪所著傳，及楊穆西墅雜記。今所演雙熊夢雜劇，雜見稗官小說，而況青天實本於此。賓白詞曲，俱極當行，一名十五貫。」（卷三）其他如翡翠園寫書生舒德溥遭受迫害的故事，秦樓月寫妓女陳素素和書生呂貫的戀愛故事。這幾種劇本，至今崑劇越劇等劇種，都有改編演出。

丘園字嶼雪，江蘇常熟人。爲人放蕩不羈，能畫、善度曲。所作傳奇今存黨人碑、御袍恩、幻緣箱三種，另存虎囊彈中山門一齣。黨人碑寫奸臣蔡京專政，殘暴橫行，將司馬光、蘇軾、文彥博諸人列爲一黨，刻其名於石上，建於端禮門外，名爲黨人碑。尚書劉逵反對，蔡京投劉於獄中。劉壻謝瓊仙乘醉推倒此碑，亦被捕，後由謝的結義弟兄傅文龍營救，得以脫險，不久，劉逵亦遇赦出獄，率領謝、傅二人征田虎立功。劇中揭露了蔡京禍國殃民的罪行，歌頌了劉逵諸人的政治鬥爭，但也表現出對農民起義軍的誣衊。虎囊彈係演魯智深救金翠蓮故事，與水滸大略相同。焦循劇說卷四，謂是朱佐朝作。

另有蜀鵑啼，爲成都令吳志衍而作。梁廷枏云：「志衍爲梅村之兄，攜家之任，由滇入蜀，值北都城陷，西土淪亡，全家死之，丘故撰是劇。……梅村詩觀蜀鵑啼劇有感云：『紅豆花開聲宛轉，綠楊枝動舞婆娑。不堪唱徹關山調，血污游魂可奈何！』其詞之感人深矣。」(曲話卷三)可見此劇與明亡有關，並在當時上演過。

葉時章，字稚斐，江蘇吳縣人。所作傳奇今知有八種，現存琥珀匙、英雄概二種。琥珀匙寫胥塤與桃佛奴相愛，準備訂婚，後因其父與太湖大盜金髯有關，被捕入獄，佛奴鬻身救父，落入妓院。後被金髯救出，胥、桃得以團圓。焦循劇說引繭甕閒話云：「琥珀匙吳門葉稚斐作。變名陶佛奴，卽傳奇中翠翹故事。中有句云：廟堂中有衣冠禽獸，綠林內有救世菩提。爲有司所恚，下獄幾死。」（卷三）今觀其情節，與翠翹故事頗有不同。全劇的政治傾向，甚爲鮮明。對封建統治階級進行了有力的抨擊，對綠林豪傑表示了同情。由此下獄幾死，可見統治者對他的迫害。曲文也頗精彩，王鐘詔酒邊瓚語云：「琥珀匙五般宜云：我的老骨頭應該作賤，他的嫩皮肉何堪拋閃。又會河陽云：叮寧聲到我喉間哽，灰心血到我胸前冷。又越恁好云：眼觀眼三兩兩相看定，手扣手一雙雙相持緊。本色處，綺語豔詞，退避三舍。」現今所看到的本子，可能因當日政治關係，遭到刪改，如繭甕閒話中所引的兩句警語，就看不到。

李漁是優秀的戲曲理論家，關於他在這方面的成就，我在前面作了介紹。他又是戲曲作家，著有傳奇憐香伴、奈何天、比目魚、蜃中樓、風箏悞、愼鸞交、鳳求凰、巧團圓、玉搔頭、意中緣十種，都是愛情喜劇，合稱笠翁十種曲。李漁曾經營過戲班，並在各處表演，具有較爲豐富的舞台經驗。故其作品的特色，能注重關目排場和觀衆心理，頗有舞台效果。但由於曲辭較爲質樸通俗，爲文采派所不喜。其實這一點卻是李漁戲曲的特色，非時流所能及。明末以來，戲曲作者大都追逐詞藻，務求典雅，賓白亦尙駢文，只宜於案頭欣賞，不適合於舞台演出，完全脫離了羣衆。李漁一反此風，用淺顯的曲文和通俗的賓白，注重情節和佈景，故其作品宜於扮演。他說：「文章變，耳目新，要竊附雅人高韻，怕的是抄襲從來舊套文。」（比目魚）這種態度是正確的。楊恩壽評云：「笠翁十種曲，鄙俚無文，直拙可笑。意在通俗，故命意遣辭，力求淺顯。流布梨園者在此，貽笑大雅者亦在此。究之：位置、脚色之工，開合排場之妙，科白、打諢之宛轉入神，不獨時賢罕與頡頏，即元、明人亦所不及，宜其享重名也。」（詞餘叢話・原文）在前人的批評中，這是較有眼光的。但李漁的病根，在於用戲曲宣揚封建道德，並且有些內容，流於庸俗。他說過：「邇來節義頗荒唐，盡把宣淫罪戲場。思借戲場維節義，繫鈴人授解鈴方。」（比目魚卷場詩）他理解到戲劇的社會作用，但用來宣傳封建的節義綱常，這就降低了他作品的現實意義和價值。

萬樹字紅友，一字花農，江蘇宜興人，國子監太學生。康熙時曾在兩廣總督吳興祚處爲幕賓，文書皆出其手。他是戲曲家吳炳之甥，精通音律，編有詞律，審音辨體，爲藝林所重。所作雜劇傳奇二十餘種，今存傳奇空青石、念八翻、風流棒三種，合稱擁雙豔三種曲。他的作品是音節嘹喨，正襯分明，在音律上很有特色。梁廷枏云：「曲有句譜短促，又爲平仄所限，最難諧叶者。……國朝惟萬紅友長此。紅友則肆應不竭，愈出愈奇，如『晛睆好鳥』、『只我與你』、『我有斗酒』等句，皆異常巧合能奪天工者。」（曲話）可見萬樹的貢獻，是在音律這一方面。

裘璉字殷玉，號蔗村，又號廢莪子。浙江慈溪人。自幼好學，能詩文詞曲。屢試不第，困於場屋者五十餘年，康熙五十四年始成進士，已七十多歲了。所作雜劇傳奇很多，大都失傳，今存雜劇昆明池、集翠裘、鑑湖隱、旗亭館四種及傳奇女昆侖、混元盒。昆明池演上官婉容侍唐中宗於昆明池評詩事；集翠裘演狄仁傑和張昌宗賭雙陸，贏得集翠裘，付與家奴事；鑑湖隱演賀知章退隱事；旗亭館演王昌齡諸人於旗亭聽妓歌詩事。因都是古人韻事，故合稱明翠湖亭四韻事。他取材於古事，只是自娛；與尤侗諸人另有寄託者不同。自序云：「江淹云：放浪之餘，頗著文章自娛，予亦用此自娛耳。」除戲劇外，他還有橫山文集、詩集等。

三 洪昇與長生殿

康熙年間，由於洪昇的長生殿和孔尙任的桃花扇的出現，使當日的戲劇界放射出異樣的光輝，名滿一時，世稱爲南洪北孔。

洪昇 洪昇（一六四五——一七〇四），字昉思，號稗畦，浙江錢塘（今杭州）人。出身世家名族，但到他的時候，家境趨於衰落，後來並陷於貧困。清兵入浙時，他是在他母親逃難的途中生下來的。有詩云：「母氏懷姙値亂離，夙昔爲余道辛苦。一夜荒山幾度奔，哀猿亂啼月未午。野火炎炎照大旗，溪風颯颯喧金鼓。賷家田婦留我居，破屋覆茅少完堵。板扉作床席作門，赤日熒熒梁上吐。是時生汝啼呱呱，欲衣無裳食無乳。」（燕京客舍生日作）正因如此，在他許多詩歌裏，表現對他母親特別深厚的情感。王蓍說他「以古孝子自勉」，他還寫過一本天涯淚，表現其思親之情。他好學能文，但科場不利，做了二十年的太學生，沒有一官半職。二十五歲以前，北遊京師，生活極爲困苦。「長安薪米等珠桂，有時烟火寒朝昏。拔釵沽酒相慰勞，肥羊誰肯遺鴟蹲。嗚呼賢豪有困阨，牛衣腫目垂涕痕。吾子摧頽好耐事，愼莫五內波濤翻。」（吳雯贈洪昉思）吳雯是他的好朋友，在他寄給洪昇的一些詩篇裏，可以看出洪昇的生活情況。他的生活雖很窮困，但有一位多才多藝、同甘共苦的夫人。她是相國黃機的孫女，和洪昇是表兄妹。愛文學，通音律，一個作曲，一個和絃，家庭中充滿了藝術空氣。「林風憐道韞，安穩事黔婁」；「坐對孺人理典冊，題詩羞道哀王孫」。（都是吳雯的詩）在這些詩句裏，表現出他們夫婦相親相愛，甘於窮餓的生活態度和對於藝術的熱愛。

洪昇賦性高傲，不偶流俗，閉戶讀書，不肯逢迎權貴。趙執信說他「故常不滿人，亦不滿於人」（談龍錄），又說「朝貴亦輕之，鮮與往還」（懷舊詩序）；吳雯說他「狂言罵五侯」（懷昉思），「車馬何曾到幽巷，骯髒亦不登朱門」（贈洪昉思）；徐麟說他「白眼踞坐，指古摘今」（長生殿序）。在當日充滿了諂媚逢迎的政界官場，他這種性格，當然是沒有什麼出路的。他師事過駢文家陸繁弨、詞曲家毛先舒和詩人王士禛，但論詩與王士禛頗有異同。陸、毛二氏，不僅在辭章音律上使他得到許多益處，他們的氣節、品質，也使洪昇受到很大影響。朱彝尊、陳維崧、趙執信、吳雯等人，都是他的詩友。在他們的集子裏，可以讀到彼此唱和的詩篇，這些詩篇，在了解洪昇的生活、思想上頗有幫助。

洪昇能詩，作有千餘首，刪存者不多。有嘯月樓集、稗畦集、稗畦續集。趙執信謂其詩「引繩削墨，不失尺寸，惜才力窘弱，對其篇幅，都無生氣。」（談龍錄）這些評語並不很公允。他的詩雖不能評價很高，但無時尙雕琢矯飾之弊，部分感懷作品，真實自然，京東雜感十章，尤有特色。例如：

霧隱前山燒，林開小市燈。軟沙平受月，春水細流冰。遠望窮高下，孤懷感廢興。白頭遺老在，指點十三陵。

盤龍山下路，尚有果園存。歲月蟠根老，風霜結實繁。落殘供野鼠，垂在飼饑猿。童豎休樵采，枝枝總舊恩。

造語遣辭，純用白描，抒寫廢興懷舊之感，真切動人，於平淡處見工力，既不窘弱，也很有生氣。

洪昇以戲曲著名，作有雜劇四嬋娟，及傳奇長生殿、迴龍院、錦繡圖、鬧高唐、孝節坊、天涯淚等。今存者有四嬋娟和長生殿。四嬋娟爲一折劇四種，寫謝道韞、衞夫人、李清照、管夫人四才女的故事。長生殿以唐明皇、楊貴妃愛情故事爲題材，最爲著名。當時傳唱很廣，以至兒童婦女，無有不知道「洪先生」者。「一時朱門綺席，酒社歌樓，非此曲不奏纏頭爲之增價。」（徐麟序）「愛文者喜其詞，知音者賞其律，以是傳聞益遠；畜家樂者，攢筆競寫，轉相教習，優伶能者，升價什伯。」（吳人序）但不料由此遭到了政治的迫害。康熙二十八年，演出此劇時適在佟皇后喪葬期間，遭受到黃六鴻的彈劾，認爲是大不敬，在場觀劇的趙執信因而被革職，洪昇也革去了國學生籍。後來他漫遊江南各地，在吳興落水而死。他死的那天是康熙四十三年六月初一日，而長生殿中女主角楊貴妃的生日，恰巧也是六月初一日，所以友人挽他詩中有「太真生共可憐宵」之句。趙執信有紀念他的懷舊詩，前附小傳云：「見余詩，大驚服，遂求爲友。久之以塡詞顯，頗依傍前人，其音律諧適，利於歌喉。最後爲長生殿傳奇，甚有名，余實助成之。非時唱演，觀者如雲，而言者獨劾余。余至考功，一身任之，褫還田里，坐客皆得免。昉思亦被逐歸，……余遊吳、越間，兩見之，情好如故。後聞其飲郭外客舟中，醉後失足墜水，溺而死。」他們有深厚的友情和同樣的遭遇，並且在文藝事業中，是相互切磋的。洪昇坎壈一生，懷才不遇，「饑寒行役慣，貧賤別離多」；「江湖雙淚眼，天地一窮人」；「八口總爲衣食累，半生空溷利名場」，在他自己這些詩句裏，可見其窮愁潦倒的感歎。但他決不頹廢，而全力從事創作，終於在戲曲方面，作出了很大的貢獻。

長生殿　長生殿共五十齣，稿經三易，前後十餘年始成。「憶與嚴十定隅坐皐園，談及開元、天寶間事，偶感李白之遇，作沉香亭傳奇。尋客燕臺，亡友毛玉斯謂排場近熱，因去李白，入李泌輔肅宗中興，更名舞霓裳，優伶皆久習之。後又念情之所鍾，在帝王家罕有，馬嵬之變，已違夙誓，而唐人有玉妃歸蓬萊仙院，明皇遊月宮之說，因合用之，專寫釵合情緣，以長生殿題名，諸同人頗賞之。……蓋經十餘年，三易稿而始成，予可謂樂此不疲矣。史載楊妃多污亂事，予撰此劇，止按白居易長恨歌，陳鴻長恨歌傳爲之。而中間點染處，多采天寶遺事楊妃全傳。若一涉穢跡，恐妨風教，絕不闌入，覽者有以知予之志也。」（長生殿例言）作者自敘其創作的艱苦過程，一再改作，經十餘年而三易稿。取材雖多本前人，但能去蕪存菁，加以發展；既不違背歷史的真實，又能重視藝術的完美性，他這種忠於藝術的嚴肅態度和慘淡經營的苦心，很值得我們尊重。

長生殿是現實主義和積極浪漫主義結合的優秀作品。在開場的滿江紅詞中說：「今古情場，問誰箇真心到底？但果有精誠不散，終成連理。萬里何愁南共北，兩心那論生和死。笑人間兒女悵緣慳，無情耳。　感金石，回天地；昭日月，垂青史。看臣忠子孝，總由情至。先聖不曾刪鄭、衞，吾儕取義翻宮徵。借太真外傳譜新詞，情而已。」這就說明了作者的主觀意圖，是要着重描寫一件「精誠不散、終成連理」的愛情故事的。作者通過了多樣的表現手法，善於抒情的精巧語言和豐富的想像力，從定情、密誓、埋玉一直寫到月宮團圓，從生寫到死，從人間寫到天上，從現實世界寫到幻想世界，表現了既是悲劇又是喜劇的藝術形象。但從總的傾向來說，人物的性格和情節的發展，前後仍存在一定的矛盾。

有些優秀的古典作品，在客觀上的藝術效果，往往超過它的主觀意圖，其思想內容，往往要比主觀部分豐富得多，廣闊得多。作者在長生殿裏，主題是在描寫愛情，但也寄寓「垂戒來世」的意義（作者自序）。他圍繞着愛情的主要線索，向四面八方延展，真實地反映出天寶之亂的歷史背景。宮廷的荒淫腐朽，宰相的專橫誤國，貴妃姊妹的奢侈淫蕩，邊將的跋扈，投降官吏的卑鄙無恥，階級的尖銳矛盾和民衆生活的痛苦，在賂權、禊遊、倖恩、疑讖、權鬨、進果、罵賊、彈詞等齣裏，都作了較深刻的描寫。對於安、史之亂的根源，也作了反映。一面是暴露、批判了封建統治集團的罪惡，同時也顯示出作者的政治態度和作品中的現實意義。

仙呂村裏迓鼓　雖則俺樂工卑濫，硜硜愚暗，也不曾讀書獻策，登科及第，向鵷班高站。只這血性中胸脯內，倒有些忠肝義膽。今日個覩了喪亡，遭了危難，值了變慘。不由人痛切齒，聲呑恨銜。

元和令　恨仔恨潑腥羶莽將龍座渰，癩蝦蟆妄想天鵝啖，生克擦直逼的箇官家下殿走天南。你道恁胡行堪不堪？縱將他寢皮食肉也恨難劖。誰想那一班兒沒掂三，歹心腸，賊狗男。

上馬嬌　平日價張着口將忠孝談，到臨危翻着臉把富貴貪。早一齊兒搖尾受新銜，把一箇君親仇敵，當作恩人感。咯！只問你蒙面可羞慚。

這是罵賊中樂工雷海清所唱，對安祿山和那些投降安祿山的文武百官，作了強烈的諷刺和譴責。作者在這裏當然有所寄託，矛頭所指，刺痛了明末清初那羣降官新貴們的靈魂，同時，對當日統治者也表示了不滿。國喪演劇被人彈劾一案，雖牽涉着政治派系的內部鬥爭，而其成獄的真因，實與劇本的內容有關。梁紹壬云：「黃六鴻者，康熙中由知縣行取給事中入京，以土物并詩稿遍送名士。至宮贊趙秋谷執信，答以柬云：『土物拜登，大稿璧謝。』黃遂銜之刺骨。乃未幾而有國喪演劇一事，黃遂據實彈劾。仁廟取長生殿院本閱之，以爲有心諷刺，大怒，遂罷趙職。」（兩般秋雨庵隨筆）如果作品中沒有諷刺，國喪演劇，何至起此大獄。這一案件一面說明士大夫的內部傾軋，同時也表現出作品中的政治意義。朱彝尊有詩云：「梧桐夜雨詞凄絕，薏苡明珠謗偶然。」（酬洪昇）這詩是含蓄的，也是深刻的。關於此事的記載，還有金埴的巾箱說，厲鶚的東城雜記，查爲仁的蓮坡詩話，王應奎的柳南隨筆等書，其中大同小異，可以參考。另在劇本中的其他的地方，也反映出人民的痛苦生活。例如：

十棒鼓　田家耕種多辛苦，愁旱又愁雨。一年靠這幾莖苗，收來半要償官賦。可憐能得幾粒到肚！（進果）

醋葫蘆　怪私家恁僭竊，競豪奢誇土木。一班兒公卿甘作折腰趨，爭向權門如市附。……可知他朱甍碧瓦，總是血膏塗。（疑讖）

風入松　你嚮爵鬻官多少，貪財貨，竭脂膏。若論你恃戚里，施奸狡，誤國罪，有千條。（權鬨）

在這些曲文裏，對封建統治政權的剝削本質和禍國殃民的罪行，作了深刻的揭發。並在這些基礎上，豐富了長生殿的思想內容，提高了它的藝術價值。

作品的另一特色，在處理楊貴妃的形象上，打破了封建傳統觀念，在女色亡國的舊思想中，把楊貴妃解放出來，並且拋棄了她和安祿山的曖昧關係，給她創造了一個較爲完整的品質，這些地方，是長生殿戲曲的藝術發展，勝過了白樸的梧桐雨和吳世美的驚鴻記。

另外，作品形式上的特色，是曲辭能適合情節環境和人物身分，表現不同的風格。有的細緻宛轉，有的悲憤慷慨，有的哀感淒清，有的華贍美豔，使人物性格和精神狀態在不同的情調裏活躍地反映出來。密誓、聞鈴、情悔、彈詞諸齣的曲辭，都很精采，彈詞一齣，寫得尤爲激越蒼涼，表現語言爽朗的風格。至於韻調之嚴，守法之細，早爲前人所稱道。作爲戲曲藝術來說，除思想內容和語言技巧外，其韻調、組織、排場等等，也是很重要的，長生殿在這方面，也頗表現出作者的藝術匠心。

四　孔尚任與桃花扇

桃花扇和長生殿是同時期出現的，同樣採用傳奇體的形式，通過愛情故事的主要線索，反映歷史題材。其總的精神，長生殿是富於喜劇成分，富於浪漫主義精神，桃花扇則是現實主義的悲劇。由於它能真實地反映南明王朝的歷史面貌，又創作於康熙年間，較之長生殿，更富於政治性的現實意義。

孔尚任　孔尚任（一六四八——一七一八）字聘之、季重，號東塘、岸堂，自署雲亭山人。山東曲阜人。孔子第六十四代孫，出身於明代遺民的家庭。自幼聰慧過人，早年讀書曲阜縣北石門山中。任國子監博士，官至戶部員外郎。其間曾參加過疏濬淮河的工作，在揚州、南京一帶，憑弔古跡，訪問遺老，結識了當日的文人畫家如龔燮、冒襄、汪琬、孫枝蔚、張潮、鄧漢儀、吳綺、石濤之流，詩文酬唱，山水流連，豐富了他的生活和詩歌材料。更重要的，在他的耳聞目見中，對南明王朝的腐敗政治和江南一帶人民抗清鬭爭的熱情，有了深一層的認識和體會，這對於他後日的戲曲創作，有很大的作用。他在這一時期，寫了很多的詩，都收在湖海集裏。梅花嶺詩云：「梅枯嶺亦傾，人來立脚嘆。嶺下水滔滔，將軍衣冠爛。」又過明太祖故宮詩云：「忽忙又散一盤棋，騎馬來看舊殿基。夕照偏逢鴉點點，秋風只少黍離離。門通大內紅牆短，橋對中街玉柱欹。最是居民無感慨，蝸廬借用瓦琉璃。」又拜明孝陵詩云：「厚道羣瞻今主拜，酸心稍有舊臣來」；「蕭條異代微臣淚，無故秋風灑玉河」，在這些詩句裏，表現出他對明代亡國的感慨和對史可法悼念的心情。這樣的思想感情，正是他後來創作戲曲桃花扇的基礎。

孔尚任雖也做過官，但生活是清寒的。因爲他愛收買舊書古物，時時感到錢不夠用。「喜的是殘書卷，愛的是古鼎彝，月俸錢支來不夠一朝揮。」在小忽雷傳奇開端的博古閒情的套曲中，寫出了他自己的嗜好和境況。新寓詩云：「纔營斗米支寒竈，又買肩輿謁貴人。搔白頭顱無計好，叔敖貧倍去年貧。」又正月三十日送窮詩云：「形影相依六十春，何須久戀腐儒貧。世還有主能留客，我已無家欲乞鄰。」其窮況可知，但他並不以貧寒爲苦，在「小小茅堂、藤牀木椅、涼月當階、花氣撲鼻」的環境中，致力於詩文、戲劇的創作。有湖海集、岸堂文集、小忽雷（與顧彩合作）、桃花扇等作，桃花扇是他的代表作。

孔尚任的詩，題材比較狹窄，但有少數寫景作品，清新自然，如「船銜宿鷺當窗起，燈引秋蚊入帳飛」（夜過射陽湖）；「密疎堤上千絲柳，深淺江南一帶山」（遊平山堂）；「酒旆時搖看竹路，畫船多繫種花門」（紅橋），都是動人的警句。抒情的詩，也有佳作。

津門從我著征衣，南渡黃河萬事違。雙鬢漸看青處少，三年總計飽時稀。船將分路風兼雪，雁到離羣叫且飛。眼淚不知傾盡未，霜林西望有斜暉。（別黃文岩）

孔尚任是傑出的戲劇作家，同時對於戲劇理論也作出了貢獻。他在前人許多進步的理論基礎上，在自己研究和創作的實踐中，提高了對於戲劇的認識。明季以來，戲劇創作，一般存在着脫離實際，片面追求辭藻和音律的傾向，存在着重視案頭欣賞、輕視舞臺表演的偏向，這些現象，孔尙任是深表不滿的。他在桃花扇小識、桃花扇凡例中，表達了一些好的見解。

一、孔尙任首先提出戲劇的題材和創作態度問題。他認爲戲劇是傳奇的，但所傳的奇，不是那些不足道的小奇，應當是關於國家興亡的大奇。戲劇能傳這樣的奇，戲劇才有價值。他說：「傳奇者傳其事之奇焉者也。事不奇則不傳。桃花扇何奇乎？妓女之扇也，蕩子之題也，遊客之畫也，皆事之鄙焉者也。……其不奇而奇者，扇面之桃花也；桃花者，美人之血痕也；血痕者，守貞待字，碎首淋漓不肯辱於權奸者也；權奸者，魏閹之餘孽也；餘孽者，進聲色，羅貨利，結黨復仇，隳三百年之帝基者也。」（桃花扇小識）妓女之扇，蕩子之題，遊客之畫，都沒有什麼奇，但通過它們能反映出閹黨餘孽的結黨復仇，荒淫誤國的歷史面貌，這就成爲可傳之奇，也就成爲有價值的戲劇了。正因爲孔尙任在創作方面有這樣的認識，所以桃花扇的思想內容，遠遠超過了當代戲劇界的水平。

二、戲劇除內容、文辭以外，還必須佈局得宜，情節穿插妥貼，才能吸引觀衆。孔尙任說：「排場有起伏轉折，俱獨闢境界；突如而來，倏然而去，令觀者不能預擬其局面。凡局面可擬者，卽厭套也。」（桃花扇凡例）他認爲劇本的佈局，要變化莫測，不能使觀者看了第一齣就知道第二齣，看了開場，就知道結尾，如果這樣，那就是厭套，也正是我們今天所說的公式化。但同時又必須做到「每齣脈絡聯貫，不可更移，不可減少。非如舊劇，東拽西牽，便湊一齣。」（凡例）作爲戲劇文學來說，這確是很重要的，但在當日戲劇界一般追求文采和音律的傾向中，很少人注意到這個問題。

三、重視賓白在戲劇中的作用。「舊本說白，止作三分，優人登場，自增七分；俗態惡謔，往往點金成鐵，爲文筆之累。今說白詳備，不容再添一字。」（凡例）元、明時代的雜劇傳奇，一般只重曲辭，不重賓白，王驥德、李漁諸人已經注意到這個問題。孔尚任寫桃花扇時，特別重視賓白在劇本中的重要地位，把說白寫得很爲詳備，不容再添一字。同時他又指出曲辭與賓白不能重複，應該按照需要配搭得宜，才能在劇本中發生作用。他說：「詞曲皆非浪塡，凡胸中情不可說，眼前景不能見者，則借詞曲以詠之。又一事再述，前已有說白者，此則以詞曲代之。若應作說白者，但入詞曲，聽者不解，而前後間斷矣。其已有說白者，又奚必重入詞曲哉。」（凡例）作爲傳奇體的歌劇來說，這樣安排曲辭與說白是較爲妥當的。他又說到說白要「抑揚鏗鏘，語句整練」，這是對的；但又說「寧不通俗，不肯傷雅」，那就偏了。

四、他認爲曲辭要有旨趣，要有文采，但又必須詞意明亮。如果作出來的曲辭，只能強合絲竹，而令人不解，那就不能令人「可感可興」了。他主張「詞必新警，不襲人牙後一字」；「詞中所用典故，信手拈來，不露飽飣堆砌之痕。化腐爲新，易板爲活。點鬼垛屍，必不取也。」（凡例）這些意見，都能針砭時弊。其他還論到科諢、脚色、上下場詩等，都有些好的見解。

桃花扇　桃花扇是一本政治性的愛情劇，也是抒情性的政治劇，具有愛國的思想內容和感人的藝術力量。全劇以名士侯方域和名妓李香君的愛情故事爲主線，真實地反映出南明王朝的崩潰瓦解和一般人民的思想感情。在這個劇本中，幾乎無一場不與政治發生聯繫。作者的創作態度，極爲嚴肅認真。他不但多方面搜集有關史料，還到處訪問有關人物，熟悉當日的歷史環境和人物感情。我們看了他的桃花扇考據一目，知道他在這方面所用的心力。曲中於南朝政事，文人生活，皆確考時地；卽小小科諢，也大都有所本。在他以前的歷史劇作者，很少這種認真的態度。桃花扇本末云：「族兄方訓公，崇禎末爲南部曹，予舅翁秦光儀先生其姻婭也。避亂依之，羈棲三載，得弘光遺事甚悉，旋里後數數爲予言之。證以諸家稗記，無弗同者，蓋實錄也。獨香姬面血濺扇，楊龍友以畫筆點之，此則龍友小史言於方訓公者。雖不見諸別籍，其事則新奇可傳，桃花扇一劇感此而作也。南朝興亡，遂繫之桃花扇底。」他作劇的精神，是要通過史事的實錄，創作出動人的劇本，反映出南朝的興亡；既不違反歷史的真實性，又具有藝術的真實性和作品的思想性，這正是現實主義創作方法的表現。桃花扇在這方面得到了傑出的成就。

桃花扇在反映典型的歷史環境上是很成功的。通過劇本，展開了南明王朝真實的歷史面貌。清兵壓境，國勢危急，君臣上下，不發憤圖存，還在剩水殘山中，剝削人民，歡歌醉舞，度着荒淫無恥的生活，傾軋排擠，奪利爭權，監禁愛國人士，迫害愛國人民。讓史可法孤軍作戰，結果是投江殉國，形成土崩瓦解的局面。顧彩感歎地說：「當其時，偉人欲扶世祚，而權不在己；宵人能覆鼎餗，而溺於宴安。扼腕時艱者，徒屬之薦帽青鞋之士；時露熱血者，或反在優伶口技之中。」（桃花扇序）桃花扇正反映了這樣的歷史環境。

在真實歷史環境的反映中，作者塑造了許多有血有肉的正面人物，也刻劃了一些卑鄙無恥的禍國殃民的反面人物。在描寫正面、反面的人物時，作者的筆鋒，能結合不同的身分和環境，創造出不同的類型和性格，使這些形象既豐富多采，又愛憎分明。正如作者所說：「脚色所以分別君子小人，亦有時正色不足，借用丑淨者。潔面花面，若人之妍媸然，當賞識於牝牡驪黃之外耳。」（桃花扇凡例）在桃花扇綱領裏，把書中人物，作了具體細緻的安排，可見作者對於人物形象的重視。

桃花扇歌頌了史可法的愛國英雄形象，嚴厲譴責了那些誤國的奸臣。對於那些富有正義感的妓女、藝人，寄予極大的同情和尊重。特別是李香君的形象，描繪得最爲動人。她姿容絕世，多藝多才，雖出身低微，抱着高遠的理想。她不僅有熱烈的感情，還有豐富的智慧、堅強的理智和關懷國家大事的政治頭腦，她要做女禰衡。她反抗庸俗的富貴生活，反抗一切威脅利誘的強暴黑暗的惡勢力，爲了忠於愛情、忠於理想，始終不屈不撓，終於獻出了她的鮮血，在扇上染成了永遠鮮豔的桃花。作者以優美的語言，刻劃了她的內心世界，描繪了她靈魂上每一個震動的音符，用盡全力，把她的形象藝術化、完整化。像她這樣具有頑強的反抗性鬭爭性，這樣忠於愛情、忠於理想，而又具有這樣清醒的政治頭腦的女性，在桃花扇以前的古典文學裏，很少見過。但侯方域的軟弱動搖的性格，寫得不夠眞實，顧彩桃花扇序云：「若夫夷門復出應試，似未足當高蹈之目。」這批評是很深刻的。

甜水令　你看疎疎密密，濃濃淡淡，鮮血亂蘸。不是杜鵑抛，是臉上桃花做紅雨兒飛落，一點點濺上冰綃。

錦上花　一朵朵傷情，春風懶笑；一片片消魂，流水愁漂。摘的下嬌色，天然蘸好；便妙手徐熙，怎能畫到。櫻唇上調朱，蓮腮上臨稿，寫意兒幾筆紅桃。補襯些翠枝青葉，分外夭夭，薄命人寫了一幅桃花照。

碧玉簫　揮灑銀毫，舊句他知道；點染紅么，新畫你收著。便面小，血心腸一萬條。手帕兒包，頭繩兒繞，抵過錦字書多少。（第二十三齣寄扇）

忒忒令　趙文華陪着嚴嵩，抹粉臉席前趨奉；醜腔惡態，演出眞鳴鳳。俺做個女禰衡，撾漁陽，聲聲罵，看他懂不懂。

五供養　堂堂列公，半邊南朝，望你崢嶸。出身希貴寵，創業選聲容，後庭花又添幾種。把俺胡撮弄，對寒風雪海冰山，苦陪觴詠。

玉交枝　東林伯仲，俺青樓皆知敬重。乾兒義子從新用，絕不了魏家種。冰肌雪腸原自同，鐵心石腹何愁凍。吐不盡鵑血滿胸，吐不盡鵑血滿胸。（第二十四齣罵筵）

在這些曲辭裏，表現出李香君對那些禍國殃民的閹黨餘孽的痛恨和對愛情的忠誠，她的勇敢、堅強和愛憎分明的性格，給人以深刻的印象。沉江一齣，在衆人的合唱聲中，對殉國的史可法，致以崇高的敬意和沉痛的哀悼。「走江邊，滿腔憤恨向誰言？老淚風吹面，孤城一片，望救目穿。使盡殘兵血戰，跳出重圍，故國苦戀，誰知歌罷剩空筵。長江一線，吳頭楚尾路三千，盡歸別姓，雨翻雲變，寒濤東捲，萬事付空烟。精魂顯，大招聲逐海天遠。」（古輪臺）悲涼慷慨，激動人心。關於侯方域、李香君，終以入道作結，存在着一定的消極情緒，給人一種虛無幻滅之感。後來他的朋友顧彩將此劇改爲南桃花扇，令侯、李團圓，也流於一般。梁廷枏云：「桃花扇以餘韻折作結，曲終人杳，江上峯青，留有餘不盡之意於烟波縹緲間，脫盡團圓俗套。乃顧天石改作南桃花扇，使生旦當場團圓，雖其排場可快一時之耳目，然較之原作，孰劣孰優，識者自能辨之。」（曲話卷三）

劇的最後，用餘韻作爲尾聲，以人民對故都金陵的懷念和目睹的社會衰敗面貌作結。

哀江南　山松野草帶花挑，猛抬頭，秣陵重到。殘軍留廢壘，瘦馬臥空壕。村郭蕭條，城對着夕陽道。（北新水令）

橫白玉八根柱倒，墮紅泥半堵牆高。碎琉璃瓦片多，爛翡翠窗櫺少。舞丹墀燕雀常朝，直入宮門一路蒿，住幾箇乞兒餓殍。（沈醉東風）

你記得跨青谿半里橋，舊紅板沒一條。秋水長天人過少，冷清清的落照，賸一樹柳彎腰。（沽美酒）

俺曾見金陵玉殿鶯啼曉，秦淮水榭花開早，誰知道容易冰消。眼看他起朱樓，眼看他讌賓客，眼看他樓塌了。這青苔碧瓦堆，俺曾睡風流覺，將五十年興亡看飽。那烏衣巷不姓王，莫愁湖鬼夜哭，鳳凰臺棲梟鳥。殘山夢最眞，舊境丟難掉。不信這與圖換藁。謅一套哀江南，放悲聲，唱到老。（離亭宴帶歇拍煞）

山河依舊，國破家亡，作者借着蘇崑生的口，唱出這哀江南的悲調。殘花野草，古道斜陽，廢壘空壕，荒村古墓，無一不染上亡國情感的氣氛，加強了悲劇藝術的力量。

哀江南一套，共有八曲，爲孔尙任友人徐旭旦所作，原題爲舊院有感。見徐著世經堂詩詞鈔（卷三十）。（此書我未見到，茲參考竺萬的雜考二則）孔尙任借用時，改爲哀江南，並在文字上作了修改。如北新水令原作爲「猛抬頭翠樓來到。荒烟留廢壘，剩水積空壕。亭苑蕭條，還對着夕陽道」。孔尙任改了十一個字，面貌大變，與劇情密切結合，大大地加強興亡之感。其他各曲也有改動的地方。此一套曲也見於賈鳧西的木皮詞，有人認爲是賈所作，那是不可信的。

桃花扇的卷首，有桃花扇小引一篇，署雲亭山人，這一篇也是徐旭旦所作，原題爲桃花扇題辭，見世經堂初集（卷十七），其中很有些好意見，全錄於下：

傳奇雖小道，凡詩賦、詞曲、四六、小說家，無體不備。至於摹寫，傳奇鬚眉，點染景物，乃兼畫苑矣。其旨趣實本於三百篇，而義則春秋，用筆行文，又左、國、太史公也。於以警世易俗，贊聖道而輔王化，最近且切。今之樂猶古之樂，豈不信哉？桃花扇一劇，闕里東塘先生作也。皆前代新事，父老猶有存者。場上歌舞，局外指點，知三百年之基業，隳於何人，敗於何事，消於何年，歇於何地，不獨令觀者感慨涕零，亦可懲創人心，為末世之一救矣。先生曰：予未仕時，山居多暇，博采遺聞，入之聲律，一句一字，鏤心嘔成。今攜遊長安，惜讀者雖多，竟無一句一字着眼看畢之人，每撫胸浩歎，幾欲付之一火。轉思天下大矣，後世遠矣，特識焦桐者，豈無中郎乎？予請先生下一轉語曰：姑俟之。

行文如此親切，其中兩稱先生，當然是原作。到了桃花扇小引中，不知何以把先生語句都加刪去，改作者爲雲亭山人。這段題辭，不僅正確指出桃花扇的政治意義，同時認爲戲劇，是志趣本於詩經，義理本於春秋，文章比於左傳、國語和史記，故有警世易俗的社會作用，大大提高了戲劇文學的價值。同時又認識到戲劇綜合性的特點，兼備詩賦、詞曲、四六、小說各體，並且特別指出戲劇在描寫人物、點染景物方面，兼具有繪畫的功能，這些意見都是頗爲精闢的。徐旭旦字浴咸，號西泠，浙江錢塘人。副貢生，官至連平州知州。有世經堂集，書前有壬辰毛奇齡序，時孔尙任尙在世，更可證此文實爲徐作。並且他們是朋友，在孔氏的詩集裏，還有和徐酬唱的詩。桃花扇以外，孔尙任還和顧彩合作，著作傳奇小忽雷。小忽雷是唐宮的樂器，韓滉所造。長尺許，式如胡琴。兩絃穿其下，腹蒙蟒皮，彈之忽忽若雷，故名。此樂器後流落民間，爲孔氏所得。段安節樂府雜錄記有宮女鄭中丞善彈小忽雷，因忤旨被內官縊死，投入河中，後爲宰相權德輿舊吏梁厚本所救，結爲夫婦。孔氏本此故事，演成戲劇，以鄭中丞爲鄭注之妹，與梁厚本已有婚約，後因鄭注獻妹入宮，爲宦官仇士良所陷害，中間結合小忽雷的得失，牽入鄭注等人對宦官的鬭爭，反映出唐文宗時的政治狀況，其主題與桃花扇頗有相近之處。這兩個劇本，到今天還常在舞台上演出，得到人民的喜愛。

五 雜劇傳奇的尾聲

乾隆年間，崑曲開始衰落，然雜劇傳奇，尙多作者，當日比較著名的有蔣士銓和楊潮觀。

蔣士銓 蔣士銓（一七二五——一七八四），字心餘、苕生，號藏園，又號清容居士。江西鉛山人。乾隆進士，官翰林院編修。博學能文，慷慨好義。工詩，與袁枚、趙翼並稱。有忠雅堂集。尤以曲名，所作甚多，較爲通行的有藏園九種曲。九種曲是：傳奇空谷香、桂林霜、香祖樓、雪中人、臨川夢、冬青樹；雜劇一片石、四絃秋、第二碑。蔣氏作曲，尊湯顯祖，故其所作，頗多摹擬，但因其詩力富健，曲文時有精采。清人李調元稱其曲爲「近時第一」（雨村曲話）；梁廷枏稱爲「近數十年作者亦無以尙之」（曲話），楊恩壽稱他的作品，爲乾隆間的大著作，比之於盛唐的詩歌（詞餘叢話），這些評價，都有過高之病。

蔣士銓作劇，很重視社會作用，但他所強調的「表揚節義，攸關風化」，大都是爲封建道德思想作宣傳。他推崇湯顯祖，寫了臨川夢，自序云：「臨川一生大節，不邇權貴，遞爲執政所抑，一官潦倒，里居二十年，白首事親，哀毀而卒，忠孝完人也。」說湯「一生大節，不邇權貴」，這是對的，而歸結爲「忠孝完人」，這就迂了。空谷香、香祖樓二劇，本以愛情爲主題，而其構成，都是做妻子的自願爲丈夫娶妾，其中雜以家庭以外的波瀾，實際是宣傳一夫多妻的思想。作者在序中云：「才色所觸，情欲相維，不待父母媒妁之言，意耦神搆，自行其志，是淫奔之萌孽也，君子惡焉。」（香祖樓）再如一片石、第二碑、雪中人、桂林霜等作，都在不同角度上表現他的封建正統觀點。另外，爲祝賀皇太后的生日，他還寫過康衢樂、忉利天、長生籙、昇平瑞四種劇，盡歌功頌德之能事，可見他對封建帝王的政治態度。

其次，蔣氏的劇本，充滿了神鬼的穿插，削弱了劇本的現實性和真實性。在元、明的劇本裏，也有用神鬼的，但決不能多用亂用。在他的九種曲裏，到處是神鬼顯靈，到處是仙女、麻姑、花神、土地、城隍、判官、龍神、地藏王、弔死鬼、斷頭鬼等等，在劇中說話、表演，在這些地方，正表現出作者在處理戲曲情節的發展上，以及塑造人物的形象上，是軟弱無力的而又是不近人情的；這樣一來，不論是正反面人物，都蒙上一層因果輪迴的暗影。至於結構方面，多數作品存在着勉強湊合和線索混亂的弊病，前人稱賞的臨川夢和四絃秋，也是如此。

九種曲中，思想性較高的是冬青樹。冬青樹爲傳奇，共三十八齣，譜文天祥、謝枋得殉國事，兼及汪元量、謝翺諸人。爲蔣氏晚年之作。本劇歌頌了文、謝諸人的民族氣節，譴責了禍國殃民的奸臣，主題明確，也少神鬼氣息；並且語言老煉，風格爽朗，但結構很不緊密。

醉花陰　三載淹留事才了，展愁眉仰天而笑。眼睜睜天柱折，地維搖，舊江山瓦解冰銷。問安身那家好，急煎煎盼到今朝，剛得向轉輪邊頭一掉。

（雜）這是留丞相送來筵席，請爺用些。

（生）那個留丞相？

（雜）就是留夢炎，也是南朝來的。

（生）留夢炎那賊子的酒食，怎敢排在這裏？（踢翻介）

刮地風　嗳呀，見了這狼籍杯盤和濁醪，枉鋪陳旨酒嘉肴。可知是陰為惡木泉為盜，這其間多少脂膏！

（雜）這是趙學士筵席，請爺用些。

（生）那個趙學士？

（雜）也是南朝來的，叫做趙孟頫。

（生）咳，子昂也是一代文人，又為宗室，因何失足至此，可惜可惜！

俊王孫一代風騷，枉了他墨妙揮毫，為甚麼棄先塋、忘舊族、也修降表，圖一個美官銜、學士高，全不管萬千年遺臭名標。（第二十九齣柴市）

此爲文天祥受刑時所唱，悲歌慷慨，正氣凜然，對於搜括民財和貪生怕死的漢奸，作了強烈的斥責。其他如賣卜、題驛、碎琴、野哭、西臺諸齣，都寫得辭情並茂，表現出動人的感情。最後一齣爲勘獄，文天祥死後成神，審問南宋以來諸奸相，對秦檜、韓侂胄、賈似道諸奸禍國殃民、殺害忠良的罪行，作了有力的揭發。如罵秦檜云：「和議禁人言，刼制朝廷專擅。獄成三字，風波亭壓奇冤。將何格天。十九年醞釀邦家變。汴京河精衞難填，五國城青燐如燹。」（南泣顏子）罵丁大全云：「你深藏着一顆心如墨，高仰着兩片顏如靛。赤緊的靠了閻妃，倚了宋臣，竊了朝權。……凶如豺虎，毒如蛇蚿。」（北上小樓）又如罵賈似道云：「聚斂的閭閻倒懸，蔽朝廷一片雲烟。」（南撲燈蛾）這些曲辭，都表現出鋒利的筆力和深刻的批判。

臨川夢滿紙虛幻，結構散漫；四絃秋不過略爲鋪敘故事，缺少戲劇的矛盾因素，較之白居易的琵琶行，大爲遜色。前人對此，多有美評，大都未能從戲劇整體精神出發，或喜其風流韻事，或是尋章摘句，在少數曲文上作了片面的欣賞。

楊潮觀　楊潮觀（一七一二——一七九一），字宏度，號笠湖，江蘇無錫人。爲人沉默寡言，弱冠以文名。與袁枚爲總角交。袁枚云：「余狂君狷，余疎俊，君篤誠。余厭聞二氏之說，而君酷嗜禪學。」（邛州知州楊君笠湖傳）乾隆舉人。歷官晉、豫、滇南三省，後遷四川邛州知州。爲官關懷民生疾苦，聲譽卓著。精音律，善詞曲，於官舍築吟風閣，公餘聚賓客詠歌其中。作有雜劇三十二種，俱爲一折短劇，合稱吟風閣雜劇。其劇目爲：窮阮籍醉罵財神、快活山樵歌九轉、李衞公替龍行雨、黃石婆授計逃關、新豐店馬周題詩、大江西小姑送風、溫太真晉陽分別、邯鄲郡錯嫁才人、汲長孺矯詔發倉，賀蘭山謫仙贈帶、夜香臺太君訓子、開金榜五星聚奎、魯仲連單鞭蹈海、荷花蕩將種逃生、李郎法伏猪婆龍、魏徵破笏再朝天、荀灌娘圍城救父、信陵君義葬金釵，動文昌狀元配瞽、感天后神女露筋、華表柱延陵掛劍、東萊郡暮夜却金、下江南曹彬誓眾、韓文公雪擁藍關、偷桃捉住東方朔、換扇巧逢春夢婆、西塞山漁翁封拜、諸葛亮夜祭瀘江、凝碧池忠魂再表、大葱嶺隻履西歸、寇萊公思親罷宴、翠微亭卸甲閒遊。（劇目各本略有異同）

楊潮觀作劇，雖都是取材古事，其中頗寓寄託。他在卷首題詞中云：「百年事，千秋筆，兒女淚，英雄血。數蒼茫世代，斷殘碑碣。今古難磨真面目，江山不盡閒風月。有晨鐘暮鼓送君邊，聽清切。」（滿江紅）又云：「借丹青舊事，偶加渲染，漁樵閑話，粗與平章。顛倒看來，胡盧提起，青史何人姓氏香。」（沁園春）其作劇主旨，由此可見。因此，他取材古事，同一般文人只注意於風流韻事的趣味不同，他在劇目中，多說明原意，如錢神廟下注云：「思狂狷之士也」；晉陽城下注云：「思雪讒也」；荀灌娘下注云：「思奇節也」；偷桃下注云：「思譎諫也」；藍關下注云：「思正直之不撓也」等等，都有似於白居易新樂府的形式。陳俠君云：「將朝野隔閡，國富民貧，重重積弊，生生道破；心摹神追，寄託遙深，別具一副手眼。文情豔麗，科白滑稽，光怪陸離，獨標新義，掃盡浮詞，不落前人窠臼，似非尋常隨腔按譜塡曲編目可比也。」（吟風閣傳奇序）關於楊潮觀的戲劇成就，評之未免偏高，但他的精神傾向，確有這些特點，而其作品內容，也是多數較爲健康的。

在窮阮籍醉罵財神一劇裏，寫出了阮籍的狂狷形象，對萬惡的金錢勢力，作了有力的譴責。

混江龍　則為你和而不介，熱烘烘不分清濁廣招徠。哄的人香添燭換，酒去牲來。你簿兒上算定了子母權衡誰聚散，你手兒裏把住了乾坤寶藏自關開。遇着你向陽花木，靠着你近水樓臺。缺了你聖賢無乃，仗着你豪傑方纔。哭哀哀，破慳囊，一文得濟；笑吟吟，看薄面，萬事俱諧。要擔承，只去懷兒裏將他揣，沒關節，只要縫兒裏把他揌。打透了天羅地網，買通了鬼使神差。……

那吒令　為甚的賢似顏回，教他摻瓢似丐？為甚的廉似原思，教他捉衿沒帶，為甚的節似黔婁，教他嗟來受餒？你把普天下怯書生、窮措大，一個個都臥雪空齋。

鵲踏枝　偏是那市兒胎、鄙夫才，一任將寶藏龍宮，添得他錦上花開。更倔搊出貧人的賣兒錢債，輸與那權門內，供他酒肉池臺。

寄生草　俺則楞楞扶瘦骨，孤零零挺窮骸。有時節悲來淚向窮途灑，有時節興來嘯向蘇門外，有時節醉來不覺乾坤隘，儘着你粧喬做勢弄神通，我名高不用你金錢買。

在這些曲文裏，表現出作者對窮苦人民的同情和對豪富朱門的憎恨，並將金錢害人，迷人的魔力，作了形象的描繪，顯示出作品的鮮明傾向。語言流動酣暢，富有本色的特徵。其次，汲長孺矯詔發倉也是一個值得注意的作品。劇中反映出災民的悲慘生活，歌頌了驛丞女兒賈天香爲民請命的鬭爭。劇開始時，驛丞的一段長白，把那腐敗的官場，寫得淋漓盡致，「做官莫做鬼督郵，是人是鬼要誅求，看我官兒只有芝麻大，就壓扁了芝麻能榨出幾多油」，在封建社會裏，不僅窮苦人民受到地主官僚的殘酷剝削，就是小官小吏同樣要受到大官大吏的誅求，弄得走投無路，只好棄職逃生。劇中通過賈天香的口，唱出災民的苦況：「對景蕭條，圖畫出流民稿。」（新水令）「頻年無麥又無苗，看一望流離載道，哀鴻無處不嗷嗷。」（北折桂令）此劇形式短小，而寄意頗深。

楊潮觀在清代短劇中，是成就較高的作家。其作品的內容，多數是較爲健康的，曲文跌宕爽朗，賓白通俗流暢，時帶詼諧，而有諷意，故能引人入勝。其偷桃捉住東方朔、寇萊公思親罷宴二劇，現今各劇種俱有改編演出。

乾隆至同治年間，雜劇傳奇的作者，尚有多人，如夏綸、桂馥、石韞玉、沈起鳳、舒位、周樂清、黃燮清、楊恩壽等，較爲知名。茲略作介紹。

夏綸字惺齋，浙江錢塘人。生於康熙間，乾隆初應博學鴻詞科，晚年始作劇。作有南陽樂、杏花村、無瑕璧、瑞筠圖、廣寒梯五種，稱爲惺齋五種曲。後增花蕚吟，合稱新曲六種。其劇以宣傳封建道德爲主，如無瑕璧注明褒忠，杏花村注明闡孝，瑞筠圖注明表節，廣寒梯注明勸義，其內容可想而知。

桂馥（一七三三——一八〇二），字東卉，號未谷，山東曲阜人。乾隆進士。倣徐渭的四聲猿，作有放楊枝（寫白居易）、投溷中（寫李賀）、謁府帥（寫蘇軾）、題園壁（寫陸游）四種，名爲後四聲猿。

石韞玉（一七五六——一八三七），字執如，號琢堂，又號花韻庵主人。江蘇吳縣人。乾隆狀元，官至山東按察使。因事被劾，歸主蘇州紫陽書院，曾修蘇州府志，爲世所重。長詩文，有獨學廬稿。善曲，有伏生授經、羅敷採桑、桃葉渡江、桃源漁父、梅妃作賦、樂天開閣、賈島祭詩、琴操參禪、對山救友雜劇九種，合稱花間九奏。

沈起鳳（一七四〇——？），字桐威，號蕡漁，又號紅心詞客，江蘇吳縣人。乾隆舉人，屢試進士不第。抑鬱無聊，以詞曲自娛。所作戲三十餘種，報恩緣、才人福、文星榜、伏虎韜四劇，在當日較爲有名，都是才子佳人的喜劇，內容貧乏，但科白生動，爲其所長。

舒位本是詩人，他的詩我在前面已作了介紹。他又通曲律，並能吹笛鼓琴，他作的劇，曲師即可按拍而歌，無須改訂。有卓女當壚、樊姬擁髻、酉陽修月、博望訪星四種，合稱爲瓶笙館修簫譜。第一劇寫司馬相如和卓文君，第二劇寫後漢伶元和樊姬，第三劇寫吳剛和嫦娥，第四劇寫張騫訪牽牛織女的傳說。據說他還作有琵琶賺和桃花人面，未刊行，琵琶賺是寫王仲瞿下第後，路過穀城，招琵琶女數十人，祭拜項羽墓的故事。

周樂清字文泉，號鍊情子，浙江海寧人。官至同知。曾作補天石傳奇八種。劇目是：一，宴金臺，寫燕太子丹亡秦；二，定中原，寫諸葛亮滅吳、魏，統一天下；三，河梁歸，寫李陵歸漢，後滅匈奴；四，琵琶語，寫王昭君重返故國；五，紉蘭佩，寫屈原投江遇救，再爲楚懷王重用；六，碎金牌，寫秦檜被誅，岳飛滅金；七，紞如鼓，寫晉鄧伯道失子復得；八，波弋樂，寫魏荀奉倩之妻不死，夫婦白頭偕老。上舉八劇，古事原爲悲劇，作者出以補恨之筆，化悲爲喜，故名補天石。

黃燮清（一八〇五——一八六四），一名憲清，字韻珊，浙江海鹽人。曾任湖北知縣。後辭歸，從事著作。能詩文，尤善詞曲。所作有茂陵絃、帝女花、脊令原、鴛鴦鏡、桃谿雪、居官鑑、凌波影，爲其壻所刊行，合稱倚晴樓七種曲。

楊恩壽字鶴壽，號蓬海。湖南長沙人。曾在雲南、貴州作幕賓多年。所作有姽嫿封、桂枝香、麻灘驛、再來人、桃花源、理靈坡，合稱坦園六種曲。另有叢餘詞話，爲論曲之作。

其外，如周穉廉（江蘇華亭）、張堅（江蘇江寧）、唐英（奉天，今遼寧瀋陽）、黃振（江蘇如皋）、曹錫黼（上海）、嚴廷中、張聲玠（湖南湘潭）諸人，俱有作品傳世。

六　崑曲的衰落與花部的興起

乾隆以降，代表中國舊劇的雜劇、傳奇，日趨衰落，此後雖還有人從事這方面的寫作，那只是尾聲餘響，很難在戲曲史上得到重要地位。崑曲本也是起於民間，後來經過改良，得到士大夫和宮廷的欣賞和重視，在戲曲界取得了長期的正統地位。但其劇本重在文藻，唱腔限於地方性，而故事情節多屬於古事，大都脫離現實，很難滿足各地人民的要求。明末清初，崑曲已開始衰落，後來雖稍顯復興之勢，但在乾隆時期，地方戲曲在各地人民羣眾的要求下，在當日社會經濟比較安定的基礎上，得到迅速的繁榮與發展。揚州是當日南方最繁盛的都市，從李斗揚州畫舫錄關於戲曲多方面的記載，可以看出地方戲曲繁榮的狀況。

兩淮鹽務例蓄花、雅兩部，以備大戲。雅部卽崑山腔。花部為京腔、秦腔、弋陽腔、梆子腔、羅羅腔、二簧調，統謂之亂彈。（新城北錄下卷五）

郡城花部，皆係土人，謂之本地亂彈，此土班也。至城外邵伯、宜陵、馬家橋、僧道橋、月來集、陳家集人，自集成班，戲文亦間用元人百種，而音節服飾極俚，謂之草臺戲，此又土班之盛者也。若郡城演唱，皆重崑腔，謂之堂戲。本地亂彈祇行之禱祀，謂之臺戲。迨五月，崑腔散班，亂彈不散，謂之火班。後句容有以梆子腔來者，安慶有以二簧調來者，弋陽有以高腔來者，湖廣有以羅羅腔來者。始行之城外四鄉，繼或於暑月入城，謂之趕火班。而安慶色藝最優，蓋於本地亂彈，故本地亂彈間有聘之入班者。京腔用湯鑼不用金鑼，秦腔用月琴不用琵琶。京腔本以宜慶、萃慶、集慶為上。自四川魏長生以秦腔入京師，色藝蓋于宜慶、萃慶、集慶之上，於是京腔效之，京秦不分。迨長生還四川，高朗亭入京師，以安慶花部，合京、秦兩腔，名其班曰三慶，而曩之宜慶、萃慶、集慶遂湮沒不彰。（新城北錄下卷五）

在這兩段話裏，可以看出乾隆年間地方戲曲興起繁榮的情況。在當時崑曲稱爲雅部，只能演唱於郡城，謂之堂戲；雖仍然顯出其傳統地位，但稱爲花部或是亂彈的各種地方戲曲，帶着腔調、樂器、色藝豐富多彩的不同特點，從各地匯集而來，得到廣大人民的喜愛，對崑曲形成較大的優勢。吳太初燕蘭小譜例言云：「元時院本，凡旦色之塗抹科諢取妍者爲『花』；不傅粉而工歌唱者爲『正』，卽唐雅樂部之意也。今以弋陽、梆子等曰花部，崑腔曰雅部。使彼此擅長，各不相掩。」他這種解釋是否正確，姑且不論，但在當時，多種地方戲曲對崑曲形成對抗的形勢，並且日佔優勢的事，是非常顯然的。再加以各種地方戲曲的相互交流，截長補短，在唱腔、樂器、紮扮、排場各方面的改進革新，對地方戲曲質量的提高，起了很大的作用。揚州畫舫錄所提到的魏長生和高朗亭，在這方面有很大的貢獻。

魏長生（一七四四——一八〇二），字婉卿，行三，時人稱爲魏三，四川金堂人。出身貧寒，勤學苦練，成爲秦腔著名的花旦演員。他姿態美豔，表情細膩，繁音促節，嗚嗚動人，目爲「一世之雄」。當日「京中盛行弋腔，諸士大夫厭其囂雜，殊乏聲色之娛」（昭槤嘯亭雜錄）。魏長生入京，表演秦腔，一時風動，名重京師。後又至揚州演出，深受歡迎。「來郡城投江鶴亭，演劇一齣，贈以千金。」（揚州畫舫錄）詩人趙翼在揚州看過他的戲，記云：「年已四十，不甚都麗，惟演戲能隨事自出新意，不專用舊本，蓋其靈慧較勝云。」（簷曝雜記・梨園色藝）他在揚州演出，對於當地的戲曲很有影響。嘉慶年間，他又到過北京，「其所蓄已蕩盡。年逾知命，猶復當場賣笑。人以其名重，故多交結之。然婆娑一老娘，無復當年之姿媚矣。壬戌送春日，卒於旅邸，貧無以殮，受其惠者，爲董其喪，始得歸柩於里。」（嘯亭雜錄）一代藝人，如此遭遇，可見舊社會的黑暗。

高朗亭（一七七四——？），一名月官，安徽人，原籍江蘇寶應。著名的徽調花旦演員。「體幹豐厚，顏色老蒼，一上氍毹，宛然巾幗，無分毫矯強。不必徵歌，一顰一笑，一起一坐，描摹雌軟神情，幾乎化境。」（小鐵篴道人日下看花記）他於乾隆末年隨徽班入京，演出徽調，深受歡迎。他吸收京腔、秦腔之長，並組織京腔、秦腔演員，成立三慶班，自任班主，後並擔任精忠廟會首，對於地方戲曲的提高和發展，有很大貢獻。

當日京腔、秦腔所演的劇本，其內容與編排，多與雜劇、傳奇不同。大都語言通俗，趣味豐富，一般形式短小，便於排演。「查江右所有高腔等班，其詞曲悉皆方言俗語，俚鄙無文，大半多鄉愚隨口演唱，任意更改。非比崑腔傳奇，出自文人之手，剞劂成本，遐邇流傳，是以曲本無幾。」（江西巡撫郝碩復奏查辦戲曲摺，時乾隆四十五年。）此處所指者雖是江西一帶地方戲曲的情況，其實京腔、秦腔的劇本，也大都如此。揚州畫舫錄、燕蘭小譜等書中所記載的；如吃醋大門、賣餑餑、賣胭脂、王大娘補缸、罵雞、弔孝、看燈、拐磨、小寡婦上墳、思春、大鬧銷金帳、槃梨花送枕、背娃子等劇，其中雖有取材於古小說者，但以民間故事爲多。從這些劇名上，我們也可大略知道其中的一些內容。在玩花主人選、錢德蒼續選的綴白裘裏，我們還可看到當日弋陽腔、高腔、亂彈腔等所演的劇本五十餘種，其中如借靴、借妻、看燈等，是頗爲優秀的。

地方戲曲的興起，引起了封建統治階級的仇視，採取多樣形式加以迫害。禁書總錄載乾隆四十五年十一月二十八日上諭云：「茲據伊齡阿復奏：派員慎密搜訪，查明應刪改者刪改，應抽掣者抽掣，陸續粘簽呈覽。再查崑腔之外，尙有石牌腔、秦腔、弋陽腔、楚腔等項，江、廣、閩、浙、四川、雲、貴等省，皆所盛行。請勅各督撫查辦等語，自應如此辦理。著將伊齡阿原摺，抄寄各督撫閱看，一體留心查察。但須不動聲色，不可稍涉張皇。」封建統治者雖用盡心機來禁止地方戲曲，其實這是徒勞無功的。地方戲曲其中雖有些不健康的成分，但不少作品反映了社會現實的黑暗，揭露了貪官污吏的醜惡面目，表達了人民的思想感情，並且在腔調、做工，等等方面，具有各自的特點與地方性的特色，適應各地人民的要求，它們的發展與繁榮成爲必然的趨勢。而封建統治者與封建士大夫，帶着階級偏見，認爲花部詞句鄙俚、鐃鈸喧鬧，不能登大雅之堂，鄙薄誣衊，終於禁止、查辦。但在當時，也有些進步文人，能從文學藝術的價值上，來重視稱爲花部的地方戲曲的。其代表人物是焦循。

焦循的花部農譚　焦循（一七六三——一八二〇），字理堂，江蘇甘泉人。嘉慶舉人。學識淵博，深於經學。也愛戲曲。著有劇說，纂輯了唐、宋以來散見於各書中論劇論曲的資料，以及有關戲曲的遺聞軼事、某些戲曲故事的來源演變等等，採用書籍一百六十餘種，是一部較有參考價值的戲曲史料。他在這方面更重要的著作是花部農譚，此書爲其晚年所作，對於當日揚州盛行的地方戲曲，作了評述，表現他對於地方戲曲的進步見解。前有序云：

> 梨園共尚吳音。花部者其曲文俚質，共稱為亂彈者也，乃余獨好之。蓋吳音繁縟，其曲雖極諧於律，而聽者使未覩本文，無不茫然不知所謂。其琵琶、殺狗、邯鄲夢、一棒雪十數本外，多男女猥褻，如西樓、紅梨之類，殊無足觀。花部原本於元劇，其事多忠孝節義，足以動人；其詞直質，雖婦孺亦能解，其音慷慨，血氣為之動盪。郭外各村，於二、八月間遞相演唱，農叟漁父，聚以為歡，由來久矣。……余特喜之，每攜老婦幼孫，乘駕小舟，沿湖觀閱。天既炎暑，田事餘閒，羣坐柳陰豆棚之下，侈譚故事，多不出花部所演，余因略為解說，莫不鼓掌解頤。有村夫子者筆之於冊，用以示余。余曰：「此農譚耳，不足以辱大雅之目。」為芟之，存數則云爾。

焦循從音調、曲文和內容三方面，將崑曲和花部作了比較，他指出：一，崑曲雖極諧於律，但病在繁縟；花部則音調慷慨，激發人心。二，崑曲文辭固然典雅，如未覩本文，則茫然不知所謂；花部詞雖直質，婦孺能解。三，崑曲內容多男女猥褻；花部多忠孝節義，足以動人。花部有此三長，所以他對地方戲曲特別愛好。大大提高了它們的社會地位。他所謂的忠孝節義，其中固然包有封建觀點，但也有不少意義，是指的不同於風流韻事和反映社會生活的現實內容的。讀花部農譚所論各劇，就可理解。從來文人論劇，侈談雜劇傳奇，或講音律，或重文采，大都鄙薄民間戲曲，認爲微不足道。焦循是一位經學家，竟能別開生面，獨具眼光，對於民間戲曲表示特別尊重和表揚，一方面說明乾嘉時期地方戲曲的繁榮，同時他這些進步見解，對於地方戲曲的發展，將起着積極的推動作用。

焦循在花部農譚中，就地方戲曲的一些劇目，敘述其故事，並加以考證和評論。如論兩狼山、清風亭、賽琵琶諸劇時，注意到戲劇中的矛盾衝突，正反面人物的處理以及佈局和戲劇效果多方面的問題，其中頗有些好的見解。至於說「西廂男女猥褻，爲大雅不足觀」，這是爲封建道德所限，說得未免迂腐了。

乾隆年間，由於秦腔著名演員魏長生和徽調著名演員高朗亭入京的演出，對於北京戲曲界發生很大影響，道光、咸豐年間，著名演員程長庚、余三勝、張二奎吸取諸腔之長，並在唱腔及表演藝術上加以創作提高，形成盛極一時的皮黃劇。陳彥衡云：「皮黃盛於清咸、同間，當時以鬚生爲最重，人材亦最伙。」（舊劇叢談）又吳燾云：「咸、同年間，京師各班鬚生，最著生爲程長庚、余氏三勝、張氏二奎。……分道揚鑣，各有獨到處，絕不相蒙，時有三傑之目。」（梨園舊話）其中聲譽最著的爲程長庚。「亂彈巨擘屬長庚，字譜崑山鑒別精。引得翩翩佳子弟，不妨受業拜師生。」（藝蘭室主人都門竹枝詞）爲時人傾倒，一至如此。他善演老生，融化徽調、漢調、崑腔於一爐，在唱腔和表演藝術上，有很大的創造。咸豐、同治年間，他在北京主持四大徽班之一的三慶班，長期擔任精忠廟的會首，在表演和劇務管理上，都很負責認真，並能愛護同業，培養後進，得到羣眾的尊敬。京劇的形成和發展，有複雜的過程，它以徽調的二黃和漢調的西皮爲主要腔調，吸取崑曲、秦腔的曲調、劇目和表演方法，以及許多民間曲調，逐漸融合、演變而成，程長庚在這一方面，作出了卓越的貢獻。由於京劇的成長和發展，由於京劇在舞臺上表演的特點，深受廣大人民的歡迎，得到了戲曲界的主要地位。京劇以唱腔做工取勝，不在曲文上求工，因此京劇的劇本，較少刻本流傳。

第三十二章　清代的詞曲

一　緒說

詞起於唐，盛於宋，而衰於明，至於清代，作家輩出，前人稱爲詞的中興。詞在清代，可舉者有三：一爲創作，二爲詞論，三爲前人詞集的整理、編印，都取得了不同的成就。陳廷焯云：「國初諸老，多究心於倚聲，取材宏富，則朱氏（彝尊）詞綜，持法精嚴，則萬氏（樹）詞律；他如彭氏（孫遹）詞藻、金粟詞話及西河詞話（毛奇齡）、詞苑叢談（徐釚）等類，或講聲律，或極豔雅，或肆辯難，各有可觀。」（白雨齋詞話卷一）至於張惠言、周濟、譚獻諸人，立論頗多己見，在詞論方面，作出了一些貢獻。晚清王鵬運、朱孝臧、吳昌綬、陶湘及江標諸人所輯刻宋、元諸家詞集，大都校勘精密，稱爲善本，爲士林所重。至於創作，清初分爲三派，陳其年尊蘇、辛，風格豪放，前人稱爲陽羨派。朱彝尊尊姜夔、張炎，以清空爲宗，衍爲浙西詞派；納蘭性德有南唐李煜之風，以小令見勝。陳、朱齊名，康乾之間，詞壇無不受其影響。譚獻說：「錫鬯、其年出，而本朝詞派始成。顧朱傷於碎，陳厭其率，流弊亦百年而漸變。錫鬯情深，其年筆重，固後人所難到。嘉慶以前，爲二家牢籠者十居七八。」（篋中詞二）嘉慶以還，世變日亟，追求清空之詞風，漸爲世人所厭；張惠言、周濟等出，倡言寄託，陳義較高，而成爲常州詞派，繼起諸家，多承其學，遺韻餘波，及於清末。其他如散曲民歌，也將擇要介紹。

二　清初詞的三派

陳維崧及其他詞人　清初詞壇，效法蘇、辛，才力卓越、成就較高的是陳維崧（一六二五——一六八二）。陳字其年，號迦陵，江蘇宜興人。其父貞慧，明末以氣節著稱。他少負才名，落拓不羈。康熙時應博學宏詞科，由諸生授檢討，纂修明史。善駢文，尤工詞。有陳迦陵詩文詞集。其弟宗石序湖海樓詞集云：「方伯兄少時，値家門鼎盛，意氣橫逸，謝郎捉鼻，麈尾時揮，不無聲華裙屐之好，故其詞多旖旎語。迨中更顚沛，饑驅四方，或驢背淸霜，孤篷夜雨；或河梁送別，千里懷人；或酒旗歌板，鬚髯奮張；或月榭風廊，肝腸掩抑；一切詼諧狂嘯，細泣幽吟，無不寓之於詞。甚至里語巷談，一經點化，居然典雅，真有意到筆隨，春風物化之妙。」序中從他的生活環境，說明其詞風的轉變和特色，是較爲正確的。

陳氏學問淵博，才氣縱橫，長調小令，任筆驅使。他用過的詞調，計四百一十六，得詞一千六百餘闋，詞量之富，歷代無人比得上他。因爲他寫得過多，其中不少遊戲應酬之作，每爲後人所病。但細讀他的集子，其驚人的創造力，雄渾的氣魄，確實令人佩服。他當日與朱彝尊齊名，一時未易軒輊。後人每喜揚朱抑陳，其理由是朱尊南宋，奉白石、玉田，謂其得詞之正統；陳崇蘇、辛，任才逞氣，過於粗豪，而非正格。這批評並不公允。推其原因，乃朱彝尊領導的浙派，在清代詞壇得居於領導地位者百有餘年，在這潮流中，揚朱抑陳，自無足怪。陳氏在詞的製作上，其成就甚爲廣泛。壯柔並妙，長短俱佳。所作長調，將近千首。前人每作壯語，多用長調，而其年能在數十字之小令中，高歌豪語，寄其雄渾蒼涼之情，不覺粗率，這是他的過人之處。如好事近云：「別來世事一番新，只吾徒猶昨。話到英雄末路，忽涼風索索。」又云：「我來懷古對西風，歇馬小亭側。惆悵共誰傾蓋，只野花相識。」又點絳唇云：「趙魏燕韓，歷歷堪回首。悲風吼，臨洺驛口，黃葉中原走。」又云：「斷壁崩崖，多少齊梁史。掀髯喜，笛聲夜起，燈火瓜州市。」傷時感物，出於蒼涼，這種小令的境界，確是陳其年的特色。陳氏的詞，雖以豪放爲主，但他也能寫出清真雅正的南宋詞，如琵琶仙：閶門夜泊，喜遷鶯：雪後立春，沁園春：題徐渭文鍾山梅花圖，齊天樂：遼后妝樓諸篇，一脫豪放蒼涼之氣，婉麗嫻雅，幾疑出自另一人手筆。在這種地方，正表示作者的才力，抒寫自如，不爲形式所限，而能形成多樣的風格。

陳維崧的詞，以抒寫身世和感懷弔古者爲佳，再如贈送飄泊江湖的藝人諸作，如賀新郎的贈蘇崑生（善南曲）、贈韓修齡（流浪東吳、善說平話）、摸魚兒的贈白生（善琵琶）等篇，富於同情與感慨，同爲佳構。又如縴夫詞更爲反映民間疾苦的優秀作品。

戰艦排江口。正天邊眞王拜印，蛟螭蟠鈕。徵發櫂船郎十萬，列郡風馳雨驟。歎閭左騷然雞狗。里正前團催後保，盡纍纍鎖繫空倉後。捽頭去，敢搖手。　稻花恰趁霜天秀。有丁男臨歧訣絕，草間病婦。此去三江牽百丈，雪浪排檣夜吼。背耐得土牛鞭否？好倚後園楓樹下，向叢祠亟倩巫澆酒。神祐我，歸田畝。（賀新郎：縴夫詞）

吳苑春如繡。笑野惱花顚酒惱，百無不有。淪落半生知己少，除卻吹簫屠狗。算此外誰歟吾友？忽聽一聲何滿子，也非關雨濕青衫透。是鵑血，凝羅袖。　武昌萬疊戈船吼。記當日征帆一片，亂遮樊口。隱隱柁樓歌吹響，月下六軍搔首。正烏鵲南飛時候。今日華清風景換，剩淒涼鶴髮開元叟。我亦是，中年後。（賀新郎：贈蘇崑生。原注云：蘇固始人。南曲為當今第一。曾與說書叟柳敬亭同客左寧南幕下，梅村先生為賦楚兩生行。）

縴夫詞中，作者以同情人民的態度，雄厚的筆力，描繪了封建統治者在戰爭時期強虜船夫、破壞生產的實際情況，在無力反抗的高壓環境下，表現了丁男病婦忍痛告別，和向神祈禱再歸田畝的悲痛之情，可與李白丁督護歌媲美。贈蘇崑生一首，悲歌慷慨，一面抒寫天涯淪落之感，同時也暗寓故國之思，沈鬱激宕，甚爲優秀。但在迦陵詞中，也存在着不少酬應、消極的作品。

在當日與陳維崧詞風相近的，還有曹貞吉。曹貞吉（一六三四——一六九八）字升六，號實庵，山東安丘人。康熙進士，官禮部郎中。善詩，爲宋犖所推重；又工詞，有珂雪詩、珂雪詞。其論詞主獨創，反摹擬，寧失之粗豪，不甘於描寫。所作在當日頗負盛名，陳維崧、王士禛、朱彝尊諸人交相稱譽。在珂雪詞裏，有一種是壯語高歌，蒼涼雄渾，如懷古、贈人諸作；另一種是刻畫細密，工麗風華，如詠物諸篇。因此讀其作品，取捨不同。愛蘇、辛者取其前，尊姜、張者取其後。朱彝尊評其詞云：「今就詠物諸詞觀之，心摹手追，乃在中仙、叔夏、公謹諸子，兼出入天游、仁近之間。」其實詠物諸詞，只是他的擬古之作，並非珂雪詞的代表。他的詞風是以豪放爲主，好的作品也在這一方面。正如王煒所評：「骯髒磊落，雄渾蒼茫，是其本色。而語多奇氣，惝怳傲睨，有不可一世之意。」（珂雪詞序）

> 太華垂旒，黃河噴雪，咸秦百二重城。危樓千尺，刁斗靜無聲。落日紅旗半卷，秋風急牧馬悲鳴。閒憑弔興亡滿眼，衰草漢諸陵。　泥丸封未得，漁陽鼙鼓，響入華清。早平安烽火，不到西京。自古王公設險，終難恃帶礪之形。何年月，剗平斥堠，如掌看春耕。（滿庭芳：和人潼關）

這類的詞，才是珂雪詞的本色，其他如滿江紅：德水道中、金臺懷古，水調歌頭：大醉放言，百字令：詠史，沁園春：贈柳敬亭，賀新涼：再贈柳敬亭，風流子懷古諸詞，都能表現他的豪放的詞風。其他如孫枝蔚、尤侗及稍晚的蔣士銓諸人，亦有豪邁之作。

朱彝尊與浙派詞人　朱彝尊工詩，尤長於詞，標榜南宋，尊姜夔、張炎，選輯詞綜，推衍其學，開浙西詞派。其詞有江湖載酒集、靜志居琴趣、茶煙閣體物集與蕃錦集四種。詞綜發凡中云：「世人言詞，必稱北宋，然詞至南宋始極其工，至宋季而始極其變。姜堯章氏最為傑出。」又自題詞集云：「不師秦七，不師黃九，倚新聲玉田差近。」又云：「夫詞自宋、元以後，明三百年無擅場者。排之以硬語，每與調乖；竄之以新腔，難與譜合。」（水村琴趣序）其旨趣於此可見。而其淵源，實本於曹溶。他說：「余壯日從先生（曹溶）南遊嶺表，西北至雲中，酒闌燈炧，往往以小令慢詞更迭唱和，有井水處，輒為銀箏檀板所歌。念倚聲雖小道，當其為之，必崇爾雅，斥淫哇，極其能事，則亦足以宣昭六義，鼓吹元音。往者明三百祼，詞學失傳，先生搜輯遺集，余曾表而出之，數十年來，浙西填詞者家白石而戶玉田，春容大雅，風氣之變，實由於此。」（清詞綜卷一）曹溶字秋岳，浙江秀水人。也能詞。由上所述，可見曹溶與浙西詞派的關係。

朱氏所論，對明詞的硬語新腔，深表不滿，但其救弊之方，只標榜醇雅和清空，只推尊姜夔和張炎，可見他所偏重的是在詞的格律和技巧，對蘇、辛一派的作品及其歷史地位，採取了否定的態度，對詞的內容並不重視，因而給予當日詞壇以不良的影響。正如文廷式所云：「自朱竹垞以玉田為宗，所選詞綜，意旨枯寂；後人繼之，尤為冗漫。以二窗為祖禰，視辛、劉若仇讎，家法若斯，庸非巨謬。二百年來，不為籠絆者，蓋亦僅矣。」（雲起軒詞鈔序）

朱彝尊的詞，一般存在着傾心形式的弊病，但由其工力深厚，在詞的語言技巧上，表現出精煉的特徵，而為時人所推許。其抒情、弔古諸詞，頗有佳作。例如：

橋影流虹，湖光映雪，翠簾不卷春深。一寸橫波，斷腸人在樓陰。游絲不繫羊車住，倩何人傳語青禽？最難禁，倚徧雕闌，夢徧羅衾。 重來已是朝雲散，悵明珠佩冷，紫玉煙沈。前度桃花，依然開滿江潯。鍾情怕到相思路，盼長隄草盡紅心。動愁吟，碧落黃泉，兩處難尋。（高陽臺：吳江葉元禮，少日過流虹橋，有女子在樓上，見而慕之，竟至病死。氣方絕，適元禮復過其門，女之母以女臨終之言告葉，葉入哭，女目始瞑。友人為作傳，余記以詞。）

衰柳白門灣，潮打城還。小長干接大長干。歌板酒旗零落盡，剩有漁竿。 秋草六朝寒，花雨空壇。更無人處一憑欄。燕子斜陽來又去，如此江山。（賣花聲：雨花臺）

高陽臺的抒情，賣花聲的弔古，可謂各盡其長。朱氏的詞，一般有「句琢字鍊，歸於醇雅」之勝，但大都精巧有餘，而沉厚不足。蕃錦集中的集句詞，固不足道，即茶煙閣體物集中的詠物詞，也是偏重形式，很少寄託。浙派詞人雖重視這一類作品，並在這一領域裏大顯身手，實際是顯示出詞的內容的貧乏，結果是造成意旨枯寂、飣餖柔弱的習氣。這種習氣，在南宋史達祖、吳文英、王沂孫諸人的作品裏，已經走到了無可救藥的地步，而朱彝尊又來提倡鼓吹，當然是沒有出路的。因此他的較好的作品，大都在江湖載酒集和靜志居琴趣二集之中。靜志居琴趣多爲情詞，不少作品描寫得宛轉細緻，而其對象，爲其妻妹馮壽常。他的排律風懷二百韻，也是寫他們的愛情故事，時人勸他刪去，他表示寧願作名教罪人，不能刪去這一首詩。詩雖寫得不好，但在這方面也表示他對封建觀點的反抗。冒廣生云：「世傳竹垞風懷二百韻爲其妻妹作，其實靜志居琴趣一卷，皆風懷注脚也。竹垞年十七，娶於馮。馮孺人名福貞，字海媛，少竹垞二歲。馮夫人之妹，名壽常，字靜志，少竹垞七歲。」（小三吾亭詞話）這一件事，使我們在理解他的詩詞的創作上，固有幫助，同時也使我們想到他的靜志居詩話、靜志居琴趣二集得名的來源，可能與此有關。

自朱氏之說興，其同里友人互相倡和，交相標榜，於是風靡一時。龔翔麟字天石，仁和人，有紅藕莊詞；李良年字武曾（一作符曾），秀水人，有秋錦山房詞；李符字分虎，一字耕客，諸生，有耒邊詞；沈皞日字融谷，平湖人，有柘西精舍詞；沈岸登字覃九，皞日從子，有黑蝶齋詩餘，與朱彝尊共稱爲浙西六家。朱彝尊在黑蝶齋詩餘序、魚計莊詞序諸文中，說明浙派詞人的態度和傾向。其他如汪森字晉賢，桐鄉人，有小方壺存稿詞；錢芳標字葆馚，華亭人，有湘瑟詞；丁澎字飛濤，仁和人，有扶荔詞。皆與朱氏互通聲氣，相互呼應。汪森在詞綜前面寫了一篇序，成爲浙派詞的重要理論根據。他說：「西蜀南唐而後，作者日盛，宣和君臣，轉相矜尚。曲調愈多，流派因之亦別。短長互見，言情者或失之俚，使事者或失之伉。鄱陽姜夔出，句琢字鍊，歸於醇雅。於是史達祖、高觀國羽翼之，張輯、吳文英師之於前，趙以夫、蔣捷、周密、陳允衡、王沂孫、張炎、張翥效之於後，譬之於樂，舞箾至於九變，而詞之能事畢矣。世之論詞者，惟草堂是規，白石、梅溪諸家，或未闚其集，輒高自矜詡。予嘗病焉，顧未有以奪之也。」他標舉南宋，崇尚姜夔，以「句琢字鍊、歸於醇雅」爲能事，這都與朱彝尊的論點相同，而成爲浙派詞人共守的原則。但他們在創作上的成就卻不很高。

厲鶚　朱彝尊是浙派詞的創始者，後得厲鶚崛起，於是浙派之勢益盛。他論詞云：「近日言詞者推浙西六家，獨柘水沈岸登善學白石、老仙，爲朱檢討所稱。張君龍威於岸登爲後輩，其詞清婉深秀，擯去凡近。……直與白石爭勝於毫釐。」（紅蘭閣詞序）又云：「嘗以詞譬之畫，畫家以南宗勝北宗。稼軒、後村諸人，詞之北宗也；清真、白石諸人，詞之南宗也。」（張今涪紅螺詞序）可見其崇尚。

厲鶚的詞，懷古詠物之作爲多，大都審音叶律，語言清雋，琢句煉字，特見工力。而在描寫自然景物方面，尤能表現他的幽香冷豔的特色。例如百字令：

> 秋光今夜，向桐江，為寫當年高躅。風露皆非人世有，自坐船頭吹竹。萬籟生山，一星在水，鶴夢疑重續。櫓音遙去，西巖漁父初宿。　心憶汐社沉埋，清狂不見，使我形容獨

。寂寂冷螢三四點，穿過前灣茅屋。林淨藏煙，峯危限月，帆影搖空綠。隨風飄蕩，白雲還臥深谷。（月夜過七里灘，光景奇絕。歌此調，幾令衆山皆響。）

字字清俊，壯浪幽奇，表達了優秀的描寫景物的技巧。其友徐逢吉（紫山）稱其詞「如入空山，如聞流泉，真沐浴於白石、梅溪而出之者。」（樊榭山房集外詞題辭）厲鶚之作，一面是具有洗淨鉛華、力排淫鄙的優點，同時由於他力求沐浴於白石、梅溪之間，必然重於形式與技巧，故寄興不高；流弊所及，瑣屑堆砌，給詞人以摹擬餖飣的影響。正如譚獻所云：「太鴻思力，可到清真，苦爲玉田所累。塡詞至太鴻，真可分中仙、夢窗之席。世人爭賞其餖飣窳弱之作，所謂微之識碔砆也。樂府古題別有懷抱，後來巧構形似之言，漸忘古意，竹垞、樊榭不得辭其過。浙派爲人詬病，由其以姜、張爲止境。」（篋中詞）又云：「南宋詞蔽，瑣屑餖飣，朱、厲二家，學之者流爲寒乞。」（同上）譚獻雖是常州派詞人，但他對於浙派詞的批評，還是比較公允的。

納蘭性德及其他詞人　清初詞壇，陳、朱二派以外，還有以南唐詞風著稱的納蘭性德，他雖未成一派，但言小令者多重之。譚獻稱他的作品，爲詞人之詞，與朱、厲二家，同工異曲。（見篋中詞）況周頤對他的詞作了很高的評價。（蕙風詞話卷五）其實，他的詞的內容是貧乏的。

納蘭性德（一六五四——一六八五），原名成德，字容若，號楞伽山人。滿洲正黃旗人，大學士明珠長子。康熙進士，官侍衞。他自幼敏悟，好讀書，留意經學。善書法，能騎射。工詩，尤長於詞。其所交遊，如顧貞觀、朱彝尊、陳其年、姜宸英、嚴繩孫、秦松齡輩，皆一時俊彥。與顧貞觀尤爲契厚。吳兆騫（漢槎）以科場事謫戍寧古塔，他請於其父，醵金贖之歸。當時坎坷之士，失志走京師者，生館死殯，多得到他的資助。有納蘭詞、通志堂集。又與顧貞觀合選今詞初集，與徐乾學編刻宋、元以來諸儒說經之書爲通志堂經解。

納蘭性德論詞，崇尚李煜。曾云：「花間之詞如古玉器，貴重而不適用；宋詞適用而少貴重。李後主兼而有之，更饒烟水迷離之致。」他又有詩論詞云：「詩亡詞乃盛，比興此焉託。往往歡娛工，不如憂患作。冬郎一生極顦顇，判與三閭共醒醉。美人香草可憐春，鳳蠟紅巾無限淚。芒鞋心事杜陵知，祇今惟賞杜陵詩。古人且失風人旨，何怪俗眼輕塡詞。詩源遠過詩律近，擬古樂府特加潤。不見句讀參差三百篇，已自換頭兼轉韻。」（塡詞）他重視詞的文學地位，視爲上承三百篇古樂府的傳統，並強調詞的比興作用。他在賦論、原詩、與韓元少書三文中，對於辭賦、詩文，都表達了一些較好的見解。

納蘭詞以小令見長，風格清婉。尤善用白描手法，流動自然，無雕琢之病，但內容多寫個人情致，流於感傷。其悼亡諸詞，頗爲悽惋。

淚咽更無聲，止向從前悔薄情。憑仗丹青重省識，盈盈，一片傷心畫不成。　別語忒分明，半夜鶼鶼夢早醒。卿自早醒儂自夢，更更，泣盡風檐夜雨鈴。（南鄉子：為亡婦題照）

又到綠楊曾折處，不語垂鞭，踏徧清秋路。衰草連天無意緒，雁聲遠向蕭關去。　不恨天涯行役苦，只恨西風，吹夢成今古。明日客程還幾許？霑衣況是新寒雨。（蝶戀花）

納蘭性德雖以婉約的小令爲主，但偶有長調，亦見工力。其金縷曲：贈梁汾、亡婦忌日有感，水調歌頭：題岳陽樓圖諸詞，又別具風格。

清初詞人，其風格近納蘭性德者，尙有王士禛、毛奇齡、彭孫遹、佟世南諸家。王士禛爲當日著名詩人，所塡小令，似其七絕，神韻頗佳。有衍波詞。鄒程村云：「衍波詞小令，極哀豔之深情，窮倩盼之逸趣，其醉花陰、浣溪沙諸闋，不減南唐二主也。」（清詞綜卷二）毛奇齡字大可，浙江蕭山人。康熙時舉博學鴻詞，任翰林院檢討、明史館纂修等職。通經史，精音律，詞以小令著稱，有毛檢討詞。彭孫遹字駿聲，號羨門，浙江海鹽人。康熙時舉博學鴻詞，官吏部左侍郎。其詞多寫豔情，長於小令，有延露詞。佟世南字梅岑，滿洲人，有東白堂詞。茲各舉一首。

北郭青溪一帶流，紅橋風物眼中秋。綠楊城郭是揚州。　西望雷塘何處是？香魂零落使人愁，澹烟芳草舊迷樓。（王士禛浣溪沙：紅橋同籜菴、茶村、伯璣、其年、秋崖賦）

驛館吹蘆葉，都亭舞柘枝。相逢風雪滿淮西，記得去年殘燭照征衣。　曲水東流淺，盤山北望迷。長安書遠寄來稀，又是一年秋色到天涯。（毛奇齡南柯子：淮西客舍接得陳敬止書有寄）

青瑣餘烟猶在握，幾年香冷巾篝。此生為客幾時休？般勤江上鯉，清淚濕書郵。　欲向鏡中扶柳鬢，鬢絲知為誰秋。春陰漠漠鎖層樓。斜陽如弱水，只管向西流。（彭孫遹臨江仙）

杏花疏雨灑香堤，高樓簾幙垂。遠山映水夕陽低，春愁壓翠眉。　芳草句，碧雲辭，低徊閒自思。流鶯枝上不曾啼，知君腸斷時。（佟世南阮郎歸）

顧貞觀　在這裏，我還要提到的是納蘭性德的詞友顧貞觀。顧貞觀（一六三七——一七一四），字華峰，號梁汾，江蘇無錫人。康熙舉人。有彈指詞。顧詞多重白描，不假雕琢，而善於抒情。寄吳漢槎的兩首金縷曲，出自真情，絕無做作，一字一句，如話家常，而宛轉反覆，真切動人，爲一時傳誦。今錄第一首。

季子平安否？便歸來平生萬事，那堪回首？行路悠悠誰慰藉？母老家貧子幼。記不起從前杯酒。魑魅搏人應見慣，總輸他覆雨翻雲手。冰與雪，周旋久。　淚痕莫滴牛衣透。數天涯依然骨肉，幾家能彀？比似紅顏多命薄，更不如今還有。只絕塞苦寒難受。廿載包胥承一諾，盼烏頭馬角終相救。置此札，兄懷袖。（寄吳漢槎寧古塔、以詞代書、丙辰冬寓京師千佛寺冰雪中作）

詞的形式和寫作手法，都別具一體，在明暢的語言中，表達出深厚的友情；同時也反映出在封建社會裏文人們所遭受到的迫害，如魑魅搏人，司空見慣，比以紅顏命薄，作爲安慰而已。詞後顧貞觀附記云：「二詞容若見之，爲泣下數行，曰：河梁生別之詩，山陽死友之傳，得此而三。此事三千六百日中，弟當以身任之，不俟兄再囑也。余曰：人壽幾何？請以五載爲期。懇之太傅，亦蒙見許，而漢槎果以辛丑入關矣。」詞固然寫得沉痛感人，但也表現出納蘭性德的任俠好義的精神。顧貞觀又善小令。如菩薩蠻云：「山城半夜催金柝，酒醒孤館燈花落。窗白一聲雞，枕函聞馬嘶。　門前烏桕樹，霜月迷行處。遙憶獨眠人，早寒驚夢頻。」婉約清新，另具情致。再如南鄉子：擣衣、夜行船：鬱孤臺諸詞，也是佳作。

三　常州詞派的興起

康、乾年間，清詞深受陳、朱二人的影響，而浙西詞派，其勢尤盛。厲鶚以後，浙派詞中較有聲望者，爲吳翌鳳與郭麐。吳（一七四二——一八一九），字伊仲，號枚庵，江蘇吳縣人。嘉慶諸生，有曼香詞。郭（一七六七——一八三一），字祥伯，號頻伽，江蘇吳江人。嘉慶貢生。有靈芬館詞。譚獻云：「枚庵高朗，頻伽清疏，浙派爲之一變。」他們的詞雖稍有特色，但也難挽浙派的頹勢。由於浙派一味強調清空醇雅，寄興不高，至其末流，萎靡枯寂，大爲時人所詬病。嘉慶年間，張惠言、周濟諸人出，以風、騷之旨相號召，反瑣屑餖飣之習，攻無病呻吟之作，一時從風，遂有常州詞派的興起。

張惠言　張惠言能文，與惲敬稱爲陽湖派。尤以詞著名，爲常州詞派的創始者。他在詞選序中論詞云：「其緣情造端，興於微言，以相感動，極命風謠。里巷男女，哀樂以道。賢人君子幽約怨悱不能自言之情，低徊要眇，以喻其致。蓋詩之比興，變風之義，騷人之歌，則近之矣。然以其文小，其聲哀，放者爲之，或跌蕩靡麗，雜以昌狂俳優。然要其至者，莫不惻隱盱愉，感物而發，觸類條鬯，各有所歸，非苟爲雕琢曼辭而已。」他主張詞要以比興爲重，緣情造端，感物而發，與風、騷同類，反對雕琢、靡麗的作品。因此他認爲柳永、黃庭堅、劉過、吳文英諸家的詞，是「盪而不反，傲而不理，枝而不物」，進行了批評。柳、黃的詞流於穠豔，劉過則過於粗豪狂傲，吳文英的詞，表面華麗奪目，其實是言之無物；他們的作品，在詞選裏都棄而不錄。浙派強調清空、醇雅，偏重形式；張惠言強調寄託，在理論上是重視內容，這是常州詞派不同於也是高於浙派的地方。但也要指出，張惠言的所謂寄託，並無反映現實的實際內容，仍在形式、手法上用工夫，對於前人之作，更多牽強附會的解釋。論溫庭筠，推崇備至，認爲可以上比屈原；他詞中的美人香草，無一不有微言大義的比興；韋莊的菩薩蠻、歐陽修的蝶戀花等作，都是忠愛之言，而有政治寄託，從這裏，顯示出他所講的比興、寄託的精神實質。他的詞選，共錄唐宋詞一百十六首，溫庭筠就選了十八首，爲全書之冠。蘇軾只選四首，爲賀新郎（乳燕飛華尾）、水龍吟（和章質夫楊花韻）、洞仙歌（冰肌玉骨）和卜算子；辛棄疾也只選六首，他們的許多好作品沒有選進去。而其所選，並不是真的重視內容。潘德輿云：「張氏詞選，抗志希古，標高揭己，宏音雅調，多被排擯，五代、北宋，有自昔傳誦，非徒隻字之警者，張氏亦多忽然置之。」（與葉生書）這批評是正確的。

張惠言的創作態度，頗爲嚴肅，作品不多。語言凝練純淨，無綺靡穠豔之病。例如：

海風吹瘦骨，單衣冷、四月出榆關。看地盡塞垣，驚沙北走；山侵溟渤，疊障東還。人何在？柳柔搖不定，草短綠應難。一樹桃花，向人獨笑；頹垣短短，曲水彎彎。　東風知多少？帝城三月暮，芳思都删。不為尋春較遠，辜負春闌。念玉容寂寞，更無人處，經他風雨，能幾多番？欲附西來驛使，寄與春看。（風流子：出關見桃花）

這首詞是張惠言詞中較好的作品，其特色在於寫景真實，抒情細緻，具有生動形象。他的水調歌頭五首（春日賦示楊生子掞），譚獻評爲「胸襟學問，醞釀噴薄而出，賦手文心，開倚聲家未有之境」（篋中詞三），陳廷焯評爲「熱腸鬱思，若斷仍連，全自風、騷變出」（白雨齋詞話卷四），又木蘭花慢（楊花）一詞，譚獻說是撮兩宋之菁英（篋中詞三）。這都是相互標榜之辭，並且譽過其實。因爲他們都屬於常州詞派，囿於門戶之見，特此吹噓誇張而已。文廷式所評：「張皐文具子瞻之心，而才思未逮。」（雲起軒詞鈔序）較爲適當。今細讀水調歌頭五首，只是抒寫了一些士大夫的閑情逸致，如第二首云：「看到浮雲過了，又恐堂堂歲月，一擲去如梭。勸子且秉燭，爲駐好春過」；第四首云：「今日非昨日，明日復何如？竭來真悔何事，不讀十年書。爲問東風吹老，幾度楓江蘭徑，千里轉平蕪。寂寞斜陽外，渺渺正愁予」；又第五首云：「便欲誅茅江上，只恐空林衰草，憔悴不堪憐。歌罷且更酌，與子遶花間。」意思如此淺顯，情緒如此消極，試問有何風、騷之旨，又有什麼微言大義。不要說這些作品遠不如蘇、辛，就是比起姜夔的揚州慢（淮左名都），張炎的高陽臺（西湖春日有感）來，無論從思想內容和藝術成就來說，也相差得很遠。張惠言的詞論和作品，在當日固然有他自己的特色，但譚獻、陳廷焯諸人，推尊得高不可攀，那就很不公允了。

金應珪在詞選後序中指出當日的詞具有三敝：一爲淫詞，寫閨房風月之情；二爲鄙詞，是「詼嘲則俳優之末流，叫嘯則市儈之盛氣」；三爲游詞，是「義不出乎花鳥，理不外乎酬應」。在這樣的風氣中，張惠言鼓吹風、騷比興之說，自能一新時人耳目。同調者有張琦、董士錫、周濟、惲敬、左輔、錢季重、李兆洛、丁履恆、陸繼輅、金應瑊、金式玉等人。彼此鼓吹，於是常州詞派之勢益盛，其中以周濟在詞論方面的影響較大。

周濟　周濟（一七八一——一八三九），字保緒，一字介存，晚號止庵。荆溪（今江蘇宜興）

人。嘉慶進士，官淮安府學教授。通兵家言，習騎射。後隱居金陵，潛心著述。有味雋齋詞、詞辨、介存齋論詞雜著，並輯有宋四家詞選。

周濟從張惠言之甥董士錫商討詞學，得張氏緒論，並推衍其說，對於常州詞派的發展很有作用。其味雋齋詞自序云：「吾郡自皐文、子居（張惠言、張琦）兩先生開闢榛莽，以國風、離騷之恉趣，鑄溫、韋、周、辛之面目，一時作者競出，晉卿（董士錫）集其成。余與晉卿議論，或合或否，要其指歸，各有正鵠，倘亦知人論世者所取資也。」可見他的詞學的淵源。他反對浙派專尊南宋。「白石詞如明七子詩，看是高格響調，不耐人細思。白石以詩法入詞，門徑淺狹，如孫過庭書，但便後人模仿。白石好爲小序，序卽是詞，詞仍是序，反覆再觀，如同嚼蠟矣。」（介存齋論詞雜著）他對於浙派獨尊的姜夔，表示不滿。

周濟的宋四家詞選以周邦彥、辛棄疾、王沂孫、吳文英爲代表，四家之後，各附若干人。他說：「清眞集大成者也。稼軒歛雄心，抗高調，變溫婉，成悲涼。碧山饜心切理，言近指遠，聲容調度，一一可循。夢窗奇思壯采，騰天潛淵，返南宋之清泚，爲北宋之穠摯。是爲四家，領袖一代；餘子犖犖，以方附庸。夫詞非寄託不入，專寄託不出。……問塗碧山，歷夢窗、稼軒以還淸眞之渾化，余所望於世之爲詞人者蓋如此。」（宋四家詞選目錄序論）從這裏表達了他對於詞的看法。一，他論詞主寄託，選詞以周邦彥爲集詞的大成，而輔以辛棄疾、王沂孫、吳文英三家，實際他是以形式爲主。其中雖有辛棄疾，他對於辛詞的思想內容和豪放風格，認識極爲不足。他在詞辨裏，把辛棄疾的詞放在變體中，而把周邦彥、史達祖、吳文英一類詠物、應歌的追求形式的作品，卻放在正體中，這就很可看出他對辛詞的真實態度。因此，浙派奉姜夔、張炎，固然是重在形式，周濟換爲周邦彥、王沂孫、吳文英，其實質並沒有什麼不同。二，張惠言鼓吹風、騷之旨，周濟提出「非寄託不入，專寄託不出」，看來好像很有道理，其實這與他們表面講內容，骨子裏重形式的精神是相通的。所謂「非寄託不入」，是要寄託；「專寄託不出」，是要寫得隱隱約約，含蓄蘊藉，不要把意思說得過盡過露而已。這作爲表現方法之一，自無不可；如果不問內容，不問對象，要求一切的詞都要這樣作，只有這樣作，才能算是好作品，才是正體，那就不正確了。試問是辛棄疾、張元幹、張孝祥、陳亮諸人的慷慨激昂的愛國詞能鼓舞人心呢？還是周邦彥的蘭陵王（詠柳）、王沂孫的高陽臺（詠梅花）、吳文英的瑣窗寒（詠玉蘭花）一類的作品能鼓舞人心呢？一味強調「專寄託不出」，勢必貶低文學的鬥爭性，勢必輕視甚至否定文學反映現實、批評現實的價值。所謂「問塗碧山，歷夢窗、稼軒，以還清真之渾化」，這是常州詞派的詞統，表面好像是兼有南北宋之長，而其精神實質，仍然是格律派的範疇，一以姜夔爲止境，一以周邦彥爲止境而已。因爲這一些人大都不敢正視現實，避開實際鬬爭，片面欣賞含蓄蘊藉的美學趣味，所以對吳文英、王沂孫諸人的詠物詞，讚賞不已，甚至用漢儒說詩的方法，在吳、王詞中牽強地去尋找微言大義，加以誇張，正如張惠言解釋溫、韋詞義一樣，豈不可笑。嘉、道以降，常派盛行，幾奪浙派之席，然其作品，同樣流於擬古之病。他們所高唱的比興寄託，結果是內容空虛，詞旨隱晦，有的幾成爲詩謎了。

四　晚清詞人

當常州詞派盛行時期，在詞壇上能不傍門戶，較有成就的，是項鴻祚和蔣春霖。

項鴻祚（一七九八——一八三五）又名廷紀，字蓮生。浙江錢塘人。道光舉人，應進士試不第。有憶雲詞甲乙丙丁稿。他一生坎坷，性情陰鬱，發之於詞，多感傷情調。他自序云：「生幼有愁癖，故其情豔而苦，其感於物也鬱而深」（甲稿序）；又云：「當沈鬱無憀之極，僅託之綺羅薌澤以洩其思，蓋辭婉而情傷矣。」（丁稿序）可見他的生活對於他的詞風的影響。他的詞出入於五代、兩宋之間，對當時專宗南宋、專學某家的風氣，表示不滿。他說：「近日江南諸子，競尚塡詞，辨韻辨律，翕然同聲，幾使姜、張頫首。及觀其著述，往往不逮所言。」（乙稿序）他在這裏是指的浙西詞派，其實常州詞派同樣有這種弊病。因此，他的詞雖以婉約爲主，也有豪放之作，而能在浙、常二派之外，顯出自己的特色。

畫樓吹角，酒醒燈花落。梅未開殘風又惡，今日元宵過卻。　更更更鼓淒涼，翠綃彈淚千行。倂作一江春水，幾時流到錢塘。（清平樂：元夜）

啼鶯催去，便輕颿東下，居然游子。我似春風無管束，何必揚舲千里。官柳初垂，野棠未落，纔近清明耳。歸期自問，也應芍藥開矣。　且去范蠡橋邊，試盟漚鷺，領略江湖味。須信西泠難夢到，相隔幾重烟水。剪燭窗前，吹簫樓上，明日思量起。津亭回望，夕陽紅在船尾。（百字令：將遊鴛湖作此留別）

項鴻祚的詞，辭意婉轉，風格幽深。而其病在於題材狹窄，並多擬李煜、和凝、孫光憲、晏幾道之作，一方面是性情所近，同時也表現出他在創造性方面還是不夠的。

蔣春霖（一八一八——一八六八），字鹿潭，江蘇江陰人。家境貧寒，一生落拓。善詩，中年悉焚去，專致力於詞，有水雲樓詞。他主張「詞祖樂府，與詩同源」，如偎薄破碎，便失風雅之旨。他的作品，多寫其身世淪落之感，很少花鳥風月的吟詠和無謂的應酬，創作態度，較爲嚴肅，晚年刪存，其詞只存數十闋。

燕子不曾來，小院陰陰雨。一角闌干聚落華，此是春歸處。　彈淚別東風，把酒澆花絮。化了浮萍也是愁，莫向天涯去。（卜算子）

楓老樹流丹，蘆華吹又殘。繫扁舟同倚朱欄。還似少年歌舞地，聽落葉，憶長安。　哀

角起重關，霜深楚水寒。背西風歸雁聲酸。一片石頭城上月，渾怕照，舊江山。（唐多令）

蔣春霖的詞，工力很深，具有較高的技巧。但在其撫時感事的作品中，表露出封建正統觀點。清末詞壇，仍爲浙、常二派所牢籠。尊常州派而較著者有莊、譚。莊棫（一八三〇——一八七九），字中白，江蘇丹徒人，有蒿庵詞。譚獻（一八三二——一九〇一），原名廷獻，字仲修，號復堂，浙江仁和（今杭州）人，有復堂詞，並輯錄清人詞爲篋中詞。皆標比興，崇體格。譚獻論詞，本於常州派的理論，加以發揮，散見於詞辨、篋中詞及復堂日記，其弟子徐珂輯爲復堂詞話。所作多抒寫哀怨，有時也感歎時政。後有陳廷焯，著有白雨齋詞話，提倡比興，力主詞風的沉鬱，爲闡明常州詞派理論的著作。莊、譚而後，近於常州派者，有王鵬運。王字幼遐，號半塘，廣西臨桂（今桂林）人，有半塘定稿。又有文廷式字芸閣，號道希，江西萍鄉人，有雲起軒詞。其詞學蘇、辛，風格豪放。賀新郎、木蘭花慢、永遇樂諸詞，撫時感事，感慨蒼涼。抒情小令，如蝶戀花諸詞，寫得婉轉動人。他是清末詞人中成就較高的作家。另有鄭文焯字俊臣，號小坡，奉天鐵嶺人，隸漢軍正白旗，有樵風樂府。朱孝臧原名祖謀，字古微，號彊村，浙江歸安人，有彊村語業。一奉白石，一奉夢窗，又近於浙派。他們都用全力作詞，留下一些成績。但比起創作來，他們較大的功績，還在詞籍的校勘和刊行。他們都是篤學之士，在罷官退隱的歲月中，集合同好，以校勘經史的方法，努力於詞籍的整理，如王鵬運輯的四印齋所刻詞，朱孝臧輯的彊村叢書，江標輯的宋元名家詞，吳昌綬、陶湘所輯的雙照樓影刊宋金元明本詞等集，各有特點，爲詞林所重。因爲他們對於詞學的熱心研究與提倡，使得晚清詞壇，頗不寂寞。但在創作上，一般偏重形式和舊的風格，很少作品，反映出這一時代變革的精神面貌，比起這一時期的詩歌內容和革新精神來，那就差得多了。

五　清人散曲與民歌

清人散曲，作者頗多，但多摹擬前人，重在文采，故其成就，一般不如元、明。在朱彝尊、厲鶚、吳錫麒、趙慶熺諸人的曲中，也還有些可讀的作品。

朱彝尊爲詩詞名家，亦作散曲，有葉兒樂府。朱氏由明入清，窮愁潦倒，對於當日的政治現實，頗多認識，對官場爭權奪利的醜態，深感不滿。「鬧紅塵袞袞公侯，白璧黃金，肥馬輕裘。蟻陣蜂衙，鼠肝蟲臂，蝸角蠅頭。神仙侶淮王雞狗，衣冠隊楚國獮猴。歸去來休，選個溪亭，作伴沙鷗。」（正宮折桂令）在這些曲文裏，很形象地描寫出當日官僚士大夫的醜惡面貌，所謂「神仙侶淮王雞狗，衣冠隊楚國獮猴」，更可看出他對現實的態度。在醉太平兩首曲裏，寫得更爲激切而富有諷刺。「野狐涎笑口，蜜蜂尾甜頭。……散文章敵不過時髦手，鈍舌根念不出摩登咒，窮骨相封不到富民侯。老先生去休」;「瞎兒放馬,紙虎張牙,寒號蟲時到口吱喳。儘由他自誇。假詞章賺得長門價,老面皮寫入瀛洲畫,禿頭髮簪了上林花。被旁人笑殺。」筆力犀利,用意深刻,是富有現實性的作品。

其他如水仙子、山坡羊、落梅風、朝天子、清江引、小桃紅、黃鶯兒諸曲,造意遣辭,大都取法張可久;但他有商調一半兒二十五首,歌詠靈隱、西湖、虎丘、淮浦、吳山、富陽、玉峯各處風光,能在短小、概括的語言裏,形象地描繪出各地風光的特徵,頗見精采。

冷雲山寺畫屏秋,斷塔雷封殘照留,孤汉酒村風幔收。載歸舟,一半兒蓮蓬一半兒藕。(淨慈)

萬株松影壓平岡,幾處雲根護短牆,時有落花流水香。度飛梁,一半兒無聲一半兒響。(理安寺九溪十八澗)

一峯低映一峯高,十里沙連十里橋,曾記小船迎晚潮。冷蕭蕭,一半兒蘆花一半兒草。(九峯)

層林蕭寺雨餘天,斷嶺殘陽松際烟,平岸小橋沙上泉。漾淪漣,一半兒深深一半兒淺。(泗源泉林)

上列諸曲,寫得各有面貌,然皆清新俊爽,尤得自然之致。

厲鶚有北樂府小令一卷，存曲八十餘首。厲氏自論其曲云：「則年來因詞而及之，雖乏酸、甜風味，或不至貽笑傖父面目也。」（樊榭山房續集序）可見厲鶚是以詞筆來作曲的，所以有人稱爲詞人之曲。他的詞風以清俊勝，然時有模擬堆砌之病，其曲也是如此。他是有意模擬張可久的，在他的集子中，有春思效張小山體、秋思用張小山春思韻一類的曲題。其曲清麗工練有餘，豪放本色不足。

晚菘一筐堪適口，莫笑貧家陋。求添轉不能，問價高於舊。宜州老人空肚久。（清江引：菜貴戲作）

行人指點城南路，往事半模糊。烏衣門巷，平泉樹石，金谷笙竽。當時深貯，娘名御史，妾號尚書。而今但有，空池飛燕，破瓦奔狐。（人月圓：長安某氏廢園）

前曲質樸生動，寫他自己的生活；後一首言淺意深，對高官大吏的衰敗情況，寄以諷刺，可稱佳作。

此外有吳錫麒，亦以曲名。吳（一七四六——一八一八），字聖徵，號穀人，浙江錢塘（杭州）人。乾隆進士，官至祭酒。工駢體文，與洪亮吉、邵齊燾、袁枚、孔廣森等，並稱八家。又善散曲，有有正味齋集南北曲二卷。朱、厲二家，專取北曲小令，吳氏多爲南曲與套數。其小令一般清麗，並無特色；套數中偶有佳作，其北中呂點絳脣一套，描繪盂蘭會的情況，筆墨酣暢，淋漓盡致，盡其諷刺嘲笑之能事。混江龍一曲，長達六百餘字，一句有長至三十餘字者，寫得氣勢生動，活潑自然，頗爲難得。又有南中呂好事近：八月十八日秋濤宮觀潮一套，也有此勝。梁廷枏說他：「集中南北曲數套，妙墨淋漓，幾欲與元人爭席。」（曲話卷三）想是指的這類作品。另有許光治，亦以曲名，有江山風月譜。其曲內容極爲狹窄，而在形式上務求典雅，一味摹擬張可久，故無特色可言。此後在散曲方面較有成就的是趙慶熺。

趙慶熺（一七九二——一八四七），字秋舲，浙江仁和人。道光進士，選延川知縣，因病未到任。能詩詞，有衡香館詩稿。尤工散曲，有香銷酒醒曲。他兼長小令套數，而套數尤勝。曲中頗多身世之感，如「再休提躓名場劍氣消，說甚麼困寒氈心緒槁。你看有的是痛黃爐玉樹彫，有的是走京華花插帽」。（葛秋生橫橋迎館圖）自己的情況，雖是「嘆田園家業窮，嘆文字交遊窮」，但以「俠氣腸磨鐵，剛棱骨洗銅」自許，要「一肩擔子挑愁重，把隻手支撐不放鬆」。（俱見雜感）因爲他有這種性格，形成他曲中爽朗雄放的特徵，卽是抒寫不遇之情，仍表現出悲歌慷慨的情調。例如：

玉山頹　空山雪凍，怨蘭花心兒悶紅。走天涯舟載沙棠，守孤貞裳集芙蓉。飄然鶴控，把一卷離騷親捧。早是桃花三月片帆風，湘水湘山千萬重。

三學士　渾不是吹簫市中，卻恁的抱璞湘中。憑將水驛風程苦，唱出銅琶鐵板工。酒醒

夢回何處是？人正在，大江東。（南仙呂入雙調步步嬌：雜感）

曲中一面反映出不滿現實、以屈原自慰的心情，同時又表現出銅琶鐵板的高昂調子。如謝文節公遺琴、葛秋生橫橋吟館圖諸套，都具有這種特色，前者尤爲俊爽，是其代表作。

天風大，猛吹來琴聲入破，彈落的冬青花萬朵。愁宮怨羽，是當時鐵馬金戈。這瘦玉條忠膽做，合配那麻衣淚裹，待摩挲，還只怕海潮飛濺起紅波。

前腔換頭　山河。君絃斷了問誰人擔荷？把浩刼紅羊愁裏過。燕雲去後，看看沒處騰挪。聽塞鼓邊笳聲四合，冷照著僧房暗火。漫延俄，眼見得沒黃沙荆棘銅駝。

黃鶯兒　壯志已消磨，賸枯桐三尺多。松風一曲有人兒和。痛江山奈何，戀生涯怎麼。淚珠兒齊向冰絃墮。可憐他，一聲聲應是，應是采薇歌。（南商調二郎神：謝文節公遺琴）

作者飽含着尊敬和懷念的心情，通過遺琴餘韻，寫出了謝枋得的崇高氣節和愛國精神，悲涼感慨，真切動人。另有泖湖訪舊圖一套，在描繪江南的風光上，表現了活潑生動的筆力，籬笆紫竹，茅屋紅橋，烏蓬綠水，白酒鱸魚等等，善於點染配合，深得蕭疏自然之致，真有「寫出湖光，欲買偏無價」之感。前人多欣賞其對月有感、葬花、寫愁諸套，這是不正確的；這些曲子，描寫雖也細緻，但多詠柔情，頗有低沉之感。

趙慶熺在寫人寫物時，善於用白描的手法和本色的語言，塑造出鮮明活潑的形象，給人深刻的感受，他在這方面的筆力，非常人所能及。如駐雲飛：沉醉一曲云：「等得還家，澹月剛剛上碧紗。親手遞杯茶，軟語呼名罵。他，只自眼昏花，脚蹤兒亂蹝。問著些兒，半晌無回話。偏生要靠住儂身似柳斜。」一曲中把一位醉漢回家時，其妻對待他的情況，描繪得如活如畫，體態神情，真是深透紙背。再如寫月時：「我初三瞧你眉兒鬬，十三窺你妝兒就，廿三覷你龐兒瘦。」（對月有感：江兒水）設意巧妙，造語新奇，富於形象的美感。趙慶熺的散曲，具有風格爽朗和詞意尖新的特色，不在表面上摹擬元人，而自具元人風韻，在清代散曲中，他是較有成就的作家。任訥云：「香銷酒醒曲一卷，即香銷酒醒詞後所附之曲集也。套數十一，小令九，僅一半兒二首爲北曲，仙呂入雙角爲南北合套，餘皆南曲也。……大概其作能融元人北曲之法入南曲，故雖爲南曲，而不病萎靡，有若明人施紹莘。曲之風格，必如此始完全投合，斯乃曲人之曲。」（清人散曲提要）稱朱彝尊、厲鶚諸人之曲爲詞人之曲，趙慶熺之曲爲曲人之曲，正顯出雙方不同的風格。

道情　道情本出於散曲中黃冠一體，元人早已有之。所言多爲閒適樂道之語，故名道情。其體與南北曲雖有分別，但其句法修辭，實與散曲無異。到了清朝，已「久失其傳，僅存時俗所唱之耍孩兒、清江引數曲，卑靡庸濁，全無超世出塵之響，其聲竟不可尋矣」（洄溪道情自序）。鄭燮、徐大椿諸人出，或循舊曲，或翻新調，復活了這種體裁。尤其是徐大椿，在擴充道情的內容和提高其文學價值方面，作出了貢獻。

鄭燮作有道情十首，前有開場白，後有尾聲。其開場白云：「自家板橋道人是也。我先世元和公公，流落人間，教歌度曲。我如今譜得道情十首，無非喚醒癡聾，銷除煩惱。每到山青水綠之處，聊以自遣自歌。若遇爭名奪利之場，正好覺人覺世。」這與道情的本旨很相近。

老漁翁，一釣竿，靠山崖，傍水灣，扁舟來往無牽絆。沙鷗點點輕波遠，荻港蕭蕭白晝寒，高歌一曲斜陽晚。一霎時波搖金影，驀抬頭月上東山。

老書生，白屋中，說黃、虞，道古風，許多後輩高科中。門前僕從雄如虎，陌上旌旗去似龍，一朝勢落成春夢。倒不如蓬門僻巷，教幾個小小蒙童。

（尾聲）風流家世元和老，舊曲翻新調。扯碎狀元袍，脫却烏紗帽，俺唱這道情兒歸去了！

所寫大都是對歷史興亡的感歎和漁樵生活的嚮往，正是鄭燮在當日的政治、社會中實際感受的反映。其中雖存在着消極因素，但對於封建社會中那些迷戀富貴功名的士大夫，也還有喚醒癡聾的意義。語言清新自然，格調也不卑弱。

徐大椿　徐大椿（一六九三——一七七二），後更名大業，字靈胎，號洄溪老人。江蘇吳江人。在其蘭臺軌範自序中，說明他生於康熙三十二年。精通醫學，在袁枚的徐靈胎先生傳中，記載了他許多治病的奇怪故事。著有難經經解、醫學源流論等作。又通音律，以所作洄溪道情著名。他的作道情，是有意識地要運用這種通俗的文學形式，來抒寫自己的思想感情，並提高其文學地位。他說：「因拈雜題數十首，半爲警世之談，半寫閒遊之樂，總不離於見道者之語。以聲布辭，以辭發聲，悉一心之神理，遙接古人已墜之緒，若古人果如此，則此音自我續之；若古人不如此，則此音自我創之。無論其續與創，要之律呂順，宮商協，絲竹和，可以適志，可以動人，卽成曲調之一家。後世有考音者出，亦不得舍此不問，而別求所謂道情矣。」（洄溪道情自敍）可見他創作道情的態度。在他的三十八首作品裏，確實具有創造的精神。一，他首先重視道情這種形式，把它作爲是一種新詩的體裁，用它來抒情、敍事和詠物。他在壽沈井南序中云：「自余廣道情之體，一切詩文，悉以道情代之。」又壽吳復一表兄六十序云：「復一自稱艸艸居士，嘗與余論詞曲，以琵琶爲古今第一，因仿琵琶體，作道情爲壽。」又弔何小山先生序云：「凡哀死祭弔之作，自離騷四言而外，一切詩詞歌曲，無體不全，而獨無道情，自余追考其音而譜之，先生尤擊節賞歎。」這樣重視道情，這樣廣泛運用這種體裁來作爲文學創作的，他可能是第一人。二，擴大了道情的內容。過去的道情，大都是閒適樂道之語，鄭燮的作品，也是如此。到了徐大椿就大不同了。他表現了多樣的題材，諷世、譏俗、哀弔、賀壽、題跋、悼亡、遊山水、贈朋友等等，都見之於道情。勸葬親、戒爭產、讀書樂、戒酒歌、戒賭博、時文歎、行醫歎、田家樂、題三十三山堂圖、壽沈歸愚八十、弔馬秋玉、祭顧碧筠、六十自壽、哭亡三子爆等等，都是道情的題目，從這裏可以看出他的道情的題材範圍，是非常擴大了。三，徐大椿的道情，一面在語言上提高了文學價值，同時又能保持民歌情調，具有民歌通俗的特色。

讀書人，最不濟，爛時文，爛如泥。國家本為求才計，誰知道變作了欺人計。三句承題，兩句破題，擺尾搖頭，便是聖門高弟。可知道三通、四史是何等文章，漢祖唐宗是那朝皇帝。案頭放高頭講章，店裏買新科利器，讀得來肩背高低，口角嚧唏，甘蔗渣兒嚼了又嚼有何滋味？辜負光陰，白白昏迷一世。就教他騙得高官，也是百姓朝庭的晦氣。（時文歎根據牛應之的雨窗消夏錄）

我的姨娘，是你親娘；我的親娘，是你姨娘。姊妹雙雙，單生着你和我兩個兒郎。你今日六十捧瑤觴，要我一句知心話講。你從來瀟灑襟懷，不曉得慕勢趨榮，問舍求田伎倆。注幾卷僻奧經書，作幾首古淡文章。常只是少米無柴，境遇郎當。你全不露窮愁情狀，終日笑嘻嘻，只向親知索酒嘗。不論黃白燒刀：千杯百盞無推讓。憶當年外祖父母在江鄉，與你隨母拜高堂。寄讀在母舅書房，千家詩、百家姓齊呼迭唱。轉眼光陰，俱是白頭相向。從今後願歲歲年年，同你對秋月春花醉幾場。見你時如見我姨娘，轉念我親娘。（壽吳復一表兄六十）

時文歎一曲極爲優秀，淋漓盡致地描繪了八股先生內心的空虛和外形的醜態，對封建時代的科舉制度給以強烈的嘲笑和諷刺。壽吳復一表兄的寫法也是過去壽文、壽序、壽詩中都沒有過的，通俗淺顯，抒寫自如，句句如話家常，反而顯得真實動人。徐大椿的道情，在韻文的語言和形式上，都給人一種新鮮活潑的感覺，他自覺地從事新詩體的試驗，吸取民歌的精神，擺脫詩歌詞曲的舊有規律的束縛，這種積極的解放精神，是值得我們重視的。

另外，作者能運用民歌精神作俗曲的，還有招子庸的粵謳。招（？——一八四六）原名爲功，字銘山，號明珊居士，廣東南海人。嘉慶舉人，官濰縣縣令，有政聲。精音律，善畫，尤以蟹名。粵謳以粵語作曲，有一百二十餘首。多以妓女爲題材，或抒情愛，或敘離別，或言生活之苦，或寫被棄之哀。篴江居士題詩云：「莫上銷魂舊板橋，橋頭秋柳半飄蕭。無人解唱烟花地，苦海茫茫日夜潮。」粵謳曲中，是烟花豔情和苦海茫茫，兼而有之。如有名的弔秋喜一曲，作者以抒情的筆和同情的心，反映出妓女的悲慘命運，揭露出當日社會的黑暗。「聽見你話死，實在見思疑。何苦輕生得咁癡！你係爲人客死心唔怪得你，死因錢債叫我怎不傷悲。……可惜飄泊在青樓孤負你一世，種花埸上冇日開眉。你名叫秋喜，只望等到秋來還有喜意，做乜纔過冬至後就被雪霜欺。」全曲很長，就只在這幾句裏，也可以看出秋喜爲了錢債所逼而死，是一個在舊社會中被踐踏被損害的犧牲者。粵謳的藝術特色是善於抒情，「其情悲以柔，其詞婉而摯。」（石道人序）並能擺脫古典詞曲的束縛，充分表現出民歌精神。英人金文泰曾譯成英文，題爲廣州情歌。

清代民歌　最後我想簡略地介紹一下清代的民歌，作爲本章的結束。民歌都是當日流行的民間曲調，內容是廣闊的，但經過當代文人編選而流傳下來的作品，多爲抒寫情愛之作。南北朝時代的吳歌、西曲，明代的掛枝兒、山歌等，大都如此。清朝最早編刊的民歌集，是乾隆年間，京都永魁齋梓行的時尙南北雅調萬花小曲，有小曲、劈破玉、鼓兒天、吳歌等曲一百餘首。其中小曲三十六首，雖都是言情說愛，但造意遣辭，却很尖新。例如：

從南來了一行雁，也有成雙也有孤單。成雙的歡天喜地聲嘹亮，孤單地落在後頭飛不上。不看成雙只看孤單，細思量你的淒涼和我是一般樣。

西調鼓兒天寫婦人懷念出征的丈夫，兩頭忙寫閨女思嫁之心情，都很細緻，而富於情趣，是萬花小曲中較佳之作。集中也有猥褻的描寫，十和偕諸首，粗鄙不堪，表現得尤爲顯著。

其次，爲乾隆末年刊行的霓裳續譜。選輯者爲顏自德，編訂者爲王廷紹。王字楷堂，金陵人，能詩歌，善詞曲。盛安在序中稱他「以雕龍繡虎之才，平居著述幾於等身，制藝詩歌而外，偶寄閒情，撰爲雅曲，纏綿幽豔，追步花間」。霓裳續譜經過他來編訂，語言上必有修飾，也可能有他自己的作品雜在裏面。

霓裳續譜共八卷，收有西調、雜曲數百首。雜曲中所收曲調很多，有寄生草、剪靛花、揚州歌、北河調、馬頭調、秧歌、蓮花落、邊關調等等，大都是採集當時口頭相傳的作品。語言一般清新生動。內容雖多言情愛，也有少數詠唱故事的，但也雜有封建性的糟粕和猥褻的描寫。其中少數作品，用了問答體的形式，成爲對唱體，如岔曲的佳人下牙床、淚漣漣叫了聲丫鬟、女大思春等。前二曲比較短小，女大思春長達一千餘字，有唱辭，有說白，很近於劇本形式，似乎是可以表演的。茲舉一短例：

岔曲 （正）淚漣漣叫了聲丫鬟。（小）姑娘想必有些不耐煩。（正）不知甚麼病兒把我害了個難？倒搬槳 （小）姑娘莫怪我嘴頭兒尖，想此事姻緣不周全。（正）佳人聞聽紅了臉，小小的東西你膽包着天。（小）尊聲姑娘，莫把臉來翻，千萬擔待着我小丫鬟。（正）呀！似你這東西誰和你頑！岔尾 （小）我這兩日就活倒了運。（正）牛心的蹄子敢在我跟前來強辯。（小）是了，我就成了一個萬人嫌。

較後於霓裳續譜的，有華廣生編輯的白雪遺音。華字春田，身世不詳。白雪遺音共四卷，收南北曲調共七百餘首。馬頭調選得最多，也有南詞和湖廣調。比起霓裳續譜來，本書的內容較爲廣泛，其中雖以情愛爲主，但也有歌詠歷史事件和小說戲曲故事的作品，間有描寫鄉村風物的。卷末附有彈詞玉蜻蜓九回，蘇灘二齣。其體裁大都短小，但也有長篇，如日落黃昏、母女頂嘴、婆媳頂嘴等曲，都是較長的篇幅。也有唱白合用的，如嶺頭調之日落黃昏，題下註明「帶白」，和霓裳續譜的岔曲相同。

白雪遺音的內容雖較廣泛，然精華糟粕雜處其間。在抒寫情愛的設意巧妙和語言技巧上，表現了民歌特有的尖新婉轉的特點。今舉露水珠一首爲例：

露水珠兒在荷葉轉，顆顆滾圓。姐兒一見，喜上眉尖。恨不能一顆一顆穿成串，排成連環。要成串，誰知水珠也會變，不似從前。這邊散了，那邊去團圓，改變心田。悶殺奴，偏偏又被風吹散，落在河中間。後悔遲，當初錯把寶貝看，叫人心寒。

國家圖書館出版品預行編目資料

中國文學發展史

劉大杰著. – 初版. – 臺北市：臺灣學生，2021.09
面；公分

ISBN 978-957-15-1872-5 (全套：平裝)

1. 中國文學史

820.9　　110013748

中國文學發展史（全三冊）

著 作 者　劉大杰
出 版 者　臺灣學生書局有限公司
發 行 人　楊雲龍
發 行 所　臺灣學生書局有限公司
地　　址　臺北市和平東路一段 75 巷 11 號
劃撥帳號　00024668
電　　話　(02)23928185
傳　　真　(02)23928105
E-mail　student.book@msa.hinet.net
網　　址　www.studentbook.com.tw
登記證字號　行政院新聞局局版北市業字第玖捌壹號
定　　價　新臺幣八〇〇元
出版日期　二〇二一年九月初版
ISBN　978-957-15-1872-5

82000